A PROPOS DE L'AUTEUR

Nora Roberts est l'un des auteurs les plus lus dans le monde, avec plus de 400 millions de livres vendus dans 34 pays. Elle a su comme nulle autre apporter au roman féminin une dimension nouvelle ; elle fascine par ses multiples facettes et s'appuie sur une extraordinaire vivacité d'écriture pour captiver ses lecteurs.

LES
CORDINA

Le défi de Bennett

★

Le destin de Camilla

NORA ROBERTS

LES CORDINA

Traduction française de
MARIE PASCAL

HARLEQUIN

Titres originaux :

Partie 1 : THE PLAYBOY PRINCE
Partie 2 : CORDINA'S CROWN JEWEL

Ces romans ont déjà été publiés en 2013

Réalisation graphique couverture : T. MORIN

HARPERCOLLINS FRANCE
83-85, boulevard Vincent-Auriol, 75646 PARIS CEDEX 13
Service Lectrices — Tél. : 01 45 82 47 47

www.harlequin.fr

ISBN 978-2-2803-7715-7

LE DÉFI DE BENNETT

Chapitre 1

L'étalon fila vers la crête de la colline, frappant fort le sol et soulevant des nuages de poussière sur son passage. Au sommet, il se cambra, remuant ses puissantes pattes antérieures. Le temps d'un instant, la silhouette du cheval et de son cavalier se détacha en contre-jour sur le ciel radieux de ce bel après-midi. L'un et l'autre semblaient pareillement rebelles.

Dès que les sabots du cheval touchèrent de nouveau terre, les genoux du cavalier pressèrent les flancs de l'étalon qui se lança dans une course effrénée pour descendre l'autre versant de la colline. Le sentier était bien tracé, mais difficile, car bordé d'un côté par une abrupte paroi rocheuse et de l'autre par un précipice. L'étalon et son cavalier le dévalèrent à pleine vitesse, se riant du danger.

Seul un fou pouvait chevaucher en affichant un mépris aussi arrogant pour sa vie. Un fou, ou un rêveur.

— En avant, Dracula.

L'ordre fut lancé d'une voix basse mais pleine de défi, sur le ton de quelqu'un qui considère la peur et la vitesse comme les plus grisantes des sensations. Un grand éclat de rire le suivit.

Des oiseaux, surpris par le choc assourdissant des sabots sur le sol, désertèrent les buissons et les arbres de la falaise sur lesquels ils étaient perchés pour s'envoler en piaillant vers le ciel. Leurs cris se perdirent vite dans le lointain. Lorsque le chemin obliqua à gauche, l'étalon l'emprunta sans un moment d'hésitation. Le sentier surplombait les falaises qui, vingt mètres en contrebas, plongeaient dans l'immensité bleue de la mer. Sous les sabots du cheval, des cailloux volaient pour retomber sans bruit dans le vide.

Le cavalier jeta un coup d'œil en bas, mais ne ralentit pas. Il n'y songea même pas un seul instant.

L'odeur de la mer ne parvenait pas jusqu'à cette hauteur. Même le bruit des vagues qui s'écrasaient contre les rochers blancs était indistinct, comme les coups de tonnerre lointains d'un orage près de se dissiper. Mais, depuis là-haut, la mer représentait un danger et exerçait une puissance presque magique. Tous les ans, elle réclamait des vies humaines en sacrifice. Le cavalier le comprenait et l'acceptait : il en était ainsi depuis la nuit des temps, et il en serait toujours ainsi. Dans des moments comme celui-là, il s'en remettait au destin et se fiait à lui-même.

L'étalon n'avait besoin d'aucun coup de cravache ni d'éperon pour accélérer l'allure. Comme toujours, l'excitation et la confiance de son maître lui suffisaient. Ensemble, ils dévalèrent le sentier sinueux jusqu'à ce que la mer rugisse à leurs oreilles et jusqu'à ce qu'ils entendent enfin le cri des mouettes.

A le voir chevaucher ainsi, l'on aurait pu croire que le cavalier essayait d'échapper à des démons ou courait rejoindre son amante. Mais il suffisait de regarder son visage pour comprendre que ce n'était pas le cas.

S'il y avait bien une lueur dans ses yeux foncés, elle n'était pas causée par la peur ni par le désir. Il s'agissait d'une lueur de pur défi. Seul comptait pour lui le moment présent. La vitesse agitait ses cheveux noirs aussi librement qu'elle remuait la crinière sombre du cheval.

L'étalon, au large poitrail et à l'encolure puissante, était un concentré d'énergie. Son pelage noir charbon luisait de sueur, mais sa respiration était forte et calme. En selle, le cavalier se tenait droit, et son visage fin et halé était radieux. Sa bouche, pleine et ourlée, esquissait un sourire qui exprimait à la fois l'insouciance et le plaisir.

Lorsque le chemin devint plat, l'étalon allongea ses foulées. Ils longèrent des maisons aux façades blanches derrière lesquelles séchait du linge, agité par la brise marine. Dans les jardins, des parterres de fleurs interrompaient de vastes étendues de gazon. Les fenêtres étaient grandes ouvertes. Le soleil, toujours haut dans le ciel de l'après-midi, éblouissait tout de sa vive lumière. Sans ralentir ni avoir besoin de la main légère de son maître sur les rênes pour le guider, l'étalon se dirigea vers une haute haie.

Ils la franchirent, se dressant ensemble vers le ciel.

Dans le lointain se profilaient les écuries. Derrière eux, vers la falaise, le danger et la fascination morbide qu'il exerçait; devant eux, vers la plaine, l'ordre et la paix. Rouges et blancs, et soignés comme le gazon qui les entourait, les bâtiments apportaient une touche de charme supplémentaire à un paysage de rochers et de prairies. Des barrières croisées encadraient des manèges où l'on entraînait les chevaux avec bien moins d'intensité que Dracula.

L'un des palefreniers, qui était en train de faire trotter une jeune jument, s'interrompit en entendant l'étalon approcher. Un fou, songea-t-il, mais non sans un certain respect admiratif. Ce cheval et son cavalier, lancés ensemble dans une vitesse étourdissante, étaient un spectacle auquel tous étaient habitués. Malgré cela, il attendit, attentif et le souffle court, que l'étalon ralentisse sa course et s'arrête.

— Votre Altesse.

Son Altesse le prince Bennett de Cordina sauta à terre, dans un petit rire plein d'insouciance.

— Je vais m'occuper moi-même du décrassage de Dracula, Pipit.

Le palefrenier s'avança, en boitant légèrement. Il avait

beau connaître le prince depuis de nombreuses années, il ne put s'empêcher de scruter à la fois le cavalier et l'étalon, à la recherche d'éventuelles blessures.

— Je m'excuse, monsieur, mais un message est arrivé du palais pendant votre absence. Le prince Armand souhaite vous voir.

Non sans regret, Bennett tendit les rênes au vieux palefrenier. L'heure qu'il passait à mener l'étalon au pas et à le brosser faisait partie du plaisir de la promenade à cheval. Mais, si son père l'avait fait appeler, il n'avait d'autre choix que de faire passer son devoir avant son plaisir.

— Promenez-le doucement, Pipit. Nous avons fait une longue course.

— Oui, monsieur, répondit le palefrenier qui avait passé les trois quarts de sa vie avec des chevaux.

Parmi les différentes tâches qui lui avaient été confiées, il y avait eu celle d'apprendre à Bennett à monter son premier poney. Face à sa jeunesse, et à la passion qui l'animait déjà, Pipit avait dû faire preuve de beaucoup de patience. A soixante ans, avec une jambe devenue raide suite à une chute, il faisait toujours partie du personnel.

— Je vais m'en occuper moi-même, Votre Altesse, dit-il en tâtant l'encolure de Dracula.

— Très bien, Pipit.

Mais Bennett détacha lui-même le harnais.

— Je vous remercie, ajouta-t-il.

— Pas besoin de me remercier, monsieur.

En poussant un petit grognement d'effort, Pipit souleva la selle du dos de l'étalon.

— De toute façon, personne d'autre ici n'aurait le courage d'affronter ce démon, murmura-t-il en français alors que le cheval se mettait à piaffer sur place.

Au bout de quelques minutes, Dracula se calma.

— Et je ne ferais confiance à personne d'autre pour

s'occuper de lui. Une ration supplémentaire de grain ne lui fera pas de mal, ce soir.

Pipit sembla apprécier le compliment à sa juste valeur.

— Ce sera fait, monsieur, répondit-il en souriant.

Toujours agité, Bennett s'éloigna des écuries. Il aurait lui aussi eu besoin d'une bonne heure pour se calmer. La vitesse et la témérité avec lesquelles il montait à cheval n'étanchaient qu'une partie de sa soif. Il avait besoin de mouvement, de vitesse, mais, avant tout, il avait besoin de liberté.

Cela faisait près de trois mois qu'il n'avait pas quitté le palais, observant le protocole, la pompe et l'étiquette à la lettre. Comme il était second dans l'ordre de succession au trône de Cordina, son rôle officiel était parfois moins public et exposé que celui de son frère Alexander, mais il n'en était pas moins soumis à d'impérieux devoirs. Ces obligations faisaient partie de sa vie depuis sa naissance, et il les acceptait comme telles. Pourtant, Bennett n'arrivait pas à s'expliquer pourquoi, au cours de l'année qui s'était écoulée, il lui était parfois arrivé de les rejeter et de se rebeller contre elles.

Gabriella l'avait remarqué. Et Bennett pensait que sa sœur, peut-être, comprenait sa réaction. Elle aussi avait toujours eu soif de liberté et de tranquillité. Elle en avait obtenu un peu, deux ans auparavant, lorsque Alexander avait épousé Eve, à qui avaient échu une grande partie des responsabilités pesant précédemment sur les épaules de Gabriella.

Pourtant, Brie ne s'était pas retirée de toute vie publique, songea Bennett en franchissant la porte du jardin du palais. Si l'on avait besoin d'elle, elle était là. Elle consacrait toujours six mois de l'année à l'Aide aux enfants handicapés, tout en préservant sa vie de couple et en élevant ses enfants.

Bennett enfouit ses mains dans ses poches tout en grimpant l'escalier menant au bureau de son père. Qu'est-ce qui n'allait pas, chez lui ? Que s'était-il passé, au cours des derniers mois, pour qu'il ait parfois envie, la nuit, de s'enfuir loin du palais ? De s'enfuir n'importe où.

Il ne réussit pas à chasser son humeur maussade, mais parvint à la dissimuler lorsqu'il frappa à la porte de son père.

— Entrez.

Le prince n'était pas derrière son bureau comme Bennett s'y attendait, mais assis près de la fenêtre, à côté d'un plateau contenant du thé. En face de lui se trouvait une femme qui se leva à l'entrée de Bennett.

En tant que grand amateur de la gent féminine, il adressa un rapide coup d'œil à l'inconnue avant de se tourner vers son père.

— Je m'excuse de vous interrompre. On m'a dit que vous vouliez me voir.

— Oui, répondit Armand en avalant une petite gorgée de thé. Je t'ai fait appeler il y a quelque temps déjà. Bennett, je voudrais te présenter lady Hannah Rothchild.

— Votre Altesse, dit-elle en s'inclinant, les yeux baissés.

— C'est un plaisir de faire votre connaissance, lady Hannah.

Bennett prit la main de la jeune femme, et la détailla en quelques secondes. Un certain charme, tout en réserve et en discrétion. Mais il préférait les femmes moins subtiles. Anglaise, s'il en croyait son accent. Mais il avait un faible pour les Françaises. Mince et élancée. Mais c'étaient les femmes les plus voluptueuses qui l'attiraient toujours.

— Bienvenue à Cordina.

— Je vous remercie, Votre Altesse.

Sa voix était bien anglaise, distinguée et posée. Il croisa brièvement son regard, assez pour voir que ses yeux étaient d'une nuance profonde et lumineuse de vert.

— Votre pays est magnifique.

— Je vous en prie, rasseyez-vous, ma chère.

Armand remplit une autre tasse de thé.

— Bennett.

Hannah, les mains croisées sur les genoux, remarqua le petit regard hostile que Bennett adressa à la théière. Mais il s'assit et accepta la tasse.

— La mère de lady Hannah et la tienne étaient cousines éloignées, commença Armand. Eve a fait sa connaissance quand elle s'est rendue avec ton frère en Angleterre, récemment. A l'invitation d'Eve, lady Hannah a accepté de venir passer quelque temps au palais pour lui tenir compagnie.

Bennett ne put qu'espérer qu'on ne lui demanderait pas de servir d'escorte à la jeune femme. Certes, elle était assez jolie, bien que vêtue comme une nonne, avec sa robe à col montant grise qui descendait cinq bons centimètres sous ses genoux. La couleur ne flattait en rien son teint pâle. Mais si ses yeux empêchaient son visage d'être quelconque, ses cheveux blond foncé tirés sévèrement en arrière lui donnaient l'allure des anciennes dames de compagnie ou gouvernantes de l'époque victorienne. Fade, conclut-il. Toutefois, il n'oublia pas ses bonnes manières, et lui adressa un sourire franc et amical.

— J'espère que vous apprécierez votre séjour autant que nous apprécierons votre présence.

En retour, Hannah lui adressa un regard solennel. Elle se demanda s'il était conscient — et pensa qu'il l'était — de l'allure folle qu'il avait dans sa tenue de cavalier.

— Je suis sûre que je l'apprécierai immensément, monsieur. Je suis flattée que la princesse Eve m'ait invitée à séjourner auprès d'elle pendant qu'elle attend son second enfant. J'espère lui offrir toute la compagnie et toute l'aide dont elle aura besoin.

Visiblement absorbé par d'autres pensées, le prince Armand leur proposa distraitement quelques petits gâteaux.

— C'est très généreux de la part de lady Hannah de nous accorder un peu de son précieux temps. Elle fait de la recherche, et elle est actuellement en train de travailler à une série d'essais.

Une scientifique, songea Bennett, en avalant une gorgée de thé, qu'il détesta.

— Fascinant.

Hannah esquissa le plus ténu des sourires.

— Avez-vous lu Yeats, monsieur ?

Bennett se laissa glisser sur sa chaise en regrettant de ne pas être aux écuries.

— Pas en entier.

— Mes livres devraient arriver d'ici la fin de la semaine. Je vous en prie, ne vous gênez surtout pas pour m'emprunter tous ceux que vous voudrez.

Elle se leva de nouveau, gardant ses mains croisées devant elle.

— Si vous voulez bien m'excuser, Votre Altesse, j'aimerais défaire et ranger le reste de mes affaires.

— Bien sûr.

Armand se leva pour l'accompagner à la porte.

— Nous nous verrons au dîner. N'hésitez pas à sonner si vous avez besoin de quoi que ce soit.

— Merci, monsieur.

Elle s'inclina, puis se tourna pour adresser la même révérence à Bennett.

— Bon après-midi, Votre Altesse.

— Bon après-midi, lady Hannah.

Bennett attendit que la porte se referme derrière elle avant de se laisser choir sur l'accoudoir de son siège.

— Eh bien, d'ici quelques semaines, Eve devrait être morte d'ennui.

Ignorant son thé, il saisit une pleine poignée de petits gâteaux.

— A quoi Eve a-t-elle pu penser ?

— Eve s'est liée d'amitié avec Hannah durant les deux semaines qu'elle a passées en Angleterre.

Armand se dirigea vers un placard et, au grand soulagement de Bennett, il en sortit une carafe.

— Hannah est une jeune femme très bien éduquée et d'excellente famille. Son père était un membre très respecté du parlement anglais.

Le brandy était épais et fort. Armand n'en servit que deux petits verres.

— Tout cela est fort bien, mais…

Bennett s'interrompit brusquement, alors qu'il attrapait son verre.

— Oh ! Dieu du ciel, père, vous n'êtes pas en train d'essayer de me marier ? Elle n'est pas du tout mon genre.

Un sourire adoucit le visage sévère d'Armand.

— Pas la peine de me le préciser, je crois que je l'avais deviné. Je peux t'assurer que nous n'avons pas fait venir lady Hannah ici dans le but de te tenter.

— Même si elle essayait, elle aurait du mal, de toute façon, dit Bennett en faisant tourner le liquide dans son verre, puis en buvant. Yeats ?

— Certaines personnes pensent que la littérature ne s'arrête pas aux seuls manuels d'équitation.

Armand sortit une cigarette. La tension avait formé un nœud à la base de sa nuque.

— Je préfère les lectures utiles à la poésie qui prend un malin plaisir à s'attarder sur les amours malheureuses ou la beauté d'une goutte de pluie.

Mais, aussitôt, Bennett se sentit un peu idiot d'avoir prononcé ces mots, et il essaya de se rattraper.

— Quoi qu'il en soit, je ferai tout pour réserver le meilleur accueil possible à la nouvelle amie d'Eve.

— Je n'en ai jamais douté.

La conscience tranquille, il passa à d'autres sujets, plus importants.

— La jument arabe devrait mettre bas à Noël. Je suis sûr

que ce sera un mâle. Dracula va engendrer des fils d'une force et d'une vigueur inouïes. J'ai trois chevaux qui devraient être prêts à concourir au printemps, et un autre dont je pense qu'il devrait participer aux jeux Olympiques. J'aimerais régler cela dans les semaines qui viennent, afin que les cavaliers aient le plus de temps possible pour travailler avec leurs montures.

Armand acquiesça d'un air absent et continua à siroter son brandy. Bennett sentit une familière poussée d'impatience le gagner, et lutta pour la dominer. Il avait bien conscience que les écuries n'étaient pas la première des priorités de son père. Comment pourraient-elles l'être, alors qu'il était occupé par les affaires intérieures et extérieures, et les querelles politiciennes au sein du Conseil de la couronne ?

Pourtant, son père aurait pu s'y intéresser un peu plus. Les chevaux étaient non seulement une grande source de plaisir, mais ils ajoutaient également un certain prestige à la maison royale de Cordina, qui possédait l'une des plus belles écuries d'Europe. En ce qui le concernait, c'était ce qu'il considérait comme sa seule véritable contribution à sa famille et à son pays.

Il avait travaillé aux écuries aussi durement que n'importe quel palefrenier, ne rechignant devant aucune tâche, pas même la plus ingrate. Au fil des années, il avait appris tout ce qui était possible sur l'élevage. A son grand plaisir, il s'était découvert un don naturel qui était venu étayer ses connaissances. En très peu de temps, Bennett avait fait d'une bonne écurie l'une des meilleures au monde. D'ici dix ans, il avait bon espoir qu'elle devienne la meilleure.

Parfois, Bennett ressentait le besoin de parler de ses chevaux et de ses ambitions à quelqu'un d'autre qu'à un palefrenier ou qu'à un autre éleveur. Toutefois, il comprenait, et cela avait toujours été le cas, que cette personne ne pourrait que rarement être son père.

— Mais j'ai l'impression que ce n'est pas le moment de parler de cela.

Bennett but une autre petite gorgée de brandy, et attendit que son père lui révèle ce qui le préoccupait tant.

— Je suis désolé, Bennett. J'ai bien peur que ce ne soit en effet pas le moment.

Son père le regrettait sans doute. Le prince ne le pouvait pas.

— Ton emploi du temps de la semaine prochaine. Peux-tu me le préciser ?

— Pas vraiment.

L'agitation le reprit. Se levant, Bennett se mit à faire les cent pas d'une fenêtre à l'autre. Comme la mer semblait proche, et comme elle était loin, pourtant. Un instant, il s'imagina sur un bateau, à cent milles de toute terre, en train de scruter une tempête se préparant à l'horizon.

— Je sais que je dois me rendre au Havre à la fin de la semaine. *L'Indépendance* rentre au port. J'ai aussi une rencontre avec les membres de la coopérative agricole et quelques déjeuners de prévus. Cassell m'en parle tous les matins. Si c'est important, je peux vous l'envoyer, il vous dira tout cela mieux que moi. La seule chose dont je suis sûr, c'est que j'aurai au moins un ruban à couper.

— Une légère lassitude, Bennett ?

Bennett haussa les épaules et vida son verre. Puis son sourire revint. La vie, après tout, était trop courte pour qu'on s'en plaigne.

— Ce sont les rubans à couper qui me font cet effet. Le reste n'est pas dénué d'intérêt.

— Notre peuple attend de nous que nous fassions plus que le gouverner.

Bennett tourna le dos à la fenêtre. Derrière lui, le soleil était haut et éclatant. Même si, parfois, en secret, il souhaitait le contraire, la royauté avec laquelle il était né lui collait à la peau.

— Je sais, papa. Le problème, c'est que je n'ai ni la patience d'Alexander, ni la sérénité de Brie, ni votre self-control.

— Tu pourrais très bientôt avoir besoin de tout cela à la fois.

Armand posa son verre et se tourna vers son fils, l'air grave.

— Deboque sort de prison dans deux jours.

Deboque. Ce seul nom suffisait à emplir Bennett de rage. François Deboque. L'homme sur les ordres duquel sa sœur avait été kidnappée. L'homme qui avait tenté de faire assassiner à la fois son père et son frère.

Deboque.

Bennett passa un doigt sur la cicatrice qu'il avait juste sous l'épaule gauche. Il avait reçu une balle à cet endroit, et c'était la maîtresse de Deboque qui avait appuyé sur la gâchette. Pour Deboque. Sur ordre de Deboque.

La bombe qui avait explosé plus de deux ans plus tôt à l'ambassade de Cordina à Paris était destinée à son père. A la place, elle avait tué Seward, un collaborateur loyal, laissant une veuve et trois orphelins. Cela, aussi, avait été l'œuvre de Deboque.

Et pendant toutes ces années, presque dix ans maintenant depuis l'enlèvement de Gabriella, personne n'avait pu prouver l'implication de Deboque dans le kidnapping, les conspirations ou les meurtres. Les meilleurs enquêteurs d'Europe, dont le beau-frère de Bennett, s'y étaient employés, mais aucun d'eux n'avait pu établir que Deboque avait tiré toutes les ficelles.

Et voilà que dans quelques jours il serait libre.

Cela ne faisait aucun doute : Deboque continuerait de chercher à se venger. La famille royale était son ennemie pour la simple raison qu'il avait été enfermé dans une prison cordinienne pendant ces dix dernières années. Il était également clair que, durant ces dix ans, il avait continué son trafic de drogue, d'armes et de femmes.

Le doute n'était pas permis, mais, hélas, ils ne disposaient d'aucune preuve.

Les effectifs des gardes seraient doublés ; la sécurité, renforcée. Interpol continuerait son travail, tout comme le Service international de sécurité. Mais Interpol et le SIS essayaient de faire inculper Deboque pour meurtre et tentative de meurtre depuis des années. Jusqu'à ce qu'il soit reconnu coupable et que son organisation soit démantelée, Cordina et le reste de l'Europe seraient menacés.

Les mains dans les poches, Bennett se dirigea vers le jardin. Au moins, ils avaient dîné en famille, ce soir. Cela avait permis de dissiper un peu la tension qui pesait sur tout le monde, même si l'on n'avait pas pu tout dire devant la nouvelle amie d'Eve. Il se demandait si quelqu'un d'aussi calme et guindé qu'elle avait été perméable à l'angoisse diffuse régnant autour de la table. Elle s'était contentée de répondre lorsqu'on lui avait adressé la parole et ne s'était autorisé qu'un seul et unique verre de vin durant tout le repas.

Il aurait souhaité la voir repartir sans délai pour l'Angleterre, s'il n'avait pas été conscient du bien qu'elle pourrait faire à Eve. Sa belle-sœur était enceinte de trois mois, et n'avait pas besoin de l'angoisse causée par la libération de Deboque. Deux ans auparavant, elle avait failli être tuée en protégeant Alexander. Si lady Hannah pouvait empêcher Eve de penser à Deboque, même quelques heures par jour, cela valait la peine de supporter sa présence au palais.

Il fallait qu'il parle à Reeve. Bennett serra les poings dans ses poches. Reeve MacGee n'était pas seulement l'époux de sa sœur. En tant que responsable de la sécurité, il possédait très certainement les réponses aux dizaines de questions que Bennett se posait. D'autres mesures, en plus du renforcement de la surveillance, avaient dû être prises. Bennett ne voulait pas rester dans l'ignorance, alors que d'autres travaillaient à les protéger, lui et sa famille.

En jurant tout bas, il leva les yeux au ciel. La nuit était dégagée et la lune à moitié pleine. En d'autres circonstances, alors que les odeurs du jardin le baignaient, il aurait aimé avoir une femme à son côté, et regarder le ciel avec elle. En ce moment, tout à sa frustration et à sa colère, il préférait la solitude.

Lorsqu'il entendit les chiens aboyer, il se raidit. Il se croyait seul ; il en était même persuadé. En tout cas, ses chiens vieillissants n'aboyaient jamais devant la famille ni devant les employés du palais qu'ils connaissaient bien. Espérant presque une confrontation, Bennett se dirigea silencieusement vers l'endroit d'où étaient partis les aboiements.

Il l'entendit rire, d'un rire qui le surprit, car il n'était ni calme ni retenu, mais profond et exubérant. Hannah caressait les chiens, qui s'étaient collés à ses jambes.

— Quels beaux toutous vous faites.

En souriant, elle se pencha un peu plus pour cajoler les animaux. La lune éclairait son visage et son cou.

Aussitôt, Bennett plissa les yeux. Hannah ne semblait ni fade ni guindée, à cet instant. Le clair de lune accentuait les contrastes et les contours de son visage, enrichissant de nuances son délicat teint de porcelaine et apportant davantage de profondeur à ses yeux verts. Il aurait juré y voir à la fois la détermination et la passion. Et il était un homme qui savait reconnaître leur présence chez une femme. Son rire s'éleva encore, aussi riche que la lumière du jour, aussi dense que le brouillard.

— Non, interdit de sauter, gronda-t-elle, tandis que les chiens l'encerclaient. Vous mettriez plein de boue sur mes vêtements, et qu'est-ce que je pourrais dire ?

— D'habitude, c'est aussi bien de ne rien dire du tout.

A peine avait-il prononcé ces quelques mots qu'elle tourna la tête vers lui. Sur son visage, il lut de la surprise, ou quelque chose qui y ressemblait, mais ce ne fut que passager. Lorsqu'elle se redressa, elle était redevenue la calme et insignifiante lady Hannah. Sans doute la passion qu'il avait cru déceler en elle était-elle à mettre sur le compte d'un jeu de la lumière.

— Bonsoir, Votre Altesse.

Hannah ne prit qu'un moment pour se maudire de s'être laissé surprendre à son insu.

— Je ne savais pas qu'il y avait quelqu'un d'autre que moi dans le jardin, répondit-il.

— Moi non plus.

Et elle aurait dû.

— Je vous prie de m'excuser, poursuivit-elle.

— Ne vous excusez pas, répondit-il en souriant. J'ai toujours pensé qu'on ne profite pas assez des jardins. Vous n'arriviez pas à dormir ?

— Non, monsieur. J'ai toujours du mal à trouver le sommeil quand je voyage.

Les chiens l'avaient à présent délaissée pour le prince Bennett. A côté du jasmin en fleur, elle le regardait les caresser de ses mains fortes et agiles. Ces mains dont tant de femmes connaissaient le contact.

— J'ai vu les jardins depuis ma fenêtre et j'ai eu l'idée d'aller m'y promener un peu.

En vérité, c'était leur odeur, exotique et attirante, qui lui avait donné envie d'y flâner après qu'elle eut fini ses repérages.

— Je les préfère de nuit également. Les choses apparaissent souvent sous un angle différent, la nuit, continua-t-il, en l'observant de nouveau d'un air étrange. Vous ne trouvez pas ?

— Si, bien sûr.

Pour se donner une posture, elle croisa ses mains juste en dessous de sa taille. Il était magnifique à regarder, de jour comme de nuit. Lorsqu'il avait fait irruption dans le bureau de son père cet après-midi, elle s'était dit que les vêtements d'équitation étaient la tenue qui lui convenait le mieux. Mais il était beau en toute circonstance.

Soudain, les chiens vinrent coller leur truffe à ses mains jointes.

— Ils vous aiment bien, on dirait.

— J'ai toujours adoré les animaux.

Elle décroisa les mains pour les caresser. Bennett remarqua pour la première fois que ses doigts étaient délicats, longs et minces, comme le reste de son corps.

— Comment s'appellent-ils ?

— Boris et Natasha.

— Des noms parfaits pour des bergers russes.

— On me les a offerts quand ils n'étaient encore que des chiots. Je les ai baptisés d'après les personnages d'un dessin animé américain. Des espions.

Elle marqua une très légère hésitation, de quelques secondes à peine.

— Des espions, Votre Altesse ?

— Oui, des espions russes assez stupides courant toujours après une souris et un écureuil.

Il crut voir une lueur d'amusement passer dans ses yeux, illuminant et transformant de nouveau son visage.

— Je vois. Personnellement, je ne me suis jamais rendue aux Etats-Unis.

— Vraiment ?

Il s'approcha d'elle, mais ne vit rien d'autre qu'une jeune femme posée et tranquille.

— C'est un pays fascinant, avec lequel Cordina a développé des liens très forts depuis que deux membres de la famille royale ont épousé des Américains.

— Ce qui a mis fin aux espoirs d'un certain nombre d'Européens, j'en suis sûre, dit Hannah, en esquissant un sourire timide. J'ai rencontré la princesse Gabriella il y a plusieurs années de cela. C'est une très belle femme.

— Oui, en effet. Vous savez, je me suis souvent rendu en

Angleterre. C'est étrange que nous ne nous y soyons jamais rencontrés.

Hannah souriait toujours.

— Mais nous nous sommes rencontrés, Votre Altesse.

— Boris, assis ! ordonna Bennett, alors que le chien levait la patte vers la robe de la jeune femme. En êtes-vous sûre ?

— Tout à fait sûre, monsieur. Mais il est normal que vous ne vous en souveniez pas. C'était il y a plusieurs années, à un bal de charité organisé par le prince de Galles. La reine mère vous a présenté à moi et à ma cousine, lady Sara. Je crois que Sara et vous avez… sympathisé.

— Sara ?

Son esprit chercha, et trouva. Sa mémoire, toujours bonne, était infaillible quand il s'agissait des femmes.

— Oui, bien sûr, dit-il, même s'il ne se souvenait d'Hannah que comme d'une vague ombre à côté de sa séduisante et rayonnante cousine. Comment va Sara ?

— Très bien, monsieur.

S'il y eut du sarcasme dans sa voix, il fut bien dissimulé sous les bonnes manières.

— Elle en est à son second mariage, et semble fort heureuse. Dois-je lui transmettre vos amitiés ?

— Si vous le souhaitez.

Il enfila ses mains dans ses poches tout en continuant à l'observer.

— Vous portiez du bleu, du bleu pâle, presque blanc.

A ces mots, Hannah leva un sourcil, étonnée. Le prince n'avait pas besoin de lui dire qu'il l'avait à peine remarquée, elle le savait. Pourtant, il se rappelait encore la couleur de sa robe. Curieux et intéressant. A retenir, en tout cas, et à utiliser, le cas échéant…

— Vous me flattez, Votre Altesse.

— Je me fais un point d'honneur à ne jamais oublier une femme.

— Oui, c'est ce que l'on dit.

— Ma réputation me précède.

Il esquissa une moue, brièvement, avant d'afficher un sourire insouciant.

— Avez-vous peur de vous retrouver seule, dans le jardin, la nuit, avec…

— Le Royal Prédateur ? termina Hannah.

— Vous lisez beaucoup, en effet, murmura Bennett.

— Je ne fais que cela. Et non, Votre Altesse, je n'ai absolument pas peur, merci.

Il ouvrit la bouche pour répondre, puis se mit à rire.

— Lady Hannah, j'ai rarement été remis à ma place de façon aussi directe.

Il attaquait donc rapidement — un autre point dont elle devrait se souvenir.

— Je vous demande pardon, Votre Altesse. Telle n'était pas mon intention.

— Je n'en suis pas certain, mais, quoi qu'il en soit, vous avez bien fait.

Bennett prit sa main, et la trouva calme et sûre. Elle n'était peut-être pas aussi fade et effacée qu'il se l'était imaginé.

— C'est moi qui devrais vous demander pardon de vous avoir taquinée. Mais je ne le ferais pas, puisque vous paraissez si bien capable de vous défendre. Je commence à comprendre pourquoi Eve a souhaité votre présence ici.

Hannah avait appris depuis longtemps à réprimer toute forme de culpabilité. Ce fut ce qu'elle fit alors.

— Je me suis très vite attachée à elle, et j'ai tout de suite été enchantée à l'idée de passer quelques mois à Cordina. Je l'avoue, je suis déjà tombée sous le charme de la petite princesse Marissa.

— A peine un an, et c'est déjà elle qui fait la loi au palais.

Les yeux du prince s'emplirent de tendresse à l'évocation de l'aînée de son frère.

— C'est peut-être parce qu'elle ressemble à Eve, ajouta-t-il.

Hannah retira sa main. Elle avait entendu dire que Bennett avait été à demi amoureux — et peut-être même plus qu'à demi — de la femme de son frère. Il n'était pas nécessaire d'être un observateur trop attentif pour entendre l'affection dans sa voix lorsqu'il parlait d'elle. Elle devait garder cela quelque part dans sa tête, songea-t-elle. Cela pourrait — ou pas — se révéler utile par la suite.

— Si vous voulez bien m'excuser, monsieur, je crois que je devrais regagner ma chambre.

— Il est encore tôt.

A sa grande surprise, Bennett n'avait pas envie de la laisser partir. Il ne s'était pas attendu à ce qu'il soit aussi facile de lui parler, ni à ressentir le besoin de le faire.

— J'ai pour habitude de me coucher tôt.

— Je vous raccompagne.

— Je vous en prie, ne vous donnez pas cette peine. Je connais le chemin. Bonne nuit, Votre Altesse.

Rapidement, elle se confondit avec les ombres, tandis que les chiens gémissaient un peu et remuaient leurs queues contre les jambes de Bennett.

Resté seul, Bennett laissa échapper un soupir. Qu'y avait-il de spécial, chez elle ? se demanda-t-il, en se penchant pour calmer ses animaux. A première vue, elle paraissait insignifiante, au point de se confondre avec le décor. Et pourtant… Il y avait en elle ce petit quelque chose… En marchant vers le palais, les chiens sur les talons, il résolut de le découvrir au plus tôt. Et puis, chercher ce que lady Hannah cachait sous cette apparence calme et rigide aurait au moins le mérite de détourner son esprit de Deboque.

Sans attendre de voir si le prince la suivait, Hannah marcha rapidement vers les portes du jardin. Chez elle, la capacité à se mouvoir en silence était innée. C'était un don qu'elle avait élevé en art et qui lui rendait de fiers services.

Elle grimpa les escaliers sans un bruit, en ne se retournant jamais. Vérifier si l'on est suivi signifie que l'on est déjà en difficulté. Une fois à l'intérieur de sa chambre, elle ferma la porte à clé et quitta ses ballerines. Comme la femme qu'elle prétendait être ne laisserait jamais traîner ses affaires, elle les ramassa et, avec un bref regard de dédain, les rangea dans son placard.

Vérifiant que les rideaux étaient bien tirés, elle retira sa robe de cocktail si peu flatteuse. Même si elle jugeait que sa place était à la poubelle, elle la suspendit avec soin à un cintre.

Elle ne portait plus qu'un fin body en dentelle, qui mettait en valeur sa mince silhouette, sa peau couleur lait et ses longues jambes. Elle retira les épingles de ses cheveux, qu'elle laissa retomber jusqu'à sa taille en poussant un soupir de pur plaisir.

Quiconque connaissant lady Hannah Rothchild aurait été surpris par la transformation, si complète, tant était ingrat le rôle qu'elle jouait depuis presque dix ans.

Lady Hannah avait une passion pour la soie et la dentelle fine, mais elle la réservait à ses tenues de nuit et à sa lingerie. Le lin et le tweed seyaient mieux à l'image qu'elle avait travaillé dur pour forger.

Lady Hannah aimait lire un thriller haletant en prenant un bain moussant bien chaud, mais elle gardait un exemplaire de Chaucer sur sa table de nuit et, en cas de besoin, elle pouvait citer et commenter un bon nombre de passages, tous plus obscurs les uns que les autres.

Ce n'était pas un problème de dédoublement de personnalité, mais une question de nécessité pour elle. En y réfléchissant avec attention, Hannah aurait pu dire qu'elle assumait et acceptait ces deux aspects d'elle-même. En fait, la plupart du temps, elle avait une certaine tendresse pour la discrète, polie, et moyennement jolie Hannah. Sinon, elle n'aurait jamais supporté ces infâmes chaussures pendant aussi longtemps.

Mais il existait une autre lady Hannah Rothchild, fille unique de lord Rothchild, petite-fille du duc de Fenton. Cette femme-là n'était ni calme ni rangée, mais parfois téméraire. Cette femme-là aimait le danger, et son esprit remarquait et enregistrait le moindre détail.

Combinés ensemble, ces deux aspects de lady Hannah Rothchild formaient un agent hautement qualifié.

Sans prendre la peine de passer un peignoir, Hannah sortit d'une étagère une longue boîte fermée à clé. A l'intérieur se trouvait un collier de perles hérité de son arrière-grand-mère, accompagné des boucles d'oreilles assorties que son père avait fait faire et lui avait offertes pour son vingt et unième anniversaire. Dans les autres tiroirs de la boîte étaient rangés d'autres bijoux précieux, qu'il était normal qu'une jeune femme de son rang possède.

Hannah sortit un carnet d'un compartiment secret de la boîte, alla s'installer à son secrétaire de bois de rose et commença à rédiger son rapport quotidien. Elle n'était pas descendue au jardin dans le seul but de sentir les fleurs, même si c'était à cause d'elles qu'elle s'y était attardée un peu trop longtemps. A présent, elle connaissait parfaitement les lieux, et elle n'était plus obligée de se baser sur les informations qu'on lui avait fournies. Elle prit le temps de dessiner un plan du palais sur lequel figuraient les portes et les fenêtres les plus facilement accessibles. Dès le lendemain, ou le surlendemain tout au plus, elle connaîtrait les horaires des gardes.

Il ne lui avait pas fallu beaucoup de temps pour devenir l'amie d'Eve. Se faire inviter au palais à Cordina avait été un jeu d'enfant. Sa sœur et son pays manquaient à la princesse. Cette dernière avait donc besoin d'une amie avec laquelle parler et partager son expérience enthousiasmante de jeune maman.

Hannah s'était dévouée pour ce rôle.

Elle éprouva de nouveau un léger sentiment de culpabilité, que, de nouveau, elle ignora. Le travail est le travail, se rappela-t-elle. Elle ne pouvait pas laisser la tendresse qu'elle ressentait pour Eve risquer de compromettre un but qu'elle poursuivait depuis deux ans, à présent.

En secouant la tête, elle consigna par écrit ses premières impressions sur Bennett. Il n'était pas tout à fait conforme à l'image qu'elle s'était faite de lui. Certes, il était aussi charmeur et séduisant que son dossier le disait, mais il avait accordé à la terne lady Hannah un peu de son temps et de son attention.

Un coureur de jupons égoïste, se rappela-t-elle. C'était la conclusion à laquelle elle était elle-même parvenue après avoir fait quelques recherches à son sujet. Peut-être s'ennuyait-il en ce moment, et peut-être avait-il eu l'idée de se distraire et de s'amuser un peu avec une femme vulnérable et accessible.

Les yeux plissés, elle essaya de se souvenir de la façon dont il lui avait souri. Un homme possédant son allure, sa position et son expérience était capable de se servir de ce sourire pour charmer n'importe quelle femme. Le fait qu'il y ait eu recours avec elle, avec une régularité impressionnante, était intéressant. Peut-être essaierait-il d'ajouter un autre joyau à sa couronne en la séduisant à son tour.

Elle le revoyait dans le clair de lune. Elle revoyait la façon dont son regard s'était animé quand elle avait plaisanté avec lui. D'une main ferme et solide, il avait pris la sienne. D'une main qui faisait plus que saluer royalement ses sujets.

En secouant la tête, elle tenta de réfléchir. S'il était exclu de songer à se rapprocher de Bennett pour le plaisir, cela pourrait peut-être se révéler utile pour son travail. Soucieuse, elle tapota sa feuille avec son crayon. Non, une romance avec le prince n'amènerait que des complications, malgré les avantages certains que cela pourrait présenter sur le long terme. Elle garda les yeux baissés et les mains croisées.

Avec précaution, Hannah cacha de nouveau son carnet. Elle ferma la boîte à clé, mais la laissa à dessein bien en vue sur son étagère. Si, par hasard, quelqu'un pénétrait dans sa chambre, il ne remarquerait rien de suspect.

Cette fois, elle y était, songea-t-elle avec un mélange d'excitation et d'impatience.

A sa sortie de prison, Deboque serait très content.

Chapitre 2

— Oh ! Hannah, je suis si heureuse que tu aies accepté de passer un peu de temps à Cordina.

Bras dessus bras dessous avec sa nouvelle amie, Eve flânait dans les coulisses du théâtre. Son corps était encore très fin en ce début de grossesse, mais sa robe était astucieusement coupée pour dissimuler la moindre petite prise de poids.

— Alex me couve un peu moins depuis que tu es là. Il dit que tu es raisonnable pour deux.

— Il a raison : je suis quelqu'un de très raisonnable.

Eve émit un petit rire, où elle n'essaya pas de cacher ses intonations texanes.

— Je sais. Mais ce qui est formidable, c'est que, malgré cela, tu ne passes pas ton temps à me dire de m'asseoir et de surélever mes pieds.

— Les hommes considèrent parfois la grossesse et l'accouchement comme une maladie plutôt que comme quelque chose de naturel, faisant simplement partie de la vie.

— C'est tout à fait cela.

Enchantée qu'Hannah la comprenne si bien, Eve l'emmena à son bureau. Avec Gabriella qui était si souvent aux Etats-Unis et sa propre sœur qui ne lui rendait que rarement visite, il manquait vraiment à Eve une amie avec qui se détendre.

— Alex s'attend toujours à ce que je m'évanouisse ou que

j'éclate en sanglots. Pourtant, je ne me suis jamais sentie aussi bien de toute ma vie, sauf peut-être quand j'étais enceinte de Marissa.

Rejetant en arrière ses longs cheveux sombres, Eve s'assit sur le bord de son bureau. Ici, elle pouvait prétendre à une partie de l'anonymat et de la tranquillité auxquels elle avait renoncé en épousant un prince. Même si elle n'avait jamais regretté ce sacrifice, elle appréciait toujours ces quelques moments volés.

— Si tu n'étais pas venue, j'aurais dû me battre bec et ongles avec lui pour continuer à travailler. S'il a accepté, c'est uniquement parce qu'il s'est dit que tu serais là pour me surveiller pendant qu'il serait occupé.

— Alors, je ne le décevrai pas.

Hannah étudia rapidement le bureau. Pas de fenêtre, aucun accès extérieur. En souriant, elle prit une chaise.

— Tu sais, Eve, je t'admire vraiment. Le Centre des beaux-arts a toujours eu une bonne réputation, mais, depuis que tu diriges ce théâtre, il est devenu l'un des plus importants d'Europe.

— C'est ce que j'ai toujours voulu, répondit Eve en regardant l'anneau de diamants qui brillait à son doigt. Certains matins, j'ai presque peur de me lever ; j'ai l'impression que je vais découvrir que tout ceci n'était qu'un rêve. Puis je regarde Alex et Marissa et je me rends compte qu'ils sont à moi. Vraiment à moi.

Un mélange de peur et de détermination voila brièvement son regard.

— Je ne laisserai rien ni personne leur faire de mal.

— Personne ne leur fera de mal.

Eve songeait à Deboque, supposa Hannah. Mais la princesse se faisait un devoir de garder ses peurs pour elle-même.

— Maintenant — et ce n'est pas parce que je te couve que

je dis cela —, je crois qu'il est l'heure de prendre un bon thé. Ensuite, tu me montreras ce que je peux faire pour t'aider.

— Le thé est une merveilleuse idée, dit Eve sur un ton plus gai, mais je ne t'ai pas amenée au Centre pour te faire travailler. J'ai juste pensé que tu aimerais voir à quoi il ressemble.

— Eve, tu devrais être la première à comprendre que j'ai besoin de m'occuper pour ne pas m'ennuyer.

— Mais j'avais espéré que ce séjour serait un peu comme des vacances pour toi.

Le sentiment de culpabilité d'Hannah refit légèrement surface.

— Certaines personnes ne sont pas faites pour les vacances.

— Très bien, alors. Dans ce cas, si tu regardais les répétitions avec moi pendant une heure ou deux, afin de me donner ton avis, en toute honnêteté ?

— J'adorerais.

— Génial. La perspective de la première m'angoisse. Il ne nous reste que deux semaines et, depuis le début, cet auteur me pose problème sur problème.

— Oh ! et qui est-ce ?

Eve se leva et prit une grande inspiration.

— Moi.

Hannah but son thé, tout en restant en retrait. Il ne lui fallut pas longtemps pour comprendre qu'Eve était respectée non seulement en tant qu'épouse de l'héritier du trône, mais aussi pour sa connaissance du théâtre. Elle remarqua également que les gardes, discrets mais nombreux, n'étaient jamais loin. Quand la princesse était au théâtre, chaque entrée était bloquée, chaque porte intérieure doublement gardée. Hannah savait aussi qu'une unité spéciale de sécurité inspectait tous les jours le théâtre à la recherche d'explosifs.

Assise dans le public avec Eve, Hannah regardait la répétition avec intérêt. Elle avait toujours eu une grande affection et un grand respect pour les acteurs, car elle comprenait les efforts et les qualités qu'il faut mettre en œuvre pour interpréter un personnage. A présent, alors que les répliques fusaient et que les scènes défilaient, elle pouvait mettre les membres de la troupe en perspective avec les informations qu'elle avait déjà glanées au sujet de chacun d'eux.

Une chose était sûre, en tout cas : ils étaient doués, songea-t-elle, tandis qu'elle se laissait gagner par le rythme et l'émotion de la pièce d'Eve. Les décors n'étaient toujours pas terminés, mais les acteurs n'avaient besoin que des mots de l'auteur et de leur propre talent pour créer l'illusion. Chacun des comédiens avait une solide réputation dans le monde du théâtre et avait fait l'objet de contrôles de sécurité poussés.

Car un acteur — Russ Talbot — avait failli être l'instrument de la vengeance de Deboque, deux ans plus tôt. Hannah savait très bien qu'il y avait de fortes chances pour qu'elle ne soit pas le seul agent infiltré. Deboque était connu pour couvrir ses positions.

— Elle est merveilleuse, n'est-ce pas ?

Surprise, Hannah se tourna vers Eve.

— Pardon ?

— Chantel O'Hurley. Elle est parfaite.

Eve se pencha et vint s'appuyer sur le siège devant elle.

— Elle se produit rarement sur scène, et c'est donc une grande chance de l'avoir. Je suis sûre que tu as vu ses films en Angleterre.

— Oui.

Hannah regarda plus attentivement la très jolie jeune femme blonde qui occupait le centre de la scène.

Chantel O'Hurley. Hannah marqua une pause pour se souvenir de tout ce qu'elle avait lu dans le dossier de l'actrice. Vingt-six ans. Résidant à Beverly Hills. Fille de Frances et

Margaret O'Hurley, animateurs touristiques. Deux sœurs : Abigail et Madelaine. Un frère : Trace.

Hannah fronça les sourcils. Elle possédait toutes les informations nécessaires sur la famille O'Hurley, à l'exception du frère. Là, ses sources étaient fragmentaires. En tout cas, Chantel O'Hurley était une actrice talentueuse à la filmographie impressionnante, et sans sympathie connue pour aucun parti politique. Malgré tout, Hannah garderait un œil sur elle.

— Elle a vraiment compris le personnage, murmura Eve. Je venais juste de terminer la pièce et j'essayais de me motiver pour trouver le courage de la monter, lorsque je l'ai vue dans son dernier film. J'ai tout de suite su qu'elle ferait une Julia parfaite.

Eve se cala de nouveau dans son siège, adoptant une posture relâchée assez peu princière.

— Je n'arrive pas à croire qu'elle soit là, en train de réciter mon texte. Il n'y a pas une seule émotion que sa voix ne soit capable de transmettre.

— Je suis sûre qu'elle est honorée de jouer dans une pièce écrite et produite par la princesse Eve de Cordina.

En riant à moitié, Eve secoua la tête.

— Si la pièce avait été mauvaise, Chantel n'aurait pas accepté le rôle, même si j'avais été impératrice. C'est en tout cas ce que je me répète pour me rassurer.

— Un membre de la famille royale n'écrit pas de mauvaises pièces.

En entendant la voix dans son dos, Eve sursauta et se retourna.

— Alexander ! Que fais-tu ici ?

— Ce qui se passe au Centre me concerne aussi.

Il embrassa la main de sa femme avant de se tourner vers Hannah.

— Je vous en prie, restez assise. Je ne voulais pas vous déranger.

— Non, dit Eve en soupirant, puis en regardant de nouveau la scène où se poursuivait la répétition. Tu voulais me surveiller.

C'était la vérité, sans aucun doute, car, si le prince Alexander se contenta de hausser les épaules, Hannah le vit regarder sa femme puis jeter un œil discret aux gardes placés à divers endroits stratégiques.

— Tu oublies, ma chérie, que je suis toujours le président du Centre. Qui plus est, on répète la pièce de mon épouse. Cela m'intéresse aussi un tout petit peu…

— Et tu es venu pour t'assurer que je n'étais pas debout.

Derrière l'agacement pointaient l'amour et la tendresse.

— C'est gentil de ta part, poursuivit-elle. Hannah, dis à Son Altesse que j'ai pris bien soin de moi pendant les quatre heures quarante qui se sont écoulées depuis que nous nous sommes quittés.

Amusée, Hannah s'exécuta.

— Votre Altesse, la princesse a fait très attention à elle.

Un sourire adoucit les traits d'Alexander, mais il resta debout près de sa femme dans une attitude toujours aussi protectrice.

— Je vous remercie, Hannah. Je suis sûr que le crédit vous en revient.

En riant doucement, Eve posa la main sur le bras de son époux.

— Hannah, tu vois que je ne plaisantais pas quand j'ai dit qu'Alex pense que j'ai besoin d'être surveillée. Si tu n'étais pas venue, je suis sûre qu'il aurait engagé un lutteur de cent kilos bardé de tatouages pour me tenir compagnie.

— Je suis heureuse d'avoir pu t'épargner cela.

Qu'était-ce donc que cela ? se demanda Hannah, gagnée par un sentiment étrange. Une pointe d'envie ? Pour ridicule que cela lui puisse sembler, elle identifia sans peine ce qu'elle ressentait en observant Alexander et Eve. C'était bien de l'envie. Ils s'aimaient tellement. La puissance de cet amour formait comme une aura autour d'eux. Se rendaient-ils compte de la rareté de ce qu'ils avaient trouvé ?

— Maintenant que je t'ai interrompue dans ton travail, continua Alexander, j'espérais te convaincre de m'accompagner à ce déjeuner avec le sénateur américain.

— Le yankee du Maine ?

En souriant, Alexander caressa la joue d'Eve.

— Ma chère, ces divisions et ces fractures au sein de ton pays me fascineront toujours. Mais, oui, il s'agit du yankee du Maine. Nous devrions avoir fini pour 15 heures et pouvoir être de retour au palais quand Marissa se réveillera de sa sieste.

— Mais tu avais une réunion, cet après-midi.

— Je l'ai annulée.

Il porta sa main à ses lèvres.

— J'avais envie de passer un peu de temps avec ma famille.

Le plaisir que ces quelques mots causèrent à Eve illumina tout le théâtre.

— Donne-moi cinq minutes pour aller chercher mes affaires. Hannah, tu nous accompagnes ?

— Si cela ne vous fait rien, j'aimerais rester pour voir la suite de la répétition.

Elle réfléchissait déjà à toute vitesse. Seule, elle pourrait faire incognito le tour du complexe. S'il y avait des failles et des vulnérabilités, elle les trouverait.

— Bien sûr, reste aussi longtemps que tu le souhaites.

Eve se pencha pour l'embrasser.

— Nous enverrons une voiture te prendre à l'entrée des artistes. Cinq minutes, répéta-t-elle à Alexander avant de filer.

— Que pensez-vous de la pièce ? demanda Alexander à Hannah, tout en s'asseyant à côté d'elle.

— Je ne suis pas une grande spécialiste du théâtre, Votre Altesse.

— En privé, appelez-moi Alexander, je vous en prie.

— Merci, murmura-t-elle, consciente qu'elle accédait à

un degré d'intimité réservé à un petit nombre. Il y a une intensité, une immédiateté dans les dialogues qui fait que l'on s'attache tout de suite aux personnages. Je ne connais pas la fin, mais j'espère sincèrement que Julia va s'en sortir, même si, malheureusement, cela m'étonnerait.

— Eve serait heureuse d'entendre cela. A cause de la pièce — et d'autres choses —, elle est particulièrement tendue en ce moment.

— Vous vous faites du souci pour elle.

Dans un geste purement instinctif, Hannah posa sa main sur la sienne.

— C'est quelqu'un de très fort.

— Je le sais.

Mais, de toute évidence, le prince n'avait jamais réussi à chasser de sa mémoire la façon dont la femme de sa vie s'était effondrée dans ses bras lorsqu'une balle l'avait atteinte.

— Je n'ai pas encore eu l'occasion de vous dire combien je vous suis reconnaissant d'être auprès d'Eve. Elle a besoin d'une amie. J'ai changé sa vie, égoïstement peut-être, parce que je ne pouvais pas vivre la mienne sans elle. Tout ce qui peut être mis en œuvre pour lui donner une impression de normalité et un sentiment de paix, je le ferai. Vous comprenez les obligations liées à la royauté. Les limitations. Et même les risques.

— Oui.

Hannah laissa encore sa main un moment avant de la retirer.

— Et je sais reconnaître une femme heureuse lorsque j'en vois une.

Lorsqu'il se tourna vers elle, elle fut frappée par la forte ressemblance entre le père et le fils. Le visage fin, ciselé, les traits aristocratiques, la bouche impassible.

— Merci, Hannah. Il se pourrait que votre présence fasse le plus grand bien à tout le monde.

— Je l'espère.

Elle regarda de nouveau la scène et les acteurs.
— Je l'espère de tout cœur.

Une fois seule, Hannah regarda la répétition pendant encore une demi-heure. Oui, décidément, c'était une bonne pièce. Une pièce captivante, même. Mais elle aussi avait sa partie à jouer.

Les gardes étaient toujours présents. Toutefois, en l'absence de membres de la famille royale, leur rôle était plus de veiller à ce qu'aucune personne suspecte n'entre dans le théâtre que de contrôler ce qui se passait à l'intérieur. Lady Hannah était déjà identifiée comme la confidente et l'amie de la princesse. Puisque le prince Armand en personne répondait d'elle, elle ne fut pas suivie lorsqu'elle se leva et disparut par une porte dérobée.

Dans son sac à main se trouvait une caméra miniature, cachée dans un bâton de rouge à lèvres, mais elle n'en avait pas besoin pour l'instant. Pendant ses années d'entraînement, elle avait appris à compter d'abord sur ses propres capacités d'observation, et ensuite sur son équipement.

Il n'était pas facile de sécuriser un bâtiment de la taille du Centre. Au fur et à mesure de son exploration, Hannah ne put s'empêcher d'adresser mentalement ses félicitations à Reeve MacGee. En plus des caméras cachées, elle repéra des détecteurs de chaleur, qui n'étaient activés que lorsque le Centre était fermé.

Les acteurs et les employés du théâtre avaient besoin de leur laissez-passer sécurisé pour pouvoir entrer. Les soirs de représentation, toutefois, montrer son billet suffisait. Et Deboque le savait bien.

Au fur et à mesure de sa progression d'un couloir à un autre, Hannah dessinait le plan du théâtre dans sa tête. Elle avait déjà étudié les lieux sur le papier, mais elle préférait s'y promener, voir de ses propres yeux, tâter les murs et fouler le sol.

Trop d'angles aveugles, conclut-elle. Trop de petites pièces dévolues au rangement. Trop d'endroits où se cacher. Même avec l'expertise et les compétences de Reeve, le complexe pouvait être vulnérable, pour peu que l'on adopte le bon angle d'attaque. Mais, en même temps, n'était-ce pas le cas de n'importe quel bâtiment ?

Elle se dirigea vers le vestiaire, faisant semblant de s'intéresser tout à coup aux costumes. Le garde placé à la porte connaissait-il tout le monde de vue ? Serait-il facile de remplacer l'un des techniciens ? Une photo figurait sur les laissez-passer, mais un bon maquillage et une simple perruque pouvaient faire des merveilles. Combien de fois avait-elle réussi à s'introduire quelque part sous une fausse identité ou grâce à un déguisement approprié ?

Une fois à l'intérieur, un homme pouvait disparaître facilement. Si l'un des membres de la sécurité pouvait être acheté ou remplacé, ce serait encore mieux.

Oui, elle ferait figurer ce scénario dans son rapport et laisserait ses supérieurs étudier cette possibilité. Elle ajouterait à cela le fait que personne n'avait vérifié son sac. Une petite charge explosive pourrait être transportée et posée sans trop de problèmes.

Elle quitta le vestiaire et pénétra dans une salle de répétition dont les murs étaient tapissés de miroirs. Non sans un certain choc, elle observa son reflet sous plusieurs angles. Puis, comme elle l'avait fait dans le jardin, elle éclata d'un petit rire.

Oh ! ma pauvre Hannah, songea-t-elle en secouant la tête, *ce que tu peux être fade*. Non, décidément, le marron n'était pas une couleur pour elle, et la large ceinture de sa veste croisée accentuait sa minceur, jusqu'à la rendre peu flatteuse. Sa jupe descendait largement sous ses genoux et cachait ses jambes. Elle avait natté ses cheveux très serré, et avait enroulé la tresse sur elle-même pour la fixer en chignon bas.

Exploitant ses moindres failles pour composer ce personnage, elle n'aurait pu imaginer meilleure couverture. Elle avait été une enfant trop maigre, avec des cheveux impossibles à coiffer, et des genoux toujours écorchés. Ses pommettes étaient encore saillantes aujourd'hui, mais, petite fille, son visage était trop émacié, trop anguleux, pour être joli.

Lorsque les autres filles avaient commencé à s'épanouir et à s'arrondir, Hannah avait vu son corps rester obstinément plat et sec. Elle était intelligente, sportive et drôle. Les garçons lui tapaient dans le dos et recherchaient sa compagnie, mais aucun ne l'emmenait jamais danser.

Elle avait appris à monter à cheval, à nager, à tirer à l'arc et à planter une flèche en plein milieu d'une cible située à cent pas, mais elle n'avait jamais eu de petit ami.

Elle avait appris à parler le russe, le français, et le cantonais qu'elle maîtrisait assez bien pour impressionner son propre père, mais elle s'était rendue sans cavalier à son bal de promotion.

A vingt ans, son corps s'était mis à changer, mais Hannah avait caché cet épanouissement tardif sous des vêtements larges et peu seyants. Car elle avait déjà choisi sa voie. La beauté faisait tourner les têtes et, dans le métier auquel elle se destinait, il était toujours mieux de passer inaperçu.

A présent, elle contemplait, satisfaite, le résultat de son travail. Avec cette allure, aucun homme ne la désirerait. Il est dans la nature humaine de juger d'abord une personne sur son physique, avant de s'intéresser à son esprit ou à son âme. Aucune femme ne l'envierait. La fadeur est un gage de tranquillité et de sécurité, après tout.

Personne ne soupçonnerait une jeune femme d'excellente naissance, austère et toujours plongée dans ses livres, de trahison ou de violence. Seules quelques personnes savaient que celle qui se cachait derrière cette couverture était capable des deux.

Pour une raison qu'elle ne parvint pas à déterminer, cette pensée lui fit détourner les yeux de son reflet. La trahison était une composante de sa vie depuis qu'elle était adulte et, pourtant, elle ne pouvait s'empêcher de ressentir une certaine culpabilité chaque fois qu'Eve la regardait comme son amie.

C'était un travail. Son travail, se rappela Hannah. Aucune attache, aucun lien affectif ne lui étaient permis. C'était la première et la plus importante des règles du jeu. Elle ne pouvait se permettre d'aimer Eve, ni même de la voir autrement que comme un symbole politique. Sinon, elle pourrait mettre en péril tout ce qu'elle avait si longuement et péniblement construit.

Il en allait de même avec l'envie, se rappela-t-elle. Il était pernicieux pour elle de s'attarder sur l'amour que le prince et Eve se portaient et de souhaiter quelque chose de semblable pour elle-même. Il n'y avait aucune place pour l'amour dans sa profession. Dans sa profession, il n'y avait que des buts, des sacrifices, et des risques.

Il n'y aurait pas de prince pour elle.

Mais, avant qu'elle puisse l'empêcher, elle repensa à Bennett et à la façon dont il lui avait souri sous le clair de lune.

Espèce d'idiote, se dit-elle en vérifiant sa coiffure et en repositionnant quelques épingles à cheveux. Il était la dernière personne pour laquelle elle devait éprouver des sentiments. Son dossier et l'impressionnante liste des femmes qui avaient jusqu'ici fait partie de sa vie constituaient une raison suffisante pour l'en empêcher.

Elle pouvait se servir de lui, évidemment. Mais, en aucun cas, elle ne devait songer à lui autrement que comme un moyen pour parvenir à ses fins.

Pour elle, toutes les rêveries romantiques s'étaient interrompues à l'âge de seize ans. Ce n'était pas le moment de les raviver, dix ans plus tard, alors que l'attendait sa mission la plus importante. Elle ferait bien de se souvenir que la rigide lady Hannah ne considérerait jamais Son Altesse royale le prince Bennett de Cordina sous un jour romantique.

Hélas, la femme qui était en elle ne pouvait s'empêcher de rêver et, ce faisant, de se heurter aux limites qu'elle s'était elle-même fixées.

Soudain, Hannah entendit des pas. Immédiatement en alerte, elle quitta la pièce.

— Ah, vous êtes là.

En reconnaissant la voix de Bennett, elle jura mentalement, mais s'inclina.

— Votre Altesse.

— Alors, on visite ?

Bennett s'approcha de lady Hannah, se demandant pourquoi, alors qu'elle était la caricature même de la vieille fille, elle l'intriguait autant.

— Oui, monsieur. J'espère que cela ne pose pas de problème.

— Bien sûr que non.

Il prit sa main, pour la forcer à le regarder en face. Il y avait quelque chose dans ses yeux… Ou peut-être était-ce sa voix, ou son ton calme et toujours posé, si anglais.

— J'avais à faire en ville. Alexander m'a demandé de passer une fois que j'en aurais fini, pour voir si vous étiez prête à rentrer.

— C'est très aimable à vous.

Mais comme elle aurait préféré un chauffeur silencieux et anonyme qui lui aurait laissé la possibilité de préparer son rapport pendant le trajet vers le palais !

— Je n'étais pas loin.

Mal à l'aise, Hannah retira sa main.

— Si vous n'avez pas encore tout vu, poursuivit le prince, toujours aussi jovial, je serais heureux de vous faire visiter le reste du Centre.

Elle pesa le pour et le contre en quelques secondes. Un autre coup d'œil rapide pourrait lui fournir des informations supplémentaires, mais elle avait déjà fait le tour du théâtre principal deux fois, une fois avec Eve et une fois seule. Les gardes pourraient commencer à trouver étrange qu'elle s'y promène une troisième fois en compagnie de Bennett.

— Non, je vous remercie. C'est un endroit fascinant. Je n'avais jamais vu un théâtre de l'intérieur.

— C'est le territoire d'Eve. Pour ma part, j'avoue que j'aime autant l'observer depuis l'orchestre.

Il lui prit le bras et la mena dans le couloir.

— Si on traîne dans ses jambes trop longtemps, Eve finit toujours par trouver quelque chose à nous faire faire. Pour moi, allez savoir pourquoi, il s'agit souvent de déplacer des caisses. Les plus lourdes possible.

En riant, Hannah lui adressa un sourire.

— C'est l'un des meilleurs usages qu'une femme puisse faire d'un homme, non ?

— Je vois pourquoi Eve s'est prise d'affection pour vous.

Bennett était passé au théâtre simplement pour rendre service à sa belle-sœur, mais à présent il était heureux d'avoir accepté. Son physique mis à part, lady Hannah était tout, sauf insignifiante. Pour la première fois de son existence peut-être, il commençait à regarder au-delà des apparences.

— Avez-vous déjà eu l'occasion de visiter Cordina, Hannah ?

Elle remarqua qu'il avait omis de mentionner son titre, mais elle décida de ne pas le relever.

— Pas encore, Votre Altesse. Une fois que je serai un peu plus familiarisée avec l'emploi du temps d'Eve, j'ai l'intention de l'explorer un peu. Il paraît qu'il y a d'excellentes expositions en ce moment au musée. Et le bâtiment qui l'abrite est lui-même un très bel exemple d'architecture post-Renaissance.

Les expositions n'intéressaient pas Bennett. Lady Hannah, en revanche…

— Aimez-vous la mer ? demanda-t-il, désireux d'en apprendre davantage.

— Bien sûr. L'air marin est excellent pour l'organisme.

Riant à moitié, il s'arrêta en haut des escaliers.

— Mais l'aimez-vous ?

Il n'avait pas son pareil pour regarder une femme comme s'il la voyait pour la première fois. Et pour la regarder comme si elle comptait vraiment pour lui. Malgré des heures et des heures d'entraînement, Hannah sentit son pouls s'accélérer.

— Oui. Ma grand-mère possède une propriété juste à côté de la Cornouaille. J'y ai passé de nombreux étés, enfant.

Il essaya de se la représenter, avec la brise marine jouant dans ses cheveux lâchés. Rirait-elle comme il l'avait entendue rire dans le jardin ? Verrait-il de nouveau cette lumière dans son regard ? A cet instant, il comprit que ce n'était pas son apparence qui comptait. Et, tout en sachant pertinemment qu'il le regretterait peut-être, il obéit alors à une impulsion soudaine.

— Je dois me rendre au Havre dans deux jours. La route qui y mène longe la côte. Venez avec moi.

Hannah fut aussi soufflée que s'il lui avait proposé d'entrer dans la réserve pour se ruer sur elle. Toutefois, la surprise laissa rapidement la place à la prudence, et la prudence au calcul. Mais tout cela ne fut rien par rapport au plaisir qu'elle ressentit à l'idée qu'il ait envie de sa compagnie. Et, bien sûr, cette réaction l'inquiéta au plus haut point.

— Je vous remercie pour cette proposition, Votre Altesse, mais Eve a peut-être déjà des projets.

— Dans ce cas, nous verrons d'abord avec elle.

Il voulait qu'elle vienne. Il était d'ores et déjà impatient de passer quelques heures avec elle, loin du palais. C'était peut-être pour le défi qu'elle représentait. Le défi de réussir à percer cette enveloppe sérieuse à outrance pour apercevoir ce qu'elle cachait — si elle cachait bien quelque chose. Mais, quelle que fût la raison, Bennett ne s'y attarda pas.

— Auriez-vous envie de venir ?

— Oui.

Hannah se dit que c'était parce que ce serait l'occasion de mieux le connaître, et que cela ne pourrait qu'être bénéfique à sa mission. Elle se dit que cela lui donnerait la chance de voir comment s'organisait la sécurité loin du palais et de la capitale. Mais la vérité était aussi simple que sa réponse : elle avait envie de l'accompagner.

— Parfait. Dans ce cas, nous allons tout faire pour que vous puissiez assister avec moi à cette longue et bavarde cérémonie de bienvenue.

— Vous détestez vous ennuyer seul, n'est-ce pas ?

En riant, Bennett reprit la douce main d'Hannah.

— Oui, je vois exactement pourquoi Eve vous a fait venir ici.

Ses doigts délicats se trouvaient à quelques centimètres de ses lèvres lorsque, depuis le rez-de-chaussée, un murmure parvint jusqu'à eux. Contrarié par cette interruption, Bennett regarda en bas. Et reconnut Chantel.

— La colère doit être perceptible, insistait-elle, en marchant si vite que le metteur en scène dut allonger le pas pour la suivre. Julia n'est pas quelqu'un de passif. Elle ne cache pas ce qu'elle ressent, et ne calcule jamais rien. Bon sang, Maurice, je le ferai avec subtilité. Je connais mon travail.

— Bien sûr, chérie. Cela, je le sais très bien. C'est juste que…

— Mademoiselle.

Depuis le haut des escaliers, Bennett venait d'interpeller Chantel. Hannah eut alors un premier aperçu de la façon dont il souriait à une femme réellement belle. Sans réfléchir, elle retira sa main et croisa les doigts.

La jeune actrice, passant la main dans ses cheveux blond clair, pencha la tête en arrière. Même un observateur aussi neutre qu'Hannah devait reconnaître que peu de femmes pouvaient prétendre à un tel mélange de glamour, de beauté et de sensualité. Elle sourit, et avec elle ses yeux rêveurs, d'un bleu soutenu.

— Votre Altesse, dit Chantel de sa voix riche et profonde, tout en s'inclinant révérencieusement.

Puis elle se mit à monter les escaliers, tandis que Bennett les descendait. Ils se rencontrèrent à mi-hauteur, où ils s'immobilisèrent. Chantel tendit la main pour toucher le visage du prince, avant de l'attirer à elle pour une longue accolade. En haut des escaliers, Hannah sentit ses mâchoires se crisper.

— Cela fait longtemps.

— Trop longtemps, répondit Bennett en prenant sa main entre les siennes. Tu es encore plus belle qu'avant. C'est incroyable.

— Ce doit être dans mes gènes, dit Chantel en souriant. Mais toi, Bennett, tu es devenu un homme magnifique. Si je n'étais pas aussi désabusée, je te demanderais en mariage.

— Et si tu ne me faisais pas aussi peur, j'accepterais.

Ils s'étreignirent de nouveau avec toute l'affection de vieux amis.

— Chantel, comme je suis content de te revoir. J'ai cru qu'Eve allait sauter au plafond quand tu as accepté ce rôle.

— C'est une bonne pièce, répondit Chantel en haussant les épaules comme pour souligner une évidence. Même si je t'adore, je n'aurais pas fait ces milliers de kilomètres pour un mauvais rôle. Ta belle-sœur a beaucoup de talent.

Chantel jeta un coup d'œil au metteur en scène qui attendait respectueusement au pied des marches.

— Et tu pourras lui dire que je me bats pour préserver l'intégrité de sa Julia.

En levant les yeux, elle finit par remarquer Hannah sur le palier.

— Une amie à toi ?

Bennett se tourna et tendit la main vers Hannah.

— Hannah, venez que je vous présente l'incomparable Chantel.

Si elle était aussi raide dans ses mouvements, ce n'était que pour coller au personnage qu'elle interprétait, se dit Hannah en descendant les premières marches. Toutes les femmes quelconques se crispent lorsqu'elles sont malgré elles confrontées à la vraie beauté. Elle s'arrêta à la hauteur de Bennett, mais sans trop s'approcher.

— Lady Hannah Rothchild, Chantel O'Hurley.

— Ravie de faire votre connaissance.

Formelle et digne, Hannah tendit la main. Chantel garda un visage impassible lorsqu'elle l'accepta.

— Tout le plaisir est pour moi.

En tant que femme, et en tant qu'actrice maîtrisant certains artifices, Chantel se demanda pourquoi quelqu'un possédant une aussi jolie silhouette et un visage sans le moindre défaut ne faisait rien pour les mettre en valeur.

— Lady Hannah va tenir compagnie à Eve pendant quelques mois, expliqua Bennett.

— C'est formidable. Cordina est un pays magnifique. Je suis sûre que vous allez l'aimer.

— Je l'aime déjà. Et j'ai aimé vous voir répéter, aussi.

— Merci, mais il y a encore du travail.

Curieusement, Chantel ressentait une certaine méfiance envers lady Hannah. Mais cela ne la tracassa pas plus que cela, et elle se tourna vite vers Bennett.

— Il faut que j'y aille, on m'attend. Essaie de me consacrer un peu de temps, trésor.

— Bien sûr. Tu assisteras au dîner de samedi soir avec le reste de la troupe ?

— Je ne manquerais cela pour rien au monde. Ce sera l'occasion de vous revoir, lady Hannah.

— Avec plaisir. Au revoir, mademoiselle O'Hurley.

Après avoir administré une petite tape amicale sur la joue

de Bennett, Chantel redescendit les escaliers, et disparut, suivie comme son ombre par le metteur en scène.

— Quelle femme..., murmura Bennett.

— Oui, elle est très belle.

— Je ne parlais pas seulement de cela.

Sans la regarder, il reprit le bras d'Hannah.

— Je crois que j'ai toujours admiré sa volonté et son ambition. Elle est déterminée à être la meilleure, et elle ne craint pas de travailler dur pour cela. Chaque fois que je la vois à l'écran, je suis époustouflé.

Hannah se souvint qu'elle était censée être modeste et effacée.

— Vous admirez l'ambition, Votre Altesse ?

— En bien ou en mal, c'est ce qui fait bouger le monde.

— Certains hommes voient d'un mauvais œil les femmes ambitieuses.

— Certains hommes sont idiots.

— Je ne vous le fais pas dire, répondit-elle trop sèchement, si sèchement qu'il se tourna vers elle, les sourcils froncés.

— Pourquoi suis-je toujours en train de me demander si vous m'insultez ou non, Hannah ?

— Je vous demande pardon, Votre Altesse. Je ne faisais que me ranger à votre avis.

Il s'arrêta de nouveau. Un murmure provenait de la scène, mais le hall était désert. A la grande surprise d'Hannah, il lui saisit le menton et scruta son visage.

— Comment se fait-il que, lorsque je vous regarde, j'ai l'impression que vous me dissimulez des choses ?

Un signal d'alarme retentit dans la tête d'Hannah. Elle ne put s'empêcher de pâlir un peu, tout en espérant qu'il prendrait cela pour une réaction normale. Elle se concentra pour ne montrer aucun autre signe d'inquiétude.

— Je ne vois pas ce que vous voulez dire.

— Je m'interroge...

Il passa son pouce sur son menton, puis le laissa glisser sur son cou.

— Oui, je m'interroge plus que je ne devrais à votre propos, Hannah. Avez-vous une explication à cela ?

Il y avait des pépites d'ambre dans ses yeux, remarqua-t-elle. Des pépites d'ambre qui transformaient ce qui aurait été un brun pur en quelque chose de fauve et d'envoûtant. Il avait la bouche d'un poète et les mains d'un bûcheron. Tandis que son cœur, d'ordinaire toujours aussi tranquille, se mettait à cogner dans sa poitrine, Hannah se demanda comment il était possible que les deux se mêlent en une seule et même personne.

— Votre Altesse..., bafouilla-t-elle.

— Alors, Hannah, une explication ?

Bennett la vit entrouvrir les lèvres. C'était étrange, il n'avait encore jamais remarqué combien sa bouche était attirante : soyeuse, pleine, et d'une jolie teinte soutenue, malgré l'absence de maquillage. Si par hasard il l'embrassait, sentirait-il ses lèvres aussi froides que sa voix, ou aussi prometteuses que son regard ?

Elle devait mettre un terme à tout cela, immédiatement. Si elle ne chassait pas vite le trouble qui grandissait en elle, elle courait tout droit à la catastrophe. Hannah s'obligea à baisser les yeux, et répondit le plus calmement possible.

— Non, Votre Altesse, je n'ai aucune explication. Mis à part le fait que, souvent, les hommes sont intrigués par les femmes qui ne ressemblent pas à celles auxquelles ils sont habitués.

Il recula et, ce faisant, ressentit comme un déchirement dont la violence le surprit.

— Nous verrons cela. En attendant, il est temps que je vous ramène, Hannah.

Chapitre 3

Hannah était tout à fait libre de se promener à sa guise dans le palais et ses abords. Elle n'avait qu'à demander pour qu'on lui fasse couler un bain, ou que l'on change ses meubles de place. Si elle avait une envie subite de chocolat à 3 heures du matin, elle pouvait décrocher le téléphone qui se trouvait à son chevet et demander à ce qu'on lui en apporte. En tant qu'invitée de la famille royale, elle avait droit à tous les privilèges et à tous les plaisirs que le palais pouvait offrir.

Et, en tant qu'invitée de la famille royale, elle avait droit à ses propres gardes du corps.

Hannah ne les considérait que comme une vague nuisance. Il était assez simple, pour quelqu'un d'habile comme elle, de leur faire croire qu'elle était tranquillement dans ses appartements, alors qu'elle se trouvait tout à fait ailleurs. Toutefois, le fait d'être surveillée compliquait l'organisation d'un rendez-vous avec son contact.

Il était hors de question d'utiliser les téléphones du palais. Il y avait un risque que ses conversations, même codées, soient interceptées. Elle avait brièvement envisagé d'introduire un transmetteur en cachette dans sa chambre, avant de renoncer. Les transmissions pouvaient être captées par d'autres appareils. Elle n'avait pas consacré deux ans de sa vie à ce projet pour risquer de tout compromettre à cause d'un cafouillage électronique. De toute façon, elle préférait que les conversations de cette importance aient lieu en face à face.

Deux jours après son arrivée à Cordina, elle envoya une lettre. Elle était adressée à une vieille amie de sa famille résidant dans le Sussex, mais qui en réalité n'existait pas. Sa destination correspondait à l'une des nombreuses ramifications de l'organisation de Deboque en Europe. Si, pour une raison ou pour une autre, la lettre était interceptée et ouverte, son lecteur n'y découvrirait rien d'autre qu'une description de Cordina suivie de banales considérations météorologiques.

Une fois que la lettre parviendrait à destination et serait décodée, elle prendrait un tout autre sens, bien sûr. Hannah avait donné son nom, sa place dans l'organisation, et avait sollicité une rencontre, en précisant l'heure, la date et l'endroit. Ces informations seraient transmises à son contact, à Cordina. Tout ce qu'elle aurait à faire, ce serait se rendre, seule, au lieu de rendez-vous qu'elle avait choisi.

Encore une semaine, songea Hannah alors que sa lettre était en chemin. Encore une semaine, et elle pourrait enfin commencer ce pour quoi elle se préparait depuis si longtemps. Mais, entre-temps, elle avait encore énormément à faire.

La princesse Gabriella et sa famille étaient attendues au palais dans la soirée. Tout le personnel était sur le pied de guerre depuis le matin, certainement à cause de la venue des enfants. Hannah avait entendu que l'inestimable collection d'œufs Fabergé devait être déplacée vers un endroit sûr et hors d'atteinte.

La journée se déroula assez calmement. Hannah passa la matinée à la nurserie avec Eve et Marissa, déjeuna avec plusieurs membres de la Société historique, et profita du calme de la fin de l'après-midi pour explorer les sous-sols, à la recherche de failles et autres vulnérabilités.

A présent, elle attachait son collier de perles et s'apprêtait à rejoindre la famille royale dans le salon principal. Il serait intéressant de les voir tous ensemble, songea-t-elle. De cette façon, elle pourrait juger des rapports entre les différents membres de la famille aussi bien que des individualités. Très rapidement, elle devrait les connaître aussi bien qu'elle se connaissait elle-même. Une seule erreur, une seule mauvaise appréciation, et tous ses efforts pourraient être perdus.

— Reviens par ici, petit démon !

Hannah entendit un rire fort, un bruit sourd, puis des pas précipités. Avant qu'elle n'ait le temps d'aller à sa porte pour voir ce qui se passait, le battant s'ouvrit précipitamment. Un petit garçon avec une touffe de cheveux noirs qui semblaient ne pas avoir été peignés depuis une semaine s'engouffra à l'intérieur de sa chambre. Il lui adressa un immense sourire, où manquaient quelques dents, avant de se précipiter sous son lit.

— Cachez-moi, s'il vous plaît ! demanda l'enfant, d'une voix à demi étouffée par le bord du couvre-lit, avant de disparaître.

Au moment où Hannah ouvrait la bouche pour répondre, elle aperçut Bennett dans l'embrasure de la porte.

— Avez-vous vu un petit garçon terriblement mal élevé ?

— Je, ah… non, répondit-elle en croisant les bras. Mais il me semble avoir entendu quelqu'un passer en courant dans le couloir. Qu'est-ce que…

— Merci. Si vous le voyez, enfermez-le dans un placard, ou n'importe où.

Puis, depuis le couloir, il lança :

— Dorian, espèce de sale petit voleur, tu ne pourras pas te cacher toute ta vie !

Hannah se dirigea vers la porte et regarda Bennett s'éloigner puis disparaître, avant de la refermer. Puis, retournant vers le lit, elle se pencha et souleva le couvre-lit.

— Je crois que le danger est passé, dit-elle.

Les cheveux noirs émergèrent en premier, suivis d'un petit corps vigoureux habillé d'un bermuda et d'une chemise de lin blanche couverts de poussière. Si Hannah n'avait pas déjà vu sa photographie, elle l'aurait pris pour le fils d'un domestique. Mais il était de sang royal.

— Vous êtes anglaise. Je l'ai entendu à votre accent.

— En effet. Je vous félicite pour votre oreille.

— Merci de m'avoir caché, dit le jeune garçon en s'inclinant — ce qu'il faisait merveilleusement bien, malgré ses cinq ans à peine. Mon oncle est en colère, mais ça ne dure jamais longtemps. Je suis le prince Dorian.

— Votre Altesse, dit Hannah en exécutant une révérence. C'est un plaisir de faire votre connaissance. Je suis lady Hannah Rothchild.

Puis, incapable de résister, elle se pencha vers lui.

— Qu'avez-vous volé ?

Dorian jeta un coup d'œil à la porte fermée, puis à Hannah, avant de sourire. De sa poche arrière, il sortit un Yo-Yo. Il avait peut-être été bleu, jadis, mais à présent, il était couleur vieux bois, grisâtre, et ne possédait plus que quelques traces de la peinture d'origine. Hannah l'observa avec le respect qui lui était dû.

— Il est à Bennett…, enfin, à Son Altesse ? corrigea Hannah.

— Il est magnifique, n'est-ce pas ? Il l'a reçu quand il avait cinq ans.

Dorian retourna le jouet dans sa main, s'émerveillant devant cet objet qui avait dû être neuf et brillant quand son oncle avait exactement le même âge que lui.

— Il se fâche quand je rentre dans sa chambre. Mais comment pourrais-je y jouer, sinon ?

— En effet.

Hannah eut du mal à résister à l'envie d'ébouriffer sa royale petite tête.

— Et je doute que lui-même y joue très souvent, renchérit-elle.

— Il le laisse sur une étagère. Cela ne le dérange pas que je le regarde, expliqua Dorian, qui savait visiblement se montrer loyal quand il le fallait. C'est juste que, quand j'essaie de jouer avec, le fil s'emmêle et fait des nœuds.

— Cela demande un peu d'entraînement.

— Je sais.

Il sourit de nouveau largement, avant de poursuivre.

— Et je ne peux m'entraîner que si je le vole.

— Votre logique est infaillible, Votre Altesse. Est-ce que je peux voir ?

Dorian n'hésita qu'un court instant, avant de lui tendre gentiment le Yo-Yo.

— D'habitude, les filles ne s'intéressent pas à ce genre de jeux, dit-il en esquissant une grimace de mépris très masculin. Mes sœurs jouent aux poupées.

— C'est une affaire de goûts, je pense.

Hannah enfila son doigt dans la boucle, en se demandant depuis quand Bennett n'y avait pas glissé le sien. De toute évidence, la ficelle n'était pas aussi vieille que le jouet lui-même. D'après elle, elle avait dû être remplacée au moins une bonne dizaine de fois, au fil des années. Sans réfléchir, elle laissa le Yo-Yo tomber, puis rebondir, avant de le récupérer dans sa paume.

— Oh ! joli.

Sous le charme, Dorian la regardait de ses yeux grands ouverts et émerveillés.

— Merci, Votre Altesse. Moi aussi, j'en possédais un lorsque j'étais enfant. Il était rouge, se souvint-elle avec un demi-sourire. Jusqu'à ce que mon chien ne se mette en tête de le croquer.

— Est-ce que vous connaissez des figures ? J'ai essayé de faire le « tour du monde » une fois, mais j'ai cassé une lampe. Oncle Bennett m'a grondé, mais il a ramassé lui-même les morceaux pour que personne ne soit au courant.

Parce qu'elle put aisément se représenter la scène, Hannah

sourit. Bennett cachait un cœur d'or. Mais cela ne changeait rien à ce qu'il était par ailleurs…

— Une figure ? Voyons voir…

Tout en réfléchissant, elle fit descendre et remonter le Yo-Yo. Puis, d'un coup sec du poignet, elle effectua le « tour du monde ». Quand elle récupéra le Yo-Yo, Dorian se mit à rire et s'installa sur le lit.

— Une autre, s'il vous plaît.

Puisant dans ses souvenirs, Hannah exécuta la « promenade du chien », ce qui fit trépigner de joie le jeune prince, de plus en plus extatique.

— Magnifique, lady Hannah, dit Bennett depuis la porte. De toute évidence, vous avez des talents cachés.

Hannah dut réprimer un juron en récupérant le Yo-Yo.

— Votre Altesse.

Jouet en main, elle s'inclina.

— Je ne vous ai pas entendu frapper.

— C'est normal : je n'ai pas frappé.

Bennett quitta l'embrasure de la porte où il était appuyé pour se diriger vers le lit. Son neveu lui sourit d'un air impénitent.

— N'est-ce pas qu'elle est fabuleuse, oncle Bennett ?

— Nous discuterons des qualités de lady Hannah plus tard.

Il tordit doucement l'oreille de Dorian avant de se retourner.

— J'aimerais récupérer mon bien, si vous êtes d'accord, dit-il en tendant la main vers Hannah.

Luttant pour garder un visage sérieux, elle lui rendit le Yo-Yo.

— Cela peut sembler un simple jouet d'enfant, fit Bennett en le rangeant dans sa poche, mais, en réalité, c'est bien plus que cela : il s'agit d'un héritage.

— Je vois.

Elle s'éclaircit la gorge pour couvrir le petit rire qu'elle sentait lui échapper. D'un air qu'elle espérait contrit, elle baissa les yeux.

— Je vous demande pardon, Votre Altesse.

— J'espère bien… Alors, il était là pendant tout ce temps, ce chenapan ?

Bennett força son neveu à s'allonger et lui chatouilla les côtes.

— Vous m'envoyez chercher ce voleur en culottes courtes à l'autre bout du palais alors que, pendant ce temps, il se cachait sous vos jupes.

— Sous le lit, plutôt, Votre Altesse.

Elle dut de nouveau s'éclaircir la gorge, mais réussit à parler calmement.

— Quand vous avez fait irruption dans ma chambre tout à l'heure, je n'ai pas compris que c'était le prince Dorian que vous cherchiez.

— J'ai toujours admiré les personnes sachant mentir, murmura Bennett en s'approchant.

Pour la seconde fois, il prit son menton entre ses doigts. Mais, pour la première fois, elle vit toute l'arrogance dont il était capable et ressentit son immense pouvoir d'attraction.

— Et je suis de plus en plus intrigué, ajouta-t-il.

— Lady Hannah sait faire un double « tour du monde ».

— Fascinant.

Bennett laissa lentement retomber sa main tout en se tournant vers son neveu. S'il y avait prêté attention, il aurait pu entendre le petit soupir de soulagement poussé par Hannah.

— Je croyais que nous avions passé un accord, Dorian.

Le petit garçon baissa la tête, mais ses yeux brillaient toujours.

— Je voulais juste le voir. Je suis désolé, oncle Bennett.

— J'espère bien, répondit Bennett, en le prenant dans ses bras, puis en l'embrassant bruyamment. Ta mère est en bas. Va la rejoindre dans le salon, mais sans faire de glissades dans les couloirs en chemin.

— D'accord.

Une fois que Bennett l'eut reposé à terre, Dorian s'inclina devant Hannah.

— Ce fut un plaisir de vous rencontrer, lady Hannah.

— Tout le plaisir a été pour moi, Votre Altesse.

Il lui adressa un large sourire avant de filer.

— Quel beau parleur, marmonna Bennett. Oh ! vous devez le trouver mignon, mais je vous assure que c'est un vrai démon.

— Assez étrangement, il m'a fait penser à vous.

Un sourcil levé, Bennett croisa les bras devant lui.

— En effet, c'est étrange.

— C'est un fieffé coquin, sans aucun doute. Et vous l'aimez.

— Bien entendu, répondit Bennett en plongeant sa main dans sa poche. Pour en revenir au Yo-Yo…

— Oui ?

— Essayez d'attendre que je sois parti avant de vous moquer de moi.

— Je ne me moquerai pas, Votre Altesse.

— C'est ma mère qui me l'a offert un été où j'ai été malade. J'en ai acheté une bonne dizaine à ce petit diable, mais il continue de me voler le mien. Il sait que, si je n'ai pas moi-même de fils avant ses dix ans, je le lui donnerai.

— J'ai une poupée aux cheveux roux, offerte par ma mère lorsque je me suis cassé le poignet. Je l'ai toujours gardée, même quand je n'ai plus voulu des autres.

Ce ne fut que lorsqu'il prit sa main qu'elle comprit qu'elle lui avait dit quelque chose qu'il n'avait pas besoin de savoir, quelque chose qu'elle n'avait jamais dit à personne d'autre. Alors qu'elle se mettait en garde contre sa dangereuse étourderie, il effleura ses doigts d'un doux baiser.

— Vous avez bon cœur, lady Hannah, et vous trouvez toujours les mots qu'il faut. Venez, allons rejoindre le reste de la famille.

*
* *

Reeve MacGee représenterait un formidable obstacle. Hannah se l'était souvent dit, mais, à le voir avec sa famille, elle en était à présent certaine. Elle connaissait son parcours depuis ses débuts dans la police jusqu'à sa collaboration plus discrète avec le gouvernement américain.

Son engagement auprès de Cordina et de la famille royale avait des accents de romance, mais Reeve n'était pas un poète. Alors qu'il s'était volontairement plus ou moins retiré des affaires, il était venu à Cordina à la demande expresse du prince Armand lorsque Gabriella avait été enlevée. Même si la princesse avait réussi à s'échapper, sa période de captivité avait laissé des marques. Elle avait été frappée d'amnésie, et Reeve avait été chargé de la protéger, ainsi que de mener l'enquête.

C'était Deboque qui avait tout manigancé, tout le monde en avait eu immédiatement l'intime conviction. Mais, même si sa maîtresse avait été arrêtée et emprisonnée, elle ne l'avait jamais directement mis en cause. Comme d'autres hommes puissants, Deboque inspirait la loyauté. Ou la peur.

Pendant la période où Gabriella se battait pour retrouver la mémoire, elle et Reeve étaient tombés amoureux. Bien qu'il ait refusé tout titre officiel à leur mariage, il avait accepté de prendre en charge la sécurité à Cordina. Mais, même avec son expérience et ses compétences, le palais avait été infiltré une seconde fois.

Deux ans plus tôt, Alexander avait failli être assassiné. Depuis lors, Reeve avait réussi à empêcher tout autre attentat à l'encontre de la famille royale. Mais Deboque était sur le point de sortir de prison. Il était en passe de retrouver la liberté et, avec elle, toute sa puissance.

En observant Reeve, Hannah découvrait en lui un homme calme et réservé qui adorait sa femme et ses enfants. Il ferait tout ce qui était possible pour les protéger de tout danger. Et c'était tant mieux.

Les mains croisées, posées à plat sur sa jupe impeccablement lissée, elle tâcha de se concentrer sur la conversation.

— Nous savons tous que ta pièce va rencontrer un succès fabuleux, fit Gabriella, qui tenait la main de Reeve.

Ses cheveux roux sombre étaient coiffés avec un chic décontracté et encadraient un visage qui, au fil des années, restait toujours aussi délicat et joli.

— Ce qui ne veut pas dire que nous ne comprenons pas que tu t'inquiètes, ajouta-t-elle.

— J'en suis arrivée au point où j'aimerais que tout soit terminé, répondit Eve en prenant Marissa sur ses genoux.

— Mais tu te sens bien ?

— Je me sens très bien, dit Eve en laissant repartir sa fille. Entre Alex qui me couve et Hannah qui veille sur moi, il me faut presque un certificat médical pour lever le petit doigt.

Gabriella se tourna vers Hannah et lui sourit.

— C'est si gentil de votre part d'être venue. Je sais mieux que quiconque le réconfort que représente la présence d'une amie à ses côtés. J'espère que nous nous occupons assez bien de vous et que vous n'avez pas le mal du pays.

— Ne vous en faites pas, je me sens très heureuse à Cordina, répondit Hannah, le dos bien droit sur le canapé.

— J'espère que vous viendrez nous rendre visite chez nous durant votre séjour.

— J'ai beaucoup entendu parler de votre « ferme », comme vous l'appelez. Cela me ferait plaisir de la voir.

Reeve et Gabriella avaient choisi de se faire construire leur demeure à l'endroit même où Gabriella avait été enlevée, lorsque ce n'était encore qu'une immense étendue d'herbes folles.

— Dans ce cas, nous arrangerons cela, dit calmement Reeve en allumant une cigarette. Votre séjour se déroule-t-il comme vous le souhaitez, pour l'instant ?

— Tout à fait, répondit-elle en le regardant bien droit dans les yeux. Cordina est un pays fascinant. Il baigne peut-être dans une atmosphère de conte de fées, mais il est bien réel. J'ai particulièrement hâte de visiter le musée.

— Je pense que vous allez trouver les expositions que nous présentons assez inhabituelles, fit remarquer Armand.

— Sans doute, Sire. J'ai fait quelques recherches avant de quitter l'Angleterre. Je suis certaine que mon séjour à Cordina sera pour moi riche en enseignements.

Marissa marcha à petits pas chancelants vers elle, et lui tendit les bras. Vaguement émue, Hannah installa l'enfant sur ses genoux.

— Et comment se porte votre père ? demanda Reeve tout en expirant la fumée.

Hannah secoua son collier de perles pour amuser la petite.

— Très bien, merci. J'ai souvent l'impression qu'il rajeunit à mesure que je vieillis.

— La famille, qu'elle soit nombreuse ou pas, occupe toujours une place centrale dans nos vies, dit Reeve d'une voix calme.

— Oui, c'est vrai, murmura Hannah tout en jouant avec le bébé. Il est dommage que la vie de famille ne soit pas toujours aussi simple qu'elle ne le paraît lorsque nous sommes enfants.

Bennett, confortablement assis sur son siège, se demanda soudain pourquoi il avait l'impression qu'il y avait un sens caché à cette petite conversation d'apparence si anodine.

— Je ne savais pas que tu connaissais le père d'Hannah, Reeve, lança-t-il.

— Oh ! je l'ai juste croisé quelques fois par hasard, répondit-il, avant de changer de sujet. Alors, il paraît que Dorian t'a encore volé ton Yo-Yo ?

— J'aurais dû le mettre à l'abri au moment où j'ai appris votre visite, répondit Bennett en tapotant la petite bosse que formait sa poche. J'aurais volontiers attrapé ce petit diable, mais il avait une complice, ajouta-t-il en tournant la tête vers Hannah.

— Je dois vous présenter mes excuses, lady Hannah, dit Gabriella en esquissant un sourire. Mon fils vous a détournée du droit chemin.

— Ne vous excusez pas, je me suis bien amusée. Le prince Dorian est charmant.

Amusé, Reeve esquissa un sourire.

— Ce n'est pas toujours ce que nous disons de lui à la maison.

Décidément, songea-t-il, cette femme était un mystère. Plus il cherchait des failles en elle, moins il lui voyait de défauts.

— Mais, en parlant des enfants, poursuivit-il, je crois que je vais aller les chercher. Adrienne est à l'âge où l'on ne peut jamais être sûr qu'elle surveille ses frères et sœurs ou qu'elle les pousse à faire les pires des bêtises.

— Qui sait quel chaos ils ont pu créer en vingt minutes, fit Bennett en jetant un coup d'œil à la terrasse.

— Attends d'avoir toi-même des enfants, conclut Eve en se levant, puis en reprenant sa fille des bras d'Hannah. Tu les gâteras comme pas permis. Si vous voulez bien m'excuser, je voudrais aller nourrir Marissa.

— Je t'accompagne, dit Gabriella en posant son verre. Nous pourrons en profiter pour discuter de l'organisation du bal de Noël. Je veux t'aider le plus possible.

— Je te remercie. Tu m'épargnes le fait d'avoir à te le demander.

Comme Hannah se levait à son tour, Eve se tourna vers elle :

— Non, je t'en prie, reste assise et détends-toi. Nous n'en avons pas pour longtemps.

— De toute façon, vous n'avez pas tellement de temps, enchaîna Bennett tout en faisant passer son Yo-Yo d'une main à l'autre. Nous dînons dans une heure.

— Ne t'inquiète pas, Ben, nous connaissons tous tes priorités.

Eve se pencha pour l'embrasser tendrement avant de quitter la pièce.

— Je ferais volontiers quelques pas, dit Alexander en se levant à son tour, puis en regardant Reeve. Je vais aller chercher les enfants avec toi.

Ils venaient de franchir les portes donnant sur la terrasse lorsqu'un domestique fit son entrée.

— Veuillez m'excuser, Votre Altesse. Un appel téléphonique en provenance de Paris.

— Oui, je l'attendais, fit Armand. Je vais le prendre dans mon bureau, Louis. Si vous voulez bien m'excuser, lady Hannah.

Le prince prit sa main et s'inclina devant elle.

— Je suis sûr que mon fils sera ravi de vous tenir compagnie pendant ce temps. Bennett, lady Hannah aimerait peut-être voir la bibliothèque.

— Si vous aimez contempler des murs remplis de livres, dit Bennett une fois son père parti, vous ne pourrez pas trouver mieux.

— J'adore les livres.

— Très bien, alors.

Même s'il avait en tête de bien meilleures idées pour occuper l'heure qui allait suivre, Bennett offrit son bras à la jeune femme et la conduisit vers la bibliothèque.

— J'ai du mal à croire que le musée puisse posséder des peintures plus belles encore que celles qui se trouvent au palais, prince Bennett.

— Le musée d'art possède cent cinquante-deux tableaux des époques impressionniste et postimpressionniste, dont deux Corot, trois Monet et un très beau Renoir. Nous avons récemment fait l'acquisition d'un Childe Hassam aux Etats-Unis. En échange, ma famille a cédé six Georges Complainiers, un artiste cordinien qui a peint notre île au XIXe siècle.

— Je vois.

Remarquant son air étonné, Bennett se mit à rire.

— Je suis au courant de tout cela, car je fais partie du conseil d'administration du musée. J'adore peut-être les chevaux, Hannah, mais cela ne m'empêche pas d'apprécier l'art. Que pensez-vous de celui-ci ?

Il s'arrêta devant une petite aquarelle, qu'Hannah détailla avec plaisir. Le palais royal y était magnifiquement peint, d'une façon presque mystique. Ses murs et ses tourelles blancs se dressaient derrière un voile de brume rose qui rendait le bâtiment encore plus féerique qu'il ne l'était déjà. C'était l'aube, songea-t-elle. Le ciel, d'un bleu délicat, contrastait avec les tonalités plus sombres de la mer. Le palais semblait appartenir de toute éternité à ce paysage où rêve et réalité se mêlaient. A l'arrière-plan, on devinait les hautes portes en fer et les murailles imposantes qui protégeaient les abords du palais.

— C'est très beau. On sent que l'artiste a posé un regard aimant, et même émerveillé, sur le palais. De qui s'agit-il, au fait ?

— De mon arrière-arrière-grand-mère.

Visiblement heureux de sa réaction enthousiaste, Bennett posa sa main sur la sienne.

— Elle a réalisé des centaines d'aquarelles, qu'elle n'a jamais montrées. A l'époque, la peinture ou le dessin n'étaient qu'un passe-temps pour les femmes, et leur vocation était rarement prise au sérieux.

— Certaines choses changent, murmura Hannah, avant de regarder de nouveau le tableau. D'autres, non.

— Il y a quelques années, j'ai trouvé ses œuvres dans une malle au grenier. Elles étaient presque toutes abîmées. Ça m'a fendu le cœur. Et puis, j'ai trouvé celle-là, miraculeusement intacte.

Il toucha le cadre, presque amoureusement. Ses gestes étaient pleins de respect, et son regard, intense.

Alors qu'Hannah l'observait, fascinée, il poursuivit.

— J'ai eu l'impression de faire un voyage dans le temps, de remonter plusieurs générations, et de me retrouver face à moi-même. Depuis le moment où ce tableau a été peint, rien n'a changé et, s'il avait été réalisé de nos jours, il aurait été en tout point semblable.

Elle ressentit un élan de son cœur vers le sien. Quelle femme pouvait résister à la fierté et à la sensibilité ? Comme pour se protéger, elle recula d'un pas.

— Nous les Européens avons bien conscience que quelques générations ne représentent qu'une petite fraction de temps. Des siècles d'histoire nous précèdent. Et il est de notre responsabilité de transmettre ce flambeau de génération en génération.

Bennett la regarda, et trouva ses yeux plus profonds encore qu'à l'accoutumée.

— Nous possédons cela en commun, n'est-ce pas, Hannah ? Aux Etats-Unis, il y a une immédiateté qui peut être excitante, voire stimulante. Mais ici, en Europe, nous savons le temps qu'il faut pour bâtir quelque chose de solide. La politique change, les gouvernements se succèdent, mais l'histoire continue.

Elle dut détourner le regard. Plus elle parlait avec lui, plus elle le découvrait sensible et intelligent. Pourtant, elle ne devait pas laisser ses émotions et ses sentiments la détourner de sa mission.

— Y en a-t-il d'autres ? demanda-t-elle en désignant le tableau d'un signe de tête.

— Seulement quelques-uns, malheureusement. La plupart étaient trop endommagés pour être sauvés.

Sans qu'il sache pourquoi, il avait envie de partager avec elle les choses qui comptaient pour lui.

— Il y en a un dans le salon de musique. Les autres se trouvent au musée. Venez, allons voir.

Poussée par la curiosité, Hannah se laissa guider par Bennett vers une autre aile du palais, leurs pas résonnant sur le sol mosaïqué.

Ils passèrent une large porte, puis il la fit entrer dans une pièce qui semblait avoir été conçue pour mettre en valeur le grand piano qui occupait son centre.

Dans un coin se trouvait une harpe dont on aurait pu avoir joué aussi bien cent ans plus tôt que la veille. Dans une vitrine de verre close étaient disposés d'anciens instruments à vent et une lyre précieuse. Comme partout ailleurs dans le palais, des bouquets de fleurs égayaient la pièce. Des gerbes de jasmin odorant étaient disposées dans des vases chinois d'un superbe rouge vernissé. La cheminée en marbre était garnie de petit bois, et il aurait suffi de craquer une allumette pour l'embraser.

Avec Bennett, Hannah foula un tapis d'Aubusson et fit un bond en arrière dans le temps. Ce tableau peint de manière très gaie, avec des couleurs vives et à touches rapides, représentait un bal. Des femmes, superbement mises en valeur dans leurs robes 1850, virevoltaient sur un parquet étincelant, aux bras d'hommes impressionnants de prestance. Des miroirs reflétaient la scène, illuminée par trois lustres resplendissants. La peinture était tellement vivante qu'en la regardant Hannah avait presque l'impression d'entendre l'orchestre jouer une valse.

— Magnifique. Cette pièce se trouve-t-elle ici, au palais ?

— Oui. Elle n'a quasiment pas changé. C'est là que se déroulera le bal de Noël, le mois prochain.

Dans un mois, déjà, songea-t-elle. D'ici là, il y avait tant à faire. Il ne restait plus que quelques heures avant la libération de Deboque, et elle découvrirait bientôt si son travail souterrain avait porté ses fruits.

— C'est une très belle pièce, dit Hannah, tout en s'exhortant à conserver une apparence et un discours légers, malgré la tension certaine qui l'habitait. Dans notre résidence de campagne se trouve un petit salon de musique. Il n'a rien de comparable avec celui-là, bien sûr, mais j'ai toujours aimé m'y détendre.

Elle se dirigea vers le piano, pas tant pour l'examiner de plus près que pour prendre un peu de distance.

— Jouez-vous vous-même, Votre Altesse ?

— Hannah, nous sommes seuls. Il n'est pas nécessaire de vous montrer aussi formelle avec moi.

— J'ai toujours considéré l'usage des titres comme normal, presque naturel.

Elle ne voulait surtout pas cela. Elle ne voulait surtout pas qu'il abolisse la distance entre eux deux.

— J'ai toujours considéré l'usage des titres déplacé entre amis.

Il la rejoignit et posa une main légère sur son épaule.

— Je pensais que nous l'étions, ajouta-t-il.

Elle sentit le contact de sa main à travers le tissu de sa robe, la soie de son caraco. Luttant de toutes ses forces pour reprendre le contrôle d'elle-même, elle affronta son regard.

— Que nous étions quoi, Votre Altesse ?

Il rit, et bientôt ses deux mains furent sur ses épaules, la forçant à lui faire face.

— Amis, Hannah. Amis. J'apprécie votre compagnie. C'est l'une des premières conditions à l'amitié, non ?

Elle le regardait, les yeux sérieux, les pommettes très légèrement colorées. Ses épaules semblaient si fermes sous ses mains. Pourtant, Bennett se souvenait de la douceur et de la délicatesse de sa peau lorsqu'il avait effleuré le contour de son visage.

Sa robe était marron et stricte ; son visage, non maquillé. Pas une mèche ne s'échappait de sa coiffure, et cependant il eut une vision d'elle, en train de rire, les cheveux détachés et les épaules nues, d'un rire qui ne serait destiné qu'à lui seul.

— Qu'avez-vous donc de si spécial, bon sang ? murmura-t-il.

— Pardon… ?

— Attendez.

Agacé, et autant contrarié par lui-même que par elle, Bennett s'approcha. Aussitôt, il la vit se raidir.

— Je vous demande juste de rester tranquille pendant un instant. D'accord ? demanda-t-il en approchant son visage, puis en posant ses lèvres sur les siennes.

Aucune réaction. Surtout ne montrer aucune réaction. Hannah se répéta cette phrase encore et encore, comme une litanie. Bennett ne se montra ni pressant, ni charmeur, ni enjôleur. Il se contenta de laisser sa bouche sur la sienne, avec une douceur dont elle n'aurait pas cru un homme capable. Et il lui communiqua sa saveur, qui se diffusa lentement en elle jusqu'à l'enivrer.

Il avait gardé les yeux ouverts, et l'observait attentivement. Il était si proche d'elle qu'elle sentait l'odeur de son savon sur sa peau, une odeur marine, puissamment évocatrice. Hannah enfonça ses ongles dans ses paumes, luttant pour ne rien laisser paraître de son trouble.

Mais Dieu comme elle était troublée !

Au départ, Bennett n'avait aucune idée sur ce qu'il allait découvrir en l'embrassant. Ce qu'il trouva sur ses lèvres fut de la douceur, énormément de douceur. Mais la chaleur et la passion, qu'il voyait pourtant briller dans ses yeux, en étaient absentes. Il ne ressentit pas le besoin impérieux de la toucher ni de l'embrasser avec plus de fougue. Pas cette première fois. Peut-être savait-il déjà qu'il y en aurait d'autres. Mais ce baiser lui procura une sensation de bien-être et de détente qu'il n'avait jusqu'ici ni recherchée ni trouvée chez aucune autre femme.

Il était assez expérimenté pour savoir qu'un volcan couvait

en elle. Mais, étrangement, il n'avait aucun désir de provoquer son éruption. Pas encore.

Lorsque Bennett mit fin à leur baiser, en reculant simplement d'un pas, Hannah ne bougea pas un seul muscle.

— Je n'ai pas fait cela pour vous faire peur, dit-il d'une voix calme, car c'était la vérité. C'était juste un test.

— Vous ne me faites pas peur.

Il ne faisait pas peur à la femme qu'il pouvait voir, songea-t-elle, mais celle qu'elle lui cachait était absolument terrorisée.

— Qu'est-ce que je vous fais, alors ?

Lentement, prudemment, Hannah déplia ses doigts.

— Je crains de ne pas comprendre ce que vous voulez dire, Votre Altesse.

Il l'observa un petit moment, avant de se détourner.

— C'est possible, en effet…

Troublé, il se massa la nuque, se demandant pourquoi une femme d'apparence si réservée et impassible pouvait l'attirer à ce point. Il comprenait le désir. Il lui était si souvent arrivé de le ressentir. Mais pas de cette sorte. Jamais de cette sorte.

— Bon sang, Hannah, est-ce que vous n'éprouvez jamais rien ?

— Bien sûr que si, Votre Altesse. Comme tout être humain.

Il ne put s'empêcher de rire. Il aurait dû se douter qu'elle le remettrait à sa place avec son implacable logique.

— Appelez-moi par mon prénom, s'il vous plaît.

— Comme vous voudrez.

Elle se tenait à présent devant le piano blanc, les mains croisées, et le fixait de ses yeux calmes et tranquilles. Tout en trouvant cela ridicule, il sut qu'il était tout près de tomber amoureux.

— Hannah…

Il n'avait pas fait plus de deux pas vers elle lorsque Reeve entra dans la pièce.

— Bennett, excuse-moi, mais ton père voudrait te voir avant le dîner.

Le devoir et le plaisir. Bennett se demanda si, un jour, il parviendrait à concilier les deux.

— Merci, Reeve.

— Je m'occupe de raccompagner lady Hannah.

— Très bien.

Très calme, il se figea et la regarda de nouveau.

— J'aimerais vous parler, un peu plus tard, dit-il.

— Bien sûr, répondit Hannah avec un sourire.

Mais elle ferait tout ce qui était en son pouvoir pour éviter cette discussion. Elle resta un moment immobile après qu'il fut parti.

— Y a-t-il un problème, lady Hannah ? lui demanda soudain Reeve.

— Non.

Elle expira profondément, mais ne se détendit pas.

— Pourquoi y aurait-il un problème ?

— Bennett peut être… déstabilisant.

Cette fois, lorsque leurs regards se croisèrent, elle fut certaine que celui de Reeve était légèrement amusé. Sans qu'elle puisse l'empêcher, une couche, une très fine couche de son vernis extérieur s'était fêlée.

— Je ne me laisse pas facilement déstabiliser, surtout lorsque je travaille.

— C'est ce qu'on m'a dit, répondit Reeve.

Il était toujours à la recherche de failles, et craignait d'avoir trouvé la première d'entre elles dans la façon qu'elle avait eue de regarder Bennett.

— Mais vous n'avez jamais eu à remplir une mission de ce type.

— En tant qu'agent hautement qualifié du SIS, je suis apte à remplir n'importe quelle mission.

Heureusement, sa voix était redevenue ferme. Ce n'était

plus la voix d'une femme qui avait été troublée, de façon presque intolérable, par un baiser.

— Vous aurez mon rapport d'ici demain, poursuivit-elle. A présent, je crois que nous ferions mieux de rejoindre les autres.

Hannah voulut se diriger vers la porte, mais il la prit par le bras et l'arrêta.

— C'est une mission d'une importance extrême. Et qui repose entièrement sur vous.

Elle se contenta d'acquiescer.

— J'en ai tout à fait conscience. Vous avez voulu le meilleur, et je suis la meilleure.

— Peut-être.

De toute évidence, elle n'avait pas réussi à rassurer Reeve.

— Votre réputation est plus qu'excellente, Hannah. Mais vous n'avez jamais eu affaire à quelqu'un comme Deboque.

— Et lui n'a jamais eu affaire à quelqu'un comme moi.

Elle regarda vers le couloir, puis baissa la voix.

— Je suis un membre reconnu de son organisation, maintenant. Il m'a fallu deux ans pour y parvenir. Je lui ai fait gagner deux milliards et demi en négociant habilement pour lui un contrat de munitions. Un homme comme Deboque apprécie ce genre d'initiatives. Ces derniers mois, j'ai tout fait pour discréditer son bras droit.

— Ou pour vous faire trancher la gorge.

— Cela, c'est à moi seule de m'en préoccuper. D'ici quelques semaines, c'est moi qui serai son bras droit. Ensuite, je vous le servirai sur un plateau d'argent.

— La confiance est une arme redoutable. Mais trop de confiance peut être synonyme d'aveuglement.

— Je ne me laisserai pas aveugler.

Elle songea à Bennett, ce qui renforça sa détermination.

— Je n'ai jamais échoué dans aucune de mes missions, Reeve. Je n'ai pas l'intention de commencer avec celle-là.

— Pour l'instant, faites juste en sorte de garder le contact avec Deboque et ses hommes. Je suis sûre que vous me comprendrez si je vous dis que je ne fais confiance à personne.

— Je comprends parfaitement, pour la bonne raison que, moi non plus, je ne fais confiance à personne. Est-ce que nous pouvons y aller, à présent ?

Chapitre 4

Si Hannah voulait à tout prix éviter ce déplacement au Havre en compagnie de Bennett, ce n'était, bien sûr, pas pour échapper au trouble que lui inspirait le prince. Elle obtiendrait des informations bien plus utiles si elle se concentrait sur le palais, voilà tout. Pour rester dans la capitale, elle avait l'intention de se servir de l'excuse — crédible à défaut d'être originale — d'une crise de migraine.

Elle avait délibérément attendu qu'Alexander ait fini de prendre le petit déjeuner avec sa famille pour pouvoir se retrouver seule avec Eve. A qui il ne fallut, hélas, que dix minutes pour contrecarrer tous ses plans.

— Ce n'est pas étonnant que tu ne te sentes pas bien, dit Eve qui buvait son thé dans la nurserie baignée de soleil, tout en jetant un œil à son emploi du temps. Je te retiens cloîtrée ici depuis ton arrivée.

— Ne dis pas de bêtises. Le palais est de la taille d'une petite ville. Je ne me sens absolument pas enfermée.

— Tout grand qu'il soit, il n'en est pas moins clos de murs. Une jolie balade le long de la côte, c'est exactement ce qu'il te faut. Bernadette.

Eve se tourna vers la jeune nourrice qui se préparait à emmener Marissa faire sa promenade matinale.

— Veillez bien à ce que Marissa mette un chapeau. Il y a un peu de vent, aujourd'hui.

— Oui, madame.

Eve cajola un instant sa fille.

— Amuse-toi bien, ma chérie.

— Fleurs, dit Marissa en riant.

— Oui, cueille de jolies fleurs. Nous les mettrons dans ta chambre.

Elle embrassa sa fille sur les deux joues, puis la laissa partir.

— Ça me fait mal de ne pas pouvoir l'emmener en promenade ce matin, mais j'ai une réunion au Centre dans une heure.

— Tu es une mère merveilleuse, Eve, murmura Hannah lorsqu'elle vit le regard préoccupé de la princesse.

— Je l'aime tant.

Elle poussa un long soupir, avant de reprendre sa tasse de thé.

— Je sais que c'est idiot, mais, quand je ne suis pas avec elle, je pense à tout ce qui pourrait survenir.

— Cela me paraît normal.

— Peut-être. Et faire partie de la famille royale ne fait qu'amplifier les choses.

Inconsciemment, elle posa la main sur son ventre, dans lequel dormait son second enfant.

— Je voudrais tellement que Marissa ait une enfance normale, et pourtant…

Eve secoua la tête, avant de poursuivre.

— Et pourtant, il y a un prix à payer pour tout.

Hannah se souvint qu'Alexander avait dit presque la même chose, mais en faisant référence à sa femme.

— Eve, Marissa est une enfant adorable, en pleine santé, et heureuse. Que veux-tu lui apporter de plus normal ?

Eve la regarda un moment, avant de poser son menton sur sa main.

— Oh ! Hannah, je ne sais pas comment j'ai fait pendant

ces deux années sans toi. Ce qui nous ramène à ce que je te disais.

Eve remplit de nouveau la tasse d'Hannah, avant de reprendre.

— Tu es venue ici pour découvrir Cordina et, pour l'instant, je n'ai fait que t'accaparer. J'ai l'impression d'avoir été effroyablement égoïste.

— Si je suis ici, c'est pour être avec toi, rappela Hannah, qui commençait à se sentir à court d'arguments.

— Si tu es ici, c'est parce que nous sommes amies. Fais-moi plaisir, accorde-toi cette journée, détends-toi, profite de l'air marin. Je te promets que Ben peut être d'une compagnie délicieuse. Je te garantis que ta migraine aura disparu au bout de cinq minutes de voyage.

— Quelqu'un a la migraine ? demanda Ben en entrant.

Il portait un uniforme blanc avec un insigne rouge qui témoignait de son grade d'officier dans la marine cordinienne. Sur la poche gauche de sa veste était brodé le sceau royal qui le désignait comme prince. Hannah avait toujours trouvé ridicule l'idée que les femmes soient incapables de résister aux hommes portant l'uniforme. Ridicule, jusqu'à ce jour…

Il était d'une prestance rare, elle devait le reconnaître, même si, d'ordinaire, elle ne se laissait pas facilement impressionner. La veste d'une blancheur immaculée accentuait le hâle de son teint et la noirceur de ses cheveux. Il lui sourit largement, et elle comprit tout de suite qu'il n'était pas dupe de l'effet qu'il lui faisait. Sans réfléchir, elle se leva pour s'incliner devant lui.

— Bennett, j'avais oublié combien tu étais superbe dans ton uniforme blanc, dit Eve en tendant sa joue pour qu'il l'embrasse. Finalement, je ferais peut-être mieux de dire à Hannah de prendre une aspirine et d'aller se reposer.

— Je crois qu'Hannah est assez grande pour prendre soin d'elle-même. N'est-ce pas, Hannah ?

— Mais tout à fait, répondit-elle, déterminée à résister

et à se défendre. Cela a toujours été le cas, et ce n'est pas maintenant que cela va changer.

— Vous êtes un peu pâle, dit-il en effleurant sa joue. Vous ne vous sentez pas bien, c'est vrai ?

Avait-il conscience du trouble qu'il éveillait en elle à ce simple contact ?

— Ce n'est rien, fit-elle nerveusement. Et Eve m'a assuré qu'une promenade en voiture le long de la côte était le remède idéal.

— Parfait. Eve, je te la ramènerai avec le rose aux joues, c'est promis.

— Si vous voulez bien m'attendre un instant. Je vais chercher mon sac, dit Hannah avant de quitter la pièce.

Alors que Bennett s'apprêtait à lui emboîter le pas, il sentit la main d'Eve lui agripper le bras.

— Est-ce que je me trompe, ou bien je viens de voir quelque chose ? lui demanda-t-elle, sourcils froncés.

Il ne fit pas semblant de ne pas l'avoir comprise.

— Je ne sais pas trop…

— Jusqu'ici, Hannah a vécu une vie très rangée. J'imagine que je n'ai pas besoin de te dire de faire attention ?

Malgré le soleil et la douce chaleur qui baignaient la pièce, Bennett se raidit.

— Non, il est inutile de me rappeler qui un homme comme moi a le droit de fréquenter ou pas.

— Je n'ai pas dit cela pour te contrarier.

Aussitôt, Eve se leva et lui prit les mains.

— Nous étions amis bien avant de faire partie de la même famille, Ben. Si je m'inquiète, c'est seulement parce que j'aime beaucoup Hannah et que je sais combien tu es irrésistible.

Il se radoucit, comme toujours avec Eve.

— Toi, tu as toujours réussi à me résister.

— Tu m'as toujours traitée comme une sœur.

Puis Eve marqua une pause, comme si elle cherchait ses mots pour ne pas le blesser.

— Irais-je trop loin si je disais qu'Hannah n'est pas ton type habituel ?

— Tu as raison, a priori, elle n'est pas mon type. Et c'est peut-être ce qui m'attire chez elle. Mais arrête de t'inquiéter, dit-il en l'embrassant sur le front. Je ne ferai aucun mal à ton amie.

— Peut-être est-ce que je me fais aussi du souci pour toi…

— Il n'y a vraiment pas de quoi.

Il lui caressa tendrement la joue, avant de se diriger vers la porte.

— Dis à Marissa que je lui ramènerai des coquillages.

Calme et résignée à son sort, Hannah retrouva Bennett en bas des escaliers.

— J'espère que je ne vous ai pas fait attendre trop longtemps.

— Nous avons tout notre temps. En revanche, je ne peux pas vous promettre que la cérémonie officielle et les discours qui nous attendent seront aussi agréables que la promenade en voiture que nous nous apprêtons à faire.

— Les cérémonies officielles et les discours ne me rebutent pas, loin de là.

— Dans ce cas, tant mieux. Claude.

Bennett se tourna vers l'homme grand et fort qui attendait à côté de la porte d'entrée.

— Bonjour, Votre Altesse. Lady Hannah. Votre voiture vous attend, monsieur.

Cette simple remarque signifiait clairement que la route entre Cordina et Le Havre avait été sécurisée.

— Merci, Claude.

Bennett la conduisit jusqu'à la voiture, qui les attendait

devant le palais. La petite décapotable française était garée devant le perron, flanquée de deux berlines plus massives.

— C'est votre voiture ?

— Je pense que je peux la décapoter, vous ne croyez pas ?

Bennett toucha la carrosserie rouge avec affection.

— Elle réagit au quart de tour, c'est un vrai bonheur à conduire. Elle peut monter à cent quatre-vingts en un seul coup d'accélérateur.

Un instant, elle imagina la sensation grisante du vent contre son visage, alors que défilerait à toute vitesse un splendide paysage côtier. Le rêve… Mais, très vite, elle se reprit, et tâcha d'adopter un regard sévère.

— J'espère que vous n'avez pas l'intention de battre votre record de vitesse aujourd'hui ?

En riant, il lui ouvrit sa portière.

— Pour vous, je conduirai comme un grand-père.

Hannah se glissa sur le siège et retint un soupir de plaisir.

— Elle est plutôt petite, comme voiture.

— Elle est bien assez grande pour deux, répondit-il en faisant le tour jusqu'à sa portière, que Claude avait déjà ouverte pour lui.

— Mais j'imagine que vous ne voyagez pas sans votre service de sécurité ni votre assistant.

— J'essaie de m'en passer dès que c'est possible. Mon secrétaire prendra place dans la voiture derrière nous. Si on essayait de les semer ?

Il mit le contact. D'après le bruit tonitruant qui s'échappait du capot, le moteur devait avoir une taille conséquente. Avant qu'Hannah puisse reprendre son souffle, Bennett lança son bolide dans l'allée. Il conduisait comme il montait à cheval. A toute allure.

— Ils sont déjà en train de grommeler, j'imagine.

Il salua les gardes postés aux grilles.

— Si j'écoutais Claude, je ne dépasserais jamais les trente

kilomètres/heure. Je serais aussi enfermé dans une limousine blindée, engoncé dans une cotte de mailles.

— C'est son travail de vous protéger.

— Dommage qu'il le fasse avec si peu d'humour, dit Bennett en rétrogradant pour prendre un virage.

— Votre grand-père a-t-il vécu longtemps ?

— Pardon ?

— Votre grand-père, répéta Hannah en croisant ses mains sur ses genoux. Je me demandais s'il avait vécu longtemps. Cela me paraît peu probable, s'il conduisait de cette façon.

Le vent agitait ses cheveux, et il se tourna vers elle, un large sourire aux lèvres.

— Faites-moi confiance, ma belle. Je connais les routes par cœur.

Elle ne voulait pas qu'il ralentisse. C'était la première fois qu'elle éprouvait une vraie sensation de liberté depuis des mois. Elle avait presque oublié combien c'était agréable. La mer étincelait de bleu et de blanc en bas de la route, alors qu'ils parcouraient les hauteurs de la capitale. La légère brise agitait les branches des palmiers qui se dressaient fièrement vers le ciel. Des fleurs d'un rouge éclatant égayaient les buissons qui bordaient les deux côtés de la route. L'air sentait la mer et le printemps perpétuel.

— Est-ce que vous pratiquez le ski nautique ? lui demanda Bennett, tandis qu'elle regardait un homme en train de glisser sur l'eau, tiré par un petit bateau à moteur.

— Non, je n'en ai jamais fait.

Mais cela paraissait fantastique.

— Je suis sûre que vous êtes un grand sportif, ajouta-t-elle. Pour ma part, je suis plus à mon aise dans les bibliothèques.

— On ne peut pas passer son temps à lire.

Le skieur fit un saut périlleux en l'air avant de retomber dans l'eau.

— Moi, je crois que je pourrais, dit-elle.

Bennett lui sourit, avant d'enchaîner avec souplesse une série de courbes.

— La vie ne vaut pas le coup sans une petite dose de frissons. Vous n'avez jamais envie d'aventure, Hannah ?

Elle songea aux dix dernières années de sa vie, aux missions qui l'avaient menée de châteaux en bidonvilles, et partout ailleurs, de ruelles françaises en promenades italiennes. Elle songea au pistolet de petit calibre qu'elle transportait dans son sac et au poignard effilé amoureusement blotti contre sa cuisse.

— J'ai toujours préféré vivre mes aventures par procuration, à travers mes lectures.

— Pas de rêves secrets ?

— Certaines personnes sont le reflet exact de ce qu'elles paraissent être.

Soudain mal à l'aise, elle se hâta de changer de sujet.

— Je ne savais pas que vous étiez officier de marine.

Un autre mensonge, songea-t-elle. Mais sa profession reposait sur le mensonge.

— J'ai servi pendant deux années. A présent, il s'agit plus d'un titre honorifique. Dans notre famille, les fils cadets sont traditionnellement voués à la carrière militaire.

— Vous avez choisi la marine.

— Cordina est entourée par la mer. Notre flotte est moins importante que la vôtre, bien sûr, mais elle est puissante.

— Et nous vivons une période troublée.

Une ombre passa dans les yeux du prince.

— A Cordina, nous avons appris que toutes les périodes sont troublées. Nous sommes un pays en paix, mais, parce que nous voulons le rester, nous sommes toujours prêts pour la guerre.

Elle songea au joli palais blanc avec ses jardins exotiques et ses tourelles de conte de fées. Inaccessible par la mer, perché sur une falaise depuis laquelle l'on voyait à l'œil nu à des kilomètres à la ronde. Elle se cala dans son siège et observa les vagues. Rien n'était jamais aussi simple qu'il ne paraissait.

Le Havre était une ville charmante, constata Hannah dès leur arrivée. Nichée au pied d'une vaste colline, elle était faite de jolies bâtisses aux façades blanches et de coquettes villas aux toits à bardeaux. Des bateaux de pêche et de plaisance mouillaient tranquillement dans un coin du port. Des petites fleurs bleues poussaient entre les fissures d'une digue séculaire. Des nasses à langoustes et des filets à poissons étaient étalés par terre et séchaient au soleil. En ce début de matinée, une odeur de poisson entêtante et curieusement agréable flottait dans l'air.

Au premier coup d'œil, la ville aurait pu passer pour un petit port de pêche, vivant uniquement de la mer. Mais, tandis qu'ils filaient au-delà du port, les quais devinrent plus imposants, les bâtiments plus vastes. Des dockers s'activaient, déchargeant les caisses d'un cargo amarré à côté d'un énorme ferry. En fait, Le Havre cachait bien son jeu. Grâce à son emplacement et à la détermination de ses habitants, il s'agissait de l'un des ports les plus fréquentés de la Méditerranée. C'était aussi le lieu d'ancrage de la flotte de Cordina.

Après s'être faufilé parmi les rues étroites et sinueuses, Bennett franchit une série de grilles. Il ralentit légèrement, assez tout de même pour que les gardes le reconnaissent et le saluent avec déférence. En apercevant des guérites peintes dans un rose passé, Hannah songea à la nacre d'un coquillage. Des palmiers et des fleurs poussaient à profusion à l'intérieur de l'enceinte, mais elle reconnut la structure et l'ordonnancement d'une installation militaire. Au bout de quelques minutes, ils s'arrêtèrent devant un bâtiment à la façade stuquée, devant laquelle des soldats en blanc se tenaient au garde-à-vous.

— A partir de maintenant, lui murmura Bennett, nous sommes en visite officielle.

Sur ces mots, il attrapa sa casquette, qu'il avait posée à l'arrière de la voiture. Pendant qu'il la coiffait, un soldat se précipita pour ouvrir sa portière. Les yeux masqués par l'ombre de la visière, le prince rendit les saluts qu'on lui adressait.

— Tout d'abord, quelques formalités nous attendent, la prévint-il, tout en coinçant sa casquette sous son bras.

En guise de formalités, donc, ils furent reçus par un groupe d'officiers — depuis l'amiral jusqu'à tous ses subalternes —, accompagnés de leurs épouses et de leurs attachés, impatients d'accueillir Son Altesse royale.

Hannah se plia de bonne grâce aux présentations et fit semblant de ne pas remarquer les regards interrogatifs qui accompagnèrent son entrée dans la salle de réception. Elle n'était pas son type. C'est ce qu'elle lut dans tous les yeux qui se posèrent sur elle. Et elle était totalement d'accord.

On leur servit le thé, avant de leur faire visiter les lieux, pour la plus grande joie d'Hannah. Elle feignit d'ignorer tout des installations qui lui furent montrées, posa des questions simples et écouta poliment les réponses tout aussi simples qu'on lui donna. Elle ne pouvait pas se permettre de laisser deviner que le radar et le système de communication lui étaient aussi familiers qu'ils l'étaient aux soldats sous le contrôle desquels ils étaient placés. Pourtant, il lui aurait suffi d'une seule manipulation pour contacter le siège du SIS à Londres ou le QG de Deboque à Athènes.

Elle longea de vastes vitrines, écoutant avec une fascination apparente un amiral lui expliquer la différence entre un destroyer et un porte-avions.

La visite officielle se poursuivit dehors, où tout le monde attendait déjà le retour de *L'Indépendance*. Les musiciens, dans leur uniforme que le soleil faisait paraître d'une blancheur aveuglante, entamèrent une marche quand Bennett arriva sur le quai. Massée derrière une barricade, la foule poussait acclamations et cris de joie. Des bébés et des enfants étaient portés à bout de bras pour qu'ils puissent apercevoir le prince.

Hannah dénombra une bonne dizaine d'agents de sécurité mêlés à la foule, en plus des deux hommes qui ne lâchaient jamais Bennett d'une semelle.

Deboque est dans la nature, songea-t-elle. *Le risque est partout.*

Le destroyer manœuvra pour arriver à quai, tandis que la foule applaudissait et que l'orchestre continuait à jouer. Les soldats qui se trouvaient à terre étaient tout aussi solennels que ceux que l'on voyait sur le pont. Après six mois passés en mer, *L'Indépendance* rentrait au port.

La passerelle s'abattit lourdement. Les cornes de brume et les sirènes retentirent. Le capitaine descendit pour saluer les officiers et s'incliner devant son prince.

— Je vous souhaite la bienvenue au pays, capitaine.

Bennett tendit la main, sous les nouvelles acclamations de la foule.

Comme toujours en pareilles occasions, un discours s'imposait. Lorsque Bennett prit la parole, Hannah, toujours très vigilante, scruta plus longuement la foule.

Elle ne fut pas surprise de le trouver parmi les badauds rassemblés. Le petit homme aux épaules légèrement voûtées se tenait en marge de la foule, un discret drapeau cordinien à la main. Avec ses habits très ordinaires et son visage tranquille, il passait totalement inaperçu. C'était l'un des meilleurs hommes de Deboque.

Rien ne serait tenté contre le prince Bennett aujourd'hui, songea-t-elle, tout en ressentant pourtant comme une légère tension dans la nuque. Son infiltration au palais avait été l'une de ses majeures contributions à l'organisation de Deboque. Et elle n'ignorait pas que le maître mot avait toujours été la réflexion prudente plutôt que la précipitation. Donc, a priori, une tentative d'assassinat n'était pas à craindre pour l'instant.

De toute façon, Deboque ne s'intéressait pas à Bennett autant qu'il s'intéressait à Alexander, et il ne s'intéressait pas non plus à Alexander autant qu'à Armand. Il ne s'attaquerait pas au second dans l'ordre de succession après une si longue attente.

Toutefois, elle serra plus fort la poignée de son sac, dans lequel se trouvait son arme. Et elle se décala, de quelques centimètres à peine, mais suffisamment pour que son corps fasse partiellement écran à celui de Bennett.

L'homme était-il là pour lui transmettre un message ? se demanda-t-elle. Ou bien avait-il juste été envoyé comme observateur ? D'instinct, elle pencha pour la seconde hypothèse. Comme si de rien n'était, elle scruta de nouveau la foule. Son regard croisa brièvement celui de l'homme, qui lui adressa un léger signe de reconnaissance. Hannah détourna rapidement les yeux, sachant qu'elle le rencontrerait de toute façon quelques jours plus tard, au musée.

La cérémonie se poursuivit par la visite du navire et le passage en revue de l'équipage, toujours au son de la musique militaire et sous les démonstrations d'enthousiasme de la foule. Hannah se tenait à présent au côté de l'épouse de l'amiral, tandis que Bennett saluait les officiers et les marins alignés devant lui. De temps en temps, il s'arrêtait pour faire un commentaire, ou pour poser une question personnelle à l'un des hommes. Elle comprit qu'il écoutait véritablement les réponses qu'on lui faisait. Et il était flagrant que, dans les yeux des hommes qu'il saluait, il y avait davantage que le respect dû à son titre. Oui, il y avait autre chose, et cette autre chose, c'était de l'amour, un amour franc et viril, dont sont parfois capables les hommes entre eux.

Même si Hannah était certaine que Bennett avait vu des centaines de bateaux dans sa vie, il arpenta le pont, les quartiers des officiers, et les cambuses avec une apparente fascination. Le navire avait été nettoyé de près, et nul n'aurait pu y détecter la moindre trace de rouille, de saleté ou la moindre peinture écaillée.

Bennett fit aussi rapidement que possible le tour du bateau. Il aurait encore eu des questions à poser, des compliments à faire, mais il savait que les marins avaient préparé leur sac depuis longtemps et qu'ils n'attendaient que de pouvoir descendre à terre. Il serra de nouveau la main du capitaine, pleinement conscient que celui-ci avait toutes les raisons d'être fier de son bateau et de ses hommes. Lorsqu'il emprunta la passerelle pour quitter le navire, les vivats de la foule reprirent de plus belle. Bennett ne put s'empêcher de se demander s'ils lui étaient destinés, ou si la foule acclamait ainsi la fin de la cérémonie et les marins prêts à retrouver les leurs.

Le protocole exigeait que Bennett fût raccompagné à l'état-major. Ce fut à ce moment qu'Hannah se rendit compte qu'il commençait à en avoir assez. Pourtant, il se montrait toujours charmant, serrant et baisant de bonne grâce les mains qu'on lui tendait, échangeant quelques dernières plaisanteries avec les officiels ravis. Ce ne fut qu'une fois assis dans sa voiture qu'il marmonna un juron.

— Je vous demande pardon, Votre Altesse ? fit-elle, amusée.

Bennett lui tapota doucement la main, avant de mettre le contact.

— Quatre heures de cérémonie officielle. Merci d'avoir supporté cela avec moi, Hannah.

— Cela ne m'a pas du tout paru pénible. Au contraire, j'ai trouvé cela fascinant.

Mais rien ne lui avait jamais paru plus merveilleux que la sensation du vent qui caressa son visage lorsque la décapotable prit de la vitesse.

— La visite du bateau s'est révélée particulièrement instructive, insista-t-elle.

Il lui adressa un petit regard en coin, visiblement surpris qu'un navire militaire et que des discours longs et pompeux aient réellement pu la captiver.

— Si j'avais su que vous étiez vraiment intéressée, je n'aurais pas essayé d'abréger les choses.

— Je suppose que pour vous, à force, il doit s'agir d'une routine un peu ennuyeuse.

— Je pensais surtout aux marins. Tout ce qu'ils voulaient, c'était quitter le navire pour retrouver leur femme ou leur maîtresse… ou les deux.

Un sourire malicieux aux lèvres, il tourna la tête vers elle.

— Vous ne pouvez pas imaginer ce que sont six mois passés en mer, avec pour seule compagnie féminine une photo sur papier glacé.

Elle pinça les lèvres pour ne pas sourire.

— En effet, je ne pense pas pouvoir l'imaginer. Mais je suis sûre que vous avez, malgré tout, gardé un bon souvenir des semaines que vous avez vécues en mer, Bennett. Cela s'est vu à votre façon de parler à l'équipage et de regarder le bateau.

Bennett ne répondit pas tout de suite, surpris et pas mécontent qu'elle l'ait si bien et si vite compris.

— J'étais davantage officier que prince durant cette période, et c'était assez agréable. Je ne dirais pas que j'ai la mer dans le sang comme le capitaine Dumont, mais c'est une expérience que je n'oublierai jamais.

— Quel est votre souvenir le plus marquant ? demanda-t-elle, l'air curieux.

— Voir le soleil se lever sur la mer. Ou plutôt naviguer pendant une tempête. Nous en avons traversé une terrible, au large de la Crète. Les vagues étaient des murs de quinze mètres de haut. Le vent soufflait avec une force phénoménale et faisait un vacarme si assourdissant qu'il était impossible d'entendre quelqu'un nous crier quelque chose à l'oreille. Plus de ciel, uniquement des murs et des murs d'eau, s'abattant sur nous les uns après les autres. Après une telle expérience, on n'est plus le même.

— En quel sens ?

— Cela fait prendre conscience que, qui que l'on soit, il y a toujours quelque chose de plus fort, de supérieur. La nature est capable de dispenser de puissantes leçons d'humilité, Hannah. Regardez la mer, en ce moment même.

D'une main, il désigna le rivage, tout en négociant habilement un virage.

— Elle est calme, d'une beauté presque indicible. Un ouragan ne la rendrait pas moins belle, mais juste plus dangereuse.

— On dirait que vous préférez le danger, répondit Hannah, pensive.

C'était quelque chose qu'elle ne comprenait que trop bien.

— Parfois. Le danger a de quoi séduire et fasciner.

Elle fut incapable de répondre quoi que ce soit à cela. Elle en avait elle-même depuis longtemps fait l'expérience.

Après avoir adressé un petit signe discret à la voiture qui les suivait, Bennett s'arrêta.

— En ce moment, je préfère le calme, déclara-t-il.

Il sortit de la décapotable, ignorant le garde qui avait déjà quitté la sienne et le fixait d'un air anxieux.

— Venez faire quelques pas avec moi sur la plage, Hannah, dit-il en ouvrant sa portière et en lui tendant la main. J'ai promis des coquillages à Marissa.

— Vos gardes du corps n'ont pas l'air contents.

Elle non plus n'était pas rassurée, car, à cet endroit découvert, n'importe quoi pouvait se produire.

— Ils ne seraient contents que si j'étais assis dans un caisson blindé. Mais venez, Hannah. Ne m'avez-vous pas dit vous-même que l'air marin est excellent pour l'organisme ?

— Si, répondit-elle en lui confiant sa main.

Il ne risquait rien, après tout, tant qu'elle jouait son rôle et qu'elle le jouait bien.

— Il faut trouver des coquillages assez gros pour que Marissa ne risque pas de les avaler, ajouta-t-elle. A cet âge, les enfants ont tendance à tout porter à la bouche.

— Décidément, vous pensez toujours à tout.

Avec un rire léger, il la souleva par la taille pour l'aider à franchir la petite digue qui séparait la route de la plage. Elle n'eut pas besoin de se retourner pour savoir qu'un garde les suivait de loin.

— Vous devriez enlever vos chaussures, Hannah. Sinon, elles vont se retrouver pleines de sable.

Il avait raison, bien sûr. Après un moment d'hésitation, elle finit par obéir, en essayant de se persuader que, même pieds nus, elle resterait la rigide lady Hannah.

— Il doit y avoir des coraux fascinants par ici, enchaîna-t-elle pour masquer son trouble.

— Vous plongez ?

— Non, mentit-elle. Je ne suis pas assez bonne nageuse. J'ai visité une exposition à l'aquarium de Londres, il y a quelques années. Jusqu'alors, je n'avais aucune idée de l'extraordinaire variété des coquillages, ni du prix que certains d'entre eux peuvent atteindre.

— Heureusement pour moi, Marissa a des goûts simples.

La tenant par la main, il s'approcha du rivage.

— Quelques jolies coquilles et elle sera ravie.

— C'est gentil de votre part de penser à elle.

Il était gentil, songea-t-elle. C'était l'évidence même.

— Vous semblez être la coqueluche de vos nièces et de vos neveux.

— Oh ! j'imagine que c'est parce que je ne me prends pas trop au sérieux et que je ne rechigne pas à jouer avec eux de temps en temps. Que pensez-vous de celui-là ?

Il se pencha et ramassa une longue spirale qui avait dû faire partie d'un plus gros coquillage et que le flux et le reflux avaient creusé et poli. A une extrémité se trouvait une espèce de chapeau pointu, qui formait comme une couronne.

— Tout à fait approprié, commenta-t-elle lorsqu'il le lui tendit.

— Marissa se moque de ce qui est approprié ou pas. Elle préfère ce qui est joli.

— Il est joli, également.

En souriant, Hannah passa son doigt le long de la spirale dont la couleur variait de l'ambre pâle au rose passé.

— Elle n'aura qu'à le poser devant sa fenêtre et regarder les rayons du soleil le traverser. Oh! regardez.

Oubliant un instant de se contrôler, elle trempa ses pieds dans l'écume pour ramasser un morceau de coquille Saint-Jacques intact. En forme d'éventail, il était blanc laiteux d'un côté, et d'un rose opalescent sur la face interne.

— Vous pourrez lui dire que les fées s'en servent comme plateau à biscuits lorsqu'elles prennent le thé.

— Ainsi, lady Hannah croit aux fées, murmura-t-il.

Prise de court, elle lui tendit le coquillage.

— Non, mais Marissa, certainement.

Bennett glissa le coquillage dans sa poche.

— Vos pieds sont mouillés.

— Ils vont vite sécher, dit-elle en reculant de quelques pas.

Il reprit sa main, et se rapprocha d'elle.

— Pendant que nous y sommes, nous devrions en chercher quelques autres, proposa-t-il.

Sans attendre sa réponse, il se mit à arpenter le rivage.

Hannah sentait l'eau chaude et douce sur ses pieds et ses chevilles, mais la brise qui soufflait tout autour d'eux était plus chaude et plus douce encore. A travers l'eau cristalline, elle voyait le lit de sable blanc et l'éclat scintillant des coquillages que les vagues avaient broyés. Mais le ressac était particulièrement calme et tranquille à cet instant, tout en soupirs et en murmures.

Non, se reprit-elle soudain, il était hors de question qu'elle se laisse aller de la sorte et qu'elle trouve la scène romantique. Elle ne pouvait pas se permettre une telle folie. Le sentier qu'elle suivait en ce moment était plus étroit et plus escarpé que tous ceux qu'elle avait empruntés auparavant. Un faux pas, et c'était la tragédie ou, pire, la guerre. Bien déterminée à suivre le chemin qu'elle s'était tracé, elle se concentra sur les gardes qui marchaient à quelques dizaines de mètres d'eux.

— J'ai trouvé la cérémonie d'aujourd'hui très touchante. Merci de m'y avoir conviée.

— Mes raisons étaient purement égoïstes. J'avais envie de vous avoir à mon côté.

Luttant pour ne pas se sentir touchée par le compliment, elle persévéra.

— En Angleterre, on critique souvent la famille royale, mais derrière les railleries se cache une réelle affection. J'observe le même type d'amour et de respect envers votre famille, ici.

— Mon père vous dirait que nous servons Cordina autant que nous la gouvernons. Son rôle est d'offrir à son peuple paix et sécurité. Alex, quant à lui, représente l'espoir dans le futur. Chez Brie, nos sujets trouvent le glamour et l'intelligence, ainsi que toute l'humanité dont ils peuvent rêver.

— Et vous, que leur apportez-vous ?

— Je les amuse et les divertis, je pense.

Curieusement, sa réponse la contraria. Cet autodénigrement désinvolte la fit s'arrêter.

— Vous vous sous-estimez, déclara-t-elle en fronçant les sourcils.

Surpris, Bennett tourna la tête vers Hannah. C'était de nouveau là, ce quelque chose, cet indéfinissable quelque chose dans ses yeux qui le fascinait et l'attirait tant depuis leur rencontre.

— Pas vraiment. Je sais bien que je fais mon devoir. Mon

père nous a élevés dans l'idée que nous n'avons pas seulement hérité d'un titre ou d'un rang. Nous devons le mériter.

Il la fit reculer de quelques pas vers la plage, afin que les vaguelettes ne mouillent pas sa jupe.

— Je ne régnerai pas, reprit-il. Dieu merci. C'est réservé à Alex et au fils qu'Eve lui donnera, bientôt j'espère. Puisque je ne régnerai pas, je ne suis pas obligé d'être aussi sérieux qu'Alex. Mais cela ne signifie pas que je prends Cordina ou mes responsabilités envers mon pays à la légère.

— Je n'ai pas fait cette remarque dans l'intention de vous critiquer.

— Je le sais. Je voulais juste dire que, au-delà de mes devoirs et de ma position officiels, j'offre à notre peuple quelque chose de différent, de léger. Je suis le sujet de conversation idéal autour d'un verre, ou durant un dîner. Le sobriquet de « prince play-boy » me colle à la peau depuis la fin de mon adolescence, dit-il en riant, avant de replacer une mèche de cheveux blonds derrière l'oreille d'Hannah. Je ne peux pas dire que je n'ai pas tout fait pour le mériter.

— En ce qui me concerne, je préfère la littérature aux commérages, répondit-elle, l'air guindé.

Amusé, Bennett l'arrêta.

— Les commérages ont également leur place dans le monde.

— Apparemment, vous les appréciez.

— Non.

Avec un haussement d'épaules, Bennett porta son regard au loin, vers la mer.

— J'y suis juste habitué. C'est difficile, lorsqu'on a vingt ans, de savoir que, chaque fois que vous regardez une femme d'une façon un peu trop appuyée, la nouvelle de votre supposée liaison va s'étaler en gras dans les magazines, photos à l'appui. J'aime les femmes.

Il sourit, et la regarda de nouveau.

— Puisque je n'ai pas souhaité changer cet aspect de ma

personnalité, j'ai décidé de composer avec les rumeurs. Si j'ai péché, c'est par manque de discrétion.

— Et par excès aussi, peut-être…

Il hésita un quart de seconde, puis éclata de rire.

— Oh ! Hannah, quelle perle rare vous faites. Vous avez donc lu autre chose que Yeats !

— Il m'est peut-être arrivé de parcourir quelques gros titres.

Riant encore, il lui fit faire un tour sur elle-même pour l'attirer à lui.

— Excellent. Vraiment excellent, s'exclama-t-il en plongeant son regard dans le sien. J'adore cette façon si particulière et efficace que vous avez de me remettre à ma place.

Mal à l'aise, Hannah se mit à lisser les plis de sa jupe.

— Je suis sûre que vous vous méprenez sur mes intentions.

— C'est certain, en effet. Et c'est ce qui me ravit chez vous.

Le regard courroucé qu'elle lui adressa n'eut rien à voir avec le rôle qu'elle jouait. L'amuser n'avait jamais fait partie de son plan. Elle était là pour observer, pour assurer sa position, et pour porter à son terme un projet initié depuis plusieurs années. C'était la première fois que la convenable lady Hannah devait s'inquiéter d'avoir piqué la curiosité d'un homme. Alors qu'elle réfléchissait à la façon dont elle pourrait faire passer l'intérêt qu'elle semblait susciter chez lui, il revint à la charge.

— Votre coiffure est en train de se défaire.

D'un geste naturel et innocent, il saisit une épingle à cheveux qui venait de tomber sur ses épaules.

— C'est ma faute, continua-t-il, je n'aurais pas dû ouvrir le toit de la voiture.

— Je ne dois pas être très présentable.

Aussitôt, elle voulut se recoiffer. Mais, dès qu'elle leva les mains, ses épingles lâchèrent, cédant sous le vent et sous le poids de sa chevelure. Alors qu'elle pestait intérieurement, ses cheveux tombèrent en cascade jusqu'à sa taille.

— Mon Dieu, fit Bennett, subjugué.

Sans lui laisser le temps de rassembler sa chevelure, Bennett y porta ses deux mains. Enroulées autour de ses doigts, ses mèches étaient d'un miel profond, et douces comme de la soie. Il la regarda, interdit, soufflé par la transformation à laquelle il était en train d'assister. Les cheveux d'Hannah ondulaient de façon sauvage et libre autour de son visage, mettant en valeur ses pommettes hautes et saillantes qui, sans le doux halo qu'ils formaient, semblaient trop anguleuses. Son visage ne semblait plus mince et osseux, mais exotique.

— C'est magnifique, ajouta-t-il. On dirait la chevelure d'un ange.

Le cœur battant, elle essaya d'ignorer ce qu'elle lisait dans les yeux de Bennett. Cette fois, ce n'était plus un ravissement innocent ou une simple attirance, mais bel et bien du désir. Le désir qu'un homme éprouve pour une femme, brut, puissant, et aussi dangereux que la mer démontée par temps de tempête. Elle fut incapable de reculer, car il la tenait toujours par les cheveux. Et elle fut incapable, alors qu'il la tenait si près de lui, de nier la violence de son propre désir.

Ce n'était pas censé arriver. Même à présent, elle se répétait que cela ne pouvait pas arriver. Pourtant, elle voulait qu'il la prenne dans ses bras. Elle voulait être cajolée. Elle voulait, même si le mot lui paraissait idiot, être chérie. Convoitée, désirée, aimée. Toutes ces choses étaient contraires aux règles, mais elle ne parvint pas à les chasser de son esprit, ni à se libérer de l'emprise de Bennett.

— La chevelure d'un ange, répéta-t-il dans un murmure. Pourquoi cacher tant de beauté ?

Non, elle ne pouvait nier ce qui faisait rage en elle, mais elle pouvait, comme elle l'avait appris, ne rien laisser paraître des émotions qui l'agitaient.

— C'est plus pratique de les relever, répondit-elle en essayant, sans succès, de repousser ses mains.

Oui, il avait raison depuis le début, songea Bennett. Il y avait en elle plus — bien plus — que ce qu'elle laissait paraître. C'était peut-être ce qui continuait à l'attirer, ce qui chez lui suscitait le désir et une convoitise qu'il n'avait jamais éprouvés auparavant. Si cela avait été possible, il l'aurait prise dans ses bras. Ce ne furent pas les gardes qui l'arrêtèrent, mais la légère angoisse qu'il découvrit dans ses yeux.

— Si c'était la vérité, ma très chère Hannah, étant donné votre sens pratique, vous les auriez coupés depuis longtemps.

Combien de fois avait-elle été sur le point de le faire, avant de renoncer, au dernier moment ? Elle prit une grande inspiration, et décida de dire la vérité, car c'était souvent la meilleure des couvertures possible.

— Il m'arrive aussi d'être vaniteuse, parfois.

— Votre chevelure vous rend magnifique.

Bennett porta de nouveau les mains à ses boucles soyeuses, incapable de croire qu'elles aient pu être dissimulées par quelques épingles savamment disposées.

— Non, différente, seulement, fit-elle avec un vague sourire.

— Tout homme apprécierait la différence.

Il la sentit tendue sous ses mains. A regret, il décida alors de la lâcher.

— Mais, en même temps, vous ne devez pas vous soucier de ce que les hommes pensent de vous. N'est-ce pas ?

— En effet, je n'ai jamais jugé nécessaire de m'en préoccuper.

Avec quelques mouvements rapides et efficaces, elle ramassa de nouveau ses cheveux à la base de sa nuque. Elle replaça les épingles de manière que tout soit en place et plus rien ne bouge.

— Nous devrions rentrer, reprit-elle, l'air soulagé. Eve a peut-être besoin de moi.

En acquiesçant, Bennett rebroussa chemin vers la voiture avec elle. Il y aurait une autre occasion. Il découvrit en lui quelque chose dont il avait rarement fait l'expérience, surtout face à une femme : la patience.

— Vous pouvez toujours attacher vos cheveux, Hannah. Mais, maintenant que je sais à quoi vous ressemblez lorsqu'ils sont lâchés, c'est comme cela que je vous verrai dès que mes yeux se poseront sur vous.

Lorsqu'ils arrivèrent à la petite digue, il la souleva de nouveau. Mais cette fois il attendit un long moment avant de la reposer à terre.

— Depuis que j'ai découvert ce secret, je me demande quels sont ceux que vous cachez encore. Et bientôt, je le saurai.

L'angoisse et le désir étaient une combinaison puissante. Elle sentit son cœur cogner sous leur effet conjugué.

— J'ai bien peur que vous ne soyez déçu, Bennett. Je n'ai aucun secret intéressant à cacher.

— C'est ce que nous verrons, dit-il, avant de sauter lestement au-dessus de la digue.

Chapitre 5

Hannah mourait d'envie d'être belle, un sentiment qu'elle niait néanmoins depuis longtemps. Son travail lui avait en effet appris à dissimuler sa beauté. Certes, au cours des années passées, elle avait de temps en temps senti un tiraillement — mais rien de plus qu'un tiraillement — en songeant aux couleurs tendres et aux robes vaporeuses auxquelles elle avait dû renoncer. Il avait toujours été possible de céder à cette tentation lorsqu'elle n'était pas en mission ou qu'elle se trouvait à l'étranger. Alors, elle changeait d'apparence, en enfilant des vêtements de couleurs et de coupe plus seyantes, et en rehaussant ses traits de quelques coups de pinceau et de houppette bien pensés.

Mais cette fois, elle ne pouvait ni céder à la tentation ni même être tentée.

Pourtant, tout le monde serait magnifique pour le dîner en l'honneur d'Eve. Lorsque l'on est convié à une soirée au palais, l'on se doit d'être élégant à l'extrême. Hannah ne doutait pas que toutes les femmes de l'assemblée se surpasseraient pour l'occasion. Toutes les femmes, sauf elle, bien entendu.

Elle avait déjà vu la robe noire à paillettes d'Eve, avec ses volants répartis de la taille aux chevilles et son vertigineux décolleté dans le dos. Gabriella porterait sans aucun doute une tenue délicate, qui mettrait en valeur sa silhouette gracile et féminine.

Et puis, il y aurait Chantel O'Hurley. Hannah était certaine que l'actrice serait éblouissante, qu'elle choisisse la soie ou le jute. Elle n'avait pas oublié la façon dont Bennett l'avait regardée lorsqu'il l'avait aperçue depuis le haut des escaliers, au théâtre.

Elle aurait dû s'en moquer.

Elle ne s'en moquait pas du tout, hélas.

En se sermonnant, Hannah opta pour le « moins pire » des choix : une robe lavande pâle dont le corsage chargé dissimulait ses courbes. Avec ses cheveux lâchés, elle avait l'air d'une puritaine dévergondée. Une remarque que tout le monde se ferait, sans aucun doute. Avec un léger soupir, elle tira sa chevelure en arrière pour commencer son laborieux travail de tressage et de domptage.

Lorsque ses cheveux furent fixés de façon propre et nette sur sa nuque, Hannah constata avec satisfaction qu'elle avait réussi à gommer chez elle toute trace de sensualité. Elle avait l'air présentable, parfaitement comme il faut, et presque asexuée.

Les regrets n'avaient pas leur place, se rappela-t-elle tout en glissant son pistolet dans son sac à main. Elle devait faire passer son devoir avant ses propres désirs, et en tout cas bien avant toute vanité.

Un brin nerveux, il l'attendait. Les convives avaient été conduits jusqu'à la salle des miroirs, où des domestiques en livrée leur servaient l'apéritif. Tous les acteurs et les techniciens participant à la pièce d'Eve avaient été invités, de sorte qu'un brouhaha confus et animé emplissait la grande et majestueuse pièce.

Bien qu'impatient et distrait, Bennett s'acquittait de son

devoir sans sourciller. Il y avait toujours une question polie à poser, une main à baiser, une plaisanterie à laquelle rire. Dans d'autres circonstances, la soirée l'aurait amusé et diverti, mais…

Où était-elle ? Tout à coup, il se sentit à l'étroit dans son smoking qu'il portait d'habitude avec plaisir et décontraction. Autour de lui, toutes les femmes brillaient. Leurs parfums se mêlaient pour créer une fragrance exotique qui, contre toute attente, ne le tentait pas le moins du monde. Tout ce qu'il voulait, c'était se retrouver un moment seul avec Hannah. Il n'avait pas la moindre idée de la raison pour laquelle il y tenait autant, mais c'était vital pour lui.

Il ne cessa de surveiller la porte tout en parlant avec la chef costumière. Puis son regard se posa brièvement sur l'horloge en chrysocale, alors qu'il écoutait le metteur en scène chanter les louanges de la pièce d'Eve.

— On me cherche ?

La voix sensuelle parvint à ses oreilles, suivie d'un nuage de parfum qui vint lui chatouiller les narines.

— Chantel.

Bennett l'embrassa sur les deux joues avant de reculer d'un pas pour l'admirer.

— Eblouissante, comme toujours.

— Chacun fait avec ce qu'il a.

En souriant, elle accepta le verre que lui proposait un serveur. Elle portait une robe d'un blanc miroitant, qui dénudait ses épaules ainsi que sa gorge, et moulait ses courbes subtiles et féminines.

— Je ne suis pas déçue : tout ce que j'avais lu et entendu sur l'endroit où tu vis est vrai.

Elle porta le vin à ses lèvres tout en contemplant les dizaines de miroirs anciens qui ornaient les murs.

— Et c'est très malin de votre part d'avoir choisi de recevoir un groupe d'artistes narcissiques dans cette pièce.

— Nous avons de bonnes idées, parfois.

Il regarda au loin un instant, mais toujours aucune trace d'Hannah.

— J'ai vu ton dernier film, reprit-il. Tu y es extraordinaire.

Une femme habituée à capter toute l'attention des hommes sait d'instinct lorsqu'on ne lui accorde qu'une partie de celle-ci. Pourtant, Chantel continua de sourire.

— Je t'attends toujours à Hollywood.

— Tu n'as pas l'air de tellement te morfondre, pourtant…

Il chercha dans sa poche une boîte d'allumettes pour allumer la cigarette qu'elle venait de sortir de son sac.

— Comment fais-tu pour donner de la tête entre les joueurs de tennis, les magnats du pétrole et les producteurs ?

Chantel rejeta un fin filet de fumée.

— Exactement comme toi, entre les comtesses, les marquises et… cette barmaid de Chelsea. C'est bien cela, je ne me trompe pas ?

En riant, Bennett rangea les allumettes dans sa poche.

— Ma chère amie, si les innombrables liaisons que la presse nous prête étaient réelles, nous aurions tous les deux droit à notre place dans le livre des records.

Avec affection, Chantel caressa la joue de Bennett.

— A n'importe qui d'autre, je dirais : « Parle pour toi. » Cependant, puisque nous n'avons jamais été amants — contrairement à ce qu'ont pu dire les gros titres —, je me permets de te demander comment vont les choses pour toi, sentimentalement parlant.

— Elles sont confuses.

A ce moment précis, dans le miroir ovale accroché juste derrière Chantel, il vit Hannah faire une entrée discrète. On aurait dit une colombe égarée dans une assemblée de paons.

— Très confuses, répéta-t-il. Est-ce que tu veux bien m'excuser un moment, trésor ?

— Bien sûr.

Elle avait manifestement vu dans quelle direction il regardait.

— Bonne chance, Bennett, ajouta-t-elle avec un sourire.

Grâce à des années et des années d'expérience, il savait passer de groupe en groupe, échangeant quelques mots, esquissant un sourire, ou murmurant une excuse sans vexer ceux auprès de qui il ne s'attardait pas. Moins d'une minute après qu'Hannah se fut installée dans un coin, il la rejoignait.

— Bonsoir, lady Hannah.

— Votre Altesse.

Elle s'inclina comme le protocole l'exigeait. Il prit ses mains comme elle se redressait, bannissant toute formalité entre eux.

— D'habitude, lorsqu'une femme est en retard, elle s'arrange pour faire une entrée remarquable plutôt que d'aller se cacher dans un coin.

Hannah le maudit, lui qui faisait battre son cœur si vite. Tout en essayant de retrouver son calme, elle remarqua que de nombreux visages étaient tournés vers eux. Elle qui voulait passer inaperçue, c'était manqué…

— Je préfère observer qu'être observée, Votre Altesse.

— Moi, je préfère vous observer.

Il fit signe à un serveur, puis prit lui-même un verre pour elle sur le plateau.

— Vous vous déplacez d'une façon très gracieuse, Hannah, presque féline. Je suis sûr que, même dans une pièce vide, vous ne feriez pas le moindre bruit.

Elle devait cela autant à sa pratique du taekwondo qu'aux cours de danse classique qu'elle avait pris dans son enfance.

— J'ai été élevée pour causer le moins de dérangement possible.

Elle accepta le verre, car cela lui permit de libérer au moins une de ses mains.

— Merci. Quelle pièce splendide, dit-elle sur un ton détaché, aussi détaché que le regard qu'elle promena sur l'assemblée.

Au passage, elle aperçut son reflet en une myriade d'exemplaires. Son reflet, et celui de Bennett, tout proches l'un de l'autre.

— J'ai toujours eu un faible pour cette pièce, répondit-il.

A présent qu'elle était là, il se sentait pleinement heureux et comblé. Lorsqu'il avait pris ses mains, il avait eu l'impression d'un accomplissement, comme si, enfin, les choses étaient à leur place.

— C'est peut-être parce que c'est un autre Bennett, il y a de cela plusieurs générations, qui a commencé cette collection, expliqua-t-il, jovial. D'après la légende familiale, il était — sans raison valable — d'une vanité et d'une prétention sans égales, et il a continué à acheter des miroirs dans l'espoir qu'un jour l'un d'entre eux lui renvoie enfin une image flatteuse de lui-même.

Hannah ne put s'empêcher de rire. Pendant un instant, elle eut presque l'impression d'être à sa place parmi les convives, au milieu des robes, du verre poli, et du glamour.

— Je dirais volontiers que vous avez inventé cette histoire de toutes pièces. Mais elle me paraît assez absurde pour être vraie.

— Vous avez un rire irrésistible, murmura-t-il. Quand je l'entends, je vous vois avec vos cheveux lâchés et votre regard sombre.

En aucun cas, elle ne pouvait se permettre de se laisser gagner par le trouble qui commençait à l'envahir. C'était d'autant plus idiot de sa part qu'elle savait très bien que Bennett était le plus redoutable des beaux parleurs. Et comment pouvait-elle se sentir prise au dépourvu, alors qu'elle avait pleinement conscience du danger que représentait ce petit jeu de séduction ? Heureusement, dans un sursaut de lucidité, elle réussit à se reprendre, et répondit sur un ton redevenu froid et formel :

— Ne devriez-vous pas vous occuper de vos invités ?

— C'est déjà fait.

Il caressa doucement ses doigts, dans un geste si intime qu'aussitôt elle regretta une nouvelle fois de n'avoir pu se faire belle pour lui.

— Pendant que je vous attendais, reprit-il.

Il s'approcha davantage. Etant donné qu'elle s'était déjà postée dans un coin, elle n'avait aucun endroit où se réfugier.

— Vous sentez divinement bon, Hannah.

— Bennett, s'il vous plaît…

Elle faillit poser sa main sur son torse pour l'arrêter, avant de se souvenir qu'on les observait. A la place, elle leva son verre pour se protéger.

— Hannah, vous ne pouvez pas savoir comme cela me fait plaisir de vous voir nerveuse. Les seuls moments où vous ne semblez plus aussi sûre de vous sont ceux où je me trouve un peu trop près de vous.

C'était, hélas, la stricte vérité. Et c'était dur à accepter pour une femme qui devait rester sûre d'elle-même en toutes circonstances, pour survivre.

— On nous regarde.

— Alors, venez faire un tour dans les jardins avec moi tout à l'heure, quand nous pourrons enfin être seuls.

— Je ne pense pas que ce soit une bonne idée.

— Avez-vous peur que je tente de vous séduire ?

Il y avait à la fois de l'amusement et de l'arrogance dans sa voix. Mais, lorsque Hannah le regarda, elle lut aussi du désir dans ses yeux. Elle but une autre gorgée pour humidifier sa gorge qui, d'un coup, était devenue très sèche.

— Peur n'est pas le mot juste. Je dirais plutôt que l'idée me met mal à l'aise.

— J'adorerais vous mettre mal à l'aise, Hannah, répondit-il d'une voix grave et caressante, avant de poser ses lèvres sur sa main. J'ai envie de vous faire l'amour dans un endroit sombre et tranquille. Lentement, tendrement.

A ces mots, le désir s'insinua en elle, fulgurant, à tel point qu'elle dut réprimer un frisson. Oui, avec lui, les choses pourraient se passer telles qu'il venait de les décrire. Si seulement…

Mais il ne pouvait pas y avoir de « si » dans sa vie, car les « si » signifiaient l'incertitude, et l'incertitude représentait pour elle un danger mortel. Hannah soutint son regard, aussi impassiblement que possible. Il était sincère. Il y avait bien du désir dans ses yeux, mais par-dessus tout une gentillesse et une douceur qui faillirent avoir raison d'elle.

Il était en effet assez miraculeux que ce séducteur impénitent puisse éprouver des sentiments authentiques pour elle et, plus encore, qu'il ait réussi à regarder au-delà des apparences pour être séduit.

Comme il aurait été facile de succomber… Mais, même si elle en avait envie, en aucun cas elle ne pouvait se le permettre. Elle devait réagir, avant qu'il ne soit trop tard. Elle n'eut pas à réfléchir longtemps : il n'y avait qu'une façon de mettre un terme à ce qui n'aurait jamais dû commencer.

Elle devait le blesser, et elle devait le faire tout de suite.

— Je devrais sans doute me sentir flattée, dit-elle de sa voix calme et froide. Mais, étant donné que vous n'êtes guère difficile en matière de femmes…

Elle sentit les doigts de Bennett se raidir autour des siens, juste avant qu'il ne lâche sa main. Elle vit à ses yeux que la flèche qu'elle venait de lancer avait atteint sa cible.

— J'aimerais une explication, Hannah.

— L'explication paraît évidente. Maintenant, laissez-moi passer, je vous prie. Vous ne voudriez tout de même pas causer un esclandre ?

— Ce ne serait pas la première fois.

Il y avait quelque chose de nouveau dans sa voix. C'était de la colère, bien entendu, mais une colère impulsive et irréfléchie. Il fallait qu'elle reste maîtresse d'elle-même et qu'elle joue son personnage jusqu'au bout, si elle ne voulait pas que les choses dégénèrent pour de bon et que la presse ne s'empare de l'histoire dès le lendemain.

— Très bien, si vous y tenez, reprit-elle calmement.

Elle posa son verre sur une petite table à proximité, et croisa les bras comme elle avait l'habitude de le faire.

— Je suis une femme, et donc, par définition, je suis susceptible de vous intéresser un temps. Le problème — pour être directe — est que cet intérêt n'est pas réciproque.

— Vous mentez.

— Non, l'interrompit-elle d'une voix de plus en plus ferme. Même si un homme comme vous peut avoir du mal à le comprendre, je suis une femme simple, attachée à des valeurs simples. Comme vous me l'avez dit vous-même, votre réputation vous précède.

Elle s'interrompit, juste assez longtemps pour le voir tressaillir. Bouleversée de devoir le maltraiter de la sorte, elle inspira profondément pour se donner le courage de continuer.

— Je ne suis pas venue à Cordina pour vous amuser, murmura-t-elle en faisant un pas de côté.

Soudain, il leva la main pour l'arrêter, et elle attendit.

— Vous ne m'amusez pas, Hannah.

— Dans ce cas, je vous en demande pardon.

Tout en sachant qu'il le percevrait davantage comme une insulte que comme un signe de courtoisie, elle exécuta une profonde révérence.

— Maintenant, si vous voulez bien m'excuser, j'aimerais aller parler à Eve.

Il ne la lâcha pas encore. Depuis ses doigts qui serraient son bras, elle sentit sa rage se transmettre jusqu'à elle et brûler sa chair. Et puis, l'instant d'après, il ne fut plus que glace.

— Je ne vous retiendrai pas plus longtemps, lady Hannah. Profitez bien de la soirée.

— Je vous remercie.

Tout en se haïssant pour ce qu'elle venait de faire, Hannah

se fondit dans la foule. Les lumières étaient trop vives, se dit-elle. C'était pour cela que ses yeux la piquaient.

— Lady Hannah, bonsoir.

Reeve arriva dans son dos et lui prit le bras.

— Désirez-vous un verre de vin ?

— Oui, merci.

Se rapprochant de lui, elle accepta le verre qu'il lui tendait.

— Avez-vous vu cette collection de miroirs ? J'ai toujours trouvé ces trois-là particulièrement impressionnants. Est-ce que vous allez bien ? ajouta-t-il, un ton plus bas.

— Oui, ils sont très beaux. Et, merci, je vais bien.

Il alluma une cigarette, jetant discrètement un œil de côté pour s'assurer que personne ne pouvait les entendre.

— On aurait dit que vous aviez des problèmes avec Bennett.

— Il peut se montrer assez insistant.

Elle avala une gorgée, surprise de constater combien elle était redevenue calme.

— Celui-là remonte certainement au XVIIIe siècle, dit-il en désignant un autre miroir.

Tout en marchant, il continua, d'une voix qui s'était radoucie :

— J'ai travaillé avec votre père lorsque j'ai fait mes premiers pas au SIS. Je fais donc presque partie de la famille. Est-ce que ça va, Hannah ?

— Ça ira.

Elle prit une grande inspiration et sourit comme si Reeve venait de lui dire quelque chose de drôle.

— C'est juste que je viens de lui faire de la peine. Et je n'ai pas aimé cela.

Le plus naturellement du monde, Reeve effleura sa main. Et ce contact la réconforta autant qu'une accolade.

— Il est rare, au cours d'une mission, de ne blesser personne.

— Oui, je sais : la fin justifie les moyens. Ne vous inquiétez pas, je ferai mon travail.

— Je ne suis pas inquiet.

— Cela m'aiderait grandement, si vous vous arrangiez pour que Bennett soit très occupé durant la semaine prochaine. Les choses doivent se décanter, et j'aimerais mieux qu'il ne soit pas là pour…

— Pour vous occuper l'esprit ?

— Pour me déconcentrer, corrigea-t-elle.

Elle regarda dans l'un des miroirs et le vit à l'autre bout de la pièce, en compagnie de Chantel.

— Même si je crois que j'ai déjà fait le nécessaire pour l'éloigner.

Il avait lancé son cheval à bride abattue, mais il n'avait toujours pas atteint cet état d'oubli et de relâchement qu'il recherchait tant. En jurant, Bennett attaqua la descente vertigineuse, mais il n'en ressentit aucune joie ni aucune excitation. La rage grondait en lui.

Il ne pensait qu'à elle. Il la maudissait et la voulait tout à la fois. Durant les jours qui avaient suivi la gifle qu'elle lui avait infligée, il n'avait cessé de la désirer. A présent, son désir s'était teinté d'autodérision et de colère, mais il n'était pas moins ardent.

Il se répéta qu'elle n'était qu'une espèce de prude, froide et insensible, méchante. Aussitôt, il la revit telle qu'il l'avait découverte sur la plage, un coquillage à la main, avec les yeux pétillants et les cheveux décoiffés par le vent.

Il se répéta qu'elle avait le cœur dur comme de la pierre et que, comme la pierre, elle était incapable de la moindre émotion. Aussitôt, il se souvint de ses lèvres si douces et suaves sous son baiser.

Alors, il la maudit et éperonna son cheval pour aller plus vite encore.

La pluie menaçait, mais il s'en moquait. C'était la première fois depuis des jours qu'il réussissait à trouver dans son emploi du temps surchargé une plage horaire lui permettant une vraie sortie avec Dracula. Le vent soufflait en rafales sur la mer et soulevait de hautes vagues.

Il voulait l'orage. Il voulait le vent, et la pluie, et le tonnerre.

Il voulait Hannah.

Imbécile ! Seul un imbécile peut vouloir une femme qui ne le veut pas en retour. Seul un fou peut réfléchir à la façon d'obtenir ce qui lui a déjà été refusé. Il s'était déjà répété tout cela, mais cela ne l'empêchait pas de rêver au moyen dont il pourrait faire venir Hannah à lui et l'emmener dans un endroit où il pourrait lui montrer… Lui montrer quoi ? Que les choses étaient différentes avec elle ?

Quelle femme y croirait ?

Oh ! des dizaines, songea-t-il, amer, tandis que son propre rire résonnait autour de lui. Il pourrait en jurer. Hélas, alors que c'était vrai pour la première fois, alors que c'était important pour la première fois, la femme concernée ne le croirait pas.

Et pourquoi ? Parce qu'il s'était comporté comme un idiot. Il força l'étalon à s'arrêter et regarda la mer depuis un haut précipice. Il était allé trop loin, et trop vite. C'était humiliant d'admettre que, s'il s'était comporté de la sorte, c'était peut-être parce qu'on ne lui avait jamais résisté auparavant.

Si les femmes étaient attirées par lui, c'était à cause de son titre et de son rang. Il n'était ni assez prétentieux ni assez bête pour l'ignorer. Mais, si elles étaient attirées par lui, c'était aussi parce qu'il les aimait. Il aimait leur douceur, leur humour, leur vulnérabilité. La réputation qui lui collait à la peau depuis des années exagérait la réalité, mais il avait tout de même eu assez de femmes dans sa vie pour comprendre que le véritable amour doit être partagé.

Hannah était jeune, inexpérimentée, et vivait coupée du monde réel. Chez elle, le terme « lady » n'était pas tant un titre qu'un mode de vie. Et il était difficile de croire qu'elle ait pu s'intéresser plus de cinq minutes à autre chose qu'à ses livres. Autant dire que l'imaginer avec un homme était presque impossible…

En poussant un autre juron, Bennett passa la main dans ses cheveux décoiffés par le vent. Et qu'avait-il fait ? Il avait tenté de la séduire au cours d'une réception au palais. Comment ne pas s'attendre à ce qu'une femme de son rang et de sa sensibilité ne se sente pas insultée ? Il lui avait adressé la plus maladroite et peut-être la plus impolie des propositions.

Dracula piaffa d'impatience, mais Bennett le maintint immobile quelques minutes supplémentaires, tout en regardant l'orage progresser lentement vers le rivage.

Il ne lui avait pas dit, il n'avait jamais essayé de lui dire le bouleversement qu'elle avait causé en lui, le bouleversement qu'elle avait causé dans son cœur. Le simple fait de parler avec elle, d'observer ce visage solennel et ces manières tranquilles le rendait fou. Hannah l'excitait comme aucune autre femme, même la plus exotique ou la plus flamboyante, n'y était jamais parvenue. Il éprouvait pour elle des sentiments profonds, riches. Il ne lui avait jamais dit que, avec elle, il était tout près de trouver l'amour auquel il n'avait jamais été sûr de pouvoir prétendre un jour.

Il ne pouvait plus le faire maintenant qu'il l'avait fâchée et insultée. Mais il pouvait faire autre chose. Il se mit à sourire, alors que les premières gouttes de pluie tombaient sur la mer. Il pouvait tout reprendre depuis le début.

Bennett fit faire demi-tour à Dracula. Lorsque le premier éclair déchira le ciel, il chevauchait vers le palais.

Une heure plus tard, changé et recoiffé, Bennett grimpa jusqu'à la nurserie. Mais Bernadette lui en barra l'entrée.

— Je m'excuse, Votre Altesse, mais c'est l'heure de la sieste de la princesse Marissa. Son Altesse se repose avec sa fille.

— Je cherche lady Hannah.

Il voulut forcer l'entrée, mais Bernadette ne bougea pas d'un pouce.

— Lady Hannah n'est pas là, Votre Altesse. Je crois qu'elle est allée au musée, cet après-midi.

Le musée.

— Merci, Bernadette.

Avant qu'elle ait terminé sa révérence, il avait disparu.

Le musée d'art était petit et charmant, comme le reste de Cordina. Il était comme une réplique miniature du palais, avec ses sols en marbre et ses colonnes sculptées. Le hall principal était coiffé d'un dôme de verre ceint d'un vaste balcon qui créait l'illusion de l'espace.

Les salles d'exposition, disposées en étoile, étaient reliées les unes aux autres par ce couloir circulaire. A l'étage inférieur se trouvait un restaurant offrant, grâce à une vaste baie vitrée, une vue imprenable sur les jardins.

Hannah était arrivée tôt pour passer en revue tout le bâtiment. La sécurité y était globalement satisfaisante, mais les gens qui se reposaient sur les bancs à l'entrée de chaque pièce n'étaient pas particulièrement surveillés. Des groupes scolaires suivaient des visites guidées, même si la plupart des élèves semblaient plus intéressés par la perspective d'un après-midi hors de l'école que par les peintures et les sculptures. Des touristes, guide en main, déambulaient dans les différentes salles où se mêlaient intonations françaises, italiennes, anglaises et américaines.

En cet après-midi pluvieux, le musée était le passe-temps idéal. Il ne désemplissait pas. Hannah avait vraiment bien choisi son jour.

A l'heure qu'elle avait précisée dans son message, elle se dirigea vers un paysage marin de Monet. Elle s'y attarda assez pour lire la plaque et étudier le travail de l'artiste. La personne qu'elle devait rencontrer était sans doute déjà là, en train de se faire sa propre idée du bâtiment, et de l'observer, elle. Sans se presser, elle alla de tableau en tableau.

Soudain, devant une aquarelle, elle ne put s'empêcher de repenser à la salle de musique et à Bennett.

La plaque indiquait : « Son Altesse sérénissime la princesse Louisa de Cordina ». Mais en petites lettres, dans un coin du tableau, était apposée la signature « Louisa Bisset ».

L'artiste avait baptisé son tableau *La Mer*, tout simplement. Il la représentait en effet, mais vue depuis un endroit qu'Hannah ne connaissait pas encore. Des falaises déchiquetées et vertigineuses surplombaient une plage de sable blanc où se dressaient, çà et là, de gros rochers. Malgré le bleu pur de la mer, le paysage semblait tout sauf tranquille. Dans ce tableau, l'artiste avait cherché à représenter la puissance et le danger, et elle y était admirablement bien parvenue. Les vagues étaient hautes, et à l'horizon un orage se préparait.

Il l'avait découvert dans une malle, songea Hannah, qui dut se faire violence pour ne pas toucher le cadre. Il l'avait découvert, et peut-être y avait-il trouvé un écho de ce qu'il était lui-même.

— Un sujet intéressant.

La voix était française, hachée et légèrement nasillarde. Le contact était établi.

— Oui, et une artiste de grand talent.

Hannah laissa tomber ses brochures. En se penchant pour les ramasser, elle constata avec satisfaction que personne n'était assez près pour les entendre ni même pour les remarquer.

— J'ai des informations importantes, dit-elle à voix basse.

— Je les transmettrai à qui de droit.

Elle se tourna pour lui sourire, comme s'ils échangeaient quelques remarques polies à propos du tableau. L'homme était de taille moyenne, il était très brun, sans cicatrice. Elle lui aurait donné à peu près cinquante ans, sans exclure qu'il puisse être un peu plus jeune. Certains métiers vieillissent prématurément ceux qui les exercent. Il n'était pas français de naissance. Allemand, peut-être.

— Je préférerais pouvoir le faire moi-même, répondit-elle.

— C'est contraire aux règles de notre organisation.

— C'est ce qu'on m'a dit. Toutefois, je sais très bien ce qui a failli se passer il y a six mois à cause de ces mêmes règles. Et on ne m'en a pas voulu lorsque, de ma propre initiative, j'ai épargné certains embarras à votre organisation.

— Mademoiselle, je suis précisément ici pour collecter les informations que vous avez à transmettre.

— Dans ce cas, voici ce que j'ai à vous dire.

Avant de poursuivre, elle se dirigea vers un autre tableau. Cette fois encore, elle prit son temps pour l'étudier. Elle tendit la main, comme si elle voulait montrer à son compagnon certaines combinaisons de couleurs.

— Je suis libre de déambuler à ma guise dans le palais. Ni moi ni mes effets personnels ne sont jamais fouillés. J'ai déjà rassemblé tous les renseignements possibles sur le système de sécurité, à la fois au palais et ici, au Centre des beaux-arts.

— Cela nous sera très utile.

— Ces renseignements, je les fournirai à l'homme qui me paie. Telles sont mes règles, monsieur.

— Vous êtes payée par l'organisation.

— Et l'organisation est dirigée par des hommes. Je sais pour qui je travaille et pourquoi.

Elle se tourna alors vers lui et lui adressa un sourire extrêmement calme. Ils auraient tout aussi bien pu être en train de parler du temps qu'il faisait.

— Je ne suis pas stupide, poursuivit-elle. Votre… organisation poursuit certains buts. Moi aussi. Je suis très heureuse qu'ils convergent pour notre satisfaction mutuelle. Je ne parlerai qu'à l'autorité suprême. Et je souhaite le faire vite.

— Sans y prendre garde, certaines personnes font un pas de trop et chutent dans le vide.

— J'ai le pied sûr. Transmettez le message, s'il vous plaît. Ce que je sais vaut la peine. Ce que je peux découvrir, encore davantage. Vous trouverez ici quelques preuves de ce que j'avance.

Hannah laissa ses brochures tomber à ses pieds, mais cette fois elle ne les ramassa pas.

— Bonne journée, monsieur.

Elle tourna les talons, sachant pertinemment que ses exigences allaient soit la conduire à l'étape suivante, soit mettre abruptement un terme à toutes ses prétentions. Nerveuse, elle se dirigea vers la sortie. Son cœur bondit dans sa poitrine lorsqu'elle vit Bennett entrer.

Une multitude de pensées se bousculèrent dans son esprit en un instant. Avait-elle été jouée ? S'était-on servi d'elle pour attirer Bennett dans un piège ? Etait-il venu la trouver ici parce que Deboque avait déjà frappé ailleurs ?

Il ne lui fallut que quelques secondes pour les rejeter toutes. Tout cela ne tenait pas debout. Si Bennett avait décidé de se montrer juste au moment où elle venait de rencontrer son contact, il ne fallait pas y voir autre chose qu'une simple coïncidence.

— J'espère que vous n'avez rien contre un peu de compagnie, lança-t-il avant qu'elle ait trouvé quoi lui dire.

— Bien sûr que non.

Elle n'osa pas regarder derrière elle pour voir si l'homme était encore là. Elle sourit, ne sachant trop quelle attitude adopter, étant donné que Bennett et elle avaient tout fait pour s'éviter depuis des jours.

— Le musée est encore plus beau que tout ce qu'on m'en avait dit.

— Avez-vous tout vu ? Je serais heureux de vous servir de guide.

Il prit sa main, dans un geste naturel et amical qui ne pourrait que conforter sa position si, par hasard, l'homme de Deboque les regardait. Elle agrippa la sienne, tout en se détestant d'utiliser la générosité de Bennett contre lui.

— Je recommencerais volontiers la visite. Mais je suis un peu fatiguée, je l'avoue.

C'est alors qu'elle l'aperçut. Il tenait en main les brochures qu'elle lui avait fait passer et, même s'il leur tournait le dos, elle sut qu'il les écoutait.

Bennett ne le remarqua pas, heureusement.

— Dans ce cas, laissez-moi vous offrir un café dans mon bureau. J'aimerais vous parler.

Elle se sentit soudain au bord des larmes. Tout ce qu'il disait, et la façon dont il le disait, ne faisait que rendre ses révélations à l'homme de Deboque encore plus plausibles.

— Un café ? Excellente idée.

Hannah se laissa prendre par le bras et guider dans le musée, sachant que le moindre de ses gestes serait rapporté à Deboque.

Accompagnés d'un garde du corps au visage de marbre, ils pénétrèrent dans un ascenseur. Bennett utilisa une clé pour les conduire jusqu'au troisième étage.

Ils foulèrent un tapis gris pâle, passèrent devant des gardes en uniforme, avant de traverser une série de pièces. Deux secrétaires, l'une postée devant un téléphone, l'autre devant un ordinateur, se levèrent à l'arrivée de Bennett.

— Janine, pourriez-vous nous apporter du café, s'il vous plaît ?

— Tout de suite, Votre Altesse.

La tenant toujours par le bras, Bennett ouvrit une porte. Juste avant qu'elle ne se referme sur eux, Hannah perçut quelques chuchotements. Etait-ce la première fois que le prince faisait monter une femme dans son bureau ?

C'était le repaire de quelqu'un qui aimait les belles choses, remarqua-t-elle tout de suite. Les gris et les bleus se mêlaient avec subtilité aux murs ivoire. Des sièges moelleux, disposés en plusieurs endroits, invitaient à la détente et à la conversation, alors qu'un citronnier en pot s'épanouissait dans un angle. Des étagères de verre abritaient de petits trésors : une coupe en porcelaine chinoise, un cheval Tang, quelques coquillages dont elle supposa qu'il les avait lui-même ramassés, et une tasse à café ébréchée qui avait dû être chinée sur un marché aux puces.

Même si le bureau en lui-même et le siège de travail donnaient une impression très studieuse, l'ambiance maîtresse de la pièce était la relaxation. Hannah se demanda si Bennett venait s'y réfugier toutes les fois où il ressentait le besoin d'échapper au palais et aux obligations liées à son titre.

— Asseyez-vous, Hannah. Si vous avez fait tout le tour du musée, vous avez dû piétiner pendant des heures.

— Oui, mais j'ai adoré cela.

Elle choisit une chaise plutôt que le canapé cosy et croisa ses mains sur ses genoux.

— J'ai toujours adoré le Louvre, mais votre musée m'a semblé bien plus intime et personnel.

— Le conseil d'administration et la chambre de commerce seront enchantés de l'apprendre, répondit-il, toujours debout. Si vous m'aviez dit que vous aviez l'intention de visiter le musée aujourd'hui, je me serais fait un plaisir de vous servir de guide.

— Je ne voulais pas vous déranger. Et cela m'a plu de déambuler presque au hasard parmi les œuvres.

Soudain, elle remarqua qu'il était nerveux. Cela aurait pu lui faire plaisir, si elle ne s'était pas rendu compte qu'elle l'était, elle aussi. C'était son rendez-vous, sans doute. Non, c'était Bennett. Il aurait été idiot de vouloir le nier.

— Est-ce que vous venez souvent travailler ici ?

— Quand c'est nécessaire. Il est souvent plus pratique de travailler ici plutôt qu'au palais, où je suis souvent dérangé.

Mais il ne voulait pas parler du musée. Bennett enfonça ses mains plus profondément dans ses poches. Depuis quand était-il mal à l'aise au moment de parler à une femme ? Depuis qu'il connaissait Hannah, songea-t-il ironiquement, avant d'essayer de nouveau.

— Hannah…

Il pesta intérieurement lorsqu'on frappa à la porte.

Bennett ouvrit la porte à Janine, qui portait un plateau sur lequel étaient disposés une cafetière en argent et un service en porcelaine chinoise violette.

— Posez tout cela là-bas, Janine. Je m'en occuperai moi-même.

— Oui, monsieur.

Elle posa le plateau sur la table qui se trouvait devant le canapé, puis s'inclina.

Conscient de s'être montré un peu sec, Bennett s'adoucit.

— Merci, Janine. Votre café sent divinement bon.

— Je vous en prie, monsieur, répondit la secrétaire, avant de refermer doucement la porte derrière elle.

— On dirait que nous avons de la chance, dit-il en servant le café. Ces petites pâtisseries proviennent du restaurant du musée. Elles sont exquises. Un peu de crème ?

— Oui, s'il vous plaît. Mais pas de sucre.

Aussi naturellement que possible, Hannah sourit. Derrière la politesse qu'ils affichaient tous deux, elle sentait une sourde tension se propager entre eux. On aurait dit deux inconnus à un premier rendez-vous.

— Accepteriez-vous de venir vous asseoir près de moi, si je promets de bien me tenir ?

Bien qu'il ait prononcé cette phrase avec une légèreté apparente, sa nervosité ne lui échappa pas. Elle baissa les yeux, sans pouvoir dire si c'était par honte ou par timidité.

— Bien entendu, répondit-elle en venant le rejoindre sur le canapé.

Une fois assise, elle but tout de suite son café, alors qu'il ne toucha pas au sien.

— Hannah, je m'excuse pour ma conduite de l'autre soir. Il n'est pas surprenant que vous vous soyez sentie offensée.

— Oh ! non, je vous en prie.

Avec une détresse que toute son expérience et tout son entraînement ne parvinrent pas à dissiper, elle reposa sa tasse et se leva précipitamment. Mais aussitôt, il saisit ses mains, l'empêchant de bouger.

— Je ne veux pas que vous me présentiez vos excuses, ajouta-t-elle.

Luttant pour reprendre le contrôle de ses émotions, elle se força à le regarder.

— Je ne me suis pas sentie offensée, je vous assure. J'ai juste…

— Pris peur ? J'en suis tout aussi désolé.

— Non, enfin… oui.

Quelle réponse était la bonne ? Finalement, elle abandonna.— Bennett, la seule chose dont je suis certaine, c'est que je ne me suis jamais sentie aussi mal à l'aise de toute ma vie.

— Merci.

— Ce n'était pas un compliment, mais un reproche.

— Hannah, Dieu merci, je vous retrouve.

En riant, il porta ses mains à ses lèvres. Lorsqu'elle se raidit, il les lâcha, mais continua à sourire.

— Sommes-nous amis ? demanda-t-il.

Toujours méfiante, elle acquiesça.

— J'aimerais que nous puissions l'être.

— Dans ce cas, nous le sommes.

Satisfait d'avoir négocié le premier obstacle avec succès,

Bennett s'assit plus confortablement sur le canapé. Il attendrait prudemment avant d'essayer de s'attaquer au second.

— Qu'avez-vous préféré au musée ?

— L'atmosphère détendue et légère, je crois. Les musées sont trop souvent des endroits sérieux et solennels. Oh ! et j'ai vu l'une des œuvres de votre ancêtre. Un paysage marin. Un tableau magnifique.

— C'est l'un de mes préférés, répondit-il, tout en faisant attention à ne plus la toucher. J'ai été tenté de le garder pour moi seul et de l'accrocher dans ma chambre, mais…

En haussant les épaules, il attrapa sa tasse.

— Mais cela ne m'a pas paru très juste.

— Et vous êtes quelqu'un de juste, murmura Hannah, d'autant plus mortifiée de faire ce constat qu'elle n'avait pas hésité à se servir de lui.

— J'essaie de l'être, rétorqua-t-il, une étrange lueur dans le regard. Hannah, vous montez à cheval, n'est-ce pas ?

— Oui.

— Venez faire une promenade avec moi, demain matin. Ce sera obligatoirement tôt, car le reste de ma journée est déjà bien rempli, mais cela fait si longtemps que je n'ai pas monté en compagnie de quelqu'un.

— Je ne suis pas sûre de pouvoir. Eve…

— … va s'occuper de Marissa jusqu'à 10 heures.

Comme elle adorerait faire cette balade à cheval… Une heure de liberté et de mouvement.

— Oui, mais j'ai promis de l'accompagner au Centre. Elle y a des rendez-vous à partir de 11 heures.

— Nous serons rentrés pour 11 heures, si vous voulez bien partir tôt.

Comme elle hésitait, il la pressa davantage.

— Venez, Cordina est plus splendide que jamais le matin, à dos de cheval.

— C'est d'accord.

C'était une décision irréfléchie, elle le savait, mais une heure de détente lui ferait du bien.

Hannah reprit sa tasse et termina son café.

Dans quelques jours, elle rencontrerait Deboque. A moins qu'elle ne soit déjà morte.

Chapitre 6

Bennett ne lui avait pas menti. Hannah savait déjà que Cordina était magnifique, mais au petit matin, le spectacle était sublime. Dans la lumière de l'aube, la principauté ressemblait à une jeune fille se préparant pour son premier bal. Les couleurs étaient douces, miroitantes. Des roses, des orangés et des bleus brumeux se mêlaient harmonieusement dans le ciel.

Tout en montant en selle, elle observa Dracula avec un mélange d'envie et d'anxiété. Dans ses écuries, son père pouvait se vanter de posséder certains des plus beaux chevaux d'Angleterre, mais aucun d'entre eux ne pouvait être comparé à cet étalon noir. Il semblait rapide, et intrépide, et légèrement irascible, aussi. Alors qu'elle s'imaginait sans difficulté en train de le dompter, elle le voyait tout aussi bien en train d'éjecter et de faire tomber Bennett.

— Une monture comme celle-là doit avoir un sacré caractère, commenta-t-elle lorsque le vieux palefrenier recula.

— Bien sûr.

Bennett calma l'étalon, et lui fit faire quelques petits pas de côté. Puis, se méprenant sur la remarque d'Hannah, il sourit comme pour la rassurer.

— Votre Quichotte est fort, mais doux. Brie le monte souvent quand elle est là.

Hannah se contenta de lever un sourcil. Après tout, il ne faisait que se montrer prévenant. Mais elle ne put s'empêcher de répondre :

— Je vous remercie, Votre Altesse. Cela me rassure de savoir que vous m'avez confié une monture de femme.

Bennett crut percevoir une pointe de sarcasme dans sa voix, mais, lorsqu'il la regarda, il ne vit que ses yeux calmes et son sourire poli.

— J'ai pensé que nous pourrions aller vers la mer, proposa-t-il.

— Excellente idée.

Avec un hochement de tête, il fit faire demi-tour à son cheval et le lança au trot.

— Vous sentez-vous à l'aise ?

— Oui, je vous remercie. C'est gentil de votre part de m'avoir invitée. Je sais que vos promenades matinales sont sacrées.

Il lui adressa un large sourire, heureux qu'elle semble si en confiance sur sa monture.

— Il est vrai que, le plus souvent, j'ai besoin d'une heure à cheval avant de pouvoir être poli et fréquentable. Cependant, il y a des jours où je préfère avoir de la compagnie.

Cela n'avait pas été le cas, ces derniers temps. Depuis la libération de Deboque, il avait l'impression de ne pas pouvoir faire un pas sans se cogner dans un garde. Et il ne s'était toujours rien passé. Il plissa les yeux, autant d'impatience que de colère. Il voulait que Deboque se décide, bouge, tente quelque chose. Il attendait de pouvoir traiter avec lui personnellement, et définitivement. D'instinct, il porta la main à son épaule, où une balle avait jadis pénétré. Oui, il n'attendait que cela.

L'expression qu'elle lut dans ses yeux la mit mal à l'aise. Il y avait là quelque chose à surveiller, et peut-être aussi à contenir. L'homme qui chevauchait à ses côtés n'était décidément pas le prince jovial et gentillet qu'elle s'était attendue à découvrir. Et, curieusement, ses sombres pensées — quelles qu'elles fussent — semblaient se communiquer à sa monture, car Dracula se mit à broncher nerveusement. Elle constata la facilité avec laquelle Bennett contrôlait son étalon, par la contraction d'un seul muscle. Décidément, il pouvait tout aussi bien se montrer tendre qu'intraitable, aussi doux que ferme. Troublée, Hannah sentit ses mains devenir moites, et elle dut se cramponner aux rênes pour les empêcher de glisser.

— Ça ne va pas ? demanda-t-elle, intriguée.

— Pardon ?

Lorsqu'il se tourna vers elle, elle tressaillit en constatant qu'il avait encore ce regard noir et tourmenté. Mais en un instant, celui-ci disparut, laissant de nouveau place au plus charmant des sourires.

Deboque n'existait pas ce matin, se dit Bennett, chassant son humeur maussade. Il en avait assez de voir sa vie et celle de sa famille gâchées par cet individu.

— Si, tout va très bien, répondit-il. Racontez-moi un peu comment vous vous occupez lorsque vous êtes chez vous, Hannah. Je n'arrive pas à me le représenter.

— Nous menons une vie très calme, à Londres.

C'était à moitié vrai. Et c'était sans doute la raison pour laquelle elle avait à moitié l'impression de lui mentir.

— Je travaille en grande partie depuis chez moi. Ce qui me permet de garder la maison pour mon père.

— De quel travail s'agit-il ? De vos recherches ?

Tout en parlant, il la mena par le chemin le plus facile, celui où la pente était la plus douce.

— Oui.

De nouveau, elle se sentit légèrement mal à l'aise.

— J'espère avoir terminé d'ici un an ou deux, avant de pouvoir les publier.

— J'aimerais vous lire.

Elle lui décocha un regard surpris, avant de sentir ses muscles se raidir. Cette réaction n'avait rien à voir avec de la peur, constata-t-elle, lucide. Même s'il avait demandé à voir son travail, elle avait assez à lui montrer pour le satisfaire. Non, ce n'était pas de la peur, mais la certitude que, si elle devait continuer à lui mentir, elle en tomberait littéralement malade.

— Si vous le souhaitez vraiment, ce serait avec plaisir. Mais je ne pense pas que mes écrits soient susceptibles de beaucoup vous intéresser.

— Vous vous trompez. Vous m'intéressez beaucoup.

Elle baissa les yeux. Il interpréta sans doute cela comme une marque de timidité, mais une fois encore c'était de la honte qu'elle ressentait.

— C'est un très bel endroit, réussit-elle par dire au bout d'un long silence. Vous venez souvent par ici ?

— Non, à dire vrai, cela faisait longtemps que je ne m'étais pas promené par ici.

Lorsqu'ils furent arrivés au sommet d'une petite éminence, il s'arrêta. Le cheval d'Hannah fut content de pouvoir brouter l'herbe qui bordait le sentier. A côté d'elle, elle voyait Dracula frémissant d'énergie. Et elle eut l'impression de sentir la même impatience chez Bennett.

— Un léger éloignement change tout, murmura-t-il.

Suivant son regard, elle se retourna vers le palais. Depuis l'endroit où ils l'observaient, il ressemblait à un superbe jouet, à une magnifique maison de poupées qu'une enfant gâtée pourrait découvrir au pied du sapin de Noël en se réveillant. Vers l'est se trouvait la mer, cachée par les falaises et les arbres, et si loin qu'on l'entendait à peine. Comme le palais, elle paraissait à peine réelle.

— Avez-vous à ce point besoin de vous en éloigner ? lui demanda-t-elle d'une voix calme.

— Parfois.

Cela ne le surprenait plus qu'elle lise aussi facilement dans ses pensées. La main fermement cramponnée aux rênes, il contrôla son étalon et continua de regarder vers chez lui.

— J'ai passé un certain temps à Oxford, puis en mer. Quand j'étais loin, Cordina me manquait tant que c'en était une souffrance. Depuis six mois, ou même un an, j'éprouve une espèce d'agitation, comme si j'attendais impatiemment qu'il s'y passe quelque chose.

Ils songèrent tous les deux à Deboque.

— Souvent en Angleterre, et en particulier à cette période de l'année, je me plains du froid et de l'humidité.

Hannah sourit à l'évocation de son pays.

— Je regarde par la fenêtre, et je donnerais n'importe quoi pour une journée de temps beau et chaud. Et puis, quand je suis ailleurs, le brouillard, la bruine et les odeurs de Londres commencent à me manquer.

Lorsqu'ils se remirent en route, elle songeait encore à l'Angleterre.

— Il y a un vendeur de marrons chauds juste au coin de notre rue. C'est un bonheur de se réchauffer les mains autour de son petit sac de châtaignes, et de les sentir, juste de les sentir, sans les manger tout de suite.

Ce souvenir la fit de nouveau sourire, avec une mélancolie dont elle prit soudain conscience.

— Je me demande parfois comment il peut y avoir de Noël sans marrons chauds.

— Je ne savais pas que l'Angleterre vous manquait à ce point.

Elle non plus, jusqu'à ce moment.

— On se languit toujours de sa maison. C'est là qu'on laisse son cœur.

C'était pour son pays qu'elle était devenue la femme qu'elle était, c'était pour lui qu'elle avait fait tout ce qu'elle avait fait.

— Je me suis toujours demandé si cela n'avait pas été trop difficile pour Reeve de s'exiler loin de chez lui, enchaîna Bennett, tandis que le bruit de la mer devenait de plus en plus audible. Même si, avec Brie, ils passent presque six mois de l'année dans leur propriété aux Etats-Unis, et que ma sœur semble s'y sentir chez elle, à présent.

— La plupart des gens finissent par s'habituer à l'endroit où ils vivent, puis par l'adopter.

Cela n'avait-il pas été son cas, à elle qui parcourait sans relâche la terre entière depuis des années ?

— C'est beaucoup plus difficile pour Eve, poursuivit Bennett. Elle ne passe que quelques semaines avec sa famille aux Etats-Unis.

— L'amour est plus fort que tout.

Et elle commençait juste à entrevoir ce que cela pouvait signifier.

— Eve pourrait vivre n'importe où, conclut-elle, à condition qu'Alexander soit à ses côtés. Et je crois que c'est pareil pour votre beau-frère.

Oui, elle avait raison, songea Bennett. Et c'était peut-être de là que venait cette espèce d'agitation qui le tourmentait. Au cours des années précédentes, il avait eu le loisir d'observer la beauté et la force des vrais sentiments et d'un engagement authentique, tout en ayant l'impression que cela représentait pour lui quelque chose de lointain et d'inatteignable.

Et puis Hannah était arrivée.

— Par amour, pourriez-vous tirer un trait sur l'Angleterre ?

Alors qu'ils prenaient de la hauteur, Hannah aperçut enfin la mer. Elle se concentra sur ce spectacle, mais ne put s'empêcher d'imaginer la capricieuse Tamise.

Pourrait-elle tirer un trait sur l'Angleterre ? Son pays et sa vie — personnelle, mais aussi professionnelle — étaient si étroitement liés… Même sa mission actuelle, elle l'avait acceptée autant pour protéger son pays de Deboque que pour garantir la sécurité de la famille royale de Cordina.

— Je ne sais pas. Vous êtes particulièrement bien placé pour savoir que certains liens sont très forts.

Les arbres devinrent moins nombreux. Ceux qui restaient

ployaient et s'agitaient sous le vent qui soufflait du large. Le chemin était moins praticable, de sorte que Bennett vint s'intercaler entre Hannah et la falaise. Elle grimaça en le voyant prendre ces précautions inutiles, mais se garda de tout commentaire. Après tout, il n'était pas censé savoir qu'elle était capable de dévaler ce sentier sans selle ni rênes. En outre, à sa grande surprise, se sentir protégée ne lui déplut pas, d'autant qu'elle n'y était pas habituée.

Sans les arbres pour freiner sa puissance, le vent soufflait fort en haut de la falaise, déposant çà et là de légères traces de sel. Les cheveux d'Hannah, qu'elle avait pourtant attachés très serré, n'y résistèrent pas complètement. Des mèches rebelles s'échappèrent pour venir danser autour de ses joues. Alors qu'elle regardait autour d'elle, une mouette entra dans son champ de vision, et se laissa tranquillement glisser sur un courant d'air. Une autre, beaucoup plus bas, scrutait la mer à la recherche de nourriture.

— Quelle vue fabuleuse, dit-elle, se détendant assez pour soupirer. J'en ai le souffle coupé.

Emu, Bennett vit briller dans le regard d'Hannah cette lueur qu'elle dévoilait si rarement. Son goût pour l'aventure, pour la puissance et pour le risque. Cela la rendait belle, excitante, mystérieuse. L'envie de la toucher fut si forte qu'il dut serrer les rênes pour contenir l'élan qui le poussait irrésistiblement vers elle.

— Cela fait longtemps que j'ai envie de vous emmener ici, mais j'avais peur que vous ayez le vertige.

— Pas du tout. Et je suis ravie d'être ici.

Son cheval broncha un peu, mais elle le contrôla sans peine.

— Il y a beaucoup de beaux endroits sur terre, mais très peu sont vraiment spéciaux. Celui-là en fait partie. Je crois que je pourrais…

Elle s'interrompit soudain, comme frappée par l'évidence.

— C'est l'endroit du tableau. Il n'y a pas d'orage qui se prépare, mais c'est bien ici. N'est-ce pas ?

— En effet.

Il fut stupéfait de découvrir combien il était important pour lui qu'elle ait reconnu l'endroit. Tout comme il fut stupéfait par la vérité qui s'imposa à lui, soudaine, inéluctable : il était amoureux d'elle. Totalement. Et à tout jamais.

Il rejeta la tête en arrière pour chasser les cheveux que le vent rabattait devant ses yeux. Il voulait pouvoir la voir clairement, en ce moment qui était peut-être le plus important de sa vie.

Elle était assise bien droite sur sa selle, et ses yeux sombres fixaient intensément la vue qui s'offrait à eux. Son profil finement sculpté se découpait sur le bleu du ciel. Son costume d'équitation marron foncé ne contribuait pas à rehausser la pâleur de son teint. Mais, lorsqu'il la regarda, il vit le spectacle le plus beau et le plus rare qu'il lui ait jamais été donné de contempler. Et, pour la première fois de sa vie, les mots lui manquèrent pour exprimer ce qu'il ressentait.

— Hannah.

Il tendit la main et attendit.

Bennett avait presque murmuré son prénom, aussi se tourna-t-elle vers lui, troublée. Il était l'homme le plus magnifique qu'elle ait jamais vu. Plus spectaculaire que la vue, plus dangereux qu'un plongeon du haut de la falaise. Il était juché sur un immense étalon, droit comme un soldat, émouvant comme un poète. Dans ses yeux, elle vit à la fois la passion et la compassion, le besoin et la générosité.

Son cœur, qui était en train de la trahir, devrait pourtant lui rester fermé pour toujours. Gagnée par l'émotion, elle saisit la main qu'il lui tendait.

— Je sais ce que vous pensez de moi.

— Bennett…

— Non, l'interrompit-il, en serrant sa main. Et vous n'avez

pas tout à fait tort. Je pourrais vous mentir et vous promettre de changer, mais je ne ferai ni mensonge ni promesse.

Sans pouvoir s'en empêcher, elle quitta son masque froid et impassible. Pour quelques minutes, se promit-elle. Pour quelques minutes seulement. Afin de ne pas gâcher la magie de l'instant.

— Bennett, je ne veux pas que vous changiez.

— Je pensais vraiment ce que j'ai dit l'autre soir, même si je l'ai dit de façon maladroite. Je vous veux, Hannah.

Comme elle, il détourna le regard en direction de la mer.

— Je comprends aussi que vous puissiez avoir du mal à le croire, mais je n'ai jamais éprouvé cela pour aucune autre femme.

Pourtant, elle le crut. C'était grisant, terrifiant, et interdit, mais elle le crut. Pendant un instant, un délicieux instant, elle se laissa aller et se prit à espérer. Puis elle se souvint de qui elle était. Son devoir passait en premier. Toujours.

— Je vous en prie, croyez-moi, lança-t-elle d'une voix presque désespérée, si je pouvais vous donner ce que vous attendez, je le ferais. Mais c'est tout simplement impossible.

Elle retira sa main, car ce contact la rendait faible et rêveuse.

— J'ai toujours pensé que tout est possible si on le veut vraiment.

— Non, certaines choses resteront toujours hors de portée.

Elle fit faire demi-tour à son cheval.

— Nous devrions rentrer, Bennett.

Avant qu'elle ne s'élance, il avait assez reculé pour s'emparer de ses rênes. Leurs bras et jambe s'effleurèrent. Son visage était tout près du sien, trop près du sien.

— Dites-moi ce que vous ressentez, fit-il.

Il y avait dans sa voix un mélange de désir et de frustration.

— Accordez-moi au moins cela, bon sang.

— Des regrets, dit-elle tristement.

Il lâcha ses mains pour la saisir par la nuque.

— Redites-moi ce que vous ressentez, murmura-t-il, avant de se pencher vers elle.

Le baiser qu'il déposa sur ses lèvres fut comme un chuchotement, doux, séducteur, enjôleur. Hannah serra d'abord ses mains autour des rênes, puis les relâcha alors que l'émotion l'envahissait. Il n'était pas censé se montrer aussi compréhensif, aussi irrésistible, aussi irréprochable. Le vent soufflait tout autour d'eux. La mer déferlait à leurs pieds. A cet instant, toute pensée rationnelle l'avait quittée, laissant la place au seul désir.

— Bennett.

Elle murmura son nom, et voulut reculer. Mais il l'en empêcha en la tenant fermement.

— Encore un instant.

Il en avait besoin. Il avait besoin de chaque miette qu'elle voudrait bien lui jeter. C'était la première fois qu'il avait envie de supplier une femme. Et ce n'était pas seulement la passion qu'il voulait, ce n'était pas seulement son corps. Non, ce qu'il voulait, c'était son cœur, avec un désespoir qu'il n'avait jamais éprouvé auparavant.

Ce fut ce désespoir qui lui permit de poser sur ses lèvres un second baiser, aussi tendre et doux que le premier. Ce fut ce désespoir qui lui permit de s'arracher à cette étreinte avant même d'avoir pu étancher sa soif. S'il voulait son cœur, il devrait procéder avec lenteur. Son Hannah était délicate et timide.

— N'éprouvez aucun regret, Hannah, dit-il calmement, avant de lui sourire. Je ne vous ferai aucun mal, ni ne vous forcerai à aller au-delà des limites que vous vous êtes fixées. Faites-moi confiance, c'est tout ce que je vous demande, pour l'instant.

Elle avait envie de pleurer. Il la traitait avec une gentillesse et une délicatesse qu'elle ne méritait pas. Tout ce qu'elle lui avait donné, c'étaient des mensonges. Tout ce qu'elle continuerait à lui donner, ce seraient des mensonges. Pour qu'il reste en vie, se rappela-t-elle, alors que les larmes lui brûlaient les yeux. Pour que lui et les personnes qu'il aimait demeurent sains et saufs.

— Pas de regrets, lui assura-t-elle, en laissant les mots résonner dans sa tête.

Puis, en inclinant la tête, elle pressa ses talons contre le flanc de sa monture et partit au galop.

La première réaction de Bennett fut la surprise. Il ne s'attendait pas à ce qu'elle monte à cheval avec autant de facilité et de puissance. Il prit un moment pour la regarder dévaler la pente, puis sourit largement, et lança Dracula à ses trousses.

Même si elle avait pris une bonne avance, Hannah entendit le cheval de Bennett frapper le sol derrière elle. Ravie, elle se pencha sur l'encolure de sa monture pour l'encourager à aller plus vite encore.

— Nous ne pouvons pas rivaliser de vitesse avec eux, dit-elle à son cheval, mais nous pouvons peut-être nous montrer plus malins.

Electrisée par ce défi, elle quitta le chemin principal pour filer à travers les arbres. Ce nouveau sentier était étroit et difficile, mais ce qu'elle perdit en vitesse, elle le gagna en manœuvre. Bennett la talonnait de près, mais elle occupait le centre de la piste, ne lui laissant pas assez de place pour qu'il la dépasse. Elle traversa le bosquet de part en part pour déboucher dans un champ avec moins de deux longueurs d'avance. Son instinct lui dicta d'obliquer à gauche, vers une petite éminence, afin de déstabiliser Bennett, qui ne devait pas s'attendre à ce changement de direction soudain. Pourtant, il continuait de gagner du terrain, de sorte que, lorsque les écuries furent en vue, ils étaient au coude à coude. En riant, elle vira de nouveau à gauche et fonça vers une haie.

Il eut un moment de panique en l'imaginant en train de passer par-dessus son cheval. Mais elle s'en tira à merveille, et ils finirent la course côte à côte. Talons baissés, genoux serrés, ils filèrent à toute allure vers les écuries. Enfin, Dracula finit par dépasser son adversaire.

Un instant plus tard, Bennett descendait de cheval, empli d'excitation. Elle n'arriva que quelques secondes après lui, éclatant d'un rire un peu essoufflé. Alors qu'elle s'apprêtait à descendre de cheval, il accourut pour la saisir par la taille.

— Comment avez-vous appris à monter à cheval comme cela ? demanda-t-il, fasciné.

Elle posa les mains sur son torse, sans doute pour maintenir la distance entre eux autant que pour s'équilibrer.

— C'est la seule chose dans laquelle j'excelle, en dehors de la littérature. J'avais oublié combien cela m'avait manqué, au cours des mois passés.

Il ne pouvait détacher son regard d'Hannah. Ce qui l'animait à présent, c'était un pur désir, animal, vital. L'étreinte qu'ils pourraient partager serait aussi sauvage, aussi intrépide que cette chevauchée. Il le savait et le sentait déjà. Pour des raisons inconnues, il avait l'impression de se trouver devant deux femmes. L'une calme, l'autre passionnée. Et il n'aurait su dire laquelle l'attirait le plus.

— Revenez demain.

Elle avait pris un risque — et beaucoup de plaisir — en l'accompagnant une première fois. Elle commettrait une grossière erreur en recommençant, Hannah le savait.

— Je ne pense pas que ce soit possible. Avec la première qui approche, il y a beaucoup de travail au théâtre.

Il n'insisterait pas. Il s'était promis qu'il lui laisserait le temps de s'habituer à sa présence. Depuis qu'il avait compris ce qu'elle représentait pour lui, il était plus déterminé que jamais à lui faire la cour en bonne et due forme.

Une première pour le Royal Prédateur, songea-t-il en s'effaçant pour lui baiser la main.

— Les écuries sont à votre disposition quand vous le souhaitez.

— Merci, c'est très gentil à vous, répondit-elle en vérifiant si toutes ses épingles à cheveux étaient bien en place. Cette balade m'a plu, Bennett. Beaucoup.

— A moi aussi.

— Mais à présent Eve doit m'attendre.

— Très bien, allez-y. Pipit et moi nous occuperons des chevaux.

— Merci.

Elle retardait son départ. Au moment où elle s'en rendit compte, Hannah s'obligea à partir.

— Au revoir, Bennett.

— Au revoir, Hannah.

Il hocha la tête, puis la regarda se diriger vers le palais. Un léger sourire au coin des lèvres, il tapota l'encolure de son cheval.

— J'y arriverai, mon ami, murmura-t-il. Cela me prendra juste un peu de temps.

Le temps passait si vite… Enfermée dans sa chambre, Hannah tenait la lettre qu'elle avait reçue du Sussex. A l'intérieur se trouvait la réponse de Deboque à la requête qu'elle avait formulée quelques jours plus tôt, au musée. Sans trembler, elle s'assit à son bureau et, avec son coupe-papier en ivoire, ouvrit l'enveloppe. La lettre qu'elle contenait, rédigée par une parente éloignée, ne faisait que donner quelques nouvelles assez inintéressantes. Il ne lui fallut qu'un quart d'heure pour la décoder.

« Demande acceptée. Le 3 décembre, 23 h 30. Café du Dauphin. Seule. Votre contact demandera l'heure en anglais. Répondez en français, par une remarque sur la météo. Notez bien que c'est l'importance de vos informations qui justifie le caractère exceptionnel de la procédure. »

Le 3 décembre : c'était le soir même.

La prochaine étape aurait lieu le soir même.

Hannah replaça la lettre dans son enveloppe, qu'elle laissa en évidence sur son bureau. A côté se trouvait une rose blanche que Bennett lui avait envoyée le matin même. Elle hésita un instant, avant de céder au plaisir de toucher les pétales.

Si seulement la vie pouvait être aussi douce et simple.

Quelques minutes plus tard, elle frappait à la porte du bureau du prince Armand.

Ce fut son secrétaire qui lui ouvrit. Il s'inclina avec raideur devant elle, avant de l'annoncer au prince. Derrière son bureau, Armand se leva, et donna à son secrétaire l'autorisation de la faire entrer.

— Votre Altesse, dit Hannah en exécutant une profonde révérence. Je m'excuse de vous déranger.

— Vous ne me dérangez pas du tout, Hannah.

— Mais vous êtes occupé, continua-t-elle, les bras croisés, en restant devant la porte. J'avais juste un conseil à vous demander. Si vous préférez, je reviendrai plus tard.

— Pas la peine, ma chère. Je vous en prie, entrez et asseyez-vous. Michel, si vous n'y voyez aucun inconvénient, j'aimerais m'entretenir en privé avec lady Hannah.

— Bien sûr, Votre Altesse.

Michel se retira en s'inclinant. Dès que la porte fut fermée, Hannah décroisa ses bras. D'un pas décidé, elle avança jusqu'au bureau.

— Il y a du nouveau. Il faut prévenir Reeve immédiatement.

— Je n'aime pas trop cette idée, dit Armand quelques minutes plus tard, alors que son gendre prenait place en face de lui. Comment être sûr que Deboque sera dupe des informations qu'Hannah lui fournira ?

— Parce qu'elles seront presque entièrement vraies, répondit Reeve en terminant sa deuxième tasse de café. La seule façon d'approcher Deboque, c'est de lui offrir quelque chose d'important, quelque chose qu'il n'a aucun autre moyen d'obtenir.

— Mais va-t-il croire Hannah ?

— C'est mon travail de faire en sorte qu'il me croie, répondit calmement Hannah. Votre Altesse, je sais que vous avez dès le départ émis des réserves concernant cette opération, mais jusqu'ici tout s'est déroulé comme nous l'avons voulu.

— Jusqu'ici, oui, admit Armand, avant de se lever.

Il leur fit signe à tous les deux de rester assis, puis il reprit :

— A présent, je m'apprête à demander à une femme — à une femme que moi et ma famille aimons particulièrement — de se rendre seule à un rendez-vous avec un homme qui tue autant pour le plaisir que pour son profit.

— Elle ne sera pas seule.

A la réponse de Reeve, Hannah se redressa sur son siège.

— Je dois être seule. Si Deboque ou l'un de ses hommes se mettent à suspecter le contraire, toute l'opération partira en fumée. Et j'échouerai.

Elle se leva à son tour.

— Je viens de consacrer deux ans de ma vie à cette mission.

— Et je tiens à ce que vous viviez encore bien plus longtemps que cela, répondit Reeve à voix basse. Nous soupçonnons Deboque d'avoir établi ses quartiers dans une petite villa à quelques kilomètres d'ici. Nous y posterons des hommes en surveillance.

— Et eux-mêmes seront surveillés par les hommes de Deboque.

— Laissez-moi m'occuper de cela, Hannah, et faites votre

travail. Avez-vous bien les plans et toutes les caractéristiques du système de sécurité ?

— Oui, bien sûr.

Contrariée, elle se rassit.

— Et je sais que je ne dois pas les remettre à quelqu'un d'autre que Deboque.

— Vous savez aussi qu'au moindre signe suspect vous devez vous retirer.

Elle acquiesça, même si elle n'avait aucune intention de procéder de la sorte.

— Oui.

— Il y aura deux hommes postés au café.

— Pourquoi est-ce que vous n'envoyez pas directement un signal lumineux ?

Il comprenait forcément sa frustration, mais cela ne l'empêcha pas de se servir une troisième tasse de café, ni de répondre d'une voix calme :

— C'est cela ou on vous pose un micro.

— Le dernier agent qui a essayé de s'introduire avec un micro chez Deboque a été renvoyé au SIS en trois morceaux.

Reeve eut un mouvement d'épaules.

— A vous de choisir.

De nouveau, Hannah se leva.

— Je n'ai pas l'habitude qu'on spécule sur mes décisions, Reeve.

Comme il ne répondait rien, elle serra les dents.

— J'ai bien conscience que vous êtes mon supérieur dans cette mission, donc je ne pense pas avoir vraiment le choix.

— Tant que nous nous comprenons…

Il se leva alors, et prit sa main.

— Hannah, je connais bien votre réputation. Pourquoi ne disons-nous pas plutôt que je ne veux pas prendre le risque de perdre l'un de mes meilleurs agents ?

Il la lâcha, puis se tourna vers le prince.

— J'ai encore quelques petites choses à mettre en place. Je vous tiens au courant.

Lorsque Reeve fut sorti, Armand se tourna vers elle.

— Encore un instant, s'il vous plaît, Hannah. Voulez-vous bien vous rasseoir ?

Elle voulait être seule, pour préparer chaque détail avec soin. Elle n'avait plus que quelques heures devant elle. Pourtant, elle s'assit.

— Voulez-vous que je récapitule tout devant vous, Votre Altesse ?

— Non, répondit-il en esquissant un léger sourire. Je crois que je maîtrise assez bien la situation. J'ai une question personnelle à vous poser, Hannah. Et je vous demande dès maintenant de ne pas mal la prendre.

Il s'assit en face d'elle, avec une raideur toute militaire.

— Est-ce que je me trompe, ou bien mon fils s'est-il pris d'affection pour vous ?

Elle joignit ses mains, le corps tout entier en alerte.

— Si vous voulez parler du prince Bennett, Votre Altesse, il s'est en effet montré charmant avec moi.

— Hannah, épargnez-moi s'il vous plaît les détours et les manières. Le devoir m'a trop souvent empêché de consacrer le temps que j'aurais voulu à ma famille, mais cela ne veut pas dire que je ne connais pas mes enfants par cœur. Je crois que Bennett est amoureux de vous.

Elle pâlit aussitôt.

— Non.

Elle dut déglutir, mais elle réaffirma sa réponse avec autant de force que la première fois.

— Non, il n'est pas amoureux de moi. Je l'intrigue peut-être un peu, mais c'est seulement parce que je ne corresponds pas au genre de femmes qu'il a jusqu'ici eu l'habitude de côtoyer.

— Hannah, l'interrompit Armand en levant la main. Je ne vous ai pas demandé cela pour vous embarrasser. Quand j'ai commencé à me douter de quelque chose, je me suis senti mal à l'aise, car Bennett ignore les vraies raisons de votre présence parmi nous.

— Je comprends.

— Je n'en suis pas si sûr. De tous mes enfants, Bennett est celui qui ressemble le plus à sa mère. Si… bon, si sensible. Il est d'un caractère plus impulsif que son frère et sa sœur, mais il dissimule moins ses sentiments. Je vous ai seulement demandé cela, car, si vous répondez par la négative à ma prochaine question, j'aimerais que vous manœuvriez en douceur. L'aimez-vous, Hannah ?

Tout ce qu'elle ressentait se lisait dans ses yeux. Elle le savait, et elle baissa donc vite le regard.

— Quoi que j'éprouve pour Bennett, ou pour votre famille, cela n'interférera pas avec mon travail.

— J'ai assez d'expérience pour reconnaître quelqu'un qui fera ce qui doit être fait.

Il la trouvait touchante et courageuse, et comprenait les tourments qu'elle devait endurer. Pourtant, il revint à la charge.

— Mais vous ne m'avez pas répondu : aimez-vous mon fils ?

— Je ne peux pas.

Cette fois, elle répondit d'une voix faible, au bord des larmes.

— Je lui mens depuis le début, et je vais continuer à le faire. On ne peut pas aimer quelqu'un et lui mentir. Je vous prie de m'excuser, Votre Altesse.

Armand la laissa partir. Il resta un moment assis, calé dans le fond de son siège, les yeux fermés. Au cours des heures à venir, il ne pourrait rien faire d'autre que prier pour elle.

Le Café du Dauphin n'était pas l'un de ces jolis endroits de Cordina prisés par les touristes. C'était un bar fréquenté par les équipages des bateaux de pêche et des cargos. Dans la salle encombrée de tables — dont beaucoup étaient inoccupées — flottaient une épaisse fumée ainsi qu'une forte odeur d'alcool. Cela aurait pu être pire, songea Hannah en entrant. Mais ce n'était pas pour autant un endroit pour une femme seule, à moins qu'elle ne cherche les ennuis.

Toutefois, son arrivée ne causa pas grand émoi. Avec son pull et son pantalon gris, elle se confondait presque avec les murs. Les quelques femmes qui se trouvaient déjà là étaient des proies plus intéressantes. Si elle pouvait faire rapidement ce qu'elle avait à faire, elle n'aurait peut-être même pas à décourager certains clients trop entreprenants.

Hannah s'installa sur un tabouret au bar et commanda un bourbon sec. Avant d'être servie, elle avait déjà parcouru des yeux l'ensemble de la salle. Si Reeve avait bien envoyé deux agents, ce devaient être des bons. Il était rare qu'elle ne parvienne pas à identifier ses collègues.

Elle buvait en silence depuis dix minutes lorsqu'un homme quitta la table où il était installé pour se diriger vers elle. Hannah continua à boire, mais tous ses muscles étaient tendus. Il lui adressa la parole en français, d'une voix appesantie par l'alcool.

— Comme c'est triste une femme qui boit seule.

Hannah se décontracta légèrement, mais la tension laissa tout de suite place à l'agacement.

— Ce qui est encore plus triste, c'est une femme qui ne peut pas rester seule quand elle le voudrait, rétorqua-t-elle, en prenant son ton anglais le plus guindé.

— Eh, pas la peine de faire votre mijaurée, marmonna-t-il, avant de s'éloigner.

Hannah sourit presque, puis redevint sérieuse, car un autre homme venait d'entrer.

Il était habillé en marin, avec une casquette enfoncée sur les oreilles. Sous la visière, le visage était tanné et émacié. Cette fois, elle se tendit pour de bon, car elle était certaine qu'il s'agissait de l'homme qu'elle attendait.

Pourtant, elle leva son verre comme si de rien n'était lorsqu'il vint s'installer à côté d'elle au bar.

— Avez-vous l'heure, mademoiselle ?

— Oui, il est minuit moins le quart.

— Merci.

Il commanda à boire, et attendit une minute avant de poursuivre.

— Il fait chaud ce soir, dit-il en français.

— Oui, un peu, répondit-elle dans la même langue.

Puis ils se turent. Derrière eux, un groupe d'hommes entonna une chanson. Le vin coulait à flots, et la nuit commençait à peine. L'homme finit son verre et quitta le bar. Hannah n'attendit pas longtemps avant de se lever à son tour pour le suivre.

Il l'attendait au coin du quai. L'endroit était très peu éclairé, et l'ombre dominait. Hannah s'avança vers lui, sachant que ce pourrait pour elle être aussi bien le début que la fin.

— Vous avez les informations ? demanda-t-il, repassant à l'anglais.

Il n'avait pas plus d'accent en anglais qu'il n'en avait en français, constata-t-elle. Deboque choisissait ses hommes avec soin.

Elle se contenta d'acquiescer.

— Alors, allons-y, poursuivit-il en désignant un petit bateau pneumatique.

Hannah savait qu'elle n'avait pas le choix. Soit elle refusait, et sa mission échouait, soit elle continuait. Tout en sachant qu'en mer elle ne pourrait bénéficier d'aucune protection, elle suivit l'homme. Elle voulait arriver jusqu'à Deboque. Par tous les moyens.

Sans hésiter, elle sauta à bord, puis alla s'asseoir à la poupe. En silence, son contact largua les amarres, puis démarra le moteur, qui résonna comme le tonnerre sur les flots.

Alors, Hannah prit une grande inspiration. Elle était partie.

Chapitre 7

Reeve serait furieux, songea Hannah en posant la main sur son siège pour garder son équilibre, alors que le bateau prenait de la vitesse. Il y avait de quoi, mais rien ne devait la perturber.

Ainsi, Deboque n'était pas à terre, dans la villa, comme ils l'avaient imaginé. Il se trouvait, à moins que le bateau n'opère un brusque et radical changement de direction, en mer. Non, à partir de maintenant, elle ne bénéficierait plus d'aucune protection. Hannah reprit une grande inspiration et regarda le sillage formé par le bateau. Elle préférait travailler seule, de toute façon.

Ce soir, elle allait rencontrer Deboque. Elle le sentait. Son pouls était lent et calme ; sa respiration, régulière. L'écume soulevée par le bateau retomba en fines gouttelettes sur sa peau. Mais elle ne tressaillit pas, et conserva son expression tranquille. Elle ne pouvait se permettre aucun signe susceptible d'être interprété comme une manifestation de nervosité. Sa petite croisière nocturne en Méditerranée la rapprochait du but vers lequel elle tendait depuis vingt-quatre mois.

L'excitation — et non pas la peur — grandissait en elle. Mais même cela, elle devait le contrôler. Tout ce qui faisait battre son cœur plus vite ou s'emballer son esprit était dangereux. Elle ne pouvait pas se permettre la moindre erreur. Au cours des deux dernières années, elle avait travaillé dur pour gravir les échelons au sein de l'organisation de Deboque, faisant pour cela confiance à ses seules compétences. Avec l'aval du SIS, elle s'était acquittée avec brio de plusieurs tâches : vente d'armes, vol de diamants, livraison de drogue.

La fin justifiait les moyens.

Elle était presque arrivée en haut de l'échelle, songea-t-elle. Si elle pouvait continuer à s'élever, elle finirait même par menacer la toute-puissance de Deboque.

Sa manœuvre la plus adroite — mais aussi la plus périlleuse — avait été de faire apparaître le jusque-là très estimé et haut placé Bouffe comme incompétent. Le plus expérimenté des lieutenants de Deboque n'était pas stupide, et il avait fallu qu'elle déploie beaucoup d'intelligence et qu'elle prenne beaucoup de risques pour prouver qu'il avait, au cours des mois écoulés, failli dans la plupart de ses missions — et tout cela, sans pour autant attirer les soupçons sur elle-même. Son coup de maître avait été cette négociation de vente d'armes avec un groupe terroriste connu pour son manque de patience.

Il s'en était fallu d'un cheveu, mais tout s'était parfaitement déroulé. Hannah avait réussi à faire croire que Bouffe était sur le point de faire échouer la négociation, jusqu'à ce qu'elle intervienne pour sauver la mise.

Les terroristes avaient leurs armes — il appartenait à présent au SIS de se débrouiller avec cela. Quant à Deboque, il avait ses cinq millions. Elle se ferait un plaisir de le lui rappeler. Très bientôt.

Soudain, elle aperçut un yacht blanc, majestueusement ancré dans les eaux sombres. Un frisson d'impatience la parcourut. Depuis la proue, son contact signala leur présence à l'aide d'une lanterne électrique. Quelqu'un répondit du bateau. L'homme coupa le moteur et, dans la nuit devenue silencieuse, ils s'approchèrent du yacht.

Lorsque Hannah s'agrippa à l'échelle, elle trouva le métal

froid et dur. Comme son cœur. Sans se retourner, elle se hissa vers l'inconnu.

— Lady Hannah.

Un homme, grand et bronzé, l'attendait. Il prit sa main et s'inclina devant elle. Elle l'identifia tout de suite. Elle y serait parvenue même sans le briefing de Reeve, grâce à son accent. Il s'agissait de Ricardo Batemen, un Jamaïcain de vingt-six ans, diplômé de l'une des plus prestigieuses facultés de médecine. Il maniait le scalpel, certes, mais pas exactement pour soigner…

Deboque ne pouvait plus se passer de lui.

— Mon nom est Ricardo, dit-il en souriant. Bienvenue à bord de *L'Invincible*.

— Merci, Ricardo.

L'air de rien, elle regarda tout autour d'elle et compta cinq autres hommes et une femme sur le pont. Les hommes étaient habillés tout en noir et portaient tous une mitraillette. La femme était vêtue d'un simple sarong drapé par-dessus un Bikini et semblait s'ennuyer ferme.

— Pourrais-je avoir quelque chose à boire ?

— Bien sûr.

Les yeux de Ricardo, remarqua-t-elle, étaient clairs, d'un vert presque transparent, et comme fixes. Sa voix était riche et onctueuse, tel un voile de crème dans une tasse de café brûlant.

— Mais tout d'abord, si vous voulez bien excuser notre méfiance, j'aimerais votre sac, lady Hannah.

Un sourcil levé, elle le regarda droit dans les yeux.

— Si quelque chose venait à en disparaître, je vous tiendrais pour personnellement responsable.

— Vous avez ma parole : tout vous sera rendu.

Il s'inclina lorsqu'elle le lui tendit.

— Maintenant, continua-t-il, si vous voulez bien suivre Carmine. Elle va vous conduire à votre cabine. Vous voudrez peut-être vous rafraîchir un peu, après qu'elle se sera assurée que vous ne portez pas de micro.

Une fouille à corps, se dit Hannah, résignée.

— L'idée est assez ridicule, Ricardo. Mais je salue votre prudence.

Puis elle traversa le pont pour rejoindre Carmine, comme si elle s'en allait prendre le thé.

Quelques minutes plus tard, Ricardo déposait le sac en crocodile noir d'Hannah sur un bureau en acajou ciré.

— Carmine s'occupe d'elle. Son sac contient un pistolet de petit calibre, son passeport et sa carte d'identité, à peu près trois mille dollars en espèces, et du maquillage. Il y a aussi une enveloppe, cachetée.

— Merci, Ricardo.

La voix était grave et rocailleuse, avec une pointe d'accent français.

— Amène-la moi dans dix minutes. Ensuite, qu'on ne nous dérange sous aucun prétexte.

— Oui, monsieur.

— Ricardo, tes impressions ?

— Assez séduisante, davantage qu'en photo. Et calme, très calme. Sa main était bien sèche et ferme.

— Bien, répondit-il, une pointe d'amusement dans la voix. Dans dix minutes, Ricardo.

Puis il s'empara de l'enveloppe et la décacheta.

Quelques instants plus tard, Hannah remettait son pull. Elle avait trouvé la fouille plus fastidieuse qu'humiliante. Carmine avait pris son stylet, mais elle s'y attendait. Quant à Ricardo, il avait gardé son pistolet. A présent, elle était seule et désarmée, en pleine mer. Mais il lui restait son esprit affûté, la plus sûre des armes.

Elle se tenait au centre de la cabine lorsque Ricardo ouvrit la porte.

— Encore toutes mes excuses pour le désagrément, lady Hannah.

— Une légère contrariété, Ricardo.

Il n'avait pas rapporté son sac, mais elle ne le lui fit pas remarquer.

— J'espère juste qu'il n'y en aura pas d'autre, poursuivit-elle.

— Aucune. Si vous voulez bien m'accompagner.

Hannah le suivit, se déplaçant avec agilité sur le bateau qui tanguait légèrement. L'embarcation était de la taille d'un petit hôtel, avait-elle remarqué. Et elle avait repéré les issues de secours, en cas de besoin. Le tapis qu'ils foulaient était rouge sombre. Dans la cabine où elle avait été fouillée était accroché un miroir ancien de verre biseauté, au-dessus d'une tête de lit en velours. Elle avait également remarqué le hublot, si petit que seul un enfant ou une femme mince auraient pu y passer.

Ricardo s'arrêta devant une porte en chêne vernis et frappa deux coups. Sans attendre la réponse, il tourna la poignée et lui fit signe d'entrer. Hannah obéit et entendit la porte se refermer à clé derrière elle.

La cabine était cossue et élégante, dans l'esprit du XVIIIe siècle français. Le tapis était d'un chatoyant bleu roi, et les murs lambrissés brillaient tant que le reste de la pièce s'y reflétait. Deux lustres de verre fin diffusaient leur lumière sur le bois ancien et le mobilier luxueux. Un tissu de brocard recouvrait un lit qui aurait pu être celui d'un roi. Toutes les couleurs étaient vives, presque agressives.

Il flottait dans l'air une odeur étrange, pénétrante et assez désagréable, faite d'un mélange de parfum floral et de senteur plus ancienne. Le léger mouvement du bateau faisait prendre vie à une collection d'animaux en cristal.

Il ne fallut que quelques secondes à Hannah pour tout enregistrer et analyser. Ensuite, elle regarda l'homme — aussi impressionnant et extravagant que l'était la pièce — qui trônait, assis à un bureau Louis XVI. Elle n'eut pas l'impression de se retrouver face à l'être maléfique qu'elle s'attendait à rencontrer. Face aux personnes vraiment mauvaises, Hannah savait que l'on a souvent du mal à réprimer un frisson de terreur. Ici, elle voyait juste un homme élancé et séduisant d'une cinquantaine d'années, dont le visage fin et aristocratique était encadré par une épaisse masse de cheveux gris acier. Il était vêtu de noir, et cette couleur paraissait accentuer la pâleur presque poétique de son teint. Ses yeux étaient noirs également, comme ceux d'un corbeau. Ils l'observaient avec attention, tandis que sa bouche pleine et assez joliment dessinée esquissait un sourire.

Elle avait déjà vu des photos de lui, bien sûr. Elle avait étudié de près toutes les informations recueillies sur lui au cours des vingt dernières années. Et pourtant… Et pourtant, elle ne s'était pas préparée à ce qu'il émane de sa personne une sensualité si évidente.

C'était un homme pour lequel des femmes étaient mortes. Et maintenant, elle le comprenait. C'était un homme pour lequel d'autres hommes avaient tué sans se poser de questions. Elle le comprenait aussi, alors que, placée à quelques mètres de lui, elle ressentait sa puissance.

— Lady Hannah.

Il se leva, avec lenteur et grâce. Son corps était élancé, presque délicat. La main qu'il lui tendit était fine et belle, et trois diamants brillaient à ses longs doigts.

Elle ne devait pas hésiter, bien qu'elle eût l'impression que, si sa main entrait en contact avec celle de Deboque, elle serait arrachée à ce qu'elle connaissait pour basculer dans un monde étranger et effrayant.

Résolue, elle sourit et avança.

— Monsieur Deboque.

Elle constata avec satisfaction qu'il marqua une légère surprise lorsqu'il l'entendit prononcer son nom.

— C'est un grand plaisir, ajouta-t-elle.

— Asseyez-vous, je vous en prie. Voulez-vous un verre de brandy ?

— Oui, je vous remercie.

Elle choisit une chaise capitonnée à haut dossier qui faisait face au bureau. Des enceintes cachées diffusaient de la musique classique. Chopin. Elle écouta les douces notes s'égrener, tandis que Deboque se dirigeait vers un petit bar émaillé pour en sortir une carafe.

— Votre bateau est splendide, monsieur.

Un tableau était accroché au-dessus de son bureau. L'une des six œuvres dérobées dans une collection privée, l'année précédente. Elle le savait pour avoir elle-même participé au vol.

— J'aime les belles choses.

Il lui tendit son verre. Puis, au lieu de se rasseoir à son bureau, il vint s'installer à côté d'elle.

— A votre santé, mademoiselle.

— Et à la vôtre.

Elle lui sourit une nouvelle fois avant de boire.

— Peut-être allez-vous me dire comment vous avez appris mon nom ?

— J'ai pour habitude de savoir pour qui je travaille, monsieur Deboque.

Elle secoua la tête, alors qu'il lui proposait une cigarette.

— Je dois vous féliciter pour la sécurité dont vous vous entourez et pour l'efficacité de votre personnel. Découvrir qui régnait sur cet empire n'a pas été simple.

Il s'alluma une cigarette et rejeta la fumée lentement, comme un homme aux goûts raffinés.

— Pour certains, cette recherche s'est révélée impossible.

Elle le fixa de ses yeux amusés.

— Peu de choses me sont impossibles.

— Pour d'autres, elle s'est révélée fatale.

Elle se contenta de sourire, et il n'insista pas. Elle devait rester calme, quoi qu'il dise.

— Tous les rapports vous concernant sont très flatteurs, lady Hannah.

— Evidemment.

Ce fut à son tour de sourire.

— J'admire la confiance.

— Moi de même.

— D'après ce que je sais, je vous suis redevable d'avoir arrangé une transaction avec certains de nos voisins méditerranéens, il y a quelques mois. J'aurais été ennuyé — c'est le moins qu'on puisse dire — de perdre ce contrat.

— Je l'ai fait avec plaisir. On dirait, monsieur, que quelques maillons faibles se sont glissés au sein de votre organisation.

— On dirait.

Comme elle, il faisait sans doute référence à Bouffe, qu'il n'allait pas tarder à abandonner entre les mains de Ricardo.

— Votre séjour à Cordina vous plaît-il ? ajouta-t-il.

Son cœur se mit à battre légèrement plus vite, mais cela ne l'empêcha pas de reprendre une gorgée de brandy.

— Le palais est magnifique.

En tournant le buste, elle regarda tout autour d'elle.

— Moi aussi, j'aime ce qui est beau. Cela compense le fait que les Bisset sont un peu ennuyeux.

— La famille royale ne vous impressionne pas, lady Hannah ?

— Je ne me laisse pas facilement impressionner. Bien sûr, ce sont des gens qui possèdent une certaine classe, mais ils sont si… dévoués, dit-elle d'une voix légèrement teintée de dérision. Pour ma part, je préfère me dévouer à quelque chose de plus concret que l'honneur et le devoir.

— Et qu'en est-il de la loyauté, lady Hannah ?

Elle se retourna vers lui. Il la fixait avec intensité, comme s'il cherchait à lire en elle.

— Je peux me montrer loyale. Tant que cela me profite.

Sa réponse était risquée, elle le savait. Le manque de loyauté, dans l'organisation de Deboque, était passible de mort. Elle attendit, affichant le plus grand calme, alors même qu'un filet de sueur coulait le long de son dos. Il l'observa un moment, puis rejeta sa crinière de lion en arrière et éclata de rire. Hannah sentit chaque muscle de son corps se relâcher.

— Vous êtes une femme honnête. Et j'admire l'honnêteté. Bien plus que les serments aveugles.

Il tira de nouveau sur sa cigarette, puis expira lentement.

— Je pense que j'aurais intérêt à faire en sorte qu'il soit profitable pour quelqu'un d'aussi doué et ambitieux que vous de se montrer loyal envers moi.

— J'espérais que vous verriez les choses de cette façon. Je préfère l'action, si vous voyez ce que je veux dire, monsieur Deboque. Mais j'ai aussi certaines prétentions. Déléguer et organiser peut se révéler bien plus lucratif, vous ne pensez pas ?

— Si, en effet.

Il l'observa un moment, tout en réfléchissant. Elle semblait être une jeune femme douce et bien élevée, et l'on voyait qu'elle appartenait à un certain milieu. Il avait toujours préféré les femmes à l'apparence discrète et tranquille. Il songea brièvement à Janet Smithers, dont il s'était servi presque dix ans plus tôt, avant de l'écarter de son organisation. Lady Hannah, se dit-il, pourrait se révéler bien plus intéressante, et compétente.

— Cela fait deux ans maintenant que vous travaillez pour nous ?

— Oui.

— Et au cours de ces deux années vous vous êtes montrée très utile.

Il se leva alors et saisit l'enveloppe qu'il avait posée sur son bureau.

— Vous avez apporté cela pour moi, je suppose ?

— Oui, répondit-elle en vidant son verre. Même si je trouve la méthode avec laquelle vous vous en êtes emparé assez contestable.

— Toutes mes excuses. Ces informations sont intéressantes, lady Hannah, mais, je le crains, incomplètes.

Elle croisa les jambes et se cala dans son siège.

— Une femme qui écrit tout ce qu'elle sait sur une feuille de papier perd vite de sa valeur. Ce qui n'est pas là-dessus se trouve là-dedans, dit-elle en pointant un doigt sur sa tempe.

— Je vois.

Son aplomb était assez admirable. Favorablement impressionné, il poursuivit :

— Si nous supposions que j'étais intéressé par les systèmes de sécurité du palais royal, du Centre des beaux-arts, du musée, afin, disons, de m'en inspirer pour mes propres besoins, seriez-vous capable de remplir tous ces blancs ?

— Bien sûr.

— Et si je vous demandais d'où vous tenez de telles informations ?

— C'était le but de ma visite à Cordina.

— L'un d'entre eux.

Intrigué, il tapota l'enveloppe contre sa paume.

— Vous avez eu de la chance de réussir à devenir une intime de la princesse Eve.

— Cela n'a pas été difficile. Elle se languissait d'une présence féminine à ses côtés. Je suis accommodante. Je suis aux petits soins pour sa fille, j'écoute ses peurs et ses plaintes. En l'aidant dans son travail, je m'attire également la gratitude du prince Alexander. Il a peur que sa femme ne se fatigue alors qu'elle porte son enfant.

— Et vous font-ils confiance ?

— Implicitement. Je ne vois d'ailleurs pas pourquoi ils ne le feraient pas. Ma famille est respectée ; ma généalogie, irréprochable. Le prince Armand me voit comme la jeune cousine de sa défunte épouse. Excusez-moi, monsieur, mais ne sont-ce pas précisément les raisons pour lesquelles vous m'avez choisie pour m'infiltrer au palais ?

— Si, en effet.

Il se rassit. Décidément, elle lui plaisait. Mais il était encore loin de lui accorder son entière confiance.

— J'ai entendu dire que le jeune prince s'intéressait à vous.

A cette remarque, Hannah sentit quelque chose se glacer en elle.

— Votre réseau d'informateurs est redoutablement efficace.

Comme elle jetait un œil à son verre vide, elle le fit tinter. Aussitôt, Deboque se leva pour le lui remplir. Il ne fallut pas davantage de temps à Hannah pour se reprendre.

— Bennett est, comme je pense que vous le savez, immanquablement attiré par tout ce qui porte jupons.

Elle eut un petit rire et essaya de ne pas se détester pour ce qu'elle s'apprêtait à dire.

— Ce n'est vraiment qu'un gamin. Et un gamin gâté. J'ai découvert que la manière la plus simple de faire de lui ce que je voulais était de paraître la moins intéressée possible.

Deboque acquiesça lentement.

— Alors, il s'accroche deux fois plus.

— Les hommes comme lui se montrent toujours plus... accommodants dans ce type de circonstances.

— Je m'excuse si je vous parais un peu trop indiscret, ma chère, mais qu'entendez-vous par « accommodants » ?

— Bennett n'est pas toujours très prudent ni méfiant. On peut facilement exploiter sa faiblesse pour les femmes. Je crois pouvoir lui extorquer certaines informations. C'est lui, vous voyez, qui m'a fait visiter le Centre des beaux-arts et m'a conduite à la base navale du Havre.

Elle but une gorgée, faisant exprès de s'interrompre. Deboque devait déjà être au courant de son tête-à-tête avec Bennett au musée. Elle allait donc se servir de ce qu'il savait pour déformer la réalité.

— Il n'a pas été difficile de poser des questions et de sembler m'intéresser à la façon dont le musée protège ses trésors. Cela a suffi pour qu'il me montre les installations, les alarmes, les écrans de surveillance, les caméras.

Elle marqua une nouvelle pause pour ménager ses effets.

— Plus une femme feint l'ignorance, plus elle en apprend.

Deboque réchauffa son brandy entre ses mains.

— Hypothétiquement — je dis bien hypothétiquement —, peut-on déjouer la sécurité au palais ?

Enfin, les choses sérieuses commençaient.

— Hypothétiquement, n'importe quel système de sécurité peut être déjoué. Je dirais que Reeve MacGee a conçu un système admirable, mais certainement pas invincible.

— Intéressant.

Il attrapa une petite chouette en porcelaine, qu'il étudia de près. Le silence s'installa dans la pièce assez longtemps. Essayait-il de mettre ses nerfs à l'épreuve ?

— Et avez-vous votre théorie sur la façon dont ce système peut être sapé ? demanda-t-il enfin.

— De l'intérieur, répondit-elle, avant d'avaler une nouvelle gorgée. C'est toujours plus propre de l'intérieur.

— Et le Centre ?

— De la même façon.

— Cette pièce écrite par la princesse… Les représentations débutent dans quelques jours. Ce serait amusant de causer un peu de remue-ménage.

— Un remue-ménage de quelle sorte ?

— Oh ! je ne parle qu'en théorie, bien sûr. Il me semble que la famille royale n'aimerait pas que quelque chose vienne perturber la première. Je m'en voudrais de ne pas saisir cette occasion. Serez-vous présente ?

— Oui, bien entendu : on compte sur moi.

Elle avait besoin de le pousser, de le pousser à se découvrir.

— Je préférerais savoir quel endroit du théâtre éviter, monsieur.

— Il serait plus sage que vous restiez dans le public. Je ne voudrais pas vous perdre, alors que nous commençons à peine à faire mieux connaissance.

Elle acquiesça. Mais, se rendant compte que si elle lui donnait tout de suite le reste des informations il la congédierait rapidement, elle essaya de gagner du temps.

— Pour ma curiosité personnelle, puis-je vous demander pourquoi la famille royale vous captive tant ? Cela m'intrigue, car je vous vois un peu comme moi, c'est-à-dire comme quelqu'un qui est surtout motivé par le profit et les intérêts personnels.

— Le profit est toujours souhaitable, répondit-il en reposant la chouette.

Ses mains, remarqua-t-elle, auraient pu composer des sonnets ou jouer du violon. Elles tuaient rarement. Elles se contentaient d'intimer l'ordre à d'autres de le faire.

— Quant aux intérêts personnels, ils peuvent revêtir divers visages, n'est-ce pas ?

— Oui, tant qu'on y trouve son compte, reconnut-elle. Se servir de l'enlèvement de la princesse Gabriella ou des menaces pesant sur les Bisset pour monnayer votre libération était une chose. Mais vous n'êtes plus en prison.

Elle regarda une nouvelle fois la pièce d'un air admiratif.

— Je pensais que vous vous consacreriez à présent à des activités plus lucratives.

— Tout travail commencé doit être achevé.

Elle le vit serrer les doigts autour de son verre. C'était la première fois qu'il manifestait de l'émotion.

— Toute dette réclame paiement, poursuivit-il. On n'oublie pas comme cela dix années de sa vie. Comprenez-vous ?

— Oui. La vengeance, ou la punition, si vous préférez. Cela vaut tous les diamants du monde.

Et, en le regardant, elle sut que rien ne l'arrêterait.

— Monsieur, vous avez tenu à ce que je m'introduise au palais. J'ai l'intention d'y rester jusqu'à ce que vous en leviez l'ordre, mais je préférerais savoir ce que vous attendez de moi.

Elle leva les paumes, en signe d'impuissance.

— Cette vengeance, après tout, est la vôtre et non la mienne. Je ne travaille jamais efficacement les yeux bandés.

— Un homme qui pose toutes ses cartes sur la table perd son avance.

— Je suis d'accord. Mais c'est également le cas d'un homme qui n'affûte pas ses outils avant de s'en servir. Je suis dans la place, monsieur. Et avoir quelques lignes directrices pourrait se révéler utile.

Lady Hannah avait raison. Il avait d'ailleurs l'intention de l'utiliser, et de bien l'utiliser. Pensif, il se cala dans son dossier et posa les mains sur son bureau. A ses doigts, les diamants brillèrent d'un éclat violent. Il avait échoué. Par deux fois, il avait échoué à utiliser les Bisset pour servir ses propres intérêts. Il avait échoué à mettre Armand à genoux. Il était prêt à faire n'importe quoi et à se servir de n'importe qui, mais il n'échouerait pas encore. En Hannah, il pensait avoir trouvé le bon instrument.

— Laissez-moi vous poser une question : si un homme veut en détruire un autre, que fait-il ?

— Le plus simple est de lui ôter la vie.

Ce fut lorsque Deboque sourit qu'Hannah finit par voir l'être maléfique qu'il était. Il était dissimulé sous un vernis de classe et d'élégance, mais il était bien là.

— Je ne suis pas quelqu'un d'aussi simple que cela. La mort est si définitive et, même lorsqu'elle est lente, elle ne dure pas assez… Pour détruire un homme — pour détruire son âme, son cœur —, il faut plus qu'une balle en pleine tête.

Il parlait d'Armand, elle le savait. Ce n'était pas le moment de réclamer des noms ni de lui demander de révéler ses plans. Il ne lui dirait rien et pourrait commencer à se méfier. Lentement, elle posa son verre et essaya de raisonner comme lui.

— Pour détruire vraiment quelqu'un, il faut lui enlever ce qu'il a de plus précieux, conclut-il.

Son cœur se mit à cogner plus fort dans sa poitrine, et une vague nausée l'envahit. Pourtant, elle réussit à parler en feignant une admiration tranquille.

— Ses enfants ?

— Vous êtes aussi intelligente que charmante, dit-il en posant ses mains sur les siennes.

Aussitôt, un froid glacial comme la mort se diffusa en elle.

— Pour faire souffrir un homme, pour détruire son âme, il faut le priver de ce qu'il aime le plus au monde, et ensuite le laisser vivre. Ses enfants et ses petits-enfants morts, son pays plongé dans le chaos, que lui restera-t-il d'autre que le malheur et la désolation ? De plus, un royaume sans héritier devient instable, et en cela intéressant, si l'on sait manœuvrer habilement.

— Tous…, murmura Hannah.

Elle songea à la petite Marissa, si douce et jolie. Et à Dorian, avec son visage barbouillé et son grand sourire. La peur qu'elle ressentit pour eux fut si soudaine, si forte, si viscérale qu'elle fut persuadée qu'elle se lisait dans ses yeux. Elle les baissa alors, et regarda les mains de Deboque posées sur les siennes, et l'éclat froid des diamants.

— Tous, monsieur ?

Lorsqu'elle eut le sentiment d'avoir retrouvé son calme, elle le regarda dans les yeux. Il souriait. Dans la lumière pâle des lustres, il paraissait blême et infiniment plus effrayant qu'un fantôme.

— Ce n'est pas un travail facile, même pour quelqu'un d'aussi puissant que vous.

— Rien de ce qui est important n'est simple, ma chère. Mais, comme vous l'avez dit, rien n'est impossible… en particulier lorsque l'on dispose, dans la place, de quelqu'un qui a su gagner la confiance de ses hôtes.

Elle leva un sourcil. Elle ne frémit pas, ni ne retira sa main. Les affaires, se rappela-t-elle. Lady Hannah ne pensait qu'aux affaires. On était en train de lui proposer un travail, le plus important que Deboque ait jamais confié à personne.

— Je vous ai choisie avec soin, lady Hannah. Pendant plus de dix ans, je n'ai eu qu'un seul rêve. Je crois que vous êtes l'instrument qui me permettra de le réaliser enfin.

Elle pinça les lèvres comme si elle hésitait, tout en réfléchissant à toute vitesse. Il lui proposait un contrat, un contrat royal. Alors qu'elle ne disait rien, il promena doucement ses doigts sur sa main. Comme une araignée, comme une très belle et très intelligente araignée.

— Une telle responsabilité est un peu lourde pour quelqu'un qui n'occupe qu'une modeste place dans votre organisation.

— Cela peut s'arranger. Bouffe… se retire, dit-il doucement. Je dois lui trouver un remplaçant.

— Je voudrais une garantie, monsieur.

— Vous avez ma parole.

Elle esquissa un sourire.

— Monsieur…

Dans un hochement de tête, il se leva et pressa un bouton. Quelques secondes plus tard, Ricardo apparaissait.

— Lady Hannah va remplacer Bouffe. Occupe-toi des arrangements. Discrètement.

— Bien sûr, répondit Ricardo, en fermant à demi ses yeux vert clair dans une mimique de plaisir.

Hannah attendit que la porte se referme. Un homme allait mourir.

— Il viendra peut-être un jour où vous déciderez de me remplacer à mon tour.

— Pas si vous continuez à me donner satisfaction, répondit-il en baisant sa main. Et j'ai le sentiment que ce sera le cas.

— Je dois vous dire, monsieur, qu'il m'est très pénible de tuer des enfants.

Il crispa très légèrement ses doigts autour de sa main, mais elle ne broncha pas.

— Je crois que cinq millions de dollars me seront nécessaires pour surmonter cette aversion.

Elle le vit dans ses yeux : il serait capable de briser ses doigts aussi facilement que de les embrasser. Hannah ne baissa pas les yeux et espéra ne pas avoir trop forcé sa chance.

— C'est l'argent qui vous motive, ma chère ?

— L'argent ne me motive pas, il me comble. Et j'aime être comblée.

— Vous avez deux semaines pour me combler, lady Hannah. Ensuite, ce sera à votre tour de l'être.

Sans lâcher sa main, il l'invita à se lever.

— Maintenant, comme gage de bonne foi, vous allez me dire tout ce que vous n'avez pas noté sur ces papiers.

Hannah s'approcha des plans et se prépara à lui mentir.

Elle était épuisée. En dix ans de missions, elle ne s'était jamais sentie aussi vidée ni souillée. Alors qu'elle franchissait les grilles du palais, elle ne pensait à rien d'autre qu'à la longue douche brûlante qu'elle allait prendre pour laver de sa peau toute trace de l'eau de Cologne de Deboque. Reeve se tenait à une trentaine de mètres des grilles. Hannah arrêta sa voiture et attendit qu'il grimpe à son côté.

— Vous êtes partie longtemps, dit-il, avant de l'observer longuement et attentivement. Il n'était pas prévu dans le plan que vous restiez hors de contact pendant plus d'une heure.

— Le plan était que j'aille jusqu'à Deboque.

— Et vous y êtes parvenue ?

— Je l'ai rencontré à bord d'un yacht, *L'Invincible*. Il est ancré à un peu moins de dix kilomètres au nord-ouest. J'ai aperçu six gardes armés, mais, à mon avis, il devait y en avoir le double. Deboque a désormais les informations que nous voulions qu'il ait. Et je remplace Bouffe.

Reeve haussa les sourcils.

— Vous avez dû l'impressionner.

— C'était le but.

Elle se demanda combien de temps encore le goût de son brandy allait persister dans sa bouche.

— Il prépare quelque chose pour la première de la pièce d'Eve.

Reeve tressaillit à côté d'elle, mais elle poursuivit :

— Je ne pense pas que la famille royale soit directement visée. L'idée de créer panique et confusion a l'air de beaucoup l'amuser. Il se montre très prudent dans sa façon de formuler les choses. Rien de trop direct ni précis. Même si je témoignais contre lui, il serait difficile de l'accuser réellement de conspiration. Il bâtit des hypothèses, échafaude des théories.

— Vous a-t-il donné une idée de l'endroit où il avait l'intention de frapper ?

Elle écouta un instant un oiseau en train de chanter à gorge déployée.

— Il m'a paru s'intéresser davantage au palais. C'est un défi d'une tout autre ampleur. Nous avons deux semaines.

— Il va frapper dans deux semaines ?

— C'est le temps qu'il m'a donné pour que je tue toute votre famille.

Elle se tourna alors vers lui et vit son visage pâle et décomposé.

— Tout le monde, sauf Armand, Reeve. Les enfants, tout le monde. Il veut anéantir Armand et laisser Cordina sans héritier. D'après ce dont j'ai pu juger, il s'accroche à cette idée macabre autant pour sa satisfaction personnelle que pour le profit qu'il pourrait tirer du chaos dans lequel sombrerait Cordina.

Reeve sortit une cigarette, mais ne l'alluma pas.

— Nous avons deux semaines pour l'arrêter, poursuivit-elle. Ou pour le convaincre que nous avons fait ce qu'il voulait.

De toute évidence, il luttait pour reprendre le dessus. Cette fois, il s'agissait de sa famille, de son cœur.

— Est-ce qu'il vous fait réellement confiance ?

Elle réfléchit un moment, avant de hocher la tête.

— Je pense que oui. Certes, il est possible qu'il veuille se débarrasser de moi une fois mon travail terminé, mais je pense qu'il est plus probable qu'il continue à m'utiliser. Tout ce que nous avons réussi à lui faire croire à mon sujet a eu l'air de le satisfaire et, au cours de ces deux dernières années, je lui ai épargné beaucoup d'ennuis et fait gagner beaucoup d'argent. S'il me croit capable de continuer, il ne fera rien contre moi.

— Nous allons devoir avertir Armand.

— Je sais.

Mais pas Bennett. Armand, et seulement Armand.

— Pour l'instant, comportez-vous comme d'habitude, dit-il en lui faisant signe de redémarrer. Il va nous falloir un peu de temps.

— La première de la pièce d'Eve n'est plus que dans quelques jours.

— Nous allons nous en occuper. Maintenant, allez dormir. Dès que nous aurons un plan, je vous en informerai.

Arrivés devant le palais, ils descendirent tous deux de la voiture. Avant de gravir les marches de l'entrée, Hannah s'arrêta.

— Je le veux, Reeve. Je le veux pour moi. Je sais que ce n'est ni très malin ni très professionnel. Mais si j'en ai l'occasion, et si je trouve un moyen, je veux m'occuper de lui personnellement.

Reeve ne répondit rien. Cela faisait longtemps qu'il souhaitait la même chose.

Chapitre 8

— Je ne veux pas que tu y ailles, fit Alexander.

— Tu sais très bien qu'il le faut, lui répondit Eve. C'est ma pièce, ma troupe, ma production. Je n'ai pas le choix, Alex.

Son épouse le fixait de cet air dur et buté qu'elle prenait parfois quand elle était contrariée.

— Ce n'est pas bien compliqué de trouver une excuse.

Vêtue d'une robe bleu nuit qui dévoilait ses épaules et tourbillonnait jusqu'à ses chevilles, elle était plus belle que jamais. Ses cheveux, ramassés sur sa nuque, retombaient en une masse ébène sur un seul côté. Après toutes ces années, le simple fait de la regarder faisait encore trépider son cœur.

— C'est trop dangereux. D'après nos informations, un incident se produira ce soir. Je ne veux pas que tu coures le moindre risque.

— Je n'ai pas le choix.

Elle avait peur, Alexander le savait. Depuis que Reeve leur avait appris qu'il allait se passer quelque chose au théâtre le soir de la première, sa femme vivait dans un état d'anxiété permanent. Oui, elle avait peur, mais elle n'en était pas moins déterminée, comme toujours. Elle se dirigea soudain vers le miroir biseauté accroché au-dessus du bureau, comme si elle devait impérativement vérifier sa coiffure.

— J'ai écrit cette pièce, je l'ai produite et, plus important encore, continua-t-elle avant qu'il ne puisse l'interrompre, je me dois d'être au théâtre ce soir, parce que je suis ta femme.

Certes, les arguments d'Eve étaient valides, mais il s'en moquait. Il voulait qu'elle reste au palais, en sécurité, hors d'atteinte. Son cœur ne serait en paix que s'il la savait installée dans les pièces qu'elle avait décorées, à l'abri dans ce refuge qui protégeait sa famille depuis des générations. Là, rien ne pourrait lui arriver. Dehors, en revanche…

— Mon amour, Reeve se trompe rarement. S'il dit qu'il va se passer quelque chose ce soir, je veux que tu sois le plus loin possible du théâtre. Ta grossesse suffira à excuser ton absence. Je sais combien la pièce est importante pour toi, mais…

— Oui, elle l'est, l'interrompit-elle. Mais moins que toi.

— Alors fais-le pour moi, et reste au palais ce soir.

Elle pencha la tête.

— Alexander, serais-tu prêt à rester avec moi ?

— Si c'était possible, bien sûr que je le ferais.

Il passa une main impatiente dans ses cheveux. C'était un stratagème auquel elle avait déjà eu recours auparavant, et il n'existait guère d'argument pour le contrer.

— Je ne peux pas rester enfermé chaque fois que Deboque menace de faire des siennes, ajouta-t-il.

— Pense à Cordina, dit-elle d'une voix calme. A Cordina qui est aussi mon pays, à présent.

— Eve.

Il l'aimait autant qu'il était possible d'aimer. Et chaque jour davantage.

— Tu es ce que j'ai de plus précieux au monde. J'ai déjà failli te perdre une fois.

Prenant ses mains dans les siennes, elle le regarda dans les yeux.

— Moi aussi, j'ai failli te perdre, Alex. Je serai dans la loge royale à ton côté : c'est là qu'est ma place.

De l'autre côté de la porte, Hannah entendait la conversation assez distinctement. Dans des moments comme celui-là, elle avait du mal à considérer ce qu'elle faisait, ce qu'elle avait à faire, comme une mission parmi tant d'autres. Derrière cette porte se trouvaient des personnes à qui elle s'était attachée. Les Bisset n'étaient plus pour elle de simples noms ou des symboles, mais des amis. Et, après avoir joué à des jeux très dangereux pendant dix ans, elle savait combien il peut être risqué de se faire des amis.

Elle ferma les yeux et prit une grande inspiration avant de frapper.

— Entrez.

Ce fut Alexander qui répondit, d'une voix impatiente. Hannah ouvrit la porte, mais ne franchit pas le seuil.

— Je m'excuse. Je vous dérange.

— Bien sûr que non.

Avec la chaleur qui la caractérisait tant, Eve sourit et lui fit signe d'entrer.

— Je vois que tu es prête pour la soirée.

Eve éprouva un léger regret devant la robe beige et la coiffure sévères d'Hannah. Elle aurait aimé avoir un peu de temps pour convaincre son amie d'adoucir son image. Mais ce soir, elle avait d'autres sujets de préoccupation.

— Nous étions sur le point de descendre, dit-elle en reprenant la main d'Alexander.

— Peut-être as-tu besoin de moi ? lui demanda Hannah.

— Non, pas du tout, répondit-elle, toujours soucieuse. Hannah, je ne veux surtout pas que tu te sentes obligée de nous accompagner. Sachant que la possibilité d'un… incident n'est pas à écarter, eh bien, tu préférerais peut-être rester au palais.

— Jamais de la vie.

Avec son secret haï enfoui au fond d'elle-même, Hannah réajusta son châle sur ses épaules.

— Et je suis sûre que tout va bien se passer. Si tu n'as pas besoin de moi, alors je vais vous attendre en bas.

— S'il te plaît, Alex, n'en parlons plus, dit Eve une fois qu'Hannah eut refermé la porte derrière elle. Allons dire au revoir à Marissa avant de partir.

— Eve.

En l'attirant à lui, Alexander sentit contre lui l'endroit où dormait son second enfant.

— Je t'aime.

— Facile à dire, murmura-t-elle, en riant. Promets-moi de me le prouver, après la pièce.

Il posa sa joue contre ses cheveux.

— Tu as ma parole.

Bennett attendait déjà dans le grand hall. Malgré la distance qui les séparait, Hannah sentit l'impatience qui l'habitait. Une impatience mêlée d'une intrépidité que ses habits de soirée ne réussissaient pas à contenir. Il cherchait les ennuis, comprit-elle. Plus encore, il les espérait.

— Vous voilà.

Il lui sourit, mais son esprit était de toute évidence déjà tourné vers la soirée qui les attendait. Très naturellement, il prit sa main dès qu'elle fut en bas des escaliers.

— Vous n'êtes pas obligée de venir ce soir, Hannah. Je serais même heureux que vous ne veniez pas.

Elle se sentit soudain si coupable qu'elle caressa sa main pour le rassurer.

— Voilà que vous dites la même chose qu'Eve, répondit-elle sur un ton léger. Mais je veux y aller. Une vague rumeur émanant d'une source anonyme n'est pas une raison suffisante pour manquer une soirée au théâtre.

Il effleura son oreille, où brillait une perle.

— Est-ce cela qu'on appelle le flegme britannique ?

— C'est ce qu'on appelle le bon sens.

— Quoi qu'il en soit, je veux que vous restiez près de moi. Il y aura assez de gardes pour nous protéger, mais je préfère garder un œil sur vous moi-même.

Avant qu'elle puisse l'arrêter, il la conduisait vers la porte.

— Eve et Alexander sont presque prêts. Je leur ai dit que je les attendrais.

— La sécurité préfère nous séparer, dit-il en saluant Claude d'un rapide signe de tête. Vous partirez avec moi. Père arrivera lui-même après Alexander et Eve.

— Très bien.

Elle sortit dans la nuit étoilée, portant calmement son pistolet sous son bras, dans sa pochette perlée.

Le théâtre était bondé. Bien avant le lever de rideau, tous les sièges étaient déjà occupés, et le brouhaha de la conversation montait jusqu'à la loge royale. Un tonnerre d'applaudissements salua l'entrée des Bisset. Debout dans le fond de la loge, Hannah retint son souffle, tandis qu'elle observait l'océan de visages.

Si Deboque avait été là, elle l'aurait trouvé.

— Le Centre a été passé au peigne fin deux fois, murmura Reeve à son oreille. Il n'y a rien ici.

Elle acquiesça et s'installa, alors que le rideau se levait.

La pièce était d'une intensité qui devait combler les attentes d'Eve, même si Hannah doutait que les occupants de la loge soient très attentifs au drame qui se nouait sur scène. A plusieurs reprises, elle surprit Bennett en train de scruter le public.

Mais Deboque n'était pas là. Hannah ne s'attendait d'ailleurs pas à sa présence. Quoi qu'il se passe, il devait être loin, en train de se forger un alibi solide comme le rocher cordinien.

Ils n'avaient donc plus qu'à attendre. Et à observer.

Lorsque les lumières se rallumèrent pour l'entracte, Hannah pu presque sentir Eve se détendre. Une fausse alerte ? Non. Même si elle préférait que la princesse le crût, elle n'était pas dupe. Elle était habitée de cette sensation étrange que certains appellent un pressentiment, et d'autres, l'instinct. Hannah était dans le métier depuis assez longtemps pour savoir quand il fallait se préparer à quelque chose.

— Désirez-vous boire quelque chose ?

Elle se tourna vers Bennett, prête à refuser. Elle avait ses raisons pour préférer ne pas le perdre de vue.

— Oui, répondit-elle pourtant, ne voulant pas lui infliger une nouvelle déception. Je prendrais volontiers quelque chose de frais.

Dès que Bennett eut refermé les portes de la loge, elle se pencha vers Reeve.

— Je vais surveiller les alentours.

— Faites attention, j'ai un mauvais pressentiment.

— Moi aussi. Je me souviens que Deboque m'a conseillé de rester dans le public. J'ai bien envie d'aller faire un petit tour en coulisses.

Alors qu'il s'apprêtait à l'en dissuader, Gabriella prit sa main, offrant à Hannah les quelques secondes dont elle avait besoin pour s'en aller. Elle traversa le vestiaire des femmes jusqu'à ce qu'elle soit sûre que personne ne l'observait. Grâce à son expérience, elle se faufila discrètement jusqu'à un escalier, et descendit. Elle avait dix minutes, se dit-elle en regardant sa montre. Dix minutes avant qu'on se rende compte de son absence.

Dans les coulisses, où les acteurs étaient en train de se changer, l'ambiance était encore tendue et survoltée, si bien qu'on lui accorda à peine un regard. Rien ne semblait anormal ni suspect. Pourtant, son pressentiment persistait.

La porte de la loge de Chantel était ouverte. L'actrice aperçut Hannah, marqua une légère hésitation, puis l'apostropha :

— Lady Hannah.

Parce qu'elle n'avait pas le choix, Hannah s'arrêta devant la porte.

— Mademoiselle O'Hurley. Son Altesse n'a pas pu descendre, mais elle vous fait savoir qu'elle a beaucoup apprécié votre performance.

— Merci.

Chantel posa le fard dont elle venait de se servir pour souligner l'intensité de son regard.

— Et vous-même, que pensez-vous de la pièce ?

— Elle est poignante. Votre interprétation de Julia est à couper le souffle.

En acquiesçant, Chantel s'approcha. L'exagération de son maquillage de scène la faisait paraître plus exotique.

— Vous savez, je suis née dans le monde du spectacle. J'ai ça dans le sang, si vous voyez ce que je veux dire. Et j'ai toujours pensé qu'un acteur invétéré est capable d'en reconnaître un autre lorsque leurs chemins se croisent.

Très calme, et souriant presque, Hannah la regarda droit dans les yeux pour lui répondre.

— Sans doute.

— C'est peut-être pour cela que, alors que je ne sais toujours pas si je vous apprécie ou pas, je sais que je ne vous fais pas confiance.

Chantel ajusta les poignets de la robe qu'elle porterait lors de la prochaine scène.

— J'ai toujours adoré Bennett. Parmi tous les hommes qu'elle fréquente, une femme comme moi compte très peu de vrais amis.

Il y avait quelque chose de fort, quelque chose d'honnête chez la femme qui se tenait en face d'elle. Hannah essaya d'en tenir compte autant qu'elle le put.

— Je peux vous dire que Bennett est pour moi quelqu'un de spécial, quelqu'un à qui je tiens beaucoup.

Chantel resta silencieuse un moment, hésitant, réfléchissant.

— Je ne sais pas pourquoi, mais je vous crois.

Elle secoua la tête, l'air dépassé.

— Je n'ai pas compris pourquoi vous jouiez aux Jane Eyre, mais j'imagine que vous avez vos raisons.

— En place, mademoiselle O'Hurley.

Chantel se tourna pour vérifier son image une dernière fois dans un miroir en pied. Elle inclina son menton selon un angle différent, et devint Julia. Sa voix prit une légère intonation nasillarde, écho du Sud américain, lorsqu'elle passa devant Hannah.

— Chérie, dit-elle avec emphase, il faut que vous sachiez que le beige est le pire choix de couleur que vous auriez pu faire.

Puis elle lui adressa un clin d'œil et disparut vers la scène.

Restée seule, Hannah expira longuement. Elle n'avait rien vu d'anormal, n'avait aperçu personne de suspect, et avait reçu une leçon de taille. Contrairement à ce qu'elle avait toujours cru, sa couverture n'était pas infaillible.

Elle traversa le couloir dans l'autre sens, obliqua vers l'escalier, et remonta vers la loge. Mais, avant qu'elle y parvienne, elle entendit les applaudissements accompagnant le lever de rideau. Ensuite parvint le bruit distant — un grondement suivi d'une détonation — d'une explosion. Les lumières s'éteignirent.

Il y eut quelques cris épars lorsque le théâtre fut plongé dans l'obscurité.

Dans la loge royale, Reeve se leva en même temps que les gardes, qui avaient dégainé leur arme, prêts à tirer.

— Restez ici, ordonna-t-il, avant d'effleurer brièvement la main de Gabriella pour la rassurer. Vous deux, venez avec moi, dit-il en direction des gardes.

Ils se dirigèrent aussitôt vers le hall.

— Il nous faudrait de la lumière.

En jurant, il chercha son briquet dans sa poche.

— Et puis, il faudrait que quelqu'un prenne la parole pour empêcher le public de paniquer.

Alors qu'il allumait son briquet, qui projeta une lumière faible et tremblante, la voix calme et claire de Chantel se fit entendre.

— Mesdames et messieurs, merci de rester à vos places. Il semblerait que nous ayons quelques problèmes d'éclairage. Si vous voulez en profiter pour faire plus ample connaissance avec votre voisin ou votre voisine, c'est le moment…

— Bravo, Chantel, murmura Reeve lorsqu'il entendit les rires nerveux du public. Descendons voir les disjoncteurs.

Hannah n'était pas revenue. Bennett se répétait sans cesse cette phrase dans sa tête. Elle se trouvait quelque part dans le théâtre, seule dans le noir. Sans hésiter, il se dirigea vers la porte.

— Votre Altesse, dit un garde en penchant sa silhouette massive vers lui, si vous voulez bien rester à votre place.

— Laissez-moi passer.

— Bennett, fit son père, dont la voix s'éleva, ferme et tranchante, dans l'obscurité. Assieds-toi, s'il te plaît. Tout va rentrer dans l'ordre très vite.

— Hannah n'est pas ici.

— Reeve va s'en occuper, répondit le prince après un bref silence.

Il n'avait jamais remis en question le devoir et l'honneur. Mais là, il s'agissait d'amour. Bennett poussa la porte et partit à sa recherche.

Pistolet au poing, Hannah attendait dans l'escalier. Elle ne bougeait pas, respirait à peine, et hésitait entre monter pour s'occuper des Bisset et descendre pour vérifier les compteurs électriques. S'il y avait eu une bombe, une seconde pourrait tout aussi bien exploser.

Sa raison lui disait que les Bisset étaient suffisamment protégés et que son travail était d'identifier la source du problème. Pourtant, son cœur voulait à tout prix s'assurer que Bennett était bien sain et sauf. Ecoutant ce dernier, elle se mit à monter les escaliers. Au bout de trois marches, elle entendit le bruit d'une porte se refermant au palier inférieur.

Le doigt sur la gâchette, elle pointa son arme et redescendit. Elle distingua la lueur de la lampe torche avant d'entendre les pas. Des pas prudents. Et discrets. Tapie dans l'ombre, Hannah se dissimula dans un coin et attendit.

Elle reconnut l'homme du musée. Il était cette fois vêtu de l'uniforme bleu foncé des techniciens de maintenance et portait une petite caisse à outils. A le voir ainsi, n'importe qui aurait pensé qu'il était là pour s'occuper du problème qui venait de survenir. Lorsque le faisceau lumineux arriva à ses pieds, elle sortit de l'ombre et pointa son pistolet sur l'homme.

— Restez tranquille, chuchota-t-elle. Je m'excuse de vous accueillir de cette façon, mais je n'avais pas envie que vous me tiriez une balle en pleine tête avant que vous ne m'ayez reconnue.

— Mademoiselle.

Elle perçut la rage contenue dans sa voix. Personne n'aime se retrouver pris au dépourvu de cette façon.

— On m'avait dit que vous resteriez hors de notre chemin ce soir.

Hannah baissa son arme, mais ne la déchargea pas.

— Je préfère toujours me rendre compte par moi-même de ce qui se passe. Un incident spectaculaire, le complimenta-t-elle. Y a-t-il d'autres festivités prévues pour ce soir ?

Il était entraîné pour tuer, elle en était certaine. Mais était-il armé ? Si elle le retenait trop longtemps ou le questionnait avec trop d'insistance, elle risquait de se découvrir.

— Seulement si l'occasion se présente. Maintenant, si vous voulez bien m'excuser…

— Certainement.

Son seul but, à présent, était de le voir hors du théâtre avant que ne survienne une « occasion ». Le théâtre était bondé, la famille royale présente. Il fallait à tout prix éviter la confrontation.

— Puis-je vous aider à faire une sortie discrète ?

— Tout est déjà prévu.

— Très bien. Dites à votre employeur que mon action sera moins spectaculaire, mais très efficace.

Puis elle se tourna vers les escaliers, car elle venait d'entendre une porte s'ouvrir plus haut.

— Hannah ?

Au son de la voix de Bennett, son sang se glaça. Lorsque l'homme esquissa un mouvement à côté d'elle, elle agrippa son bras. Elle savait sans avoir besoin de le voir qu'il voulait dégainer son arme.

— Ne soyez pas stupide, chuchota-t-elle. Dans cette lumière, vous pourriez trop facilement manquer votre cible et tout faire rater. Eteignez votre lampe et laissez-moi faire.

Elle sentit sa résistance, mais se tourna vite et grimpa les escaliers.

— Bennett.

Elle n'eut pas à feindre la peur dans sa voix. Il n'était guère plus qu'une ombre devant la porte, mais elle passa ses bras autour de lui et lui bloqua le passage.

— Que faites-vous ici ? demanda-t-il.

— Je me suis perdue lorsque les lumières se sont éteintes.

— Dieu du ciel, Hannah. Comment vous êtes-vous retrouvée tout en bas ?

— Je… Je ne sais pas. S'il vous plaît, remontons.

— Vous auriez pu vous rompre le cou dans ces escaliers.

Lorsqu'il la repoussa doucement et voulut la faire reculer, elle refit un pas en avant pour l'empêcher de passer.

— Embrassez-moi, murmura-t-elle.

Visiblement rassuré de l'avoir retrouvée saine et sauve, Bennett la saisit par le menton. La faible lumière ne laissait que deviner le contour de son visage et la lueur de ses yeux.

— Si vous insistez.

Lorsqu'il posa ses lèvres sur les siennes, elle agrippa la poignée de la porte derrière lui, prête à le pousser à l'abri en cas de danger.

Puis il caressa son visage, tendrement. Ses lèvres la cajolèrent, la réconfortèrent, sans rien exiger en retour. Elle crispa ses doigts autour de la poignée, autant par réaction à son baiser que par peur. Alors, il posa une main dans le bas de son dos, pour l'apaiser davantage. Hannah sentit son cœur se briser. Elle l'aimait, tout en sachant qu'elle ne le pouvait pas. Elle voulait que ce baiser ne soit rien de plus que ce qu'il était : la fusion de deux bouches, le symbole d'une affection réelle. Mais ce qu'il était, et ce qu'il devait être, c'était une ruse pour que l'homme qui se trouvait quelques marches en contrebas ait le temps de s'enfuir.

Ensuite, Bennett ne craindrait plus rien. Pendant quelques secondes, elle mit tout son cœur dans ce baiser. Il ne craindrait plus rien, et elle pourrait de nouveau respirer.

Soudain, Bennett sentit le changement qui s'opérait en Hannah, et son cœur s'emporta. Il l'avait imaginée perdue dans le noir, seule, ayant besoin d'être réconfortée et de sentir une présence humaine. Avec cette idée en tête, il avait mis de côté ses propres désirs et attentes, et l'avait embrassée en ami, avec affection et attention. Sa réponse était comme le tonnerre et la foudre. Agrippant plus fort son visage, il murmura son prénom.

Les lumières se rallumèrent comme dans un flash. Tout se déroula très vite, mais Bennett n'oublierait jamais chaque mouvement, chaque bruit. Il n'eut pas le temps d'avoir peur, seulement celui d'être surpris, puis déçu.

Lorsque les lumières revinrent, il se raidit, et Hannah sut à ce moment que l'homme de Deboque ne s'était pas enfui comme elle l'avait espéré, mais qu'il attendait pour profiter de l'occasion qui s'était présentée d'elle-même. Sans hésiter, elle se dégagea de l'étreinte de Bennett, et le repoussa vers la porte. Le pistolet de l'homme était pointé vers sa cible, mais le sien aussi. Et elle était très rapide.

Bennett avait vu l'homme, et son arme. Il s'était jeté dans la cage d'escalier pour la protéger au moment où elle avait tiré. Il resta un moment immobile, à regarder l'homme s'écrouler, inanimé. Puis il vit le pistolet dans la main d'Hannah. La surprise le saisit, puis le quitta. Son visage devint impassible. Lorsqu'il parla, ce fut d'une voix neutre.

— A quel jeu jouez-vous, et pour qui ?

C'était la première fois qu'elle tuait. Elle s'y était entraînée, bien sûr, mais n'avait jamais tué de ses propres mains. Alors qu'elle gardait les yeux baissés, le pistolet lui parut tout à coup comme un corps étranger et visqueux. Le souffle court, elle se tourna vers Bennett.

— Je vous dois des explications, mais ce n'est pas le moment.

Elle entendit quelqu'un arriver en courant et lutta pour se reprendre.

— Faites-moi confiance, s'il vous plaît.

— C'est une requête intéressante, dit-il en la frôlant pour s'approcher de l'homme à terre.

— Bennett, je vous en prie.

Elle attrapa son bras et l'attira à elle.

— Je vous dirai tout ce que je peux plus tard. Vous pourrez vérifier tout cela avec Reeve ou votre père.

Elle le sentit se tendre.

— Mon père ?

— S'il vous plaît, pour son salut, pour le salut de votre famille, laissez-moi nous tirer de là.

Elle mit son pistolet dans la main de Bennett juste au moment où Reeve faisait son apparition, suivi de cinq gardes.

— Il a essayé d'abattre le prince, dit Hannah en exagérant le tremblement dans sa voix et en s'appuyant contre Bennett. Il allait le tuer. Si Bennett n'avait pas…

Elle s'interrompit pour blottir son visage contre l'épaule de Bennett. Mais il ne bougea pas et, même s'il ne la contredit pas, il n'eut aucun geste réconfortant, ni aucune parole consolatrice.

Reeve se pencha alors au-dessus du corps, puis leva les yeux vers Bennett.

— Heureusement que tu es rapide, et adroit.

Quand il constata qu'il ne manquait aucune balle dans le pistolet qui gisait à côté du corps, Reeve, plus intrigué que surpris, regarda brièvement Hannah.

— Nous allons gérer tout cela très calmement.

— Bien sûr, répondit Bennett dans un rictus.

— Si tu veux bien retourner à la loge, ajouta Reeve en faisant signe à deux gardes de l'accompagner. Nous ne raconterons rien à la famille tant que nous ne serons pas en privé.

Avec un pinceau, il souleva l'automatique par la gâchette.

— La police entrera par l'arrière du théâtre.

Bennett congédia les gardes d'un simple geste. C'était la première fois qu'Hannah le voyait faire preuve d'une réelle arrogance princière.

— Je veux te parler, Reeve. Seul à seul. Et tout de suite.

— Très bien.

Elle se crispa davantage. Il en avait trop vu, bien sûr. Les explications ne pouvaient pas attendre.

— Dans le bureau d'Eve, alors. Si tu me laisses quelques minutes pour m'occuper du corps.

— Tu en as dix, dit Bennett, avant de tourner le dos à tout le monde.

— J'aimerais rentrer au palais, dit Hannah, essayant de reprendre le contrôle de ses émotions, et de son personnage.

Elle se tenait sur les marches, son sac bien serré contre elle.

— Je ne me sens pas très bien.

— Faites venir une voiture et un chauffeur, ordonna Reeve à l'un des gardes.

A un autre, il tendit l'arme du mort, avant de monter les marches pour passer un bras autour des épaules d'Hannah.

— Je vous accompagne dehors.

Dès qu'ils se furent éloignés, sa voix devint sèche et professionnelle.

— Que s'est-il passé ?

Hannah avait les genoux qui tremblaient, mais elle se força à lui répondre sur le même ton. Brièvement, elle lui présenta son rapport.

— Tout s'est déroulé en cinq minutes, tout au plus.

Pourtant, elle avait eu l'impression que cela avait duré des heures.

— Ce n'est pas de chance que Bennett vous ait trouvée. Mais l'histoire est plausible. Il a la réputation d'être un excellent tireur. Il faudra juste que j'apaise les choses.

A cette idée, il poussa un long soupir. Reeve connaissait bien son beau-frère, comme il connaissait tous les Bisset. Une fois qu'ils étaient en colère, il n'était pas facile de leur faire entendre raison.

— Nous nous verrons demain matin pour mettre au point l'histoire que vous raconterez à Deboque.

— Il ne me pardonnera jamais.

Reeve était suffisamment intuitif pour comprendre qu'elle ne parlait pas de Deboque.

— Bennett n'est ni injuste ni insensible. Il sera en colère

d'avoir été laissé dans l'ignorance, mais il ne vous en voudra pas.

— Vous le pensez vraiment ?

Puis Hannah franchit les portes du théâtre et disparut dans la nuit sans se retourner.

Assise près de la fenêtre, Hannah regardait le jardin. Une heure s'était écoulée, puis deux, pendant qu'elle contemplait la nuit. Le palais était silencieux. Les autres étaient peut-être rentrés, mais elle ne les aurait de toute façon pas entendus, car sa chambre donnait sur l'arrière du bâtiment. Les Bisset offraient toujours à leurs invités les appartements les mieux situés et les plus calmes.

Elle n'imaginait que trop bien la façon dont Bennett avait dû réagir aux explications de Reeve. Mais ce ne serait pas à son beau-frère qu'il en voudrait. Hannah savait qu'il rejetterait la faute sur elle et avait déjà accepté cette idée. Dans la matinée, il demanderait sans doute à s'entretenir avec elle en privé.

Elle ne s'excuserait pas. Hannah leva son menton de quelques millimètres. Elle accepterait la colère et la froideur de Bennett, mais elle ne s'excuserait pas d'être celle qu'elle était.

Elle l'aimait. Si elle avait pu le lui dire, il aurait du mal à la croire, à présent. Elle aurait donné sa vie pour lui ce soir, pas seulement par devoir, pas seulement pour l'honneur, mais surtout par amour. Il ne le comprendrait ni ne le croirait jamais. C'était peut-être mieux ainsi. Si ses sentiments pour lui avaient échappé à son contrôle, il était plus sage et plus sûr que ceux qu'il ressentait pour elle fussent morts.

Elle avait toujours une mission à accomplir et deux années de travail à mener à leur terme.

Hannah appuya sa tête contre la fenêtre, regrettant de ne pouvoir être en ce moment même à Londres, en train de humer l'air frais et humide de la nuit.

*
* *

Bennett ne frappa pas. Le temps de la politesse, des formalités et des petites gentillesses était passé. Elle était assise devant la fenêtre, la tête appuyée sur ses bras croisés. Elle avait détaché ses cheveux, qui retombaient sur ses épaules et dans son dos par-dessus son peignoir blanc. On aurait presque pu la prendre pour une femme perdue dans la nuit. Mais il ne croyait plus ce qu'il voyait et doutait de ce qu'il ressentait. Dès qu'il referma la porte derrière lui, elle se leva d'un bond.

Elle ne s'était pas attendue à sa visite dès cette nuit. En regardant son visage sombre, Hannah comprit qu'elle aurait dû.

— Vous avez parlé avec Reeve ?

— Oui.

— Et avec votre père ?

Il haussa les sourcils. Même s'il ne portait plus sa veste de cérémonie, il savait rester princier lorsqu'il le voulait.

— Nous parlerons demain, même si cela ne vous regarde pas.

Elle acquiesça d'un petit signe de tête.

— A moins que cela ne remette en cause le rôle que j'ai à jouer parmi vous.

— Même si vous semblez l'ignorer, je ne suis pas stupide. Votre mission se poursuit, bien entendu.

Il sortit le petit pistolet de sa poche et traversa la pièce pour aller le poser sur la table de nuit.

— C'est à vous, il me semble.

Non, il ne lui pardonnerait pas. Et elle s'était trompée en pensant être prête à l'accepter.

— Merci.

Aussi calmement que lui, elle se dirigea vers la table de nuit et rangea l'arme dans le tiroir.

— Vous êtes une excellente tireuse, lady Hannah.

Elle referma le tiroir sans bruit.

— J'ai été bien entraînée.

Il la saisit alors par le menton, sans douceur.

— Extrêmement bien, en effet. Je me demande quels autres talents vous possédez. La duplicité est certainement le plus évident de tous. Combien de femmes êtes-vous capable d'être ?

— Autant que mon travail l'exige. Si vous voulez bien m'excuser, je suis très fatiguée.

— Non.

De son autre main, il empoigna ses cheveux. Bennett repensa à tout ce qu'elle lui avait fait subir en une soirée. L'angoisse, la terreur, et la trahison.

— J'ai bien peur que cela ne prenne plus avec moi. Je ne veux plus jamais avoir affaire à la lady anglaise tranquille et bien comme il faut. Jouez cartes sur table, Hannah.

C'était la peur, comprit-elle, qui lui nouait l'estomac. Non pas la peur qu'il s'en prenne physiquement à elle, non pas la peur que, dans un accès de colère, il mette par terre toute l'opération, mais la peur, terrible et glaciale, qu'il la regarde à jamais comme il la regardait en ce moment même.

— J'imagine que Reeve vous a déjà appris l'essentiel. L'opération a été lancée il y a deux ans. Le SIS avait besoin d'un agent infiltré, donc…

— J'ai été mis au courant de tous les détails.

Furieux, il la lâcha, laissant tomber ses bras le long de son corps. Et, aussitôt, il serra les poings.

— Un peu tard, certes, mais les informations m'ont eu l'air à peu près complètes. Après avoir approché l'organisation de Deboque, vous avez fait semblant de vous prendre d'amitié pour Eve, afin de vous faire inviter au palais.

Il vit l'émotion déformer brièvement ses traits, mais ne voulut surtout pas l'interpréter.

— Le but était d'abuser Deboque en lui faisant croire qu'il avait réussi à placer l'un des siens au palais, poursuivit-il. De cette façon, il vous mettrait forcément au courant de ses plans et, dès qu'il tenterait quelque chose, les autorités seraient à même de l'arrêter et de détruire son organisation. On m'a dit que vous faisiez particulièrement bien votre travail, et que je devrais vous en être reconnaissant.

— Je n'ai pas besoin de reconnaissance. Juste de coopération.

— Dans ce cas, peut-être auriez-vous dû le demander dès le début.

Elle leva la tête vers lui, l'air déterminé.

— J'avais des ordres, Bennett. Vous savez ce qu'est le devoir.

— En effet. Mais je sais aussi ce qu'est l'honneur. Vous vous êtes jouée de moi.

La glace était en train de rompre sous le poids de la colère et, se maîtrisant de plus en plus mal, il l'empoigna par les bras.

— Vous vous êtes servie de mes sentiments pour vous.

— Vous n'étiez pas censé en avoir.

— On ne choisit pas toujours ce que l'on ressent. En revanche, d'autres choix existent. Aviez-vous besoin de vous servir de ce que je ressentais pour vous, Hannah ?

— J'avais un travail à accomplir.

Elle avait beau lutter pour se contrôler, elle s'était mise à trembler. Sa voix n'était plus calme, à présent. Avait-elle agi froidement ou en raison de ce qu'elle-même éprouvait pour Bennett ?

— J'ai essayé de vous décourager.

— Vous saviez que je m'étais attaché à vous, que j'avais envie de vous.

— Je ne le voulais pas.

— Vous mentez encore.

— Non.

Elle essaya de se dégager, mais il la tenait fermement.

— Je n'ai rien fait pour vous séduire. Mais je le répète : toute femme n'existe peut-être que pour que vous soyez séduit.

Elle le vit bouillir de rage, mais l'ignora.

— Peut-être qu'en refusant de coucher avec vous je suis

devenue un défi pour vous. Peu de femmes auraient résisté à un prince.

— Ne croyez-vous pas que, si j'avais simplement voulu vous attirer dans mon lit, j'y serais déjà parvenu une bonne demi-douzaine de fois ?

— On ne m'attire nulle part contre mon gré, dit-elle avec fierté.

Elle soutint son regard. Il avait parlé d'une voix trop basse, trop précise, mais peu lui importait, désormais.

— Si vous êtes en colère parce que je ne suis pas celle que vous croyiez que j'étais, c'est parce que votre ego ne l'a pas supporté, et…

Parole et souffle coupés, elle fut soudain projetée sur le lit, sous lui. Avant qu'elle ne puisse réagir, elle se retrouva les deux mains entravées. On l'avait mise en garde contre les accès de colère de Bennett. Ils étaient même mentionnés dans son dossier, comme l'une de ses caractéristiques. Mais rien de ce qu'on avait pu lui dire ni de ce qu'elle avait pu lire à ce sujet n'était aussi terrible que d'en être la victime.

— Mon ego, dites-vous ? hurla-t-il à quelques centimètres de son visage. Donc, pour vous, je ne suis rien d'autre que ce que vous avez lu et entendu à mon sujet.

Comme cela faisait mal. Bennett sentit la douleur enfler en lui et le dévorer jusqu'à ce qu'elle se mue en colère.

— Je ne vous décevrai pas, alors.

Elle se débattit et réussit presque à le repousser. Mais il résista et, pour l'empêcher de bouger, écrasa son corps sous le sien. D'une main, il la saisit dangereusement à la gorge. Il éprouva un plaisir morbide à sentir son pouls palpiter sous ses doigts.

— Que cherchez-vous à prouver ? fit-elle.

Elle réussit à libérer un de ses bras, mais il la saisit aussitôt par le poignet. Son pouls cognait ici aussi, rapide, irrégulier.

— Vous ne réussirez qu'à nous rabaisser tous les deux, ajouta-t-elle d'une voix saccadée.

Il s'en moquait. Il avait franchi les limites du bien et du mal, de la vérité et du mensonge.

— Il fut un temps où je vous croyais timide et délicate. A cette femme, je ne voulais rien témoigner d'autre que de la tendresse. Pour elle, je n'étais que patience, que tendres sentiments. Mais avec vous, je peux me dispenser de ce genre de choses, non ?

— Bennett, ne faites pas cela, dit-elle plus calmement.

— Et pourquoi pas ?

Sous le coup de la trahison, il avait retrouvé toute son intrépidité.

— N'est-ce pas la nuit de tous les mensonges et de toutes les passions ? acheva-t-il avec dédain.

Elle lui adressa un regard suppliant, un regard qu'il ne lui avait jamais vu.

— Vous n'allez pas me violer.

— Non. Mais vous serez à moi.

Chapitre 9

Ce serait à qui se montrerait le plus déterminé, ce serait une lutte acharnée pour prendre le contrôle. D'une certaine façon, il était plus facile pour Hannah de se le répéter, alors que les lèvres de Bennett s'étaient emparées des siennes. Il ne voulait pas lui faire l'amour, mais la punir, voire la conquérir. C'était la colère, et non le désir, qui les avait amenés tous les deux sur ce lit. Elle ne pouvait pas se permettre de l'oublier. Pas un seul instant.

Pourtant, son baiser ne fut pas cruel. Brûlant et brusque, il effleura sa bouche, plus tentant qu'insistant. La main qu'il avait posée sur sa gorge s'y trouvait davantage pour la contrôler que pour la menacer. Ses doigts calleux — qui lui rappelaient la force qui l'habitait — la caressaient dans le but de la faire succomber et se rendre.

Pourtant, elle garda son corps immobile et inerte sous le sien, attendant le moment propice pour se défendre, et pour vaincre. Même si, dans ses veines, son sang bouillonnait déjà.

Bennett avait conscience de la lutte acharnée à laquelle elle se livrait. Il connaissait la passion, le désir, la vulnérabilité, et comprenait comment les uns se nourrissent des autres. Il s'en était servi par le passé, avec les meilleures intentions du monde, pour donner autant que pour recevoir. A présent, il s'en servirait pour blesser aussi profondément qu'il avait été blessé.

Les femmes l'avaient tourmenté, amusé, décontenancé, et fasciné. Mais aucune d'entre elles ne l'avait jamais fait souffrir — avant Hannah. Qu'elle ne l'ait pas fait par inadvertance, dans un réflexe de défense, mais au contraire froidement, sans passion, rendait son acte impardonnable. Pour la première fois de sa vie, il tenait une femme entre ses bras dans le seul but de lui faire du mal.

C'était ce qu'il se répétait, en tout cas.

Elle ne portait rien sous son peignoir. Il le devina avant même de dénuder son épaule. Elle était forte. Il avait déjà eu l'occasion de s'en rendre compte. Mais elle était frêle, aussi. Ce mélange le troubla, autant que, il s'en rendit compte très vite, elle fut troublée par son geste. Alors qu'elle commençait à se débattre, son peignoir s'ouvrit plus largement.

Hannah dut se reprendre pour ne pas céder à la panique, lorsque son cœur et ses désirs la trahirent. Au moment où il avait caressé son épaule nue, le plaisir violent qui s'était emparé d'elle avait ouvert la porte à la peur. A l'excitation. A la passion. Comme elle se débattait encore, ils roulèrent tous les deux sur le lit dans un corps à corps acharné et fiévreux. Il était d'une force que sa silhouette élancée et ses manières douces ne lui avaient pas laissé soupçonner. Et le découvrir fut pour elle à la fois source de surprise et de désir. Les muscles bandés sous sa chemise, il contrait ses mouvements et l'emmenait là où il le voulait. Hannah se retrouva de nouveau prise au piège, les mains entravées dans son peignoir ouvert. Le souffle court, elle leva les yeux vers lui.

Elle était battue, mais, constata Bennett, loin d'être prête à se soumettre. Le clair de lune éclairait son visage, accentuant la blancheur laiteuse de sa peau, et la sombre brillance de ses yeux. La peur qui les avait habités s'était transformée en condamnation. Ses cheveux, qui lui faisaient penser à ceux d'une sirène ou d'une sorcière, étaient étalés sur le lit en une masse confuse.

— Vous n'aurez que mon mépris, lança-t-elle d'une voix tranchante.

Il sentit quelque chose se déchirer doucement en lui. Son cœur, ou son âme, peut-être. Il l'ignora et se concentra sur son besoin de la punir pour l'avoir fait aimer une illusion.

Il approcha de nouveau sa bouche de la sienne, mais elle détourna le visage. Une réaction de défense assez peu judicieuse de sa part, car ses lèvres trouvèrent ainsi la courbe douce et vulnérable de son cou. Elle retint d'abord son souffle, avant de pousser un petit gémissement. A ce faible cri, il sentit son cœur vibrer et, pris de vertige, il découvrit sa saveur unique et aussi dangereuse que les sentiments qu'il éprouvait pour elle.

Il voulait l'aimer et la haïr. Il avait besoin de la consoler et de la punir. Il cherchait à la blesser et à lui donner du plaisir. En proie à la confusion la plus totale, il oublia tout, sauf Hannah.

Sur son corps, il promena ses mains, rendues fermes par l'exercice, mais tendres par nature. Du bout de la langue, il dessina des motifs sur sa peau. Il la sentait brûlante sous ses caresses, et cette chaleur ne faisait que rendre sa douceur et sa saveur plus intenses encore. Elle se débattait sous lui, sans doute pour tenter de lui échapper, mais ses mouvements ne faisaient qu'accroître son excitation.

Tout à coup, elle s'immobilisa, presque comme si elle ne respirait plus. Puis elle commença à trembler.

Jamais Hannah n'avait eu une conscience aussi aiguë de son propre corps. Et jamais elle ne s'était sentie autant étrangère à toute pensée rationnelle. Elle voulait se souvenir de la raison pour laquelle il se trouvait tout contre elle, de la raison pour laquelle cela ne pourrait que leur porter préjudice à tous les deux. Mais en vain. Elle n'était plus que sensation. Les raisons ne comptaient plus, les conséquences étaient oubliées. Il la désirait. Elle le désirait. Le bien et le mal étaient bons pour les personnes sensées.

Lorsqu'il rapprocha sa bouche de la sienne, elle ne trouva chez elle ni abandon ni panique, mais la passion qu'elle avait combattue pendant presque toute sa vie. A cause de lui, pour lui, cette passion se libérait, et elle eut l'impression de flotter un moment, comme si elle comprenait qu'elle ne pourrait plus jamais la retenir totalement.

Avec impatience et désespoir, ils roulèrent ensemble sur le lit, mais leur combat était à présent de tout autre nature. Elle avait perdu son peignoir, de sorte que ses bras étaient libres de leurs mouvements. Sans réfléchir, elle l'attira et le serra contre elle. Alors, ils furent submergés par un torrent de chaleur qui les laissa tous les deux haletants.

Reste avec moi. Aime-moi. Comprends-moi, semblait-elle lui dire. Il avait déjà senti une fois auparavant un volcan bouillir en elle. A présent, alors qu'il entrait en éruption, Bennett fut soufflé par sa puissance, d'une sombre violence. La brise qui agitait les rideaux était fraîche et calme. Le lit était plongé dans une fournaise que chacun d'eux contribuait à alimenter.

Dans une espèce de frénésie, elle lui arracha sa chemise, dont elle envoya voler les boutons sur le matelas et jusqu'à terre. Lorsqu'elle rit, ce fut de ce rire grave et sensuel qu'il avait déjà entendu, mais il y décela également une pointe de triomphe. Puis le rire se transforma en soupir, lorsqu'elle fit courir ses mains sur son torse. Elle déposa sur ses lèvres un baiser brûlant et avide quand leurs chairs nues se rencontrèrent enfin.

Quelque chose se brisa net en lui. Il avait toujours été un amant sensible, attentionné, attentif. L'amour n'avait jamais été un jeu pour lui, ni une compétition. Toujours, l'amour avait été la conséquence d'une affection, le point culminant d'un désir partagé.

Mais il n'avait jamais désiré de cette façon.

Lorsqu'il passa ses mains dans sa longue chevelure et l'attira à lui, il avait complètement oublié la tendresse comme la vengeance. Il mordilla ses lèvres, et il la vit se raidir à chaque morsure, sous l'effet du plaisir. Puis il bougea subitement, laissant ses lèvres insatisfaites, et parsema son corps de baisers.

La panique la saisit de nouveau, mais elle se mêlait tant avec le désir que Hannah fut incapable de les distinguer l'une de l'autre. Apeurée et excitée tout à la fois, elle essayait de l'attirer de nouveau à sa bouche, lorsque, avec une soudaineté qui la laissa haletante, il posa sa main là où elle s'y attendait le moins — là où elle l'attendait le plus. Son corps se contracta, presque dans un réflexe de défense, puis s'emplit d'une chaleur qui embrasa tous ses sens. Le plaisir la submergea, et elle cria son nom, certaine que personne d'autre que lui ne serait capable de lui offrir une telle volupté.

Elle se sentait faible et tremblante. Ses mains, qui avaient si fermement agrippé les draps, étaient à présent relâchées. Pendant un moment, elle se mit à flotter. Puis il recommença à souffler sur les braises.

Bennett avait obtenu ce qu'il voulait d'elle. Sa peau était trempée et douce sous ses doigts. Lorsqu'elle se remit à bouger, il sentit sous lui que ses muscles s'étaient détendus. Dans le clair de lune, il vit son visage, dévoré par la passion, empourpré par le plaisir. Saisissant ses hanches, il la couvrit de baisers, attendant qu'elle reprenne des forces.

Toujours tremblante et haletante, Hannah agrippa son pantalon. Elle avait eu un aperçu, un avant-goût du plaisir suprême, et elle en voulait davantage. Elle le voulait tout entier. Alors qu'elle le déshabillait, il fit glisser ses doigts à l'intérieur de ses cuisses, l'empêchant de continuer et l'excitant intolérablement.

Il vit sa stupéfaction lorsque le plaisir la saisit une seconde fois, il observa son corps se cambrer puis se tendre, à la recherche de davantage de caresses. Puis, dès qu'il la sentit se relâcher, il l'embrassa de nouveau, la poussant à embarquer pour le prochain voyage.

Il était comme une drogue pour elle. Elle sentit ses bras lourds lorsqu'elle essaya de les lever vers lui. Sa tête tournait à cause de l'afflux de sensations. Baignant dans une torride passion, leurs peaux à tous les deux étaient moites et brûlantes. Elle entendait son propre souffle, tout en soupirs et gémissements, alors qu'elle tâchait de se concentrer sur le visage de son amant.

Ses yeux étaient couleur fauve, comme ceux d'un félin prêt à sauter sur sa proie. Elle le revit sur son étalon, intrépide, fougueux, rebelle, et dangereux. Elle frémit une fois, avant de se rendre. Les yeux grands ouverts et le cœur palpitant, elle l'étreignit de toutes ses forces.

Alors, il la pénétra.

La cavalcade fut rapide et violente. Soudés l'un à l'autre, ils chevauchaient à bride abattue. Sans ralentir le pas, ils plongèrent la tête la première du haut de la falaise.

Le silence sembla durer éternellement. Hannah s'y mura, et attendit. Même si elle était loin d'être calme, elle avait recouvré une partie de ses esprits. Dans l'obscurité complice, elle pouvait bien admettre pour elle-même qu'elle ne serait plus jamais la même. Il avait réussi à faire sauter le vernis pour conquérir celle qu'elle était vraiment, celle qu'il haïssait. Elle ne pouvait pas lui avouer qu'elle l'aimait, qu'elle pleurait déjà la perte de ce qu'elle n'avait jamais complètement possédé et qu'elle regretterait toute sa vie.

Il n'avait qu'une envie : tendre la main vers elle, l'attirer à lui, et caresser ses cheveux dans le clair de lune. Mais il ne pourrait plus jamais la toucher. Il avait pris dans la colère ce qu'il avait rêvé de prendre dans la tendresse. Il se sentait coupable, bel et bien coupable, même s'il ne lui avait toujours pas pardonné sa trahison.

La femme dont il était tombé amoureux n'existait pas. Plus encore qu'une illusion, elle avait été un mensonge. A présent, il avait fait ce qu'il avait toujours évité, même dans ses pires moments. Il avait fait l'amour avec une inconnue. Et, pauvre de lui, il venait de retomber follement amoureux d'elle.

Lui avait-il fait mal ? Il voulut le lui demander, mais se retint. Il ne pouvait pas se permettre d'éprouver du remords, ou bien il se ridiculiserait de nouveau devant cette nouvelle Hannah. Puisqu'il avait sacrifié l'honneur à la colère et à la souffrance, il s'accrocherait à sa fierté.

Se passant une main dans les cheveux, il se leva. Comment pouvait-il l'aimer, alors qu'il ne la connaissait même pas ? Comment pouvait-il encore aimer la femme dont il savait qu'elle n'avait jamais existé ?

Il s'habilla en silence alors qu'Hannah demeurait sur le lit, aussi immobile qu'une statue.

— On dirait que, chacun à notre tour, nous nous sommes servis l'un de l'autre, murmura-t-il.

Surprise, Hannah ouvrit les yeux. Ils ne contenaient nulle larme. Dieu merci, elle avait encore assez de force pour ne pas pleurer. Il se tenait près du lit, torse nu, sa chemise déchirée à la main.

— Nous pouvons nous considérer comme quittes, alors, répondit-elle calmement.

— Vraiment ?

Ses doigts blêmirent autour de sa chemise. Il avait presque fait un pas vers elle, mais il tourna brusquement les talons et la laissa seule.

Hannah resta couchée à écouter le silence jusqu'à l'aube.

— Tu as des questions, dit Armand à son plus jeune fils.

La lumière matinale était vive et rendait évidentes les traces d'une nuit sans sommeil sur le visage du père comme sur celui du fils.

— Mais je préfère que tu attendes que j'aie terminé pour que tu les poses.

Bennett s'était préparé à questionner et à enrager. La tension et la fatigue qui se lisaient sur le visage de son père le firent apparaître soudain plus âgé qu'il n'était et bien trop vulnérable. De nouveau, ce fut l'amour, davantage que le devoir, qui le guida.

— Très bien.

Comme il en avait besoin, Bennett servit le café, qu'il laissa noir.

— Veux-tu t'asseoir ?

— Non.

Avec un soupir, son père s'assit, puis repoussa son café sans y toucher.

— Il y a deux ans, j'étais dans ce même bureau avec Reeve et Malori. Alexander et toi étiez présents également. Tu te souviens ?

Bennett alla se planter devant la fenêtre.

— Oui. Nous avons parlé de Deboque et de ce qui pouvait être fait pour l'empêcher de nuire.

— Dans ce cas, tu te souviens que Reeve avait déjà conçu le projet d'infiltrer l'organisation de Deboque.

— Je me souviens, aussi, que vous avez décidé de ne pas révéler le nom de l'agent infiltré à Alex et moi.

Le vague ressentiment qu'il en avait conçu à l'époque s'était mué en une nuit en réelle amertume.

— Et que Malori n'approuvait pas totalement le choix de Reeve.

— Malori a toujours fait un travail excellent au sein de la sécurité de Cordina et a toujours bénéficié de notre confiance. Mais il appartient à la vieille école.

— Utiliser une femme le dérangeait.

Bennett but la moitié de son café, avant de poursuivre.

— J'ai pensé à l'époque — et c'est toujours mon sentiment — qu'Alexander et moi avions le droit d'être informés de ce qui se préparait. Et surtout, nous avions tous les deux le droit de savoir que la femme que nous avions acceptée comme amie était un agent du SIS.

Son père répondit d'une voix calme, mais empreinte d'autorité :

— Mon opinion — hier comme aujourd'hui — est que ni toi ni lui n'aviez besoin de savoir. Evidemment, si j'étais tombé malade, Alex aurait été mis au courant. Toutefois…

— Pensez-vous que, parce que je ne vais pas régner, Cordina compte moins pour moi ?

Furieux, Bennett se tourna brusquement vers son père.

— Toute ma vie, j'ai été le fils cadet. Alex est né pour vous succéder. Il a été façonné pour régner, tout comme le sera son fils. Pensez-vous qu'à cause de cela je sois moins attaché à Cordina, que je l'aime moins, que je lui sois moins dévoué ?

Armand ne répondit pas tout de suite, cherchant visiblement ses mots.

— Bennett, je t'ai regardé passer de l'enfance à l'âge adulte en guettant un signe me disant que tu souffrais de la place que tu occupes. Tu t'es montré parfois incontrôlable, toujours intrépide, et souvent trop exubérant. Mais jamais je n'ai vu autre chose en toi que de l'amour et du dévouement pour ton pays et ta famille.

— Dans ce cas pourquoi, alors que les deux sont pareillement menacés, me cachez-vous vos plans ?

Son père ferma les yeux un moment.

— Il y a deux ans, lady Hannah Rothchild a été choisie parmi une demi-douzaine d'agents hautement qualifiés pour infiltrer et détruire l'organisation de Deboque. Nous étions conscients, tout comme elle, des risques qu'il faudrait encourir, ainsi que du temps et des efforts qu'il faudrait pour réussir.

— Pourquoi elle ?

C'était pour l'instant la seule chose à laquelle Bennett pouvait penser. Il lui fallait cette réponse avant de pouvoir accepter les autres.

— D'après Reeve, seule Hannah possédait toutes les qualités nécessaires pour mener à bien cette opération. Elle travaille pour le SIS depuis dix ans.

— Dix ans ? demanda Bennett en faisant les cent pas dans la pièce. Comment est-ce possible ? Elle est si jeune.

— Elle est presque née espionne, répondit Armand avec une bienveillance teintée d'affection. Son père s'est chargé lui-même de la former, alors qu'elle était encore adolescente. Lord Rothchild, bien qu'en semi-retraite, est l'un des meilleurs agents du SIS. Il a participé à la formation de Reeve, ce qui est une autre raison pour laquelle ton beau-frère a choisi Hannah.

— Dix ans, répéta Bennett, sidéré.

Combien de femmes avait-elle été durant cette décennie ? Combien de mensonges avait-elle proférés ?

— Apparemment, elle possédait une aptitude naturelle pour ce genre de travail.

A ces mots, Bennett se tendit davantage, mais il laissa son père poursuivre.

— Après avoir lu le rapport que Reeve avait fait sur elle, j'ai été obligé d'admettre qu'elle était la mieux placée pour exécuter le plan que nous avions imaginé.

— Deboque a souvent recours à des femmes, murmura Bennett.

Il repensa à Janet Smithers, qui n'avait pas hésité à tirer sur lui, bien des années plus tôt.

— Il a le sentiment qu'elles peuvent se montrer plus rusées, et même plus cruelles que les hommes. Sa préférence se porte sur un certain type de femmes, calmes, de bonne famille, d'apparence sérieuse et irréprochable.

— Hannah.

— Oui. Ce sont ces qualités qui ont fait pencher la balance en sa faveur. Le SIS a travaillé dur pour lui fabriquer de toutes pièces un passé trouble. Grâce à de fausses références, elle a réussi à approcher Deboque. Elle a commencé comme simple messager puis, en deux ans, a réussi à se hisser tout au sommet de l'organisation de Deboque.

— Au sommet ?

La peur le saisit alors à la gorge.

— Que voulez-vous dire ?

— Elle a rencontré Deboque en personne. Et, en réussissant à discréditer l'un de ses lieutenants, elle s'est vu proposer sa place. Deboque est persuadé que c'est à son initiative qu'elle se trouve au palais.

L'amertume était plus acceptable que la peur. Ce fut sur elle seule que Bennett se concentra.

— Elle joue très bien son rôle.

— Si ce n'était pas le cas, elle serait déjà morte. Tu es bien placé pour savoir que Deboque n'hésite pas à tuer. Son nom et l'opération ont été gardés secrets non pas pour te protéger toi ou le reste de la famille, Bennett, mais pour la protéger, elle.

Il posa sa tasse et cessa ses déambulations.

— Comment cela ?

— Trois autres agents ont été tués en essayant de faire ce qu'Hannah a presque réussi. Le dernier a été massacré.

Bennett sentit son sang se glacer dans ses veines, tandis que son père continuait.

— En la faisant venir au palais comme nous l'avons fait, en vous laissant tous croire ce que Deboque voulait que vous croyiez, Hannah jouissait de la seule protection que nous pouvions lui offrir. Si elle est découverte, même le SIS ne pourra rien pour la protéger. Maintenant que tu sais tout, le risque est plus important que jamais.

En silence, Bennett traversa la pièce pour venir s'asseoir en face de son père. Même si, en lui, le chaos faisait rage, il avait recouvré une partie de son calme.

— Je suis amoureux d'elle.

— Je sais, dit Armand en se calant dans son siège. Et c'est bien ce qui me fait peur.

— Je ne resterai pas sans rien faire, à regarder Deboque faire du mal à quelqu'un que j'aime.

— Bennett, la plupart du temps, nous ne devons pas laisser nos émotions influencer nos actions.

— C'est valable pour vous, répondit Bennett d'une voix toujours calme, mais légèrement plus froide. Pour Alex aussi, peut-être. Mais pas pour moi. Je préférerais le tuer de mes propres mains.

Armand ressentit un léger accès de peur et une pointe de fierté, qu'il contrôla pareillement.

— Si tu faisais quoi que ce soit susceptible d'interférer avec l'opération, ce n'est pas la mort de Deboque que tu pourrais causer, mais celle d'Hannah.

Visiblement à bout de nerfs, son fils se pencha vers lui.

— Ne comprenez-vous pas ? Je suis amoureux d'elle. Si vous étiez à ma place, pourriez-vous rester sans rien faire ?

Armand se souvint de la seule femme qu'il ait jamais aimée.

— Je peux juste dire que je ferais tout le nécessaire pour garantir sa sécurité. Même si cela devait signifier ne rien faire.

Il se leva et se dirigea vers son bureau.

— Lis ceci.

Il lui tendit une pile de dossiers qui portait le cachet des services secrets.

— Ce sont les informations sur Hannah, une partie des rapports qu'elle a rédigés elle-même lors de ses missions précédentes, et ceux faisant état de ses derniers progrès avec

Deboque. Je vais te laisser seul, afin que tu les lises ici. Ils ne doivent pas sortir de cette pièce.

Le visage sombre, Bennett se leva pour prendre les dossiers.

— Où se trouve-t-elle à présent ?

Il avait espéré que son fils ne lui poserait pas la question.

— Elle a reçu un message tôt ce matin. Elle est allée trouver Deboque.

Elle allait devoir manœuvrer très précautionneusement. Hannah était assise, les mains croisées sur les genoux, dans le salon élégant de la villa louée par Deboque. Bien que leur rendez-vous ait lieu sur la terre ferme cette fois, elle connaissait les risques qu'elle encourait. Si elle avait été découverte, elle serait bientôt aussi seule qu'en pleine mer.

S'il avait eu un doute sur le rôle exact qu'elle avait joué lors de la soirée de la veille, il lui ferait trancher la gorge avant qu'elle puisse essayer de se justifier. C'était le risque couru par tout agent, se rappela-t-elle. Pour se tester, elle souleva le petit pot en porcelaine posé sur la table devant elle et se servit un café. Sa main ne tremblait pas.

Il était impératif que son esprit reste en alerte et concentré sur sa mission.

Pourtant, ne pas penser à Bennett lui était difficile.

— Lady Hannah.

Deboque entra dans le salon, puis referma la porte derrière lui.

— Quel plaisir de vous revoir.

Avec des gestes prudents, elle ajouta un soupçon de lait.

— Le message que j'ai reçu ce matin ne me laissait guère le choix.

— Ah, je me suis montré brusque…

Il traversa la pièce jusqu'à elle, et prit sa main, qu'il effleura des lèvres.

— Mes excuses. Les événements de la nuit passée m'ont contrarié.

— Vous n'êtes pas le seul, répondit-elle en retirant sa main.

Son instinct lui soufflait que feindre l'agacement était la meilleure défense à adopter. D'un ton cassant, elle poursuivit :

— Je me demande même si j'ai fait le bon choix.

Deboque s'assit à côté d'elle, puis, en prenant son temps, choisit une cigarette dans un coffret en cristal. Il portait des émeraudes aujourd'hui, remarqua-t-elle.

— C'est-à-dire, mademoiselle ?

— Il y a de cela quelques mois à peine, j'ai dû réparer les bêtises d'un de vos employés.

Elle but une gorgée de café ; il était à la turque et brûlant.

— Hier soir, un autre d'entre eux a failli réduire à néant tous mes efforts pour approcher les Bisset.

— Puis-je vous rappeler, mademoiselle, que l'on vous avait conseillé de rester hors de notre chemin ?

— Je vous rappellerai alors, monsieur, que je ne suis pas arrivée là où j'en suis en ne me préoccupant que de mes seuls intérêts. Si je n'avais pas suivi Bennett, vous et moi pourrions très bien nous trouver en ce moment même dans une bien moins confortable position.

Deboque rejeta la fumée de sa cigarette.

— Expliquez-vous.

— La pièce ennuyait un peu Bennett. Il a donc eu l'idée d'aller attendre l'actrice américaine dans sa loge jusqu'au tomber du rideau. Comme je savais que vous prépariez quelque chose en coulisses, j'ai jugé préférable de le suivre. Lorsque les lumières se sont éteintes, j'ai dû choisir entre retourner dans ma loge et surveiller Bennett. Si j'avais opté pour la première option, monsieur, le prince aurait sans doute été tué.

— Et vous voulez que je vous remercie d'avoir empêché cela ?

— Il aurait sans doute été tué, répéta-t-elle, et un membre

de votre organisation aurait été arrêté. Voulez-vous un peu de café ?

— Oui, merci.

Il attendit patiemment qu'elle remplisse une seconde tasse. Elle l'interrogea du regard pour savoir s'il voulait du lait et, comme il acquiesçait, en ajouta un nuage.

Hannah se rassit et croisa ses mains sans bague.

— MacGee et les gardes étaient déjà en chemin. J'ai aperçu votre homme, dit-elle avec une expression de dédain. Il se promenait avec une lampe torche. J'ai réussi à distraire Bennett en jouant les femmes hystériques, mais cet idiot n'en a pas profité pour filer. Les lumières se sont rallumées. Bennett l'a vu, ainsi que son arme. Vous devriez être flatté car, depuis votre libération, le prince porte en permanence un petit calibre sur lui. Il s'en est servi et bien servi, ce dont je suis heureuse. Car, voyez-vous, les morts ne parlent pas.

Jouant son rôle jusqu'au bout, elle se leva.

— Je vous le demande à présent : cet homme avait-il reçu l'ordre de tuer l'un des Bisset ? Et me faites-vous confiance pour exécuter ce contrat, oui ou non ?

Dis-le ! ordonna-t-elle silencieusement. *Dis-le à haute et intelligible voix pour que tout ceci puisse enfin être terminé.*

La fumée monta en colonne jusqu'au plafond lorsqu'il posa sa cigarette dans un cendrier.

— Je vous en prie, très chère, gardez votre calme. L'homme en question avait peut-être été encouragé à prendre certaines initiatives si l'occasion se présentait, mais aucun ordre spécifique ne lui avait été donné. Et je vous fais confiance, bien sûr.

— Nous avons passé un accord. Il a été conclu que je m'occuperais des Bisset en échange de cinq millions de dollars.

Il sourit, comme un oncle généreux et bienveillant.

— Nous nous sommes mis d'accord pour que, si une telle chose survenait, vous receviez une compensation.

— J'en ai assez de ce petit jeu, rétorqua-t-elle en saisissant son sac. Si vous ne voulez pas parler franchement, si vous ne voulez pas honorer notre engagement, je ne vois aucune raison de continuer.

— Asseyez-vous, commanda-t-il d'une voix nette et tranchante, alors qu'elle se dirigeait vers la porte.

Hannah s'arrêta, se retourna, mais ne revint pas sur ses pas.

— Vous vous égarez, lady Hannah. Personne ne me quitte sans avoir été relevé de ses fonctions.

Elle savait que des hommes étaient postés de l'autre côté de la porte, pour la retenir ou pour disposer d'elle, selon le bon vouloir de Deboque. Elle tabla sur le fait qu'il respecterait son audace.

— Il vaut peut-être mieux que je trouve un autre employeur, alors. Je n'ai pas l'habitude d'agir avec seulement une partie des cartes en main.

— Rappelez-vous que c'est moi qui les détiens. Je réitère ma demande : asseyez-vous.

Cette fois, elle obéit. Elle laissa son impatience affleurer, mais très légèrement, afin qu'il la voie reprendre le contrôle de ses émotions.

— Très bien.

— Dites-moi comment les Bisset ont réagi.

— Avec dignité, bien sûr.

Elle fit semblant d'être amusée.

— Bennett est fier de lui. Armand est inquiet. Eve a été vivement encouragée à prendre une journée de repos. Gabriella lui tient compagnie. MacGee s'est enfermé avec Malori — vous le connaissez, n'est-ce pas ?

— Oui.

— J'imagine qu'ils essaient de comprendre quel était le but du petit incident d'hier soir. Votre homme a bien fait sauter le générateur principal, même s'il me semble qu'il y est allé un peu trop fort sur la dose d'explosifs, dit-elle en haussant les épaules, comme pour souligner une faute de goût. En tout cas, ils ont dû mettre en route un groupe électrogène auxiliaire pour le reste de la soirée, et une équipe s'active en ce moment au Centre pour réparer les dégâts. Ils pensent que le courant a été coupé pour permettre à l'assassin de se faufiler jusqu'à la loge royale.

— Une supposition qui me paraît naturelle, même si une action aussi confuse et inélégante n'aurait pas vraiment été dans mon style.

Un sourire aux lèvres, il but une gorgée de café.

— Et vous, très chère ? Comment réagissez-vous après avoir été témoin d'un horrible drame ?

— J'ai choisi d'être choquée et secouée par les événements. Mais je fais face avec courage, naturellement. Nous sommes comme cela, nous les Anglais.

— C'est une qualité que j'ai toujours admirée.

Il marqua une pause, la scrutant du regard.

— Je dois vous féliciter pour l'ampleur de votre talent. On dirait vraiment que vous n'avez pas fermé l'œil de la nuit.

Ce serait une erreur de se souvenir de sa nuit avec Bennett, ou même de penser à lui un seul instant. Donc, Hannah enchaîna le plus vite possible :

— J'ai bu suffisamment de café pour rester éveillée jusqu'à l'aube, dit-elle avec naturel, alors qu'elle sentait son estomac se nouer. En ce moment même, je suis censée être en train de faire un tour pour me remettre de mes émotions.

Pour faire diversion, elle attira l'attention de Deboque sur le dernier point qu'elle avait abordé avec Reeve :

— Etes-vous au courant que toute la famille royale sera réunie au palais pour le bal de Noël ?

— C'est la tradition.

— Comme Eve est un peu fragile, la princesse Gabriella a prévu de s'installer au palais avec toute sa famille pendant plusieurs jours pour l'aider aux préparatifs. Les appartements des MacGee et ceux d'Eve et Alexander occupent la même aile du palais.

— Intéressant.

— Et pratique. Je n'aurai pas besoin de commander plus de trois charges plastiques.

Deboque se contenta d'acquiescer.

— Mais le plus jeune prince ne loge pas dans la même aile, objecta-t-il.

— Le plus jeune prince se blessera fatalement en essayant de porter secours au reste de sa famille. J'ai déjà tout prévu, laissez-moi faire. Assurez-vous juste que les cinq millions sont prêts.

Elle se leva de nouveau, puis inclina la tête, comme si elle attendait la permission de se retirer. Deboque se leva à son tour, puis la surprit en lui prenant les deux mains.

— Je m'étais dit qu'après les fêtes je prendrais de longues vacances. J'ai besoin de voyager, d'être au soleil. Mais les vacances sont souvent mornes sans compagnie.

Une sensation de nausée l'envahit. Elle pria pour ne pas montrer sa répulsion, même pendant une seconde.

— J'ai toujours aimé le soleil, fit-elle.

Elle ne protesta pas lorsqu'il s'approcha, mais sourit.

— Vous avez la réputation de jeter les femmes aussi facilement que vous les prenez.

— Lorsqu'elles m'ennuient, dit-il en posant sa main autour de son cou.

Ses doigts étaient légers, lisses, et lui faisaient toujours autant penser à une araignée.

— J'ai le sentiment que ce ne sera pas votre cas. Ce qui m'attire chez une femme, ce n'est pas la beauté, mais l'intelligence et l'ambition. Tous les deux ensemble, nous ferions des étincelles.

Si ses lèvres touchaient les siennes, elle aurait un haut-le-cœur. Pour éviter cela, Hannah inclina très légèrement la tête.

— Peut-être… après avoir conclu notre affaire.

Autour de son cou, les doigts se serrèrent, avant de se détendre. Les marques qu'ils y avaient laissées ne disparaîtraient pas avant de longues minutes.

— Vous êtes une femme prudente, Hannah.

— Assez prudente pour exiger mes cinq millions avant de coucher avec vous. A présent, si vous voulez bien m'excuser, je devrais rentrer avant que quelqu'un ne s'inquiète de mon absence.

— Bien sûr.

Elle se dirigea vers la porte.

— J'aurai besoin des fournitures que vous savez avant la fin de la semaine.

— Attendez-vous à recevoir un cadeau de Noël de la part de votre tante de Brighton.

En hochant la tête, elle quitta la pièce.

Deboque se rassit en se disant qu'il l'aimait décidément beaucoup.

Quel dommage qu'elle dût mourir.

Chapitre 10

L'après-midi était déjà bien avancé lorsque Bennett quitta le bureau de son père pour aller la trouver. Il avait lu dans leur intégralité tous les dossiers qu'Armand lui avait confiés. Certaines choses l'avaient fasciné, d'autres l'avaient terrifié, d'autres encore l'avaient mis en colère, mais il n'était toujours pas certain de savoir qui était vraiment lady Hannah Rothchild.

Lui aussi, à présent, était entré dans la supercherie, se dit-il, tout en grimpant les escaliers qui menaient aux appartements d'Eve. Il ne pouvait rien confier de ce qu'il avait lu ou de ce qui lui avait été dit à son frère. Il ne pouvait pas rassurer sa sœur ni Eve en leur certifiant que chaque geste de Deboque était épié. Il n'avait d'autre choix que de jouer son rôle jusqu'au bout, comme Hannah devait jouer le sien. Quoi qu'il en soit, il était grand temps qu'ils parlent calmement ensemble.

Il trouva Eve et Gabriella assises à la même table, devant une pile de papiers et une théière.

— Bennett, dit Brie en tendant une main vers lui. Tu arrives juste à temps. Nous avons besoin d'un point de vue masculin sur le bal de Noël.

— Faites en sorte qu'il y ait assez à boire.

Il se pencha pour embrasser sa sœur. Même si elle lui avait souri, sa tension était perceptible, tout comme celle d'Eve.

— Hannah n'est pas avec vous ?

— Non.

Eve posa son crayon, comme Bennett s'approchait pour l'embrasser à son tour.

— Je lui ai dit que je voulais me reposer aujourd'hui. La nuit dernière…, commença-t-elle en serrant ses doigts. La nuit dernière a dû être horrible pour elle. Et pour toi.

Il haussa les épaules, pas près d'oublier la façon dont il l'avait laissée, murée dans un silence de pierre.

— Ce n'était pas une soirée ennuyeuse, en tout cas.

— Ne plaisante pas, Bennett. Tu aurais pu te faire tuer. Je n'arrête pas de me répéter que c'est la seconde fois qu'il se passe quelque chose au théâtre. La seconde fois que l'une de mes pièces…

Sans lâcher la main d'Eve, il se baissa pour être à sa hauteur.

— Je n'ai pas été blessé, et je ne veux pas que tu laisses libre cours à ton imagination fertile. Je serais vraiment contrarié si mon neveu naissait avec des rides de crispation. Où est Marissa ?

— En train de faire la sieste.

Il passa son pouce sous ses yeux cernés.

— Tu devrais l'imiter.

Sur le visage d'Eve, l'agacement prit la place de l'angoisse, comme il l'avait espéré.

— J'ai l'impression d'entendre Alex.

— Dieu m'en garde. Où est-il, d'ailleurs ?

— Il avait des rendez-vous.

Elle tapota nerveusement les papiers entassés devant elle.

— Toute la journée, poursuivit-elle. Ils ont tous été reprogrammés ici, dans son bureau, à cause de… A cause de la sécurité, qui préfère cela.

— Alors tu devrais te détendre, dit-il en posant sa main sur la sienne. Tu devrais avoir compris, maintenant, que les Bisset sont indestructibles. Et puis, au moins, tu devrais être contente qu'Alex soit occupé pour un bon moment, sinon tu l'aurais sur le dos.

Elle parvint à sourire.

— Là, tu viens de marquer un point.

En se redressant, il sourit à Gabriella.

— Je suppose que je peux te faire confiance pour essayer de lui remonter le moral, bien que tu n'aies pas non plus l'air au mieux de ta forme.

— Toujours galant.

— Je te taquine... C'est à cela que servent les frères, non ?

Il aurait voulu les serrer toutes les deux dans ses bras et leur dire que rien ni personne ne leur ferait plus jamais le moindre mal. A la place, il tira les cheveux de sa sœur.

— Maintenant, je vous laisse toutes les deux vous remettre à un travail qui me paraît des plus fascinants.

Il s'apprêtait à redescendre l'escalier lorsque Brie le rattrapa.

— Ben.

Il se retourna. Son sourire se figea, puis disparut, lorsqu'il vit l'expression de sa sœur.

Gabriella regarda derrière elle, sans doute pour s'assurer qu'Eve ne pouvait les entendre, avant de poser sa main sur la rampe, par-dessus celle de Bennett.

— Reeve n'est pas très bavard sur certains sujets.

Une légère mauvaise humeur se lut dans ses yeux, mais elle passa vite.

— C'est ainsi, je dois faire avec. Mais, depuis mon amnésie, j'ai développé un instinct très sûr pour tout ce qui concerne la famille.

— Je sais que tu es inquiète, commença-t-il. C'est notre cas à tous.

— C'est plus que de l'inquiétude, car tout revient encore à Deboque et à son obsession de nous détruire. Sais-tu que je fais encore des cauchemars, même après toutes ces années ?

Il songea à l'enlèvement de sa sœur, à la peur qu'elle avait dû ressentir.

— Brie, dit-il en posant la main sur sa joue. Ce que tu as vécu ne se reproduira jamais.

Elle serra légèrement ses doigts autour de son poignet.

— Et je te revois, touché à l'épaule, allongé sur la terrasse, baignant dans ton sang. Je me revois dans la salle d'attente de l'hôpital, avec Eve entre la vie et la mort. Deboque.

Son visage était très pâle, mais il dégageait de la force, tout comme sa main qui était toujours posée sur la sienne.

— Tout est arrivé à cause de Deboque. Et il est encore là.

— Plus pour longtemps, dit-il, tandis que la rage grondait en lui. Cela, je te le promets.

— Je veux que tu fasses attention, Bennett.

Il lui sourit du mieux qu'il put.

— Comment peut-il en être autrement, alors qu'une dizaine de gardes armés jusqu'aux dents me suivent partout ?

— Très attention, répéta-t-elle. Je ne savais pas que tu portais un pistolet sur toi, au théâtre.

Elle savait qu'il s'agissait d'un mensonge, bien entendu. Il n'avait pas besoin qu'elle le lui dise, la regarder dans les yeux suffisait. Elle le savait, mais ne le comprenait pas. Et, puisqu'elle était Gabriella, elle n'abandonnerait pas tant qu'elle ne saurait pas le fin mot de l'histoire.

— Arrête d'y penser, Brie.

— C'est ce que Reeve m'a dit, rétorqua-t-elle avec un geste impatient. Mais il s'agit de ma famille. Comment pourrais-je faire autrement ?

— Je sais seulement que tout sera bientôt terminé. Entretemps, nous devons tous nous soutenir. Quelque chose est en cours, Brie. Accroche-toi à cette idée.

— C'est ce que je fais. Mais je veux que tu me promettes de ne rien faire sur un coup de tête.

— Traînerais-je la réputation d'être impulsif ?

— Ben, s'il te plaît.

— Très bien, je te le promets.

Il l'embrassa une nouvelle fois.

— Je t'adore, même si tu as mis Dorian au monde pour mon malheur.

Il tapota une dernière fois sa main avant de descendre les escaliers.

— A bientôt.

Elle le regarda partir. Mais son inquiétude ne disparut pas avec lui.

— A bientôt.

Hannah ne se trouvait pas dans ses appartements. Bennett en fit le tour et dut se rendre à l'évidence : elle n'était pas là. Son absence le contrariait. Etait-elle de nouveau sortie ? S'était-elle placée en ce moment même dans une situation dangereuse pour protéger sa famille ?

Il détestait cela. Il ne pouvait pas accepter l'idée qu'elle puisse risquer sa vie, qu'elle puisse se servir de son corps comme bouclier pour faire écran au sien, comme la veille au soir. Il protégeait bien sa famille, ses amis ou son pays. Comment pourrait-il ne pas le faire pour la femme qu'il aimait ?

Ne pouvant se résoudre à quitter la chambre d'Hannah, il se dirigea vers la commode, où était posée une petite boîte émaillée avec un paon sur le couvercle. Il l'effleura du doigt, se demandant d'où lui venait cet objet. Etait-ce un cadeau ? De qui ? Un achat fait dans une petite boutique londonienne ? Il avait besoin de connaître tous les détails, même insignifiants, la concernant. Ne pouvait-elle pas comprendre que, pour tirer un trait sur ses sentiments, il devait connaître la femme à qui il les avait donnés ?

Il leva les yeux. Le lit où ils s'étaient battus et aimés la nuit précédente se reflétait dans le miroir. S'il ne faisait aucun bruit, il pourrait presque entendre l'écho de la passion et de la découverte. Allait-elle le détester pour ce qu'il avait fait ? Même si leur étreinte avait pour tous les deux été aussi intense que stupéfiante, lui pardonnerait-elle d'avoir brisé ses défenses par la force ?

Il s'était montré brutal…, songea-t-il en regardant ses mains. Oui, brutal. Et cela ne l'avait pas gêné. Toute sa vie, il avait pris soin de ne jamais faire de mal à aucune femme. Maintenant qu'il avait trouvé LA femme, il s'était laissé aller à ses instincts les plus sauvages.

Il se planta devant la fenêtre, essayant d'analyser ce qu'il ressentait. Il lui en voulait toujours. Quoi que sa raison lui dise, son cœur était toujours meurtri d'avoir été trompé. Et plus encore, il ne pouvait se débarrasser de l'impression tenace d'être tombé amoureux de deux femmes sans pouvoir faire confiance à aucune d'entre elles.

Puis il l'aperçut en train de marcher dans le jardin.

Hannah inspira profondément l'air parfumé du jardin. Il lui fallait un peu de temps. Juste une heure, toute seule, pour mettre un peu d'ordre dans ses pensées et calmer ses nerfs. Elle savait qu'elle avait manœuvré Deboque aussi habilement que possible le matin même. Si tout allait bien, le piège se refermerait sur lui d'ici une semaine. Et ils auraient réussi. Dans son dossier viendrait s'ajouter un nouveau rapport favorable. Une mission de deux ans couronnée de succès pourrait très bien lui apporter une promotion. Elle n'était pas loin d'être nommée capitaine. Pourquoi cette idée ne l'enthousiasmait-elle pas autant que par le passé ?

Du temps, se répéta-t-elle. Il lui fallait juste un peu de temps.

Elle prendrait les vacances dont elle avait tant besoin et qu'elle avait bien méritées. Elle pourrait peut-être se rendre aux Etats-Unis : New York, San Francisco… Avec un peu de chance, dans de pareils endroits, elle réussirait à se perdre et à s'oublier quelque temps.

Ou peut-être rentrerait-elle en Angleterre. Elle pourrait aller en Cornouaille, pour marcher dans la lande et chevaucher le long de la côte. En Angleterre, elle ne pourrait pas se perdre, mais elle pourrait peut-être se retrouver.

Où qu'elle aille, elle quitterait Cordina. Et Bennett.

Une glycine grimpait en formant une arche protectrice au-dessus d'un banc, comme une invitation à de longues et paresseuses rêveries. Elle s'assit et, les yeux fermés, essaya d'apaiser son esprit troublé.

Qui était-elle ? Pour la première fois depuis des années, elle était forcée de se poser la question et d'admettre qu'elle ne connaissait pas la réponse. Elle était en partie cette femme tranquille qui adorait passer ses après-midi à lire, qui aimait parler art et littérature. Et elle était en partie cette femme qui ne quittait jamais son arme et qui guettait les bruits de pas dans son dos.

Le fait qu'elle pût être ces deux femmes à la fois avait jusqu'ici toujours été un avantage pour elle, et non pas, comme c'était le cas à présent, un puzzle compliqué à assembler. Elle aurait aimé parler avec son père, ne serait-ce qu'une heure. Lui savait ce que c'était de vivre deux vies, et de trouver une source de contentement et de défi dans chacune d'entre elles.

Mais elle ne pouvait même pas prendre ce risque. Devant ce problème, comme dans la mission qui l'avait amenée à Cordina, elle était et resterait seule.

Lasse, elle soupira. Il la détestait. C'était Bennett qui avait amené la souffrance et semé le doute en elle. C'était Bennett qui l'avait forcée à s'interroger sur ce qu'elle avait toujours tenu pour acquis. La nuit dernière, il avait ravi son âme, son cœur et son corps, avec l'intention de l'humilier. Et il y était parvenu. Personne ne lui avait jamais montré combien elle pourrait recevoir ni combien elle pourrait donner. Personne ne l'avait jamais laissée si vide et seule.

Il ne saurait jamais le mal qu'il lui avait fait. Il ne pourrait pas le savoir, songea-t-elle, alors que les larmes qu'elle avait réussi à contenir toute la nuit se mettaient à couler. Parce qu'il ne saurait jamais à quel point les sentiments qu'elle éprouvait pour lui étaient forts, et sans espoir.

Elle avait choisi son chemin, se rappela-t-elle, et toute sa vie elle le suivrait. Dans quelques jours, elle ne croiserait plus le sien.

Dans quelques jours, Bennett ne risquerait plus rien. Sa famille ne risquerait plus rien. Et elle s'en irait.

Il la trouva assise sur le banc, les mains croisées sur les genoux, les yeux fermés et les joues baignées de larmes. Tant de sentiments se déchaînaient en lui qu'il ne pouvait les démêler les uns des autres. Le regret, la confusion, l'amour, la culpabilité…

Elle avait voulu quelques instants de solitude et de quiétude, c'était quelque chose qu'il pouvait comprendre. Il était encore suffisamment amer pour avoir envie de la laisser tranquille, de toute façon. Mais sa souffrance était si évidente qu'il ne pouvait pas plus la laisser seule sur ce banc qu'il n'aurait pu laisser un chien blessé sur le bord de la route.

Dès qu'il s'approcha, elle se leva d'un bond. Il vit la surprise et l'humiliation passer sur son visage. Il crut tout d'abord qu'elle allait s'enfuir en courant. Mais finalement, elle ne bougea pas.

— Je me croyais seule, dit-elle d'une voix froide.

Il lui tendit un mouchoir. Pour la consoler, c'était tout ce qu'il pouvait lui proposer. Elle n'aurait de toute façon rien accepté d'autre.

— Je m'excuse de vous avoir dérangée, répondit-il d'une

voix aussi sèche que la sienne. Je crois que nous avons besoin de parler.

— N'est-ce pas déjà fait ?

Elle essuya ses larmes, puis roula le mouchoir en boule dans sa main.

— Voulez-vous vous rasseoir ?

— Non, merci.

Il mit ses mains dans ses poches. Elle n'avait pas dormi de la nuit, comprit-il en voyant les cernes sous ses yeux. Lui non plus. Donc peut-être étaient-ils quittes, finalement.

— J'ai parlé avec mon père, ce matin. Vous avez déjà vu Deboque aujourd'hui.

Hannah voulut l'interrompre tout de suite, mais se ravisa. Le jardin était aussi sûr que le palais, pour le moment.

— Je n'ai pas à vous rendre compte de ce genre de choses, Votre Altesse.

La colère lui fit plisser les yeux et serrer les poings, mais il ne haussa pas la voix.

— Non, mais je suis au courant de tout, à présent. J'ai lu vos dossiers.

Elle poussa un soupir, contrariée. Rien de ce qu'elle était ni de ce qu'elle avait fait ne lui appartenait plus.

— Très bien alors, vos questions ont trouvé réponse, votre curiosité est satisfaite. Vous savez tout ce qu'il y a à savoir sur moi, j'espère que la lecture a été divertissante.

— Je ne cherchais pas à me divertir. Bon sang, Hannah, j'avais le droit de savoir.

— Vous n'avez aucun droit sur moi. Je ne suis ni votre servante ni votre sujet.

— Vous êtes la femme avec qui j'ai couché la nuit dernière.

— Mieux vaut l'oublier. Non, lança-t-elle en se raidissant, alors qu'il approchait. Je ne veux plus jamais que vous me touchiez.

— Très bien, répondit-il sèchement. Mais nous savons très bien tous les deux que certaines choses ne s'oublient pas.

— Les erreurs, si. Je suis ici en tant qu'agent du SIS chargé de votre protection et de celle de votre famille, et j'ai pour mission d'empêcher que les plans conçus par Deboque pour ruiner Cordina aient des répercussions sur toute l'Europe. Je ferai tout ce qu'il faut pour y parvenir, mais en aucun cas je ne vous laisserai m'humilier encore.

Ses larmes, qui s'étaient remises à couler, l'aveuglèrent.

— Oh ! et puis, ne pouvez-vous pas me laisser tranquille, à la fin ? Les tourments que vous m'avez infligés la nuit dernière ne sont-ils pas une punition suffisante à vos yeux ?

Il avait jusque-là réussi à contenir son emportement. Mais là, c'en était trop. Bennett la saisit, refermant ses doigts autour de son bras fin mais puissant.

— C'est ainsi que vous avez vécu la nuit dernière ? Comme une punition et rien d'autre ? Pouvez-vous me regarder dans les yeux et me dire que vous n'avez rien ressenti, ni que vous ne ressentez rien en ce moment ? Etes-vous aussi bonne menteuse que cela ?

— Peu importe ce que j'ai ressenti. Vous vouliez me punir et c'est ce que vous avez fait.

— Je voulais vous aimer, et c'est ce que j'ai fait.

— Arrêtez.

Cela faisait mal, davantage qu'elle ne pouvait le supporter. Elle voulut le repousser, mais il la rattrapa et l'agrippa encore plus fort.

— Vous pensez que je n'ai pas vu à quel point vous me détestiez ? cria-t-elle. Vous me regardiez d'une façon qui m'a fait me sentir méprisable. Pendant dix ans, j'ai été fière de mon travail, et vous avez fait voler tout cela en éclats en une nuit.

— Et vous alors ? demanda-t-il d'une voix plus basse, mais tout aussi rageuse. Pouvez-vous me dire que vous ne saviez pas que j'étais amoureux de vous ?

Elle commença à secouer la tête pour le nier, mais il serra ses doigts plus fort.

— Vous saviez que j'étais amoureux d'une femme qui n'existe même pas. D'une femme calme, timide et honnête, à qui je ne voulais montrer que tendresse et patience. Pour la première fois, il y avait dans ma vie une femme à qui j'aurais pu donner mon cœur et ma confiance, mais elle n'était rien d'autre qu'un mirage.

— Je ne vous crois pas.

Mais elle voulait le croire, et dans sa poitrine son cœur se mit à cogner plus fort.

— Vous étiez insatisfait, vous vous ennuyiez même. Je vous ai diverti.

— Je vous aimais.

Il saisit son visage et, très calmement, s'en approcha. Elle vit dans ses yeux la même expression prédatrice que la nuit précédente.

— Maintenant, poursuivit-il, vous allez devoir vivre en sachant cela.

— Bennett…

— Quand je suis venu dans votre chambre la nuit dernière, j'ai trouvé une autre femme, une femme qui m'avait menti et s'était servie de moi.

Il passa la main dans ses cheveux pour les détacher.

— Une femme qui ressemblait à une sorcière, murmura-t-il, alors que ses cheveux retombaient en cascade sur ses épaules. Et j'ai eu autant envie d'elle, mais sans plus éprouver ces tendres et doux sentiments. Pauvre de moi, j'ai toujours envie d'elle !

Lorsqu'il posa sa bouche sur la sienne, elle ne protesta pas. Elle avait aussi lu dans ses yeux qu'il disait la vérité. Il l'avait aimée. Ou il avait aimé son image. Si le désir était tout ce qu'il pouvait lui donner maintenant, elle l'accepterait. Par devoir, elle avait renoncé à l'amour, mais le devoir ne lui ferait pas renoncer au peu qu'il pouvait encore lui offrir.

Elle passa ses bras autour de lui. Si elle lui donnait la passion, peut-être un jour lui pardonnerait-il ses mensonges.

Avec quelle facilité il se perdait et s'oubliait en elle… Dévoré par une passion presque douloureuse, mais cela n'avait pas d'importance. Bennett était une nouvelle fois en train de perdre le contrôle. Sa bouche soyeuse était chaude, son corps svelte était tendu. Si elle ne l'aimait pas, au moins le désirait-elle. Il s'était contenté de bien moins que cela par le passé.

— Dites-moi que vous avez envie de moi, demanda-t-il, tout en promenant sa bouche avide sur son visage.

— Oui, j'ai envie de vous.

Hannah avait jusqu'alors ignoré qu'il était possible de se sentir triomphante et vaincue en même temps.

— Venez avec moi.

— Bennett, je n'ai pas le droit.

Elle enfouit son visage dans son cou, pour s'imprégner le plus possible de lui une dernière fois.

— Si je suis ici, c'est pour…

Il posa les mains sur ses épaules et la repoussa doucement.

— Aujourd'hui, nous allons mettre de côté votre devoir et le mien.

— Et demain ?

— Demain viendra, que nous le voulions ou non. Donnez-moi ces quelques heures, Hannah.

Elle lui aurait donné sa vie, et d'une certaine façon cela aurait sans doute été plus facile que ce qu'il exigeait d'elle en ce moment. Pourtant, elle prit la main qu'il lui tendait.

Ils allèrent à cheval, Hannah galopant à côté de Bennett. De toute évidence, il connaissait parfaitement le chemin qu'ils suivaient. Ils obliquèrent dans les bois où ils avaient fait la course, et il prit la tête de la marche. Chaque fois que des doutes naissaient en elle et la torturaient, elle les rejetait. Elle prendrait les quelques heures qui lui étaient offertes.

Elle entendit le ruisseau avant de le voir. C'était un murmure simple et musical qui allait à merveille avec le paysage verdoyant et ombragé qui s'offrait à leur contemplation. Une fois au ruisseau, Bennett prit vers le sud. Pendant quelques centaines de mètres, ils longèrent la rive en silence.

Le ruisseau traçait des boucles et des courbes, puis, à un endroit où trois hêtres le bordaient, il devint tout à coup plus large. Bennett s'arrêta là et descendit de cheval.

— Quel endroit charmant, dit Hannah, qui n'osait pas mettre pied à terre. Chaque fois que je crois avoir trouvé le plus bel endroit de Cordina, j'en découvre un autre. Est-ce que vous venez souvent ici ?

— Pas assez à mon goût.

Il avait attaché son cheval et se dirigeait à présent vers elle. Sans rien dire, il lui tendit la main.

Il lui laissait le choix, cette fois, contrairement à la nuit précédente. Mais peut-être ne le faisait-il que parce qu'il savait qu'elle avait déjà pris sa décision. Hannah saisit sa main, attendit un moment, puis descendit. Toujours en silence, elle attacha son cheval à côté du sien.

— Je suis venu ici quand ma mère est morte, expliqua Bennett.

Il lui semblait soudain très important de le lui dire.

— Pas pour pleurer, mais parce qu'elle aimait beaucoup les endroits comme celui-là. Vous voyez les petites fleurs blanches au bord de l'eau ? fit-il en reprenant sa main pour l'emmener plus près du ruisseau. Ma mère les appelait des « ailes d'ange ». Elles ont sûrement un nom latin très compliqué, mais elle trouvait que ce nom d'« ailes d'ange » leur allait particulièrement bien.

Il se pencha pour en cueillir une. Elle n'était pas plus

grosse que son pouce, avec des fins pétales disposés autour d'un petit cœur bleu.

— Chaque été, avant de retourner à Oxford, je venais ici. Pour une raison mystérieuse, cela rendait mon départ moins douloureux.

Il piqua la fleur dans les cheveux d'Hannah, avant de poursuivre :

— Quand j'étais enfant, je pensais que des fées vivaient ici. Je les cherchais parmi le trèfle et sous les champignons.

— Et vous en avez trouvé ? demanda-t-elle en souriant.

— Non.

Il la saisit par le poignet et embrassa sa paume.

— Mais je crois qu'elles sont toujours ici. C'est pour cela que cet endroit est magique. C'est pour cela que j'ai envie de faire l'amour avec vous ici.

Leurs bouches à quelques centimètres l'une de l'autre, ils s'allongèrent dans l'herbe. Leurs corps à quelques centimètres l'un de l'autre, ils se déshabillèrent. A genoux, les yeux dans les yeux, ils offrirent leurs corps nus à l'ombre et la lumière, qui s'empressèrent de tacheter leur peau. Leurs lèvres s'effleurèrent, puis se soudèrent.

Il ne pouvait pas contrôler cet accès de désir, ce besoin de puissance. Au bout de quelques secondes, ils roulaient dans l'herbe. Il la caressa partout, cherchant, trouvant, se servant, jusqu'à ce que, sous ses lèvres, il l'entende gémir. Le besoin de la prendre vite, fougueusement, était irrépressible et attisé par les caresses qu'elle-même lui prodiguait.

Sans plus attendre, ils s'unirent et embarquèrent pour un voyage foudroyant et fiévreux qui les combla tous les deux.

Allongée nue dans l'herbe qui chatouillait délicieusement son dos, Hannah regardait les rayons du soleil filtrer à travers les feuilles des arbres. La veille, dans la nuit, elle avait éprouvé une palette d'émotions allant de la colère à la honte, puis de l'extase à la honte encore. A présent, en plein jour, elle ne ressentait plus aucune honte.

A cet instant, ils n'étaient qu'un homme et une femme. Le lendemain, ils seraient de nouveau un prince et une espionne.

— A quoi penses-tu ?

Elle réussit à sourire et à tourner la tête vers lui.

— A cet endroit, qui est magnifique.

Cela faisait longtemps qu'il avait envie de l'y emmener. Et il s'était imaginé ce moment. Comment, lentement, patiemment, il l'initierait aux plaisirs de l'amour. Refusant d'y repenser, il l'attira plus près de lui. C'était un autre jour, et une autre femme.

— Tu n'as pas froid ?

— Non. Mais je…

Elle s'interrompit, sachant qu'elle allait lui paraître stupide.

— Mais ?

— Eh bien, c'est la première fois que…

Comment formuler cela ?

— C'est la première fois que je suis allongée toute nue dans l'herbe.

Amusé, Bennett rit, sans même se rendre compte qu'il s'adressait à la première Hannah qu'il avait rencontrée.

— Il faut toujours faire de nouvelles expériences dans la vie.

— Je suis sûre que tu t'es déjà retrouvé nu dans des tas d'endroits inhabituels.

Sa voix un peu mal à l'aise le ravit. Il roula vers elle pour l'embrasser, puis prit un peu de recul pour la regarder. Ses cheveux s'étalaient dans l'herbe sombre. La petite fleur blanche s'y trouvait toujours, comme si elle y avait poussé. Les ombres sous ses yeux la faisaient paraître à la fois sensuelle et délicate, comme une vierge initiée à la féminité par une longue nuit d'amour.

C'était ainsi qu'il l'avait imaginée, ainsi qu'il l'avait voulue, ainsi qu'il l'avait aimée.

— Tu es si belle.

Elle sourit, l'air détendu.

— Cela aussi, c'est nouveau.

Il caressa sa pommette du bout des doigts.

— Quel manque d'observation, Hannah. Ou quelle bêtise. Te rendre moins séduisante ne changeait rien à la réalité. Cette peau parfaite, commença-t-il en l'embrassant partout sur le visage. Ces traits élégants et racés qui me font me demander si tu es faite de chair et de sang ou de cristal. Ces yeux calmes et intelligents qui m'ont rendu fou, parce que je voulais à tout prix les voir s'assombrir sous mes caresses. Et cette bouche, poursuivit-il en passant son doigt sur ses lèvres. Si douce, si généreuse.

Il approcha son visage, pour tracer le contour de sa bouche du bout de sa langue.

— Est-ce que tu te souviens de la première fois où je t'ai embrassée ?

Grisée par ses caresses, Hannah ferma les yeux.

— Oui, je me souviens.

— Je me suis demandé comment une femme aussi tranquille pouvait me donner le vertige d'un seul baiser.

— Embrasse-moi encore, demanda-t-elle en l'attirant à elle.

Elle ne s'attendait pas à cela. Il y eut de la tendresse à la place de la passion, de la langueur à la place de la précipitation. Troublée, elle murmura son prénom tout contre sa bouche. Alors, il caressa son visage du bout des doigts, comme s'il attendait qu'elle se détende. Comme s'il attendait qu'elle accepte. Même lorsque son baiser se fit plus intense, il resta tendre. Le feu était là, mais il couvait plutôt qu'il ne dévorait.

Il faisait l'amour avec la première Hannah qu'il avait connue, comprit-elle soudain. Et cette révélation lui donna envie de pleurer. Il éprouvait du désir pour l'une, de l'affection pour l'autre. Comment lutter avec une autre femme quand cette autre femme, c'était elle ?

Laissant échapper un soupir saccadé, elle laissa son esprit se vider. Elle lui donnerait tout ce dont il avait besoin aujourd'hui.

Il sentit un changement s'opérer en elle, tandis qu'elle s'abandonnait lentement entre ses bras. Avec un murmure d'approbation, il posa ses lèvres sur son cou. Il voulait lui montrer qu'il existait autre chose que la fulgurance et la rapidité. S'il ne leur restait que quelques heures, il les passerait à lui donner toute la tendresse qu'elle voudrait bien accepter de lui.

Avec légèreté, il caressa son corps souple. La nuit précédente, il avait exigé; à présent, il allait cajoler et offrir. Il prit le temps de voir son excitation grandir, en admirant le soleil caresser son visage et en écoutant le ruisseau couler tout près d'eux. Il murmura doucement tout en l'embrassant dans le cou. Il murmura des promesses, des mots tendres, des serments. Elle lui répondit par des mots si fragiles qu'ils semblèrent prêts à se perdre dans les airs.

On ne l'avait jamais aimée de cette façon, comme si elle était quelqu'un de précieux et d'infiniment spécial. Malgré la brume dans laquelle baignait son esprit, Hannah entendait le doux bruissement de l'eau qui courait sur les pierres. Elle sentait l'odeur de l'herbe et des fleurs sauvages qui leur servaient de tapis. A travers ses yeux mi-clos, la lumière du soleil parait la peau de son amant de reflets dorés et diaprés. Incapable de résister, elle tendit la main pour la toucher : elle était douce, soyeuse et chaude.

Son amant. Hannah attira sa bouche à la sienne et lui donna tout ce que contenait son cœur. Si l'endroit était magique, l'instant l'était également. Elle laissa parler ses rêves et s'y abandonna totalement.

Elle donnait avec prodigalité, et recevait avec bonheur. Bennett sentait enfin cette émotion qu'il voulait susciter en elle depuis si longtemps. Une émotion qui allait bien au-delà de la chaleur, bien au-delà du désir. Elle le touchait comme si elle l'avait attendu toute sa vie. Elle l'embrassait comme s'il avait été son seul et unique amant. Plus elle offrait, plus il donnait en retour. Le temps passa, les ombres s'allongèrent, et sans fin ils caressèrent, donnèrent, découvrirent.

Même lorsqu'il fut en elle, leur étreinte resta lente et douce. La passion qui avait grandi en eux était toujours bridée par de plus fortes émotions. Ils bougeaient dans une harmonie presque douloureuse de perfection. Soudain, elle prit son visage entre ses mains et leurs bouches se soudèrent. Peu à peu, ils grimpèrent jusqu'au sommet et s'y installèrent doucement.

— Vous vouliez me voir, monsieur Deboque ?

— Oui, Ricardo.

Deboque souleva sa théière et se servit. Il adorait cette coutume anglaise de prendre le thé en fin d'après-midi. C'était tellement civilisé et raffiné.

— J'ai une petite liste de courses pour toi, dit-il, en désignant d'une main le bureau près de la fenêtre. J'aimerais que tu supervises cela personnellement.

— Bien sûr.

Toujours content qu'on lui fasse confiance, Ricardo s'empara de la liste écrite sur un épais papier crème. A la lecture, il eut un très léger haussement de sourcils.

— Dois-je m'approvisionner au sein de la compagnie ?

— S'il te plaît, répondit Deboque en ajoutant du lait à son thé. Je préfère que cela reste entre nous. Que la marchandise soit livrée à lady Hannah, disons… jeudi. Ce n'est pas la peine qu'elle la reçoive trop tôt.

— Elle risque gros en faisant entrer ce genre de matériel au palais.

— J'ai une confiance totale en les capacités de notre amie anglaise, Ricardo.

Il repensa à la façon dont elle s'était présentée à leur rendez-vous le matin même. Impeccablement vêtue et apprêtée, élégante. Que ses plans se trouvent entre d'aussi jolies mains ne donnait que plus de saveur à son entreprise.

— Elle possède un certain style, tu ne trouves pas ?

— La classe, même lorsqu'elle s'exprime discrètement, reste toujours la classe.

Deboque sourit, et avala une gorgée de thé.

— C'est exactement cela. Je ne doute pas un seul instant qu'elle ne s'acquitte de sa tâche avec classe.

Il prit une nouvelle gorgée de thé, puis soupira.

— J'admire vraiment les Anglais, Ricardo. Si traditionnels, si opiniâtres. Pas aussi expansifs que les Français, mais si merveilleusement pragmatiques. En tout cas, fais en sorte que la marchandise soit expédiée depuis l'adresse figurant sur la liste. Je ne veux surtout pas qu'on puisse remonter jusqu'à moi.

— Bien sûr.

— Je suis en train de préparer un itinéraire, Ricardo. Nous levons l'ancre à la fin de la semaine prochaine. D'ici là, je verrai lady Hannah encore une fois. Tu t'occuperas des détails ?

— Il sera fait selon vos désirs.

— Merci, Ricardo. Oh ! mais, j'y pense, as-tu veillé à envoyer une couronne pour l'enterrement de Bouffe ?

— Des roses comme vous l'aviez demandé, monsieur.

— Parfait.

Deboque choisit un petit gâteau sec sur l'assiette en Wedgwood posée à côté de la théière.

— Tu es quelqu'un de très précieux, Ricardo.

— Je fais mon possible, monsieur.

— Eh bien, passe une bonne soirée, Ricardo. Avertis-moi s'il y a du nouveau à propos de l'accident survenu au théâtre. Le rapport qui m'en a été fait ne me satisfait pas du tout.

— Je n'y manquerai pas. Bonne soirée, monsieur.

Deboque se cala dans son fauteuil pour savourer son petit gâteau. Ricardo continuait à beaucoup lui plaire. Un homme intelligent possédant des tendances sociopathes était une recrue de choix. Deboque était certain que Ricardo serait ravi qu'il lui demande de s'occuper d'Hannah lorsqu'elle aurait terminé son travail. C'était tentant, mais il rejeta l'idée.

Il s'occuperait d'Hannah lui-même. Après tout, le moins qu'il puisse faire après qu'elle aura réalisé son souhait le plus cher était de s'assurer qu'elle meure en souffrant le moins possible.

Chapitre 11

Hannah buvait calmement son thé dans la bibliothèque, tout en écoutant Reeve présenter son dernier rapport à Malori. Ce dernier n'intervenait que lorsqu'on le lui demandait, avant de replonger dans le silence.

Elle se souvenait parfaitement du soir où Bennett, peu de temps après son arrivée à Cordina, l'avait emmenée dans cette même bibliothèque. Ensuite, ils étaient allés vers le salon de musique. Et il l'avait embrassée. Etait-ce à ce moment que les choses s'étaient mises à changer ? Etait-ce à ce moment, ou bien le jour où, sur la plage, il lui avait tendu un coquillage ? Ou peut-être avait-ce été la première nuit, dans le jardin…

— Etes-vous d'accord, Hannah ?

Elle leva la tête, se maudissant d'avoir laissé son esprit vagabonder à un moment aussi crucial. Ils n'avaient que trente minutes pour ce briefing, et la moitié s'était déjà écoulée. Même entre les murs du palais, il était dangereux pour eux quatre de se rencontrer.

— Excusez-moi. Pouvez-vous répéter ?

Armand l'observait attentivement, se demandant sans doute si elle avait les épaules assez solides pour supporter une charge aussi lourde.

— Ces derniers jours ont été difficiles, dit-il.

La voix du prince ne contenait nul reproche, comme elle l'eût préféré, mais seulement de la préoccupation.

— Ces deux dernières années ont été difficiles, Votre Altesse.

Puis elle haussa les épaules dans un geste plus de résignation que de regret.

— Si vous commencez à marquer le coup, dit Malori de sa voix blanche, mieux vaut que nous le sachions tout de suite.

— Je ne marque pas le coup, dit-elle en soutenant son regard. Je crois que les rapports que je vous ai présentés le montrent.

Avant que Malori ne puisse répondre, Reeve prit la parole. Elle marquait le coup, il le savait, mais il devait tabler sur le fait qu'elle tiendrait encore quelques jours.

— Pouvons-nous revenir au sujet qui nous préoccupe ? Nous pouvons supposer que Deboque a déjà commandé le matériel que vous avez réclamé. Une idée de l'endroit où il se l'est procuré ?

— A Athènes, répondit-elle aussitôt. Je suis pratiquement certaine qu'il s'est fourni au sein de sa propre organisation. Il s'y sent en sécurité totale et invulnérable. Il ne voudrait pas prendre le risque de s'approvisionner à l'extérieur. Nous savons à présent qu'il possède un entrepôt d'armes et de munitions à Athènes. Ce n'est pas le seul, bien sûr, mais je pense que c'est là qu'il s'adressera, car c'est le plus proche de Cordina.

— Nous allons voir avec notre contact sur place s'il a remarqué des mouvements suspects dans les stocks d'explosifs, dit Malori, en le notant aussitôt. Avec un peu de chance, nous réussirons à démanteler sa succursale athénienne une fois que nous l'aurons coincé ici.

— Le SIS ne fera rien à Athènes, Paris, Londres ou Bonn tant que nous n'aurons pas de preuves irréfutables contre Deboque ici, dit Hannah en reposant son thé. J'insiste sur ce point, monsieur.

— Bien.

De toute évidence, Malori n'avait pas apprécié la remarque d'Hannah, mais il acquiesça.

— Les explosifs que recevra Hannah ne constitueront-ils pas, en eux-mêmes, une preuve irréfutable ? demanda Armand, en regardant Hannah puis Reeve. Hannah a accepté le contrat, commandé ses fournitures. Une fois la livraison faite, ne pourrait-on mettre fin à tout cela ?

Hannah voulut répondre, mais se ravisa. Elle allait laisser Reeve donner les explications nécessaires. Il faisait partie de la famille.

— Ce serait suffisant pour une arrestation, voire pour un procès. Mais, même si nous prouvons que les munitions proviennent de l'entrepôt que Deboque possède à Athènes, cela ne suffirait pas à l'accuser de tentative de conspiration. Il est assez prudent pour opérer une séparation nette entre ses différentes activités.

Ses « activités »..., songea Armand, en pianotant sur l'accoudoir de son siège.

— Et l'accord qu'il a passé avec Hannah pour qu'elle assassine toute ma famille ?

— Vous voulez dire, son hypothèse théorique à propos de ce qui pourrait arriver si une telle chose se produisait ? corrigea Reeve. Votre Altesse, je comprends très bien que le fait que nous ne puissions pas nous contenter des preuves que nous possédons pour l'instant vous contrarie. Nous avons déjà arrêté Deboque il y a dix ans, et cela ne l'a pas empêché de frapper de nouveau. Si nous voulons le mettre hors d'état de nuire une bonne fois pour toutes, démêler puis couper toutes les ficelles qu'il tire depuis des décennies, et porter un coup fatal à son organisation dans l'Europe tout entière, nous devons posséder la preuve solide et indiscutable de son implication dans une tentative de meurtre et de conspiration. Et cette preuve, c'est Hannah qui nous l'apportera dans quelques jours.

Armand sortit une cigarette.

— De quelle façon ? demanda-t-il à Hannah.

— Grâce à mon salaire.

Elle se sentait redevenue solide et sûre d'elle. Sans doute en partie grâce à Malori, qui l'observait d'un œil sévère et légèrement désapprobateur.

— Lorsque Deboque sera convaincu que j'ai bien fait mon travail, il me paiera. Dès que l'argent changera de mains, nous le tiendrons.

— Ce n'est pas quelqu'un de stupide. N'est-ce pas ?

— Non, Votre Altesse, ce n'est pas quelqu'un de stupide.

— Mais vous parviendrez à le convaincre que vous avez assassiné ma famille ?

— Oui. Si vous voulez bien jeter un œil à ce schéma, Votre Altesse.

Elle se leva et attendit qu'il l'accompagne jusqu'à une table. Avec l'aide de Reeve, elle déroula une grande feuille de papier.

— Sur les plans que j'ai fait passer à Deboque, il est indiqué que cette aile est occupée par le prince Alexander et sa famille. J'ai fait savoir à Deboque que la princesse Gabriella et sa famille y logeraient également pendant les quelques jours précédant le bal de Noël.

— Je vois. En réalité, l'aile occupée par la famille de mon fils se trouve ici, dit-il en pointant du doigt l'autre bout du plan.

— La nuit précédant le bal, je placerai des explosifs ici et ici, dit-elle en désignant différents points. Ils seront d'une puissance très inférieure à ce que pense Deboque, mais, avec les effets spéciaux mis au point par Reeve, l'explosion n'en sera pas moins spectaculaire. Il y aura certes des dégâts, Votre Altesse, mais pas aussi importants qu'il n'y paraîtra de l'extérieur. Il faudra seulement replâtrer et repeindre les murs.

Il leva un sourcil, mais elle n'aurait su dire si c'était par amusement.

— Certaines pièces du palais auraient bien besoin d'être redécorées.

— Il sera impératif, toutefois, de vider totalement cette aile. En toute discrétion.

— Bien sûr.

— Dix minutes avant l'explosion, je partirai rencontrer Deboque ou son envoyé. Il me paiera dès qu'il considérera que j'ai fait mon travail.

— Avez-vous songé au fait qu'il veuille avoir la preuve que mes enfants sont bien morts avant de vous payer ?

— Oui, répondit Hannah en s'éloignant du plan. Dans une certaine mesure, nous nous servirons des médias. En outre, j'ai clairement précisé que le paiement devra être effectué la nuit même de l'explosion, et que je souhaitais pouvoir quitter le pays dans la foulée. Deboque m'a invitée à m'enfuir avec lui à bord de son yacht. Je vais accepter.

Elle pinça les lèvres d'un air décidé, alors que Malori grommelait.

— L'argent changera de mains parce que Deboque me croira facilement accessible en cas d'imprévu.

— Et ce sera le cas ?

— Oui, puisque je serai avec lui.

— Le SIS surveillera à la fois la villa de Deboque et son yacht, précisa Reeve. Nous guetterons le signal d'Hannah pour intervenir.

— Est-ce le seul moyen ?

Sa voix était de nouveau inquiète. Cette fois, Hannah ne put s'empêcher de poser la main sur le bras du prince. Sur le bras du père de Bennett.

— Nous pourrions peut-être le coincer pour d'autres crimes. Avec les informations que j'ai accumulées ces deux années, il y aurait forcément matière à le faire. Mais cela prendrait des mois, voire des années, et sans garantie que cela aboutisse. C'est la seule façon, Votre Altesse, de l'arrêter une bonne fois pour toutes.

En acquiesçant, le prince se tourna vers Reeve.

— Vous êtes d'accord ?

— Oui.

— Malori ?

— J'aurais sans doute préféré une action moins spectaculaire et moins risquée, mais, oui, je suis d'accord, Votre Altesse.

— Dans ce cas, je présume que vous avez tous les deux encore des derniers détails à régler afin que tout se passe pour le mieux. J'attends vos rapports toutes les quatre heures.

Comprenant que l'entretien était terminé, Malori s'inclina. Hannah s'apprêtait elle aussi à faire sa révérence pendant que Reeve roulait les plans, quand le prince lui adressa un signe de tête.

— Hannah, quelques minutes encore, s'il vous plaît.

— Oui, Votre Altesse.

Lorsque les deux hommes les laissèrent seuls, elle se tenait près de la table, raide et tendue. Il devait connaître ses sentiments pour Bennett, songea-t-elle. Le peu de temps qu'elle avait passé à Cordina lui avait suffi pour se rendre compte qu'Armand était à la fois intelligent et observateur. Il ne régnait pas depuis un trône, mais depuis son bureau et ses nombreuses salles de réunion. Si son pays était en paix et prospère, c'était en grande partie parce qu'il savait gouverner, faire des choix et rester objectif.

Oui, il devait savoir, et il ne devait pas approuver. Elle était européenne. Elle était aristocrate. Mais, par choix et par profession, elle était espionne.

— Vous ne devez pas être à l'aise, debout, commença Armand. Asseyez-vous, je vous en prie.

En silence, elle prit un siège et attendit.

Elle ressemblait à une colombe, songea-t-il. Une petite colombe blanche qui attendait, résignée, qu'un renard la dévore. En l'observant, il avait du mal à croire qu'elle était celle qui mettrait fin au cauchemar qui avait hanté sa famille pendant plus de dix ans.

— Reeve vous fait confiance.

— Je vous promets que c'est mérité, Votre Altesse.

Elle se détendit presque. Il ne voulait pas lui parler de Bennett, mais de Deboque.

— Pourquoi avez-vous accepté cette mission ?

Elle haussa les sourcils, car la question lui paraissait aussi simple que la réponse.

— On me l'a demandé.

— Et aviez-vous le droit de refuser ?

— Oui, Votre Altesse. Un agent a toujours le choix.

Ce n'était pas le cas d'un prince. Il comprenait la différence, mais n'enviait pas Hannah pour autant.

— Vous avez accepté cette mission parce que vos supérieurs vous l'ont demandé.

— Oui, et parce que les agissements de Deboque affectent mon pays et le reste de l'Europe. Un terroriste, quel que soit le costume qu'il porte, reste un terroriste. L'Angleterre veut que Deboque se retrouve pieds et poings liés, et vite.

— Vous avez d'abord pensé à votre pays ?

— Comme toujours.

Il acquiesça de nouveau, sachant qu'aimer son pays pouvait causer joie aussi bien que tourments.

— Avez-vous choisi cette profession par goût de l'aventure ?

A présent, elle se détendit tout à fait, et rit.

Lorsqu'il entendit son rire, Armand comprit ce qui avait fasciné et captivé son fils.

— Excusez-moi, Votre Altesse. Je sais que le mot « espion » traîne derrière lui un cortège d'images assez cinématographiques : quais brumeux, impasses humides, revolvers en nickel, voitures de sport… Mais en vérité, c'est un métier bien souvent très calme, voire ennuyeux. Durant ces deux dernières années, j'ai donné plus de coups de téléphone et passé plus de temps derrière mon ordinateur que la moyenne des secrétaires.

— Vous n'allez pas me dire que le danger ne fait pas partie de votre vie ?

— Non, certes, dit-elle en soupirant légèrement. Mais pour chaque heure de danger, il y a une année de travail et de préparation. En ce qui concerne Deboque, Reeve, Malori et le SIS ont pris part à l'opération de bout en bout.

— Pourtant, au final, vous serez seule.

— C'est mon travail. Et je le fais bien.

— Oh ! je ne le remets pas en question une seule seconde. Dans des circonstances normales, je ne me serais pas inquiété plus que cela.

— Votre Altesse, je vous assure que nous mettons en œuvre tout ce qui peut l'être.

Il savait que c'était la vérité, comme il savait que, pour le moment, il avait les mains entravées.

— Et, si une erreur était commise, que pourrais-je dire à mon fils ?

— Je vous promets que, quoi qu'il se passe, Deboque sera puni. Si vous…

— Je ne parle pas de Deboque, mais de vous et de Bennett, fit-il en levant la main pour l'empêcher de répondre. C'est assez rare que je puisse m'exprimer en tant que père et seulement en tant que père. Je vous demande de m'accorder ce luxe en ce moment même.

Hannah prit une grande inspiration et essaya d'être claire.

— J'ai bien conscience que Bennett est en colère parce qu'on lui a caché les vraies raisons de ma présence ici. Je crois qu'il ressent une certaine responsabilité vis-à-vis de moi, car je suis ici pour protéger sa famille.

— Il est amoureux de vous.

— Non.

La panique revint, accompagnée d'un sentiment de honte et de l'envie éperdue que ce fût vrai.

— Il le pensait peut-être, avant. Quand il croyait que j'étais... A un moment, il a commencé à ressentir une certaine affection, mais, quand il a appris qui... enfin, ce que j'étais, tout a changé.

L'air calme, Armand posa les mains sur les accoudoirs de son siège. L'anneau symbolisant son pouvoir et son titre brillait dans la lumière.

— Ma chère, seriez-vous capable, au moins, d'être un peu plus claire sur les sentiments que vous-même éprouvez pour lui ?

Elle soutint son regard, troublée. Les yeux sombres qui l'observaient étaient bienveillants. Bien sûr, le prince Armand pouvait se montrer dur. Mais elle comprenait à présent pourquoi sa famille et son pays l'aimaient et lui faisaient confiance.

— Cela restera-t-il entre nous, Votre Altesse ?

— Bien sûr.

— Je l'aime plus que je n'aie jamais aimé. Si je pouvais changer les choses, revenir en arrière, et être ce qu'il croyait que j'étais, et rien d'autre, je vous jure que je le ferais.

Elle ne versa aucune larme. Elle avait déjà pleuré une fois, et avait juré de ne plus jamais recommencer. A la place, elle baissa les yeux.

— Mais, bien entendu, c'est impossible.

— Certes, il est impossible de changer ce que l'on est. Mais quand on aime, et qu'on aime profondément, on peut accepter beaucoup. Bennett possède une rare générosité de cœur et une rare sensibilité.

— Je le sais. Je vous promets de ne plus le faire souffrir.

Il esquissa un sourire.

— Je vous crois sur parole. Quand tout sera terminé, je veux que vous restiez quelques jours de plus à Cordina.

— Votre Altesse, je pense qu'il serait mieux que je rentre immédiatement en Angleterre.

— Nous désirons que vous restiez, répéta-t-il, redevenu prince.

Puis il se leva.

— Vous souhaitez peut-être vous reposer avant le dîner, ajouta-t-il.

Hannah n'eut d'autre choix que de se lever et s'incliner.

— Je vous remercie, Votre Altesse.

Le dîner fut long et formel. Hannah fut présentée au secrétaire d'Etat et à sa femme, ainsi qu'à un armateur allemand et à une vieille dame française, vague parente des Bisset, qui visitait Cordina pour les vacances. Cette dernière avait un défaut de prononciation, si bien qu'Hannah — qui voulait lui répondre aussi poliment que possible — était obligée de fournir des efforts considérables pour la comprendre. L'Allemand, qui parlait de façon saccadée et d'une voix très forte, était de toute évidence ravi d'avoir été invité au palais royal. Hannah était heureuse qu'il se trouve à l'autre bout de la table pour ne pas avoir à lui faire directement la conversation.

Bennett était absent. Une réunion tardive au conseil d'administration du musée, suivie d'un dîner à la Société équestre… Hannah tâcha de se rappeler que Claude avait été rejoint par deux autres gardes qui agaceraient et protègeraient Bennett durant toute la soirée.

Alors que la vieille Française n'en finissait pas de parler, Hannah se dit que, finalement, Bennett avait de la chance.

De l'autre côté de la table, Eve buvait de l'eau gazeuse en écoutant avec une apparente fascination l'armateur lui raconter des anecdotes à propos de son travail. Ce ne fut que lorsqu'elle se tourna pour prendre sa cuillère à dessert que son regard croisa assez longtemps celui d'Hannah pour qu'y percent sa lassitude et son ironie. Répondant à une question à voix basse et polie, elle leva les yeux au ciel, très brièvement, avec une expression qui voulait tout dire. L'instant d'après, elle souriait de nouveau à l'armateur.

Hannah dut lever son verre pour cacher son amusement. Les princes et les princesses étaient des êtres humains, après tout. Pas tout à fait ordinaires, mais des êtres humains. L'enfant qu'Eve portait régnerait peut-être un jour, mais il rirait et pleurerait aussi, il ressentirait des émotions et nourrirait des rêves.

Elle-même avait aimé un prince. Hannah saisit sa cuillère et commença à jouer avec la très sophistiquée crème au chocolat posée devant elle. Elle avait donné son cœur à un homme qui était le second dans l'ordre de succession à l'un des derniers trônes européens. Et, dans quelques jours, elle pourrait très bien donner sa vie pour lui.

Car telle était la vérité, songea-t-elle, alors que sa voisine de table parlait et parlait encore. Au départ, elle avait peut-être agi par devoir, envers son pays et envers ses employeurs, mais tout ce qu'elle ferait au final, elle le ferait pour Bennett.

Elle ne pourrait jamais le lui dire, de la même façon qu'elle n'avait pas pu tout expliquer au prince Armand, plus tôt dans la soirée. Si le bruit des sentiments qu'elle éprouvait pour Bennett venait à se répandre, ses supérieurs pourraient décider de lui retirer sa mission.

Elle ne dirait rien, alors, et se contenterait d'aimer en silence. Et c'est en aimant en silence qu'elle assisterait à la fin de Deboque, si elle vivait… Ensuite, elle devrait choisir entre être promue capitaine ou se retirer. Le travail de terrain n'était pour l'instant plus pour elle. Elle ne pensait pas être capable de tenir une nouvelle fois le rôle de la tranquille et naïve lady Hannah. Pas alors qu'elle avait aimé un prince et qu'elle avait été aimée par lui.

Il était presque minuit lorsque Hannah réussit à prendre poliment congé. Alors qu'elle grimpait vers sa chambre, elle hésitait entre se détendre en prenant un bain chaud et sombrer le plus rapidement possible dans un sommeil qu'elle espérait réparateur. Eve avait insisté pour retourner au Centre dès le lendemain, elle n'aurait donc d'autre choix que celui de l'y accompagner. Le paquet qu'elle attendait arriverait-il le lendemain, ou bien Deboque s'y prendrait-il au dernier moment ?

Elle avait déjà parcouru la moitié de sa chambre lorsqu'elle fut gagnée par cette sensation qu'elle connaissait bien. Son signal d'alarme s'était déclenché. Elle regarda autour d'elle. Il n'y avait personne dans la pièce, et rien n'avait été dérangé. Pourtant…

Elle recula prudemment et ouvrit le tiroir de son chevet, pour en sortir son arme. La lumière dans le dos, elle se mit à avancer vers la pièce voisine. La porte était légèrement entrouverte, mais cela pouvait très bien être l'une des femmes de chambre qui l'avait laissée ainsi. Elle foula le tapis à pas silencieux. Puis, d'une main, elle poussa doucement la porte, qui s'ouvrit sans bruit.

Il n'y avait rien de notable de l'autre côté de la porte, excepté l'odeur des gardénias qui s'épanouissaient dans un vase.

C'était bien une femme de chambre, songea-t-elle, en se détendant peu à peu. L'une d'entre elles était venue déposer un bouquet de gardénias dans le petit salon, et…

Ce fut alors qu'elle entendit un bruit, comme un froissement de tissu. Sur le qui-vive, et gardant son pistolet en main, elle se plaqua contre le mur et avança jusqu'au milieu de la pièce.

Là, sur le petit canapé, Bennett était allongé, la cravate défaite, les chaussures enlevées, et le visage enfoncé dans un coussin de velours bleu.

Hannah jura doucement, tout en baissant son pistolet. Il semblait épuisé, et tout à fait à l'aise, songea-t-elle, en levant un sourcil. Son premier réflexe fut de vouloir le couvrir d'un plaid, et d'aller se coucher, mais elle avait assez le sens des convenances — ce qu'elle devait à la très bien éduquée lady Hannah — pour se douter que Bennett de Cordina ne serait pas ravi d'être surpris en train de dormir ailleurs que dans ses propres appartements. Elle commença à se pencher vers lui, puis se souvint qu'elle tenait toujours son arme.

Presque avec curiosité, elle retourna son pistolet dans sa main. Il ressemblait à un jouet, même s'il s'était déjà révélé fatal. Cela faisait partie de son travail, songea-t-elle. Partie de sa vie. Pourtant, elle savait que Bennett n'apprécierait guère de la découvrir armée. Elle retourna dans sa chambre pour ranger son pistolet en lieu sûr. Elle devait réveiller Bennett et le renvoyer chez lui, mais elle n'était pas obligée de le faire en exhibant ce qu'il détestait tant chez elle.

Elle revint vers lui et, s'agenouillant devant le canapé, elle posa la main sur son épaule.

— Bennett.

Elle le secoua doucement et, en guise de réponse, ne récolta qu'un marmonnement. Elle sourit, résistant à l'envie irrésistible de passer la main dans ses cheveux ébouriffés. Dans le sommeil, l'énergie, l'amusement ou la mauvaise humeur étaient mis au repos. On aurait dit qu'il aurait été parfaitement heureux de dormir là pendant des jours, allongé à moitié hors du sofa. Hannah se rapprocha encore, et lança d'une voix forte :

— Bennett, réveille-toi.

Il ouvrit à demi les yeux, mais son regard était déjà vif et perçant. Se redressant, il l'attrapa par le lobe de l'oreille.

— Tu n'as donc aucun respect pour un homme mort ?

— Aïe !

Elle saisit son poignet pour se défendre, mais c'était trop tard : il l'avait déjà attirée à lui.

— Si c'est du respect que tu veux, je peux appeler un ou deux domestiques pour qu'ils te transportent jusqu'à ta chambre. En attendant, lâche-moi ou je vais devoir te montrer comme il est facile de faire perdre connaissance à quelqu'un par une simple pression sur ses centres nerveux.

— Hannah, il faut que tu apprennes à être un peu plus romantique.

— C'est dans mon sang, je n'y peux rien, répondit-elle en reculant pour se masser l'oreille. Bennett, pourquoi étais-tu en train de dormir sur mon canapé plutôt que dans ton lit ?

— Je ne sais pas qui a conçu cette chose. Il lui manque une bonne dizaine de centimètres pour qu'on puisse y être bien installé.

Il se redressa un peu et posa ses pieds sur l'accoudoir.

— Je voulais te parler, poursuivit-il en passant ses mains sur son visage. Quand je suis rentré, j'ai vu que nos invités n'étaient toujours pas partis. Je suis rentré par une porte dérobée et j'ai pris l'escalier de service.

— Je vois. Et dire que Mme Beaulieu a parlé de toi en bien toute la soirée.

— Mme Beaulieu ne parle pas, elle chuinte.

— Je sais. J'étais à côté d'elle à table.

— J'aime autant que cela ait été toi plutôt que moi.

— Quelle galanterie.

— Tu veux de la galanterie ?

En un seul mouvement, précis et puissant, il la souleva et l'allongea sur lui. Il posa la main sur sa nuque et attira sa bouche à la sienne pour la prendre tout entière.

— Qu'est-ce que cela a à voir avec de la galanterie ? réussit-elle à demander au bout de quelques minutes.

Il sourit et passa son doigt sur son nez.

— Je suis déçu, ma galanterie a favorablement impressionné toutes les autres femmes que j'ai connues.

Hannah recula de quelques centimètres. En souriant à son tour, elle fit courir son doigt le long de son cou.

— Donc, ces centres nerveux dont je te parlais…

Il prit son poignet, puis l'autre.

— C'est bon, je n'ai rien dit.

Elle essaya de se libérer, mais il la maintenait fermement.

— Reste. Je ne t'ai pas vue de la journée, dit-il en posant ses lèvres chaudes et caressantes sur sa joue. Sais-tu, Hannah, qu'il faut que je te prenne dans mes bras, que j'embrasse ta peau pour sentir ton odeur ? Le fais-tu exprès ?

Elle ne portait pas de parfum. En partie pour ne laisser aucune trace derrière elle.

— Tu disais que tu voulais me parler.

— J'ai menti, répondit-il avant de mordiller doucement le lobe de son oreille. Je voulais faire l'amour avec toi. En fait, j'ai éprouvé toutes les peines du monde à penser à autre chose pendant cette interminable réunion et ce dîner bruyant.

Tout en parlant, il défit la fermeture Eclair située dans le dos de sa robe.

— J'ai dû faire un discours.

Sous le tissu épais, il trouva de la soie. Une soie fine et délicate.

— J'ai eu du mal à ne pas bafouiller, parce que je m'imaginais ici, avec toi.

— Je ne veux pas t'empêcher d'accomplir tes tâches officielles.

Les yeux fermés, elle posa ses lèvres dans son cou et savoura la douce caresse de ses mains.

— Pourtant c'est le cas, mon amie. J'ai écouté les discussions interminables de dix hommes plus intéressés par la peinture que par les gens, tout en t'imaginant assise ici, les mains croisées sur tes genoux et le regard solennel. Et, dans mon imagination, tu ne portais rien à part tes cheveux.

Elle avait enlevé sa cravate, et allait s'attaquer au troisième bouton de sa chemise, lorsqu'elle s'interrompit.

— Tu pensais à cela pendant ta réunion ?

— Pendant ma réunion.

Cesserait-il, un jour, d'être fasciné par ce ton sec et sérieux et par ce regard sombre ?

— Tu vois pourquoi j'ai eu quelques petits problèmes de concentration.

Il ne lui dit pas qu'il avait aussi dû faire face à d'impromptus accès de peur en l'imaginant avec Deboque, à sa merci, sans défense, seule. C'était une image qu'il n'avait pas réussi à noyer dans les nombreuses tasses de café puis verres de vin qu'il avait bus.

— Alors je suis venu t'attendre ici.

— Et tu t'es endormi.

— J'avais espéré que l'ironie de la situation ne t'échapperait pas et que tu détournerais le conte de fées. Que tu réveillerais le prince d'un baiser. A la place, tu m'as crié dans les oreilles.

En souriant, Hannah prit son visage entre ses mains.

— Laisse-moi le faire maintenant, alors.

Elle toucha ses lèvres, les effleura, se retira, puis les taquina de nouveau. Tandis qu'elle sentait ses doigts se tendre dans son dos, elle poursuivit son exploration. Sa langue traça des dessins, ses dents mordillèrent. Grisée par le plaisir, elle ne protesta pas lorsqu'il attira son visage plus près du sien, ni lorsque sa bouche se referma avidement sur la sienne. S'il avait pensé à elle toute la journée, le désir qu'elle éprouvait pour lui n'était pas moins intense que le sien. Pour l'assouvir, il faudrait toutes les heures que comptait la nuit.

Elle avait complètement ouvert sa chemise ; il avait fait glisser sa robe, révélant le chatoiement de la dentelle miel qu'elle portait sur sa peau. Bennett la caressait du bout des doigts, tout en appréciant les délicieux contrastes qui caractérisaient son Hannah. Il détacha ses cheveux pour qu'ils tombent en cascade sur ses épaules et les siennes. Leur odeur était aussi légère et discrète que celle de sa peau. Le charme ensorceleur qui émanait de sa personne était quelque chose d'inné et non pas le résultat d'un quelconque artifice.

Elle était naturelle, elle était réelle, et elle était sienne. Totalement enivré par elle, il acheva de la débarrasser de sa robe, qu'il laissa tomber sur le tapis.

C'est à ce moment-là que ses doigts rencontrèrent le stylet qu'elle portait attaché à la cuisse.

Hannah se raidit, se souvenant de son arme au moment où il la découvrait. La passion entre eux s'éteignit si vite qu'elle en frissonna. Lorsqu'elle recula, il n'essaya pas de la retenir.

— Bennett, je suis désolée.

Elle avait oublié qu'il ne pourrait y avoir ni excuses ni regret. En la regardant dans les yeux d'un air froid et impassible, il s'assit. Parce qu'elle ne pouvait rien dire, parce qu'elle ne pouvait rien faire pour lever cette barrière entre eux, elle se mura dans le silence.

Luttant contre la colère qu'il sentait monter en lui, Bennett la contempla un long moment. Sa chevelure était un entrelacs de mèches miel qui retombaient sur ses épaules et sur la dentelle de soie dont elles rappelaient la couleur. Ses yeux, sombres, profondément verts, étaient devenus solennels, tandis qu'elle attendait qu'il parle, ou s'en aille.

La peau laiteuse, les courbes minces, la soie délicate. Elle était ce qu'elle s'était persuadée qu'elle n'était pas : belle, époustouflante, désirable. Contre une cuisse longue et fine, ceinte d'une forte lanière de cuir, était posé un couteau qui évoquait les ruelles sombres et les bars enfumés. Sans rien dire, il s'en saisit. Aussitôt, elle attrapa son poignet.

— Bennett.

— Tais-toi, répondit-il froidement.

L'air éperdu, Hannah desserra ses doigts. Alors, lentement, il sortit l'arme de son fourreau. Sa peau l'avait réchauffée, et elle était assez petite pour tenir dans la paume de la main. Jusqu'à ce qu'il appuie sur le bouton et que la fine lame se déplie silencieusement et fatalement. Elle accrocha la lumière de la lampe et lança des éclairs argent.

Elle la portait de façon intime, songea-t-il. Il aurait voulu lui demander si elle s'en était servie, mais une partie de lui-même savait qu'il était mieux de garder cette question pour lui. L'arme était légère, mais pesait comme le plomb dans sa main.

— Pourquoi en as-tu besoin dans l'enceinte du palais ?

Le cœur battant, Hannah remonta une bretelle qui avait glissé de son épaule, qu'elle frictionna ensuite pour essayer de réchauffer sa peau, de plus en plus froide.

— J'attends des nouvelles de Deboque. Je ne sais pas quand ni comment elles arriveront. Comme il se peut que je doive y répondre immédiatement, je préfère me tenir prête.

— Quel genre de nouvelles ?

— Je crois que tu devrais le demander à…

— C'est à toi que je le demande, rétorqua-t-il avec une virulence qu'elle lui avait rarement entendue, mais qui fit son effet. Quel genre de nouvelles, Hannah ?

Hannah replia ses genoux contre sa poitrine, les ceignit de ses bras, et lui dit tout. Elle ne commettait pas de faute, se rappela-t-elle, puisqu'il en savait déjà trop.

— Donc, nous sacrifions une partie de l'aile est, conclut-il, pensif. Supercherie.

Bennett fit danser la lame sous la lumière. Il savait, sans l'ombre d'un doute, qu'il pourrait la planter dans le cœur de Deboque.

— Il faut que notre subterfuge ait toute l'apparence de la vérité pour que Deboque soit convaincu, expliqua-t-elle. Il ne lâchera pas ses cinq millions de dollars tant qu'il ne sera pas certain que Cordina n'a plus d'héritier.

— Il est prêt à tuer les enfants, murmura-t-il, dégoûté. Même le futur enfant d'Alexander. Et tout cela pourquoi ? Pour se venger, pour le pouvoir, pour l'argent ?

— Pour tout cela à la fois. S'il cherche d'abord à se venger de ton père, le chaos engendré ne ferait que renforcer son propre pouvoir, et l'argent suivrait. C'est son avidité démesurée qui le conduira à sa perte, cette fois. Je te le promets, Bennett.

Il y avait tant de passion dans sa voix qu'il la regarda de nouveau. Ses yeux étaient secs, mais néanmoins habités par l'émotion. C'était pour protéger sa famille qu'elle était armée, songea-t-il en serrant sa main autour du manche du stylet. Et pour se protéger elle-même. Aussi subitement qu'il était tombé amoureux d'elle, la réalité s'imposa à lui. Il était prêt à tout pour qu'elle reste en vie.

Il replia le couteau. Elle n'avait plus besoin d'arme, c'était lui qui veillerait sur elle, désormais. Puis il posa le poignard et détacha la lanière de sa cuisse. Sa peau était devenue glacée, découvrit-il, bien qu'il fasse chaud dans la pièce. Cela l'émut, car il y vit un besoin de protection. Elle ne bougea pas, ne parla pas, et ne fit que tressaillir légèrement lorsqu'il se leva. Elle attendait qu'il la repousse, qu'il la rejette, qu'il la quitte.

Il sentit à la fois sa surprise et son scepticisme lorsqu'il la prit dans ses bras.

— Tu devrais me faire davantage confiance, Hannah, dit-il d'une voix tranquille.

Lorsqu'elle se détendit contre lui, lorsqu'elle s'abandonna assez pour poser sa tête sur son épaule, il la conduisit jusqu'au lit.

Chapitre 12

Le paquet fut livré de la façon la plus banale qui soit. Il fut apporté par Dartmouth Shippers, qui était, parmi les sociétés contrôlées par Deboque, l'une des moins rentables, mais aussi l'une des plus utiles. Sur le colis figuraient l'adresse de la tante d'Hannah en Angleterre, ainsi que la mention « fragile ».

La seule difficulté vint du fait qu'Eve était présente au moment de la livraison.

— Oh ! quelle belle surprise ! s'exclama-t-elle en tournant autour du paquet. C'est un cadeau de Noël, n'est-ce pas ? Pourquoi ne l'ouvres-tu pas ?

— Ce n'est pas encore Noël, répondit Hannah d'une voix posée.

Puis elle rangea le paquet sur une étagère de son armoire. Elle le remettrait à Reeve à la première occasion.

— Hannah, comment réussis-tu à rester aussi calme ? demanda son amie, en jetant des coups d'œil curieux autour d'elle dans la chambre. Tu n'as jamais regardé sous les lits et dans les placards à la recherche de cadeaux cachés, à cette époque de l'année ?

— Non.

Avec un sourire, Hannah retourna arranger les fleurs qu'Eve lui avait apportées.

— Je n'ai jamais voulu gâcher la surprise du matin de Noël.

— Cela ne la gâche pas, cela ne fait qu'ajouter à l'excitation, répondit Eve en regardant de nouveau l'armoire. On ne pourrait pas se contenter d'entrouvrir la boîte ?

— Certainement pas, même si je peux te dire que le paquet contient sans doute cinq douzaines de petits gâteaux maison durs comme la pierre. Tante Honoria est absolument prévisible.

— J'ai du mal à croire que Noël approche…

L'air mélancolique, Eve se dirigea vers la fenêtre. Elle posa une main protectrice sur son ventre et tritura nerveusement le rideau de l'autre.

— La salle de bal a été briquée et ses sols lustrés pour l'occasion, le sapin est déjà décoré. Des odeurs délicieuses s'échappent des cuisines. Mais je n'ai pas l'impression que c'est Noël.

— Aurais-tu le mal du pays, Eve ?

— Le mal du pays ?

Visiblement surprise, elle se tourna, puis sourit.

— Oh ! non. Alex et Marissa sont avec moi. Bien sûr, j'espère bien que ma sœur réussira à laisser sa galerie une ou deux semaines pour venir nous voir, mais les Etats-Unis ne me manquent pas vraiment. Ce qui m'attriste, en revanche, c'est de constater que tout le monde me couve et essaie de me protéger en me cachant des choses.

En soupirant, elle se dirigea vers la commode d'Hannah et se mit à jouer avec la petite boîte émaillée que Bennett avait admirée.

— Je sais qu'Alex est tendu et inquiet, même s'il fait son possible pour me faire croire que tout va bien. Même quand je parle avec Bennett, j'ai l'impression que son esprit n'est qu'à moitié avec moi. Il faut que cela cesse, Hannah. Je ne supporte pas de voir les gens que j'aime dans cet état d'angoisse.

Hannah aussi s'apprêtait à la protéger en lui cachant des choses, mais c'était le seul moyen dont elle disposait pour apaiser un peu son amie.

— C'est Deboque, n'est-ce pas ? fit-elle doucement.

L'air désemparé, Eve reposa la boîte.

— Comment peut-on avoir tant de haine en soi ? demanda-t-elle d'une voix tremblante. Comment peut-on causer autant de souffrances ? Après toutes ces années, je n'ai toujours pas compris ses motivations, mais je sais que cet homme ne sera pas satisfait tant qu'il ne nous aura pas détruits.

— Pour la plupart des gens, il est impossible de comprendre réellement le mal, commença Hannah. Mais je crois que nous ne faisons que l'aggraver lorsque nous le laissons affecter nos vies.

— Tu as raison, bien sûr, répondit Eve en tendant les mains vers elle. Si tu savais comme je suis contente que tu sois là. Sans toi, je crois que je passerais mes journées à broyer du noir. Brie arrivera tout à l'heure avec les enfants. Il nous reste encore à nous occuper des fleurs et de la musique.

Elle serra les mains d'Hannah, tout en prenant une grande inspiration.

— Je déteste me sentir inutile. Ce que j'aimerais, c'est aller cracher au visage de Deboque, mais si tout ce que je peux faire, c'est préparer le bal, alors je dois m'en contenter.

Hannah se jura, à la première occasion, de cracher au visage de Deboque pour elle.

— Et si nous allions maintenant à la salle de bal pour que tu me montres ce qui a été fait et ce qui reste à faire ? Je peux peut-être t'aider.

Elle voulait rendre service, et elle voulait aussi éloigner Eve du paquet qui se trouvait dans son armoire.

— Très bien, mais je voudrais que tu m'accompagnes d'abord dans ma chambre. J'ai un cadeau pour toi.

— Les cadeaux, c'est pour Noël, lui rappela Hannah alors qu'elles quittaient la pièce.

— Celui-là ne peut pas attendre, répondit Eve avec gaieté.

Elle devait absolument chasser de son esprit les sombres

pensées qui les minaient tous. Le Dr Franco lui avait déjà dit qu'une trop grande tension pouvait avoir des conséquences néfastes sur l'enfant qu'elle portait.

— On ne doit rien refuser à une princesse, surtout lorsqu'elle est enceinte.

— C'est malin de ta part de te servir de cet avantage quand cela t'arrange.

Elles empruntèrent une petite volée d'escaliers pour rejoindre l'aile adjacente.

— Tu as dit que Gabriella arriverait bientôt. Est-ce que toute la famille sera là ?

— Oui, ils débarquent en force cet après-midi.

Hannah se détendit un peu. De cette façon, ce serait plus facile de remettre le paquet à Reeve et de parfaire leur plan.

— Bennett a-t-il mis son trésor en sécurité ?

— Son trésor ? Oh ! son Yo-Yo…

En riant avec insouciance pour la première fois de la journée, Eve entra dans sa chambre.

— Il adore cet enfant, tu sais. Je n'ai jamais rencontré quelqu'un qui aime autant les enfants que Bennett. Il consacre énormément de son temps à l'Aide aux enfants handicapés, même s'il doit pour cela sacrifier ses chères balades à cheval.

Tout en parlant, elle se dirigea vers le dressing.

— Une autre raison pour laquelle je suis un peu triste, c'est que je sais qu'il devrait en ce moment savourer sa victoire, alors qu'il a plutôt l'air de ne plus fermer l'œil de la nuit.

— Quelle victoire ?

— Cela fait six mois qu'il essaie de faire adopter son projet portant sur la construction d'une aile réservée aux enfants, au musée. Il a enfin réussi à convaincre le conseil d'administration l'autre soir, mais il a dû pour cela batailler ferme. Il ne t'en a pas parlé ?

— Non, répondit-elle lentement. Il ne m'en a pas parlé.

— Cela fait deux ans qu'il monte ce projet. Cela lui a pris

des mois pour trouver le bon architecte, celui qui réussirait à allier les aspects pratiques aux détails auxquels Bennett tenait. Ensuite, comme le conseil d'administration n'était pas disposé à coopérer, Bennett a dû payer les plans de sa poche. Mais le résultat est fantastique.

Eve revint dans la chambre avec une longue boîte à la main.

— Tu devrais lui demander de te montrer les plans, un de ces jours, poursuivit-elle. Il voulait absolument que ce soit ouvert, qu'il y ait beaucoup de fenêtres pour que les enfants ne se sentent pas prisonniers. Les administrateurs ont grommelé et protesté lorsqu'il a parlé de sculptures que les enfants pourraient toucher, et d'illustrations tirées de livres d'histoire plutôt que de Rubens et de Renoir sous verre.

— Je n'avais pas compris qu'il était à ce point engagé.

— Tout ce que Bennett fait, il le fait avec un engagement total. Son idée est de faire appréhender l'art aux enfants par l'intermédiaire de ce qu'ils sont capables de comprendre et d'aimer. Il a également prévu toute une salle pour que les enfants puissent à leur tour s'essayer à la peinture et à la sculpture.

Eve posa la boîte sur le lit et sourit.

— Je suis surprise qu'il ne t'ait rien dit. D'habitude, il en parle à tout le monde. Cela lui a pris deux ans pour mettre ce projet sur pied, et six mois pour le faire accepter.

— Cela me paraît une très belle idée, dit-elle tandis que son cœur se gonflait d'amour. On présente souvent Bennett comme quelqu'un qui ne s'intéresse qu'aux chevaux et aux soirées.

— Il assume cette image, mais Bennett ne se résume pas à cela. D'ailleurs, tu dois le savoir, car il me semble que vous êtes devenus assez proches tous les deux.

— Bennett est adorable.

— Hannah, s'il te plaît…

Avec un soupir, Eve s'assit au bord du lit.

— Il te suit des yeux jusqu'au dernier instant quand tu quittes une pièce et, lorsqu'il se trouve dans une autre, guette ton arrivée avec angoisse.

— Vraiment ?

— Vraiment, répéta-t-elle en riant. Au milieu de l'anxiété et de la tension des dernières semaines, j'ai au moins eu le plaisir de voir Bennett tomber amoureux. Tu tiens à lui, n'est-ce pas ?

— Oui, répondit Hannah avec sincérité.

C'était presque terminé. Certains mensonges n'étaient plus nécessaires.

— Je n'ai jamais rencontré quelqu'un comme lui, ajouta-t-elle, émue. Mais Eve, je ne veux pas que tu imagines ou que tu espères quelque chose qui ne se produira pas.

— Au contraire, tous les espoirs sont permis.

Eve posa la main sur la boîte posée à côté d'elle et tapota le couvercle.

— Mais maintenant, ouvre ton cadeau.

— Est-ce un ordre royal ou une simple demande ?

— Prends-le comme tu veux, du moment que tu l'ouvres. S'il te plaît… Je meurs d'envie de savoir si tu vas l'aimer.

— Bien, c'est contre mes principes d'ouvrir un cadeau avant Noël, mais…

Capitulant, Hannah souleva le couvercle. Elle écarta le papier de soie, puis fut frappée d'admiration.

Elle resplendissait comme un bijou et étincelait comme le feu. La robe était d'un splendide vert émeraude, rehaussé de centaines de minuscules perles qui capturaient la lumière de l'après-midi.

— Déplie-la, insista Eve, qui, dévorée par l'impatience, finit par la sortir elle-même de la boîte.

La soie ondoya, murmura et se déploya. La robe était près du corps, avec une encolure haute dont la bordure perlée descendait jusqu'au décolleté. Les bras et le dos étaient nus, jusqu'à la taille, où le drapé reprenait et se prolongeait jusqu'à terre. C'était une robe faite pour briller sous les lustres et scintiller sous la lune.

— Dis-moi que tu l'aimes. J'ai rendu la couturière folle pendant un mois.

— Elle est magnifique.

Hannah tendit une main timide. La robe frémissait et s'animait au moindre contact.

— Eve, je n'ai jamais rien vu d'aussi magnifique. Je ne sais pas quoi dire.

— Dis-moi que tu la porteras au bal de Noël.

Fière d'elle, Eve tourna Hannah vers le miroir en tenant la robe devant elle.

— Regarde comme elle flatte la couleur de tes yeux ! Je le savais.

En riant, elle abandonna la robe entre les mains d'Hannah pour pouvoir reculer et avoir une vue d'ensemble.

— Oui, j'en étais sûre. Avec ta peau... Oh oui, ajouta-t-elle en tapotant ses lèvres d'un doigt. Dès le premier regard, Bennett sera subjugué. J'ai hâte de voir ça.

— Je ne pense pas que je devrais...

— Bien sûr que si. Et tu as plutôt intérêt à la porter, sinon je le prendrais mal.

Elle avança, les yeux plissés, et dégagea une des mèches de cheveux d'Hannah.

— Ma coiffeuse s'occupera de toi, également.

— Là, je commence à m'inquiéter.

Elle en mourait d'envie, mais elle ne pouvait pas se le permettre. La très comme il faut lady Hannah Rothchild n'aurait jamais l'audace de porter une robe comme celle-là.

— Eve, cette robe est très belle, tu es adorable, mais je ne crois pas être faite pour ce type de toilette.

— Je ne me trompe jamais.

Eve fit taire les protestations d'Hannah d'un petit coup de

poignet. Cela ne faisait peut-être que deux ans qu'elle était une princesse, mais elle savait de toute évidence se montrer autoritaire.

— Je travaille depuis trop longtemps dans le monde du théâtre pour ne pas savoir ce qui va à qui. Fais-moi confiance et, si c'est trop te demander, porte-la pour faire plaisir à une amie.

A ces mots, Hannah sourit. Oui, elles étaient vraiment amies ; peu importait désormais comment était née cette amitié et quel but final elle servait. Où serait le mal si elle acceptait ce magnifique cadeau ? De toute façon, il était fort possible qu'elle ne se trouve même pas à Cordina pour le bal.

— J'ai l'impression d'être Cendrillon, murmura-t-elle, en souhaitant que ce pût être vrai.

— Parfait. Mais tu dois te souvenir que les douze coups de minuit ne retentissent pas toujours.

Tandis qu'elle traversait silencieusement le palais en compagnie de Reeve, Hannah se rappela les mots d'Eve. Pour elle, les douze coups de minuit retentiraient bel et bien. La partie était presque terminée, et son temps, presque écoulé.

Le paquet qu'elle avait reçu contenait les explosifs qu'elle avait demandés, ainsi qu'un message codé. Elle devait passer à l'attaque le soir même et rencontrer l'envoyé de Deboque sur les quais à 1 heure du matin. Ensuite, elle recevrait son paiement.

— Cela doit marcher, murmura-t-elle en installant prudemment la première charge.

Le matériel qu'elle était en train de mettre en place avait été fourni par le SIS. Quant au paquet qu'elle avait reçu, il était déjà entre les mains des experts. Deboque perdrait bientôt Athènes, et bien plus encore.

— Depuis dehors, on aura l'impression que le feu est en

train de tout ravager, dit Reeve, tout en travaillant aussi rapidement et efficacement qu'elle. L'explosion fera plus de bruit que de dégâts. Nous allons souffler quelques fenêtres et mettre le paquet sur les effets spéciaux. Malori et ses hommes seront là pour veiller à ce qu'un véritable incendie ne se déclare pas.

— Le prince est avec eux en ce moment ?

— Oui. Armand est en train de mettre au courant le reste de la famille. Malori n'est pas d'accord, mais je pense que vous avez raison. Qu'ils sachent ce qui se trame ne va pas mettre notre mission en péril au point où nous en sommes à présent. Et si cela peut soulager leur angoisse…

Il songea à Gabriella. Après ce soir, même ses cauchemars disparaîtraient peut-être.

— L'idée qu'Eve soit réveillée par l'explosion en croyant à une attaque de Deboque m'était insupportable. Et Bennett ? Se trouve-t-il en sécurité dans l'autre aile en ce moment ?

— Bennett est en sécurité, répondit-il sans s'attarder. Je vous donne dix minutes. Cela suffit pour prendre la poudre d'escampette. Les quais sont quadrillés par nos hommes, donc, s'il s'y passe quelque chose, nous serons prêts à vous couvrir. En ce qui me concerne, je me trouverai à bord du bateau qui surveille le yacht de Deboque. Nous interviendrons à votre signal. Hannah, je sais que l'opération est risquée. Si vous êtes fouillée…

— Si je suis fouillée, je ferai avec.

Le micro, un petit chef-d'œuvre mis au point par le SIS, ressemblait à un délicat pendentif. Hannah le porterait autour du cou.

— S'il comprend, il agira vite.

— J'agirai plus vite encore.

Elle posa sa main sur celle de Reeve lorsqu'il voulut reprendre la parole.

— Reeve, l'enjeu est de taille pour moi aussi. Je ne veux pas mourir.

Il garda le silence un moment.

— J'ai la réputation de garder mes partenaires en vie.

Elle lui fut reconnaissante de la faire sourire.

— J'y compte bien. Mais si quelque chose tourne mal, acceptez-vous de transmettre un message à Bennett de ma part ?

— Bien sûr.

— Dites-lui…

Alors qu'elle hésitait, peu habituée à confier ses sentiments, les douze coups de minuit retentirent, et elle pria pour que le charme ne se dissipe pas.

— Dites-lui que je l'aimais, que les deux femmes qui sont en moi l'aimaient. Et que je ne regrette rien.

Elle quitta le palais par la porte principale et franchit lentement les grilles. Quelques minutes plus tard, les gardes qui n'avaient pas été informés de la supercherie réagiraient exactement comme ils le devaient. Après le choc, ce serait l'effervescence, que n'importe qui pourrait constater. Mais, lorsqu'elle quitta l'enceinte du palais, tout était encore tranquille.

Elle garda un œil sur sa montre tout en conduisant, écoutant les minutes s'égrener et pensant à Bennett. Bientôt, il ne craindrait plus rien. Quoi qu'il se passe cette nuit, lui et sa famille ne craindraient plus rien. Si Deboque la payait, il serait arrêté pour conspiration. S'il la tuait, il serait arrêté pour le meurtre d'un agent du SIS. La fin justifiait les moyens.

Hannah arrêta sa voiture, attendit, et entendit l'explosion. Malori avait promis du lourd, et il n'avait pas menti. Elle ouvrit sa portière et sortit de sa voiture. Dans la nuit, le palais formait une grosse masse blanchâtre, mais l'aile était éclairée comme en plein jour. Le feu était impressionnant vu d'ici, et sachant qu'aucun homme de Deboque ne pouvait s'approcher davantage elle fut satisfaite. Vingt minutes plus tard, l'un des hommes de Malori annoncerait que la famille royale, à l'exception d'Armand, avait péri dans l'explosion.

Quand elle arriva aux quais, ils étaient déserts. Le bruit s'était déjà répandu jusque-là. Hannah gara sa voiture dans un coin sombre, puis alla attendre sous la lumière des réverbères.

Elle faisait une excellente cible.

Le bateau ancré au large avait l'apparence d'un petit yacht luxueux et très cher. Plusieurs fois dans la journée, une femme très brune était sortie sur le pont, pour prendre le soleil, pour lire. De temps en temps l'avait rejointe un homme, torse nu, jeune, bronzé. Ils avaient bu du vin, s'étaient enlacés, avaient dormi. Tout cela sous les yeux des agents chargés de la surveillance de *L'Invincible*, qui ne s'étaient pas privés de lancer des paris pour savoir si, oui ou non, le couple allait faire l'amour sur le pont. Mais ils avaient été déçus.

Le bateau du SIS était parfaitement équipé : il possédait tout, depuis les postes de télévision jusqu'aux lance-grenades. Huit hommes et trois femmes s'entassaient dans la cabine, et attendaient.

Bennett était enfermé avec eux depuis l'aube. Durant les trois dernières heures, il avait tenté de noyer son impatience dans le café. Il avait fixé l'écran de contrôle jusqu'à l'éblouissement. Par une seule fois, Deboque n'était apparu dans le faisceau de la caméra à longue portée. Pourtant, il voulait le voir. Il voulait le regarder dans les yeux, alors que le piège se refermait sur lui. Mais, plus que tout, il voulait que le transmetteur lui dise que tout était terminé, et qu'Hannah était saine et sauve.

— MacGee arrive, dit un homme avec des écouteurs sur les oreilles.

Quelques secondes plus tard, Reeve pénétrait dans la cabine déjà bondée. Il était vêtu de noir de la tête aux pieds. Même ses mains et son visage en étaient barbouillés. Il enleva son bonnet de marin et le posa sur une table.

— La première phase est terminée, dit-il en hochant la tête vers Bennett. Depuis les grilles du palais, on dirait que l'aile est a été totalement dévastée. Le SIS dispose de moyens spectaculaires.

— Et la famille ? demanda Bennett sans quitter l'écran de contrôle des yeux.

— En sécurité.

Bennett tendit la main vers son café qui était en train de refroidir, posé à côté de lui.

— Et Hannah ?

— On devrait avoir de ses nouvelles d'ici quelques minutes. J'ai mis les meilleurs hommes sur les quais, et ils sont prêts à intervenir.

Bennett le regarda longuement dans les yeux. Il aurait voulu se trouver sur les quais, aussi près d'Hannah que possible. Il s'était heurté à son père, à Reeve et à Malori, qui avaient tous les trois fait bloc contre lui, et il avait finalement dû capituler. Si quelqu'un l'avait vu ou reconnu, toute l'opération aurait été menacée.

Mais maintenant, c'était Hannah, et elle seule, qui risquait sa vie.

— Deboque n'a pas été aperçu de toute la journée.

— Il est là, répondit Reeve en allumant une cigarette, prêt à attendre. Pour rien au monde, il ne se serait éloigné, avec ce qui était prévu ce soir.

— Contact.

Un agent porta la main à ses écouteurs.

— Le contact vient d'être établi.

La brise qui soufflait depuis la mer était fraîche, et la nuit, claire. Hannah reconnut l'homme qui l'approcha : c'était celui qu'elle avait rencontré dans le petit bar enfumé quelques semaines plus tôt. Il vint seul et les mains vides.

— Mademoiselle.

— J'ai rempli ma part du contrat, monsieur. Avez-vous ma petite compensation ?

— C'est une belle nuit pour une promenade en mer.

Le yacht. Elle ressentit comme une légère décharge dans le dos, mélange d'appréhension et d'excitation.

— Vous comprenez que je ne suis plus en position de retourner à Cordina ?

— Nous l'avons très bien compris, dit-il en désignant un petit bateau à moteur. Et nous nous occuperons de ce problème.

Comme la dernière fois, elle avait le choix. Elle pouvait sortir son arme maintenant et l'arrêter. Si la chance était avec eux, il échangerait Deboque contre sa propre liberté. Mais c'était de la sécurité de Bennett dont il était question, et ce n'était pas sur la chance qu'elle devait compter pour la garantir. Sans un mot, elle grimpa dans le bateau et alla s'asseoir.

Elle risquait sa propre vie maintenant, songea-t-elle en croisant les bras. Mais, quoi qu'il se passe, Deboque était perdu.

Son contact ne dit plus un mot, mais son regard parcourait de long en large les flots sombres. Tout le monde attendait et observait. Comme la nuit était claire, la masse blanche et massive du yacht de Deboque était bien visible depuis le petit bateau à moteur. Alors qu'ils approchaient, elle vit trois personnes sur le pont, Ricardo et deux hommes. Ce fut Ricardo qui l'accueillit à bord.

— Lady Hannah. Quel plaisir de vous revoir.

Il y avait quelque chose dans ses yeux, une espèce d'autosatisfaction narquoise. Elle sut alors, aussi sûrement que s'il lui avait placé un couteau sous la gorge, qu'elle n'était pas censée quitter *L'Invincible*. Lorsqu'elle répondit, ce fut d'une voix calme et, espéra-t-elle, parfaitement audible à quelques centaines de mètres de là.

— Merci, Ricardo. J'espère que nous n'allons pas traîner. Je dois admettre que je ne me sens pas très à l'aise sur les eaux cordiniennes.

— Nous levons l'ancre dans une heure.

— Pour quelle destination ?

— Pour un climat plus agréable. La radio vient d'annoncer la disparition tragique de plusieurs membres de la famille royale. Le prince Armand se retrouve seul pour pleurer.

— Oui. Cordina est privé de son cœur, et de son héritier. M. Deboque a-t-il été informé ?

— Il vous attend dans sa cabine, répondit Ricardo en tendant la main vers le sac d'Hannah.

— Les employés de M. Deboque sont-ils toujours fouillés, Ricardo ?

— Nous pouvons nous en dispenser, lady Hannah, si vous me permettez de prendre vos armes.

Sans attendre sa réponse, il sortit son pistolet et l'empocha.

— Et votre couteau ?

En haussant les épaules, Hannah releva sa jupe à mi-cuisses. Elle sentit le regard de Ricardo sur ses jambes, pendant qu'elle dégageait son couteau. Elle pressa sur le bouton et, aussitôt, entendit autour d'elle le cliquetis des pistolets.

— Une arme admirable, dit-elle doucement, en plaçant la lame dans la lumière. Silencieuse, stylée, efficace.

Elle sourit, puis replia la lame.

— Une arme que je n'utiliserais jamais contre un homme sur le point de me donner cinq millions de dollars.

Elle abandonna son couteau dans la paume de Ricardo, sachant que, pour se défendre, elle ne pouvait à présent plus compter que sur son cerveau et ses réflexes.

— Y allons-nous ? reprit-elle. J'aime l'odeur de l'argent quand il est encore chaud.

Il saisit son bras de sa main de chirurgien et, avec théâtralité, la conduisit jusqu'à la cabine de Deboque.

— Lady Hannah.

La cabine était éclairée par une dizaine de bougies. Cette fois, les haut-parleurs diffusaient une sonate de Beethoven. Deboque portait une veste bordeaux et des rubis. La couleur du sang. Un magnum de champagne avait été placé dans un seau en argent.

— Quelle promptitude, lady Hannah. Tu peux nous laisser, Ricardo.

Hannah entendit la porte se refermer derrière elle. Elle n'avait pas besoin qu'on lui dise que Ricardo ne s'en éloignerait pas.

— Une ambiance chaleureuse, remarqua-t-elle. Ce n'est pas souvent qu'une transaction se conclut à la lueur des bougies.

— Entre nous, la froideur n'est plus nécessaire, Hannah.

En souriant, il saisit la bouteille de champagne.

— Les annonces provenant de Cordina sont un peu hystériques et tragiques.

Il fit sauter le bouchon et la mousse afflua vers le goulot.

— J'ai pensé que cela méritait d'être célébré dignement.

— Je refuse rarement un verre de champagne, monsieur, mais il me paraît meilleur lorsque je tiens une liasse de billets à la main.

— Patience, ma chère.

Il remplit deux flûtes et lui en tendit une. Son visage était d'une pâleur marmoréenne dans la faible lueur des bougies, ses yeux, presque noirs et emplis de plaisir.

— A un travail bien fait, et à un futur très, très riche.

Elle fit tinter son verre contre le sien et avala une gorgée.

— Un excellent millésime.

— J'ai cru comprendre que vous préfériez ce qui est très bon et très cher.

— Exactement. Monsieur, j'espère que vous ne serez pas vexé si je vous dis, tout en appréciant le vin et la lumière douce, que je les goûterai davantage une fois que nos affaires seront réglées.

— Toujours aussi intéressée, à ce que je vois.

Il lui caressa la joue. La lumière des bougies la flattait, songea-t-il. Il allait la voir s'épanouir et se colorer davantage sous ses mains. Quel dommage qu'il ne puisse pas prendre le risque de la garder avec lui quelques mois. Il n'avait qu'une heure à lui consacrer. Une heure qu'il essaierait d'utiliser au mieux.

— Vous devez m'excuser, mais je suis d'humeur particulièrement légère. J'ai envie de célébrer votre succès, notre succès.

Hannah l'aurait volontiers repoussé, mais elle devait rester dans son personnage. Lorsque les mains de Deboque glissèrent vers son cou, à quelques centimètres du micro, elle retint son souffle.

— Est-ce pour détendre l'atmosphère, monsieur, dit-elle en souriant, que vous avez commencé par prendre mes armes ? Avez-vous une préférence pour les femmes sans défense ?

— Je préfère les femmes accommodantes.

Il leva la main vers ses cheveux et y enfouit ses doigts. Hannah se cuirassa pour recevoir son baiser. Elle pouvait montrer de la résistance, mais pas de la répulsion.

— Vous êtes forte, murmura-t-il, avant de poser de nouveau ses lèvres sur les siennes. J'aime autant cela. Avant de vous faire l'amour, j'aurai droit à un petit combat.

— Vous aurez droit à plus que cela. Après que j'aurai vu l'argent.

Il serra les doigts autour de sa nuque, lui causant une douleur si fulgurante qu'elle haleta. Puis il la libéra dans un éclat de rire.

— Très bien, ma cupide amie. Vous allez voir votre argent, et ensuite vous m'offrirez quelque chose en retour.

Lorsqu'il tourna le dos pour se diriger vers le coffre-fort, elle essuya ses lèvres d'un revers de main.

— Il me semble que vous avez déjà reçu ce que vous attendiez.

— La vie des membres de la famille royale, acquiesça-t-il. Il composa la combinaison, alors que le cœur d'Hannah commençait à cogner dans sa poitrine. Allait-il enfin parler ?

— Cinq millions de dollars pour assassiner les Bisset. Cinq millions de dollars pour me servir ma vengeance sur un plateau d'argent. Cinq millions de dollars pour accroître ma puissance. Vous trouvez que cela fait beaucoup ?

Les yeux brillants, il se tourna, une grosse mallette à la main.

— Ma chère enfant, vous auriez pu en demander dix fois plus. Pendant plus d'une décennie, j'ai comploté, et par deux fois j'ai failli réussir à tuer l'un des membres de la famille royale. Aujourd'hui, pour la ridicule somme de cinq millions de dollars, vous les avez tous supprimés pour moi.

— Ça y est, annonça Reeve en entendant la voix de Deboque dans le récepteur. Allons-y. Lentement.

Bennett posa la main sur celle de son beau-frère.

— Je viens avec vous.

— C'est hors de question.

— Je viens avec vous, répéta-t-il d'une voix dure et glaciale.

Seconde après seconde, il avait écouté, et souffert, quand Hannah était seule avec Deboque. Quand Deboque avait posé les mains sur elle. Quand Deboque s'était apprêté à la payer pour le meurtre de tous ceux qu'il aimait.

— Donne-moi un pistolet, Reeve, ou j'y vais sans arme.

— Mes ordres sont de t'empêcher de sortir de cette cabine.

— Si c'était Brie ? fit-il en lui adressant un regard bouillant et intrépide. Si c'était Brie, resterais-tu aux arrières postes, laissant à d'autres le soin de la protéger ?

Reeve regarda la main posée sur la sienne. Elle était forte

et adroite. Et jeune. Puis il regarda les yeux qui, plus sombres que ceux de sa femme, contenaient la même passion. Il se leva, puis alla chercher un 45 millimètres dans l'arsenal.

Ils allaient lancer l'offensive à présent, songea Hannah en luttant pour garder une voix impassible.

— Vous me dites cela maintenant pour que j'aie des regrets ?

Elle rit et se dirigea vers le bureau.

— Cinq millions m'iront bien. J'ai l'intention de les placer et de vivre tranquillement à Rio pendant quelques années.

Sans la quitter des yeux, Deboque déverrouilla la mallette. L'argent était bien là, mais il resterait entre ses mains.

— Vous n'avez pas envie de continuer à travailler pour moi ?

— Malheureusement, cela serait risqué pour nous deux, après les événements de cette nuit.

— Oui.

C'était exactement ce qu'il pensait. Mais il souleva le couvercle pour qu'elle ait au moins le plaisir de voir l'argent avant qu'il ne la tue.

— Magnifique.

Jouant son rôle jusqu'au bout, Hannah fit un pas en avant et s'empara d'une liasse de billets de cent dollars.

— Savez-vous que l'argent neuf a une odeur particulièrement sensuelle ? demanda-t-elle en humant les billets.

— C'est vrai, et je l'apprécie beaucoup également.

Il entrouvrit le tiroir de son bureau. Il contenait un élégant revolver à la poignée de nacre. C'était ce qu'il fallait pour la tuer avec style. Il refermait les doigts autour du manche lorsque des coups de feu retentirent sur le pont.

Hannah se tourna vers la porte, espérant qu'il prendrait son excitation pour de l'inquiétude.

— Qu'est-ce que c'est que cette mascarade ? demanda-t-elle avec colère.

Elle referma le couvercle de la mallette et, s'emparant de l'argent, se dirigea vers la porte. Comme elle posait la main sur la poignée, Deboque l'arrêta.

— Ne bougez pas, lança-t-il.

Il pointait à présent une arme vers elle, et visait sa poitrine. Un fin filet de sueur perla à son front quand ils entendirent qu'on courait au-dessus de leurs têtes. Son doigt était posé sur la gâchette, mais il n'appuya pas. Sans doute voulait-il éviter d'attirer l'attention.

— La mallette, Hannah.

— Vous voulez me doubler ?

Elle plissa les yeux en calculant le temps qu'elle pouvait espérer gagner.

— Oui, vous auriez facilement pu me payer dix fois plus, puisque vous n'aviez pas l'intention de me payer du tout.

— La mallette.

Deboque avança vers elle, lentement. La peur était en train de s'installer en lui. Pas la peur de la mort, ni de la défaite, mais la peur de la prison. Il savait qu'il ne survivrait pas à une nouvelle incarcération.

Hannah attendit qu'il fût à moins d'un mètre d'elle puis, en tenant la poignée des deux mains, donna un coup de mallette sur son bras armé.

Les hommes de Deboque, par loyauté ou par peur, se battirent comme des forcenés. On échangea des coups de feu depuis les deux bateaux. Une mitrailleuse tira une salve de balles qui alla s'encastrer dans le bois situé au-dessus de Bennett, constellant son dos de poussière et de débris. Il vit un homme tomber depuis la rambarde du yacht et s'abîmer dans les eaux sombres.

Déjà, les coups de feu tirés depuis le camp de Deboque étaient plus sporadiques, mais le temps filait à toute vitesse.

Et Hannah était toujours avec Deboque. En vie, se dit Bennett en visant, puis tirant. Elle était en vie. Si cela n'avait pas été le cas, il l'aurait su, car son propre cœur aurait cessé de battre. Bien au contraire, une espèce d'urgence frénétique s'était emparée de lui, le faisant réagir bien plus que la sauvagerie de la nuit ou l'odeur du sang. Incapable de tenir en place, il se fraya un chemin vers la poupe et sauta à l'eau.

La nuit retentissait du bruit des tirs et des cris des hommes qui se battaient. Il vit un homme plonger du yacht de Deboque et nager désespérément en direction du rivage qui se trouvait à plus de quinze kilomètres de là. Soudain, sa main rencontra un corps qui flottait, sur le ventre. Agent du SIS ou ennemi ? Impossible de le savoir. Alors que la bataille faisait rage, il contourna silencieusement le yacht à la nage.

Comme le combat était presque terminé, Reeve fit signe à ses hommes de se regrouper. Ce fut alors qu'il remarqua l'absence de Bennett.

— Le prince, lança-t-il, pris de panique. Où se trouve le prince Bennett ?

— Là-bas.

L'un des hommes remarqua Bennett, juste avant qu'il ne disparaisse derrière la poupe du yacht.

— Bon sang, souffla Reeve. Dépêchez-vous. Préparez-vous à l'assaut.

Il n'y avait personne à tribord lorsque Bennett se hissa sur le pont. On entendait encore quelques coups de feu isolés, mais les cris avaient cessé. Au cours de cette longue et interminable journée où il était resté enfermé dans la cabine, il avait passé une heure à étudier le plan du yacht de Deboque dessiné par Hannah.

Et maintenant, il allait la chercher.

*
* *

Elle avait réussi à envoyer l'arme à l'autre bout de la pièce, mais Deboque était plus rapide et plus fort qu'il ne le paraissait. Alors qu'elle se précipitait pour la récupérer, il se jeta sur elle. Il serra son cou, l'empêchant de respirer. Hannah réussit à libérer l'un de ses bras et le frappa à la trachée, ce qui, à son tour, lui coupa le souffle. Elle se pencha en avant, et réussit à effleurer le manche du revolver. Mais déjà, il la tirait par les cheveux, lui arrachant un cri de douleur et de rage. Pendant trente sinistres et épuisantes secondes, ils luttèrent sur le sol de la cabine. Son chemisier se déchira à la couture. En dessous, elle était couverte de bleus. Elle fit saigner Deboque à la lèvre, mais regretta de ne pas lui avoir infligé une blessure plus sévère.

Enlacés comme des amants, ils roulèrent de nouveau vers le revolver. Elle tendit la main, l'attrapant presque. Du coin de l'œil, elle vit son poing venir, et voulut l'esquiver. Il la toucha pourtant, sans doute pas aussi fort qu'il ne l'aurait voulu, mais assez pour qu'elle chancelle. L'instant d'après, elle avait le canon du revolver braqué entre les deux yeux.

Elle s'était préparée à mourir. Tout en reprenant son souffle, elle rassembla ses forces. S'il n'y avait plus rien à faire, elle pouvait au moins exaucer son vœu de lui cracher au visage.

— Je suis un agent du SIS. Les Bisset sont sains et saufs, et vous ne pourrez pas vous échapper.

Elle vit la fureur s'emparer de lui. Elle lui sourit et attendit qu'il tire.

Lorsque Bennett surgit dans la pièce, il vit Deboque accroupi au-dessus d'Hannah, pointant un pistolet sur sa tête. Tout se passa par flashes, si rapides que sur le moment il ne sut pas qui avait tiré le premier.

Deboque tourna la tête. Leurs regards se croisèrent. Comme

il changeait de cible, Hannah cria et bondit. Deux gâchettes furent pressées. Deux coups retentirent.

Bennett sentit une balle le frôler, de si près que sa peau frémit puis s'échauffa. Il vit le sang couler de la poitrine de Deboque, avant qu'il ne s'écroule sur Hannah.

Elle se mit alors à trembler. Hannah oublia toutes ses années d'entraînement et se mit à trembler, écrasée sous le corps inanimé de son ennemi. Elle s'était préparée à sa propre mort. C'était son destin, et son devoir. Mais elle avait vu la balle s'encastrer dans le bois à quelques centimètres du visage de Bennett.

Même lorsqu'il s'approcha d'elle, la libérant de ce qui avait été Deboque, pour la prendre dans ses bras, elle continua de trembler.

— C'est terminé, Hannah.

Il la cajola, la berça, couvrit ses cheveux de baisers.

— C'est terminé, maintenant.

Au lieu de la satisfaction et même du triomphe qu'il s'était attendu à ressentir, Bennett n'éprouva que du soulagement. Elle était saine et sauve. Et il veillerait à ce qu'elle le reste.

— Tu aurais pu te faire tuer. Bon sang, Bennett, tu étais censé être à la maison.

— Oui.

Il leva les yeux, alors que Reeve entrait dans la pièce.

— C'est là que nous serons bientôt, tous les deux.

Des larmes coulaient à présent sur les joues d'Hannah. Elle les essuya, puis fit un effort pour se relever. Elle réussit à se tenir face à Reeve, mais dut reprendre son souffle avant de parler.

— Je suis prête à faire mon rapport.

— Au diable les rapports, dit Bennett en la prenant dans ses bras. Je la ramène à la maison.

Epilogue

Elle avait dormi plus de douze heures. Ce ne fut que vingt-quatre heures plus tard qu'Hannah se rendit compte que le Dr Franco, le médecin personnel de la famille Bisset, lui avait administré un sédatif.

Elle s'était réveillée reposée et pleine de ressentiment. Et, même si cela lui coûtait de l'admettre, le corps très endolori.

Le médecin était resté à son chevet pendant toute une journée, murmurant au-dessus de ses bleus et bosses de son ton bienveillant mais implacable. Puisque l'ordre qu'elle reste au lit émanait de Son Altesse royale en personne, ni le docteur ni la patiente ne pouvaient s'y opposer.

Elle protesta néanmoins et se plaignit. Malgré les nombreuses visites qu'elle reçut, l'inactivité lui était très pénible. Reeve vint lui transmettre un message venu tout droit de l'état-major du SIS, un message qui aurait dû la réjouir. L'opération contre Deboque avait été un succès sur toute la ligne. En récompense, elle était promue au grade de capitaine. Mais Hannah boudait au lit et ne rêvait que de fuite.

Ce fut Eve qui lui en donna enfin l'occasion, le soir du bal de Noël.

— Tu es réveillée. Fantastique.

— Bien sûr que je suis réveillée.

Engourdie après deux jours passés au lit, Hannah se

tourna vers son amie. Et put constater que ses côtes étaient toujours douloureuses.

— Je deviens folle.

— Je veux bien te croire.

En souriant, Eve s'assit sur le bord du lit.

— Et je ne vais pas t'embarrasser en répétant à quel point nous te sommes reconnaissants pour tout ce que tu as fait pour nous. Non, ce que je viens faire, c'est te transmettre les derniers ordres du Dr Franco.

— Oh ! pitié...

— Ordres qui sont de te lever, de t'habiller, et de danser jusqu'à l'aube.

— Comment ? demanda Hannah qui se redressa aussitôt, en grimaçant à peine. Je peux me lever ? Tu es sérieuse ?

— Absolument. Et tout de suite.

Eve se leva pour tendre son peignoir à Hannah.

— Enfile ça. Ma coiffeuse doit arriver d'une minute à l'autre, et c'est d'abord sur toi qu'elle va poser ses doigts de fée.

— Plus qu'un tour de magie, c'est un miracle qu'il faudrait, soupira Hannah en touchant ses cheveux. Eve, je meurs d'envie de me lever, mais je ne pense pas que le bal soit une très bonne idée.

— C'est la meilleure des idées : elle est tout simplement parfaite.

Après avoir aidé Hannah à enfiler son peignoir, elle se pencha au-dessus du pot de gardénias qui était posé près du lit, pour les sentir.

— Cela vient de Bennett ?

— Oui.

Hannah tendit le bras pour toucher les feuilles épaisses et brillantes du bout des doigts.

— Il me l'a apporté ce matin. Je ne l'ai pas beaucoup vu.

Refusant de sombrer dans la morosité, elle noua la ceinture de son peignoir.

— Je sais que vous avez tous été très occupés, et que vous avez enchaîné conférences de presse et déclarations officielles pour que tout le monde comprenne bien ce qui s'est réellement passé.

Eve leva un sourcil. Elle décida de ne pas dire à Hannah que Bennett n'avait pas quitté son chevet durant toute la première nuit. Elle avait l'esprit assez romantique pour leur laisser le temps de faire eux-mêmes ce genre de découverte.

— Si tu voyais l'aile est, Hannah, enchaîna-t-elle. Tout n'est que verre brisé. Cela va prendre des semaines entières pour tout nettoyer.

Puis Eve prit une grande inspiration et posa ses mains sur les épaules de son amie.

— Je crois que je vais t'embarrasser, finalement. Je sais que tu étais en mission, mais, quelles que soient les raisons qui t'ont amenée ici, tu nous as offert la paix. Il n'y a rien que je puisse dire ou faire en échange de cela. Mon enfant…

Elle sourit un peu.

— Marissa et celui-là n'ont plus rien à craindre. Je sais ce que Deboque avait prévu.

— C'est terminé, maintenant, Eve.

— Oui.

Avec solennité, Eve embrassa Hannah sur les deux joues.

— Je te dois ma vie, et la vie de tous ceux que j'aime. S'il y a quoi que ce soit que je puisse faire — et je parle en tant qu'amie et en tant qu'épouse de l'héritier de Cordina —, tu n'auras qu'à demander.

— C'est gentil, mais tu ne me dois rien, Eve. En revanche, je n'ai jamais réussi à me faire des amis et à les garder. J'aimerais que cela puisse changer.

Eve observa la femme qu'elle commençait à peine à connaître.

— J'ai deux sœurs. Celle que j'ai reçue en naissant, celle que m'a offerte Alexander. J'aimerais en avoir une troisième, dit-elle en tendant la main vers elle.

— Votre Altesse, l'interrompit une des jeunes femmes de chambre qui venait d'arriver à la porte. Je m'excuse de vous déranger, mais Mme Frissoutte est ici.

— Merveilleux, dit Eve en prenant le bras d'Hannah. Prépare-toi à la transformation.

Pour une transformation, c'était une transformation, songea Hannah en observant son reflet dans le miroir. Ses cheveux, qui bouclaient librement dans son dos comme ceux d'une bohémienne, étaient maintenus par deux peignes en brillants. La robe, avec son drapé somptueux, étincelait et resplendissait. Et, grâce à un maquillage habile, elle avait réussi à dissimuler toutes les ecchymoses de ses bras et de son visage.

Tout ce qui lui manquait, c'étaient des pantoufles de vair, songea-t-elle, amusée. Pour ajouter encore à l'illusion. Mais si cela devait être sa dernière nuit avec Bennett, elle était prête à tout. Elle voulait ne rien regretter quand les douze coups de minuit retentiraient.

Il y avait déjà de la musique dans la salle de bal. Hannah fit une entrée discrète, comme à son habitude, et absorba la lumière. Les miroirs avaient été polis pour refléter le glamour et les paillettes des robes et des bijoux. Les lustres brillaient comme des étoiles. La salle était décorée tout en bleu glacier et argent chatoyants, dans une surenchère de guirlandes et de boules. Dans un sapin de plus de cinq mètres de haut étaient accrochés des centaines d'anges en cristal, qui prenaient la lumière.

Cela faisait un long moment qu'il la guettait. Qu'il l'attendait. Lorsque Bennett la vit, il cessa tout simplement de respirer. Le couple avec qui il discutait se tut, et haussa les sourcils lorsqu'il s'éloigna sans un mot.

Il prit ses deux mains, alors qu'elle s'inclinait devant lui.

— Mon Dieu, Hannah.

Pour la première fois de sa vie, aucun compliment ne lui venait.

— Tu es exquise, finit-il par dire.

— C'est grâce à Eve.

Il portait un habit blanc, avec l'insigne de son rang et une épée au côté. Elle savait que, parmi tous les souvenirs — et ils seraient nombreux — qu'il lui resterait de lui, ce serait cette image qui s'imposerait à elle dès qu'elle fermerait les yeux.

— Tout est tellement beau, dit-elle en regardant autour d'elle.

— Maintenant, ça l'est.

Il passa sa main autour de sa taille et l'emmena valser.

Tout était magique, songeait-elle. La musique, les lumières, les miroirs. Pendant des heures, ils dansèrent ensemble, tourbillonnant aux quatre coins de la salle, laissant la nourriture et le vin aux autres. Lorsqu'il l'entraîna vers la terrasse, elle ne protesta pas. Il restait encore quelques minutes avant minuit.

Elle le lâcha et s'approcha de la rambarde pour regarder Cordina paré de ses illuminations de fête. C'était Noël, mais la brise avait une tiédeur et une odeur printanières.

— Existe-t-il plus belle vue ? murmura-t-elle, grisée.

— Non, répondit-il en venant la rejoindre. Et je crois qu'elle est encore plus précieuse pour moi maintenant.

Elle comprenait, mais elle ne voulait surtout pas convoquer le fantôme de Deboque lors d'un pareil moment.

— En Angleterre, il ferait froid et humide. Il pourrait neiger un peu le matin, sinon le ciel serait gris et lourd. Toutes les cheminées seraient allumées et on servirait du vin chaud. Toutes les cuisinières du pays seraient en train de préparer le pudding et la dinde, et cela sentirait Noël partout.

— Nous ne pouvons t'offrir la neige, dit-il en embrassant sa main. Mais les feux de cheminée et le vin chaud, si.

— Ce n'est pas grave, répondit-elle en prenant une grande

inspiration. Quand je rentrerai chez moi, je me souviendrai de ce Noël particulier. De ce Noël aux senteurs de rose et de jasmin.

— Est-ce que tu peux m'attendre ici quelques instants ?

— Si tu veux.

— Ne bouge surtout pas, lui demanda-t-il en embrassant sa main une nouvelle fois. Je n'en ai que pour une minute.

Quand il fut parti, elle se tourna pour regarder encore les lumières et la mer. Elle serait chez elle dans quelques jours, et, bientôt peut-être, Cordina ne lui semblerait plus qu'un rêve. Cordina, mais jamais Bennett. Elle leva les yeux vers une étoile, sans toutefois oser faire de vœu.

— J'ai quelque chose pour toi.

Tout sourires, elle se tourna. Et, aussitôt, elle reconnut l'odeur.

— Oh ! des châtaignes !

En riant, elle prit le petit sac qu'il lui tendait.

— Et elles sont chaudes.

— Je voulais que tu aies quelque chose qui te rappelle ton pays.

Emue, elle le regarda dans les yeux. Elle aurait eu tant à dire, mais il y avait si peu qu'elle puisse dire. Alors, elle se hissa sur la pointe des pieds, et l'embrassa.

— Merci.

Il caressa sa joue.

— Je pensais que tu partagerais.

Hannah ouvrit le sachet et, les yeux fermés, respira l'odeur.

— C'est merveilleux. Maintenant, j'ai vraiment l'impression d'être à Noël.

— Si Cordina peut te faire penser à chez toi, tu vas peut-être rester.

Elle ouvrit les yeux, puis les baissa rapidement.

— J'ai reçu l'ordre de rentrer à la fin de la semaine.

— L'ordre...

Bennett voulut s'approcher d'elle, mais se retint.

— Ta carrière est très importante pour toi, dit-il sans pouvoir masquer une pointe d'amertume dans sa voix. Il paraît que tu as eu une promotion.

— J'ai été nommée capitaine, répondit-elle en se mordant les lèvres. Je vais rester derrière un bureau pendant un certain temps. A donner des ordres, ajouta-t-elle en esquissant un vague sourire.

— Tu n'as jamais songé à tout laisser tomber ?

Le regard stupéfait qu'elle lui adressa l'inquiéta. Etait-il possible qu'elle ne puisse penser à rien d'autre qu'à son travail et à son devoir ?

— Si tu avais quelque chose en remplacement pour t'occuper, bien sûr. L'action et le danger te sont-ils à ce point indispensables ?

Il prit son visage entre ses mains, et le tourna vers la lumière pour regarder les marques que Deboque y avait laissées.

— Je ne sais pas, je n'y ai jamais réfléchi. Je fais mon travail, c'est tout.

Troublée, Hannah prit une profonde inspiration.

— Bennett, nous n'avons jamais parlé de ce qui s'est passé à bord du yacht. Je ne t'ai jamais remercié de m'avoir sauvé la vie. J'imagine que c'est parce que j'ai toujours eu l'habitude de veiller seule sur moi.

— Je l'aurais tué rien que pour cela, murmura-t-il en effleurant l'ecchymose sur sa joue.

Elle voulut reculer, mais d'un regard il l'en empêcha.

— Ne me fuis pas. Je n'en ai pas encore parlé, parce que Franco tenait à ce que tu puisses te reposer et récupérer dans le calme. Mais bon sang, je ne veux plus me taire.

Il s'avança et elle sentit toute son intrépidité et toute la rage qu'il contenait à grand-peine.

— J'ai dû rester assis, attendre, et t'écouter traiter avec cet homme. J'ai dû rester où j'étais, impuissant, pendant que tu étais seule avec lui. Et, quand j'ai surgi dans la cabine et que je l'ai vu pointant son arme sur ton front, j'ai eu un flash atroce de ce que serait ma vie sans toi. Alors ne me fuis pas, Hannah.

— Je n'ai pas l'intention de te fuir.

Elle s'efforça de respirer calmement, puis posa une main apaisante sur la sienne.

— C'est terminé, Bennett. Cordina ne craint plus rien. Ta famille ne craint plus rien. Ni moi non plus.

— Je n'accepterai pas que tu risques de nouveau ta vie, pour qui que ce soit.

— Bennett…

— Non, vraiment, je ne l'accepterai pas.

Il attrapa ses cheveux et l'embrassa, mais cette fois avec une force et une puissance qui la laissèrent hors d'haleine. Puis il recula, et lui sourit.

— Est-ce que tu vas les goûter, ces châtaignes, ou bien est-ce que tu vas te contenter de les sentir ?

— Pardon ?

Elle avait refermé le sachet, qu'elle serrait de toutes ses forces, à présent. Se sentant stupide, elle le rouvrit.

— Je suis sûre qu'elles sont délicieuses, commença-t-elle, tout en sachant qu'elle allait bafouiller. C'était vraiment délicat de ta part de…

Elle s'interrompit lorsque ses doigts rencontrèrent une petite boîte. Surprise, elle la sortit du sachet.

— C'est une tradition américaine. Un petit paquet dans une boîte de pop-corn. J'étais pressé de t'offrir ton cadeau de Noël.

— J'ai toujours été très intransigeante sur le fait d'attendre le matin de Noël pour ouvrir les cadeaux.

— Je pourrais user de mon autorité princière, Hannah, dit-il en caressant de nouveau sa joue. Mais si je pouvais l'éviter…

— Bon, puisque c'est le bal de Noël…

Elle souleva le couvercle et, pour la première fois de sa vie, faillit s'évanouir.

— Elle a appartenu à ma grand-mère. Je l'ai faite remonter, mais je tenais à t'offrir celle-là plutôt qu'une neuve.

Il toucha ses cheveux du bout des doigts.

— Ma grand-mère était anglaise, comme toi.

C'était une émeraude, brillante, magnifique, que la symphonie de diamants qui l'entouraient rendait plus étincelante encore. La regarder suffit à lui donner le vertige.

— Bennett, je ne peux accepter un tel présent. Cette bague appartient à ta famille.

— Ne fais pas semblant, dit-il en lui prenant le sachet des mains pour le poser sur la rambarde, mêlant l'odeur des châtaignes à celle des roses. Tu as très bien compris que je te demande de m'épouser.

— Tu… Tu es fou, dit-elle, en reculant bien, cette fois. C'est à cause de tout ce qui s'est passé. Tu as perdu la tête.

— Ma tête est bien sur mes épaules, je te rassure.

Il lui prit la boîte, et en sortit la bague.

— Nous allons faire les choses à ma façon, alors.

Il s'empara de sa main, et lui passa la bague au doigt.

— Maintenant, soit je te ramène à l'intérieur et j'annonce nos fiançailles à tout le monde, soit nous commençons par en discuter entre gens raisonnables.

— Entre gens raisonnables ?

Que lui arrivait-il ? Elle avait soudain envie de rire et de pleurer en même temps.

— Bennett, tu es tout sauf raisonnable.

— Je t'aime… déraisonnablement, si tu veux.

Il la prit dans ses bras et l'embrassa. Il sentit le cœur d'Hannah cogner dans sa poitrine, il sentit sa respiration saccadée, il sentit à la fois le désir et la peur.

— Je ne vais pas te laisser partir, Hannah. Ni maintenant,

ni demain, ni jamais. Tu vas devoir passer de capitaine à princesse. Crois-moi, cela peut être tout aussi trépidant.

Etait-ce un sortilège, ou était-ce un rêve devenu réalité ? Prise dans un tourbillon d'émotions, elle essaya de se raccrocher à son bon sens.

— Tu sais, je ne suis pas la femme qui t'avait plu. S'il te plaît, Bennett, écoute-moi.

— Tu me prends pour un idiot ?

Il parlait d'une voix si posée qu'elle aurait pu croire qu'il était calme.

— Bien sûr que non. Je voulais juste dire que…

— Tais-toi.

Il prit son visage entre ses mains, et elle vit à ses yeux qu'il était tout, sauf calme.

— J'ai cru que la femme dont j'étais tombé amoureux au début n'était qu'une illusion.

Il se radoucit en effleurant sa joue de ses lèvres.

— Je me suis trompé, car elle se trouve ici même. Il y avait une autre femme que je désirais dès que je la voyais.

Ses baisers devinrent plus fiévreux, plus possessifs.

— Elle se trouve ici également. Ce n'est pas donné à n'importe quel homme d'aimer deux femmes et de les avoir toutes les deux. Mais je t'aurai, Hannah.

— Tu m'as déjà.

Elle était presque prête à croire que ce pût être vrai, et que cela pût durer.

— Mais, malgré tout, tu ne peux pas m'obliger à t'épouser.

Il leva les sourcils, plein d'arrogance et de confiance.

— N'en sois pas si sûre. Tu m'as dit une fois que tu me voulais. Etait-ce un mensonge ?

— Non.

Elle essaya de se calmer en posant ses mains sur son torse. Elle s'apprêtait à franchir un grand pas, pour se retrouver dans un endroit où la duperie n'était pas permise. Il lui offrait la chance d'être elle-même, d'aimer au grand jour et honnêtement.

— Non, ce n'était pas un mensonge.

— Je te demande à présent si tu m'aimes.

Elle ne put répondre. Au loin, dans l'une des pièces du palais, l'horloge avait commencé à sonner. Minuit. Elle compta les coups, prête à voir le charme se dissiper. Puis tout devint silencieux et elle constata qu'elle était encore dans ses bras. En baissant les yeux, elle vit la bague briller à son doigt. Une promesse. Une promesse d'amour éternel.

— Je t'aime, et rien n'a jamais été plus vrai.

— Partageons le même toit, alors.

Il prit sa main gauche — celle où brillait la bague — et embrassa sa paume.

— Oui.

— Et la même famille.

Elle entrelaça ses doigts entre les siens.

— Oui.

— Et les mêmes devoirs.

— Dès maintenant, si tu veux.

Elle l'enlaça, puis attendit qu'il l'embrasse. A leurs pieds et à perte de vue s'étendait Cordina, prêt à s'endormir.

LE DESTIN DE CAMILLA

Prologue

Elle était une princesse. Née princesse, éduquée en princesse, et entraînée chaque jour à agir en princesse. Son comportement était exemplaire, sa façon de s'exprimer impeccable, et ses manières irréprochables. L'image qu'elle offrait était celle de la jeunesse, de la confiance et de la grâce, réunies dans une enveloppe des plus jolies et raffinées.

C'était ce qu'on attendait d'un membre de la famille royale de Cordina — elle le savait —, au moins lorsqu'il apparaissait en public. Et le gala de charité de Washington DC était un événement on ne peut plus public. Elle faisait donc son devoir, accueillant les invités qui avaient déboursé une jolie somme pour pouvoir, le temps d'une soirée, côtoyer l'aristocratie.

Elle regarda sa mère, Son Altesse royale Gabriella de Cordina, s'acquitter sans effort de son rôle d'hôtesse. C'était tout du moins l'impression qu'elle donnait, même si elle avait travaillé aussi dur que sa fille pour préparer l'événement.

Elle vit son père — si merveilleusement beau et calme — et son frère aîné, qui lui servait de cavalier pour la soirée, se mêler tranquillement à la foule. Une foule qui comptait hommes politiques, célébrités, et grosses fortunes.

Lorsque ce fut l'heure, Son Altesse royale Camilla de Cordina alla s'asseoir pour assister à la première partie de la soirée. Ses cheveux étaient relevés en une savante torsade qui dégageait son cou, où brillaient des émeraudes. Son élégante robe noire avait été dessinée pour mettre en valeur sa silhouette de liane. Silhouette qui, dernièrement, s'était affinée de façon presque inquiétante, comme le lui avait fait remarquer sa couturière.

Il fallait dire que son appétit n'était plus celui qu'il avait été.

Son visage était digne, son maintien parfait. Un mal de crâne épouvantable lui vrillait pourtant les tempes.

Elle était une princesse, mais elle était aussi une femme au bord du gouffre.

Elle applaudit. Elle sourit. Elle rit.

Il était presque minuit — sa journée officielle avait commencé dix-huit heures plus tôt — lorsque sa mère réussit à lui dire un mot en privé en passant son bras autour de sa taille et en l'attirant à elle.

— Ma chérie, tu n'as pas l'air bien.

Il fallait le regard aiguisé d'une mère pour voir l'épuisement derrière le masque. Mais le regard de Gabriella l'était particulièrement…

— Je suis un peu fatiguée, c'est tout.

— Pars. Retourne à l'hôtel. Ne discute pas, murmura-t-elle. Tu as travaillé trop dur, beaucoup trop dur. J'aurais dû insister pour que tu ailles passer quelques semaines à la campagne.

— Il y avait trop à faire.

— Et tu en as assez fait. J'ai déjà dit à Marian de prévenir la sécurité et de faire venir ta voiture. Ton père et moi n'allons pas tarder non plus.

Gabriella jeta un coup d'œil autour d'elle, remarqua que son fils semblait très occupé avec une célèbre chanteuse américaine.

— Veux-tu que Kristian t'accompagne ?

— Non.

Le fait que sa fille ne proteste pas davantage pour rester était un signe évident de fatigue.

— Non, il s'amuse. C'est plus sage de s'éclipser séparément, de toute façon. Notre sortie n'en sera que plus discrète.

— Les Américains t'aiment, peut-être même un peu trop.

En souriant, Gabriella embrassa sa fille, avant d'ajouter :

— File, va te reposer. Nous parlerons de tout cela demain matin.

Mais il n'était pas écrit que cette sortie serait discrète et tranquille. Malgré la voiture leurre, les précautions prises par le service de sécurité, le choix d'une porte dérobée pour quitter les lieux, la presse l'avait flairée.

A peine Camilla eut-elle posé un pied dehors qu'elle fut aveuglée par les flashes des appareils photo. Les cris s'abattirent sur elle, résonnèrent dans sa tête. Elle sentit une masse confuse bouger autour d'elle, elle sentit des mains l'agripper et, avec consternation, remarqua que ses jambes tremblaient lorsque ses gardes du corps l'emmenèrent précipitamment jusqu'à la limousine.

Incapable de voir quoi que ce soit, incapable de réfléchir, elle lutta pour garder son calme, alors que les deux hommes qui l'encadraient la portaient presque pour l'aider dans sa fuite précipitée.

Elle avait horriblement chaud, et tous ces gens étaient horriblement près d'elle. C'était sans doute pour cela qu'elle se sentait si mal. Qu'elle se sentait si mal, si faible, et que, bêtement sans doute, elle avait si peur. Tomba-t-elle dans la voiture, l'y poussa-t-on ou s'y précipita-t-elle d'elle-même ? Elle fut incapable de le dire.

Lorsque la portière claqua, et que les cris ne furent plus qu'un vague murmure derrière le verre et le métal, elle frissonna et se mit presque à claquer des dents, frigorifiée par la bouffée d'air frais de la climatisation.

Elle ferma les yeux.

— Votre Altesse, est-ce que ça va ?

Elle entendit, vaguement, la voix inquiète d'un de ses gardes du corps.

— Oui. Merci. Je vais bien.

Mais elle savait que c'était faux.

Chapitre 1

En dépit de ce que les gens pourraient dire — ce qu'ils ne se priveraient sans doute pas de faire —, cela n'avait pas été une décision impulsive. Son Altesse royale Camilla de Cordina n'était pas une femme impulsive.

Impulsive non, mais désespérée, oui.

Le désespoir, elle était bien obligée de l'admettre, grandissait en elle depuis des mois. En cette chaude, moite et interminable nuit de juin, il avait atteint, malgré ses efforts pour le nier, son paroxysme.

La horde sauvage de paparazzis qui s'étaient abattus sur elle lorsqu'elle avait essayé de quitter le gala de charité avait été la goutte d'eau qui avait fait déborder le vase.

Même si le service de sécurité avait tout fait pour leur barrer le passage, lorsqu'elle avait réussi à se glisser dans la limousine dans un semblant de dignité, elle s'était mise à hurler dans sa tête :

« Laissez-moi respirer. Par pitié, laissez-moi tranquille. »

Deux heures plus tard, la colère, l'excitation, la nervosité et l'agacement ne l'avaient toujours pas quittée, et c'était avec agitation qu'elle faisait à présent les cent pas dans sa somptueuse suite dominant tout Washington.

A moins de trois heures vers le sud se trouvait la propriété, perdue en pleine campagne, où elle avait passé une partie de son enfance. A plusieurs milliers de kilomètres vers l'est se trouvait le petit pays où elle avait vécu le reste du temps. Sa vie était partagée entre ces deux mondes. Tout en les aimant autant tous les deux, elle n'était pas certaine de trouver sa place un jour ni dans l'un ni dans l'autre.

Et il était temps, grand temps, qu'elle la trouve quelque part.

Pour cela, elle devait d'abord se trouver elle-même. Mais comment faire, alors qu'elle était toujours entourée ? Pire, alors qu'elle commençait à se sentir constamment traquée ? Peut-être que, si elle n'avait pas été l'aînée de cette dernière génération de princesses cordiniennes — et, durant ces dernières années, la plus accessible, à cause de la nationalité américaine de son père et du temps qu'elle avait passé aux Etats-Unis —, les choses auraient-elles été différentes.

Mais c'était ainsi. Pour l'instant, elle avait l'impression que son existence tout entière n'était régie que par la politique, le protocole et la presse. Les sollicitations, les rendez-vous, les obligations. Sa principale fonction était de codiriger, avec sa propre mère, l'Aide aux enfants handicapés, et elle y consacrait presque tout son temps et toute son énergie.

Elle croyait à ce qu'elle faisait, elle savait que son engagement était attendu, et important. Mais le prix à payer devait-il obligatoirement être aussi élevé ?

Il avait fallu pour préparer ce gala de charité des semaines d'organisation et d'efforts, et le plaisir de voir tout ce travail porter ses fruits avait été gâché par sa propre lassitude.

Comme elle s'était sentie étouffer, tout à l'heure, songea-t-elle. Tous ces appareils photo, tous ces visages…

Même sa famille, qu'elle adorait, lui donnait l'impression de l'étouffer un peu trop, ces derniers temps.

Essayer d'expliquer ce qu'elle ressentait à son assistante personnelle semblait quelque chose de déloyal, d'ingrat et d'impossible. Mais l'assistante en question était aussi sa meilleure et plus ancienne amie. Donc, elle se lança :

— Je n'en peux plus de voir mon visage sur la couverture des magazines, de découvrir mes supposées histoires d'amour en pages intérieures. Marian, j'en ai vraiment assez que ces gens s'approprient et inventent ma vie.

— Les têtes couronnées, la beauté et le sexe font vendre les magazines. Si tu peux combiner les trois, c'est le succès assuré.

Marian Breen était quelqu'un de pragmatique, et son ton reflétait bien cette caractéristique. Comme elle connaissait Camilla depuis l'enfance, sa voix était également plus amusée que respectueuse.

— Je sais que cette nuit a été éprouvante, et je comprends que tu aies pu être choquée. Si nous trouvons qui a prévenu les journalistes que tu sortirais par cette porte dérobée…

— Le mal est fait. A quoi cela servirait-il de trouver le coupable ?

— On aurait dit une meute, murmura Marian. Mais, pour en revenir à ce que je disais, tu es une princesse de Cordina, un pays qui, pour les Américains en particulier, est un décor de contes de fées. Tu ressembles à ta mère, ce qui signifie que tu es resplendissante. Et tu attires les hommes comme le miel attire les ours. Tout cela, c'est du pain bénit pour la presse.

— Si je suis princesse, c'est par le hasard de ma naissance. Si j'ai eu la chance de ne pas naître trop laide, je n'y peux rien non plus. Quant aux hommes — et d'un petit coup sec du poignet, Camilla leur signifia son mépris —, ils ne sont pas attirés par moi, mais par mon image, celle-là même qui fait vendre ces stupides magazines.

— Et vlan, prenez ça, messieurs !

Tout en grappillant des grains de raisin dans l'impressionnante corbeille de fruits offerte par la direction de l'hôtel, Marian observa son amie. Elle était bien trop pâle, inquiète malgré la décontraction qu'elle affichait. Elle était trop pâle, et elle avait perdu trop de poids.

Mais ce n'était rien, se dit-elle pour se rassurer. Quelques jours tranquilles passés en Virginie, et tout rentrerait dans l'ordre. La propriété que la famille possédait là-bas était aussi bien surveillée que le palais de Cordina. Le père de Camilla s'en était lui-même assuré.

— Je sais que c'est pénible d'avoir des gardes du corps et des paparazzis tout autour de toi dès que tu fais un pas en public, poursuivit-elle, mais que vas-tu faire ? T'enfuir de chez toi ?

— Oui.

En ricanant, Marian détacha un autre grain de raisin. Mais il lui échappa des doigts lorsqu'elle vit la détermination glaciale qui habitait les yeux fauves de Camilla.

— De toute évidence, tu as abusé du champagne, ce soir.

— Je n'en ai pris qu'un verre, répondit Camilla sur un ton posé. Et je ne l'ai même pas terminé.

— Je n'ose imaginer la taille du verre, alors. Ecoute, je vais gentiment retourner dans ma chambre, et je vais te laisser dormir. Demain, tu auras recouvré toute ta raison.

— Cela fait des semaines que j'y pense.

Oui, cela faisait des semaines que Camilla caressait cette idée, qu'elle tournait autour, qu'elle y rêvait. Ce soir, il était temps de la concrétiser.

— J'ai besoin de ton aide, Marian.

— Non, non, c'est impossible. C'est complètement fou ! s'exclama son amie en français.

Marian s'exprimait rarement dans cette langue, car dans son cœur elle se sentait totalement américaine. Ses parents s'étaient installés à Cordina lorsqu'elle avait dix ans, et c'était depuis ce moment qu'elle et Camilla étaient amies. Si elle passait à la langue de son pays d'adoption, c'était signe qu'elle perdait son sang-froid. D'ailleurs, ses yeux, d'un bleu doux et chaud, étaient grands ouverts sous l'effet de la panique. Bien sûr, elle connaissait suffisamment Camilla pour comprendre qu'elle ne plaisantait pas.

— Ce n'est ni impossible ni fou, répondit Camilla, sûre d'elle. Bien au contraire, c'est à la fois possible et sensé. J'ai besoin de temps, de quelques semaines. Et je vais les prendre. En tant que Camilla MacGee, et non en tant que Camilla de Cordina. Je n'ai quasiment jamais quitté ce titre depuis que grand-père…

Elle s'interrompit. C'était toujours aussi douloureux. Cela faisait presque quatre ans qu'il était mort, et elle ne s'en était pas encore consolée.

— Il était notre roc, reprit-elle, en se ressaisissant. Même s'il avait délégué une grande partie de ses pouvoirs à son fils — à oncle Alex —, il régnait encore. Depuis sa mort, la famille a dû donner encore plus, c'était une façon de nous serrer les coudes, de nous sentir soudés. De toute façon, c'est ce qu'il aurait voulu. J'ai été heureuse d'avoir pu m'investir davantage dans mon rôle officiel.

— Mais ?

L'air résigné, Marian s'assit sur l'accoudoir du canapé.

— J'ai besoin de m'éloigner de la meute. Traquée. C'est ainsi que je me sens, dit Camilla en posant une main sur son cœur. Je ne peux pas faire un pas dans la rue sans que les photographes se ruent sur moi. J'y perds totalement mon identité propre. Je ne sais plus ce que je suis ni qui je suis. J'ai l'impression de perdre peu à peu toute conscience de moi.

— Tu as besoin de prendre un peu de repos. De faire une pause.

— Oui, mais pas seulement. C'est plus compliqué que cela. Marian, je ne sais pas ce que je veux, pour moi-même. Regarde Adrienne, poursuivit-elle en parlant de sa sœur cadette. Mariée à vingt et un ans. Il a suffi que ses yeux se posent sur Philip lorsqu'elle avait six ans. Et elle a tout de suite su qu'elle voulait l'épouser et élever de beaux bébés à Cordina. Mes frères, eux, sont comme deux moitiés de mon père. Le *gentleman-farmer*, et l'expert en sécurité. Je n'ai aucune direction où aller, Marian, aucun talent particulier.

— C'est faux. Tu étais brillante à l'école. Tu as de grandes capacités de mémoire et d'analyse. Tu es une hôtesse fabuleuse, tu travailles sans relâche pour des causes justes.

— C'est mon devoir, murmura Camilla. Certes, j'y excelle. Mais, pour mon plaisir, que sais-je faire ? Je joue du piano, je chante un peu. Je peins un peu, je fais un peu d'escrime. Quelle est ma passion ?

Elle croisa les bras sur la poitrine.

— Je vais le découvrir. Ou, du moins, débarrassée de mes gardes du corps, du protocole, de cette satanée presse, je vais essayer de le découvrir. Si les journalistes ne me laissent pas un peu tranquille, ajouta-t-elle calmement, j'ai bien peur de finir très bientôt en miettes.

— Parles-en à tes parents, Cam. Ils sont capables de comprendre.

— Maman, oui. Papa, je n'en suis pas certaine, dit-elle en esquissant un sourire. Cela fait trois ans qu'Adrienne est mariée, et il ne s'est toujours pas remis d'avoir perdu son « bébé ». Et maman… Elle avait mon âge quand elle s'est mariée. Encore une qui savait ce qu'elle voulait. Mais avant cela…

Elle secoua la tête tout en reprenant ses déambulations dans la pièce.

— L'enlèvement, et les tentatives d'assassinat à l'encontre de ma famille… Cela fait partie des livres d'histoire maintenant, mais c'est encore très réel et très proche pour nous. Je ne peux pas reprocher à mes parents d'avoir voulu protéger leurs enfants. J'aurais fait la même chose. Mais je ne suis plus une enfant, et j'ai besoin… de me retrouver seule avec moi-même.

— Des vacances, alors ?

— Non, plus que cela : ce que je veux entreprendre, c'est une quête.

Elle avança jusqu'à Marian et prit ses mains.

— Tu as loué une voiture, n'est-ce pas ?

— Oui, je devais... oh... Oh ! Camilla !

— Donne-moi les clés. Tu n'auras qu'à appeler l'agence pour prolonger la location.

— Tu ne peux pas partir comme cela.

— Je suis une excellente conductrice.

— Réfléchis un peu ! Si tu disparais, ta famille va devenir folle. Et la presse encore plus.

— Je ne laisserai jamais ma famille s'inquiéter. J'appellerai mes parents dès la première heure, demain matin. Et on dira aux journalistes que je prends des vacances, dans un endroit tenu secret. Tu vas rentrer en Europe, donc, a priori, ils ne me chercheront pas partout aux Etats-Unis.

— Dois-je te faire remarquer que ce qui a déclenché toute cette folie, c'est que tu ne supportais plus de voir ton visage partout dans les magazines ?

Marian en attrapa justement un qui traînait sur la petite table et le brandit.

— Ton image est l'une des plus célèbres du monde, Cam. Tu ne vas pas passer inaperçue.

— Si.

Tout en sachant que c'était idiot, elle ne put s'empêcher de ressentir une légère boule au ventre lorsqu'elle se dirigea vers le bureau, dont elle ouvrit un tiroir pour en sortir une paire de ciseaux.

— La princesse Camilla...

Elle secoua sa longue chevelure roux foncé, et prit une grande inspiration.

— ... va bientôt changer radicalement de look.

L'horreur, si absolue que la scène aurait été comique si

Camilla n'avait pas elle-même ressenti une vague angoisse au fond d'elle-même, gagna le visage de Marian.

— Tu n'es pas sérieuse ! Camilla, tu ne peux pas, comme ça, sacrifier tes cheveux. Tes magnifiques cheveux.

— Tu as raison, répondit-elle en tendant les ciseaux. Fais-le, toi.

— Moi ? Oh ! non… Certainement pas.

Aussitôt, Marian croisa ses bras derrière son dos.

— Maintenant, nous allons gentiment nous asseoir, prendre un bon verre de vin, et attendre que tu retrouves tes esprits. Tu te sentiras mieux demain.

C'était ce dont Camilla avait peur. Elle avait peur que cela passe et que tout continue comme avant. Faire son devoir, remplir ses obligations, rester en pleine lumière, et poursuivre son existence indéniablement confortable. Supporter l'insupportable traque de la presse.

Si elle ne faisait pas quelque chose maintenant, le ferait-elle un jour ? Ou bien finirait-elle par épouser, comme les journalistes le prédisaient, un homme bien comme il faut, compatible avec le rang et la position qu'elle occupait ?

Elle serra la mâchoire, et leva le menton avec un air qui sembla inquiéter son amie. Puis, attrapant une longue mèche de cheveux, elle la coupa net.

— Oh ! mon Dieu !

Les jambes flageolantes, Marian se laissa tomber sur une chaise.

— Oh ! Camilla.

— Ce ne sont que des cheveux.

Mais sa main tremblait un peu. Ses cheveux étaient tellement emblématiques de son image, de sa vie, que c'était un peu comme si elle venait de se couper une main. Elle regarda la longue mèche de cheveux roux cuivré qu'elle tenait entre ses doigts.

— Je vais à la salle de bains pour terminer. Je n'aurais rien contre un peu d'aide pour l'arrière de la tête.

Marian finit par la rejoindre, en bonne amie. Quand elles eurent fini, le sol était jonché de cheveux, et Camilla dut totalement réajuster la vision qu'elle avait d'elle-même avec une longue chevelure flottante. Un coup de ciseaux par-ci, un coup de ciseaux par-là. Un verre de vin pour se donner du courage. Un autre coup de ciseaux pour égaliser. Et elle avait fini avec une coupe à la garçonne, avec de longues mèches effilées tout autour du visage pour adoucir l'ensemble.

— C'est horriblement… différent, réussit à dire Camilla.

— Je crois que je vais pleurer.

— Mais non, tu ne vas pas pleurer.

Et elle non plus, espéra Camilla.

— Il faut que je me change et que je prépare quelques affaires. Je suis déjà en retard sur mon programme.

Elle sortit de ses placards ce qu'elle jugeait essentiel, et fut à la fois surprise et un peu honteuse de constater que ce qu'elle avait rassemblé remplissait à ras bords une valise et un énorme sac fourre-tout. Elle enfila un jean, des bottes, un petit pull et un long manteau noir.

Elle hésita à ajouter un chapeau et des lunettes de soleil à sa panoplie, mais décida qu'avec ces accessoires elle aurait certainement l'air déguisée, alors même qu'elle voulait passer inaperçue.

— A quoi est-ce que je ressemble ? demanda-t-elle.

— A quelqu'un d'autre.

Tout en secouant la tête, Marian tourna deux fois autour de Camilla, très lentement.

Les cheveux courts représentaient un changement non seulement spectaculaire mais aussi, à la grande surprise de Marian, intéressant. Cette coupe de cheveux faisait paraître les yeux brun doré de Camilla plus grands et, d'une certaine façon, plus vulnérables. Les mèches dissimulaient son front princier et apportaient un côté juvénile à son allure. Son visage démaquillé était rose et crème, peut-être un peu plus pâle qu'il ne l'aurait dû. Ses pommettes hautes ressortaient et sa large bouche paraissait plus pleine.

Plutôt que froide, distante et élégante, elle semblait jeune, insouciante et très légèrement intrépide.

— Ce n'est pas toi du tout, renchérit-elle. Je finirais par te reconnaître, mais il me faudrait une bonne minute, et un second coup d'œil.

Satisfaite, Camilla regarda sa montre.

— Parfait. Si je pars maintenant, je pourrai déjà être loin demain matin.

— Mais où vas-tu aller ?

— N'importe où.

Elle prit son amie par les épaules et l'embrassa sur les joues.

— Ne t'inquiète pas pour moi. Je te donnerai de mes nouvelles, c'est promis. Même une princesse a droit à une petite aventure. Surtout une princesse, peut-être, ajouta-t-elle en souriant. Promets-moi de ne rien dire à personne avant 8 heures du matin, et ensuite de ne le dire qu'à ma famille.

— Je ne suis pas d'accord, mais je te le promets.

— Merci.

Elle souleva son sac fourre-tout, puis se dirigea vers sa valise.

— Attends. Ne marche pas comme ça.

Intriguée, Camilla se retourna.

— Comme quoi ?

— Comme une princesse. Traîne un peu les pieds, balance un peu les hanches. Je ne sais pas, Cam, marche comme une fille normale. Sois moins gracieuse.

— Oh.

Elle remonta l'anse de son sac qui avait glissé, puis fit quelques pas.

— Comme ça ?

— C'est mieux, répondit son amie en tapotant ses lèvres d'un doigt. Mais essaie d'être moins raide.

Elle s'entraîna un peu, essayant d'adopter une démarche plus souple et décontractée.

— Je m'appliquerai, promit-elle. Mais là, je dois y aller. Je t'appelle demain matin.

Marian se précipita à sa suite dès que Camilla se dirigea vers la porte de la chambre.

— Oh ! mon Dieu, sois prudente. N'adresse pas la parole aux inconnus. Verrouille les portes de ta voiture. Euh… Est-ce que tu as de l'argent, et ton téléphone ? As-tu…

— Ne t'inquiète pas.

A la porte, Camilla se retourna et lui adressa un sourire radieux.

— J'ai tout ce qu'il me faut. A bientôt.

Mais, lorsque la porte se referma, Marian ne put s'empêcher de se tordre les mains d'angoisse.

— Mon Dieu, murmura-t-elle. Bonne chance, mon amie.

Dix jours plus tard, Camilla chantait dans sa voiture, par-dessus la radio. Elle adorait la musique américaine. Elle adorait conduire. Elle adorait faire exactement ce qu'elle voulait et aller exactement où elle le voulait. Cela ne voulait pas dire que tout avait été rose au cours de son petit interlude. Elle savait que ses parents se faisaient du souci, et cela la tracassait. Son père, notamment, paraissait particulièrement inquiet.

Il avait trop longtemps été dans la police, supposait-elle, pour ne pas imaginer chaque piège et chaque danger qui pouvaient guetter une jeune femme seule. Surtout quand la jeune femme en question était sa propre fille.

Il avait insisté pour qu'elle téléphone tous les jours. Elle n'avait pas voulu démordre de son idée de ne donner de ses nouvelles qu'une fois par semaine. Et sa mère — plus mesurée, comme toujours — avait coupé la poire en deux et négocié pour que Camilla les appelle tous les trois jours.

Elle les aimait tant. Elle aimait ce qu'ils représentaient pour elle, ce qu'ils représentaient l'un pour l'autre. Ce qu'ils représentaient aux yeux du monde. Mais elle avait peur de ne pas se montrer digne d'eux. Si elle avait entrepris ce voyage, c'était sans doute parce qu'elle cherchait à prouver quelque chose à ses parents autant qu'à elle-même.

Et puis, elle avait aussi connu quelques problèmes d'ordre plus matériel. La première fois qu'elle s'était enregistrée dans un motel — et quelle expérience cela avait été —, elle s'était rendu compte qu'utiliser sa carte de crédit était risqué. Si un employé un peu malin voyait le nom « Camilla MacGee » et comprenait qui elle était, il suffirait d'un seul coup de téléphone aux journaux locaux pour que les « galères », comme dirait son frère Dorian, commencent.

Par conséquent, sa réserve d'argent liquide diminuait comme peau de chagrin. Par fierté, par entêtement et par agacement envers son manque de prévoyance, elle n'avait pas voulu demander à ses parents les fonds nécessaires à la poursuite de son voyage.

Après tout, cela aurait été contraire à l'un de ses buts. Qui était de s'accorder quelques précieuses semaines de totale indépendance.

Si elle découvrait comment faire, peut-être pourrait-elle mettre un objet en gage ? Sa montre valait plusieurs milliers de dollars. Cela serait plus que suffisant pour voir venir. Soulagée et déterminée, elle se promit de s'intéresser de près à la question dès sa prochaine halte.

Mais pour l'heure, elle profitait du simple plaisir de conduire. Depuis Washington, elle avait fait route vers le nord-ouest et avait commencé par explorer une partie de la Virginie-Occidentale et de la Pennsylvanie.

Elle avait mangé dans des fast-foods, dormi dans les lits défoncés des motels autoroutiers. Elle avait flâné dans les rues de petites bourgades ou de plus grosses villes, s'était fait bousculer sans ménagement dans la foule. Et une fois, elle avait été ignorée, puis s'était même fait envoyer promener par une serveuse, dans un bar où elle s'était arrêtée pour prendre une boisson fraîche.

Cela avait été merveilleux.

Personne — absolument personne — ne l'avait prise en photo.

En se baladant dans un petit parc dans le nord de l'Etat de New York, elle avait vu deux hommes âgés en train de jouer aux échecs. Elle s'était arrêtée pour les regarder, et s'était retrouvée captivée par leurs discussions sur la politique mondiale. Cela avait été à la fois fascinant et cocasse.

Elle avait adoré voir l'été resplendir sur la Nouvelle-Angleterre. C'était si différent de ce qu'elle connaissait en Virginie et à Cordina. C'était si libérateur de passer d'un endroit à un autre sans que jamais personne ne la connaisse, n'attende rien d'elle, ni ne la poursuive, un appareil photo à la main.

Elle faisait ce que, d'habitude, elle ne faisait qu'en famille, ou avec ses amis les plus intimes : elle se détendait.

Tous les soirs, pour son propre plaisir, elle relatait les événements de la journée et ses observations dans son journal.

> *Je suis extrêmement fatiguée,* avait-elle récemment écrit. *Mais c'est une fatigue agréable. Demain, je ferai route pour le Vermont. Une fois que j'y serai, il me faudra décider si je continue vers l'est, en direction de la côte, ou si je fais demi-tour. Les Etats-Unis sont si grands. Aucun des livres que j'ai lus, aucune des leçons que j'ai apprises, aucun des voyages que j'ai faits, officiels ou privés, ne m'ont vraiment permis de me rendre compte*

de la taille, de la diversité, de l'extraordinaire beauté du pays lui-même et de ses habitants.
Je suis à moitié américaine, et j'ai toujours été fière de cette part de mon héritage. Curieusement, plus je passe de temps ici, plus je me sens étrangère. Je vois que j'ai négligé cette partie de moi. Mais cela va changer.
Je loge dans un petit motel situé à la frontière entre les deux Etats, dans les monts Adirondacks. Ce massif est vraiment spectaculaire. Je ne peux pas dire la même chose de ma chambre. Elle est propre, mais très exiguë. J'y ai juste trouvé une savonnette minuscule et deux serviettes rêches comme du papier de verre. Mais il y a un distributeur de boissons tout à côté de ma porte, si jamais j'ai une petite soif.
J'adorerais déguster un bon verre de vin, mais mon budget ne me permet pas pour l'instant un tel luxe.
J'ai appelé la maison ce soir. Maman et papa sont en Virginie, avec Kristian et Dorian. Ils me manquent, ainsi que la tranquillité et le réconfort qu'ils représentent. Mais je suis très heureuse de découvrir qui je suis et de le faire seule.
Je crois d'ailleurs me débrouiller plutôt bien, et je suis plus audacieuse que je ne l'avais imaginé ; j'ai un excellent sens de l'observation et de l'orientation, et j'apprécie davantage la solitude que je ne l'aurais cru. Je n'ai aucune idée de ce à quoi ces découvertes vont pouvoir me servir, mais c'est toujours bon à savoir.
Si je renonçais au métier de princesse, je pourrais peut-être devenir guide de randonnée…

***

Elle adora le Vermont. Elle adora les hautes montagnes vertes, les nombreux lacs, les rivières sinueuses. Plutôt que de filer vers le Maine, ou de faire demi-tour vers l'ouest, pour retourner dans l'Etat de New York, elle se laissa guider par le hasard, en optant pour des petites routes traversant la coquette Nouvelle-Angleterre, longeant forêts et terres agricoles.

Au bout de quelques heures passées sur la route, oubliant totalement son projet de vendre sa montre, elle se mit à la recherche d'un motel. Elle avait ouvert les vitres pour sentir l'air chaud de l'été, avait monté le volume de la radio, et picorait des frites dans un sac posé sur ses genoux.

Elle ne s'inquiéta pas lorsque le ciel se couvrit. Cela donnait une lumière très intéressante aux rangées de grands arbres qui bordaient la route, et ajoutait un côté électrique à l'air qui s'engouffrait dans sa voiture.

Cela ne la dérangea pas particulièrement lorsque la pluie se mit à éclabousser le pare-brise, même si elle dut fermer ses vitres sous peine d'être trempée. Et, quand des éclairs déchirèrent le ciel, elle trouva le spectacle magnifique.

Mais lorsque la pluie redoubla, que le vent se mit à souffler en rafales et que les éclairs l'aveuglèrent, elle décida qu'il était temps de faire demi-tour et de trouver un endroit pour s'abriter.

Dix minutes plus tard, elle se maudissait et essayait de distinguer la route à travers le rideau de pluie que les essuie-glaces balayaient rapidement d'un côté à l'autre du pare-brise.

C'était sa faute, songea-t-elle, mécontente. Elle se dirigeait vers le cœur de la tempête, au lieu de s'en éloigner. Et elle avait peur de manquer — ou d'avoir déjà manqué — son embranchement dans l'obscurité.

Elle ne voyait rien, mis à part l'asphalte noir qui luisait sous la lumière de ses propres phares et l'épais mur d'arbres qui bordait les deux côtés de la route. Le tonnerre retentit et le vent fit tanguer sa voiture.

Elle hésita à s'arrêter pour attendre que l'orage passe. Mais son côté entêté — celui-là même dont ses frères se moquaient volontiers — la poussa à continuer. Encore quelques kilomètres, se dit-elle. Elle récupérerait la route principale. Puis elle trouverait un motel et, depuis sa chambre, en sécurité et bien au sec, elle pourrait admirer l'orage.

Soudain, surgissant du bouquet d'arbres, quelque chose se jeta devant ses roues. Elle aperçut les yeux d'un cerf briller dans ses phares, puis donna aussitôt un brusque coup de volant.

La voiture fit une embardée, puis un tête-à-queue complet sur la route glissante, avant de finir — avec un soubresaut et un bruit de tôle froissée — la tête la première dans le fossé.

Pendant les minutes qui suivirent, il n'y eut plus aucun bruit, excepté celui de la pluie qui s'abattait et de la respiration saccadée de Camilla. Puis un éclair déchira le ciel et elle sursauta comme si elle-même venait d'être frappée par la foudre.

Elle inspira puis expira lentement. D'habitude, répéter cet exercice trois fois suffisait à la calmer. Mais cette fois, sa troisième respiration s'accompagna d'un grognement. Elle frappa le volant, grinça des dents, puis passa la marche arrière d'un geste rageur.

Lorsqu'elle appuya sur l'accélérateur, ses roues patinèrent et s'enfoncèrent plus profondément dans la boue. Elle essaya de dégager la voiture en alternant rapidement marches avant et arrière. Mais pour chaque centimètre gagné, elle en perdait deux.

Elle abandonna finalement et, en proférant des insultes à son encontre, sortit sous la pluie battante pour évaluer la situation.

Elle ne vit aucun dégât à part une aile enfoncée, mais il faisait noir. D'autant plus noir qu'un de ses phares était cassé. Non seulement la voiture était à moitié sur la chaussée et à moitié en dehors, mais les pneus avant étaient aussi complètement embourbés.

Elle frissonnait, à présent, car la pluie avait transpercé sa chemise. Vite, elle remonta en voiture, et sortit son téléphone portable. Il fallait qu'elle prévienne une dépanneuse. Certes, elle n'avait pas la moindre idée de la manière de procéder, mais son opérateur serait sans doute en mesure de la mettre en relation avec un garage.

Elle alluma son téléphone, puis regarda l'écran. Pas de réseau.

Génial, songea-t-elle, dégoûtée. *Vraiment génial. Je roule au milieu de nulle part parce que les arbres sont jolis, je poursuis ma route sous un splendide orage d'été, et je finis dans un fossé à cause d'un stupide cerf, dans un coin si perdu qu'il n'est même pas couvert par le réseau.*

Apparemment, la suite de l'aventure allait consister à passer la nuit, trempée, dans sa voiture.

Dix minutes plus tard, trop mal à l'aise, elle se résolut à affronter de nouveau la pluie pour aller chercher sa valise dans le coffre.

Prochaine aventure : se changer dans une voiture immobilisée sur le bord de la route.

Alors qu'elle traînait sa valise, elle devina la faible lueur d'une paire de phares transperçant le rideau de pluie. Sans hésiter, elle se précipita vers le côté conducteur de sa voiture, se pencha à l'intérieur et donna trois coups de Klaxon. Elle dérapa, faillit finir à plat ventre dans le fossé, mais réussit à regagner la route où elle agita frénétiquement les bras.

Aucun cheval blanc ne lui avait jamais semblé aussi magnifique que le camion bosselé qui ralentit en grondant pour s'arrêter à côté d'elle. Aucun chevalier en armure ne lui avait jamais semblé aussi héroïque que la sombre silhouette masculine qui baissa sa vitre pour la regarder.

Elle ne distingua pas la couleur de ses yeux, ni ne put deviner son âge, à cause de l'obscurité et de la pluie. Elle ne vit que le contour flou de son visage, et ses cheveux hirsutes, lorsqu'elle s'approcha.

— J'ai eu un petit souci, commença-t-elle.

— Sans blague.

Elle voyait ses yeux, à présent. Ils étaient vert bouteille, et contrariés, sous des sourcils noirs froncés. Ils glissèrent sur elle comme si elle était un inconvénient mineur — ce qui la hérissa, alors même qu'elle essayait de se montrer aimable — avant de se poser sur la voiture.

— Vous auriez dû vous ranger gentiment sur le bas-côté pendant un orage comme celui-là, cria-t-il pour couvrir le bruit du vent. Pas vous y précipiter la tête la première.

— Merci du conseil.

Sans qu'elle puisse s'en empêcher, elle avait répondu sur ce ton glacial, et horriblement poli, dont elle usait parfois, et qui lui avait valu, de la part de ses frères, le surnom de « Princesse Pimbêche ».

Il l'observa de nouveau, avec, dans les yeux, une lueur qu'elle ne sut interpréter. Amusement ? Agacement ?

— J'apprécierais vraiment, poursuivit-elle, que vous m'aidiez à tirer ma voiture de là.

— Je m'en doute, répondit-il d'une voix profonde, rauque et légèrement bourrue. Mais ce n'est pas de chance : j'ai laissé mon costume et mes super pouvoirs sur Krypton.

Contrariée qu'il se moque aussi ouvertement d'elle, elle lui jeta un regard noir. Il avait un visage qui dégageait beaucoup d'autorité, elle le voyait, à présent. Sa mâchoire carrée était ombrée par une barbe de deux ou trois jours. Sa bouche paraissait décidée et sévère. Des traits professoraux, se dit-elle. Le genre de type qui passe son temps à donner des leçons à tout le monde.

Or elle n'était pas d'humeur à recevoir des leçons de quiconque.

Elle fit un effort pour réprimer un frisson de froid et pour rester aussi digne que possible.

— Il doit bien y avoir quelque chose à faire, pourtant.

— Oui.

Au soupir qu'il poussa, elle comprit que cette perspective ne l'enchantait guère.

— Montez. On va aller chez moi, pour appeler une dépanneuse.

Monter en voiture ? Avec lui ?

« Ne parle pas aux inconnus. » La mise en garde de Marian résonna dans sa tête. Bien sûr, elle avait ignoré son conseil une bonne dizaine de fois au cours de la semaine et demie passée. Mais monter en voiture avec un inconnu, sur une route déserte ? Ce n'était pas la même chose.

En même temps, si l'homme lui avait voulu du mal, il n'aurait pas eu besoin de la faire monter en voiture. Il lui aurait suffi de descendre, et de l'assommer.

Alors, entre passer des heures dans sa voiture immobilisée et avoir la possibilité d'être au sec, et — si Dieu le voulait — de boire un café bien chaud, elle n'hésita pas longtemps.

— Mes affaires sont dans ma voiture, lui dit-elle.

— Parfait. Allez les chercher.

A cette réponse, elle resta un instant bouche bée. Puis, alors qu'il la fixait toujours de son air renfrogné, elle serra la mâchoire.

Chevalier en armure, tu parles, fulmina-t-elle en se démenant sous la pluie pour sortir ses sacs du coffre et de l'habitacle. Il n'était qu'un goujat grossier, misérable et mal élevé.

Mais, s'il avait un téléphone et une cafetière, elle pourrait passer outre.

Elle déposa ses affaires à l'arrière de son camion et s'installa à côté de lui. Ce fut alors qu'elle vit que son bras droit était immobilisé dans une attelle qui le maintenait collé au reste de son corps. Aussitôt, les remords et la culpabilité l'assaillirent.

S'il était blessé, il ne pouvait naturellement pas l'aider à bouger sa voiture ni à porter ses sacs. Et, s'il s'était montré impoli, c'était sans doute parce qu'il souffrait. Pour se faire pardonner d'avoir pensé du mal de lui, elle lui adressa un sourire radieux.

— C'est très gentil à vous de m'aider. J'ai eu peur de devoir passer la nuit dans ma voiture, complètement trempée.

— Vous n'auriez pas été mouillée si vous étiez restée dans votre voiture.

Elle voulut lui répondre, mais se retint. La diplomatie, même quand son interlocuteur ne la méritait pas, faisait partie de son éducation de princesse.

— C'est vrai. Mais je vous remercie quand même de vous être arrêté, monsieur…

— Caine. Delaney Caine.

— Monsieur Caine.

Elle se passa la main dans ses cheveux mouillés.

— Je m'appelle Camilla…

Mais elle s'interrompit, et eut un bref moment de flottement lorsqu'elle se rendit compte qu'elle avait été sur le point de dire « MacGee ». L'épisode l'avait davantage secouée qu'elle ne le pensait.

— Breen, reprit-elle, en donnant le nom de famille de Marian. Que vous est-il arrivé au bras ?

— Ecoutez, si vous pouviez éviter de me faire la conversation…, répondit Delaney avec un soupir.

Il conduisait, d'une main, dans un orage pas piqué des hannetons, et cette fille voulait bavarder. Incroyable.

— Ce que nous voulons tous les deux, c'est juste que vous puissiez repartir le plus vite possible vers le fichu endroit où vous vouliez aller.

— Très bien.

Puisque cet homme se conduisait comme un ours mal

léché, elle l'ignorerait, tout simplement. Déterminée, elle tourna la tête vers la vitre.

La situation présentait un avantage certain, d'ailleurs. Il n'allait plus la regarder du trajet. Et comme, tout à l'heure, il lui avait à peine adressé un coup d'œil, elle n'avait pas à s'inquiéter : jamais il ne reconnaîtrait une princesse en la demoiselle en détresse qu'il venait de secourir.

Chapitre 2

Elle avait beau avoir tourné la tête vers la vitre, Delaney avait parfaitement eu le temps de la voir.

Malgré la nuit, malgré la pluie et malgré son air hautain et mal commode, sa beauté avait réussi à s'imposer à lui comme la première des évidences.

La jeune femme, grande et mince, était vêtue d'un jean et d'une chemise mouillés qui collaient à des courbes subtilement féminines. Son visage ovale était magnifié par des yeux dorés et une bouche charnue et mobile, et couronné par des cheveux brillants, auxquels la pluie donnait une sombre couleur feu.

Dans sa voix se mêlaient accents du Sud et français, une combinaison raffinée et pleine de classe qui témoignait d'un niveau d'éducation élevé et d'un milieu social privilégié.

Il avait remarqué la légère hésitation lorsqu'elle s'était présentée, et avait compris qu'elle mentait. Mais il s'en moquait complètement.

De cela, comme du reste.

Elle n'était, en ce moment précis, rien d'autre qu'une nuisance. Il voulait rentrer chez lui. Etre seul. Avaler des médicaments pour que son épaule et ses côtes lui fassent un peu moins mal. L'humidité et la pluie le tuaient.

Il avait du travail, bon sang, et s'occuper d'elle signifiait perdre une bonne heure sur son programme du soir.

Pour couronner le tout, elle avait vraiment essayé de lui faire la conversation. Qu'avaient-ils donc, tous ces gens, à toujours avoir besoin de parler ? Et de s'écouter parler, par la même occasion.

Le seul avantage d'avoir dû quitter le chantier qu'il avait en Floride pour aller se rétablir chez lui était précisément qu'il était chez lui. Seul. Sans les amateurs et les curieux essayant par tous les moyens de pénétrer sur le site, sans les étudiants le noyant sous les questions, sans les journalistes le harcelant pour obtenir une interview.

Bien entendu, le revers de la médaille, c'était qu'il ne s'était pas rendu compte à quel point il serait problématique d'écrire, de classer, et même de faire tout le reste, avec une seule main.

Mais il se débrouillait.

A peu près.

Quant à cette fille, ce ne serait que l'affaire d'une heure, tenta-t-il de se raisonner. Il n'aurait tout de même pas pu la laisser en panne sur le bord de la route, au beau milieu de l'orage. D'accord, il avait hésité à le faire…, mais seulement quelques secondes. Une minute, maximum.

Tout à ses ruminations, il n'avait pas remarqué qu'elle s'était mise à frissonner sur le siège d'à côté. Mais, en revanche, il la vit soudain maugréer avec irritation et se pencher pour pousser le chauffage.

Il se contenta de grogner et continua de conduire comme si de rien n'était.

Espèce de babouin, songea Camilla avec emportement. Pour elle, Delaney Caine était en train de dégringoler à toute vitesse les échelons de la chaîne de l'évolution. Lorsqu'il tourna pour emprunter une allée étroite, boueuse et pleine d'ornières qui la firent sauter sur son siège, elle décida qu'il n'était même pas digne d'être un mammifère, et lui attribua un tas de noms d'oiseaux.

Frigorifiée, mal à l'aise, furibonde, elle essaya de distinguer la construction qui se dressait devant eux. Elle était nichée dans les bois, et ressemblait à un chalet. Elle supposa qu'elle était de bois, mais il faisait vraiment sombre. Elle aperçut un gazon trop haut et un porche d'entrée affaissé, alors qu'il empruntait une allée boueuse pour aller se garer à l'arrière de la maison.

Là, une ampoule jaune et nue était fixée au-dessus d'une porte, qu'elle éclairait faiblement.

— Vous… vivez ici ?

— Parfois, répondit-il en ouvrant sa portière. Prenez ce dont vous avez besoin, laissez le reste.

Sur ce, il courut sous la pluie jusqu'à la porte.

Puisqu'elle avait besoin, plus que tout au monde, d'enfiler des vêtements secs et chauds, Camilla prit ses valises et les traîna vers le chalet. Elle dut batailler pour ouvrir la porte, car il ne s'était pas donné la peine de l'attendre comme l'aurait fait n'importe quel Néandertal, même le plus rustre de tous.

Essoufflée, elle s'engouffra dans un minuscule vestibule plein de boue et de traces de pas. Il était… encombré. C'était le mot. Des bottes, des manteaux, des chapeaux, des gants, des seaux, des petites pelles. Sous un amoncellement de godets, de truelles et de linge se trouvaient ce qu'elle supposa être une machine à laver et un sèche-linge.

Mais quel cochon, songea-t-elle.

Elle ne changea pas d'opinion lorsqu'elle pénétra dans la cuisine. De la vaisselle emplissait l'évier et recouvrait totalement la petite table, sur laquelle étaient également posés des papiers, une paire de lunettes, un paquet de gâteaux entamé et plusieurs bouchons de stylos.

Ses pieds collaient au sol et faisaient comme des petits bruits de succion alors qu'elle avançait.

— J'ai l'impression que l'eau et le savon sont des denrées assez rares dans le Vermont.

Elle le dit gentiment, avec un sourire poli. Il se contenta de hausser les épaules.

— J'ai renvoyé la femme de ménage. Elle n'arrêtait pas de toucher à mes affaires.

— Je me demande comment elle pouvait les trouver sous la saleté.

— Dépanneuse, murmura-t-il en extirpant du fourbi un vieil annuaire téléphonique.

Au moins lui-même paraissait propre, songea Camilla en le scrutant un moment. C'était déjà cela. Il était habillé d'une façon assez rustique et ses bottes étaient usées, mais ses mains et ses cheveux — bien que longs, mouillés et mal peignés — étaient propres. Elle songea même que son visage aurait pu être beau — dans son genre — sans cette barbe négligée.

C'était un visage dur et plutôt renfermé, mais son regard était vif et perçant. Et semblait plutôt intelligent.

Elle attendit, avec une patience qu'elle jugea admirable, qu'il trouve le numéro. Puis il attrapa le téléphone, appuya sur une touche. Et jura.

— Pas de téléphone.

Non, le destin ne pouvait tout de même pas être aussi cruel…

— Vous êtes sûr ?

— Sur cette planète, pas de tonalité signifie pas de téléphone.

Ils se regardèrent avec les mêmes yeux dédaigneux et contrariés. Elle avait envie de claquer des dents.

— Vous pourriez peut-être me conduire à la pension ou au motel les plus proches ?

Delaney regarda par la fenêtre, au moment même où un nouvel éclair déchirait le ciel.

Trente-cinq kilomètres sous ce déluge et avec ces rafales.

Il frotta machinalement son épaule douloureuse. Avec deux bras valides, il aurait peut-être essayé, juste pour se débarrasser d'elle. Mais avec un seul, c'était peine perdue.

— Je ne crois pas, non…

— Que suggérez-vous, alors ?

— Je suggère que vous enfiliez des vêtements secs avant de tomber malade, ce qui serait la fin de tout pour moi. Ensuite, nous verrons si nous trouvons quelque chose à manger ici, et nous essaierons d'en faire quelque chose.

— Monsieur Caine, c'est extrêmement généreux de votre part. Mais je ne voudrais pas…

Elle s'interrompit pour éternuer trois fois de suite.

— Au bout du couloir, lui dit-il en tendant le doigt. A l'étage. La salle de bains est tout au fond. En attendant, je vais faire du café.

Trop frigorifiée pour protester ou pour réfléchir à une alternative, Camilla reprit ses valises, et les traîna à grand-peine dans le couloir et l'escalier. Comme un cheval portant des œillères, elle ne fit que regarder droit devant elle et alla se réfugier dans la salle de bains.

Elle ferma la porte à clé.

Il y avait des serviettes par terre, du dentifrice — sans bouchon — sur le bord d'un petit lavabo qui, même s'il ne brillait pas, semblait au moins avoir été rincé une ou deux fois au cours des six derniers mois.

Il y avait aussi, elle le découvrit bientôt, de l'eau chaude.

A la seconde où elle se glissa sous la douche, le bonheur qu'elle éprouva balaya toute autre sensation. Elle laissa l'eau couler sur elle et se déverser sur sa tête. Elle faillit se mettre à danser de joie. Lorsque la chaleur l'enveloppa complètement, elle ferma simplement les yeux et soupira d'aise.

Ce ne fut pas sans regret qu'elle referma les robinets et sortit de la cabine. Elle trouva une serviette paraissant à peu près propre sur l'étagère, s'y enveloppa et chercha une chemise et un pantalon dans ses affaires.

Elle avait enfilé ses sous-vêtements lorsque la lumière s'éteignit brusquement.

Elle cria, ce fut plus fort qu'elle. Et se cogna contre le lavabo. Les mains tremblantes, et au comble de l'énervement, elle tenta de s'habiller dans le noir.

— Monsieur Caine ! hurla-t-elle, en sortant la tête de la salle de bains, et en constatant par la même occasion que toute la maison était plongée dans l'obscurité.

— Oui, oui, pas la peine de s'énerver comme ça.

Elle l'entendit monter bruyamment les escaliers, et aperçut bientôt la faible lueur d'une lampe de poche.

— Le courant est coupé, lui dit-il.

— Vraiment ? Je n'aurais jamais deviné toute seule.

— C'est bien le moment d'être sarcastique, marmonna-t-il. Ne bougez pas.

L'homme et la lumière disparurent dans une autre pièce. Quelques instants plus tard, il revint avec la lampe de poche et lui tendit une bougie vacillante.

— Vous avez terminé ? demanda-t-il en désignant la salle de bains de la tête.

— Oui, merci.

— Très bien.

Il était déjà en train de redescendre les premières marches lorsque, surprise et effrayée par un coup de tonnerre, elle se précipita à sa suite.

— Qu'est-ce qu'on fait, maintenant ?

— On allume un feu, on boit du café, on réchauffe de la soupe et on se dit qu'on aimerait mieux que vous soyez ailleurs.

— Vous n'avez aucune raison de vous montrer aussi grossier. Ce n'est pas ma faute si un orage a éclaté.

Elle trébucha contre une paire de chaussures et vint heurter son dos.

— Bon sang ! s'exclama Delaney, se retenant pour ne pas pousser un hurlement de douleur. Faites un peu attention, s'il vous plaît.

— Je m'excuse, mais si vous ne viviez pas dans une porcherie, je ne me prendrais pas les pieds dans vos affaires.

— Ecoutez, entrez là, dit-il en désignant le salon. Asseyez-vous, et évitez surtout de rester dans le passage.

— Avec plaisir.

Camilla entra dans la pièce en affectant une froideur outragée, mais tous ses effets furent gâchés car, au bout de quelques pas, elle ne put s'empêcher d'étouffer un cri.

— Est-ce que ce sont des...

Elle montra faiblement du doigt ce que sa lumière avait éclairé, posé sur une table basse.

— ... des os ?

Il dirigea le faisceau de sa lampe vers les os scellés, sous vide, dans des sachets plastiques.

— Oui. Des os humains, pour la plupart, répondit-il sur un ton détaché tout en se dirigeant vers la cheminée. Mais ne vous inquiétez pas, ajouta-t-il en s'accroupissant pour allumer le feu. Je n'ai tué personne.

— Oh ! vraiment ?

Mais elle recula prudemment, se demandant ce qu'elle pourrait utiliser comme arme pour se défendre.

— Leur propriétaire est morte il y a à peu près sept mille ans, mais pas suite à la chute qui a laissé des traces de fracture sur quelques-uns d'entre eux. Vous voyez que c'est de l'histoire ancienne...

— Pourquoi sont-ils en votre possession ?

— Je les ai trouvés... en creusant en Floride.

Il disposa du petit bois dans le foyer, y jeta une allumette et se leva. Le bois bien sec s'embrasa tout de suite, projetant de la lumière tout autour de lui.

— Vous... creusez des tombes ? demanda-t-elle d'une voix étranglée, en essayant de masquer sa stupéfaction horrifiée.

Pour la première fois, il sourit. Ce fut un flash aussi vif et clair que l'éclair qui déchira le ciel au même moment.

— C'est une façon de présenter les choses. Mais, détendez-vous… comment vous appelez-vous, déjà ?

— Camilla, répondit-elle, après s'être humidifié les lèvres.

— Ah oui, c'est cela. Eh bien, détendez-vous, Camilla. Je ne suis pas un savant fou, je suis archéologue. Je vais chercher le café. Ne touchez pas à mes os, ni à rien d'autre, d'ailleurs.

— Je n'en ai pas spécialement envie.

Elle n'avait pas non plus spécialement envie de rester seule dans une pièce sombre par une nuit d'orage, en compagnie d'un tas d'os humains. Même si les os en question étaient bien emballés, et vieux de plusieurs millénaires.

— Je vais vous donner un coup de main.

Pour masquer sa gêne, elle sourit.

— Je pense que vous pourriez en avoir besoin.

— Oui, c'est possible.

Sa blessure le faisait toujours souffrir, et pas qu'un peu.

— Ecoutez, il y a une chambre d'amis à l'étage. Vous feriez aussi bien de passer la nuit ici. On s'occupera de votre voiture demain matin.

— Merci.

Elle avait chaud, elle était au sec, et le café sentait délicieusement bon. La situation aurait pu être bien pire.

— C'est vraiment très aimable de votre part, monsieur Caine.

— Ne m'appelez pas « monsieur ». Juste Caine, ou Del.

Lorsqu'il se dirigea vers le vestibule, elle le suivit.

— Où allez-vous ?

— Comment ? demanda-t-il, tellement surpris qu'il s'interrompit en plein enfilage de son ciré, un exercice assez pénible et compliqué.

Il n'avait pas l'habitude d'expliquer ses faits et gestes, et franchement il n'avait pas envie de commencer aujourd'hui.

— Nous allons avoir besoin d'eau. Eau, pluie, seau… Vous saisissez ? fit-il en en attrapant justement un. Et il y a un générateur dans la remise. Je devrais pouvoir le mettre en route. Surtout, ne touchez pas à mes affaires, ajouta-t-il, avant de disparaître dans l'orage.

— Pas sans rappel de tétanos, murmura Camilla, alors qu'il claquait la porte derrière lui.

Elle retourna dans la cuisine et, en ayant un peu peur de ce qu'elle allait y découvrir, ouvrit lentement un placard. Puis un autre. Et encore un autre. Alors que les trois premiers étaient vides, elle trouva ce qu'elle supposa être la seule vaisselle propre du chalet dans le dernier.

Elle versa le café dans une tasse ébréchée, et but prudemment une première gorgée. Elle fut à la fois enchantée et surprise de constater qu'un homme comme lui était capable de préparer un délicieux café.

Rassérénée, elle inspecta la cuisine. Elle ne pouvait tout de même pas rester dans cette porcherie sans rien faire. S'ils voulaient manger, elle allait devoir imaginer comment préparer un repas dans ces conditions.

Il y avait beaucoup de conserves dans le buffet, et parmi elles deux boîtes de soupe à la tomate attirèrent son attention. C'était déjà quelque chose. Rassurée, elle ouvrit le réfrigérateur.

Il n'était pas sale. Mais pire peut-être, il était quasiment vide. Les sourcils froncés, elle compta trois œufs, un morceau de très vieux fromage, un pack de six bières — moins deux — et, pour son grand plaisir, une bouteille d'un excellent pinot noir.

De mieux en mieux.

Il y avait aussi vingt-cinq centilitres de lait qui, après vérification, semblait frais, et un demi-litre d'eau minérale.

Retroussant ses manches, la princesse Camilla se mit au travail.

Un quart d'heure plus tard, équipée elle aussi d'un seau, elle tenta une sortie. A travers le rideau de pluie, elle distinguait à peine la remise. Mais, malgré le clapotis de l'averse, elle entendit des jurons et des bruits sourds. En concluant que Del risquait d'être encore occupé pour un petit bout de temps, elle récupéra son seau à moitié plein et rentra à l'abri.

Si au moins il avait de la lumière, songea Del en donnant un autre coup de pied au générateur, il pourrait voir comment réparer cette satanée machine. Mais le problème, c'était que pour avoir de la lumière, il devait justement la réparer d'abord.

Ce qui signifiait qu'il n'arriverait à rien avant le lendemain matin. Ce qui signifiait, se dit-il amèrement, qu'il avait perdu presque une heure à s'agiter pour rien dans une remise exiguë où il s'était cogné l'épaule un nombre incalculable de fois.

Chaque partie de son corps lui faisait mal, d'une façon ou d'une autre. Et il était toujours mouillé, frigorifié, et dans le noir.

S'il avait été tout seul, il ne se serait pas occupé du générateur. Il aurait ouvert une boîte de conserve, mangé froid, et travaillé un peu à la lueur d'une bougie.

Seulement voilà, il y avait une femme à qui penser. Il détestait déjà avoir à penser à une femme quand tout allait pour le mieux. Mais là, alors que les choses auraient difficilement pu être pires, c'était une torture.

— En plus, elle est du genre raffiné, murmura-t-il, en promenant sa lampe torche dans la remise pour voir s'il pouvait trouver quelque chose qui leur serait d'une quelconque utilité dans le chalet. En cavale, de toute évidence. Son riche mari ne devait plus lui acheter assez de bijoux à son goût.

Mais ce n'était pas son problème, se rappela-t-il. Dès le lendemain, elle serait loin, et il pourrait se remettre au travail sans être plus interrompu.

Il se tourna, se cogna le tibia dans le générateur, sursauta. Et vit presque des étoiles lorsqu'il bougea involontairement sa clavicule cassée. La sueur coula le long de son visage, de sorte qu'il dut appuyer sa main valide contre le mur et attendre que son vertige passe.

C'était à cause de ses blessures qu'il avait dû quitter le chantier de fouilles en Floride, qu'il dirigeait pourtant depuis son ouverture, trois ans plus tôt. Il s'y était résigné. Il fallait bien, de toute façon, que quelqu'un rédige les rapports et le journal de fouilles, s'occupe du classement et du catalogage du matériel.

Et il préférait que ce quelqu'un, ce fût lui.

Mais il détestait les complications qu'entraînaient ses blessures. Ainsi que la douleur et la faiblesse qui en découlaient. Tout devenait une épreuve pour lui. Il pouvait à peine s'habiller sans mobiliser son os cassé, son épaule démise, ses côtes fêlées.

Il ne pouvait même pas attacher ses lacets.

L'enfer.

Assez remis de son accès de faiblesse pour pester contre cette même faiblesse, il reprit sa lampe de poche, et retourna vers le chalet. Il s'arrêta en chemin pour ramasser le seau rempli d'eau de pluie et jura copieusement en le soulevant.

Dans le vestibule, il abandonna le seau et son ciré, et fila droit vers la cuisine, impatient d'avaler une tasse de café.

Lorsqu'il voulut se servir, il remarqua que la cafetière n'était plus là.

Cela lui prit une bonne minute pour se rendre compte du changement, car Del, à moins qu'il ne le veuille, ne prêtait jamais attention aux détails. Non seulement il manquait le café, mais également toute la vaisselle empilée dans l'évier, sur la table et sur les plans de travail.

Il ne se souvenait pas de les avoir lavés. C'était une corvée à laquelle il s'attelait lorsqu'il n'avait plus d'autre choix. Interdit, il ouvrit un placard, et observa la vaisselle propre et bien rangée qui s'y trouvait.

Les plans de travail étaient propres, et la table également.

Il eut le réflexe de grogner lorsqu'il vit ses notes et ses papiers disposés en deux belles piles bien nettes.

Mais, alors qu'il se dirigeait vers le salon, prêt à dire ce qu'il pensait de ses méthodes à son importune visiteuse, une odeur de café — et de nourriture — le frappa, et le frappa de plein fouet. Elle lui rappela qu'il n'avait pas mangé depuis des heures, et son appétit prit vite le dessus sur sa colère.

Elle était là, devant le feu, en train de remuer le contenu d'une casserole. Il remarqua qu'elle avait « fabriqué » une grille de cuisson en posant une plaque qu'elle avait dû trouver dans le four sur des empilements de briques.

Il se souvint que, en effet, des briques étaient entreposées sous le porche, sans se rappeler pour autant qui les avaient mises là ni pourquoi.

Elle avait de la ressource, reconnut-il — à contrecœur —, et un très joli dos pour une fille aussi mince.

— Je vous avais dit de ne pas toucher à mes affaires.

Camilla ne sursauta pas. Il se déplaçait comme un troupeau d'éléphants, aussi l'avait-elle entendu arriver.

— J'ai faim, répondit-elle simplement. Je refuse de cuisiner ou de manger dans une porcherie. J'ai à peine dérangé les papiers qui se trouvaient dans la cuisine. C'est de la saleté dont je me suis occupée.

Elle les avait tout de même assez dérangés pour les parcourir, songea-t-elle. Et ce qu'elle avait réussi à lire — car il fallait déchiffrer son écriture manuscrite — était passionnant.

— Je savais où tout se trouvait.

— Eh bien, dit-elle en se tournant face à lui, vous allez devoir découvrir où tout se trouve maintenant. C'est facile, il y a deux piles bien ordonnées. Je me demande bien comment…

Elle s'interrompit lorsqu'elle vit que sa main saignait.

— Oh ! Mais vous vous êtes blessé ?

Surpris, Del baissa les yeux, remarqua le filet de sang sur sa main valide, et soupira.

— Ce n'est pas vrai. Qu'est-ce que j'ai encore fait ?

Avant qu'il ait le temps de regarder, elle se précipita vers lui, prit sa main et inspecta la blessure comme une mère poule veillant sur son poussin.

— Demi-tour vers la cuisine, ordonna-t-elle. Vous mettez du sang partout.

Ce n'était pas une blessure bien sérieuse. Personne ne s'était jamais préoccupé de ses plaies et bosses, pas même sa propre mère. C'était sans doute dû au fait qu'elle-même en avait toujours été couverte. Pris de court, il se laissa reconduire vers la cuisine.

— Ne bougez pas, dit-elle en le forçant à tenir sa main blessée au-dessus de l'évier.

Il eut la désagréable impression qu'elle lui parlait comme elle aurait parlé à un animal. Ou — pire — à un domestique.

Elle prit un torchon, l'humidifia, et commença à laver la plaie.

— Sur quoi vous êtes-vous coupé ?

— Je ne sais pas. Il faisait noir.

Elle eut un claquement de langue désapprobateur, puis examina la coupure nettoyée.

— Avez-vous un nécessaire de premiers secours quelque part ? Ou un antiseptique quelconque ?

— Ce n'est qu'une égratignure, commença-t-il à répondre, avant d'abandonner et de lever les yeux au ciel sous son regard fulminant. Par là-bas, dit-il en faisant un vague geste.

Elle se dirigea vers le vestibule, et il l'entendit faire claquer les portes du petit meuble, puis marmonner quelque chose en français.

— Non mais quel cochon ! Et gauche, avec ça.

— Si vous voulez m'insulter, faites-le en anglais, cria-t-il.

— Je disais que vous étiez désordonné et maladroit, fit-elle, en revenant avec une trousse de secours.

Il voulut lui dire qu'il avait très bien compris ses injures, mais s'interrompit. S'il pouvait s'amuser un peu pendant son calvaire, ce serait toujours ça de gagné.

— Je ne suis pas maladroit.

— Ah ! Cela explique pourquoi votre bras est dans une attelle et pourquoi votre main saigne.

— C'est un accident de travail, commença-t-il.

Mais, alors qu'elle se tournait pour soigner sa main, il éternua. Cette réaction banale à un refroidissement contracté sous une pluie d'orage brouilla sa vue. Il chancela, le souffle coupé, l'estomac retourné, et les côtes horriblement douloureuses.

Lorsqu'elle leva les yeux, Camilla vit ses yeux que la souffrance rendait vitreux, et ses joues blêmes.

— Que vous arrive-t-il ?

Sans réfléchir, elle passa son bras autour de sa taille pour le soutenir, alors qu'il chancelait.

— Vous devriez vous asseoir.

— Juste…

Il la repoussa doucement. Il fallait qu'il se ressaisisse, et ce n'était pas son contact qui allait l'y aider.

— … quelques côtes fêlées, réussit-il à dire dès qu'il eut retrouvé son souffle.

Devant son air horrifié et coupable, il sourit.

— Epaule démise, clavicule cassée. Accident de travail…

— Oh ! mon pauvre, comme je vous plains, répondit-elle, visiblement sincère. Venez, je vais vous aider à monter. Vous avez besoin de vous changer. Je suis en train de préparer de la soupe, comme ça vous aurez un repas chaud. Vous auriez dû me dire que vous étiez gravement blessé.

— Je ne suis pas…

Il s'interrompit de nouveau. Elle sentait merveilleusement bon. Et elle préparait à manger. Et elle était désolée pour lui. Pourquoi se montrer ingrat ?

— Ce n'est pas si grave que ça, dit-il sur un ton plus doux.

— Les hommes ne veulent jamais reconnaître qu'ils sont

blessés, c'est idiot. En attendant, nous allons avoir besoin de la lampe torche.

— Dans la poche arrière de mon pantalon.

— Ah.

Elle réussit à le contourner, en l'effleurant doucement. Cela ne le dérangea pas — vraiment pas — lorsque sa jolie poitrine ferme caressa son côté valide. Ni quand ses doigts longs et fins glissèrent sur ses fesses pour prendre la lampe dans la poche de son jean.

Non, cela ne le dérangea pas du tout. Et cela lui fit même oublier sa douleur.

Il la laissa l'aider à monter les escaliers. Une fois en haut, il fut heureux de pouvoir s'asseoir sur le bord de son lit défait. Depuis cette place, il la regarda s'affairer, à la recherche de bougies supplémentaires.

— Des vêtements secs, dit-elle en se dirigeant vers l'armoire.

Il ouvrit la bouche pour protester, mais déjà elle se retournait avec un jean et un T-shirt dans les bras.

— Avez-vous besoin que je vous aide à vous… euh… changer ? demanda-t-elle avec un sourire chaleureux.

L'idée s'insinua en lui. Il savait qu'il n'aurait même pas dû y penser une seule seconde. Que c'était aller trop loin. Mais, si on ne peut pas s'imaginer en train d'être déshabillé par une belle jeune femme, autant aller se pendre tout de suite.

— Non, merci. Je peux me débrouiller tout seul.

— Très bien. Dans ce cas, je vais aller surveiller la soupe. N'hésitez pas à m'appeler si vous avez besoin d'aide.

Camilla se dépêcha de descendre, pour remuer la soupe et pour s'adresser les reproches qu'elle méritait.

Elle l'avait traité de cochon. Mais le pauvre homme ne pouvait rien faire avec une blessure aussi douloureuse et invalidante. Elle eut honte d'elle, de son impatience, de son manque de compassion, de son ingratitude. Le moins qu'elle pût faire à présent, c'était faire en sorte qu'il se sente le mieux possible, et lui apporter un peu de réconfort avec un bon bol de soupe chaude.

Elle se dirigea vers le canapé pour tapoter et regonfler les coussins affaissés. Et toussa violemment à cause de la poussière qu'elle souleva dans la manœuvre. Elle fit de nouveau la grimace. Vraiment, la maison tout entière avait besoin d'être nettoyée de fond en comble.

Il avait dit qu'il avait renvoyé sa femme de ménage, parce qu'elle avait touché à ses affaires. Elle ne doutait pas un seul instant que cela se soit réellement passé ainsi. Cet homme avait de toute évidence un caractère épouvantable. Mais elle imaginait également que ses finances pouvaient poser problème. En tant qu'archéologue, il vivait sans doute principalement de subventions et de bourses.

Il faudrait qu'elle trouve un moyen de lui payer la nuit qu'elle allait passer chez lui, après avoir vendu sa montre, bien entendu.

Lorsqu'il redescendit, elle avait disposé des bols et des tasses sur la petite table, avec du papier essuie-tout en guise de serviettes. Il y avait quelques bougies, la lueur du feu, et la bonne odeur de la soupe.

Elle sourit, puis le regarda un court moment. Ses cheveux étaient secs, à présent, et elle remarqua qu'ils n'étaient pas bruns. Ou tout du moins, pas autant qu'elle l'avait cru. Çà et là, quelques mèches plus claires, sans doute décolorées par le soleil, éclairaient sa chevelure, d'un beau châtain riche en nuances, qui bouclait légèrement dans le cou.

De très beaux cheveux, reconnut-elle, dans un style un peu brut et sauvage qui s'accordait à merveille avec le vert bouteille de ses yeux.

— Vous vous sentirez mieux après avoir mangé.

En fait, Del se sentait déjà bien mieux après avoir avalé un antalgique. De lancinante, la douleur était devenue plus sourde. Il comptait sur un bon repas chaud pour balayer tout cela.

Il aurait donné n'importe quoi pour pouvoir prendre une douche brûlante, mais on ne peut pas tout avoir.

— Qu'y a-t-il au menu ?

— Du potage, répondit-elle dans un français élégant et châtié. Crème de tomate aux pommes de terre.

En riant, elle frappa sa cuillère contre le bord de la casserole, avant de poursuivre, en repassant à l'anglais :

— J'ai trouvé beaucoup de boîtes de conserve, alors j'ai mélangé de la soupe à la tomate avec des pommes de terre, en ajoutant du lait pour donner un peu de crémeux. Cela aurait été bien meilleur avec quelques herbes, mais je n'en ai pas trouvées dans vos placards. Asseyez-vous. Détendez-vous. Je vais vous servir.

En temps normal, il n'aimait pas tellement être dorloté. En même temps, il ne se souvenait pas de l'avoir jamais été. Et de toute façon, cette soirée était tout, sauf normale. Alors, autant en profiter.

— Vous n'avez pourtant pas l'air d'être du genre à cuisiner. Je vous imagine plutôt avoir un cuisinier.

Contrariée, Camilla fronça les sourcils. Elle qui pensait avoir l'air normal et ressembler à n'importe quelle femme…

— Je suis très bonne cuisinière, dit-elle en servant la soupe.

Parce que la cuisine l'avait toujours intéressée, elle avait pris des cours avec un chef étoilé.

— Mais, je l'avoue, c'est la première fois que je prépare un repas directement sur un feu.

— On dirait que vous ne vous en êtes pas trop mal tirée. L'odeur n'est pas désagréable, en tout cas.

Sans doute était-ce là un beau compliment de sa part. Quant au petit grognement qu'il poussa lorsqu'elle lui tendit son bol de soupe, elle décida de le prendre pour un remerciement.

— Je ne savais pas ce que vous voudriez boire. Du café, ou bien du lait ? Il y a aussi de la bière… et du vin.

— Du café. J'ai pris des médicaments, donc je ferais mieux d'éviter l'alcool.

Sans l'attendre, il avait déjà attaqué sa soupe. Comme elle restait debout devant lui, il daigna enfin lui adresser un bref coup d'œil.

— Qu'est-ce qu'il y a ?

Elle réprima un soupir. Puisqu'il n'avait pas la courtoisie de le lui proposer, elle allait devoir demander.

— Je prendrais volontiers un verre de vin, si cela ne vous dérange pas.

— Ça m'est égal.

— Merci.

Les dents serrées, elle lui servit son café, puis se dirigea vers la cuisine. Comment était-il possible de manquer à ce point d'éducation ? Elle ouvrit la bouteille et, après une brève hésitation, l'emmena avec elle.

Elle en boirait deux verres, décida-t-elle, et lui rembourserait le prix de la bouteille en même temps qu'elle lui paierait la chambre.

Puisqu'il avait déjà vidé son bol, elle le lui remplit une seconde fois, avant de se servir à son tour et de s'asseoir.

Au cours de sa vie de princesse, elle avait dû assister à d'innombrables dîners, tous plus ennuyeux les uns que les autres. Elle allait bien survivre à une seule soirée orageuse en compagnie de Delaney Caine.

— Avec le métier que vous faites, vous devez beaucoup voyager, commença-t-elle pour faire la conversation.

— Ça fait partie de mon travail.

— Vous aimez cela ?

— Je serais stupide de m'en plaindre, vous ne croyez pas ?

Elle sourit diplomatiquement et avala une gorgée de vin.

— Il y a parfois des contraintes, liées à nos occupations, qu'on ne peut pas choisir, de même qu'on ne choisit pas toujours son lieu de résidence, ni son mode de vie. Mais c'est un autre sujet…, dit-elle, songeuse, avant de se reprendre. J'ai bien peur de ne pas connaître grand-chose de votre métier. Vous étudiez… les os ?

— Parfois.

Del haussa légèrement les épaules lorsqu'elle leva un sourcil. Du bavardage poli, songea-t-il. Il n'en avait jamais compris l'intérêt.

— J'étudie les civilisations, l'architecture, les coutumes, les traditions, les religions, la culture. De temps en temps, mon travail et l'anthropologie se rejoignent. Et je m'intéresse aux os, parce qu'ils font partie de ce qui reste de ces civilisations.

— Que recherchez-vous ?

— Des réponses.

Elle hocha la tête.

— Des réponses à quelles questions ?

— A toutes les questions.

Elle se leva pour lui servir une autre tasse de café.

— Vous êtes ambitieux.

— Non. Curieux.

Lorsqu'elle sourit, ce ne fut pas un simple sourire poli. Son sourire était généreux, chaleureux, et il illuminait son visage ainsi que ses yeux. Il sentit aussitôt comme une sensation étrange, au creux de son estomac.

— La curiosité vaut bien mieux que l'ambition, dit-elle.

— Vous trouvez ?

— Absolument. L'ambition est souvent étriquée. La curiosité, au contraire, est vaste, libératrice, ouverte. Que vous disent-ils, vos os ?

Elle rit, puis désigna la petite table, avant de se rasseoir.

— Ces os.

Pourquoi ne pas lui répondre ? se demanda-t-il. De toute façon, il allait devoir rédiger son rapport. Cela ne lui ferait pas de mal de mettre ses idées en forme, même si, pour elle, il allait devoir simplifier à l'extrême.

— Qu'elle avait à peu près quarante-cinq ans quand elle est morte.

— Elle ?

— Oui. Une femme, membre d'une tribu indienne indigène. Elle s'est fait plusieurs fractures — au bras et à la jambe, sans doute suite à une chute — plusieurs années avant sa mort. Ce qui indique que sa culture était moins nomade qu'on ne l'a longtemps cru, et qu'on s'occupait des malades et des blessés, qu'on les soignait.

— C'est normal qu'elle ait été soignée.

— Pas si normal que cela, détrompez-vous. Dans certaines cultures, les blessures de ce type — celles qui étaient invalidantes et empêchaient le blessé de tenir son rôle au sein de la tribu — pouvaient conduire à l'abandon du sujet malade par le groupe.

— Eh bien, la cruauté n'est pas une invention récente, murmura-t-elle.

— Non. Pas plus que la recherche de l'efficacité ou que la lutte pour la survie. Mais, dans ce cas précis, la tribu s'occupait des malades et des blessés, et enterrait ses morts avec respect et cérémonie. Ils étaient probablement enterrés dans la journée suivant le décès. Cette femme, ainsi que d'autres individus retrouvés pendant la fouille, étaient enveloppés dans des espèces de bandelettes faites avec des plantes locales.

Del se passa une main sur le front, réfléchissant à présent à voix haute.

— Un tissage assez complexe, poursuivit-il, oubliant soudain son invitée. Nécessitant l'emploi d'un métier à tisser, et des heures de travail. Incompatible avec une vie nomade. C'était un site semi-permanent. Sur place, on a trouvé plein d'outils, et des graines, des noix, des racines, du bois pour le feu et les huttes. Des coquillages.

— Ce sont quelques os qui vous ont appris tout cela ?

— Comment ?

Brusquement tiré de ses pensées, il se tourna vers Camilla en fronçant les sourcils.

— Vous avez appris tout cela grâce à quelques os ? répéta-t-elle.

C'était une infime partie de ce qu'il avait appris, une infime partie des conclusions qu'il en avait tirées.

— Nous en avons plus que quelques-uns, et nous n'avons pas trouvé que des ossements.

— Plus vous en apprenez, mieux vous comprenez comment ces gens vivaient, pourquoi ils se comportaient de telle ou telle manière. Vous mesurez ce qu'il nous est resté de leurs vies, et ce que nous avons perdu. Vous cherchez la façon dont ils construisaient leurs maisons, préparaient leur nourriture. Comment ils élevaient leurs enfants, enterraient leurs morts. Quelles divinités ils adoraient, à quelles batailles ils se livraient. Et, à la fin, vous cherchez à découvrir quelle influence cela a pu avoir sur notre propre développement.

C'était, il dut l'admettre, un bon résumé pour un profane. Il y avait donc un cerveau sous cette jolie petite tête.

— C'est à peu près cela.

— Les femmes faisaient peut-être cuire leur soupe directement sur le feu.

Il apprécia ce trait d'humour, et faillit même sourire.

— Dans toutes les cultures, ce sont les femmes qui se sont d'abord occupées de la cuisine. Il doit bien y avoir une raison.

— Oh ! je vois. Les hommes sont plus disposés à se frapper la poitrine et à se battre qu'à se consacrer à des tâches plus basiques et moins héroïques.

— Voyez-vous cela…

Sur ce, il se leva. Malgré le café, il tombait de sommeil. C'était à cause de leur effet soporifique qu'il essayait le plus possible de se passer de ses antalgiques.

— Je monte. La chambre d'amis se trouve juste à gauche après l'escalier.

Sans un merci ni un au revoir, sans même l'un de ses grognements occasionnels, il laissa Camilla, sidérée par ce départ précipité, seule devant le feu.

Chapitre 3

Mon hôte me laisse perplexe, écrivit Camilla.

Il était tard, à présent, et elle avait décidé de camper sur le canapé défraîchi qui se trouvait face au feu, ayant jugé la chambre d'amis trop froide, trop humide et trop… sombre.

Elle n'avait entendu aucun bruit sortir de la chambre de Del et elle avait réessayé plusieurs fois — sans succès — les lumières et le téléphone.

J'ai décidé d'attribuer son manque de sociabilité au fait que, dans son travail, il passe plus de temps en compagnie des morts que des vivants. Et de me montrer tolérante, car les souffrances que lui cause sa blessure ne doivent rien arranger. Mais je le soupçonne fort d'être aussi impoli et grossier lorsqu'il est en pleine possession de ses moyens.

En tout cas, c'est quelqu'un d'intéressant. Et puis, passer du temps avec des personnes qui me traitent comme elles traiteraient n'importe qui, n'est-ce pas exactement ce que je voulais ?

Le point positif de cette vie d'ermite qu'il a choisi de mener, c'est qu'il n'y a pas la télévision au chalet. C'est incroyable : un foyer américain sans téléviseur. Je ne

pensais même pas que cela soit possible. Je n'ai pas vu non plus de journaux ni de magazines, à moins qu'ils ne se cachent sous le fourbi dans lequel il vit.
Les chances pour qu'un homme comme lui me reconnaisse, malgré cette intimité forcée, sont quasiment nulles. C'est très rassurant.
Malgré son mode de vie un peu curieux, c'est de toute évidence quelqu'un d'intelligent. Lorsqu'il m'a parlé de son travail — même si ce fut bref —, il était comme habité. Il a une curiosité, un besoin de chercher des réponses qui me parlent beaucoup. C'est peut-être parce que je suis, moi-même, à la recherche de quelque chose. De quelque chose qui se trouve en moi.
Tout en sachant très bien que cela ne se faisait pas, j'ai parcouru la plupart de ses papiers une fois que j'ai été sûre qu'il était bien monté dans sa chambre. Quel travail fascinant ! D'après ce que j'ai compris, il fait partie d'une équipe qui a découvert un site dans le centre de la Floride. Dans une zone marécageuse ont été mis au jour, enfouis dans la tourbe, des os humains vieux de sept mille ans.
Ses notes et ses papiers sont dans un tel désordre que j'ai du mal à suivre l'exacte procédure, mais le projet de recherche Bardville (du nom du lieu-dit) est né suite à cette découverte, et Delaney le pilote depuis trois ans. Je trouve leurs découvertes stupéfiantes. Un jeune enfant enterré avec ses jouets, faits en os, en corne et de bois, certains décorés de motifs. Un sens très fort du rituel, et une recherche certaine de la beauté. J'ai pu en juger d'après des croquis (je me demande s'il les a réalisés lui-même), très détaillés et très bien faits.
Il y a tant de notes, et de papiers, et d'objets. Ils sont

éparpillés absolument partout dans le chalet. J'adorerais les classer tous, et pouvoir suivre l'évolution des fouilles, depuis leurs débuts jusqu'à leurs tout derniers développements. Mais c'est impensable. D'autant plus que je repars demain.

En ce qui me concerne, je progresse. Je dors mieux de nuit en nuit. Mon appétit est revenu, peut-être même un peu trop. Aujourd'hui, après une longue route, j'ai consacré beaucoup de temps à des tâches ménagères. Cela a été assez physique. Il y a moins de deux semaines, la moindre tâche semblait avoir raison de toute mon énergie, physiquement, émotionnellement, mentalement. Pourtant ce soir, après cette journée bien remplie, je me sens forte, et presque débordante d'énergie.

Le remède dont j'avais besoin, c'était cette liberté. Cette liberté d'être, tout simplement.

Je vais m'accorder encore un peu de temps — quelques semaines — avant que Camilla MacGee ne redevienne Camilla de Cordina.

Au matin, le soleil, de ses rayons vifs et éblouissants, heurta de plein fouet les yeux de Del. Il se retourna dans son lit, pour replonger dans l'ombre et dans le rêve assez agréable qui mettait en scène une grande rousse à la voix sexy et aux yeux dorés. Et il roula sur son mauvais côté.

Il se réveilla en jurant.

Lorsqu'il émergea, il se souvint que la grande rousse en question existait pour de bon. Le fait qu'elle soit réelle, et en train de dormir sous le même toit que lui, le mit légèrement mal à l'aise. Il se souvint aussi de la raison pour laquelle cette créature raffinée se trouvait dans la chambre d'amis : c'était parce que sa voiture était dans un fossé, et que le téléphone et le courant étaient coupés.

Cela signifiait que, pour se laver, plutôt que de prendre une douche chaude, il allait devoir faire trempette dans un étang glacé. Il rassembla ses affaires de toilette et commença à descendre les escaliers. Il s'arrêta lorsqu'il l'entendit chanter.

La jolie voix à l'accent légèrement exotique semblait tout à fait déplacée dans son chalet. Pourtant, l'odeur du café était bien là.

Le café chauffait sur le feu, et elle était dans la cuisine, en train de s'affairer devant le buffet.

Le sol avait été lavé. Elle avait même réussi à le faire briller, chose à laquelle il avait renoncé depuis bien longtemps. Il y avait des fleurs sauvages dans un verre posé sur la table de la cuisine. Elle avait ouvert la fenêtre de la cuisine, la porte donnant sur le vestibule, et la porte d'entrée, pour que l'air pur et frais circule.

Camilla reculait, une petite boîte de champignons à la main, lorsqu'elle vit apparaître Del derrière elle. Surprise, elle étouffa un petit cri. Il n'avait pas fait de bruit, cette fois. Il était pieds et torse nus, et portait un vieux pantalon de survêtement, et son attelle.

Il avait les épaules larges, et la peau d'un beau doré foncé, sans aucune marque de bronzage apparente. Son pantalon, qui n'était pas serré à la taille, tombait sur ses hanches, révélant un abdomen ferme et bien dessiné. Son bras valide révélait des muscles au galbe fascinant.

Instinctivement, elle ne put s'empêcher d'approuver, et d'apprécier, avant de remarquer les impressionnantes ecchymoses dont sa cage thoracique était couverte.

— Mon Dieu.

Elle avait envie de le toucher, de faire quelque chose pour l'apaiser, et dut se faire violence pour freiner son élan.

— Ce doit être extrêmement douloureux.

— Pas tant que ça. Que faites-vous ?

— Je réfléchis au petit déjeuner. Cela fait deux heures que je suis levée, alors j'attends ce moment avec impatience.

— Pourquoi ?

— Parce que j'ai faim.

Il lui tourna le dos pour chercher une tasse. S'il n'avait pas de caféine dans l'instant, il allait se désintégrer.

— Je veux dire, pourquoi êtes-vous levée depuis deux heures ?

— L'habitude.

Elle savait que les idées que la plupart des gens se faisaient de la vie de princesse et la réalité étaient diamétralement opposées. En « mode officiel », il était rare qu'elle dorme au-delà de 6 heures du matin. Mais évidemment, Delaney Caine ignorait qu'elle avait un « mode officiel ».

— Une mauvaise habitude, murmura-t-il en se précipitant vers la cafetière.

Elle prit sa propre tasse et le suivit.

— J'ai fait une petite promenade tout à l'heure, commença-t-elle. C'est une très belle journée, et un endroit charmant. La forêt est magnifique, vraiment magnifique. Je suis allée jusqu'à un étang, où j'ai vu des cerfs s'abreuver. Partout, il y a des digitales et des ancolies en fleur. Moi qui me demandais hier comment vous pouviez vivre dans un endroit pareil… Aujourd'hui, je me demande comment vous pouvez seulement le quitter.

— Il est toujours là quand je reviens.

Il but sa première tasse de café, comme un homme perdu depuis des jours dans le désert aurait avalé son premier verre d'eau. Puis, fermant les yeux, il soupira.

— Ah…

— Le courant n'est toujours pas rétabli. Nous disposons de trois œufs. Je pensais les servir brouillés, avec le reste de fromage et des champignons.

— Faites ce que vous voulez. Moi, je vais me laver.

Il reprit sa trousse de toilette, puis s'arrêta devant elle et la fixa quelques secondes.

— Qu'est-ce qu'il y a ? demanda-t-elle, étonnée.

Il secoua la tête.

— Vous avez une de ces allures, miss. Une de ces allures, répéta-t-il dans un murmure, avant de disparaître.

Cela ne ressemblait pas à un compliment. Pourtant, son cœur se mit à palpiter, et continua à palpiter lorsqu'elle retourna dans la cuisine pour battre les œufs.

Del dévora ses œufs avec appétit. Cela faisait longtemps qu'il n'avait pas mangé quelque chose qui ressemblait vraiment à de la nourriture, et qui en avait le goût. Il était tellement content qu'il omit de mentionner qu'il avait remarqué que ses papiers, dans le salon, avaient été classés en belles piles.

Elle gagna des points supplémentaires en n'essayant pas de lui faire la conversation. Il détestait les gens qui bavardaient autour de lui avant qu'il ait commencé sa journée.

Si sa beauté n'avait pas été une telle distraction, il lui aurait peut-être proposé un travail temporaire pour qu'elle fasse un peu de ménage et de cuisine. Mais, lorsqu'une femme est aussi belle que cela — et réussit à s'insinuer dans vos rêves quelques heures seulement après que vous l'avez rencontrée —, elle est nécessairement source d'ennuis.

Plus tôt elle serait partie, mieux ce serait.

Comme si elle avait lu dans ses pensées, elle se leva et débarrassa la table. Elle parla pour la première fois depuis qu'ils s'étaient assis.

— Je sais que je vous ai causé bien du dérangement, et j'apprécie votre aide et votre hospitalité, mais j'ai bien peur d'être obligée de vous demander encore un service. Pourriez-vous me conduire jusqu'à la cabine téléphonique la plus proche ? Ou bien à la ville ou au garage les plus proches ? Ce qui est le plus simple pour vous.

Il leva les yeux vers elle. Camilla, peu importe quel était son nom de famille, n'avait pas que la beauté. Elle avait aussi la classe. Devant tant de tact et de délicatesse, il se sentit à son grand dam coupable et ingrat d'avoir voulu la jeter dehors.

— Bien sûr. Pas de problème.

Tout en parlant, il entendit une voiture qui arrivait dans l'allée. Il se leva pour aller voir qui était ce nouvel importun.

Curieuse, Camilla se dirigea elle aussi vers la fenêtre. Au moment où elle vit le mot « shérif » sur la voiture, elle recula brusquement. Les policiers, songea-t-elle, mal à l'aise, étaient de très fins observateurs. Elle préférait éviter tout contact direct avec eux.

Del fronça les sourcils en remarquant sa manœuvre du coin de l'œil, puis alla à la rencontre du shérif.

— Bonjour, Del.

Le shérif Larry Risener était un homme d'âge moyen, athlétique et affable, que Del connaissait depuis son enfance.

— Shérif.

— Je viens juste m'assurer que tout va bien. C'est un sacré orage que nous avons eu, la nuit dernière. Le comté est presque entièrement privé d'électricité et de téléphone.

— C'est le cas ici. Est-ce que vous savez quand ce sera rétabli ?

— Eh bien, fit Risener en se grattant la joue, tu sais…

— D'accord, j'ai compris…

— J'ai vu une voiture dans un fossé au bord de la route principale, à quelques kilomètres d'ici. Une voiture de location. On dirait que quelqu'un a eu un pépin à cause de l'orage.

— En effet.

Del s'appuya contre la porte du vestibule, avant de poursuivre :

— Je suis passé par là peu de temps après l'accident. Je n'ai pas réussi à joindre un dépanneur. J'ai hébergé le conducteur pour la nuit. J'étais sur le point d'aller chez Carl, pour voir ce qu'il pouvait faire.

— J'aime mieux cela. J'avais peur que des touristes soient perdus quelque part dans les bois. Mais pas besoin de te déplacer : je peux contacter Carl par radio, et lui donner la localisation précise de la voiture. Je lui dirai de faire ensuite un crochet par chez toi pour qu'il te tienne au courant.

— Merci beaucoup, shérif.

— Pas de problème. Au fait, comment vas-tu ? Ton épaule et tout ça ?

— Ça s'améliore. Je ne souffre plus le martyre que la moitié du temps.

— Je te souhaite un prompt rétablissement. Sinon, des nouvelles de tes parents ?

— Pas depuis une semaine.

— Salue-les de ma part quand tu les verras, dit Risener en retournant à sa voiture. Mon petit dernier est très fier des fossiles que ta mère lui a donnés.

— Je n'y manquerai pas.

Del attendit que le shérif s'en aille. Puis il se tourna, sachant que Camilla l'avait rejoint dans le vestibule.

— Avez-vous des soucis avec la loi ?

— Non, répondit-elle d'une voix rendue plus aiguë par la surprise. Bien sûr que non, ajouta-t-elle quelques secondes plus tard, avec davantage de fermeté.

Il la fixait de ses yeux verts perçants.

— N'essayez pas de me raconter des craques.

Elle croisa les bras et, redevenue maîtresse d'elle-même, répondit calmement :

— Je n'ai enfreint aucune loi. Je n'ai aucun problème avec les autorités et je ne suis recherchée par personne. Je voyage, c'est tout, et je préfère juste ne pas expliquer à la police que je n'ai pas de destination particulière.

Sa voix était calme à présent, et son regard, sûr de lui. Si elle mentait, songea Del, elle le faisait très bien. Pour le moment, c'était plus simple de la croire.

— Très bien. Il faudra une bonne heure à Carl pour arriver jusqu'à votre voiture et repasser par ici. Trouvez à vous occuper entre-temps. Moi, j'ai du travail.

— Delaney.

Il aurait été normal qu'elle le remercie de l'avoir crue. Mais, au fond d'elle-même, elle était vexée qu'il ait pu penser qu'elle mentait. Toutefois, elle lui était redevable de ce qu'il avait fait pour elle, et elle payait toujours ses dettes.

— J'imagine que vous avez du mal à vous en sortir dans votre travail avec une seule main. J'en ai deux, et je serais heureuse de vous les prêter pour une heure.

Il ne voulait pas qu'elle traîne dans ses jambes. Surtout pas. Mais le fait était que, tout seul, il n'avançait pas très vite. Et s'il gardait l'œil sur elle, elle ne pourrait pas se mettre à ranger ses papiers derrière son dos.

— Vous savez taper à l'ordinateur ?

— Oui.

Il regarda ses mains d'un air dubitatif. Douces, soignées. Des mains habituées à leur séance de manucure hebdomadaire. Il doutait de leur réelle efficacité, mais c'était tellement agaçant de ne pouvoir taper qu'avec cinq doigts.

— Bon. Eh bien… asseyez-vous, j'arrive. Et surtout ne touchez à rien, ajouta-t-il en quittant la pièce.

Il revint avec son ordinateur portable.

— La batterie a une autonomie de deux heures environ. Au cas où, j'en ai une de rechange, chargée, mais je pense que nous n'en aurons pas besoin.

Il posa l'ordinateur et essaya, avec difficulté, de l'ouvrir.

— Laissez-moi faire, dit-elle en le repoussant gentiment.

— Mettez-le en route, et c'est tout, ordonna-t-il, agacé, en s'en allant de nouveau.

Il revint en peinant un peu, un carton à la main. Lorsqu'elle se précipita vers lui pour l'aider à leporter, Del protesta en grognant.

— Ça va, j'y arrive. Bon sang.

Elle inclina la tête d'une façon qu'il trouva très altière. Presque aristocratique.

— C'est agaçant et frustrant, j'en suis certaine, de se sentir diminué. Mais ce n'est pas une raison pour me rabrouer sans cesse.

Lorsqu'elle se rassit et croisa ses mains calmement, il se mit à fouiller dans le carton.

— Vous allez vous contenter de taper, et c'est tout, murmura-t-il. Je ne veux entendre ni commentaire, ni question, ni leçon de morale.

Il posa un tas de feuilles volantes, de coupures de presse, de photos et de carnets sur la table, puis les embrassa brièvement du regard.

— Il faut ouvrir le document.

Elle resta assise, sans bouger, les mains croisées, la bouche fermée.

— Je pensais que vous saviez vous servir d'un ordinateur.

— Je sais m'en servir. Mais, puisque vous venez de m'ordonner de ne pas vous poser de question, je ne peux pas vous demander quel document vous voudriez que j'ouvre, ni dans quel programme il se trouve.

Il grommela de nouveau, puis se pencha au-dessus d'elle et pianota lui-même sur les touches. Sans qu'il le veuille, son nez se retrouva presque enfoui dans ses cheveux, ce qui le contraria. Car ils étaient doux, brillants, parfumés. Leur délicate odeur féminine le troubla malgré lui. Mais il essaya de rester stoïque et, les sourcils froncés, se concentra sur le document à ouvrir.

Sans réfléchir, Camilla tourna la tête vers lui. Sa bouche faillit effleurer la sienne et, dans la surprise, ils reculèrent tous les deux d'un bond. Il lui adressa un regard noir et enfouit sa main valide dans sa poche.

— Voilà, c'est celui-là.

— Oh.

Sa gorge était nouée à présent et, pour reprendre ses esprits, elle dut respirer calmement plusieurs fois de suite. Les yeux de Del étaient vraiment d'un vert incroyable.

— Il faut positionner le curseur à la fin du document.

Il s'était presque rapproché pour le faire lui-même. Mais c'était une mauvaise idée, songea-t-il in extremis. A moins qu'il ne veuille encore respirer l'odeur de ses cheveux.

— Allez-y, et nous pourrons commencer, dit-il alors.

Elle s'exécuta avec une rapidité tout à fait satisfaisante. Désormais prudent, il la contourna pour attraper ses lunettes, puis chercha dans sa pile désordonnée les notes dont il avait précisément besoin.

Son regard, songea Camilla, paraissait encore plus vert, encore plus intense derrière ses lunettes.

— « A côté des os ont été mis en évidence des restes de plantes », commença-t-il, avant de la regarder en secouant la tête. Est-ce que vous allez rester assise là sans bouger, ou est-ce que vous allez vous mettre à taper ?

Elle tut la remarque assassine qu'elle avait au bord des lèvres, refusant de s'abaisser à son niveau, et commença à écrire.

— « Il est probable que les plantes, comme la feuille de figuier de Barbarie intacte qu'on a retrouvée, étaient des offrandes ensevelies avec les morts. Un certain nombre de graines ont été trouvées dans la zone stomacale des squelettes encore articulés. »

Elle tapait rapidement, se laissant porter par le rythme de sa voix. Il avait une très belle voix, quand il n'était pas en train de grommeler ou d'aboyer. Presque mélodieuse. Il parla de cucurbitacées découvertes dans une autre tombe, échafaudant l'hypothèse qu'il pouvait s'agir d'une espèce qui aurait poussé sur place, mais dont les graines, à l'origine, auraient été ramenées d'Amérique centrale ou du Sud.

Il lui donnait à imaginer, se rendit-elle compte. C'était un beau cadeau qu'il lui faisait. Dans son esprit commença à prendre forme l'image de ce peuple qui avait remonté le cours d'une rivière pour s'établir dans cette zone marécageuse et bâtir son village. Ce peuple qui choyait ses enfants, s'occupait de ses malades et enterrait ses morts avec respect et cérémonie dans ce riche sol tourbeux.

— Des châtaigniers ?

Elle cessa de taper et se tourna vers lui, interrompant par son élan d'enthousiasme le flot de ses paroles.

— Vous avez trouvé des échantillons de pollen qui attestent que des châtaigniers poussaient à cet endroit il y a neuf mille ans ? Mais comment pouvez-vous…

— Ecoutez, je ne suis pas en train de donner un cours.

Del vit l'étincelle qui brillait dans ses yeux s'éteindre tout d'un coup, et son regard redevenir froid et impassible. Et il s'en voulut.

— Bon, d'accord. Nous sommes dans une zone marécageuse. L'épaisseur de la tourbe y atteint à peu près quatre mètres, ce qui correspond à une formation s'étalant sur onze mille ans depuis le dernier âge glaciaire.

Il fouilla dans ses papiers, et en exhuma des photos et des croquis.

— On prélève des échantillons, à différentes profondeurs, et on les analyse. Cela nous renseigne sur les types de plantes qui poussaient dans le secteur. Et sur les changements climatiques.

— Comment est-ce possible ?

— C'est très simple. Certaines plantes préfèrent un climat chaud ; d'autres, un climat plus froid. En observant les différentes espèces de plantes, on peut se faire une idée précise du climat qui régnait au moment où elles ont poussé.

Il désigna les croquis.

— Nous parlons en ères géologiques, ici. Donc, forcément, sur une aussi longue période, les variations climatiques sont nombreuses. Les feuilles, les graines, le pollen tombent dans le marécage, la tourbe les préserve, en créant une atmosphère anaérobie, c'est-à-dire privée d'oxygène, expliqua-t-il. Pas d'oxygène, pas de bactéries ni de moisissures, et une très, très lente décomposition.

— Mais pourquoi ces gens ont-ils enterré leurs morts dans un marécage ?

— Il y a peut-être une raison religieuse. Un gaz flotte à la surface de l'eau, et le marais brille la nuit. Le méthane fait des bulles, ce qui donne l'illusion que l'eau respire. Donc, en quelque sorte, qu'elle vit.

Poétique, songea Camilla.

— Si je comprends bien, dit-elle, fascinée, cela aurait été une façon de conjurer la mort, de redonner la vie — par la respiration — aux défunts ? Je trouve cela très beau.

— Oui. Mais on peut trouver aussi une explication plus prosaïque : si les morts étaient enterrés à cet endroit, c'est peut-être aussi parce que, sans pelle, il est plus facile de creuser un trou dans la vase que dans la terre.

— Je préfère la première explication.

Et elle lui sourit. Très joliment.

— Bon, bref…

Puisque son sourire avait tendance à lui assécher la gorge, il se détourna pour se servir du café. Et, sur le moment, fut surpris de ne pas trouver la cafetière.

— Elle est dans la pièce d'à côté, et vide, dit-elle, lisant dans ses pensées. Vous voulez que j'aille refaire du café ?

— Du café, oui. Très bien. Volontiers.

Il regarda sa montre, puis se souvint qu'il n'en portait pas.

— Quelle heure est-il ?

— 11 heures passées de quelques minutes.

Resté seul, il fit quelques pas dans la cuisine, puis s'arrêta pour regarder ce qui avait déjà été retranscrit. Il fut forcé de reconnaître que c'était plus — et bien plus — que ce qu'il avait réussi à faire tout seul avec sa blessure.

Deux semaines à cette allure et il aurait fini d'écrire ses articles — le travail qui lui était le plus pénible — et pourrait se consacrer à l'inventaire et au catalogage du matériel de fouille.

Deux semaines, songea-t-il en essayant de bouger, prudemment, son épaule. Les médecins avaient dit qu'il lui faudrait encore deux semaines avant de retrouver sa mobilité. En fait, ils avaient même dit qu'il lui faudrait encore quatre semaines avant de récupérer totalement. Mais les médecins ne sont-ils pas toujours pessimistes ?

Il devrait engager une secrétaire temporaire. Ce serait une bonne idée. Seulement voilà, il détestait avoir des inconnus dans les jambes. Il ferait mieux d'investir dans un ordinateur à reconnaissance vocale. Mais, le temps qu'il le reçoive, l'installe et apprenne à s'en servir, il aurait sans doute accumulé beaucoup trop de retard.

— Le café sera prêt dans quelques minutes, dit Camilla, en se rasseyant et en posant tout de suite ses doigts sur les touches. Où en étions-nous ?

Tout en regardant par la fenêtre de la cuisine, il reprit précisément à l'endroit où il s'était arrêté. Au bout de quelques minutes, il avait complètement oublié la présence de Camilla. Il remarquait à peine le bruit discret du clavier, tout à ses descriptions de palmistes et de racines de roseau à massette.

Il était passé aux espèces de poissons et aux outils lorsqu'il entendit soudain un bruit de moteur. Surpris, il retira ses lunettes, et observa le camion rouge qui arrivait dans l'allée.

— Qu'est-ce que Carl vient faire ici ? demanda-t-il dans un moment d'absence.

— C'est le garagiste ?

Il cligna des yeux et se retourna. Il revint à la réalité, légèrement agacé.

— Oui. C'est lui.

Carl, qui avait la corpulence d'un hippopotame, soufflait bruyamment en s'extirpant de la cabine de sa dépanneuse. Il ôta sa casquette, gratta son crâne de plus en plus chauve, et hocha la tête lorsque Del vint à sa rencontre.

— Del, bonjour.

— Bonjour, Carl.

— Comment vont tes parents ?

— Ils allaient très bien la dernière fois que je leur ai parlé.

— Tant mieux.

Derrière les verres légèrement teintés de ses lunettes de soleil, Carl écarquilla les yeux en apercevant Camilla.

— C'est votre voiture qui se trouve dans le fossé, mademoiselle ?

— Oui. Vous avez réussi à l'en sortir ?

— Pas encore. Je voulais d'abord voir avec vous. J'ai évalué les dégâts. Vous avez un phare cassé. Le réservoir d'huile est percé. Le pneu avant gauche est plat comme une crêpe. Et j'ai l'impression que c'est toute la roue qui est abîmée. Il va falloir remplacer tout ça avant que vous puissiez reprendre la route.

— Je vois. Et ce sont des réparations que vous pouvez effectuer vous-même ?

— Oui. Je pourrai commencer dès que je serai au garage. Les réparations ne devraient pas me prendre plus de deux jours.

Deux jours ! Camilla n'en revenait pas. Elle qui avait prévu de repartir dans la soirée…

— Oh. De toute façon, je n'ai pas le choix, je crois.

— Entre le remorquage, les pièces et la main-d'œuvre, vous devriez en avoir à peu près pour trois cents dollars.

Sans qu'elle puisse rien faire pour l'empêcher, elle sentit une grande détresse l'envahir. Heureusement, elle réussit à retenir le cri qui allait avec. Trois cents dollars, alors qu'elle n'en avait plus que deux cent quatre-vingts en espèces ?

Ce léger contretemps allait avoir raison de toutes ses économies. Elle allait sans doute devoir appeler ses parents pour qu'ils lui envoient un peu d'argent, ce qui sonnait pour elle comme un échec.

Son silence et son regard angoissés durent embarrasser Carl, car il baissa la tête pour regarder ses pieds.

— Ah… Je peux me contenter de cent dollars tout de suite. Vous me paierez le reste quand je vous rendrai votre voiture.

— Je vais chercher l'argent.

Elle allait trouver un moyen de se tirer de cette situation délicate, se promit-elle en allant chercher son portefeuille à l'étage. Elle réussirait bien à vendre sa montre — ou n'importe quoi d'autre — le lendemain ou le surlendemain. En attendant, il lui restait encore de quoi se payer un motel et à manger jusqu'à ce que la voiture soit réparée. A condition qu'elle fasse attention.

Et entre-temps, elle allait trouver une solution. Elle avait toujours été douée pour résoudre les problèmes.

Mais ce fut la mort dans l'âme qu'elle compta les cent dollars. C'était assez désagréable de manquer d'argent. En fait, c'était la première fois qu'elle se trouvait dans une pareille situation. Une expérience intéressante et formatrice, au fond.

Il lui restait donc cent quatre-vingts dollars et des poussières. Rangés dans un portefeuille qui en valait plus du double.

Que cela te serve de leçon, se dit-elle en regagnant les escaliers.

Elle trouva Del dans la cuisine, où il compulsait ses notes.

— Je pourrais peut-être demander au garagiste de me conduire en ville, hasarda-t-elle.

— Il est parti.

— Parti ? demanda-t-elle en se précipitant à la fenêtre. Où ça ?

— Parti s'occuper de votre voiture.

— Mais je ne l'ai pas encore payé.

— Il a mis ça sur mon compte. Vous allez le chercher, oui ou non, ce café ?

— Sur votre compte, répéta-t-elle, blessée dans sa fierté. Il ne fallait pas. J'ai l'argent.

— Très bien, vous pourrez me rembourser quand votre voiture sera réparée. Maintenant, tout ce que je veux, c'est mon café.

Il prit une tasse, et quitta la pièce. Elle lui courut derrière.

— Tenez, prenez ça, insista-t-elle.

Del l'ignora autant qu'il ignora l'argent qu'elle lui tendait, et se concentra sur sa tâche, consistant à retirer la cafetière du feu, l'apporter sur la table pour se servir, la remettre sur le feu, et reprendre sa tasse.

Elle tremblait d'énervement, remarqua-t-il. Ce qui était plutôt intéressant. Cet accès de colère lui plut. Elle ne devait pas avoir l'habitude d'avoir des dettes. Ni des problèmes financiers. Elle devait bien avoir de l'argent quelque part — l'élégante montre suisse qu'elle portait au poignet l'attestait — mais, pour l'instant, il ne se trouvait pas dans son porte-monnaie.

Il y avait là tout un puzzle à reconstituer, mais il n'allait surtout pas s'y attaquer.

Il avait eu pitié d'elle — ce qui n'était pas une réaction habituelle chez lui — quand il l'avait vue si inquiète et prise de court. Et il avait admiré la rapidité avec laquelle elle avait repris le contrôle d'elle-même. Elle n'avait pas pleurniché, et n'avait pas non plus essayé de faire du charme à Carl pour obtenir une ristourne. Elle avait réagi avec dignité et courage. En cela, elle avait gagné son respect.

Et c'était alors que lui était venue cette idée qui lui permettrait de l'aider un peu tout en en profitant lui-même, leur évitant ainsi à tous les deux d'être gênés.

— J'ai calculé que vous avez dû gagner à peu près vingt

dollars ce matin, dit-il. En me basant sur un salaire de dix dollars de l'heure. C'est ce que je vous donnerai pour le travail de secrétariat et, en échange de la chambre et des repas, je vous propose de faire le ménage et la cuisine pour moi. Si Carl annonce deux jours de travail, vous pouvez tabler sur quatre. En quatre jours, vous aurez gagné assez pour payer les réparations, tout en ayant un endroit où dormir.

Camilla le regarda fixement, pas certaine d'avoir bien compris.

— Vous voulez que je travaille pour vous ? Que… que je m'occupe de votre ménage ?

— Vous avez déjà commencé, de toute façon, non ? Vous gagnez un peu d'argent pendant quatre jours, j'avance dans mon travail, et comme ça, quand vous repartirez, on y aura tous les deux gagné.

Elle tourna la tête, cherchant à dissimuler le grand sourire qui lui était venu. Il aurait été surpris, et interloqué, de voir qu'elle se retenait pour ne pas rire.

Oh ! les médias adoreraient cela, se dit-elle en essayant de retrouver son sérieux. Camilla de Cordina payant son gîte en récurant le sol, en réchauffant des soupes en conserve, et en tapant des comptes rendus sur des os et des graines de baies de sureau. « Les belles vacances d'été de la princesse. » Elle voyait d'ici les gros titres.

Elle dut fermer les yeux et se mordre les lèvres pour ne pas éclater de rire. Evidemment, elle pouvait refuser. Lui donner les cent dollars, demander à quelqu'un de la conduire en ville où elle pourrait appeler ses parents pour leur demander de lui prêter un peu d'argent, ou bien vendre sa montre.

Mais cette proposition était si savoureuse… Et si imprévue. N'était-ce pas justement ce genre d'aventure qu'elle recherchait ?

Pas de télévision, pas de journaux avec son image en première page. Un travail intéressant dans un coin du pays qu'elle ne connaissait pas encore. La possibilité de découvrir des choses qu'elle trouvait bien plus passionnantes que tout ce qu'elle avait appris à l'école. L'avantage de savoir qu'elle serait jugée d'après ses seuls compétences et talents, et non pas en raison de son identité. Et surtout la chance de n'avoir aucune obligation, de pouvoir agir selon ses propres choix.

Non, elle ne pouvait en aucun cas tourner le dos à cette opportunité qui venait de tomber du ciel.

— Je vous suis extrêmement reconnaissante, dit-elle d'une voix que son amusement rendait légèrement tremblante.

Del la crut au bord des larmes, ce qui le terrifia.

— Ce n'est rien qu'un marché, s'empressa-t-il de répondre. Pas la peine d'en faire tout un plat.

— Un marché qui me paraît tout à fait équitable, renchérit-elle, les yeux brillants. J'accepte, conclut-elle en tendant la main.

Mais il l'ignora, car il avait ajouté une clause personnelle au contrat. Jamais il ne la toucherait, de quelque façon que ce soit.

— Je vais essayer de mettre le générateur en marche, au cas où le courant ne serait pas rétabli. Faites un peu de ménage en attendant. Mais ne touchez pas à mes affaires.

Camilla attendit d'entendre la porte d'entrée se refermer derrière lui. Puis elle s'assit et éclata enfin d'un rire trop longtemps contenu.

Chapitre 4

Une heure plus tard, catastrophée par l'état du chalet qu'elle venait de passer soigneusement en revue, Camilla se dirigea vers la remise, armée d'une très longue liste.

— Vous avez des courses à faire.

— Donnez-moi cette fichue clé anglaise.

Elle attrapa l'outil et se trouva plus qu'exemplaire quand elle résista à l'envie de lui en donner un grand coup sur la tête.

— Votre maison est dans un état abominable. Il me faut des produits d'entretien — si possible surpuissants. Et, si vous voulez faire des repas corrects, j'ai besoin de quelques stocks de nourriture. Il faut que vous alliez faire un tour en ville.

Il réussit à desserrer le boulon sur lequel il s'acharnait depuis de longues minutes, et mit l'appareil en route. Malheureusement, en dépit du ronronnement qu'il émettait à présent, le générateur ne fonctionnait visiblement toujours pas.

— Je n'ai pas le temps d'aller en ville.

— Si vous voulez vous nourrir et dormir dans des draps propres, vous le prendrez, ce temps.

Il se servit de la clé anglaise pour taper rageusement sur le générateur, auquel il administra également trois bons coups de pied. Bien trop habituée à cette façon toute masculine de répondre aux objets contrariants, Camilla resta immobile, liste en main.

Lorsqu'il eut fini de jurer, elle pencha légèrement la tête.

— Je me suis toujours demandé pourquoi les hommes désignent les machines récalcitrantes en employant des images féminines grossières.

— Parce que cela coule de source.

Il se pencha, essaya une nouvelle fois de lancer le générateur, et poussa un grognement satisfait lorsque, dans une espèce d'éructation, la machine sembla vouloir se mettre en route.

— Maintenant que vous avez accompli cet exploit, je pense que vous allez vouloir vous laver avant de vous occuper de ma liste.

Les yeux plissés, il la fixa, et sembla longuement soupeser la clé anglaise dans sa main. Elle comprit tout à fait ce qu'il voulait lui dire par là. Mais, loin de se laisser impressionner, elle le fixa à son tour, menton levé.

Il finit par reposer la clé anglaise, lui arracha la liste, qu'il tacha avec ses doigts pleins d'huile.

— Je déteste les femmes autoritaires.

— Je ne supporte pas les hommes grossiers. Mais il va falloir que nous fassions avec, puisque c'est moi qui vais laver votre linge.

Un léger amusement passa dans ses yeux verts.

— Du moment que vous n'y répandez pas tout votre fiel.

Ils se dirigèrent en même temps vers la porte, et s'y retrouvèrent tous les deux bloqués. Automatiquement, elle posa sa main sur son torse où, surprise, elle sentit son cœur cogner aussi fort que le sien.

— Il va falloir que vous cessiez de traîner dans mes jambes, dit-il.

— Dans ce cas, il va falloir que vous regardiez où vous mettez les pieds.

Avec un mélange d'excitation et de réticence, elle le vit baisser les yeux et les poser sur ses lèvres, qu'elle entrouvrit légèrement pour pouvoir mieux respirer.

— Ça, c'est bien vrai, miss, murmura-t-il, avant de sortir.

— Bien, souffla-t-elle, en passant un doigt sur ses lèvres qui la brûlaient. Bien, bien.

Elle était à la fois en colère, épuisée et pleine d'énergie, comme cela n'avait pas été le cas depuis bien longtemps. Elle se sentait vivante, entière, en pleine santé, et… tentée.

C'était une chose à laquelle elle allait devoir réfléchir.

Del découvrit, très rapidement, qu'il n'était pas le roi des commissions. Il était de mauvaise humeur, car les courses empiétaient sur son temps de travail, et que la moitié des articles de la liste le plongeaient dans des abîmes de perplexité.

Qu'est-ce que pouvait bien être du cerfeuil, et pourquoi devait-il être frais ? Que diable allait-elle faire avec deux douzaines d'œufs ? Et trois bouteilles d'eau de Javel ?

Elle avait peut-être l'intention de l'empoisonner, songea-t-il sur la route qui le ramenait au chalet. Elle était peut-être assez dérangée pour cela, derrière ces regards froids et condescendants qu'elle lui adressait.

Et quel visage elle avait, surtout ! La regarder, c'était comme prendre une grande gifle dans la figure. A cela venaient s'ajouter sa voix, et ses jambes interminables. Si, avec tout ça, elle n'était pas une femme dangereuse…

Il commençait à regretter de s'être apitoyé sur le sort de Camilla. En même temps, il était prudent, et il savait très bien comment éviter les dangers. Il ne devait pas oublier qu'elle allait lui rendre bien service durant les quatre jours prochains. Tout ce qu'il aurait à faire, ce serait l'éviter comme la peste quand ils ne travailleraient pas ensemble, ne jamais la toucher, et essayer de la considérer comme une entité asexuée. Comme un outil, en quelque sorte.

Mais, lorsqu'elle accourut vers lui dès qu'il se fut garé devant le chalet, son cœur s'emballa.

Une entité asexuée ? Un objet ? Cette femme était une arme. Et mortelle, avec ça.

Elle riait, et son visage avait pris de jolies couleurs. L'air décidé, elle ouvrit la portière et commença à sortir les sacs de courses.

— L'électricité est revenue. Je n'aurais jamais pensé que quelque chose d'aussi basique qu'un interrupteur qui fonctionne pourrait me mettre à ce point en joie. Le téléphone, lui, est toujours coupé, mais je suis sûre que la ligne va bientôt être rétablie.

Il prit un sac et la suivit à l'intérieur. Elle foulait la boue et les cailloux comme si elle glissait sur le sol en marbre d'une salle de bal. Cela devait avoir un rapport quelconque avec la longueur de ses jambes. Ses jambes qu'il ne regardait absolument pas, d'ailleurs.

— Combien de personnes avez-vous l'intention de nourrir pendant les prochains jours ?

— Oh ! ne soyez pas si ronchon.

Elle le fit taire d'un geste et commença à déballer les courses.

— Je vous ferai un sandwich dès que j'aurai rangé tout ça.

Elle savait faire les sandwichs, il devait au moins lui reconnaître cela. Il mangea, et se régala, dans sa cuisine désormais immaculée, tout en jetant un œil sur ses notes. Il se sentait de meilleure humeur et en meilleure forme. Ses côtes le faisaient encore un peu souffrir, mais la douleur était devenue plus que supportable, et l'aspirine suffisait à la calmer.

Lorsqu'il eut terminé son en-cas, il dicta pendant trois heures d'affilée, pendant qu'elle transcrivait. Elle l'interrompit de temps en temps, mais ses questions ne l'ennuyaient plus autant qu'au début.

Le fait est qu'il s'agissait de bonnes questions, qui le faisaient réfléchir. Il donnait des cours de temps en temps, même si l'enseignement n'avait jamais été une vocation chez lui. Et il était forcé de reconnaître que la plupart des étudiants qui se destinaient à l'archéologie ne saisissaient pas aussi rapidement qu'elle les problématiques soulevées par les points qu'il abordait.

Il se surprit en train d'observer la longue ligne de son cou et la gracieuse courbe qu'il formait. Mortifié, il se tourna, replongea dans ses notes, et l'oublia.

Elle sut qu'il la regardait. Tout comme elle sut, quelques minutes plus tard, qu'il avait réussi à faire abstraction d'elle.

Elle découvrit que cela lui plaisait. Que tout lui plaisait : son intérêt pour elle, l'agacement que cet intérêt suscitait en lui, et la concentration dont il était capable pour revenir à son sujet.

Son intérêt pour elle n'était pas lié à sa famille, à son sang, ni à son rang. C'était la première fois de sa vie qu'elle pouvait en être sûre et certaine. Et cela lui procurait une grande joie. Quant à son agacement, il prouvait que Del était capable de sentiments et d'émotions, ce qui était rassurant.

Il la voyait comme une femme, et rien d'autre. Non pas comme une image, ou un titre. Et, grâce à cela, elle se sentait infiniment féminine. Il était attiré par elle, malgré lui. Elle avait l'impression grisante de pouvoir exercer un certain contrôle sur lui, un contrôle purement féminin qui n'avait rien à voir avec son autorité princière.

Quant aux capacités de concentration de Del, c'était quelque chose qui l'impressionnait et l'attirait tout à la fois. C'était un don devant lequel elle s'inclinait volontiers, surtout lorsqu'il allait avec l'intelligence, le discernement, et la passion pour le travail.

Son sérieux apparent représentait aussi un défi pour elle, même si elle savait qu'il n'était pas forcément sage de le relever. Après tout, elle allait se retrouver pendant quelques jours seule avec lui — un homme dont elle ne savait à peu près rien. Et essayer de le déconcentrer et de le détourner du droit chemin pour satisfaire sa propre curiosité et son ego pourrait avoir certaines… conséquences.

Mais une fois encore, elle s'était lancée dans une quête et il fallait qu'elle en accepte les conséquences. Cela faisait partie de l'aventure.

Lorsqu'il s'interrompit un peu plus longtemps que d'habitude, elle remua ses épaules pour les délasser, et lui sourit.

— Seriez-vous d'accord pour faire une pause ?

Elle le regarda revenir au présent, revenir dans la pièce, revenir à elle. Elle sentit son regard, à la fois sexy et sérieux derrière ses lunettes, glisser sur elle quand elle se leva pour s'étirer.

— Je n'ai pas terminé, répondit-il.

— On peut reprendre après le dîner, si vous voulez, insista-t-elle sans cesser de sourire. Je ferais volontiers une petite promenade avant de me mettre dans la cuisine. Vous arrive-t-il d'aller vous balader dans les bois, Del ?

Il y avait comme une légère invitation dans sa voix. Del était sûr — et bien sûr — que c'était délibéré de sa part. C'était assez déstabilisant, et il préférait ne pas réfléchir à ce qu'un petit bout de femme pourrait faire à un solide gaillard comme lui.

— Allez-y, j'ai des choses à faire.

Il prit un autre paquet de notes, et l'ignora. Puis il attendit qu'elle soit dans le vestibule pour crier :

— Faites attention aux serpents !

Il l'entendit interrompre ses pas et étouffer un petit cri. Et il fut très content de lui.

Il se réveilla en pleine nuit, les côtes douloureuses et l'esprit confus.

Il avait encore rêvé d'elle, bon sang. Cette fois, ils se trouvaient tous les deux dans la cuisine, en train de travailler. Elle était assise devant l'ordinateur, totalement nue. La simplicité et la puérilité de ce fantasme étaient assez navrantes.

Le problème avec les femmes, c'est qu'elles peuvent s'insinuer en vous par le seul fait de respirer.

Il resta immobile un moment, luttant pour chasser sa douleur et son trouble. N'avait-il pas réussi à passer toute la journée et toute la soirée sans enfreindre la clause secrète de son contrat ? Il ne l'avait jamais touchée. Pas une seule fois. Cela aurait pourtant été facile. Un doigt effleurant sa jolie nuque pendant qu'elle tapait. Une caresse de la main, lorsqu'elle lui avait passé le sel pendant le dîner.

Facile. Tout comme il aurait été facile, même avec une seule main, de l'empoigner, de la serrer contre lui et de découvrir la saveur de ses lèvres pleines.

Mais il n'en avait rien fait.

Un point pour lui.

Toutefois, le simple fait de ne pas arrêter d'y penser le rendait un peu nerveux.

Le pire, c'était qu'elle flirtait avec lui. Il avait été assez souvent confronté à cette situation pour s'en rendre compte, d'autant plus qu'elle n'avait pas fait preuve d'une très grande subtilité.

Il lui était arrivé que des étudiantes, ou que certaines groupies hantant les chantiers de fouilles, lui tournent autour. D'après lui, c'était principalement à cause de l'image romantique qu'avait son métier. Et tout cela à cause d'Indiana Jones ! Certes, c'étaient de bons films, très divertissants, mais qui véhiculaient des clichés erronés sur l'archéologie et les archéologues.

Quand une femme flirtait avec lui, soit il l'ignorait, soit il rentrait dans son jeu. Cela dépendait des circonstances, de son humeur, et de la femme elle-même. Mais, dès qu'une relation menaçait de devenir plus sérieuse, il fuyait à toutes jambes pour éviter toute complication. Cette jolie rousse sentait les complications à mille lieues à la ronde, donc hors de question de s'amuser avec elle.

Il devrait lui trouver une chambre en ville. Quitte à la payer lui-même. Il devrait la mettre à la porte.

Puis il repensa à la pile de pages parfaitement tapées qui grandissait à vue d'œil, et sa contrariété baissa d'un cran. Elle faisait un travail miraculeux. Non seulement elle l'aidait à y voir clair parmi tous ses papiers, ses comptes rendus et son matériel épars, mais aussi ses questions, ainsi que son intérêt et ses capacités d'organisation et de synthèse avaient des répercussions sur la qualité de son propre travail. Il était en train d'écrire ses meilleurs articles. Il le savait, mais il n'allait surtout pas le lui dire.

Il repensa aussi au dîner qu'elle avait préparé. Il n'avait aucune idée de ce qu'elle avait fait à ce pauvre poulet, mais elle avait réussi à faire de ce repas une fête.

Il commençait à douter qu'elle ait un riche mari ou amant pestant contre elle quelque part. Elle était trop débrouillarde, et trop douée en cuisine pour être une créature gâtée et entretenue.

Ce qui était une bonne chose, car fantasmer sur la femme d'un autre était presque comme séduire la femme d'un autre. Et cela figurait en bonne place sur sa liste des choses interdites.

La mettre à la porte équivaudrait à revenir à la case départ. La mettre à la porte serait comme admettre qu'il n'était pas capable de résister à l'envie de la toucher. Et, s'il admettait cela, c'était le début de la fin.

Préférant abandonner, il se leva, et pensa à la dernière minute à s'habiller. Une fois dans la salle de bains, il ne remarqua pas davantage les carreaux brillants ni les serviettes propres bien suspendues qu'il n'avait remarqué, plus tôt, les traces de savon ou les tas de linge humide. Mais l'odeur le frappa, car c'était celle de Camilla.

Et elle fit tressaillir chaque muscle de son corps.

Il sortit sa plaquette d'antalgiques du placard, avant de l'y remettre. Ces satanées pilules l'abrutissaient. Il ferait mieux d'aller prendre quelque chose de moins fort, éventuellement avec un petit whisky.

En quittant la salle de bains, il ne s'autorisa pas plus d'un rapide coup d'œil à la porte de Camilla, et l'imagina un bref instant derrière, en train de dormir dans son lit. Une minute plus tard, il se rendit compte que sa rêverie n'avait pas lieu d'être, car elle n'était plus dans sa chambre.

Il entendit sa voix, qui lui parvint en un calme murmure depuis la cuisine. Les yeux plissés, il s'immobilisa, et écouta. Il ne distinguait pas les mots, mais le ton était doux et plein d'affection. Il crispa la mâchoire.

A qui donc était-elle en train de parler ? Il se rapprocha, et surprit la fin de sa conversation, en français.

— Moi aussi, je t'aime. Bonne nuit.

Il l'entendit reposer le combiné, puis il alluma brusquement la lumière.

Elle fit un bond en arrière, étouffa un cri, et porta ses deux mains à sa bouche.

— Mon Dieu ! s'exclama-t-elle, toujours en français. Vous m'avez fait peur !

Elle poussa un soupir saccadé, puis repassa à l'anglais.

— Vous m'avez surprise, je ne vous avais ni vu ni entendu.

— Qu'est-ce que vous faisiez ici dans le noir ?

Ne trouvant pas le sommeil, Camilla était descendue voir si le téléphone était rétabli. Comme c'était le cas, elle en avait profité pour rassurer sa famille. Elle avait laissé les lumières éteintes et avait parlé à voix basse précisément pour éviter d'avoir à s'expliquer.

— Le téléphone est rétabli.

— Super. Répondez à ma question.

Blessée par son ton de reproche, elle leva le menton.

— Je n'avais pas compris que j'étais censée rester dans ma chambre comme un enfant. Je vous paie le gîte, et je pensais que j'étais libre de disposer de la maison comme bon me semblait.

— Je me moque complètement que vous dansiez le tango en pleine nuit. Je veux juste savoir ce que vous fabriquiez à rôder et à chuchoter dans le noir.

Puisqu'il voulait la vérité, elle la lui servit, noyée sous la glace.

— Je n'arrivais pas à dormir. Je suis descendue boire un verre d'eau et j'en ai profité pour vérifier le téléphone. Quand j'ai vu qu'il fonctionnait, j'ai passé un appel. Ne vous inquiétez pas, je vous le rembourserai. Si mon portable marchait dans ce… ce coin perdu, je ne me serais pas permis d'utiliser votre téléphone. Et avoir la politesse de causer le moins de bruit et le moins de dérangement possible lorsqu'une autre personne, dans la maison, est censée dormir, je n'appelle pas cela rôder.

C'était plausible. Cela sonnait juste. Aussi Del hocha-t-il la tête, lentement.

— Très bien. Si vous voulez passer un coup de fil à votre mari ou à votre copain, allez-y. Mais ne fouinez pas comme un voleur.

Son visage s'empourpra et ses yeux s'embrasèrent.

— Je ne fouinais pas. Et je n'ai pas de mari. Si vous voulez vraiment savoir, j'ai appelé ma mère pour la rassurer et lui dire que j'allais bien. C'est terminé, l'inquisition ?

Comme il détestait se sentir stupide, il ne répondit rien et alla chercher un tube d'aspirine dans le placard.

— J'aurais dû m'en douter, lança-t-elle, avant de remplir un verre d'eau à grands gestes impatients. Vous êtes encore plus pénible quand vous avez mal. Tenez.

— Je ne veux pas d'eau.

Il la contourna pour sortir une bouteille de whisky du buffet.

— Buvez un peu d'eau d'abord. Sinon, vous allez gâcher le goût du whisky.

Elle sortit un autre verre, lui prit la bouteille des mains et lui servit trois petits doigts d'alcool.

— Je pense que vous vous sentirez mieux après ça. C'est votre épaule ou ce sont vos côtes qui vous font souffrir ?

— Les côtes, surtout.

— J'imagine qu'elles vous font plus mal en ce moment, car elles sont en train de se ressouder. Vous devriez vous asseoir pendant que je vous prépare une poche de glace.

— Je n'ai pas besoin d'une infirmière.

— Arrêtez de faire votre mauvaise tête.

Elle remplit un petit sac en plastique de glaçons, puis elle l'enveloppa dans un torchon fin.

— Asseyez-vous, buvez votre whisky. Et parlez-moi de vos autres chantiers de fouilles. Dans des pays lointains et exotiques.

Avec plaisir et amusement, Camilla reconnut sa mère en elle. Elle reconnut sa voix, pleine d'indulgence, et le ton qu'elle employait pour apaiser et distraire ses enfants quand ils étaient malades.

— Laissez-moi tranquille, dit-il sans grande conviction, avant de s'asseoir.

— En faisant le ménage, j'ai vu des lettres adressées au Dr Caine. J'ai été très impressionnée.

Elle s'assit à son tour, et vérifia sur sa joue que la poche qu'elle avait confectionnée était uniformément glacée.

— Où avez-vous fait vos études ?

Elle portait un peignoir, couleur bronze. Il devait être de soie et, d'après les mouvements et le bruit que faisait le tissu quand elle bougeait, Del supposa qu'elle ne portait pas grand-chose, voire rien du tout, en dessous. Instinctivement, il ferma les yeux et laissa le whisky descendre le long de sa gorge.

— A Oxford.

— Alors là, je suis encore plus impressionnée. Delaney Caine, titulaire d'un doctorat d'Oxford. Comment avez-vous su que vous étiez archéologue ?

C'était une façon étrange de formuler les choses, songea-t-il. Elle n'avait pas demandé comment il était devenu archéologue, ni quand il avait décidé de le devenir, mais comment il avait su qu'il l'était. Et c'était exactement ce qui s'était produit.

— J'ai toujours voulu savoir comment, pourquoi, quand. Qui. Chaque fois que j'accompagnais mes parents sur un chantier…

— Ah, ils sont archéologues aussi ?

— Paléontologues. Vous savez, les dinosaures…

Il garda les yeux fermés, sachant qu'entre sa volonté et le whisky sa douleur allait bientôt passer.

— J'aimais bien les regarder fouiller, mais je trouvais toujours cela plus intéressant lorsqu'ils exhumaient des vestiges humains. Des fragments de poterie, des outils, ou des armes. Quelque chose qui attestait d'une présence humaine.

Il serra un peu les dents lorsque le linge froid entra en contact avec ses côtes.

Le pauvre, songea-t-elle avec compassion. Sous ses airs de dur, il avait vraiment l'air de souffrir.

— Mes frères étaient fascinés par les dinosaures, dit-elle. Comme tous les garçons, je crois.

Son visage se décrispait au fur et à mesure que la glace endormait la douleur.

— Ont-ils été déçus, vos parents, que vous ne choisissiez pas la même spécialité qu'eux ?

— Non, pourquoi l'auraient-ils été ?

A son grand soulagement, Del commençait à se détendre, petit à petit. Dehors, une chouette hululait, poussant de longs et lents appels depuis les bois. Près de lui l'odeur de Camilla l'enveloppait comme une caresse.

— Oh ! le poids de la tradition, j'imagine. Mais ce doit être réconfortant, non, d'avoir des parents qui comprennent — ou, au moins, qui essaient de comprendre — le besoin qu'ont leurs enfants de faire leurs propres expériences et leurs propres choix ? Parce que, parfois, la crainte du jugement d'autrui ou de l'échec peut être paralysante.

Il était détendu, remarqua-t-elle, et glissait doucement vers le sommeil. C'était étrange, les yeux fermés, il n'était pas moins séduisant qu'alerte et bien réveillé. C'était peut-être le modelé de son visage ou bien cette barbe naissante qui lui conféraient ce charme si particulier. Quoi qu'il en soit, elle se sentait de plus en plus attirée par lui et elle ne se gêna pas, pendant qu'il somnolait, pour le regarder tout son soûl.

Puis il rouvrit les yeux, et ce visage si intéressant se retrouva tout près du sien. Ses bonnes manières faillirent la faire reculer, mais la méfiance qu'elle lut dans la profondeur de ses yeux verts l'en empêcha. Une méfiance teintée d'inquiétude qui l'incita à tester le pouvoir qu'elle pouvait avoir sur lui.

Elle resta tout près de lui, et passa sur le duvet piquant de sa joue un doigt à la fois hésitant et audacieux.

— Vous avez besoin de vous raser, docteur Caine.

Il sentait son odeur, fraîche comme la rosée malgré l'heure tardive. Son souffle léger caressait sa peau. Et le faisait saliver.

— Ça suffit.

— Ce serait périlleux de se raser d'une seule main, poursuivit-elle, en passant son doigt le long de sa joue et dans son cou. Je pourrais vous aider, demain matin.

— Je ne veux pas me raser, et je n'aime pas que vous me touchiez.

— Oh ! si, vous aimez que je vous touche.

Il était impossible que ce désir qui remuait ses entrailles ne soit pas partagé, elle en était persuadée.

— Cela vous fait peur, c'est tout. Et vous êtes contrarié que moi, je n'aie pas peur de vous.

Il saisit son poignet de sa main valide, et le serra.

— Si vous n'avez pas peur, dit-il sur un ton menaçant, c'est que vous êtes stupide.

Il la dévisagea de bas en haut et de haut en bas, d'une façon volontairement insultante.

— Nous sommes complètement seuls, et vous n'avez nulle part où vous cacher. Même avec un seul bras valide, si je décidais de me servir, vous ne pourriez rien faire contre cela.

Camilla marqua un temps d'arrêt, tandis qu'un frisson de colère la parcourait. Mais elle n'avait pas peur. Personne n'avait jamais posé les mains sur elle sans son accord. Et elle n'avait pas l'intention que cela change.

— Vous vous trompez sur mon compte, rétorqua-t-elle. Je ne suis pas du genre à me cacher, et la confrontation ne m'effraie pas. Je ne suis pas une faible créature sans défense.

Del serra son poignet plus fort, bien conscient que ses doigts risquaient de laisser des marques sur sa peau. Il espérait que ce serait le cas, et qu'elle se souviendrait qu'elle avait affaire à plus fort qu'elle. Il l'espérait pour leur bien à tous les deux.

— Vous êtes une femme, et je dois peser trente à quarante kilos de plus que vous. Beaucoup d'hommes se serviraient de cet avantage pour abuser de vous. Que vous soyez à leur goût ou pas. Mais je ne suis pas comme eux et, désolé de vous le dire, miss, mais vous ne me faites ni chaud ni froid.

— Vraiment ?

Elle bouillait de colère, à présent. D'habitude, elle essayait autant que possible d'éviter de se retrouver dans un tel état. Lorsque la colère s'emparait d'elle, elle pouvait commettre les pires imprudences. Elle fit de son mieux pour se calmer, et maîtriser son caractère volcanique.

— C'est tant mieux pour nous deux, alors.

Elle recula, et libéra son bras quand il eut desserré les doigts. Elle vit alors quelque chose passer dans ses yeux, mais elle ne sut l'interpréter. Soulagement ou dédain ? Que ce soit l'un ou l'autre, cette réaction attisa de nouveau les flammes qui couvaient en elle.

— Mais vous mentez.

Elle était en colère, imprudente et, sans doute, terriblement stupide. Mais elle ne chercha plus à se contrôler et enfouit ses mains dans ses cheveux pour l'attirer à elle et presser sa bouche contre la sienne.

Lorsqu'elle entendit qu'il respirait plus rapidement et plus difficilement, elle éprouva tout d'abord une grande satisfaction. Il était troublé, et elle allait en profiter. Ses lèvres et sa langue se firent plus hardies, prêtes à partir à la découverte de sa saveur.

Et, lorsque cette saveur la pénétra et s'insinua en elle en même temps qu'une bouffée de chaleur inattendue, la satisfaction laissa la place à une seconde réaction.

Elle se sentit fondre, lentement et inexorablement.

Elle ne s'attendait pas à cela. Ni à ce que le désir ne prenne le dessus sur sa fureur et libère sa propre passion. Elle laissa échapper un petit cri, de surprise et de plaisir, et fusionna avec lui.

La bouche de Del était ferme, son visage dur, et ses cheveux aussi doux et épais que du vison. Elle sentait le cognement de son cœur et la pression de sa main, qui, à présent, serrait sa nuque. Ses dents puis sa langue entrèrent en contact avec les siens. Et elle en voulait encore…

A cause de sa blessure, ses réflexes étaient plus lents. Ce fut la seule excuse qu'il réussit à trouver pour ne pas l'avoir éconduite avant qu'elle se mette à l'embrasser pour de bon. Et il était humain. Ce fut la seule raison qu'il réussit à trouver pour avoir levé la main, non pas pour la repousser, mais pour la saisir par la nuque afin qu'elle reste où elle était.

C'est-à-dire tout contre lui, tout autour de lui.

Les petits gémissements avides qu'elle poussait l'avaient

embrasé et l'avaient conduit à l'embrasser avec une intensité qu'il n'était pas certain de pouvoir soutenir.

Il voulait la dévorer tout entière, d'une bouchée sauvage et vorace. Il le voulait, et il la voulait, plus qu'il ne voulait vivre ou respirer.

Il bougea, essayant de passer son autre bras autour d'elle pour l'attirer sur ses genoux. Ce mouvement presque instinctif réveilla la douleur, et chassa la passion.

Elle recula d'un bond. Elle avait senti son corps se raidir, l'avait entendu lutter pour reprendre son souffle. De toute évidence, elle lui avait fait mal. Désolée, elle faillit s'excuser, avant que ne l'arrête le regard mauvais qu'il lui adressa.

— Ne m'approchez pas, bon sang.

Il n'arrivait plus à respirer, sa tête tournait. Il pesta, car cet état était autant dû au baiser qu'ils avaient échangé qu'à la douleur qui le crucifiait.

— Laissez-moi vous aider et…

— Je vous ai dit de ne pas m'approcher.

En se levant précipitamment, il fit tomber sa chaise. Quand sa vision se brouilla, il faillit vaciller, et sa faiblesse ne fit qu'ajouter à sa rage.

— Si vous cherchez une liaison facile et rapide, vous vous êtes trompée de personne.

Il sortit de la maison, en faisant claquer les portes comme des coups de feu derrière lui.

Camilla avait terriblement honte d'elle, et n'avait presque pas dormi de la nuit, un peu plus mortifiée chaque fois qu'elle repassait la scène dans sa tête.

Elle s'était jetée sur lui, comme une enragée. Peu importait qu'elle se fût trouvée sous l'emprise d'un mélange de colère, de vexation et d'excitation. Car si un homme s'était comporté comme elle l'avait fait, elle aurait été la première à le traiter de brute et de barbare.

Elle l'avait forcé à l'embrasser, profitant de la situation et de son avantage physique. Ce qu'elle avait fait était tout simplement insensé.

Il faudrait qu'elle s'excuse, et qu'elle accepte tout ce qu'il exigerait d'elle en réparation. S'il lui demandait de partir sur-le-champ, elle s'exécuterait.

Toutefois, elle espérait qu'il n'en viendrait pas là.

C'était peut-être tomber dans un cliché peu glorieux, mais elle s'installa dans la cuisine, dès l'aube, pour lui préparer un bon petit déjeuner destiné à l'amadouer.

Mais elle n'était pas certaine qu'il prendrait son petit déjeuner, car il était resté dehors jusqu'à 3 heures du matin. Lorsqu'elle l'avait entendu rentrer, elle avait retenu son souffle pendant dix minutes, s'attendant à demi à ce qu'il fasse irruption dans sa chambre, la tire de son lit et la jette par la fenêtre.

Non pas qu'il n'ait pas répondu à ses avances, se rappela-t-elle, toujours aussi honteuse. Il l'avait dévorée comme un homme affamé. Et s'il ne s'était pas fait mal en essayant de l'attirer plus près de lui…

Enfin, mieux valait ne pas penser à cela.

Elle avait moulu du café, et pressé des oranges. Elle avait préparé la pâte et la garniture pour des crêpes à la pomme et à la cannelle, et elle avait découpé de belles tranches de jambon de pays. Maintenant, il n'y avait plus qu'à attendre que l'ours sorte de sa caverne.

Quelques minutes plus tard, elle entendit un craquement au plafond. Il était réveillé, et debout. Elle dut essuyer sur son pantalon ses paumes devenues soudain moites, avant de se tourner vers la cuisinière pour préparer le petit déjeuner.

A force de repasser la scène en boucle dans sa tête, Del était d'une humeur massacrante lorsqu'il prit sa douche. D'un côté, il était furieux contre Camilla, qui l'avait mis dans une situation impossible. De l'autre, il était surpris et écœuré par sa propre réaction.

Une jolie femme avait fondu sur lui avec fougue et avidité. Une femme belle, sexy, et libre, l'avait attrapé en pleine nuit, et l'avait embrassé à perdre haleine.

Et il s'était enfui en courant.

Etait-il fou, ou quoi ?

Non, pas fou, prudent, corrigea-t-il, agacé par ce stérile débat intérieur. Il n'avait rien contre les aventures brèves et occasionnelles entre adultes consentants. Mais, s'il s'autorisait ce genre de rapprochement avec Camilla, il savait d'ores et déjà qu'il s'exposerait à de graves complications.

En plus de cela, se rappela-t-il en s'habillant, il n'avait pas le temps de s'amuser. Il avait du travail. Et, lorsqu'il avait du temps, c'est lui qui faisait le premier pas.

Non pas qu'il n'ait pas été… intéressant de subir plutôt que d'agir, pour une fois. Elle avait la bouche d'une déesse. Brûlante, persuasive et puissante.

Mieux valait ne pas y penser et décider, plutôt, quel comportement adopter. Il avait le choix : soit il faisait comme si rien ne s'était passé, soit il la jetait dehors, la conduisait en ville et se débarrassait d'elle.

C'était cette dernière alternative qui lui paraissait la plus sûre.

Au milieu des escaliers, il sentit le café. Cette délicieuse odeur affaiblit sa résolution. Il pouvait compter sur les doigts d'une main les fois où, dans sa vie d'adulte, il s'était réveillé dans une maison embaumant le café. Puis il reconnut une odeur de viande grillée.

Décidément, elle ne la jouait pas à la régulière. C'était bien une femme.

A la seconde où il pénétra dans la cuisine, elle se tourna vers lui, une tasse de café à la main. Au lieu de la lui tendre, elle la posa sur la table. Elle ne souriait pas, mais elle le regardait dans les yeux.

— Je voudrais m'excuser pour ma conduite.

Le ton qu'elle employa, très neutre, le prit au dépourvu. Le mieux à faire, décida-t-il, c'était se taire, et boire son café.

— Ce que j'ai fait, continua-t-elle, est totalement inexcusable. J'ai profité de la situation et abusé de votre hospitalité. Et j'en suis profondément désolée. Vous auriez tout à fait le droit de me jeter dehors. J'espère que vous ne le ferez pas, mais je ne protesterais pas, si c'était le cas.

Non, vraiment, elle ne la jouait pas à la régulière, songeat-il en l'observant par-dessus sa tasse, grave et patiente, tandis que le jambon crépitait derrière elle. Un champion poids lourd n'aurait pas tenu tout un round face à elle.

— N'en parlons plus, se contenta-t-il de répondre.

L'air soulagé, elle esquissa un vague sourire.

— C'est très généreux de votre part, ajouta-t-elle en attrapant une fourchette pour retourner la viande. Je tenais à vous dire que c'est la première fois que je fais quelque chose comme ça.

Il repensa soudain à son baiser passionné.

— Quelque chose comme quoi ?

— Je ne m'étais jamais jetée sur un homme.

A cette évocation, ses joues s'empourprèrent, mais elle continua à cuisiner d'une main ferme et sûre.

— Après coup, je me suis dit que si les rôles avaient été inversés — c'est-à-dire si vous vous étiez jeté sur moi, alors même que j'étais handicapée…

— Je ne suis pas handicapé.

Agacé, il vida son café, puis alla se resservir.

— D'accord… En tout cas, je me suis dit que cela aurait été méprisable, voire criminel, alors…

— On s'est embrassés, point, rétorqua-t-il, de plus en plus mal à l'aise. Ce n'est pas si grave que ça.

Camilla le regarda brièvement, avant de détourner le regard, gênée. Ce n'était peut-être pas si grave, mais il n'en avait pas moins passé une grande partie de la nuit dehors. Elle irait donc jusqu'au bout de son autoflagellation.

— Tout acte à connotation sexuelle doit être mutuellement consenti, sinon, il s'agit de harcèlement. Ou, pire, d'une agression.

— Le jour où une fille maigrichonne comme vous pourra m'agresser, les poules auront des dents.

— Je ne suis pas maigrichonne. Mais pour finir : j'étais en colère, et — Dieu sait pourquoi — vous m'attirez. Mais j'aurais dû contrôler ces deux réactions, ainsi que la curiosité que je ressentais à votre égard. Je vous remercie en tout cas d'accepter mes excuses. Maintenant, si vous voulez bien vous rasseoir, je vais faire des crêpes.

Elle retira le jambon du feu et le dressa dans une assiette. Mais, avant qu'elle puisse prendre la pâte à crêpes, il la força à se tourner, et posa sa main sur sa gorge. Alors, en la soulevant sur la pointe des pieds, il posa ses lèvres sur les siennes.

La fourchette qu'elle tenait encore retomba sur le plan de travail. Impuissante, elle laissait retomber ses bras. C'était un assaut, un assaut glorieux qui fit tout à la fois flageoler ses jambes, tourner sa tête, et s'emballer son cœur. Alors qu'elle commençait à vaciller, il la libéra de son étreinte. Et recula.

— Voilà, comme ça, nous sommes quittes.

Puis, reprenant sa tasse de café, il s'assit.

— Quel genre de crêpes ?

Chapitre 5

Sa barbe l'irritait. Tout comme elle. Ses côtes lui causaient une douleur constante et sourde. Tout comme sa libido.

Heureusement, ses recherches l'aidaient à oublier ces distractions aussi agaçantes que malvenues. Il avait toujours été capable de s'absorber dans le travail, jusqu'à oublier tout le reste. Il pensait d'ailleurs que tous ceux qui n'y parvenaient pas n'avaient tout simplement pas trouvé ce pour quoi ils étaient faits.

Il devait reconnaître que Camilla ne l'agaçait pas lorsqu'elle l'aidait à transcrire ses notes et à mettre en ordre toutes ses affaires. Pour tout dire, l'aide qu'elle lui apportait était si colossale qu'il se demandait comment il se débrouillerait quand elle serait partie.

Il hésitait à abuser du sentiment de culpabilité qui semblait la tarauder pour exiger d'elle qu'elle reste deux semaines de plus.

Mais, s'il faisait cela, il se laisserait forcément distraire par quelque chose d'aussi ridicule que la façon dont le soleil éclairait ses cheveux lorsqu'elle était assise devant l'ordinateur. Ou bien par la façon dont ses yeux brillaient lorsqu'elle levait la tête pour lui poser une question ou ajouter un commentaire.

Et puis, il se mettrait à penser à elle. A se demander qui

elle était, d'où elle venait. A se demander, pour commencer, ce qu'elle pouvait bien faire assise dans sa cuisine. Elle parlait français comme si c'était sa langue maternelle, cuisinait comme si c'était un don divin. Et tout ce qu'elle faisait brillait sous un vernis de classe et d'élégance.

Il détestait questionner les gens sur leur vie. De toute façon, bien souvent, leurs réponses ne l'intéressaient pas. Mais il se posait énormément de questions sur Camilla.

Il commença à réfléchir à la façon dont il pourrait obtenir quelques informations sans avoir l'air de l'interroger.

En tout cas, une chose était sûre : c'était quelqu'un d'intelligent, songea-t-il, alors qu'elle triait et étiquetait avec application les photographies prises sur le terrain, tandis qu'il faisait semblant d'être plongé dans ses notes. En plus de ses facultés naturelles, elle avait dû recevoir un solide bagage. Elle avait sans doute fréquenté les meilleures écoles privées et, en raison de son accent français, il n'aurait pas été surpris qu'elle ait fréquenté un pensionnat en Suisse.

Quoi qu'il en soit, où qu'elle ait fait ses études, elle était assez intelligente pour ne pas s'être attardée sur « l'incident » du baiser.

Elle s'était contentée d'acquiescer quand il avait dit qu'ils étaient quittes, et elle lui avait préparé de délicieuses crêpes.

Il admirait cette façon qu'elle avait eu de recevoir la monnaie de sa pièce, et de passer à autre chose.

De toute évidence, elle avait de l'argent. Ou bien elle en avait eu. Une luxueuse montre suisse, un peignoir de soie. Car il était sûr qu'il s'agissait bien de soie. Il sentait encore la caresse légère et douce du tissu sur sa peau lorsqu'elle l'avait étreint.

Bon sang, il recommençait à divaguer…

Malgré cela, continua-t-il en se reprenant, elle savait ce que travailler voulait dire. Elle semblait vraiment aimer faire la cuisine, ce qui dépassait son entendement. De plus, elle restait devant l'ordinateur pendant des heures sans se plaindre. Elle tapait de façon efficace et précise, sa posture était parfaite. Et ses mains étaient aussi délicates que celles d'une reine.

De l'éducation, conclut-il. Cette femme avait de l'éducation. Une éducation qui lui avait enseigné la volonté, tout en lui procurant un sentiment de légitimité.

Et elle avait la plus incroyable des bouches.

Tout cela chez la même personne ?

Il se surprit à se gratter la barbe une nouvelle fois et, sans réfléchir, lança :

— Ça me ferait du bien de me raser.

Il le dit sur un ton détaché, et attendit qu'elle regarde dans sa direction.

— Pardon ?

— Me raser, répéta-t-il. Ça me ferait du bien.

Elle dut prendre cela comme une tentative de réconciliation amicale, car elle sourit.

— Vous pouvez y arriver tout seul, ou est-ce que vous avez besoin d'aide ?

Il fronça légèrement les sourcils, pour bien lui faire comprendre ses réticences.

— Vous avez déjà rasé un homme ?

— Non, répondit-elle, les lèvres pincées, mais j'ai vu mon père et mes frères se raser. Est-ce vraiment compliqué ?

— Vous avez des frères ?

— Oui, deux.

Soudain concentrée, Camilla s'approcha de lui et se pencha un peu pour étudier de près son visage. Beaucoup d'angles, songea-t-elle. Des zones creuses et d'autres planes. Ce ne serait sans doute pas simple, mais cela ne faisait que rendre ce défi plus intéressant.

— Je ne vois pas pourquoi je n'y arriverais pas.

— Je vous rappelle, miss, qu'il s'agit de ma chair et de mon sang.

Mais il se gratta encore, avant de lancer :
— Allons-y.

Elle prenait ce travail très au sérieux. Après réflexion, elle décida que le meilleur endroit était le porche d'entrée. Ils seraient un peu au frais, et elle pourrait plus facilement tourner à trois cent soixante degrés autour de lui que dans la petite salle de bains de l'étage.

Elle sortit une petite table sur laquelle elle posa ses outils. Un grand bol d'eau chaude. Une bombe de crème à raser. Des serviettes. Un rasoir.

En elle-même, elle regrettait presque qu'il ne s'agisse pas d'un rasoir de type coupe-chou. Cela l'aurait amusée de l'aiguiser. Mais un petit rasoir jetable, c'était sans doute plus sûr.

Lorsqu'il fut assis, elle noua une serviette autour de son cou.

— Je pourrais donner quelques coups de ciseaux à vos cheveux tant que j'y suis.

— Ne touchez pas à mes cheveux.

Elle ne pouvait pas lui en vouloir. Il avait des cheveux magnifiques, épais et pleins de nuances. De plus, sa seule tentative pour couper des cheveux — les siens — avait prouvé qu'elle n'avait aucun talent caché pour cet exercice.

— Très bien, détendez-vous.

Elle couvrit son visage avec une serviette chaude et humide.

— J'ai vu ça dans des films. Je crois que c'est pour attendrir la barbe.

Lorsqu'il poussa un grognement étouffé et détendu, elle regarda en direction des bois. Ils étaient si verts, si denses, traversés par les ombres et la lumière. Elle entendait le chant des oiseaux et aperçut un cardinal, point rouge au milieu d'un océan de vert.

Personne n'était caché dans ces ombres complices, guettant le moindre de ses mouvements pour la mitrailler et vendre ces nouveaux clichés à la presse. Aucun garde du corps ne se tenait près d'elle, stoïque, pour la protéger.

La paix de cet endroit était comme un baume.

— Quelle belle journée.

Sans réfléchir, elle posa la main sur l'épaule de Del. Elle voulait partager ce magnifique sentiment de liberté avec quelqu'un.

— Du bleu et du vert partout. C'est l'été, il fait chaud, mais on ne se sent pas oppressé. En Virginie, on serait déjà trempé de sueur.

Ah ah ! Il avait bien reconnu des intonations méridionales dans sa voix.

— Qu'y a-t-il en Virginie ? demanda Del, curieux.

— Oh ! ma famille.

Une partie de sa famille, en fait, mais elle n'avait aucune envie de développer le sujet, qui pourrait la mener à parler de Cordina.

— Et notre ferme.

Lorsqu'elle enleva la serviette, le regard de Del, perçant et dubitatif, croisa le sien.

— Vous êtes en train de me dire que vos parents sont fermiers ? J'ai dû mal comprendre.

— Nous possédons une ferme, en effet.

Vaguement agacée, elle prit la crème à raser. Deux fermes, en fait. Une dans chacun de ses pays.

— Mon père cultive du soja, du maïs, et d'autres choses encore. Il élève aussi du bétail et des chevaux.

— Ne me faites pas croire que vous avez déjà bêché un champ avec les mains que vous avez.

Elle leva un sourcil tout en étalant la crème à raser.

— Au cas où vous ne seriez pas au courant, il existe une merveilleuse invention, qui s'appelle le tracteur. Eh oui, ajouta-t-elle avec une certaine véhémence en devançant sa question, je sais conduire les tracteurs.

— J'ai du mal à vous imaginer au volant d'un de ces engins.

— Je ne passe pas non plus ma vie dans les champs, mais je sais reconnaître un navet d'une pomme de terre.

Elle le fit soulever le menton et donna un premier coup de rasoir, prudent.

— Mes parents voulaient que leurs enfants fassent quelque chose de productif et d'utile, qu'ils apportent leur contribution au monde. Ma sœur, par exemple, s'occupe des enfants défavorisés.

— Vous m'avez dit que vous aviez deux frères.

— Une sœur et deux frères. Nous sommes quatre.

Elle rinça le rasoir dans le bol, et veilla à bien enlever la crème et les poils qui restaient entre les lames.

— Et vous, qu'est-ce que vous faites ?

— Pas mal de choses, murmura-t-elle en étudiant la zone située entre la mâchoire et le cou de Del.

— Ce sont ces choses que vous fuyez ? Hé, attention, vous venez de me couper !

Elle essuya vite le sang qui perlait.

— Ce n'est qu'une petite égratignure, le rassura-t-elle. Que je n'aurais jamais faite si vous vous étiez tu. Vous ne dites rien pendant des heures, et maintenant vous n'arrêtez pas de parler.

Amusé, et intrigué d'avoir visiblement touché un point sensible, Del haussa les épaules.

— Je suis peut-être un peu nerveux. C'est la première fois que je me trouve entre les mains d'une femme armée d'un instrument coupant.

— C'est surprenant, étant donné votre personnalité.

— Vous imaginer fille de ferme l'est également, étant donné la vôtre. Si vous avez grandi en Virginie, d'où vient votre côté « grande cuisine française » ?

Elle le regarda avec amusement.

— Mon côté « grande cuisine française », comme vous dites, me vient de ma mère qui, précisément, est française.

Camilla se sentit légèrement coupable de lui mentir et, pour se donner meilleure conscience, ajouta quelques précisions, cette fois tout à fait conformes à la vérité.

— Nous passons la moitié de notre temps en Europe, où nous possédons également une petite propriété. Maintenant, faites comme moi, s'il vous plaît.

Et elle recouvrit ses dents avec sa lèvre supérieure, en guise de démonstration.

— Montrez-moi ça encore une fois, fit-il en ricanant.

— Arrêtez de vous moquer de moi.

Mais elle rit aussi, puis se plaça entre ses jambes, se pencha, et rasa lentement la zone située entre son nez et sa bouche.

Del avait envie de la toucher, de passer sa main sur son corps. N'importe où. Et il avait envie, se rendit-il compte, de l'embrasser encore. Qui qu'elle soit.

Alors qu'elle passait le rasoir avec minutie, Camilla effleura sa bouche de son pouce et, aussitôt, retira sa main, troublée par ce contact. Mais, sans qu'elle puisse l'empêcher, son regard s'attarda sur les lèvres de Del.

Et, quand elle croisa ses yeux verts, elle y vit la flamme dangereuse du désir. Aussitôt, un feu brûlant se propagea en elle.

— Qu'est-il en train de se passer entre nous, à votre avis ? murmura-t-elle.

Il ne fit pas semblant de ne pas comprendre.

— Je n'en ai aucune idée. La seule chose que je sais, c'est que vous êtes très agréable à regarder…

Elle faillit sourire et, pour masquer sa gêne, se tourna pour rincer le rasoir.

— Est-ce une simple attirance ? Je ne suis même pas certaine que nous nous apprécions tant que cela.

— Je n'ai rien contre vous en particulier.

— Oh ! Delaney, ce que vous êtes charmant.

Elle rit, ce qui lui permit d'évacuer une partie de sa tension.

— Que de poésie, que de courtoisie, ajouta-t-elle.

— Si vous voulez de la poésie, prenez un livre.

— Moi, je crois que je vous aime bien, dit-elle après un temps de réflexion, tout en se rapprochant pour terminer le rasage. Curieusement, j'aime assez votre irascibilité.

— Ce sont les hommes âgés qui sont irascibles. Moi, je suis encore jeune, donc je ne suis que brusque et impoli.

— C'est tout à fait cela. Mais vous possédez également deux grandes qualités qui m'attirent : l'esprit et l'intelligence. Je suis fascinée par votre travail, dit-elle en lui faisant tourner la tête et en se rapprochant. Et par la passion que vous y mettez. C'est pour trouver de la passion que j'ai entrepris ce voyage, une passion intellectuelle. Et c'est vraiment curieux que je la trouve ici, au milieu de vieux ossements et de poteries cassées.

— Mon métier ne fait pas seulement appel à la passion et aux facultés intellectuelles.

— Oui, je sais. L'archéologie requiert aussi des capacités physiques, des sacrifices, de la sueur, peut-être même du sang, répondit-elle en inclinant la tête. Si vous croyez que toutes ces choses me sont étrangères, vous vous trompez.

— Vous n'êtes pas fainéante, je l'ai remarqué.

Elle sourit de nouveau.

— Vous me flattez, c'est trop.

— Et vous êtes légèrement impertinente, miss. Il se peut que, curieusement, j'aime assez votre esprit sarcastique.

— Tant mieux. Mais pourquoi est-ce que vous ne m'appelez jamais par mon prénom ?

Elle recula pour prendre une serviette propre et essuyer la crème à raser qui restait sur son visage.

— Camilla. C'est comme cela que je m'appelle, dit-elle d'une voix calme. Ma mère aime les fleurs, et il y avait des camélias dans la propriété de mon père lorsqu'il l'y a emmenée pour la première fois.

— Alors, vous n'avez menti qu'au sujet de votre nom de famille.

— Oui.

Consciencieuse, elle passa ses doigts sur ses joues pour vérifier qu'elle n'y avait oublié aucun poil.

— Je crois que j'ai fait du bon travail. Et vous avez un beau visage. Complexe, mais beau. Et bien plus encore sans cette barbe négligée.

Elle s'approcha de la table et s'essuya les mains.

— Je ne demande que quelques semaines, murmura-t-elle. Quelques semaines pour être moi-même sans restrictions, sans responsabilités, sans demandes, sans attentes. N'avez-vous jamais éprouvé le besoin de respirer ?

Del la dévisagea un long moment. Quelque chose dans son ton et dans son regard — tous les deux habités — lui disait qu'elle était sincère.

— Si, bien sûr. Et vous êtes bien tombée, car le bon air, ce n'est pas ce qui manque par ici.

Il se passa une main sur le visage, et sur son menton, fraîchement rasé.

— Votre voiture sera prête d'ici deux jours, si tout se passe bien. Je vous laisserai alors le choix : vous pourrez soit vous en aller, soit rester une ou deux semaines de plus, en continuant comme nous avons commencé.

Sans qu'elle sache pourquoi, Camilla sentit les larmes lui monter aux yeux.

— Si vous me le proposez, je resterai peut-être quelques jours supplémentaires, merci. J'aimerais en apprendre davantage sur votre projet. J'aimerais en apprendre davantage sur vous.

— Gardons les choses comme elles sont, alors. Jusqu'à ce qu'elles changent d'elles-mêmes. Merci pour le rasage. Beau travail… Camilla.

Puis il rentra précipitamment, la laissant seule dehors, tout sourires.

Pour lui témoigner sa reconnaissance, Camilla fit de son mieux pour ne pas l'embêter. Elle nettoya à fond tout le chalet, classa et étiqueta toutes ses photographies et tous ses croquis. Les pages proprement tapées sous sa dictée formaient à présent deux belles piles bien hautes.

Un jour et demi plus tard, il lui sembla soudain que le moment était venu d'apporter un petit changement dans leur routine.

— Nous avons besoin de produits frais, lança-t-elle.

— Je viens de faire des courses.

— Cela remonte à plusieurs jours. Or il n'y a plus de fruits, et presque plus de légumes. Et je veux des citrons, pour faire de la limonade. Vous buvez beaucoup trop de café.

— Sans café, c'est le coma assuré.

— Vous n'en avez presque plus non plus. Donc, à moins que vous ayez envie d'être comateux, nous devons aller nous ravitailler en ville.

Pour la première fois depuis le début de la conversation, il daigna la regarder. Il ôta ses lunettes et demanda, les sourcils froncés :

— Nous ?

— Oui. Je pourrai en profiter pour aller constater de mes propres yeux l'état de ma voiture. Car, quand je l'appelle pour avoir des nouvelles, votre Carl ne me répond que par des grognements incompréhensibles.

Elle était déjà en train de vérifier le contenu de son sac à main, d'où elle sortit ses lunettes de soleil.

— Donc, nous allons en ville.

— Je veux terminer ce chapitre.

— Nous pourrons le finir à notre retour. Je veux bien conduire si votre épaule vous gêne trop.

En fait, son épaule ne le gênait presque plus, maintenant. Durant les heures qu'il passait la nuit, dans sa chambre, à chercher en vain le sommeil, Del avait eu tout le temps de s'entraîner à des exercices de rééducation. Ses côtes n'étaient pas encore guéries, certes, mais il allait bientôt pouvoir se passer de son écharpe.

— Bien sûr. Je vais vous passer le volant de mon camion, avec vos fantastiques talents de conductrice.

— Je suis une excellente conductrice. Si le cerf n'avait pas…

— Oui, oui… Mais vous pouvez oublier l'idée de conduire mon camion, miss.

Puisqu'il la connaissait assez bien maintenant pour être certain qu'elle l'ennuierait pendant des heures, il décida de gagner du temps, et céda.

— C'est moi qui conduis, mais c'est vous qui faites les courses.

Alors qu'il restait immobile, l'air préoccupé, Camilla inclina la tête.

— Si vous essayez de vous souvenir où vous avez mis les clés, elles sont sur le contact de votre précieux camion, là où vous les avez laissées.

— Je le savais, marmonna-t-il en se dirigeant vers la porte. Alors, on y va ?

Aussi heureuse que s'il lui proposait une soirée en ville, elle se précipita à sa suite.

— Est-ce qu'il y a un grand magasin ? J'aurais besoin de…

— On se calme.

Il s'immobilisa brusquement, et elle se cogna contre lui.

— Non, il n'y en a pas, et ne vous mettez pas dans la tête que ça va être la fête. Vous voulez des citrons, on achètera vos fichus citrons, mais vous n'allez pas m'entraîner dans une virée shopping, à la recherche de chaussures, de boucles d'oreilles et de Dieu sait quoi encore.

Certes, elle avait un petit faible pour les boucles d'oreilles. Mais quel mal y avait-il à cela ? Déçue par sa réaction, elle ne put s'empêcher de faire la moue.

— J'ai juste besoin de crème pour les yeux.

Il lui retira ses lunettes de soleil, et lui adressa un regard sévère.

— Pour quoi faire ? Ils sont très bien comme ça.

« Très bien comme ça » ou pas, elle les leva au ciel lorsqu'il lui tourna le dos et fila vers le camion, mais elle décida de ne pas insister. Pas avant qu'ils ne soient arrivés en ville. Pour l'instant, mieux valait essayer de lui faire penser à autre chose.

— Je me demandais, commença-t-elle en se hissant dans la cabine du camion, si vous accepteriez de m'expliquer le principe de la datation au carbone 14 ?

— Si vous voulez un cours…

— Oui, je sais, si je veux un cours, je dois m'inscrire à la fac. Mais donnez-moi juste un embryon d'explication. Mes transcriptions seront meilleures si je comprends ce que j'écris.

Il poussa un soupir à la fois las et résigné.

— Le carbone est naturellement présent dans l'atmosphère. Il y a des dizaines de milliards d'atomes de carbone pour chaque atome de ce carbone 14, qui nous intéresse pour sa radioactivité, facile à mesurer avec un compteur Geiger. Les plantes absorbent le carbone 14, les animaux l'absorbent en…

— En mangeant les plantes, finit-elle, fière d'elle.

Il lui adressa un petit coup d'œil rapide.

— Et les autres animaux. Une fois absorbé, le carbone 14 commence à se désintégrer. Pour dater un échantillon de matière organique, il suffit de mesurer ce qu'il reste de radiocarbone naturel suite à la désintégration. Une fois que l'on connaît précisément la vitesse à laquelle il se désintègre dans le temps, le reste n'est qu'affaire de calculs… Mais pourquoi est-ce que j'ai l'impression de parler tout seul ?

— Pardon ?

Elle secoua la tête et redevint attentive.

— Je suis désolée. Mais le paysage est tellement beau. A cause de l'orage, je n'ai rien vu. Tout est si vert, si magnifique. Ces collines me font un peu penser à l'Irlande.

Elle aperçut un miroitement, qui ne pouvait être que celui du soleil se reflétant dans l'eau.

— Et il y a un lac, et des arbres superbes. Tout respire le calme et la tranquillité.

— C'est la raison pour laquelle la plupart des habitants du Vermont ont choisi de vivre dans cette partie de l'Etat. Par ici, on n'aime pas beaucoup la foule ni le bruit. Si vous voulez davantage d'animation, il faut aller plus à l'ouest, vers le lac Champlain, mais ce n'est certainement pas dans le Royaume du nord-est que vous en trouverez.

— Le Royaume du nord-est ?

— Oui, c'est comme ça qu'on surnomme la région.

Ce nom la fit sourire. Comme cela, elle avait fui une principauté pour se retrouver dans un royaume ?

— Vous avez toujours vécu par ici ?

— La plupart du temps, oui.

Elle poussa une petite exclamation réjouie lorsqu'ils approchèrent d'un pont couvert.

— Oh ! comme c'est charmant !

— C'est pour franchir le torrent.

Son plaisir était contagieux, remarqua Del. Il oubliait parfois de regarder autour de lui, de profiter du beau décor dans lequel il vivait.

Ils traversèrent le pont, et Camilla aperçut les flèches blanches d'une église qui émergeaient des arbres. La ville n'était plus loin, apparemment. C'était comme dans un livre. Les vertes rondeurs des collines, les églises blanches, et les maisons coquettes avec leur coquet gazon. C'était l'essence même des Etats-Unis.

En arrivant en ville, elle eut l'impression de contempler une maquette, tant les rues étaient droites, les bâtiments bien alignés, et les espaces verts parfaitement délimités.

Elle voulait arpenter ces rues, explorer ces magasins, observer les habitants dans leur vie de tous les jours. Elle aurait aimé, pourquoi pas, déjeuner dans un de ces petits restaurants. Ou, mieux encore, se promener avec un cornet de glace à la main…

— Voilà le supermarché, fit Del en se garant dans un parking, avant de lui tendre quelques billets. Prenez ce dont vous avez besoin. Je vais voir où en est votre voiture. Vous avez trente minutes.

— Oh ! mais est-ce qu'on ne pourrait pas…

— Et achetez des gâteaux, ou n'importe quoi à se mettre sous la dent, ajouta-t-il en la poussant dehors.

Contrariée, elle descendit du camion, puis, les mains sur les hanches, le regarda sortir du parking. Ce type exagérait vraiment. Il lui donnait des ordres, la poussait, lui coupait la parole. Jamais on ne l'avait traitée avec tant de grossièreté et de désinvolture. Le pire, songea-t-elle en soupirant, c'était qu'elle aimait cela. Et c'était bien cela le plus étrange !

Enfin, quoi qu'il en soit, elle avait décidé de voir quelque chose de la ville avant de retourner se terrer au fond des bois pendant une autre semaine. Tant pis si M. Delaney Caine n'était pas d'accord.

D'un pas décidé, elle commença son exploration.

Elle ne trouva pas de mont-de-piété dans cette petite ville de la prudente et économe Nouvelle-Angleterre, mais elle tomba sur une jolie bijouterie possédant une petite mais intéressante collection de pièces d'occasion. Et les boucles d'oreilles qu'elle vit en vitrine étaient vraiment tentantes. Elle réussit cependant à se refréner et retint l'emplacement de la boutique, au cas où elle aurait besoin de vendre sa montre.

Elle entra dans une parfumerie. Comme il n'y avait pas sa crème habituelle pour les yeux, elle prit ce qu'elle trouva. Et elle acheta aussi des bougies parfumées, et quelques sachets de pot-pourri.

Elle poussa ensuite la porte d'un antiquaire. Elle remarqua tout de suite un bel encrier en argent et en cristal que, malheureusement, elle ne pouvait acheter. Il aurait fait un très beau cadeau pour son oncle Alex, mais il dépassait de loin son budget, à moins qu'elle prenne le risque d'utiliser sa carte de crédit.

Elle trouva toutefois quelques jolies bouteilles anciennes pour un prix raisonnable, et les rafla toutes. Elles seraient parfaites pour les fleurs et les branches d'arbre qu'elle aimait ramasser dans les bois, et ajouteraient une touche chaleureuse et raffinée à la décoration du chalet.

La vendeuse, qui devait avoir à peu près le même âge qu'elle, avait des cheveux blond foncé tirés en queue-de-cheval et des yeux bleus et vifs. Elle sourit pendant qu'elle emballait les bouteilles dans du papier bulle.

— Cet encrier date du XIXe siècle, dit-elle, ayant apparemment remarqué l'intérêt de Camilla pour l'objet. C'est une belle pièce pour un collectionneur. Et son prix est très raisonnable, ce qui ne gâche rien.

— Oui, il est très beau. Comme l'ensemble de votre boutique, d'ailleurs.

— Merci. Je dois avouer que nous en sommes assez fiers. Vous visitez la région ?

— Oui.

— Si vous logez dans l'une des pensions avec lesquelles nous avons passé un accord, nous vous offrons une remise de dix pour cent sur tout achat dépassant les cent dollars.

— Oh ! vraiment ? Mais non… ce n'est pas mon cas.

Elle regarda de nouveau vers l'étagère où était exposé l'encrier. L'anniversaire de son oncle approchait.

— Je me demandais : si je vous laissais un petit acompte, accepteriez-vous de me le mettre de côté ?

La vendeuse réfléchit, tout en observant Camilla.

— Si vous me laissez vingt dollars, finit-elle par trancher, je vous le garde pendant deux semaines.

— Merci, répondit Camilla, en cherchant aussitôt la somme dans son portefeuille.

— Je vous en prie, répondit la jeune femme en remplissant un reçu. Quel est votre nom ?

— Mon n… Breen.

— Très bien, je vous réserve cet objet, mademoiselle Breen. Vous avez deux semaines pour venir le chercher avec le reste de la somme.

Camilla jeta un œil à sa montre, et écarquilla les yeux lorsqu'elle vit l'heure.

— Je suis en retard. Delaney va être furieux.

— Delaney ? Caine ?

— Oui. J'étais censée le retrouver il y a cinq minutes.

Elle ramassa ses sacs et se précipita vers la porte.

— Mademoiselle ! Attendez ! lança la vendeuse en lui courant après. Votre reçu.

— Oh ! désolée. Il se met si facilement en colère.

— Oui, je sais, répondit la jeune femme dont le regard était animé par un mélange d'amusement et de curiosité. Nous sommes sortis ensemble une fois ou deux.

— Oh. Je ne sais pas si je dois vous féliciter ou vous plaindre, dit-elle en souriant. Je travaille pour lui, temporairement.

— Au chalet ? Dans ce cas, c'est moi qui vous plains… Dites-lui que Sarah Lattimer lui passe le bonjour.

— Je n'y manquerai pas. Mais il faut que je coure, sinon je vais devoir rentrer à pied jusqu'à chez lui.

C'était bien possible, songea Sarah en regardant Camilla

se sauver. Del n'était pas un homme réputé pour sa patience. Dire qu'elle avait presque cru, à vingt ans, qu'elle allait pouvoir le changer, le « civiliser ».

Elle secoua la tête en songeant à sa naïveté passée, puis se dirigea vers l'encrier pour le mettre de côté. Elle souhaitait bonne chance à cette jolie rousse. Vraiment jolie, d'ailleurs, et avec un visage qui lui semblait vaguement familier. Comme si elle avait été une actrice, ou une célébrité quelconque.

Sarah haussa les épaules. Tant qu'elle n'aurait pas trouvé à qui ressemblait la nouvelle assistante de Del, elle ne réussirait à penser à rien d'autre. Mais elle finirait par élucider ce mystère...

Trébuchant sans cesse dans ses sacs, Camilla réussit tout de même à retourner au parking au pas de course. Elle grimaça en apercevant le camion déjà garé, puis se contenta d'ouvrir la portière pour y déposer ses achats.

— Il me reste encore quelques courses à faire, dit-elle gaiement. J'en ai pour une minute.

Avant qu'il ait le temps d'ouvrir la bouche — pour grommeler, elle en était sûre —, elle s'était déjà précipitée à l'intérieur du petit supermarché.

Poussant un chariot, elle zigzagua avec rapidité entre les rayons. Mais elle prit son temps pour choisir les fruits et les légumes : c'était important. Elle sélectionna ses citrons un à un, palpa délicatement les tomates, inspecta les endives avec circonspection.

Le supermarché était une nouveauté totale pour elle, à tel point qu'elle s'attarda plus longtemps que prévu aux rayons poissonnerie et boulangerie. Elle aima les couleurs, les odeurs, les textures. Les grandes affiches bien voyantes annonçant les offres spéciales. L'horrible musique que couvrait, parfois, la voix d'une caissière demandant un prix ou l'intervention d'un agent de propreté.

Elle frissonna au rayon des surgelés, hésita à prendre, pour amadouer Del, des cônes glacés, puis finit par acheter de quoi en préparer une fois de retour au chalet. Enchantée par la variété des parfums, elle remplit son chariot, puis se décida à passer en caisse.

Si elle était femme au foyer, elle ferait cela toutes les semaines. Et elle ne trouverait sans doute pas cela aussi drôle. Pis, cela deviendrait sans doute une corvée pour elle. A chacun ses obligations, en somme.

Elle revint brusquement à la réalité lorsque, en arrivant à la caisse, elle découvrit son visage en couverture d'un tabloïd.

« La princesse au cœur brisé », put-elle lire.

D'après ce que disait le journal, elle était en ce moment en plein chagrin d'amour, pleurant la fin de son histoire avec un acteur français que, soit dit en passant, elle n'avait même jamais rencontré. Imbéciles ! Menteurs ! songea-t-elle, soudain prise de colère. Quel droit avaient les journalistes d'écrire de tels mensonges sur sa vie privée ? Cela ne leur suffisait donc pas de rapporter chacun de ses mouvements, de la traquer jour et nuit au téléobjectif pour voler des images de sa vie ?

Elle tendit la main vers le journal, décidée à l'acheter pour le simple plaisir de pouvoir le déchirer en mille morceaux.

— Mais qu'est-ce que vous fabriquez là-dedans depuis des heures ? demanda soudain Del, qui venait de la rejoindre.

Elle sursauta comme un voleur pris en faute, et se retourna instinctivement pour cacher le journal derrière elle. Sa rage, qu'elle avait considérée comme une réaction saine, se mua en un tremblement nauséeux qui vint se loger dans son estomac.

Si elle était démasquée, là et maintenant, ce serait la fin de tout. Les gens la regarderaient comme une bête curieuse, et les journalistes se lanceraient à ses trousses.

— Je… J'attends mon tour pour payer.

— Qu'est-ce que c'est que tout ça ?

— A manger, répondit-elle en se forçant à sourire, alors qu'un filet de sueur froide descendait le long de son dos.

— Pour combien de régiments ?

Elle jeta un coup d'œil au chariot, et grimaça.

— J'ai peut-être un peu exagéré. Si vous voulez, je peux aller remettre quelques articles en rayons. Vous pouvez m'attendre dehors, et…

— Non, vous allez passer à la caisse, et plus vite que ça.

Comme il faisait un pas en avant, elle campa sur ses talons, persuadée qu'il allait voir la couverture du tabloïd.

— Arrêtez de me pousser comme ça, fit-elle d'une voix un peu aiguë.

— Ce n'est pas vous que je pousse, c'est ce fichu chariot.

Lorsqu'il passa devant les journaux sans un regard, Camilla crut pleurer de soulagement.

— Eh, Del, je ne m'attendais pas à te revoir ici si vite, lança la caissière en enregistrant les articles au fur et à mesure qu'il les déposait sur le tapis roulant.

— Moi non plus.

La femme, une brune bien en chair répondant au nom de Joyce — d'après le badge qu'elle portait épinglé sur sa blouse —, adressa un clin d'œil à Camilla.

— N'ayez pas peur, trésor. Il aboie plus fort qu'il ne mord.

— Pour l'instant, murmura Camilla.

Elle était rassurée que, depuis la caisse, on ne puisse plus voir sa photographie. Mais cela ne l'empêcha pas de chausser ses lunettes de soleil avant de se tourner vers la caissière.

— Mais ne vous inquiétez pas, continua-t-elle. Il ne me fait pas peur.

— Je suis ravie de l'entendre. Cet oiseau-là a toujours eu besoin d'une femme assez hardie pour lui tenir tête. Je suis bien contente de constater que tu l'as finalement trouvée, Del.

— Elle travaille pour moi. C'est tout.

— Oui, oui, répondit Joyce en adressant un nouveau clin d'œil à Camilla. Tu as eu des nouvelles de ta mère, récemment ?

— Il y a deux semaines. Elle va bien.

— Passe-lui le bonjour et dis-lui… que je surveille son fiston, dit-elle avec un autre clin d'œil à l'intention de Camilla, avant d'annoncer le total.

— Je crois que vous ne m'avez pas donné assez, tout à l'heure, dit Camilla, un peu gênée.

— Vraiment hors de prix, ces citrons, répondit-il, l'air résigné, en lui tendant quelques autres billets.

Une fois qu'ils eurent regagné le camion, elle l'aida à charger les sacs dans le coffre, puis s'assit, les mains croisées sur les genoux. Elle avait réagi de façon disproportionnée en découvrant le tabloïd, se dit-elle, même si son accès de colère avait été libérateur. Heureusement, elle s'était reprise plus vite qu'elle ne l'aurait fait une ou deux semaines plus tôt.

Cela signifiait qu'elle était plus forte, et plus calme. Et cela signifiait aussi qu'elle avait bien fait de s'accorder cette parenthèse.

Maintenant, il fallait juste qu'elle oublie ce qui venait de se passer, et qu'elle profite de l'instant présent.

— Je m'excuse d'avoir traîné, mais je ne crois pas que mon envie de voir un peu la ville ait été déraisonnable.

— Votre voiture devrait être prête demain. Mais je tablerais plutôt sur après-demain, car Carl a bien insisté sur le fait qu'il était débordé. La prochaine fois que vous voulez faire du tourisme, faites-le sur votre temps libre.

— Je n'y manquerai pas, soyez-en certain. Sarah Lattimer, dont j'ai fait la connaissance à la boutique d'antiquités, m'a demandé de vous transmettre ses salutations. Je ne comprends pas comment quelqu'un d'aussi bien élevé et courtois qu'elle a pu sortir avec quelqu'un comme vous.

— Elle était jeune et naïve, à l'époque.

— C'est une chance pour elle qu'elle ait gagné en maturité et en sagesse.

— Vous avez raison. Mais qu'est-ce qui vous fait rire ? demanda-t-il comme elle s'était mise à ricaner doucement.

— C'est difficile de vous insulter, si vous êtes d'accord avec moi.

C'était difficile, également, de continuer à ruminer sur les clichés sordides pris par un stupide photographe, alors qu'elle avait quelqu'un de bien plus intéressant à côté d'elle.

— Je vous aime bien, décidément, Del.

— Vous aussi, alors, vous êtes jeune et naïve ?

Amusée par le tour que prenait leur conversation, elle se pencha pour l'embrasser sur la joue.

— On dirait bien.

Chapitre 6

Je passe des moments merveilleux. Ce n'était pas dans mes projets de rester aussi longtemps au même endroit, mais c'est une région tellement magnifique, et ce que je fais me passionne tellement…
L'archéologie est vraiment quelque chose de fascinant. Je trouve cela bien plus intéressant que l'histoire, que j'aimais pourtant à l'école, ou que les cours de sociologie que j'ai suivis à l'université. Cela me parle davantage et je trouve cela plus enthousiasmant que tout ce que j'ai pu apprendre jusqu'à maintenant.
Qui, quand et pourquoi ? Comment les gens vivaient-ils, comment se mariaient-ils, comment élevaient-ils leurs enfants, quel regard portaient-ils sur les plus âgés d'entre eux ? Que mangeaient-ils ? Comment préparaient-ils leurs repas ? Quels étaient les cérémonies et les rituels qu'ils observaient ? Et bien plus encore… Et tout cela, peuple après peuple, tribu après tribu, nous parle encore. Il sait tant de choses. Et, en bon scientifique, la plupart de ce qu'il sait semble couler de source. Non pas que la connaissance en elle-même coule de source pour lui. Il la traque, tous les jours. Il veut savoir.

Je trouve cette passion admirable. Je l'envie et elle me séduit.
Je me sens attirée par son esprit, par son intelligence, par sa complexité même. Travailler avec lui — enfin pour lui, pardon — est difficile et exigeant, parfois même éprouvant, physiquement parlant. Car, malgré ses blessures, il possède une résistance hors du commun.
Je suis impressionnée par la façon dont il peut s'oublier, des heures d'affilée, dans son travail.
C'est incroyablement stimulant pour moi de pouvoir l'accompagner dans ses recherches. J'ai pu observer des fragments osseux vieux de plusieurs siècles. A travers, bien sûr, un sachet plastique.
Je me demande quel effet cela me ferait de les sentir sous mes doigts. Si quelqu'un m'avait dit, il y a encore deux semaines, que j'aurais un jour envie de manipuler des ossements humains, je l'aurais pris pour un fou.
Comme j'aimerais pouvoir assister à la fouille en elle-même et découvrir le site, et me rendre réellement compte du travail de terrain. Même si Delaney me permet de m'en faire une image assez précise lorsqu'il en parle, ce n'est pas la même chose que de pouvoir l'observer de mes propres yeux.
C'est quelque chose que je veux absolument voir, et faire. J'ai bien l'intention de suivre des cours, et de faire un ou plusieurs stages sur un chantier de fouilles, lorsque je serai de retour.
Je crois que j'ai trouvé un passe-temps qui pourrait devenir une vocation.
Sur le plan personnel, je ne l'agace pas autant qu'il voudrait le faire croire. Pas tout le temps, en tout cas. C'est à la fois étrange et instructif de me trouver face à

quelqu'un qui me traite comme n'importe qui, sans ce filtre de manières et de respect qu'impose mon titre. Je ne dis pas que j'apprécie la grossièreté et la brutalité, bien sûr, mais, une fois que l'on connaît l'homme, on passe outre ses extérieurs bourrus.

C'est un génie. Et même si la courtoisie n'est jamais de trop, les plus brillants d'entre nous sont souvent les moins polis.

Je le trouve tellement séduisant… C'est la première fois que je ressens une telle attirance physique pour un homme. C'est excitant d'un côté, et terriblement frustrant de l'autre. J'ai été élevée par des parents aimants qui m'ont appris que le sexe n'est pas un jeu, mais une joie — et une responsabilité — à partager avec quelqu'un à qui l'on tient vraiment. Avec quelqu'un que l'on respecte, et qui ressent la même chose à notre égard. De plus, la position que j'occupe dans ce monde m'exhorte à la plus grande prudence. Je ne peux pas me permettre de choisir un amant à la légère.

Mais je le veux pour amant. Je veux savoir ce que cela fait de sentir le feu qui l'anime brûler en moi. Je veux savoir si le mien peut le nourrir.

Le tabloïd au supermarché m'a rappelé quelque chose que j'avais presque oublié. Ce que cela fait d'être observée, constamment. D'être poursuivie pour une photographie. D'être au centre de toutes les spéculations. Cela m'a rappelé la lassitude, la gêne, le malaise qu'un tel harcèlement m'a toujours causés. Mais, en comparant ce que je ressens maintenant avec ce que j'ai pu ressentir la nuit où j'ai quitté Washington, je comprends que j'étais vraiment au bord de la rupture. Je me souviens de cette sensation d'être perpétuellement traquée, de

cette impression d'avoir les nerfs en train de lâcher, qui étaient miennes il y a encore peu de temps.
J'en étais en grande partie responsable. Je le comprends à présent. Je ne m'étais pas accordé assez de temps — pour décompresser, j'imagine — depuis la mort de grand-père. Mais c'est ce que je suis en train de faire en ce moment, et ce n'est pas trop tôt.
Mon séjour ici touche à sa fin, je le crains. Mais j'ai le sentiment d'avoir bien occupé mon temps. J'ai l'impression non pas d'être une personne nouvelle — ce serait exagéré —, mais d'avoir retrouvé toute ma fraîcheur et toute mon énergie. Cela faisait des mois que je ne m'étais pas sentie aussi bien.
Mais avant de m'en aller, et de reprendre le cours de ma vie, j'ai l'intention d'apprendre tout ce que je pourrai sur l'archéologie. Assez pour que je puisse, d'une façon ou d'une autre, m'y consacrer moi-même. Et j'ai l'intention d'apprendre tout ce que je pourrai sur Camilla MacGee, qui est une personne bien distincte de Camilla de Cordina.
Et il se pourrait aussi que j'envisage de séduire le caractériel Dr Caine.

Le chalet sentait bon la prairie. Comme cela changeait agréablement de l'odeur de chaussette humide qui y régnait avant l'arrivée de Camilla, il était difficile pour Del de s'en plaindre.

Et quant à ses chaussettes, justement, il n'en était plus jamais à court. Il n'avait plus jamais, non plus, à chercher désespérément une boîte de conserve dans la cuisine pour son dîner. Ses papiers, après quelques épisodes de cris et de menaces, se trouvaient toujours à l'endroit précis où il les avait laissés. Un bon tiers de ses notes était tapé, et les articles pour la revue scientifique et pour la page web du site étaient presque terminés. Et ils étaient très bons.

Le café était toujours chaud, les serviettes toujours propres. Et Camilla, songea-t-il avec admiration, toujours fraîche.

Son apparence, les remarques concises qu'elle lui adressait régulièrement, et son cerveau l'étaient pareillement. Il ne s'était pas rendu compte jusqu'alors à quel point cette fraîcheur d'esprit pouvait nourrir et enrichir sa façon d'aborder son travail.

Il aimait sa façon de chanter le matin en préparant le petit déjeuner. Il aimait le rose de ses joues lorsqu'elle revenait de la promenade dans les bois qu'elle faisait pendant leurs pauses. Pauses, se rappela-t-il, qu'ils avaient négociées avec une certaine âpreté.

Il n'avait rien contre les bougies et les pots-pourris qu'elle avait disséminés partout dans la maison. Cela ne le dérangeait pas qu'elle ait mis des jolis savons dans la salle de bains ni rangé ses tubes de crème dans son armoire à pharmacie.

Il s'était juste contenté de les ouvrir et de les renifler, par curiosité.

Il aimait même la façon dont elle se blottissait sur le canapé, le soir, un verre de vin à la main, tout en le pressant de questions sur son travail, jusqu'à ce qu'il daigne lui répondre.

Seul dans la cuisine, il exécutait à cet instant des petits mouvements de gymnastique en tenant une boîte de conserve dans sa main blessée. Il avait assez récupéré, décida-t-il. Il allait pouvoir brûler cette satanée attelle. Ses muscles se contractaient encore anarchiquement parfois, mais il pouvait vivre avec. Et c'était tellement bon de pouvoir de nouveau bouger son bras ! Les côtes seraient un peu plus longues à guérir : les médecins l'avaient prévenu. Et sa clavicule le ferait sans doute souffrir quelque temps encore.

Mais il ne se sentait plus si désespérément inutile.

Il demanderait peut-être à Camilla de lui masser un peu le cou et les épaules, pour décrisper tout cela. Elle avait des mains petites, mais très habiles. En plus, c'était un bon moyen pour qu'elle les pose de nouveau sur lui. Elle l'avait pris un peu trop au pied de la lettre, lorsqu'il lui avait ordonné de ne plus le toucher, et il le regrettait.

Il s'interrompit et reposa la boîte de conserve avec brutalité. Bon sang, il était en train de s'habituer à elle ! Il s'habituait à sa présence et, pis encore, il s'habituait à avoir envie de sa présence.

Et cela, c'était le début de la fin, il en était certain.

Un homme qui recherche la présence d'une femme, c'est un homme dont, bientôt, la présence sera exigée par cette même femme. Cela signifierait pour lui la perte de sa liberté de mouvement, la fin des départs impromptus pour un chantier de fouilles, avec durée de séjour indéterminée et date de retour inconnue…

Avec une grimace, il regarda de nouveau la cuisine. Des bouquets de fleurs, une corbeille de fruits frais, des plans de travail dégagés et étincelants, des petits gâteaux dans un bocal de verre.

Elle avait réussi à faire de ce chalet une vraie maison, plutôt qu'un simple logement. Un logement se quitte quand on le veut. Une maison ne se quitte jamais sans un petit pincement au cœur.

De la même façon, pour quitter une femme, il suffit d'un baiser rapide et d'un signe de la main. Mais quitter sa femme devait être autrement plus compliqué, le cœur devait se serrer.

Elle revint de sa promenade dans les bois au moment précis où il pensait à elle. Elle avait le visage radieux et les bras chargés de fleurs. Comment avait-elle fait pour qu'il ait presque l'impression qu'elle était devenue sa femme ? se demanda-t-il, pris d'un accès de panique.

Ils ne se connaissaient pourtant pas depuis longtemps. Enfin, c'était ce qu'il lui semblait. Il se passa la main dans les cheveux en se rendant compte qu'il avait perdu toute notion du temps. Quel jour pouvait-on bien être ? Depuis quand était-elle arrivée ? Et qu'allait-il devenir quand elle partirait ?

Elle entra, tout sourires. Mais cela n'allait pas durer !

— Vous êtes en retard, lui lança-t-il avec rudesse.

L'air calme, elle regarda sa montre.

— Non, pas du tout. En fait, j'ai même deux minutes d'avance. J'ai fait une très belle promenade, et je suis allée donner à manger aux canards qui vivent sur l'étang.

Camilla se dirigea vers l'une des bouteilles de verre qu'elle avait achetées et mêla les fleurs qu'elle venait de cueillir aux plus anciennes.

— Mais le temps se couvre. Je crois qu'il va pleuvoir.

— Je veux finir le chapitre sur les tissus cervicaux. Ce qui est impossible, si vous disparaissez pour nourrir de pauvres oiseaux qui ne vous ont rien demandé.

— Dans ce cas, nous nous y mettrons dès que je nous aurai servi un peu de limonade.

— N'essayez pas de m'amadouer, miss.

— Cela dépasse, et de loin, mes capacités. Que se passe-t-il, Del ? Est-ce que vous avez mal ?

Elle se tourna, le pichet à la main, et faillit le lâcher en voyant qu'il ne portait plus son attelle.

— Votre bras. Vous n'avez plus votre…

Vite, elle reposa le pichet et s'approcha, pour passer la main sur son bras.

Del fut incapable de protester parce que, bon sang, il avait envie qu'elle le touche.

— Je pensais qu'il serait maigre et faible, dit-elle en tâtant ses muscles, l'air appliqué. Ce n'est pas le cas. Il est juste un peu plus pâle que le reste de votre corps. Et j'imagine que ça vous fait tout bizarre.

— Ça va. Il faut juste que… aïe !

Elle avait appuyé un peut trop fort sur son épaule, et la douleur avait resurgi.

— Faites un peu attention !

— Je suis désolée. Toujours sensible ?

Plus doucement, elle le palpa.

— Vous êtes noué de partout.

— Ce serait aussi votre cas, si vous aviez eu un bras collé au reste de votre corps pendant deux semaines.

— Vous avez raison, bien sûr. Peut-être qu'un peu de pommade vous ferait du bien, dit-elle, visiblement préoccupée. Ma mère massait toujours mon père quand il avait un peu trop forcé. J'ai vu de la crème à l'hamamélis là-haut. Après le dîner, je pourrai en passer un peu sur votre épaule. Et après ça, vous dormirez bien.

Il avait le sentiment qu'un massage de sa part n'allait pas faciliter son endormissement ni lui faire faire de doux rêves. Mais il s'en moquait bien.

— « Les analyses en laboratoire ont prouvé que la substance retrouvée à l'intérieur du crâne mis au jour était bien des tissus de cerveau humain. Au total, au cours des trois campagnes de fouilles de six mois, ce type de tissus a été mis en évidence dans quatre-vingt-quinze des crânes retrouvés. Vingt-huit d'entre eux contenaient des cerveaux encore intacts, bien que réduits au tiers de leur taille normale. Cette découverte, totalement unique, pourrait avoir un grand impact et un grand potentiel scientifiques. Pour les chercheurs, c'est l'opportunité inespérée de travailler sur des cerveaux humains vieux de plus de sept mille ans, ayant conservé leurs hémisphères et leurs lobes intacts. Le plus vieil ADN humain disponible pourrait ainsi être cloné. »

— Cloné ? demanda Camilla, qui s'était arrêtée de taper, sidérée. Vous voulez cloner l'un des membres de la tribu ?

— Le clonage, c'est un autre débat. Ici, le but serait plutôt d'étudier les maladies, l'espérance de vie, les capacités physiques et intellectuelles. Tout le reste, c'est de la science-fiction.

— On a bien cloné une brebis, murmura-t-elle.

Il lui adressa un regard amusé par-dessus ses lunettes.

— Ce n'est pas ma spécialité. Les recherches sur l'ADN n'entrent pas dans mon champ d'études. Je souligne juste le potentiel et l'importance de cette découverte. On dispose de cerveaux humains vieux de sept mille ans, intacts. Avec eux, des gens ont pensé, agi, réagi. Ils ont développé un langage, et des capacités motrices. Ils se sont servis de ces cerveaux pour construire leur village, pour trouver leur nourriture et pour la préparer. Ils se sont servis de ces cerveaux pour vivre en société, pour élever leurs enfants, pour trouver une compagne ou un compagnon, pour survivre.

— Et leurs cœurs, alors ?

— Quoi, leurs cœurs ?

— Ce ne sont pas leurs cœurs qui leur ont dit comment s'occuper de leurs enfants, ni comment les faire, pour commencer ?

— L'un ne va pas sans l'autre, n'est-ce pas ? dit-il en posant ses lunettes. Ces gens s'occupaient de leurs enfants et entretenaient des relations les uns envers les autres. Mais la procréation est aussi un instinct, et même l'un des instincts les plus primaires. Sans les jeunes, il n'y aurait personne pour s'occuper des plus vieux, personne pour remplacer les morts. Il n'y aurait pas de tribu. L'homme s'accouple pour la même raison qu'il mange. Il le doit.

— Forcément, on est loin de la romance.

— La romance est une invention, un outil, comme…

Il saisit ce qu'il restait d'un marteau grossièrement façonné.

— Comme cet objet.

— La romance est un besoin humain. Comme l'amitié, comme la musique.

— Tout cela, c'est du luxe. Pour survivre, nous avons besoin de nourriture, d'eau et d'un abri. Et, pour assurer la survie de l'espèce, nous avons besoin de nous reproduire. L'homme est né en fabriquant des outils et en trouvant des moyens pour rendre l'assouvissement de ces besoins plus facile et, souvent, plus agréable. Puis il a imaginé des façons de tirer profit de ces besoins, et en est venu à se battre pour eux, à voler pour eux. Et même à tuer pour eux.

Elle aimait le voir comme cela. Elle aimait son ton à la fois professoral et naturel lorsqu'il débattait avec elle comme si elle avait été une étudiante l'assistant dans ses recherches, ou peut-être même une collaboratrice.

— Cela ne nous dit pas grand-chose sur l'homme en lui-même, commenta-t-elle.

— Au contraire, répondit-il en touchant un vieux crâne tout jauni. Cela nous dit que l'homme est une invention complexe, ingénieuse et en constante évolution. Il construit et détruit avec le même talent et le même enthousiasme. Et il se transforme sans cesse.

— Et vous, en quoi vous êtes-vous transformé ? demanda-t-elle avec malice.

Il retourna le marteau dans sa main avant de le reposer.

— En homme affamé. Le repas est bientôt prêt ?

Camilla n'allait pas abandonner la discussion, mais cela ne la gênait pas de prendre le temps d'y réfléchir tout en finissant de préparer le dîner. Elle jeta les pâtes dans l'eau bouillante, tourna la salade. Elle arrosa les fines tranches de pain d'un filet d'huile et les parsema d'herbes.

Elle servit le vin. Alluma les bougies.

Et, en regardant la cuisine si chaleureuse, et, entendant

la pluie tomber doucement sur le toit, elle se rendit compte qu'elle s'était — involontairement — servie d'un outil, ce soir. Le décor qu'elle avait créé était indéniablement romantique. Elle avait simplement voulu le rendre agréable et accueillant, mais l'instinct avait dû prendre le dessus. Chez un certain type de personne — en particulier quand cette personne était sexuellement attirée par une autre —, le goût pour la romance était peut-être instinctif.

Quoi qu'il en soit, cela lui plaisait de découvrir qu'elle était ce genre de personne. La romance était, à ses yeux, chaleureuse et généreuse. Elle prenait en compte le plaisir et la satisfaction de l'autre. Ce n'était pas, trancha-t-elle en égouttant les pâtes, un vulgaire marteau.

Lorsque Del entra, elle se tourna vers lui, décidée à lui donner son point de vue.

— Un marteau suppose le recours à la force ou à la menace, déclara-t-elle.

— Pardon ?

— Un marteau, répéta-t-elle, moins sûre d'elle. La romance n'est pas un marteau.

— D'accord.

Comme il s'apprêtait à prendre un bout de pain, elle l'en empêcha en lui tapant sur les doigts.

— Asseyez-vous d'abord. Prouvez que vous avez évolué en un être humain civilisé. Et ne me répondez pas « d'accord » juste parce que le sujet vous ennuie et que vous voulez passer à autre chose.

— Les règles sont devenues très strictes par ici, murmura-t-il.

— Moi, je dis que votre tribu éprouvait des émotions humaines. De la compassion, de l'amour, de la haine certainement, comme le prouvent certaines dépouilles que vous avez trouvées et qui portent les traces de blessure ou de mort violente.

Elle servit la salade.

— Ce sont les émotions qui nous rendent humains, n'est-ce pas ? poursuivit-elle. Si nous n'étions gouvernés que par l'instinct, nous n'aurions pas l'art, la musique, ni même la science. Nous n'aurions pas assez progressé pour construire un village au bord d'un marais, pour inventer des rituels à partager, pour aimer nos enfants au point de les enterrer avec leurs jouets.

— D'accord. Et je suis vraiment d'accord, insista-t-il lorsqu'elle plissa les yeux. Vous avez soulevé un point intéressant. Et vous pourriez même en faire un article, je pense.

Elle le regarda, incrédule.

— Vraiment ?

— Notre discipline n'est pas qu'affaire de faits et d'objets. Il faut aussi laisser la place aux spéculations, à la théorie. Au questionnement. L'archéologie rejoint parfois l'anthropologie, qui s'intéresse à tout ce qui est culturel. Elle s'intéresse aussi aux traditions, qui naissent de la nécessité, de la superstition, ou d'une combinaison d'autres émotions.

— Prenez notre tribu.

Amadouée, elle lui tendit la corbeille à pain, et poursuivit :

— Comment pouvez-vous affirmer que les hommes ne courtisaient pas les femmes en leur offrant des fleurs ou des baies de sureau fraîchement cueillies ?

— Je ne peux pas l'affirmer, en effet. Mais je ne peux pas non plus affirmer le contraire.

— Mais vous ne pensez pas qu'un rituel quelconque était mis en place ? C'est toujours le cas, non ? Même les animaux exécutent une parade nuptiale. Pour séduire les femmes, il devait y avoir une marche à suivre, une espèce de « procédure amoureuse ».

— Certainement, répondit-il en se servant du pain, puis en souriant. Mais je pense qu'il s'agissait plutôt d'attraper une grosse pierre et de cogner le plus fort possible sur la tête de son rival. Le perdant récoltait les bosses. Le gagnant, la fille.

— Seulement parce qu'elle n'avait pas le choix. Ou, plus vraisemblablement, elle devait comprendre que l'homme assez fort et assez passionné pour se battre pour elle serait celui qui serait le plus à même de la protéger et de protéger les enfants qu'ils auraient ensemble.

— Exactement.

Content de constater qu'elle avait l'esprit logique, Del s'anima.

— Mais on en revient à ce que je vous ai dit. Ces comportements étaient régis par l'instinct. L'instinct de reproduction, dicté lui-même par l'instinct de survie.

— Malgré son aspect primitif, je trouve cette idée de combats entre rivaux assez romantique. Cependant, les restes que vous avez étudiés et datés ne mettent pas en évidence assez de blessures graves pour défendre votre théorie.

— Bien vu.

Admirant la façon dont elle s'était servie de l'exemple qu'il avait lui-même proposé pour servir son argumentation, il fit de grands gestes avec sa fourchette.

— Et vous avez tout à fait raison.

— Del, est-ce que vous pensez qu'il y aurait un moyen pour que je visite le site, un jour ?

Il fronça les sourcils, perplexe, pendant qu'elle servait les pâtes.

— Pourquoi ?

— J'aimerais le voir de mes propres yeux.

— Eh bien, vous avez six mois.

— Que voulez-vous dire ?

— Dans six mois, sauf si les articles et les rapports que je suis en train de rédiger passionnent les foules et déchaînent un engouement surprise, le site fermera.

— Il fermera ? Vous voulez dire que vous aurez terminé de fouiller ?

— Terminé ? répéta-t-il en mélangeant ses pâtes. Loin de là.

Mais l'Etat de Floride ne peut pas — ou ne veut pas — nous allouer d'autres fonds. Des bureaucrates…, murmura-t-il, agacé. Après trois campagnes de fouilles, les médias se sont lassés de nous et, si nos investisseurs ne passent plus à la télé, ils ne voient plus l'intérêt de financer notre projet. Quant à l'université, elle est complètement à sec. Il nous reste assez de fonds privés pour fouiller pendant six mois. Ensuite, nous n'aurons plus qu'à ranger nos outils, et au revoir.

— C'est impossible, si vous n'avez pas terminé ! s'exclama Camilla, l'air outré.

— C'est l'argent qui décide, miss.

Et il avait mis tout le sien dans ce puits sans fond.

— Mais vous allez en recevoir, c'est obligé. Toutes les personnes qui liront votre travail voudront que ce projet continue. Si ce n'est pas pour l'importance archéologique de ces incroyables découvertes, ce sera au moins pour les opportunités scientifiques uniques qu'elles représentent. Je pourrais…

Camilla s'interrompit. Elle était experte en l'art de lever des fonds. Les gens payaient, et chèrement, pour assister à un événement présidé par la princesse Camilla.

Attirer l'attention des médias ? Cela n'avait jamais été un problème pour elle. Qui plus est, elle avait des relations. Elle songea immédiatement à sa marraine, Christine Hamilton, qui avait épousé un sénateur texan. Tous deux étaient des ardents défenseurs des arts et de la science.

— Si vous avez un million de dollars dont vous ne savez que faire, vous pouvez me le confier, dit-il, mi-amer, mi-amusé.

Comme il tendait le bras pour attraper la bouteille de vin, Del tira trop sur son épaule. Et jura.

— Ménagez-vous, tout de même, dit-elle en le voyant souffrir. Mais, pour vous répondre, j'ai bien peur de ne pas avoir un million de dollars sur moi. J'ai des idées, cependant, ajouta-t-elle en souriant, alors qu'il levait son verre. Je vais trouver quelque chose.

— Faites donc.

Elle sut qu'il n'y croyait pas. Mais elle se faisait confiance, et c'était là le principal.

Une fois le dîner terminé, Del s'évapora, comme souvent. Il avait la faculté de disparaître quand il était question de vaisselle. Un don que Camilla admirait et lui enviait, car elle ne pouvait pas dire qu'elle aimait autant débarrasser la cuisine que la mettre en désordre pour préparer à manger.

La cuisine était un art. La vaisselle, une tâche stupide qu'elle aurait été ravie de pouvoir déléguer à quelqu'un d'autre.

Mais au chalet, ce quelqu'un d'autre, c'était elle.

En tout cas, elle savait qu'il ne s'approcherait pas de la cuisine tant qu'elle n'aurait pas terminé. Si elle se dépêchait, cela lui laissait le temps d'appeler chez elle.

Elle composa le numéro tout en surveillant la porte, au cas où il surgirait tout de même.

Ce fut son plus jeune frère, Dorian, qui répondit et, même si elle aurait été ravie de discuter, d'évoquer la famille avec lui, ou même d'entendre sa voix, elle était pressée par le temps.

— Il faut vraiment que je parle à maman.

— Tu disparais du jour au lendemain, et tu n'as même pas deux minutes à me consacrer.

— Quand je serai de retour, je te raconterai tout ce que j'ai fait avec tellement de détails que tu me demanderas d'abréger. Tu me manques, Dorian.

Elle rit doucement.

— Je n'aurais jamais cru dire cela un jour, mais c'est vrai. Vous me manquez tous.

— Mais tu es heureuse où tu es. Ça s'entend à ta voix.

— Oui.

— Tu t'es remise de ta rupture avec cet acteur, alors.

Elle soupira. Pour Dorian, la taquiner était un devoir princier.

— Je retire ce que je t'ai dit : tu ne me manques pas tant que ça. Où est maman ?

— Je vais la chercher. Mais j'aime mieux te prévenir : elle a eu fort à faire pour empêcher papa de lancer la police à tes trousses pour te ramener à la maison. Il est très en colère contre toi.

— Je sais. Je suis désolée qu'il s'inquiète pour moi, mais je ne suis plus une enfant.

— C'est ce que maman lui a dit. Et il a répondu — d'une voix plutôt forte, je ne te le cache pas — que tu étais son enfant. Garde ça à l'esprit. Et tiens bon.

Même s'il aimait bien la taquiner, Dorian avait un cœur d'or, elle le savait. Il trouverait un moyen de prévenir leur mère de son appel sans que leur père n'en sache rien.

Où pouvait d'ailleurs se trouver sa mère en ce moment même ? se demanda-t-elle en visualisant leur belle et grande maison de Virginie. Dans son petit salon, peut-être ? Non, sans doute plutôt dans le jardin, en train de profiter de la douceur du soir.

Est-ce qu'il pleuvait aussi, là-bas ?

Elle avait peut-être des invités. Mais non, Dorian le lui aurait dit.

Alors qu'à l'autre bout de la ligne le silence durait, Camilla commença à s'inquiéter. Puis elle entendit la voix de sa mère.

— Camilla, je suis si contente que tu aies appelé. Nous étions justement en train de parler de toi.

— Papa est toujours très en colère ?

— Il commence à entendre raison… Tout doucement.

— Je suis désolée, maman. Il fallait absolument que je…

— Tu n'as pas à te justifier auprès de moi. Je sais ce que

c'est. Nous voulons juste être sûrs que tu vas bien, et que tu es heureuse.

— Je vais bien et je suis heureuse, je t'assure. Je t'ai déjà parlé du chalet, de Delaney. Son travail me paraît si important, si intéressant. Maman…

Et elle passa au français, car l'anglais lui semblait trop ordinaire pour expliquer combien ce projet la passionnait.

— Tu parles comme une scientifique, dit Gabriella en riant, quand elle eut terminé son récit.

— Je me sens plutôt comme une étudiante. Une étudiante qui voudrait en apprendre toujours plus, et toujours plus vite. Ce soir, j'ai découvert quelque chose qui m'a consternée.

Elle expliqua aussi brièvement que possible le cruel manque de fonds qui menaçait la poursuite de la fouille.

— C'est un coup dur, conclut sa mère. Ton professeur doit être très ennuyé.

— J'aimerais faire quelque chose pour lui. J'ai pensé que nous pourrions utiliser nos relations pour trouver une solution, et rassembler la somme manquante. Peut-être pourrais-tu contacter tante Christine ? Je suis douée pour lever des fonds, mais elle l'est encore plus que moi. J'ai enfin trouvé quelque chose qui m'intéresse vraiment, et qui me touche, personnellement. J'ai juste besoin de savoir à quelles portes frapper.

— Je peux me renseigner. Le site se trouve en Floride, c'est bien ça ? C'est le projet de recherche Bardville, dirigé par le Dr Delaney Caine, si je me souviens bien ? Laisse-moi quelques jours, je vais voir ce que je peux faire.

— Merci. Merci infiniment, maman. Tu seras discrète, n'est-ce pas ? Pour l'instant, j'aimerais autant qu'il ne sache pas que Son Altesse sérénissime Gabriella de Cordina s'intéresse à son travail. C'est tellement agréable de n'être que Camilla. Je n'ai pas envie que quelqu'un fasse le rapprochement… Pas encore.

— Ne t'inquiète pas. Toute la famille part pour Cordina

dans quelques jours, Camilla. J'avais espéré que tu accepterais de partir avec nous.

— Accorde-moi encore quelques semaines, s'il te plaît. Je t'appellerai là-bas et je vous rejoindrai directement en Europe quand je… Quand je partirai d'ici.

— Prends soin de toi. Nous t'aimons tous si fort.

— Moi aussi, je vous aime. A très bientôt, maman. J'ai tellement de choses à vous raconter.

Après avoir raccroché, Camilla finit de ranger la cuisine, le cœur léger. En peu de temps, elle avait réussi à remplir la plupart des objectifs qu'elle s'était fixés au moment de son départ. Elle était contente et fière d'elle, ce qui ne lui était pas souvent arrivé au cours des mois précédents. Elle avait accompli des choses ordinaires, fait extrêmement rare depuis qu'elle était devenue adulte.

Et elle avait bien conscience d'en être en grande partie responsable.

Dans son enfance, ses parents avaient fait en sorte qu'elle mène une vie normale, ou tout du moins aussi normale que possible. Ils avaient tout fait pour mettre leurs enfants à l'abri des lumières des projecteurs. Mais, en grandissant, Camilla avait dû se soumettre à ses devoirs de princesse.

Les médias s'étaient alors intéressés à elle, et de plus en plus. Ils l'avaient surnommée « le Joyau de la Couronne ». Et le voile protecteur dont l'avaient enveloppée ses parents avait commencé à craquer, pour vite se déchirer complètement. Au début, elle avait trouvé flatteur d'être au centre de l'attention, excitant, et même amusant. Puis, légèrement agaçant. Au bout de dix années — dix années durant lesquelles elle avait constamment été observée et traquée, dix années durant lesquelles elle avait été considérée comme une image susceptible de faire vendre et jamais comme un être humain —, la situation était devenue étouffante, voire insupportable.

Mais, maintenant, elle respirait de nouveau. Et elle savait

qu'elle reviendrait à sa vie plus forte, plus débrouillarde, et moins vulnérable.

Elle s'était trouvé une passion, et elle allait à présent trouver le moyen de s'y consacrer. Là résidait l'équilibre qu'elle avait observé et envié chez sa mère et ses tantes. Elles ne négligeaient jamais leurs devoirs, mais elles menaient chacune une vie de femme épanouie et enthousiaste. Ce pourrait être son cas, à elle aussi.

Ce serait son cas.

Un jour, elle participerait à un chantier de fouilles et ferait partie d'une équipe. Elle découvrirait des choses, rechercherait la connaissance et la vénérerait.

Que les médias viennent, se dit-elle en préparant du café. L'attention qu'ils lui accorderaient, tant qu'elle durerait, participerait au rayonnement de cette discipline dont elle s'était éprise. Et attirerait les investisseurs.

Il était en effet impensable que leur projet se termine prématurément faute d'argent. Car il s'agissait bien de leur projet à présent, songea-t-elle en poussant un soupir rêveur. A elle et à Delaney. Ils le partageaient, tout comme ils partageaient le chalet, chacun d'entre eux apportant son propre avis, ses propres talents à l'ensemble.

C'était… merveilleux.

Son enthousiasme et sa passion pourraient même stimuler l'imagination de toute une génération de jeunes femmes et faire de l'archéologie — l'étude des peuples, des cultures et des coutumes du passé — la dernière discipline à la mode.

Elle s'arrêta, se moquant d'elle-même. Décidément, elle ne se satisfaisait jamais de peu ; elle en voulait toujours plus.

Elle remplit deux tasses et les emmena dans le salon. C'était là que Del s'était réfugié. Il était en train de travailler, assis sur cet horrible canapé. Derrière ses lunettes, son regard vif et intense parcourait ses notes, étalées sur ses genoux et sur les coussins.

Cette vision déclencha chez elle une sensation étrange, sauvage et merveilleuse, un mélange de désir et… d'amour.

Surprise par cette révélation, elle laissa échapper un long soupir. Elle était amoureuse de lui ? N'était-ce pas… fascinant ? Oui, elle était à son insu tombée amoureuse d'un chercheur irritable, ronchon et mal élevé, qui passait son temps à la rabrouer plutôt qu'à lui sourire.

Del était grossier, exigeant, intolérant, impatient. Et brillant, passionné, gentil malgré lui. C'était un mélange captivant qui le rendait unique. Si elle en avait eu la possibilité, elle n'aurait pas changé la moindre chose chez lui.

Qui plus est, songea-t-elle en s'appuyant contre le mur pour le regarder, il possédait l'un des traits essentiels qu'elle recherchait chez un ami et chez un amant. L'honneur.

Ils étaient seuls au chalet, et il n'avait pourtant jamais cherché à profiter de la situation. En fait, si ce n'est par hasard, il ne la touchait que rarement. Même si elle lui plaisait — et elle savait qu'elle ne se trompait pas à ce sujet —, son code de l'honneur l'empêchait de tenter le moindre rapprochement.

Elle esquissa un sourire. En dépit des apparences, cela faisait de lui un gentleman. Mais comme il détesterait qu'on l'appelle ainsi…

Elle était donc amoureuse d'un gentleman au mauvais caractère, qui ne se permettrait jamais de tenter de séduire son assistante temporaire. Cela signifiait que c'était elle qui allait devoir le séduire.

L'idée, qui jusque-là n'était qu'une intéressante fantaisie, devenait plus intrigante et plus excitante à présent que son cœur était de la partie. L'amour, songea-t-elle, lui donnait un merveilleux avantage.

A toi de jouer, maintenant.

Elle faillit retourner dans la cuisine pour troquer les tasses de café contre deux verres de vin. Mais elle décida que la caféine serait plus stimulante que l'alcool.

Son plan d'attaque serait simple. Et subtil. Il le fallait.

Elle avança vers lui, et lui tendit son café.

— Qu'est-ce qui vous chagrine ?

— Pardon ?

— Qu'est-ce qui vous chagrine ? répéta-t-elle en désignant tous ces papiers. Vous m'avez l'air préoccupé.

— Il y a des points qui ne me paraissent plus très clairs. Il faut que je termine ces fichus articles, pour pouvoir retourner sur le site, répondit-il en remuant son épaule, comme pour la tester. Et au labo.

Elle sentit sa gorge se nouer. S'il se mettait à vouloir repartir, elle n'allait pas pouvoir se permettre d'être subtile trop longtemps.

Parce que, quand il retournerait sur le chantier, elle avait l'intention de l'accompagner. En étant devenue son étudiante, sa collaboratrice. Et sa maîtresse…

— Le travail que vous faites ici est tout aussi important et essentiel, même si, je le comprends bien, il n'est pas aussi gratifiant pour vous.

— Je ne suis pas un gratte-papier. J'ai besoin de concret : toucher la terre, manipuler les objets…

— Vous serez bientôt de retour sur le terrain. Il vous faut juste encore un peu de temps ici pour terminer ce que vous avez commencé, et pour guérir complètement.

Del essaya d'étirer son buste, pour voir. Ses côtes le firent atrocement souffrir. Une heure de fouilles et il s'écroulerait par terre. Mais au labo…

— Dans ce cas, avançons un peu, voulez-vous, Camilla ?

Mais il se leva trop rapidement, et dut serrer les dents lorsque son corps protesta.

— Vous savez quoi ? fit-elle en le débarrassant de sa tasse de café. Je vais commencer par vous faire ce massage. Cela devrait vous aider. C'est le matin et le soir que vous avez le plus mal. Essayons de vous détendre un peu. Ensuite, si vous voulez toujours travailler, nous le ferons.

— Ça va, je vous remercie.

— Non, ça ne va pas. Et, si vous ne faites pas davantage attention à vous, vous n'allez faire que retarder votre guérison et compromettre votre retour sur le terrain.

Elle se dirigea vers l'escalier, les deux tasses à la main.

— Venez, ajouta-t-elle d'une voix ferme. C'est pour votre bien.

Il avait mal, ce qui l'énervait prodigieusement. Il pouvait prendre un comprimé, mais cela l'endormirait et gâcherait de précieuses heures de travail. Il pouvait remettre cette fichue attelle, mais cela l'énerverait davantage encore. Ou bien il pouvait essayer le massage.

Tout ce qu'il avait à faire, c'était supporter sans broncher qu'elle le touche — partout. Un homme se doit d'avoir assez de volonté pour résister à pareille épreuve.

En outre, c'était elle qui avait le café. Il devait donc la suivre à l'étage.

— On peut faire ça en bas, lança-t-il à tout hasard, une fois arrivé en haut.

— Ce sera plus facile ici, répondit-elle en souriant. Le canapé est monstrueusement inconfortable, et il est trop petit, de toute façon. Asseyez-vous sur votre lit, et enlevez votre chemise. Je vous rejoins dans une minute.

Ces mots, la plupart des hommes auraient rêvé de les entendre.

Mais il n'était pas question qu'il se mette à penser en ces termes. Il allait considérer l'expérience tout entière comme une forme de thérapie, et rien de plus.

Chapitre 7

Camilla fit un rapide détour par sa chambre pour se remettre un peu de parfum, et faire sauter deux autres boutons de son chemisier. S'il voyait la romance comme un outil, elle allait bien s'équiper.

Elle prit la crème à l'hamamélis, des serviettes propres et quelques bougies parfumées.

C'était malhonnête, elle le reconnaissait volontiers, mais une femme amoureuse a bien le droit de ruser. Tout comme un homme prudent a le droit d'essayer de se défendre, songea-t-elle en entrant dans la chambre de Del, dont toutes les lumières avaient été allumées.

Elle trouva toutes ces précautions qu'il avait prises très attendrissantes. Et facilement contournables.

— Jetons un coup d'œil à cette épaule.

Elle fit le tour du lit pour venir le rejoindre, et oublia vite sa stratégie lorsqu'elle découvrit sa blessure.

— Oh ! Del. Vous ne vous êtes pas raté.

— Ça s'est arrangé, déjà.

— Je m'en doute, mais…

Son épaule, qui jusqu'alors lui avait été cachée par ses vêtements et son attelle, était encore enflée. L'énorme hématome qui s'étendait jusqu'à ses côtes dessinait sur sa peau de gros motifs jaunes et verts.

A présent, plus que toute autre chose, elle voulait le soigner, apaiser ses souffrances.

— Je ne pensais pas qu'elle était aussi gonflée, murmura-t-elle en touchant doucement son épaule.

— Ce n'est presque plus rien, maintenant.

Del bougea son bras, autant pour tester son articulation que pour déloger la main de Camilla. Il n'était pas encore tout à fait prêt à ce qu'elle le touche.

— Quand même. On aurait dû appliquer de la glace régulièrement.

Se souvenant de ce qui s'était passé lorsqu'elle avait essayé de le soulager de cette façon, elle sentit son pouls s'emballer. Elle voulait le soigner et apaiser ses souffrances, certes. Mais pas seulement.

— Bien… Détendez-vous, nous allons voir ce que nous pouvons faire pour vous soulager.

Elle recula, et commença à disposer, puis à allumer les bougies.

— Qu'est-ce que vous faites avec ça ?

Sa voix pleine de méfiance la fit sourire.

— Vous n'avez jamais entendu parler d'aromathérapie ? Essayez de vous mettre à l'aise, je vais m'occuper de votre épaule dans un instant. Vous ne m'avez jamais raconté comment vous vous étiez blessé.

— J'ai été assez bête pour laisser le volant à ce stupide gamin, en rentrant du labo. Il y a des gens qui ne savent pas conduire sur une route mouillée, ajouta-t-il, l'air de rien. Il a fait faire un saut périlleux à la Jeep.

— Vraiment ?

Horrifiée, elle en oublia de protester contre la petite pique qu'il lui avait adressée au passage.

— Mon Dieu, vous auriez pu être tué.

— Il en a été quitte pour quelques égratignures, dit amèrement Del. Il a de la chance que je ne lui aie pas tordu le cou.

A cause de lui, je me trouve sur le banc de touche depuis plus de trois semaines.

— Mais votre calvaire va bientôt prendre fin, j'en suis certaine, fit-elle en éteignant les lumières.

Non, il ne pensait pas que son calvaire était près de finir. Au contraire, s'il en croyait la façon dont la lumière des bougies la rendait plus belle encore, il ne faisait que commencer.

— Comment allez-vous voir quelque chose si vous éteignez ?

— Je vois suffisamment. Et vous ne réussirez pas à vous détendre avec la lumière dans l'œil.

Camilla aurait aimé qu'il ait une radio, ou un lecteur CD. Mais son équipement était spartiate, et elle allait devoir s'en contenter. Le rejoignant sur le lit, elle s'agenouilla derrière lui.

Lorsque Del sentit le matelas bouger, son estomac se noua, et son corps se tendit comme s'il était prêt à livrer bataille.

— Surtout, dites-moi si je vous fais mal. Je trouve que vous vous êtes remis vite, si cela ne fait que trois semaines que l'accident est arrivé. Malgré votre blessure, vous avez abattu un travail considérable depuis que vous êtes ici.

Elle frotta la crème entre ses mains, sans doute pour la réchauffer, puis la passa doucement sur les zones contusionnées.

— Je crois que faire une pause, de temps en temps, est salutaire, poursuivit-elle. Cela permet de prendre un peu de recul, et d'avoir une vision plus claire de là où l'on veut aller.

— Peut-être.

Depuis qu'il était rentré chez lui, il s'était en effet mis à envisager le projet sous des angles qu'il avait négligés ou qui lui avaient échappé quand il était sur le terrain. Il avait bien pris conscience de son aspect financier, notamment.

— Ne vous tendez pas, murmura-t-elle en pétrissant doucement sa chair. Laissez votre esprit vagabonder. Est-ce que vous jouiez dans les bois, quand vous étiez enfant ?

Laisser son esprit vagabonder… Plus facile à dire qu'à faire, alors qu'elle lui parlait avec cette voix exotique et sexy.

— Bien sûr, parvint-il à articuler, sur un ton presque naturel.

— Vous vous baigniez dans l'étang ? Vous y pêchiez ?

— Moi non, mais ma mère adore la pêche.

— Vraiment ?

Parce que l'image de sa mère, affublée de l'un de ses horribles chapeaux, avec des bottes en caoutchouc, une chemise et un pantalon rapiécés, et une canne à la main le fit sourire, il ferma les yeux.

Penser à sa mère était sans doute un excellent moyen de contrôler ses pulsions. Le meilleur, même.

— Elle n'a jamais réussi à nous convaincre de nous y mettre, mon père et moi. Pêcher nous a toujours mortellement ennuyés.

— Je vais vous faire une réponse typiquement féminine, dit Camilla. Je n'aime pas la pêche, parce que les poissons sont gluants et qu'ils frétillent au bout de l'hameçon quand on veut les en décrocher. Je les préfère grillés et nappés d'un beurre aux herbes. Vous n'avez ni frère ni sœur ?

— Non.

— Je sens un nœud ici, dit-elle en massant la base de sa nuque. Vous avez trop de soucis. C'est pour cela que vous êtes si irritable.

— Je ne suis pas irritable.

— Non, pas le moins du monde. Vous êtes toujours d'une humeur radieuse.

— Aïe !

— Désolée.

Quel dos il avait, songea-t-elle avec ravissement. Un dos large et hâlé qui, sans ces intrigantes cicatrices, aurait presque été trop parfait. Un dos de guerrier, fort et viril. Elle avait envie, irrésistiblement envie, de le parcourir du bout des lèvres, de le mordiller de bas en haut et de haut en bas. Mais le moment n'était pas encore venu d'abandonner la subtilité.

En plus, elle voulait vraiment faire quelque chose pour lui, le soulager. Lui sauter dessus aussi, mais ensuite.

Il fallait penser à autre chose, trancha-t-elle. Pour le bien de Del comme pour le sien.

— Ce livre là-bas, le polar… J'ai déjà lu quelque chose de cet auteur, mais pas celui-là. Est-ce qu'il est bien ?

— Oui, il est pas mal.

— Vous n'avez qu'une petite sélection de livres ici, mais elle est très diversifiée.

D'accord, décida-t-il, ils allaient parler littérature. Parler, c'était parfait. Littérature, pourquoi pas. Le sujet en valait bien un autre.

— Les romans peuvent délasser l'esprit. Ou le stimuler, lança-t-il, sans grande conviction.

En ce moment précis, il n'aurait su dire ce qu'elle était en train de lui faire. Ses mains étaient fabuleuses. Douces et fortes à la fois, apaisantes et excitantes. Son sang s'embrasa malgré ses efforts pour se contrôler. Cependant, il sentait en même temps ses douleurs et ses raideurs céder, petit à petit.

L'odeur des bougies, son odeur à elle, le son de sa voix — basse et douce pendant qu'elle parlait de livres — le détendirent jusqu'à ce que son esprit, comme elle le lui avait ordonné, se mette à vagabonder.

Il sentit le lit bouger lorsqu'elle changea de position, puis le doux contact de ses doigts et de sa paume sur l'avant de son épaule. Sa poitrine effleura son dos, puis vint se lover contre lui pendant qu'elle le massait.

Il se demanda, dans un demi-sommeil, à quoi pourrait ressembler le contact de ses seins sous ses mains. Il les imaginait fermes, petits, doux. Il se demanda à quoi pourrait ressembler la saveur de ses seins dans sa bouche. Il les imaginait chauds, suaves, exhalant la féminité dans toute sa quintessence.

Elle posa sa main libre sur son autre épaule, et la pétrit jusqu'à ce que toute tension le quitte.

La pluie cognait doucement sur le toit, et la lumière des bougies dansait, chaude et rouge, contre ses paupières closes.

— Allongez-vous, murmura-t-elle à son oreille.

— Hmm ?

Camilla esquissa un sourire. Il était peut-être un peu trop détendu à présent. Elle ne voulait pas qu'il s'endorme pour de bon. Plus elle le touchait, plus elle le regardait, plus elle avait envie de lui. Jamais elle n'avait éprouvé un tel désir.

— Allongez-vous, répéta-t-elle, résistant à l'envie de lui mordiller l'oreille. Ce sera plus facile pour moi.

Del ouvrit aussitôt les yeux, et tenta de reprendre ses esprits. S'allonger n'était pas une bonne idée. Il voulut le lui dire, mais elle était déjà en train de le pousser doucement. Et c'était si bon — si délicieusement bon — de se laisser aller ainsi…

— Vos côtes sont toujours dans un triste état, on dirait. Heureusement qu'elles n'ont été que fêlées.

— Oui, c'était mon jour de chance.

Il essaya de lui dire qu'elle en avait assez fait — il était si détendu qu'il avait du mal à avoir les idées claires — mais, quand elle se pencha au-dessus de lui pour attraper la petite bouteille qu'elle avait posée sur la table de chevet, ses jolis petits seins envahirent son champ de vision. Et ses idées se brouillèrent plus que jamais.

— Cela aurait pu être pire, dit-elle en se versant de la crème sur les mains, et en la réchauffant sans le quitter des yeux. Mais vous êtes solide. Vous avez un corps fort et robuste.

Et elle appliqua ses paumes sur ses côtes contusionnées.

— Quel âge avez-vous, Delaney ?

— Trente ans. Non, trente et un.

Comment se souvenir de ce genre de détails, alors qu'elle lui adressait le plus enchanteur des sourires ?

— Jeune. Fort. Robuste. Mmm.

Avec un soupir, elle l'enjamba prudemment.

— C'est pour cela que vous vous êtes rétabli si vite.

Il ne se sentait pas rétabli. Il se sentait faible et stupide. Une tension, d'un tout autre genre, grandissait en lui. Elle était appuyée sur ses genoux et effectuait au-dessus de lui de lents mouvements de va-et-vient qui le faisaient l'imaginer nue, qui le faisaient s'imaginer en elle.

Il serra les poings, juste au moment où il allait saisir à pleines mains ses fesses fermes et sexy.

— Ça suffit, dit-il d'une voix étranglée et faible.

Surprise, Camilla le fixa quelques instants en silence. Elle constata que son regard vert s'était assombri et enflammé. Et que sa respiration s'était accélérée.

Bien. Très bien…

— Je n'ai pas terminé, rétorqua-t-elle.

Elle descendit ses doigts jusqu'à la ceinture de son jean, puis les remonta doucement. Et sentit son estomac se contracter et frémir.

Il était vraiment très fort et très robuste. Là aussi.

— Allez-vous-en, dit-il sans grande conviction. C'est une torture.

— Vraiment ?

Elle ne fit que se pousser, très légèrement. C'était si satisfaisant de constater que sa première tentative de séduction auprès d'un homme faisait son effet…

— Pourtant, je ne veux que votre bien. Tenez…

Son regard, sous ses longs cils, lança comme un éclair doré lorsqu'elle pencha la tête, hésita un instant, avant de passer lentement ses lèvres sur son torse.

A son grand plaisir, elle sentit le cœur de Del s'emballer.

— C'est mieux ?

Elle remonta jusqu'à sa gorge, et sa mâchoire, puis recula de quelques millimètres lorsqu'elle l'entendit étouffer un gémissement.

— C'est n'importe quoi, parvint-il à articuler. Vous voulez

que je réussisse à ne pas vous toucher, alors que vous êtes en train de me prendre d'assaut ?

— Qui a dit que je ne voulais pas que vous me touchiez ? demanda-t-elle en refermant doucement ses dents autour de son menton. Qui a dit ce que j'attendais de vous ? Je crois…

Et, des lèvres, elle effleura avec provocation le coin de sa bouche.

— Je crois que ce que je veux et ce que j'attends de vous est assez clair.

— Vous êtes en train de commettre une erreur.

— Peut-être.

Soudain, elle sentit sa large main attraper son mollet, puis remonter fermement jusqu'à sa cuisse. Et une lueur de triomphe anima ses yeux dorés.

— Et alors ? ajouta-t-elle, provocante.

Del ne parvint pas à trouver de réponse. Pas alors que tout son corps la réclamait. Il fit glisser sa main jusqu'à ses hanches, puis la posa sur ses jolies fesses.

— Vous profitez de ma faiblesse.

— Sans aucun doute, répondit-elle en approchant sa bouche de la sienne. Est-ce que vous voulez que j'arrête ? Maintenant ? Ou bien est-ce que vous en voulez…

Elle mordilla doucement sa lèvre inférieure.

— … plus ?

Elle continuait de le torturer, comme si elle voulait sa mort. Mais, s'il devait succomber, au moins il mourrait heureux.

— Je veux tout ou rien.

— Ce sera tout, alors, acquiesça-t-elle, avant de refermer sa bouche sur la sienne.

Aussitôt, une chaleur intense se propagea en lui, l'embrasant tout entier. Instinctivement, il fit courir sa main le long de son dos et empoigna son chemisier. Impatient, presque désespéré, il tira dessus d'un coup sec. Et la douleur, foudroyante, lui arracha un juron.

— Non, non, laissez-moi faire. Laisse-moi faire, susurra-t-elle en passant ses lèvres sur son visage et son cou, puis en les unissant aux siennes dans un baiser profond et enivrant. Ton corps me rend folle.

Le grognement qu'il poussa lorsqu'elle parsema de baisers torrides son torse, son ventre, pour revenir à son torse, ne fut pas dicté par la douleur. Les faibles murmures d'approbation qu'elle émettait et qui résonnaient en lui semblaient destinés à le capturer et à l'emprisonner dans un lieu situé entre le plaisir et la douleur.

Mourant d'envie de la toucher, il glissa ses mains entre leurs deux corps en émoi pour trouver ses seins.

Le souffle court, il se redressa et frissonna. Alors, elle lui sourit, de toute sa féminité triomphante. Comme il la regardait avec avidité, elle porta les mains aux boutons de son chemisier, et les ouvrit, un par un, en prenant son temps.

— Je m'en occupe cette fois, lui dit-elle, avant d'ôter lentement le vêtement.

— C'est avec cette idée en tête que tu m'as fait monter, n'est-ce pas ?

Elle inclina la tête et, une main dans le dos, dégrafa son soutien-gorge.

— Oui. Et ?

Lorsque son soutien-gorge tomba, révélant sa poitrine laiteuse, il expira bruyamment.

— Et rien... J'apprécie.

— Très bien. Touche-moi. J'ai passé des heures, la nuit, à avoir envie que tu me touches.

Lorsqu'il l'effleura, il vit son regard se brouiller.

— Je ne me le serais jamais permis, murmura-t-il.

— Je t'y autorise. Et même je te l'ordonne. Oh ! mon Dieu, tes mains..., s'exclama-t-elle ensuite en français.

Oh oui, ses mains, ses merveilleuses mains, larges, et fortes, et rugueuses.

Elle était douce comme un pétale de rose, exactement comme il l'avait imaginée. Il aurait voulu être tendre et précautionneux avec elle. Mais il ne réussit pas à se retenir. Et, lorsqu'elle se pencha sur lui, pour s'emparer de nouveau de sa bouche, il l'attira à lui avec avidité.

Comme ce geste lui arrachait un cri de douleur, il maudit ses côtes qui se rappelaient de nouveau à lui.

— J'ai besoin… Je veux…

Il voulait son corps contre le sien, gracile, sa bouche sur la sienne, délicate. Et, même si le mouvement le fit tressaillir, il réussit à pivoter.

— Attends, Del. Tu vas te faire mal.

— Tais-toi, je t'en prie.

Enivré par elle, il passa ses dents sur la courbe de son épaule, respira son parfum. Et il les fit tous deux gémir lorsqu'il porta sa bouche à sa poitrine.

Il était si brûlant, songea Camilla, submergée par des sensations aussi grisantes que savoureuses. Unis bouche contre bouche, peau contre peau, ils semblaient tous deux gagnés par une fièvre incontrôlable. Les battements de leurs cœurs résonnaient à l'unisson. Sentir le corps de Del peser sur elle était merveilleux. En s'enfonçant dans le fin matelas, elle avait l'impression de nager sous des nuages orageux.

Désirer et être désirée de la sorte lui donnait le vertige et lui procurait en même temps une sensation de puissance. Et de confiance.

Grisée, elle enfouit ses doigts dans ses cheveux, avant de les presser contre son dos, où ses muscles se contractaient.

Sous eux, le lit grinçait; au-dessus, la pluie cognait. La lumière des bougies dansait dans la brise humide que laissait passer la fenêtre ouverte.

Entre eux ne subsistait plus que la barrière de leurs vêtements. Mais pas pour longtemps. Tandis qu'il se bagarrait avec le bouton de son jean, elle se mit à frissonner.

Elle était si douce, si délicieuse. Et offerte, songea Del, le souffle court, tout en baissant la fermeture Eclair de son pantalon. Elle se frottait déjà contre lui, gémissant sensuellement. Son esprit était imprégné d'elle, de son odeur, de ses contours, de sa saveur.

Et cela ne lui suffisait pas.

Ses doigts se glissèrent derrière la fine barrière de coton, pour pénétrer en elle, au cœur de sa chaleur. Ses gémissements devinrent des halètements rapides et sauvages. Lorsqu'elle s'enflamma sous ses caresses, il pressa son visage sur son ventre et frémit avec elle.

Quand il posa sa bouche plus bas, Camilla s'agrippa au cadre du lit, se préparant pour le prochain déchaînement de ses sens. Alors que les sensations se bousculaient en elle, toutes plus violentes les unes que les autres, son esprit lui sembla perdu dans les brumes, et son corps, une masse confuse de désirs et de plaisirs. C'était stupéfiant de ressentir à ce point, et avec cette force, et d'en vouloir toujours plus.

Impatient de découvrir une autre parcelle de son corps, Del fit descendre son jean le long de ses hanches, pour libérer le haut de ses cuisses. Mais la douleur se réveilla et, lorsqu'il s'effondra sur elle, Camilla laissa échapper une exclamation de surprise. Pendant qu'il pestait, violemment, elle se mit à rire.

— Laisse-moi faire, dit-elle.

— Donne-moi juste une minute.

— Je ne peux pas attendre une minute de plus.

Riant toujours, Camilla se contorsionna, se tortilla et réussit enfin à se libérer du vêtement. A demi nue et frémissante, elle s'écarta pour qu'il puisse se remettre sur le dos.

La frustration et l'emportement qui se lisaient maintenant sur le visage crispé de Del n'eurent pour seul effet que de la faire rire encore plus fort.

— Ce n'est pas beau de se moquer, fit-il. Dès que j'aurai retrouvé mon souffle, je me vengerai, tu verras.

— Oui, oui, je tremble de peur.

Elle roula vers le bord du lit et, salivant par anticipation, ôta lentement sa culotte, dernier rempart à sa nudité.

L'emportement, reconnut Del en la contemplant, n'était qu'une perte de temps. Etant donné les circonstances, il avait bien mieux à faire.

— Reviens par ici.

— J'en ai bien l'intention. Et tout de suite, qui plus est.

Elle le rejoignit et, aussitôt, s'attaqua à son jean à lui.

— Débarrassons-nous de ce pantalon. Mais ce n'est pas si facile, regarde, avec mes mains qui tremblent, dit-elle en étouffant un petit rire. Ce sont les tiennes qui leur ont fait cet effet. J'adore les sentir sur mon corps.

Elle tira d'un coup sec, arrachant pantalon et caleçon en même temps.

Elle dut se retenir pour masquer son émerveillement. Fort et robuste. Elle ne s'était pas trompée. Avec un regard où se mêlaient l'amusement et le désir, elle se frotta à lui.

— Touche-moi encore, Del. Et embrasse-moi.

— Tu ne serais pas un peu autoritaire ?

Mais, la main posée sur sa nuque, il amena sa bouche à la sienne.

Elle s'abandonna dans ce baiser, qui fut d'abord lent, et doux, et profond, pour devenir avide et désespéré lorsque Del passa ses mains sur son corps.

— Dis-moi que tu as envie de moi, murmura-t-elle. Dis mon prénom. Dis mon prénom et dis que tu as envie de moi, en même temps.

— Camilla, j'ai envie de toi.

Elle bascula et s'installa au-dessus de lui. Puis, le cœur battant, elle le guida en elle.

Dès qu'elle parvint à avoir conscience de ce qu'elle faisait, elle se refréna. Elle devait se retenir, se retenir pour s'imprégner de chaque sensation. Ses mains rugueuses, glissant sur elle, vinrent se refermer sur ses seins. Alors, elle se mit à se mouvoir. A se balancer. A les conduire tous les deux vers la folie.

Elle était magnifique. Il ne savait pas comment le lui dire. Mince et blanche avec cette éclosion de rose sous le lait de sa peau. Sa chevelure soyeuse formait comme une coiffe de feu autour de son visage. Et la lumière des bougies se reflétait, dorée, dans ses yeux embrasés par le plaisir.

Il ne pouvait respirer sans la respirer.

Il la contempla, excité au-delà des mots, tandis qu'elle se laissait emporter par une nouvelle vague de plaisir. Alors, son long corps splendide se plaqua contre le sien, distillant en lui des sensations toujours plus voluptueuses.

Il voulait nouer ses bras autour des siens, il voulait les passer autour d'elle pour mieux l'enchaîner à lui. Mais ses propres blessures et les demandes incessantes et pressantes que le corps de Camilla lui adressait l'en empêchaient.

Il lutta pour garder le contrôle une minute de plus. Puis une autre. Mais son organisme réclamait qu'il cède à la folie et s'abandonne. Alors, il céda et s'abandonna. Il sombra au moment même où elle rejetait sa tête en arrière, poussant un petit cri de triomphe.

Bouleversée, comblée, Camilla se remettait à grand-peine du glorieux moment qu'elle venait de vivre.

Tout ce qui concernait Del, décida-t-elle, était absolument délicieux. Elle aurait aimé s'étendre contre lui, et profiter de l'instant. Mais il était si immobile qu'elle aurait pu le croire mort, si elle ne l'avait pas entendu respirer.

Se blottissant contre son côté valide, elle l'embrassa sur l'épaule.

— Est-ce que je t'ai fait mal ? demanda-t-elle.

Il avait mal absolument partout. Ses blessures le lançaient

sans relâche. En ce moment précis, la souffrance et le plaisir étaient si intimement mêlés qu'il n'était pas certain de pouvoir les différencier. Mais ce fut par un grognement légèrement plaintif qu'il répondit.

Songeuse, elle s'appuya sur son coude pour le regarder. Elle aurait de nouveau dû l'aider à se raser. Même si elle avait trouvé étrangement érotique cette légère sensation de brûlure sur sa peau nue, lorsqu'il l'avait effleurée de la joue.

Se sentant observé, Del ouvrit les yeux.

— Qu'est-ce qu'il y a ?

— Tu te forces à avoir l'air contrarié par ce qui s'est passé. Mais ça ne prend pas.

Plus tard, il s'interrogerait pour savoir s'il était amusé ou gêné qu'elle lise si bien en lui.

— Et pourquoi ça ? Avoir l'air contrarié, je fais ça très bien.

— Oui, tu mériterais même un prix. Mais tu auras de nouveau envie de moi dès que tu te seras remis. Donc, tu ne peux pas te permettre d'être contrarié.

— Tu me sembles atrocement sûre de toi, non ?

— A propos de certaines choses, oui, répondit-elle en l'embrassant. A propos de ça, par exemple.

— Pourtant, tu te trompes.

Parce qu'elle le regardait fixement dans les yeux, elle ne vit pas la direction que prenait sa main jusqu'à ce qu'elle se pose, avec possessivité, sur sa poitrine.

— J'ai déjà envie de toi, et je pourrais très bien ne jamais me remettre du premier round.

— Je pense que si. Mais ça m'ennuie que tu aies mal. Je crois que je vais aller te chercher de la glace en bas.

— Moi, je crois que tu devrais t'allonger et rester tranquille cinq minutes.

Pour la convaincre, il attrapa son coude et l'attira vers lui, jusqu'à ce qu'elle vienne poser sa tête sur sa bonne épaule.

— Ton corps est dur comme le roc, murmura-t-elle.

— N'essaie pas de me corrompre encore, miss. J'ai l'intention de dormir une petite demi-heure.

— Laisse-moi juste…

— Chuuut !

Cette fois, il résolut le problème en passant son bras autour d'elle et en posant la main sur sa bouche.

Camilla plissa les yeux, hésitant à le mordre. Avant qu'elle ne parvienne à se décider, elle sentit les doigts de Del se relâcher et sa respiration ralentir. Elle vit, à sa grande surprise, qu'il n'avait pas menti. En dix secondes, il s'était endormi.

Trente minutes plus tard, peu après qu'elle fut passée à son tour de la consternation au sommeil, il la réveilla par un baiser profond et enivrant. Elle émergea quelques instants, avant de sombrer de nouveau.

Plus tard, alors qu'elle était confortablement allongée, se sentant à la fois confuse, épuisée, et délicieusement conquise, il roula loin d'elle, murmura quelque chose à propos de ces « fichues bougies » qu'il fallait éteindre, avant de se rendormir instantanément.

Pendant un long moment, Camilla regarda le plafond, souriant bêtement. Elle s'était trouvé une autre passion, se rendit-elle compte. Une passion qui s'appelait Delaney Caine. L'homme qu'elle allait épouser, que cela lui plaise ou non.

Comme toujours, elle se leva avant lui, le matin venu. Obéissant à des gestes automatiques, elle prépara le café, puis décida d'aller en boire une tasse au bord de l'étang. Elle sentait que Del avait besoin de dormir encore un petit moment.

Ils allaient devoir, bien sûr, partager leur temps entre le Vermont, les chantiers de fouilles, la Virginie et Cordina, se dit-elle, tout en prenant la direction des bois. Leur vie serait alors bien remplie, occupée, et très riche.

Il allait aimer sa famille, et réciproquement. Dès qu'ils

auraient appris à se connaître, songea-t-elle en se mordillant les lèvres.

Elle supposait qu'il ne ferait pas grand cas du protocole et des formalités afférents à son titre de princesse et à son rang de nièce du souverain de Cordina. Mais il pourrait sans doute s'y faire. Après tout, le mariage est aussi affaire de compromis.

Naturellement, elle allait devoir commencer par le convaincre de l'épouser. Et, avant cela encore, elle allait devoir le convaincre qu'il était amoureux d'elle.

Car il était amoureux d'elle, elle en était certaine. Elle ne pouvait pas éprouver des sentiments d'une telle intensité pour quelqu'un qui, en retour, ne ressentait rien de fort pour elle.

Elle se promena dans les bois, admirant les premiers rayons du soleil filtrer faiblement à travers les branches. Pour l'instant, elle devait se contenter de profiter du moment présent. Profiter de ce moment avec lui, et avec elle-même, sans que viennent interférer le passé ou le futur. Profiter du moment de la découverte, de la séduction et de la romance.

Ce n'était pas parce qu'elle était très vite tombée amoureuse qu'elle devait se hâter. Ni qu'elle ne devait pas ralentir un peu les choses et savourer la sensation d'être amoureuse.

Une fois arrivée à l'étang, elle s'assit sur une souche. Elle veillerait à ce qu'ils installent à cet endroit un beau banc patiné par le temps. Et peut-être ajouterait-elle quelques nénuphars dans l'étang.

Quelques changements, songea-t-elle, légers et subtils. Rien d'important. Car elle n'avait pas l'intention d'essayer de changer quoi que ce soit de vital ou de capital dans la vie de Del.

Elle avait imprimé sa marque au chalet, tout en respectant la personnalité intrinsèque et le charme du lieu. Non ? Elle accorderait le même respect à l'homme qu'à sa maison, c'était la moindre des choses.

De toute façon, elle l'aimait comme il était. Elle sourit tout en soulevant sa tasse de café. Exactement comme il était.

Quand ils se seraient tous les deux faits à ce changement dans leur relation, elle trouverait une manière de lui annoncer qui elle était vraiment. Mais pas avant une semaine, décida-t-elle. Elle pouvait bien s'accorder encore une semaine.

Elle allait devoir trouver une façon de présenter les choses. Elle pourrait commencer par parler de son père. En mentionnant qu'il avait été dans la police, avant de travailler dans la sécurité privée et d'acheter des terres en Virginie, car il avait toujours eu envie de posséder une ferme. En racontant que ses grands-pères paternel et maternel étaient amis. Et que c'était la raison pour laquelle, quand sa mère avait eu des ennuis, son grand-père avait appelé à l'aide le fils de son vieil ami.

C'était un peu compliqué et confus, supposa Camilla, mais c'était un bon début. Ensuite, elle pourrait placer quelque chose comme : « Au fait, je ne t'ai pas dit que ma mère était cordinienne ? »

Elle avait bon espoir que cela permette de lancer la conversation pour de bon. Avec un peu de chance, Del commenterait l'information, ou aurait une petite question à poser, de sorte qu'elle pourrait glisser, l'air de rien, que son oncle, le frère de sa mère, était Son Altesse royale Alexander de Cordina.

Il rirait sans doute en entendant cela, et lancerait quelque chose comme : « Bien sûr, miss, et toi, tu es la reine d'Angleterre. »

Elle pourrait rire à son tour, prenant la chose très à la légère. « Non, non, juste une princesse de sang s'accordant quelques semaines de vacances volées », pourrait-elle répondre.

Mais cela, hélas, ne passerait jamais.

Elle jura de dépit, en français, et posa son menton sur son poing.

— Tu viens jusqu'ici pour insulter les canards ?

Elle sursauta, renversant du café sur le dos de sa main. Se levant d'un bond, elle se tourna vers Del.

— J'aime mieux quand tu te déplaces comme un éléphant.

Et il aimait mieux ne pas se répéter sans cesse qu'elle était magnifique.

Del s'était réveillé en essayant vainement de la toucher. Il lui avait semblé que, si elle avait tant tenu à se glisser dans son lit, la moindre des choses aurait été qu'elle y reste. Puis il s'était mis à paniquer lorsqu'il ne l'avait pas trouvée dans la maison. L'idée de son départ lui avait fait mal aux côtes comme jamais.

Il avait fini par se calmer, mais la situation était pire maintenant, cent fois pire, parce qu'elle n'était pas partie. Elle se trouvait face à lui, et le soleil et l'eau qui miroitaient derrière elle lui donnaient l'air de sortir tout droit d'un livre d'images.

La lumière embrasait ses cheveux de feu comme les joyaux d'une couronne. Ses yeux étaient plus dorés que bruns, et semblaient incroyablement riches au milieu de son visage tranquille et pâle. Sa bouche — sa grande et belle bouche — esquissait un demi-sourire.

Il avait envie, comme la nuit passée, de passer ses bras autour d'elle. Pour s'emparer d'elle, telle qu'elle était, exactement.

Et c'était complètement fou.

— Je n'ai pas senti l'odeur du petit déjeuner.

— C'est parce que je ne l'ai pas encore préparé. Je pensais que tu ferais la grasse matinée.

— On avait dit qu'on se mettrait tôt au travail, aujourd'hui.

— En effet, c'est ce qu'on avait dit, répondit-elle en souriant tout à fait, à présent. Je n'étais pas sûre que cela tienne toujours, après cette nuit.

Comme il n'approchait pas, ce fut elle qui avança vers lui.

— Comment te sens-tu ? demanda-t-elle en passant sa main délicate dans ses cheveux.

— Je vais bien. Ecoute, au sujet de cette nuit…

— Oui ?

Elle se hissa sur la pointe des pieds et, de ses lèvres, effleura légèrement sa bouche. Aussitôt, il sentit son estomac se contracter.

— Nous n'avons pas exposé les... Ecoute, surtout pas d'attache. D'accord ?

Camilla sentit une pointe d'agacement monter en elle, mais elle la chassa vite.

— Est-ce que j'ai essayé de te ligoter pendant ton sommeil ?

— Je ne dis pas que... Je veux juste que tout soit clair entre nous, puisqu'on n'a pas eu le temps de parler, la nuit dernière. On se plaît, très bien. Que les choses restent aussi simples, et quand ce sera fini, ce sera fini.

— C'est très clair.

Ce ne serait pas très digne de le frapper, et elle n'aimait pas, de toute façon, recourir à la violence physique. En particulier contre les déficients mentaux. A la place, elle sourit largement.

— Tu n'as aucune raison de t'inquiéter.

Avec une expression agréable, et même patiente, elle passa ses mains sur son torse, puis sur ses épaules, très doucement, et enfin dans ses cheveux. Elle l'embrassa longtemps et fougueusement.

Elle attendit qu'il glisse ses mains sous son chemisier, puis elle recula d'un pas, et le laissa, vibrant de désir.

— Je vais préparer une belle omelette, ensuite nous nous mettrons au travail.

Animée par l'emportement et le défi, elle se mit en marche. Puis, souriant de la plus amicale des façons, elle se retourna et lui tendit la main.

Espèce d'homme des cavernes, songea-t-elle avec une certaine affection, lorsqu'il lui prit la main pour retourner au chalet. *Tu veux la guerre, et tu l'auras.*

Chapitre 8

Ils eurent une semaine de paix relative. Mais Camilla l'avait compris : la paix serait toujours relative lorsqu'il serait question de Del. Son caractère grincheux était l'une des composantes de sa personnalité. En fait, cela faisait même partie de son charme.

Elle pilla ses livres d'archéologie. Même s'il marmonnait qu'elle mettait le désordre dans ses affaires, elle savait qu'il était ravi, au fond, que sa discipline l'intéresse à ce point.

Lorsqu'elle lui posait des questions, il répondait, et avec de plus en plus de détails. C'était devenu une habitude entre eux de discuter de ce qu'elle venait de lire. Il en profitait même pour suggérer, l'air de rien, un autre livre, ou un passage à approfondir.

Lorsqu'il lui offrit un petit biface acheuléen tiré de sa propre collection, elle chérit ce vieil outil rudimentaire plus que des diamants.

C'était plus qu'un cadeau. Bien plus qu'un gage de reconnaissance. C'était, à ses yeux, un symbole.

Aucun des hommes qui étaient passés dans sa vie n'avait eu un tel impact sur elle. Un tel impact sur son cœur, sur son corps, sur son esprit. Elle espérait — et elle avait besoin de le savoir — qu'elle lui apportait autant.

Pas d'attache, songea-t-elle en esquissant une grimace.

C'était typique. S'il ne voulait pas s'attacher, pourquoi s'était-il mis à se promener avec elle dans les bois ? Pourquoi répondait-il — aussi patiemment qu'il en était capable — aux questions qu'elle lui posait ?

Pourquoi le surprenait-elle, parfois, en train de la regarder avec insistance et intensité, comme si elle était une énigme qu'il essayait de démêler ?

Et pourquoi, aux moments les plus incongrus, s'emparait-il de sa bouche pour déposer sur ses lèvres un fougueux baiser ?

Il était amoureux d'elle, voilà tout. Il était juste trop bête pour s'en rendre compte. Ou, tout du moins, pour le reconnaître.

Elle allait lui laisser encore un peu de temps, puis elle lui avouerait qu'elle était amoureuse de lui. Une fois qu'il se serait fait à cette idée, elle lui expliquerait en quoi consistait sa vie.

Elle songea à cela en faisant ses courses, et cela lui parut très raisonnable. D'humeur sereine, elle pénétra dans la boutique d'antiquités. Elle allait commencer par demander à Sarah si elle pouvait être intéressée par sa montre. C'était assez pénible de manquer de liquide et de devoir demander de l'argent à Del chaque fois qu'elle avait besoin de quelque chose pour le chalet.

— Bonjour.

Elle adressa son plus beau sourire à Sarah, tout en se frayant un passage parmi les antiquités. La vendeuse reposa le magazine qu'elle était en train de feuilleter.

— Bonjour. Ah… Mademoiselle Breen.

— J'ai remarqué que vous aviez une petite collection de bijoux et de montres d'occasion.

— C'est exact, répondit Sarah, tout en la scrutant.

— Je me demandais si vous seriez intéressée par ceci.

Camilla enleva sa montre et la lui tendit.

— Elle est très belle. Mais…

Avec hésitation, Sarah retourna la montre. Elle passa son

doigt sur le bracelet en or poli, regarda le joli cadran serti de diamants.

— Mais ce n'est pas le genre d'objets que, d'habitude…

Elle se tut, puis regarda Camilla d'un air étrange.

— Ce n'est pas grave. Je voulais commencer par vous la proposer à vous. Je vais m'adresser à la bijouterie.

— C'est vous, souffla Sarah, les yeux écarquillés et stupéfaits.

La gorge de Camilla se serra violemment, mais son visage resta parfaitement calme.

— Je vous demande pardon ?

— Je me suis dit… L'autre jour, quand vous êtes venue… Je savais que vous ressembliez à quelqu'un.

— Tout le monde ressemble à quelqu'un.

Sans trembler, Camilla reprit sa montre.

— Merci, en tout cas.

— La princesse Camilla, lança Sarah en se mordillant le bout des doigts. Je n'arrive pas à y croire. La princesse Camilla dans ma boutique. Vous êtes bien ici. Et là !

Et elle ouvrit triomphalement son magazine.

Et « là », constata Camilla, la mort dans l'âme, était imprimé son visage, à côté de quelques autres, censés appartenir aux plus belles femmes de la planète.

— Vous avez coupé vos cheveux. Vos splendides cheveux.

— Eh bien, oui.

Résignée, Camilla soupira.

— J'avais envie de changement.

— Vous êtes magnifique. Même mieux que…

Se reprenant au dernier moment, Sarah pâlit.

— Oh ! excusez-moi. Votre Altesse.

Elle exécuta une petite révérence, qui fit danser sa queue-de-cheval, toujours aussi blonde.

— S'il vous plaît, pas de révérence.

Se forçant à sourire, Camilla jeta un coup d'œil vers la porte et pria pour qu'aucun autre client n'entre.

— Je voyage en toute discrétion et en toute tranquillité, en ce moment. J'aimerais que cela continue ainsi.

— J'ai enregistré ce documentaire sur la famille royale de Cordina. Après votre venue la semaine dernière, je n'ai pas arrêté de réfléchir. Et tout d'un coup, l'évidence m'a frappée. Je l'ai regardé une seconde fois. Mais j'ai cru que je m'étais trompée. Le « Joyau de la Couronne » de Cordina ne pouvait pas être passé à mon magasin pour acheter quelques vieilles bouteilles. Pourtant, c'est bien vous.

— Oui, c'est bien moi. Sarah…

— Ce Del, continua Sarah, dans tous ses états. Je sais que c'est dur de lui arracher le moindre mot, mais cette fois il exagère. Il héberge une princesse et il n'en dit rien à personne.

— Il n'en sait rien. Et j'aimerais que cela aussi puisse continuer. Au moins jusque… Oh ! Sarah.

Gagnée par un sentiment de grande détresse, Camilla s'interrompit.

— Mince alors ! fit Sarah, comprenant visiblement son malaise.

Se mordant les lèvres, la vendeuse se dépêcha de faire le tour du comptoir pour la rejoindre.

— Voudriez-vous boire quelque chose, Votre Altesse ?

— Oui, merci. Avec plaisir.

— J'ai… Mon Dieu, je ne sais plus où j'en suis… J'ai du thé glacé dans mon bureau.

— C'est très gentil à vous de me le proposer.

— Ce n'est rien. Laissez-moi juste… Bon sang… Je vais fermer la boutique un petit moment.

Elle se précipita vers la porte, et revint aussi vite, puis se tordit les mains, et ne put s'empêcher de s'incliner une nouvelle fois devant elle.

— Je vous en prie, si vous voulez bien me suivre. Mais je vous préviens, je n'ai pas grand-chose à vous offrir.

— Ce sera très bien. J'ai juste envie de quelque chose de frais.

Camilla suivit Sarah dans le petit bureau et s'assit sur une chaise pivotante, pendant que la vendeuse se bagarrait avec la porte du réfrigérateur.

— S'il vous plaît, ne soyez pas nerveuse. Je ne suis pas différente de la première fois où je suis entrée ici.

— Je m'excuse, Votre Altesse, mais si. Bien sûr que si.

— Vous n'avez pas besoin de vous adresser à moi de façon aussi formelle. « Madame » suffit, et dans le cas présent je préférerais que vous m'appeliez juste par mon prénom.

— Je ne pense pas que j'y arriverais. Vous voyez, je lis des choses sur vous et sur votre famille depuis que je suis toute petite. Nous avons presque le même âge, et il m'arrivait souvent de m'imaginer à votre place, vivant dans un palais et portant tous ces vêtements magnifiques. Je m'imaginais princesse. Comme toutes les petites filles, je suppose.

Elle se tourna vers Camilla, les yeux brillants.

— Est-ce merveilleux ? demanda-t-elle.

— Cela peut l'être. Sarah, j'ai une faveur à vous demander.

— Tout ce que vous voulez.

— Accepteriez-vous de ne raconter cela à personne ?

— A personne ? fit Sarah, l'air éberlué. Du tout ?

— Juste pendant quelque temps. Je vous en prie. Sarah, cela peut être merveilleux d'être une princesse, mais, lorsque j'étais enfant, il m'est souvent arrivé de rêver d'être une petite fille ordinaire. Je voudrais un peu de temps pour vivre ce rêve.

— Vraiment ? On veut toujours ce qu'on ne possède pas, j'imagine.

Elle tendit un verre de thé glacé à Camilla, avant de poursuivre :

— Je ne dirai rien à personne. J'en mourrai, reconnut-elle avec un rire étouffé, mais je tiendrai bon. Pourriez-vous, madame, signer mon magazine, si cela ne vous dérange pas ?

— J'en serais ravie. C'est très gentil à vous.

— Vous êtes plus accessible que je ne l'aurais cru. J'ai toujours imaginé que les princesses devaient être, comment dire, plutôt snob…

— Oh ! nous pouvons l'être, répondit Camilla en souriant, avant de boire une gorgée de thé. Cela dépend.

— Peut-être. Mais, excusez-moi, vous paraissez si… normale.

Le sourire de Camilla se réchauffa, ainsi que ses yeux.

— C'est le plus beau compliment que vous puissiez me faire.

— Vous êtes naturellement classe, cependant. Je l'ai remarqué tout de suite. Mais…

Soudain, les yeux de Sarah s'écarquillèrent.

— Del ne sait rien ? Vraiment ?

Un léger sentiment de culpabilité s'empara de Camilla.

— La question ne s'est pas posée.

— Cela ne m'étonne pas, en fait. Del est tellement dans son monde. Quand on sortait ensemble, il oubliait mon prénom une fois sur deux. Et il oubliait de remarquer la couleur de mes yeux. Ça me rendait folle. Puis il me souriait ou bien il me disait quelque chose pour me faire rire, et je n'arrivais pas à lui en vouloir longtemps.

— Je vois très bien ce que vous voulez dire.

— Il est tellement intelligent pour certaines choses, et tellement empoté pour d'autres.

Sarah leva à son tour son verre, mais faillit le lâcher lorsqu'elle vit l'expression rêveuse de Camilla.

— Bon sang. Seriez-vous amoureuse de lui ?

— Oui, je le suis. Et j'ai encore besoin d'un peu de temps pour le convaincre que cette idée lui plaît.

C'était exactement comme dans un film, se dit Sarah.

— C'est fabuleux. Vraiment fabuleux. Et, en y réfléchissant, je vous imagine très bien ensemble.

— Moi aussi, reconnut Camilla, avant de se lever. J'ai une dette envers vous, Sarah, et je ne l'oublierai pas.

Puis elle tendit sa main, et Sarah essuya rapidement la sienne sur son pantalon avant de l'accepter.

— Je suis très heureuse de pouvoir vous aider.

— Je reviendrai vous voir avant de partir, promit Camilla en repassant dans la boutique.

Lorsque Camilla reprit sa montre qu'elle avait laissée sur le comptoir, Sarah se mordit une nouvelle fois les lèvres.

— Votre Altesse — madame —, voulez-vous vraiment vendre cette montre ?

— En fait, oui. Je suis un peu juste en liquide en ce moment, et c'est assez ennuyeux.

— Elle doit valoir une fortune. Je ne pourrais jamais vous en offrir autant. Mais je pourrais... Je pourrais vous prêter cinq cents dollars. Et je pourrais vous céder l'encrier qui vous plaisait tant.

Emue, Camilla la regarda un instant. Sarah était nerveuse, intimidée, et gênée. Mais cela ne l'empêchait pas de vouloir lui rendre service. Un autre cadeau qu'elle chérirait.

— Quand je me suis lancée dans cette espèce de quête, je voulais découvrir... Je voulais trouver qui j'étais, et voir... les choses sous une perspective nouvelle. Avoir trouvé une amie est un merveilleux bonus. Gardez la montre et considérons cela comme un pacte, entre amies.

Del sortit sous le porche, et fixa l'allée de graviers. Elle n'était toujours pas rentrée. Combien de temps lui fallait-il donc pour faire quelques courses ? C'était bien le problème avec les femmes. Elles faisaient des courses une sorte de pèlerinage.

Il voulait son déjeuner, et du café chaud, et répondre à la demi-douzaine d'e-mails qui étaient arrivés sur sa messagerie dans la matinée.

Pour tout cela, il aurait pu se débrouiller seul, certes. Jusqu'à maintenant, il s'était toujours débrouillé seul.

Mais ce qu'il voulait, bon sang, c'était elle.

Sa vie était complètement fichue, songea-t-il en fourrant rageusement ses mains dans ses poches. Elle avait mis la pagaille partout, elle l'avait déconcentré, elle avait bouleversé ses habitudes.

Il aurait dû la laisser en panne sous la pluie, cette nuit-là. Et tout aurait été comme avant. Il n'y aurait pas eu une femme pour venir coloniser son espace. Pour venir coloniser ses pensées.

Qui diable pouvait-elle être ? Il y avait des secrets enfouis dans cette jolie petite tête, bien faite et bien pleine. Si elle avait des ennuis, pourquoi ne lui en disait-elle rien ? Il aurait peut-être su quoi faire.

Il avait besoin qu'elle lui parle, qu'elle se confie à lui, qu'elle compte sur lui pour l'aider.

Et depuis quand se prenait-il pour un chevalier sur son blanc destrier ? C'était ridicule, et cela ne lui ressemblait pas du tout.

Mais il voulait tenter d'arranger ce qui n'allait pas. Et plus encore — bien plus encore —, il avait besoin qu'elle lui fasse suffisamment confiance pour lui parler. Qu'elle lui fasse suffisamment confiance pour le croire capable d'arranger les choses.

Parce qu'il avait violé la règle secrète qu'il s'était imposée, et qu'il était tombé raide amoureux d'elle.

Il posa la main sur son cœur. Hélas, c'était un mal bien plus gênant que quelques côtes fêlées. Et, craignait-il, bien plus permanent, aussi.

Pas d'attache, lui avait-il dit. Bien sûr, cela n'avait pas eu l'air de la déranger, pensa-t-il amèrement. Cela avait même eu l'air de lui convenir parfaitement.

Mais ce n'était pas parce qu'elle ne voulait pas s'attacher

à lui qu'elle ne devait pas croire en lui. Si elle se méfiait de lui au point de ne pas vouloir lui dire son vrai nom, où en étaient-ils ?

Il rentra, pour ressortir de nouveau quelques instants plus tard. Il devrait peut-être aller à sa rencontre. Cela faisait presque deux heures qu'elle était partie. Elle avait déjà eu un accident, ce qui voulait dire qu'elle pouvait très bien en avoir eu un second. Elle était peut-être coincée sous sa voiture, blessée, ou…

Juste au moment où la panique commençait à sérieusement s'emparer de lui, il entendit le moteur de sa voiture. Honteux, il se dépêcha de rentrer avant qu'elle ne le voie en train de la guetter.

Il fit deux fois le tour du salon, puis s'arrêta et réfléchit.

Il allait devoir reconsidérer certaines choses.

Comme la romance.

Camilla avait l'air de penser que la romance faisait partie intégrante de toute culture. Les cultures se construisaient sur les rapports humains, sur les rituels, et sur la romance. Il devrait peut-être creuser ce point et voir où cela pourrait le mener.

Tout de suite.

Il pénétra dans la cuisine, juste au moment où elle posait un sac de courses sur la table.

— J'ai les récépissés des recommandés que tu m'as demandé d'envoyer, dit-elle.

— Parfait.

Comme de toute façon il en avait envie, il passa sa main dans ses cheveux roux.

Elle lui adressa un sourire absent, et se retourna pour ranger une bouteille de lait dans le réfrigérateur.

— Il y avait du courrier dans ta boîte aux lettres.

Les sourcils froncés, elle se frotta les tempes.

— J'ai dû l'oublier dans ma voiture, ajouta-t-elle.

— Pas grave.

Il se pencha vers elle.

— Tu sens bon.

— Je quoi ? Oh.

Elle haussa les épaules, et attrapa le sac de pommes de terre nouvelles qu'elle avait achetées pour le dîner.

— Merci.

Décidé à faire bonne impression, il voulut insister. Qu'est-ce qui était toujours important pour les femmes ? Ah, oui !

— Tu n'aurais pas maigri ? demanda-t-il, très content de sa trouvaille.

— J'en doute. Au contraire, je ne serais pas surprise d'avoir pris un kilo.

Tandis qu'elle sortait le café du placard pour en préparer, Del plissa les yeux. Puisque les mots ne le menaient à rien, il allait passer directement aux actes.

Il la prit dans ses bras et, en la portant, quitta la cuisine.

— Qu'est-ce que tu fabriques ?

— Je t'emmène au lit.

— Eh bien, quand même, tu aurais pu demander. Je n'ai même pas fini de ranger les courses.

Del s'arrêta au pied des escaliers et la fit taire d'un baiser.

— Dans certaines cultures, dit-il après l'avoir embrassée, les femmes expriment leur désir d'intimité en remplissant le placard. Je n'ai fait que réagir à ce que j'ai pris pour un signal de ta part.

Camilla se mit à rire. L'amusement dissipa vite la préoccupation qui ne l'avait plus quittée depuis qu'elle avait été reconnue.

— Dans quelles cultures ? demanda-t-elle, alors qu'il s'était mis à gravir les escaliers.

— Dans la mienne. C'est une coutume nouvelle.

— Comme c'est mignon, répondit-elle en se blottissant dans son cou. Je crois que tu m'as manqué.

— Que je t'ai manqué ? Tu es allée quelque part ?

Sans attendre sa réponse, il la laissa tomber sur le lit. Pendant qu'elle rebondissait, il décrivit quelques petits mouvements d'épaule circulaires.

— Je me suis fait mal à te porter. Tu as peut-être bien pris un kilo, finalement.

Elle se redressa en s'appuyant sur ses coudes.

— Vraiment ?

— Mais ce n'est pas grave. On va vite te faire perdre tout ça.

Et il se jeta sur elle.

Sa première réaction fut de rire, surprise par cette espièglerie qui tranchait avec le style habituel de Del. Alors qu'ils roulaient ensemble sur le lit, elle oublia totalement ses soucis.

— Tu es lourd, dit-elle en le repoussant. Et tu ne t'es pas rasé. Et tu mets tes bottes sales sur mes draps propres.

— Bla-bla-bla.

Et, attrapant ses mains pour les immobiliser au-dessus de sa tête, il s'empara de sa bouche.

Pour son plus grand bonheur, Del sentit le cœur de Camilla tressauter, puis battre à tout rompre, tandis que ses bras se détendaient et que tout son corps devenait souple et accueillant.

Il parcourut sa joue de ses lèvres avides.

— Tu disais, Camilla ?

— Tais-toi et embrasse-moi.

Tout en tenant ses poignets d'une main, de l'autre il déboutonna son chemisier.

— Alors, es-tu en train d'exprimer ton désir d'intimité ?

Il fit glisser son doigt jusqu'à son ventre, et joua avec la fermeture de son jean tout en la regardant dans les yeux.

— Je ne voudrais surtout pas mal interpréter les signaux que tu m'envoies.

Elle avait déjà le souffle court et, d'une voix étouffée, répondit :

— J'ai bien rempli ton placard depuis que je suis là, non ?

— C'est un bon point.

Il ouvrit son pantalon et, du bout des doigts, effleura sa chair dénudée.

— Tu as envie de moi depuis le début, n'est-ce pas ?

— Si tu as l'intention de te montrer arrogant…

— Tu espérais peut-être que je viendrais te rejoindre dans ta chambre, la nuit, continua-t-il en caressant doucement sa chair frémissante. Pour te faire ça.

— Jamais je n'ai…

Elle se cambra et gémit, alors qu'il saisissait ses hanches.

— Oh ! Del…

— Laisse-moi te montrer ce que j'avais envie de te faire.

Il entrava de nouveau ses poignets, et la toucha, la caressa, la conduisant sans hésiter vers une extase d'une fulgurance rare. Il étouffa son cri stupéfait avec sa bouche, alors que son corps était agité de soubresauts. Lorsqu'elle se mit à haleter, il mordilla sa poitrine, torturant sa chair plus sensible que jamais à travers le coton de son soutien-gorge.

Il baissa les bretelles, et remonta le long de la courbe de ses épaules, presque délicatement, tandis que sa main vagabondait, grappillait, saisissait et savourait ces délicieux pillages.

Camilla transpirait. Elle brûlait. Elle chavirait. Perdant tout repère, elle frémit, puis se raidit et se cambra, avant de se laisser de nouveau aller, pendant qu'il la promenait dangereusement au bord du précipice. Ses mains luttaient pour se libérer. Mais il était plus fort qu'elle, et le caractère désespéré de ses tentatives ne fit qu'ajouter à l'émoi de ses sens déjà déchaînés.

Son corps était en fusion, et la chaleur qui dévorait sa peau et embrasait son sang la faisait trembler. Pourtant, elle était offerte, et réclamait, désespérément, toujours plus.

Elle entendit sa voix, profonde et douce.

— Tu auras le droit de prendre ta revanche, dit-il, juste avant de dégrafer son soutien-gorge.

Alors sa bouche, ses dents et sa langue trouvèrent sa chair. Incapable de se contenir, elle poussa un gémissement venu du plus profond d'elle-même.

— Lâche-moi. Lâche mes mains. J'ai besoin de te toucher.

— Pas tout de suite.

Tout se terminerait trop vite, si elle le touchait maintenant. Del ne savait pas qu'il était capable de se mettre dans un tel état d'excitation et de frénésie en ne faisant que l'exciter, elle. Il voulait la voir faible, et anéantie, et gémissante.

Et il voulait la prendre, encore et encore.

Lorsqu'il la laissa succomber à ses caresses, lorsqu'il sentit l'extase s'emparer d'elle, lorsqu'il la sentit se crisper dans un ultime soubresaut, puis se relâcher, ce n'était pas encore assez.

Il arracha sa culotte et ressentit une sombre satisfaction en entendant le fin tissu se déchirer. Puis, avec sa bouche, il lui fit de nouveau perdre la raison.

Enfin, alors que Camilla pensait qu'il lui avait déjà tout donné, il la pénétra. Aussitôt, elle posa ses mains sur ses larges épaules trempées de sueur et s'empara de sa bouche avec avidité.

Et elle enroula ses jambes autour de lui comme le lierre autour d'un arbre.

— Mon amour. Mon cœur, murmura-t-elle en français, alors qu'ils s'envolaient en tourbillonnant vers le plaisir. Mon amour pour toujours.

Ils dormirent, couchés l'un sur l'autre, comme des enfants exténués. Et, lorsqu'ils se réveillèrent, ils refirent l'amour sous le jet brûlant de sa douche exiguë.

Quand il lui fit part de son idée de prendre une journée de repos — une étape qu'il ne s'était pas attendu à franchir aussi vite —, Camilla, visiblement flattée, leur prépara un pique-nique pour un déjeuner tardif au bord de l'étang.

Mais elle n'avait pas à l'amadouer, se dit-il. Car les pique-niques étaient romantiques. Et la romance, c'était précisément ce qu'il recherchait.

Elle semblait heureuse. Détendue. Son visage était radieux, ses yeux doux. S'il avait été artiste, il l'aurait peinte telle qu'elle était à ce moment et aurait intitulé son portrait : *Camilla heureuse*.

Il n'eut pas honte — pas trop, en tout cas — de le lui dire.

— Heureuse ? Oui, je le suis. J'adore cet endroit.

Elle s'allongea dans l'herbe, face aux nuages cotonneux.

— Il est si calme. Comme si on était seul au monde.

Elle tourna la tête vers lui, et sourit, avant de poursuivre :

— L'endroit parfait pour un ermite.

— Je ne suis pas un ermite, rétorqua-t-il en avalant le dernier des délicieux petits sandwichs triangulaires qu'elle avait préparés. Je n'aime pas qu'il y ait des gens autour de moi, c'est tout.

— Moi, j'aime les gens. On est souvent surpris par leur gentillesse. Mais parfois, si on n'a pas la possibilité de se retrouver seul de temps en temps, on l'oublie, pour ne voir que les obligations et les responsabilités qui nous lient à eux.

— Si on ne peut pas se retrouver seul de temps en temps, c'est impossible de faire quoi que ce soit.

— Mais toi, tu as un but dans la vie, tu sais où aller, et pour cela tu n'as besoin de personne. C'est une chance que tout le monde ne possède pas.

Son regard s'assombrit, et elle poursuivit :

— Certains d'entre nous tâtonnent, s'éparpillent, et finissent par comprendre qu'ils ne poursuivent que du vent.

— Ce n'est certainement pas ton cas. Tu m'as plutôt donné l'impression de savoir ce que tu voulais, et de réussir ce que tu entreprenais.

— Mmm. Parfois, vouloir trop en faire peut nuire. Il faut

prendre du recul ; sinon, on peut non seulement oublier qui l'on est, mais aussi qui l'on veut être.

Il lui sourit, puis s'allongea pour poser sa tête sur ses genoux.

— C'est pour cela que j'aime cet endroit, conclut-elle. Il m'a aidée à m'en souvenir.

— Et qui es-tu, alors, Camilla ?

Elle comprit qu'il voulait une réponse, et une vraie. Mais elle se rendit compte qu'elle était incapable de parler, de peur de gâcher ce moment parfait. Alors, elle esquiva la question.

— Une femme qui n'oubliera plus.

Elle prit une prune, en croqua un morceau, puis la lui tendit.

— J'aime être seule avec toi, Delaney.

Et elle leur laisserait profiter du reste de cette belle et paresseuse journée avant que Camilla de Cordina ne vienne s'immiscer entre eux.

Il voulait être patient, mais la patience n'était pas sa qualité première. Del avait cru qu'elle était prête à se confier à lui — il en avait même été certain. Que faire de plus pour qu'elle s'ouvre à lui ? D'habitude, les gens devenaient intarissables quand il s'agissait de parler d'eux-mêmes.

Mais Camilla s'était contentée de vagues considérations philosophiques, qui, pour intelligentes qu'elles aient été, l'avaient laissé sur sa fin.

C'était ennuyeux, mais il allait devoir insister. Il devait lui faire clairement comprendre qu'ils étaient… qu'il était…

Jamais il n'avait dit à une femme qu'il l'aimait. Il avait passé toute sa vie d'adulte sans que la question se pose et sans que cela soit un problème.

A présent, la question se posait, et c'était un problème.

Il pourrait faire irruption dans la cuisine, où elle se trouvait depuis un petit moment, lâcher sa bombe, et terminé…

Mais c'était un peu comme arracher un pansement d'une plaie encore douloureuse. Trop violent.

Il pourrait essayer de les conduire tous les deux vers cette évidence, doucement, par étapes, un peu comme quelqu'un qui entre centimètre par centimètre dans une piscine d'eau froide pour habituer son corps à ce choc.

« J'aime bien ta compagnie », pourrait-il dire. « Tu pourrais peut-être envisager de rester. »

Il pourrait la laisser y réfléchir, avant de passer aux déclarations du type : « Je tiens beaucoup à toi. » Elle trouverait sans doute quelque chose à en dire. Elle avait toujours quelque chose à dire. Et le plus étonnant, c'était qu'il adorait l'écouter.

Mais ce n'était pas le sujet.

Pour revenir à son idée, elle ne lui paraissait pas si mauvaise, au fond. Ils tourneraient tous les deux autour de la question, et il ne lui resterait plus qu'à conclure.

— Je t'aime.

Il fit la grimace en entendant sa propre voix, chuchotée, et jeta un regard vers la cuisine. Il n'avait même pas l'impression que c'était lui qui venait de parler. Dans sa bouche, ces mots semblaient déplacés.

— Je t'aime, essaya-t-il encore, avant de soupirer.

Un peu plus facile, cette fois.

— Maintenant, parle-moi des problèmes que tu rencontres. Je vais m'en occuper, et ce sera vite du passé.

Simple. Direct. Chevaleresque. C'était ce qui plaisait aux femmes, non ?

Bon sang. Il allait avoir besoin d'un bon verre de whisky pour se donner du courage.

— Je sais qu'il est tard.

Posant une seconde le combiné sur son épaule, Camilla regarda son poignet avant de se souvenir qu'elle n'avait plus sa montre. Après un coup d'œil rapide à l'horloge de la cuisine, elle avait calculé qu'il était un peu plus d'une heure du matin à Cordina. Pas étonnant qu'elle ait réveillé Marian.

— Pas de problème. Je ne faisais que dormir, après tout.

— Je suis désolée, sincèrement désolée. J'avais besoin de parler à quelqu'un.

— D'accord, laisse-moi émerger un peu. Tu rentres à la maison ?

— Bientôt. C'est promis.

— Tu as manqué le premier essayage de ta robe de bal. Ta couturière en est très contrariée.

— Ma robe de bal ?

Il lui fallut un petit moment pour se souvenir.

— Ah oui. Pour le bal d'automne. Mais on a largement le temps. Marian, je suis amoureuse.

— Tu dis cela maintenant, mais, si tu l'avais vue et entendue grincer des dents, tu… Comment ? Comment ?

— Je suis amoureuse. C'est merveilleux. Et terrifiant. C'est la chose la plus incroyable qui me soit jamais arrivée. Il est parfait. Oh ! la plupart du temps, il est très énervant, mais j'aime ça. Et il est d'une telle intelligence et d'une telle drôlerie ! Et tellement passionné par son travail…

— Camilla.

— Il est très séduisant, aussi. Je sais que ce n'est pas l'apparence qui compte, mais c'est agréable de tomber amoureuse de quelqu'un dont la personnalité et le physique me comblent pareillement.

— Camilla.

— Il est amoureux de moi, lui aussi. Cette évidence va s'imposer à lui, même s'il lui faut encore un peu de temps pour…

— Camilla !

— Oui ?

— De qui s'agit-il ?

— Oh ! je parle de l'homme pour qui je travaille en ce moment. Delaney Caine.

— L'archéologue ? Tu es tombée amoureuse d'Indiana Jones ?

— Je suis sérieuse, Marian.

— Est-ce que, au moins, il ressemble à Indiana Jones ?

— Non. Mmm. Peut-être que si, un peu, en fait. Mais ce n'est pas la question. Ce n'est pas un jeu, ni un film. C'est ma vie. Et c'est quelque chose que je veux. Quelque chose qui me paraît une très bonne idée.

— C'est ce que j'entends. Cam, je suis si heureuse pour toi. Quand vais-je avoir l'honneur de le rencontrer ?

— Je ne sais pas exactement.

Gênée, elle enroula le fil du téléphone autour de ses doigts.

— Il y a juste un petit problème qui, j'espère, sera vite réglé. Il faut simplement que je lui explique les choses et, ensuite, je pense que nous pourrons organiser les présentations avec la famille.

— Que tu lui expliques les choses ? demanda Marian, avant de marquer une longue pause. Tu veux dire que tu ne lui as pas encore dit qui tu étais ?

— Pas encore. Je ne pouvais pas prévoir que les choses se passeraient comme ça, n'est-ce pas ? Je n'ai rien vu venir. Et puis ensuite, j'ai eu envie…

Par prudence, elle s'interrompit en entendant Del se diriger vers la cuisine.

— Camilla, comment as-tu pu laisser les choses aller aussi loin sans rien lui dire ? S'il t'aime…

— Ça, je n'en sais rien, murmura-t-elle en français. Je n'en suis pas sûre encore. Je ne voulais pas compliquer nos rapports.

Elle s'éclaircit la gorge, pendant que Del sortait la bouteille de whisky du placard. Elle ne pouvait pas lui demander de se dépêcher, ni interrompre Marian. Elle continua donc la conversation en français, en parlant aussi bas que possible.

— J'avais le droit de préserver ma vie privée. J'aurais eu du mal à rester ici, si j'avais annoncé que j'étais membre de la famille royale. Le but de mon voyage, c'était précisément de ne pas être Camilla de Cordina pendant quelques semaines.

— Mais il me semble que ton but a changé, maintenant.

— Oui, je sais. Mais, si ma véritable identité avait été connue, le chalet se serait vite retrouvé assailli par les journalistes. Et, si tu te souviens bien, c'est précisément cela qui m'a fait fuir, au départ.

— Si tu crois qu'il aurait été capable de prévenir les médias…

— Non, je ne crois pas cela, bien sûr. Et je ne t'ai pas appelée pour me disputer avec toi, Marian. J'ai fait ce que j'avais à faire, ce que j'ai jugé le mieux pour moi. Pour le reste, ajouta-t-elle en jetant un coup d'œil à Del qui était en train de se servir un whisky, j'aviserai.

— Je suis ton amie, Camilla. Je t'aime. J'ai simplement peur de te voir blessée ou déçue. Ou abusée.

— Il ne se passera rien de tout ça. Dis à la famille que je serai bientôt de retour.

— Et que dois-je dire à ta couturière ?

Camilla soupira.

— Informe Mme Monique que Son Altesse ne la déshonorera pas à l'occasion du bal d'automne. Retourne te coucher, Marian.

Elle raccrocha, alla chercher une boisson fraîche dans le réfrigérateur pour accompagner Del.

— J'espère que ça ne te dérange pas que j'utilise le téléphone.

— Non, ça ne me dérange pas.

— Je te rembourserai.

— Très bien. Parce que j'aurais probablement eu une grosse surprise en voyant un appel pour Cordina sur ma prochaine facture de téléphone.

— Oui, sans doute. Je...

Elle s'interrompit, et laissa tomber le bras qu'elle avait levé pour attraper un verre.

— Moi aussi, je parle français.

Del porta son verre à ses lèvres, tandis qu'elle se retournait pour lui faire face.

— Votre Altesse.

Chapitre 9

Camilla sut qu'elle pâlissait. Elle sentit la couleur quitter son visage pour le laisser blême, froid et crispé. Exactement comme elle sentit sa gorge s'étrangler et les battements de son cœur se précipiter.

Instinctivement, elle se raidit.

— Je vois. Tu ne me l'avais pas dit.

— Ça a dû m'échapper, répondit-il sur un ton détaché. Comme il t'a échappé que tu étais membre de la famille royale de Cordina. Un détail sans importance.

— Mon ascendance ne m'échappe jamais. Je ne peux pas me le permettre. Delaney…

— Mais, alors, qu'est-ce que c'est que tout ça ? demanda-t-il, en agitant son verre. Ta version de *La Princesse et le Manant ?* Quelques semaines pour t'encanailler ?

— Arrête. Tu ne peux pas croire cela.

— Voyons, qu'est-ce que je devrais croire ?

Fou de colère, Del leva de nouveau son verre, éclaboussant ses parois de whisky. Il n'arrivait pas à identifier la raison précise pour laquelle il avait envie de lancer la bouteille contre le mur, et encore moins pourquoi il résistait à cette pulsion.

— Que tu essaies d'échapper à ton amant ? Un amant un peu trop pressé de mettre la main sur les joyaux de la couronne ?

— Tu es injuste. Je n'ai pas d'autre amant que toi.

— Pas durant ces deux dernières semaines, en tout cas. Tu aurais dû me dire que je couchais avec une princesse. Cela aurait agréablement pimenté les choses.

Pour empêcher ses lèvres de trembler, elle les serra, très fort.

— Pourquoi te montres-tu aussi méchant ?

— Tu veux de la gentillesse et de l'équité ? demanda-t-il d'une voix passée de dangereusement douce à violemment abrupte. Tu n'as pas frappé à la bonne porte, miss. Quand on se fiche de moi, je me fâche.

— Je ne me suis pas fichue de toi. Je n'ai jamais voulu…

— Jamais voulu quoi ? Arrête tes salades, Camilla. Tu ne fais rien sans le vouloir. Tu es venue ici, parce que tu voulais « faire comme si » pendant quelque temps et, pendant que tu y étais, t'amuser avec le petit peuple.

— Ce n'est pas vrai, rétorqua-t-elle, presque autant en colère que lui, à présent. En disant cela, tu nous insultes tous les deux.

— Tu te sens insultée ? fit-il d'une voix vibrante, en reposant son verre. Tu débarques chez moi, tu te fais passer pour quelqu'un que tu n'es pas. Et tu mens sur ta véritable identité. Fille de ferme, tu parles !

— Mon père possède bien des terres en Virginie, cria-t-elle aussi fort que lui, de peur de se laisser impressionner. J'y passe la moitié de l'année, depuis toujours.

— Et l'autre moitié, tu la passes dans un palais. J'imagine que la tiare te va mieux que le chapeau de paille.

— Oui. Enfin, non !

Prise entre la colère et la panique, elle se passa la main dans les cheveux.

— A Cordina, nous vivons aussi à la campagne. Ma mère…

— Ta mère française, glissa-t-il, froidement.

— C'est toi qui as parlé de la France. J'avais évoqué l'Europe, tenta-t-elle de se défendre, sans grande virulence.

Delaney, je suis exactement la même personne qu'il y a dix minutes. Je voulais juste préserver mon intimité pour…

— Préserver ton intimité ? J'ai dû mal entendre… Tu as couché avec moi. Tu as tout fait pour coucher avec moi. Tu en avais marre des aristo, c'est ça ? Tu voulais découvrir l'Amérique profonde et goûter un peu aux vrais Américains de souche ?

Elle retrouva sa couleur d'un coup, lorsque ses joues s'enflammèrent.

— Comment oses-tu ? C'est méprisable de faire passer quelque chose de beau pour quelque chose de vulgaire. Je refuse de discuter avec toi et de m'expliquer, tant que tu seras dans cet état d'esprit détestable. Pousse-toi.

— Tu n'as pas à me donner des ordres, princesse, dit-il en la saisissant par le bras avant qu'elle ne puisse s'en aller. Tu t'es servie de moi.

— Non.

Elle avait du mal à contenir les larmes qui lui montaient aux yeux.

— Pas comme tu l'entends, en tout cas. Del, je voulais juste trouver un refuge, un endroit où me construire. Je voulais juste un peu de temps.

— Eh bien, tu as eu bien plus que ce que tu cherchais, non ? La récréation est terminée, Votre Altesse. Tes explications ne vont pas suffire.

— Laisse-moi passer.

Essayant de retrouver la maîtrise d'elle-même et son autorité, elle le regarda froidement.

— Je n'ai plus rien à te dire. Laisse-moi partir.

— Oh ! ça, pas de problème. Je ne te retiens pas. Je crois qu'on s'est tout dit. Tu peux faire tes valises et disparaître, puisque ça semble être ta façon habituelle de procéder.

La colère et la honte qui l'habitaient n'étaient rien comparées au chagrin qui l'envahit lorsqu'elle l'entendit la chasser.

— Tu veux que je m'en aille ?

— Tu as eu ce que tu voulais, non ? Mais, si tu veux, je vais te faciliter les choses en disparaissant de ta vue le premier.

Lorsqu'il se dirigea vers la porte, elle eut l'impression que son cœur s'arrêtait de battre.

— Del. Je t'en prie, ne fais pas ça. Je t'aime.

La douleur le saisit. Les mots qu'il rétorqua lui échappèrent, même s'ils traduisaient bien la vérité.

— Tu me fends le cœur, miss. Essaie plutôt ce coup-là sur quelqu'un d'assez stupide pour y croire. Et disparais de ma vue.

Sur ce, il sortit, claquant la porte derrière lui.

Del erra dans la forêt pendant une heure, habité par de mauvaises pensées et maudissant toutes les femmes. Il parcourut les bois pendant une seconde heure, pendant que les flammes de sa colère se muaient en une rage plus diffuse.

Amoureuse de lui ? Foutaises. Et dire qu'elle avait eu le culot de lui balancer ça à la figure ! Pour clore le tout, elle avait même failli ajouter les larmes. Il l'avait bien vue venir. Heureusement, il était parti à temps, avant que le flot ne se déverse.

Parce qu'il ne supportait vraiment pas les pleurnicheuses.

En tout cas, elle avait vraiment tout essayé.

Et tout ça pour quoi ? Parce qu'elle avait voulu échapper à sa routine, et s'offrir un peu de bon temps, tranquille. Est-ce qu'elle avait voulu inventer un nouveau concept ? Cendrillon et la vie sauvage ?

Il était écœuré, littéralement. La bouche tordue par une grimace, il s'arrêta près de l'étang.

« J'adore cet endroit. » Il l'entendait encore prononcer cette phrase, et revoyait son visage heureux et détendu, tandis qu'elle était assise dans l'herbe, à côté de lui.

Alors comme ça, elle était sensible à la beauté de la nature ? La belle affaire.

« N'avez-vous jamais ressenti le besoin de respirer ? » Il se souvenait aussi de ces mots. Le jour où tout avait commencé. Il se souvenait de la tension qu'il avait lue sur son visage et entendue dans sa voix. Comme si elle s'était trouvée au bord d'un précipice, en train de lutter pour ne pas y sombrer.

D'accord, peut-être avait-elle des problèmes. Comme tout le monde, en somme. Quoi qu'il en soit, cela n'excusait pas ce qu'elle avait fait. Tout n'avait été que supercherie, depuis le début. Elle l'avait laissé tomber amoureux d'elle, elle l'avait laissé choir dans ce piège sans le prévenir qu'il finirait par y moisir, seul.

Et elle allait devoir payer pour cela.

Il fit demi-tour vers le chalet. D'accord, il lui permettrait d'abord de s'expliquer, même s'il ne se laisserait pas embobiner. Ensuite…

Ensuite, il trouverait bien quoi faire et quoi dire.

Comme il marchait avec la tête baissée et les mains dans les poches, il ne remarqua pas que la voiture de Camilla avait disparu avant d'être pratiquement arrivé à la porte. Pendant presque une minute, il regarda fixement l'endroit où elle avait l'habitude de la garer.

Puis il se précipita à l'intérieur du chalet et grimpa les escaliers quatre à quatre.

Ses vêtements avaient disparu. Il ouvrit les placards des deux chambres, au cas où elle aurait eu l'idée de ramener toutes ses affaires dans la chambre d'amis, juste pour lui faire peur. Mais ils étaient tous les deux vides. Elle avait même repris les crèmes qu'elle avait rangées dans son armoire à pharmacie.

Partagé entre la rage la plus noire et la détresse la plus totale, il chercha un mot de sa part dans tout le chalet. Mais en vain.

Il ne pouvait pas dire qu'elle était partie sans laisser de trace.

Elle avait laissé les bougies, les petites bouteilles emplies de fleurs sauvages. Et son odeur, présente partout, le hantait déjà.

Ainsi, elle avait plié bagages, songea-t-il, dépité. Juste parce qu'il avait crié un peu trop fort et qu'il lui avait dit qu'elle pouvait faire ses valises et s'en aller ? Si la moindre dispute lui faisait peur…

Mais c'était mieux comme ça. Au moins, c'était terminé. Elle allait retourner à l'existence qui était la sienne et à laquelle elle n'avait de toute façon jamais renoncé, et il allait pouvoir se remettre au travail sans qu'elle vienne le déranger toutes les cinq minutes.

Il s'approcha de ses fiches, en prit une au hasard. Après l'avoir reposée, il se laissa tomber sur le canapé. Et se mit à grommeler.

Elle allait revenir. Il se le répéta sans cesse, jusqu'à réussir à s'en convaincre, quelques verres d'alcool aidant. Elle était partie sur un coup de colère, voilà tout. C'était un comportement typiquement féminin, non ?

En errant deux heures dans les bois, il avait trouvé un moyen naturel d'exprimer une exaspération bien compréhensible. Rien à voir avec un coup de colère.

Le matin, souffrant d'une gueule de bois étonnamment sévère, il se persuada qu'il ne voulait pas qu'elle revienne. Il aimait la vie qu'il menait avant qu'elle n'y fasse irruption. Et il n'aimait pas — mais alors pas du tout — se sentir perdu et malheureux comme c'était le cas à cause d'elle.

Le deuxième jour, il était sur les nerfs, et ne fit rien pour calmer la colère qu'il sentait revenir. De quel droit s'était-elle enfuie avant qu'il ait terminé de lui dire tout le mal qu'il pensait d'elle ? Mais c'était tout elle de relever le menton, de pincer les lèvres, et de disparaître. Dès le début, il aurait dû reconnaître cette façon hautaine et aristocratique de se comporter.

Quand elle se serait calmée et qu'elle reviendrait, il aurait bien des choses à lui dire.

Pourquoi n'était-elle pas revenue, d'ailleurs ?

Il s'en moquait bien, se rappela-t-il en s'efforçant de se concentrer sur son travail. Il avait largement de quoi s'occuper pendant qu'elle boudait. En fait, il allait peut-être même repartir très vite sur le chantier. C'était ce qu'il avait de mieux à faire.

Alors, avec un gros pincement au cœur, il se souvint qu'il avait prévu de l'emmener avec lui. Il avait eu envie de lui montrer le site, d'observer l'intérêt et l'enthousiasme qui auraient fait briller ses yeux lorsqu'elle aurait découvert ce projet auquel il tenait tant.

Il avait eu envie de partager tout cela avec elle. Et c'était terrifiant. Il avait eu envie de tout partager avec elle. Et ils ne partageraient rien. Jamais il n'aurait cru pouvoir être aussi malheureux.

Au moment précis où il s'assit, anéanti par la certitude qu'elle ne reviendrait pas, il entendit une voiture dans l'allée.

— Je le savais ! s'exclama-t-il.

Il se leva d'un bond, porté par le soulagement, le plaisir et la colère, et se précipita vers la porte, avant de s'immobiliser. Ce n'était pas la bonne attitude à adopter. Il allait sortir, comme s'il partait se balader, l'air de rien. Puis il la laisserait s'excuser.

Très content de lui, et se trouvant bien généreux, il sortit de la maison. Tout son univers s'effondra lorsqu'il vit que ce n'était pas Camilla qui descendait de voiture, mais ses parents.

— Surprise !

Alice Caine courut vers le porche d'entrée, chaussée de ses vieilles bottes boueuses. Ses cheveux, qui formaient une masse dense de mèches brun clair et grises, s'échappaient librement d'un chapeau de brousse élimé. Elle était svelte comme une jeune fille, mais son visage était marqué par la vie au grand air et le soleil.

Elle fondit sur son fils, colla sur sa joue un baiser mouillé et sonore, puis se tourna immédiatement vers son époux.

— Niles, laisse donc Del s'occuper de nos sacs. A quoi cela sert-il d'avoir un fils grand et fort si ce n'est pas pour le faire travailler un peu ? Au fait, Del, comment vont ton épaule et tout le reste ?

— Très bien. Tout va très bien. Je ne m'attendais pas à votre visite.

— Si on t'avait prévenu, cela n'aurait plus été une surprise.

Elle baissa ses lunettes sombres à monture métallique. Même si elle affichait un large sourire, elle était sans aucun doute assez observatrice pour avoir remarqué la stupéfaction et la déception de Del au moment où elle était sortie de voiture.

— Tu as du café à nous offrir ?

— Bien sûr. Bien sûr.

Honteux de manquer ainsi à son devoir filial, il se courba — la petite taille de sa mère le surprenait chaque fois — pour lui donner une rapide accolade.

— J'ai conduit cinq cents kilomètres, aujourd'hui.

En marmonnant dans son accent anglais d'Harvard, Niles termina d'inscrire la distance sur son carnet, avant de s'avancer vers son fils.

— J'ai tenu une bonne moyenne.

C'était un homme robuste, grand et extrêmement beau pour ses soixante-sept ans. Ses cheveux, très épais, étaient devenus argentés, et ses yeux, aussi verts que ceux de Del, étaient deux joyaux étincelants qui éclairaient son visage halé. Il rangea son carnet dans la poche de sa chemise, puis donna une vigoureuse accolade à son fils.

— Comment va cette épaule ?

— Bien. Mieux. Il y a un problème avec votre fouille ? Pourquoi avez-vous quitté le chantier ?

— Oh ! nous avons juste décidé de faire une petite pause. Pour faire le point et y voir un peu plus clair, répondit Alice sur un ton détaché, pendant qu'elle entrait dans la maison, en adressant un regard insistant à son mari.

Une fois à l'intérieur, elle s'arrêta net, les poings posés sur ses hanches étroites.

— Del, il y a une femme dans ta vie.

— Pardon ?

— Regarde-moi ça. Des fleurs.

Elle fronça les sourcils tout en désignant les fleurs sauvages disposées dans les petites bouteilles de verre.

— Un délicat parfum, poursuivit-elle, le nez au-dessus d'une coupelle de pot-pourri. Une maison impeccable, ajouta-t-elle en passant le doigt sur le dessus d'une table. Il y a une femme dans les parages, c'est certain. Où se cache-t-elle ?

— Elle n'est pas ici.

Ah, songea Alice. *Pauvre chéri.*

— Niles, mon héros, est-ce que tu veux bien aller m'acheter une glace en ville ?

— Tu veux que j'aille en ville ? répondit-il, l'air stupéfait. On vient juste d'arriver. J'aimerais m'asseoir un peu.

— En voiture, tu seras assis.

— Mais enfin, Alice, si tu voulais une glace, pourquoi ne l'as-tu pas dit plus tôt, quand on était encore en voiture ?

— Parce que je n'en avais pas encore envie. Au chocolat, s'il te plaît.

Elle se hissa sur la pointe des pieds pour l'embrasser, malgré la moue qu'il affichait.

— Je raffole du chocolat.

— Ah, les femmes…, murmura Niles, avant de retourner à sa voiture.

Alice se dirigea alors vers le canapé, s'assit et posa ses

pieds — toujours chaussés de ses bottes — sur la petite table. En souriant, elle tapota le coussin à côté d'elle.

— Assieds-toi. Le café peut attendre. Parle-moi de cette femme.

— Il n'y a rien à en dire. Elle était là. Elle n'a pas arrêté de me casser les pieds. Maintenant, elle est partie.

Un ours grognon et blessé, songea-t-elle avec indulgence. Il était bien comme son père.

— Assieds-toi, répéta-t-elle sur un ton plus ferme, car elle savait comment manœuvrer avec ces deux-là. Pourquoi t'a-t-elle quitté ?

— Elle ne m'a pas quitté.

Piqué dans sa fierté, Del se laissa tomber sur le canapé.

— Elle travaillait juste pour moi, temporairement. Très temporairement, murmura-t-il.

Mais il ne résista pas au long et patient silence de sa mère.

— Je l'ai mise à la porte. Si elle est trop entêtée pour ne pas revenir, tant pis pour elle. De toute façon, j'aime autant qu'elle ne traîne pas dans mes jambes.

— Nous y voilà…, dit sa mère en lui tapotant affectueusement la tête. Raconte à ta maman chérie tout ce que cette méchante fille t'a fait subir.

— Maman, je t'en prie…, répondit-il en contractant nerveusement les lèvres.

— Etait-elle laide ?

— Non.

— Stupide, alors ?

Il soupira.

— Non.

— Alors, c'était une garce…

— Maman, répondit-il sur un ton outré, mais sans pouvoir retenir un petit rire.

— C'est donc ça, j'ai tout compris, continua-t-elle en laissant tomber sa main sur la cuisse de Del. Cette garce a profité de mon pauvre petit garçon trop gentil et trop naïf. Eh bien, je vais m'occuper d'elle personnellement. Comment s'appelle-t-elle ? Elle ne va pas pouvoir m'échapper bien longtemps.

— Tu n'auras pas beaucoup de mal à la retrouver, murmura-t-il. Elle s'appelle Camilla. Son Altesse royale Camilla de Cordina. Et je crois que je pourrais l'étrangler.

Très calmement, Alice posa ses lunettes de soleil et son chapeau sur la petite table.

— Raconte-moi.

Et son fils s'exécuta.

Elle l'écouta passer de la colère au désespoir, puis de nouveau du désespoir à la colère. A plusieurs reprises, remarqua-t-elle, il dut se lever subitement pour parcourir la pièce en long et en large et se calmer.

La description qu'il lui fit de Camilla — excepté le moment où il la présenta comme la plus pénible des nuisances — s'accordait tout à fait avec la lettre qu'elle avait reçue quelques jours plus tôt, signée de Son Altesse sérénissime Gabriella.

Une lettre pleine d'élégance et d'intelligence, songea Alice, dans laquelle la princesse remerciait Delaney pour l'hospitalité qu'il avait témoignée envers sa fille. Sur le moment, Alice n'avait pas su dire ce qui l'avait le plus surprise : que quelqu'un ait l'air de penser que son fils était accueillant, ou bien que la personne ayant bénéficié de cet accueil exceptionnel ait été un membre de la famille royale de Cordina ?

Mais elle était une femme habituée à réfléchir très vite, et à prendre rapidement les décisions qui s'imposaient. Le contenu de la lettre l'avait poussée à interrompre brutalement la fouille qu'elle menait avec son mari en Arizona pour rentrer dans le Vermont et pouvoir juger par elle-même de la situation.

Et elle en avait déjà vu assez pour s'en faire une idée très précise.

Ce qui s'imposait à ses yeux de mère, en grosses lettres

de feu, c'était que son fils était complètement et piteusement amoureux.

Et il était grand temps que cela lui arrive, bon sang.

— Alors elle est partie, termina Del. Et c'est bien mieux comme ça.

— Sans doute, acquiesça-t-elle prudemment. Ce n'était pas très malin de sa part de te cacher la vérité. Après avoir pris connaissance de ton titre, elle aurait dû se sentir mise en confiance, et même moralement obligée de te révéler qui elle était.

— Que veux-tu dire par là ?

— Bien sûr, un vicomte n'est pas l'égal d'une princesse, mais elle aurait pu avoir la courtoisie de te faire confiance, comme tu lui avais fait confiance.

Satisfaite de voir son fils pris de court, Alice croisa les jambes.

— Tu lui as bien dit que ton père était le comte de Brigston et que, de ce fait, tu étais le vicomte de Brigston, n'est-ce pas ?

— L'occasion ne s'est pas présentée, répondit Delaney, visiblement mal à l'aise. Pourquoi l'aurais-je fait ? Qui s'en souvient, de toute façon ? Personnellement, je n'y pense jamais.

A moins que tu n'en voies l'utilité, à présent, songea Alice. Mais, pour l'instant, avoir planté cette petite graine lui suffisait, et elle n'ajouta rien.

— Voici ton père, de retour avec la glace. Ce sera parfait pour accompagner le café.

Alice accorda une journée de tranquillité à son fils, en partie parce qu'elle l'aimait, et en partie parce qu'elle savait qu'il avait besoin de ressasser les choses. Et puis, elle n'avait pas encore décidé de la façon dont elle allait lui apprendre qu'elle correspondait avec la mère de Camilla.

Il pourrait très bien se mettre dans une colère noire,

songea-t-elle tout en lançant sa ligne dans l'étang. Ce serait tout à fait son genre.

En entendant son mari grogner, elle se retourna vers lui. Il était assis dans l'herbe, des papiers étalés sur ses genoux et autour de lui.

— Tu m'écoutes, Niles ?

— Mmm ? Comment ? Bon sang, Alice, je travaille.

— Ce sont les notes de ton fils.

— Laisse-le donc tranquille. Un homme doit pouvoir s'occuper de ses propres affaires sans que quiconque s'en mêle.

— Ah ! C'est exactement ce que tu m'as dit il y aura trente-trois ans l'hiver prochain. Regarde où ça t'a mené.

— Ça m'a mené à toi. C'est ce que tu veux dire ?

Elle sourit. Les deux mêmes. Exactement.

Avant qu'elle n'ait le temps de mieux réfléchir à l'épineux problème qui se présentait à elle, Del surgit des bois, en faisant assez de raffut pour effrayer tous les poissons à dix kilomètres à la ronde. Sans crier gare, il se précipita vers elle et la prit dans ses bras.

— J'ai un nouveau financement.

— Tant mieux, parce que nous n'aurons pas de poisson pour le dîner, répondit-elle, tout en le serrant à son tour dans ses bras. C'est merveilleux, Del. Qui est ce généreux donateur ?

— Je ne sais encore rien des détails. Je viens juste de recevoir un coup de téléphone de l'université. Je dois retourner tout de suite sur le chantier. Désolé de vous abandonner comme ça.

— Ne sois pas désolé.

Elle ne l'était pas, en tout cas : elle voyait très bien comment les choses allaient s'arranger, à présent.

— Appelle-nous, une fois sur place.

— Pas de problème. Maintenant, je vous laisse, je dois préparer mes affaires.

Ce soir-là, tandis que son fils commençait — très probablement — à se dire que ce financement devait avoir un quelconque rapport avec l'intérêt qu'une jeune princesse portait à ses recherches, Alice rédigea une lettre courte et formelle, adressée à Son Altesse sérénissime Gabriella de Cordina.

Le comte et la comtesse de Brigston, ainsi que leur fils, lord Delaney, vicomte de Brigston, sont très heureux d'accepter votre gracieuse invitation au bal d'automne de Cordina.

— C'est insultant, lança Camilla en agitant devant elle la dernière lettre de Delaney. Grossier et insultant, tout comme lui.

Gabriella était assise à sa coiffeuse, très calme, et terminait de se préparer en fixant deux simples perles à ses oreilles. Les convives qui avaient été invités à séjourner au palais avant et après le bal allaient bientôt arriver.

— Pour ma part, j'ai trouvé cette lettre tout à fait polie et informative, ma chérie.

Et elle trouvait également très révélateur que sa fille, un mois après son retour, s'enflamme toujours autant lorsqu'il était question de Delaney Caine.

— C'est parce que tu ne le connais pas, s'emporta Camilla. Insupportable, voilà ce qu'est cette lettre. Il m'adresse son rapport, comme si j'étais sa comptable. Il aligne les chiffres, et c'est tout. Il ne me dit rien de ses découvertes, alors qu'il sait très bien que rien d'autre ne m'intéresse. Et tu as vu sa signature ? Dr Delaney Caine. Comme si nous ne nous connaissions pas. C'est quelqu'un de vraiment détestable.

— Tu l'as déjà dit, répondit Gabriella en jetant un dernier coup d'œil à son reflet dans le miroir.

Ses cheveux tirés en arrière dégageaient un visage qui, d'après son époux, embellissait avec les années.

Elle ne le croyait pas, bien sûr, mais c'était agréable à entendre. Ses yeux, de la même couleur dorée que ceux de sa fille, étaient calmes et ne montraient rien de l'amusement et de l'impatience qu'elle ressentait.

— Je suis sûre qu'il t'est extrêmement reconnaissant d'avoir réussi à trouver des fonds pour financer son projet, Camilla. Vous vous êtes séparés en si mauvais termes qu'il doit aussi se sentir gêné.

— Il a de quoi se sentir gêné. Et désolé, aussi. Et petit.

Incapable de tenir en place, Camilla faisait les cent pas dans la jolie chambre de sa mère. Soudain, elle s'arrêta devant la fenêtre pour admirer la splendide vue sur les jardins et, plus loin, sur le bleu profond de la mer.

— De toute façon, ce n'est pas pour lui que j'ai trouvé l'argent, mais pour son projet. La priorité, c'est son travail. C'est une découverte importante qui mérite d'être menée à son terme.

Gabriella sourit en voyant la passion qui animait sa fille. Loin d'avoir faibli, l'intérêt de Camilla pour l'archéologie n'avait fait que grandir depuis son retour. Elle avait passé des heures et des heures plongée dans des livres, elle s'était rendue à l'université pour parler avec des professeurs renommés, avait pillé leurs bibliothèques pour se documenter encore plus à fond.

Tout cela sans négliger aucun de ses devoirs. Gabriella aurait aimé que sa fille soit parfois moins consciencieuse et dévouée. Même si elle s'était beaucoup inquiétée durant son absence, elle avait été heureuse qu'elle s'accorde ces quelques semaines de solitude et de tranquillité.

Lorsque sa petite fille chérie était rentrée le cœur brisé, le sien s'était déchiré. Heureusement, leur relation était telle que Camilla s'était confiée à elle. Elle lui avait raconté comment elle était tombée amoureuse, et comment Delaney et elle étaient devenus amants. Gabriella savait à quel point cela pouvait aider une femme de parler à une autre femme.

Et, à présent, même si elle savait que sa fille souffrait, elle se réjouissait au fond d'elle-même de la constance de Camilla. Elle était toujours très amoureuse. En tant que mère, elle avait bien l'intention de veiller à ce qu'elle obtienne ce qu'elle désirait, quitte à participer un peu — un tout petit peu, se promit-elle — à la manœuvre.

Elle se leva, et se dirigea vers sa fille pour poser les mains sur ses épaules et embrasser délicatement l'arrière de sa tête.

— L'amour n'est pas toujours poli.

— Il ne m'aime pas, répondit Camilla d'une voix éteinte. Maman, il m'a regardée avec un tel mépris, et il m'a éjectée de sa vie sans la moindre pitié.

Et il aurait à répondre de cela, songea farouchement Gabriella. Mais elle comptait sur sa fille pour y veiller elle-même.

— Tu ne t'es pas montrée honnête envers lui.

— J'essayais de me montrer honnête envers moi-même. Si j'ai commis une erreur, il aurait tout de même dû être possible de… Enfin, peu importe, dit-elle en haussant les épaules. J'ai mes propres centres d'intérêt et mes propres devoirs, il a les siens. J'aimerais que le bal soit passé.

— Quand le bal sera passé, tu t'en iras pour participer à tes premières fouilles. J'imagine que tu as hâte.

— Je ne pense qu'à ça.

Sans précaution, Camilla replia la lettre et la reposa dans un coin. C'était aussi bien de l'oublier, tout comme il serait aussi bien d'oublier Del.

— Imagine-moi, en train d'étudier des objets du paléolithique ancien en France. J'ai trouvé le Pr Lesuer si chaleureux et si ouvert que je me réjouis à l'avance de travailler avec son équipe et de profiter de son enseignement. Mais, avant de pouvoir y penser pour de bon, il me reste des choses à régler. Sarah Lattimer sera là d'ici une heure ou deux. Il me semble que je t'ai parlé de Sarah, l'antiquaire du Vermont qui a été si gentille avec moi ?

— Oui, bien sûr. Et j'ai hâte de faire sa connaissance.

— Je veux qu'elle se souvienne toute sa vie de son séjour à Cordina. Tante Eve lui fera visiter le palais, et elle aura l'occasion de rencontrer oncle Alex avant le thé demain.

— Au fait, j'y pense : j'aimerais que tu accueilles avec moi les invités que j'attends incessamment, le comte et la comtesse de Brigston, ainsi que leur fils. Ils devraient arriver d'ici une demi-heure. Je les recevrai dans le salon doré.

— Oui, tu me l'as déjà demandé, répondit-elle en regardant sa montre. J'imagine que je ne peux pas me faire remplacer par Adrienne ?

— Ta sœur est à la nurserie avec le petit Armand et le bébé. Je ne te retiendrai pas plus d'un quart d'heure, promit Gabriella.

— J'y serai. Quitte à bousculer un peu mon emploi du temps.

Elle sortit, puis fit demi-tour pour reprendre la lettre de Del.

— J'en ai besoin pour la classer, murmura-t-elle, avant de se dépêcher de filer.

Vingt-neuf minutes précises plus tard, Camilla dévalait le grand escalier. Les préparatifs pour le bal d'automne, ainsi que tous les événements le précédant et y succédant, battaient leur plein. Le régisseur — l'intendant du palais royal — ne négligerait aucun détail pour que la soirée soit une réussite totale. Et, dans le cas contraire, l'œil d'aigle de sa tante n'aurait de toute façon rien laissé passer.

Son Altesse royale la princesse Eve de Cordina régnait en maîtresse sur le palais, mais laissait son époux régner seul sur son pays. Cela ne l'empêchait pas d'avoir ses opinions personnelles sur les affaires de l'Etat, ni de mener sa propre carrière parallèlement à ses devoirs princiers. La troupe qu'elle avait fondée — *The Hamilton Company of Players* — était célèbre dans le monde entier, et Eve était également un auteur dramatique reconnu et respecté.

Son exemple rappelait à Camilla que, avec de l'ambition, du travail et de l'intelligence, une femme pouvait tout réussir. Même être à l'heure — ou à peu près — pour accueillir des invités lorsque son agenda était déjà plein.

Elle était presque en bas des escaliers quand un homme qu'elle connaissait bien grimpa jusqu'à elle pour la prendre par les épaules. Il était redoutablement beau et sentait agréablement le cheval.

— Pourquoi es-tu si pressée ? demanda-t-il.

— Oncle Bennett. Je ne savais même pas que tu étais arrivé, dit-elle, avant d'embrasser le plus jeune frère de sa mère. Ni que tu avais déjà visité les écuries.

— Bry et Thadd sont encore là-bas, répondit-il en évoquant ses deux jeunes fils. Hannah est quelque part dans les environs. Elle voulait parler à Eve. Mais qu'est-ce que je vois ? demanda-t-il en ébouriffant gentiment ses cheveux toujours courts. Une nouvelle coiffure ? Très chic, ma chère.

— Comment s'est passé ce voyage en Angleterre ?

— Très bien. J'ai trouvé la jument idéale pour mon étalon. Elle est ici : je l'ai ramenée.

— J'ai hâte de la voir, et d'embrasser mes cousins. Mais plus tard : je suis déjà en retard.

— Qu'est-ce que c'est que cette histoire d'Américain qui aurait besoin d'un bon coup de pied au derrière ?

Elle leva les yeux au ciel.

— Tu as déjà croisé mon père, à ce que je vois.

— En sortant des écuries. Je me suis proposé pour tenir sa veste pendant qu'il le ferait.

— Je ne pense pas que tu auras besoin de te donner cette peine. Le derrière qu'il a envie de botter se trouve à quelques milliers de kilomètres d'ici, et ne risque pas d'en bouger. A bientôt.

— Mais…

Surpris, Bennett la regarda disparaître. De toute évidence, ils n'avaient pas les mêmes sources. Il se mit à sourire en grimpant les escaliers, espérant trouver son frère et lui demander davantage de précisions. Connaissant Reeve MacGee, Bennett doutait que les informations dont disposait le père de Camilla aient pu être inexactes.

Tout en continuant de se presser, Camilla ralentit légèrement son allure pour traverser le palais d'une démarche digne. Elle admira au passage les bouquets de fleurs à la composition très recherchée qui emplissaient des vases et des urnes. C'était toujours un plaisir pour les yeux, songea-t-elle, alors que ses talons claquaient sur le sol en marbre étincelant.

Les domestiques qu'elle croisa s'arrêtèrent pour s'incliner devant elle. Elle les salua en les appelant tous par leur prénom, mais poursuivit son chemin. Elle détestait être en retard.

Lorsqu'elle arriva au salon doré, elle l'était bel et bien. De six minutes. Comme, à travers la porte, elle entendit que les invités de sa mère étaient déjà arrivés, elle s'accorda un moment de plus pour arranger sa jupe, ses cheveux, prendre une grande inspiration, et sourire d'un air avenant.

Lorsqu'elle entra, elle vit que sa mère était déjà assise, et qu'elle servait du thé dans des tasses en porcelaine de Meissen à un couple entre deux âges.

Ce fut la femme qui attira d'abord son attention. Elle possédait une allure si intrigante… Elle était belle, mais dans un style vraiment particulier, et était habillée de façon très décontractée. Le pantalon large en tweed qu'elle portait, bien qu'il ne soit pas spécialement à la mode, lui allait à merveille.

L'homme se leva, alors qu'elle approchait. Elle ouvrit la bouche pour s'excuser de son retard, mais ne parvint pas à articuler le moindre mot. Cet homme était, se dit-elle, stupéfaite, une version plus âgée et plus distinguée de Del.

Elle devait de toute urgence trouver un moyen de chasser celui-ci de son esprit, si elle commençait à le voir chez un comte anglais qui devait avoir le double de son âge.

— Camilla, je voudrais te présenter le comte et la comtesse de Brigston. Lord et lady Brigston, voici ma fille, Son Altesse royale Camilla de Cordina.

— Lord et lady Brigston, je m'excuse de ne pas avoir été là pour vous accueillir dès votre arrivée à Cordina. Je vous en prie, asseyez-vous et mettez-vous à l'aise. J'espère que vous avez fait un agréable voyage.

— Nous sommes enchantés d'être ici, Votre Altesse.

La comtesse sourit tout en s'inclinant, puis serra la main de Camilla.

— Tout comme l'est notre fils. Madame, puis-je vous présenter lord Delaney, vicomte de Brigston ?

N'y comprenant plus rien, Camilla vit, médusée, Del quitter la fenêtre devant laquelle il se trouvait et traverser la pièce pour la rejoindre. Son cœur s'emballa, tout d'abord sous le coup de la joie, puis de la gêne. Et enfin de la colère.

Le vicomte de Brigston. Qu'était-ce donc que cela ? Par quel tour de passe-passe le chercheur américain s'était-il transformé en aristocrate anglais ? Et quand la laisserait-il en paix ?

Elle inclina la tête, froidement, puis leva le menton.

— Monsieur, dit-elle sur un ton glacial.

— Madame, répliqua-t-il.

Et, l'air ouvertement contrarié, il prit la main qu'elle lui tendait pour la baiser.

Elle ne laissa rien paraître. Camilla était trop fière, et trop bien élevée pour ne pas se maîtriser. Mais les trente minutes qui suivirent furent une pure torture pour elle. Elle réussit à participer à la conversation. Ce qui n'était pas le cas de Del, songea-t-elle, satisfaite. Il ne s'exprimait qu'en marmonnant de vagues monosyllabes, et encore, seulement quand on s'adressait directement à lui.

Mais pourquoi fallait-il qu'il paraisse si fort, si beau, et si viril ? Le costume et la cravate qu'il portait auraient dû le tasser un peu, ou le faire sembler moins charismatique. Or il n'en était rien.

Soudain, la comtesse s'adressa à elle avec un grand sourire.

— Mon fils est ravi et reconnaissant de l'aide que vous lui avez apportée en trouvant des financements pour le projet Bardville, madame. N'est-ce pas, Del ?

Il se raidit sur son siège.

— J'ai exprimé ma reconnaissance et celle de l'équipe à Son Altesse dans les lettres et les rapports que je lui ai adressés.

— Oui, j'ai reçu l'une de vos… lettres ce matin même, lord Delaney, enchaîna Camilla, en le fusillant du regard. Il est étrange que vous n'y ayez pas mentionné votre séjour à Cordina — pourtant proche, au moment où vous l'avez écrite.

S'il avait eu le choix, il ne serait jamais venu, songea Del, agacé. Sa mère l'avait coincé, et l'avait presque emmené de force jusqu'à l'aéroport.

— Je ne savais pas encore si mon emploi du temps me permettrait d'entreprendre ce voyage.

— Nous sommes absolument ravis que vous ayez pu finalement vous libérer, intervint Gabriella, alarmée par la lueur guerrière qui se lisait dans le regard de sa fille.

Lorsque Camilla perdait son calme, sa langue pouvait devenir venimeuse. Et mortelle.

— Cela nous permet, à notre modeste façon, poursuivit-elle, de vous remercier de l'hospitalité que vous avez témoignée envers Camilla en l'accueillant chez vous, dans le Vermont.

Une très belle région, paraît-il, que je regrette de n'avoir jamais visitée.

Il était impossible, songea Gabriella, de dire lequel des deux, vicomte ou princesse, paraissait le plus choqué par son allusion à peine déguisée au caractère intime de leur relation.

Tous les deux la regardèrent, l'air stupéfait, pendant qu'elle buvait son thé comme si de rien n'était. Elle crut entendre la comtesse étouffer un petit rire.

A présent, elle allait voir s'ils étaient capables de se comporter encore longtemps comme deux inconnus polis.

— Camilla s'est prise d'un vif intérêt pour votre discipline, monsieur, poursuivit Gabriella. Il est toujours gratifiant pour une mère de voir son enfant si passionnée.

— Et il est également gratifiant pour un enfant d'amuser sa mère, dit Camilla en affichant un sourire agréable qui trompa tout le monde, sauf Gabriella. Quelle surprise… intéressante d'avoir invité lord Delaney et ses parents sans m'en parler.

— J'espérais que tu l'apprécierais et que tu serais heureuse de pouvoir témoigner à nos hôtes l'hospitalité cordinienne.

Ce fut dit sur un ton léger, mais avec une certaine fermeté sous-jacente.

— Bien sûr. Rien ne me fait davantage plaisir que de pouvoir rendre à lord Delaney ce qu'il m'a donné. Tout ce qu'il m'a donné.

— Je suis sûre que vous aimeriez vous reposer un peu après votre voyage, dit Gabriella à Niles et à Alice tout en se levant. Camilla, tu pourrais peut-être montrer les jardins à lord Delaney.

— Je ne suis pas…, commença Del, avant de serrer les dents sous le regard assassin de sa mère. Je ne voudrais pas vous causer de dérangement.

— Mais voyons, lord Delaney, vous ne nous dérangez pas du tout.

Tout en passant derrière Camilla, Gabriella posa une lourde main sur l'épaule de sa fille.

Prise au piège, Camilla se leva, rassembla ses forces, alors que sa mère emmenait les parents de Del, et se tourna vers lui.

— Tout d'abord, laisse-moi te dire clairement que je n'avais aucune idée de ta venue, et que, si cela avait été le cas, j'aurais fait tout mon possible pour m'absenter aujourd'hui et échapper à cette petite cérémonie de bienvenue.

— C'est parfaitement clair. De mon côté, si j'avais pu éviter ce voyage, je l'aurais fait. Crois-moi.

— Ensuite, continua-t-elle sur le même ton glacial, je n'ai pas plus envie de te montrer les jardins que tu n'as envie de les voir. Toutefois, j'ai encore moins envie de déplaire à ma mère ou à tes parents. Dix minutes devraient suffire. Je suis sûre que nous pourrons nous supporter pendant ce laps de temps. Monsieur, si vous voulez bien m'accompagner, dit-elle en s'inclinant.

— Ne commence pas tes sarcasmes.

Avec un soupir, Del se leva à son tour, puis la suivit vers les portes-fenêtres donnant sur la terrasse.

Lorsqu'elle sortit, il fourra les mains dans ses poches, et lui emboîta le pas.

Ces quatre jours allaient être très longs. Vraiment très longs.

Chapitre 10

Au deuxième étage de l'aile des invités, Alice s'arrêta devant les appartements qui leur avaient été attribués pour leur séjour à Cordina.

Le moment était venu, décida-t-elle, de voir si ses premières impressions sur Gabriella se confirmaient.

— Je me demandais, madame, si vous accepteriez de m'accorder un peu de votre précieux temps. En tête à tête.

— Bien entendu.

Gabriella avait réfléchi à toutes les options qui s'offraient à elle et à la meilleure façon de se comporter avec son invitée, depuis l'instant où elle avait fait sa connaissance. De toute évidence, Alice Caine préférait l'approche directe. Tout comme elle, quand c'était possible.

— Nous n'avons qu'à aller dans mon salon particulier. Il est très agréable, et très tranquille.

Tout en guidant Alice à travers le palais, elle évoqua l'histoire de la famille et du bâtiment, la collection d'œuvres d'art. Elle poursuivit cette conversation polie jusqu'à ce qu'elles soient confortablement installées, derrière des portes closes, dans son élégant petit salon rose et bleu.

— Puis-je vous offrir un rafraîchissement, lady Brigston ?

— Non, madame, je vous remercie.

Alice s'assit, les mains croisées.

— Apparemment, aucune de nous deux n'ignore la relation qui s'est nouée entre nos enfants, ni la façon malheureuse dont ladite relation s'est terminée à la fin de l'été, commença-t-elle.

— Oui. Votre fils a été très gentil de bien vouloir héberger ma fille.

— Je me permets de vous arrêter tout de suite, madame. Dans cette histoire, mon fils n'a pas spécialement brillé par sa gentillesse. Je ne veux pas dire par là qu'il soit méchant, bien entendu, mais il est surtout très buté.

Gabriella se cala dans son siège.

— Lady Brigston… Alice, répondit-elle avec chaleur, satisfaite de constater qu'elle avait vu juste au sujet de son invitée. Je n'étais pas certaine de faire ce qu'il fallait pour Camilla en invitant votre famille — sans rien lui dire de ce projet ni révéler le titre de votre fils. C'est en partie pour moi que je l'ai fait, d'ailleurs. Je voulais lui laisser le temps d'interroger son cœur, mais je voulais aussi voir de mes propres yeux sa réaction lorsqu'elle retrouverait votre fils. Dès l'instant où ils se sont vus, j'ai su que j'avais finalement fait ce qu'il fallait.

— Avez-vous vu la façon dont ils se sont regardés, avant de réussir à reprendre le contrôle de leurs émotions ?

— Oui. Ils s'aiment. Et ils sont tous les deux trop fiers pour le reconnaître.

— Chez Del, le problème n'est pas seulement la fierté. Il est comme son père. Mettez-le en présence de quelques vieux ossements, et il vous écrira des pages et des pages sur la femme à qui ils appartenaient il y a trois mille ans. Mettez-le en présence d'une femme bien vivante, et il ne sait plus quoi dire. Ce n'est pas qu'il soit stupide, madame…

— Brie, l'interrompit Gabriella. Appelez-moi Brie.

Alice laissa échapper un soupir, et s'installa plus confortablement dans son siège. Comme son fils, elle connaissait le protocole, et, comme son fils, elle trouvait parfois légèrement ridicule de s'y soumettre. Elle était heureuse que Son Altesse sérénissime semble du même avis qu'eux.

— Brie, rectifia-t-elle. Del n'est pas stupide. C'est un Caine, voilà tout. Et rien ne pourra le changer.

— Je n'aime pas me mêler de la vie de mes enfants, commença Gabriella.

— Moi non plus. Théoriquement.

Elles ne dirent rien pendant un moment, puis se mirent toutes deux à sourire.

— Et si nous prenions un petit verre de brandy ? suggéra Gabriella.

C'était plus facile, songea Alice, lorsqu'on voyait la femme que son fils aimait dans les yeux de sa mère. Et quand toutes les deux étaient pareillement attachantes et adorables.

— Oh ! avec plaisir.

Ravie, Gabriella sortit une carafe d'un placard et remplit deux petits verres d'alcool.

— J'ai bien une idée, qui nous permettrait d'arranger un peu les choses, sans nous mêler tout à fait de ce qui ne nous regarde pas. Mes fils appelleraient cela « jouer sur deux tableaux ».

— Je suis tout ouïe.

Dix minutes plus tard, Alice acquiesçait.

— J'aime votre façon de voir les choses. Ce qui est pour le mieux, puisque vous allez devenir la belle-mère de mon fils.

Puis, entendant des éclats de voix, elle se tourna vers la fenêtre.

— C'est Del. Il rugit comme un lion, quand il est en colère.

Ensemble, elles se levèrent, et sortirent sur le balcon. Comme d'un commun accord, elles se prirent le bras pour regarder leurs enfants.

— Ils sont en train de se disputer, dit Gabriella, la voix tremblante d'émotion.

— C'est formidable, non ?

— Nous ne devrions pas les espionner.

— Nous sommes juste en train de prendre un peu l'air. Ce n'est pas notre faute s'ils se bagarrent bruyamment.

— Vous avez raison.

Alors qu'elle se penchait un peu pour mieux voir, Gabriella entendit la porte de son petit salon s'ouvrir et se refermer brutalement.

— Est-ce que ce crétin de Caine est arrivé ?

Mortifiée, elle ferma les yeux, puis se retourna, alors que son mari avançait vers elle.

— Reeve, murmura-t-elle.

— Vous devez être le père de Camilla.

L'air enchanté, Alice s'approcha et tendit la main.

— Je suis la mère du crétin. Nous étions justement en train de faire comme si nous ne les espionnions pas, pendant qu'ils se disputent dans le jardin. Vous voulez vous joindre à nous ?

Il la regarda, interdit, alors que Gabriella se mettait à rire irrépressiblement.

— Eh bien…

Et ce fut sa seule réponse.

Se fâcher avec Del n'était pas dans son intention première. Camilla s'était même intimé l'ordre de ne pas lui répondre, s'il se montrait virulent ou agressif. Et, connaissant cet idiot, cela ne manquerait sans doute pas de se produire. Résignée à son triste sort, elle avait commencé à le guider à travers les allées du jardin au pas de course, comme s'ils faisaient une marche forcée, en restant pour une fois totalement insensible aux odeurs, aux combinaisons de textures, au charme pourtant irrésistible de l'endroit.

— Nous sommes très fiers de notre roseraie, qui rassemble plus de cinquante variétés de roses. Les quinze rosiers grimpants bordant l'allée de ce que nous appelons « La Promenade de Roses » sont particulièrement magnifiques. Les parterres moins formels disposés dans les angles ajoutent, d'après moi, une touche de charme à l'élégance.

— Si tu savais comme je me moque de vos roses.

— Très bien, nous allons passer au jardin clos. C'est un très bel endroit où…

— Si nous abrégions, plutôt ? demanda-t-il en prenant son bras pour lui faire faire demi-tour.

— Je ne vous ai pas autorisé à me toucher, monsieur.

— Va plutôt dire ça à quelqu'un qui ne t'a pas vue toute nue.

Elle sentit son visage s'empourprer, mais répondit d'une voix toujours aussi froide :

— Et je ne souhaite pas non plus que me soient rappelées mes erreurs de jugement passées.

— C'est comme cela que tu vois les choses ? Une erreur de jugement ?

— Pourquoi, pas toi ? C'est pourtant toi qui as voulu que ça s'arrête.

— C'est toi qui es partie.

— Tu m'as dit de m'en aller !

— Comme si, jusque-là, tu m'avais écouté. Si tu t'étais montrée honnête depuis le début…

— Comment oses-tu ?

Hors d'elle, elle retira son bras.

— Franchement, lord Delaney, comment osez-vous ?

Il eut la courtoisie de rougir.

— Cela n'a rien à voir. Je ne t'ai pas dit non plus que j'avais eu la varicelle à dix ans. C'était pourtant tout aussi pertinent.

— Parce que tu compares ton titre à une maladie contagieuse ?

— C'est juste un titre, quelque chose que j'ai hérité de mon père. Ce n'est pas…

— Ah ! Le titre et l'ascendance ne sont pas importants quand il est question de toi, mais ils comptent quand il est question de moi. Tu n'es vraiment qu'un idiot.

— Attention à ce que tu dis ! ordonna-t-il. Ce n'est pas pareil et tu le sais bien. Mon titre ne me définit pas. Je ne m'en sers jamais, et la moitié du temps je l'oublie. Je ne vis pas dans un palais, et…

— Moi non plus ! Je vis à la campagne ! Ici, nous sommes chez mon oncle. Tu dis que, la moitié du temps, tu ne penses pas à ton titre. Je n'ai pas d'autre choix que de penser au mien tout le temps. Tout est fait, dans ma vie publique comme dans ma vie privée, pour que je ne l'oublie jamais. Je voulais du temps, un peu de temps pour vivre comme toi, pour disposer de ce que tu tiens pour acquis. La liberté. Alors ce temps, je l'ai pris, dit-elle en s'emportant. A tort ou à raison, j'ai pris ce dont j'avais besoin, parce que j'avais peur de…

— Peur de quoi ?

— Cela n'a plus d'importance, à présent. Le problème ne se pose plus. Il est seulement regrettable que cet accident me soit arrivé tout près de chez toi.

Elle se redressa et se ressaisit.

— Mais je ne veux pas embarrasser mon oncle ni le reste de ma famille en me querellant avec l'un de ses invités, pour insupportable qu'il soit. Pendant le reste de ton séjour ici, je suggère que nous fassions de notre mieux pour ne plus nous croiser.

Puis elle lui tourna le dos, et lança :

— Je n'ai plus rien à te dire.

— L'hospitalité… à la mode cordinienne.

Choquée jusqu'au plus profond d'elle-même, elle fit volte-face.

— Ma mère…, peina-t-elle à articuler. Ma mère vous a invités, toi et tes parents, à séjourner dans notre pays, chez son frère. En public, vous serez traités avec toute la courtoisie dont ma famille et moi-même sommes capables. En privé, tu peux…

Ce qui sortit de sa bouche était une insulte qu'on avait plus l'habitude d'entendre dans les bas-fonds que dans un palais.

— Quel langage, Votre Altesse.

— Et maintenant, nous n'avons vraiment plus rien à nous dire.

— Tu te trompes, j'ai beaucoup de choses à te dire, miss.

Son ton et la façon dont il l'avait appelée firent subitement monter à ses yeux des larmes sentimentales et nostalgiques. Aussitôt, elle lui tourna le dos, et fit de son mieux pour les chasser.

— Vous pouvez vous retirer, monsieur.

— Oh ! arrête ce cirque.

Perdant patience, Del vint se planter devant elle. Puis se figea lorsqu'il vit les larmes dans ses yeux.

— Qu'est-ce que tu fais ? Arrête ça tout de suite. Si tu crois pouvoir me faire me sentir coupable en pleurnichant, change de tactique.

Il recula tout en fouillant dans ses poches.

— Ecoute, je n'ai même pas de mouchoir. Alors, sèche ça tout de suite.

— Va-t'en.

Elle ne fut pas moins ennuyée que lui lorsqu'une larme se mit à couler sur sa joue.

— Rentre au palais, retourne en Amérique ou va au diable. Mais pars.

— Camilla.

Interdit, il s'approcha de nouveau, lorsqu'une voix vint les déranger.

— Votre Altesse.

Camilla se tourna vers Marian, qui descendait l'allée du jardin. Son amie se montrait toujours formelle avec elle, lorsqu'elles n'étaient pas seules.

— Je m'excuse de vous déranger, mais Mlle Lattimer est arrivée. Elle se trouve en ce moment même dans ses appartements.

— Sarah ?

Del adressa un regard surpris à Camilla.

— Tu as invité Sarah au palais ?

— Oui. J'arrive tout de suite, Marian. Merci. Si tu veux bien conduire monsieur à ses appartements, ou à l'endroit de son choix… Je vous prie de m'excuser, lord Delaney.

Lord Delaney ? Marian l'observa attentivement pendant que Camilla s'en allait d'un pas rapide. Elle était partagée entre l'envie de lui faire payer le mal qu'il avait fait à son amie et la compassion que lui inspirait son visage si malheureux.

— Souhaitez-vous que je vous fasse visiter le reste des jardins, monsieur ?

— Non, merci. A moins que vous n'ayez un bassin ou une fontaine où je puisse plonger la tête ?

Marian se contenta de sourire.

— Je suis sûre que nous avons ce qu'il vous faut.

Depuis son arrivée, Del se demandait si tout le monde serait ravi qu'il s'en aille. Sa mère serait furieuse, son père consterné. Et tous les deux seraient gênés. Mais Camilla, elle, serait soulagée.

Et lui ne serait pas obligé de la croiser, et de se souvenir d'elle en train de faire cuire des œufs pour le petit déjeuner, vêtue d'un simple jean et d'un T-shirt. Une image qui n'avait rien à voir avec ce qu'elle était en ce moment.

Elle était aussi brillante et élégante que les diamants qu'elle portait aux oreilles. Et tout aussi froide.

Bien sûr, il ne pouvait pas la laisser le chasser exactement comme lui l'avait chassée. Il resterait, uniquement pour lui montrer ce qu'était le courage.

L'éviter n'était pas si difficile. Le palais n'avait pas tout à fait la même taille qu'un petit chalet perdu dans les bois du Vermont.

Et il ne pouvait pas non plus dire qu'il ne passait pas un bon moment, par certains côtés. Il aimait bien les frères et les cousins de Camilla, qu'il venait de rencontrer. Ils lui faisaient penser à une meute de jeunes loups, racés et impétueux.

En tant que fils unique, il ne connaissait pas les grandes familles turbulentes. Ce que les Cordina étaient, découvrit-il vite, sous leur titre et le vernis. Une famille. Si soudée qu'il avait du mal à se souvenir qui étaient cousins et qui étaient frères.

Quelques-uns lui proposèrent d'aller faire un tour aux écuries, lesquelles, d'ailleurs, ressemblaient plutôt à un palais pour chevaux. A la minute où ils apprirent qu'il savait monter, ils le firent grimper en selle.

Ce fut ainsi qu'il fit la connaissance des oncles de Camilla : Alexander, qui régnait sur Cordina, et son frère, le prince Bennett. Ainsi que de son père, Reeve MacGee.

L'un des jeunes gens — Dorian peut-être — fit les présentations formelles.

Del se raidit sur sa selle. On lui avait enseigné le protocole, bien sûr, mais des mois — voire des années — étaient passés sans qu'il ait besoin d'y recourir. Cela lui déplut d'avoir à puiser dans ses souvenirs pour s'y soumettre, mais cela ne lui fit en revanche ni chaud ni froid de voir trois paires d'yeux l'observer froidement et disséquer ses réactions. S'ils croyaient l'impressionner, ils se trompaient.

— Bienvenue à Cordina, lord Brigston, dit Alexander d'une voix douce et légèrement distante. Et bienvenue chez moi.

— Merci, Votre Altesse, répondit-il en s'inclinant comme sa fougueuse monture le lui permettait.

— Nous sommes heureux de vous recevoir, et de vous adresser à notre tour un peu de l'hospitalité dont vous avez fait preuve envers ma nièce.

Sous la courtoisie apparente, Alex employa un ton volontairement ironique. Si son interlocuteur se sentait légèrement mal à l'aise, tant mieux pour lui, car il l'avait bien mérité.

— Ce cheval ne tient pas en place, dit Bennett, changeant à dessein de sujet, car ce pauvre vicomte, seul contre tous, lui faisait légèrement pitié. Je suis sûr que vous êtes le cavalier qu'il lui faut.

Del, à qui la légère pique d'Alexander n'avait pas échappé, préféra se tourner vers le plus amical des deux oncles.

— C'est un cheval magnifique.

— Nous allons vous laisser profiter de votre promenade. J'aimerais beaucoup, à l'occasion, m'entretenir avec vous de votre travail, ajouta Alexander. D'autant plus qu'il est devenu la grande passion de la princesse Camilla.

— Je suis à votre disposition, monsieur.

Alexander acquiesça, puis poursuivit son chemin vers les écuries. Après un regard bienveillant à Del, Bennett suivit son frère. Mais Reeve, le père de Camilla, fit faire demi-tour à sa monture pour venir se ranger à côté de Del.

— Vous, dit-il en désignant du doigt ses fils et neveux. Filez.

Puis, se tournant vers lui, il poursuivit :

— Il est temps que nous ayons une petite discussion, tous les deux. Je me demandais si vous aviez une bonne raison à me donner pour que je ne vous casse pas la figure.

Eh bien, songea Del, au moins le protocole et les politesses n'étaient plus de mise. Ce type semblait vraiment capable de lui casser la figure. Il était élancé, large d'épaules, et ses mains semblaient solides, et bien échauffées.

Et il le dévisageait plus à la manière d'un soldat que du *gentleman-farmer* qu'il était censé être.

— J'en doute, répondit Del en soutenant son regard. Est-ce que vous voulez le faire ici, ou dans un endroit plus isolé où vous pourriez me laisser mourant sans que personne ne me retrouve ?

Reeve esquissa un sourire.

— Baladons-nous un peu. C'est dans votre habitude d'attirer les jeunes femmes perdues chez vous, Caine ?

— Non, c'était la première fois. Et je peux vous assurer que ce sera la dernière.

C'était une journée chaude, mais venteuse. Del ne supportait pas de transpirer comme il le faisait. Pourtant, il lui était difficile de garder son calme, alors que les yeux de Reeve MacGee semblaient le transpercer comme des flèches.

— Vous voulez que je croie que vous l'avez hébergée par pure gentillesse ? Que vous n'aviez aucune idée de qui elle était, alors même que son visage s'étale sur toutes les couvertures de magazines, dans tous les journaux, sur tous les écrans de télévision du monde entier ? Que vous n'aviez aucune intention de l'utiliser, de profiter de son influence pour servir vos intérêts personnels ? Que vous n'aviez pas envisagé de raconter comment vous l'aviez séduite et de vendre cette histoire aux journalistes ?

— Attendez une minute, dit Del en arrêtant son cheval, fou de rage. Je ne me sers pas des femmes. Et, même si j'avais voulu le faire, Camilla m'en aurait empêché en me collant une bonne droite dans la mâchoire. Je n'ai pas le temps de lire la presse people ni de regarder la télévision. Et je ne m'attendais pas à trouver une princesse en fuite sur le bord de la route pendant un orage. Elle m'a dit qu'elle n'avait pas beaucoup d'argent, donc je lui ai proposé un toit et un travail. Je ne lui ai pas posé beaucoup de questions ni ne me suis beaucoup intéressé à elle.

— Assez tout de même pour coucher avec elle.

— C'est vrai. Mais cela ne regarde que nous. Si vous voulez me botter le derrière à cause de cela, c'est votre droit. Mais si vous m'accusez d'avoir voulu monnayer ce qui s'est passé entre nous, là, c'est moi qui vais botter le vôtre.

Bonne réponse, songea Reeve, satisfait. Très bonne réponse. Il se redressa sur sa selle. Ce type avait du cran. Mais ce n'était pas une raison pour ne pas le torturer un peu.

— Quelles sont vos intentions envers ma fille ?

La couleur que la colère avait fait naître sur les joues de Delaney disparut aussitôt : il blêmit.

— Mes… mes… Comment ?

— Vous avez bien entendu ma question. Tournez bien votre langue dans votre bouche et répondez-moi.

— Je n'ai aucune intention. Elle ne veut même plus me parler. Je l'évite.

— Juste quand je commençais à penser que vous n'étiez peut-être pas un crétin fini…

Reeve fit refaire demi-tour à sa monture.

— Faites un peu galoper votre cheval, il n'attend que cela, conseilla-t-il. Et surtout, n'allez pas tomber et rompre votre fichu cou. Ce serait dommage.

Pendant qu'il retournait vers les écuries, Reeve se dit que la conversation n'avait pas forcément pris le tour souhaité par sa femme lorsqu'elle lui avait demandé d'avoir avec Del une « petite discussion entre hommes ». Mais peu importait, car elle s'était révélée très instructive.

Camilla aurait bien aimé pouvoir faire une belle balade à cheval, elle aussi. Mais elle était attendue pour prendre le thé en compagnie de ces dames. Comme il faisait beau, l'événement avait lieu sur la terrasse qui donnait directement sur la roseraie, pour que les invitées puissent profiter à la fois de la vue sur la Méditerranée et du parfum des fleurs.

Sa tante avait opté pour une élégance décontractée : les jolies tables étaient recouvertes de nappes dans les tons pêche et garnies de vaisselle de verre bleu cobalt. Des serveurs tout de blanc vêtus zigzaguaient au milieu de gros vases garnis de fleurs tropicales pour remplir flûtes de champagne et tasses de thé. Un poudrier en argent frappé du sceau royal avait été offert à chacune des convives.

Une harpiste pinçait doucement les cordes de son instrument, à l'ombre d'un rosier blanc grimpant.

Sa tante Eve savait comment planter son décor, se dit Camilla en contemplant la scène.

Des femmes en robes vaporeuses flânaient dans le jardin ou s'étaient rassemblées par petits groupes. Connaissant ses devoirs, Camilla passait de convive en convive, tout en sirotant la seule flûte de champagne qu'elle s'autoriserait durant tout l'après-midi. Elle sourit, plaisanta, discuta, et chassa Del de son esprit, en espérant qu'il n'y revienne pas trop vite.

— Je t'ai à peine aperçue depuis ton retour, dit Eve en glissant son bras sous le sien.

C'était une petite femme, dont la cascade de cheveux noirs encadrait joliment un visage à l'ovale parfait. Ses yeux, d'un bleu franc et profond, étincelaient lorsqu'elle emmena Camilla à l'écart, vers l'extrémité de la terrasse.

— Je n'ai pas le temps tout de suite, poursuivit-elle d'une voix qui avait conservé une pointe d'accent de son Texas natal, mais plus tard je veux que tu me racontes tes aventures. Sans oublier le moindre petit détail.

— Maman a déjà dû tout te dire.

— Bien sûr.

En riant, Eve embrassa la joue de sa nièce. Non seulement Gabriella lui avait raconté comment Camilla était tombée amoureuse, mais elle lui avait aussi demandé de sonder sa fille, discrètement, et de lui donner ses impressions sur son état d'esprit.

— Mais ce sont des informations de seconde main, poursuivit-elle. J'aime me renseigner directement à la source.

— Je m'attends à ce qu'oncle Alex me convoque bientôt, pour que je m'explique devant lui.

Eve leva un sourcil.

— Cela t'inquiète ?

— Je déteste le contrarier.

— Si je devais me faire du souci pour cela, je n'aurais plus d'ongles depuis longtemps.

Les lèvres pincées, Eve jeta un coup d'œil à ses mains parfaitement manucurées.

— Mais s'il est comme il est, c'est qu'il y est forcé, ajouta-t-elle plus sobrement, en détournant le regard vers cette si belle mer qui baignait son pays d'adoption. Il a tant de responsabilités. Il est né et a été élevé pour les affronter. Tout comme toi, ma chérie. Mais il te fait confiance, complètement. Et il est très intéressé par ton amoureux.

— Ce n'est pas mon amoureux.

— Ah, je croyais…

Eve se souvenait très bien de l'époque où elle essayait de se persuader qu'Alexander, l'héritier du trône de Cordina, n'était pas le sien.

— Disons alors que ton oncle est très intéressé par le travail de lord Delaney, et par l'enthousiasme que ce travail a suscité en toi.

— A ce propos, tante Chris a été fabuleuse. Sans son aide, je ne serais arrivée à rien, ajouta Camilla en faisant allusion à la sœur aînée d'Eve, qu'elle appelait sa tante tant elle se sentait proche d'elle, alors qu'elle n'était en réalité que sa marraine.

— Quand elle croit à un projet, elle sait mener campagne. Elle doit certainement cela à son sénateur de mari. Sénateur qui, au passage, s'est fait un plaisir de discuter du projet Bardville avec ses homologues de Floride.

— Je sais que c'est tante Chris qui lui a demandé de le faire, et je lui en suis extrêmement reconnaissante. Elle a l'air de nager dans le bonheur, au fait.

— Comme une jeune mariée, acquiesça Eve. Après cinq ans de mariage. Elle répétait toujours qu'elle cherchait l'homme parfait. Je suis heureuse qu'elle l'ait trouvé. Que cela prenne quinze ans ou cinq minutes, dit-elle en pressant avec insistance la main de Camilla, on sait toujours quand c'est le bon. Et, quand on le sait, les obstacles ne sont rien. C'est si rare que cela vaut le coup de se battre. Bon, assez discuté, maintenant au travail.

Alors que sa tante se fondait dans la foule, Camilla retourna vers les tables, et trouva trois précieuses minutes pour parler à sa jeune cousine Marissa. Elle regarda sa sœur, Adrienne, en train de discuter, l'air absolument charmé, avec une vieille comtesse italienne sourde comme un pot.

Hannah, l'épouse de son oncle Bennett, lui fit signe de s'approcher de la table où elle était assise en compagnie de la mère de Del, avec laquelle elle partageait thé et petits gâteaux.

— Lady Brigston et moi-même possédons quelques connaissances communes, expliqua Hannah. Je l'ai questionnée sur son travail, et maintenant je rêve de disparaître sur un chantier de fouilles pour déterrer des os de dinosaures.

Il y avait eu une époque où, en tant qu'agent secret britannique, Hannah avait mené une vraie vie d'aventurière. Mais depuis qu'elle était princesse, et mère de deux garçons dynamiques, elle était passée à d'autres types d'aventures.

Quand elle était agent secret, elle avait dû dissimuler sa beauté et réprimer sa passion pour la mode, mais, depuis qu'elle avait renoncé à sa carrière pour épouser Bennett, elle avait eu tout le loisir de se rattraper. Ses cheveux blond foncé étaient ramassés en torsade. Sa robe à manches courtes qui laissait voir ses bras athlétiques était du même vert vif que ses yeux.

— Moi-même, j'aimerais beaucoup me rendre sur le terrain.

En souriant, Camilla accepta l'invitation d'Hannah et s'assit.

— Même si j'imagine que c'est un travail difficile et harassant. Vous devez beaucoup l'aimer, dit-elle à Alice.

— C'est ce que j'ai toujours voulu faire, même quand j'étais enfant. Les autres petites filles collectionnaient les poupées. Je collectionnais les fossiles.

— Ce doit être une grande satisfaction personnelle, commenta Camilla, d'avoir su, depuis toujours, ce que vous vouliez faire, et d'avoir tout mis en œuvre pour y parvenir.

— En effet, répondit Alice en inclinant la tête. Mais ce doit être terriblement excitant, d'après moi, de se découvrir une vocation sur le tard, et de tout mettre en œuvre pour s'y consacrer.

— Oh. Voulez-vous bien m'excuser un moment ? fit Hannah en se levant. J'ai quelque chose d'important à dire à Mme Cartwright.

Elle échangea un regard rapide et éloquent avec Alice, avant de filer.

— Votre famille, si je puis me permettre, Votre Altesse, est merveilleuse.

— Merci. Je suis d'accord avec vous.

— En règle générale, je me sens plus à mon aise en compagnie des hommes. C'est juste que je n'ai pas beaucoup de points communs avec les femmes. Nous n'avons, d'habitude, pas tout à fait les mêmes centres d'intérêt, ni le même type de réactions.

Elle fit un petit geste de la main, et Camilla remarqua que ses ongles étaient courts et non vernis, et que, pour tout bijou, elle ne portait qu'une alliance en or à l'annulaire.

— Mais je me sens très bien avec votre mère et vos tantes, continua-t-elle. Ce n'est donc pas étonnant que je vous apprécie déjà autant.

— Merci, répéta Camilla, un peu gênée. C'est très gentil.

— Etes-vous vraiment très en colère contre mon fils ?

— Je...

— Non pas que je puisse vous le reprocher, poursuivit Alice avant que Camilla ne réussisse à trouver une réponse diplomatique. Il peut être tellement... Quel est le mot juste ? Ah, oui. Buté. Tellement buté. Il tient cela de son père, donc c'est vraiment plus fort que lui. Il a dû vous faire passer un très mauvais moment.

— Non. Pas du tout.

— Oubliez votre tact, rétorqua-t-elle en tapotant la main de Camilla. Cela restera entre vous et moi, et je connais mon fils par cœur. Terriblement mal élevé — ce qui est en partie ma faute, je ne peux pas le nier. Ce n'est pas moi qui aurais pu lui enseigner les politesses. Un caractère épouvantable — comme son père —, incapable de se contenir. Une fois sur deux, après avoir explosé, il ne sait plus pourquoi il s'est mis en colère, ce qui est agaçant et pénible pour ceux qui se trouvent en face de lui. Vous n'êtes pas de mon avis ?

— Si…

Riant à moitié, Camilla secoua la tête.

— Lady Brigston, vous me mettez dans une position délicate. Laissez-moi vous dire que j'admire le travail de votre fils, et que je suis fascinée par son approche et par la passion qu'il y met. Sur un plan plus personnel, nous avons ce que vous pouvez appeler un léger conflit de styles.

— On sent que vous avez été bien élevée.

Gabriella l'avait prévenue que la façade ne se lézarderait pas facilement.

— Voulez-vous bien que je vous raconte une petite histoire ? Il était une fois une jeune Américaine d'à peine vingt et un ans, son diplôme universitaire tout juste en poche. Une passion l'habitait et la dévorait. La paléontologie. La plupart des gens la prenaient pour une folle, ajouta-t-elle, les yeux pétillants. Après tout, une jeune fille n'avait rien à faire avec des os de dinosaures. Elle réussit pourtant à s'imposer sur un chantier de fouilles. Et pas sur n'importe lequel : sur celui que dirigeait un professeur dont elle admirait le travail, dont l'approche et la passion la fascinaient.

Elle marqua une pause, sourit, et but une gorgée de thé.

— Elle avait lu tous ses livres, lu tous les articles qui lui étaient consacrés ou qu'il avait écrits. Il était son héros. Imaginez sa réaction lorsqu'elle découvrit un homme impatient, irritable, qui semblait s'être à peine rendu compte de son existence, si ce n'était pour s'en plaindre.

— Il est comme son père, murmura Camilla.

— Ils se ressemblent trait pour trait, reconnut Alice avec

une certaine fierté. Ils se querellèrent beaucoup, cet homme mal élevé et cette jeune femme impétueuse. Et il était si buté que, la plupart du temps, tout ce que la jeune femme pouvait dire ou faire contre lui ne semblait pas l'atteindre. C'était terriblement énervant.

— Oui, dit Camilla, presque pour elle-même. Très énervant.

— Il était fascinant. Brillant, beau, et — apparemment — insensible à ses charmes. Mais il commença, timidement, à se radoucir lorsqu'il découvrit qu'elle était douée, et qu'elle avait l'esprit vif et curieux. Les Caine admirent les esprits vifs et curieux.

— Apparemment.

— Elle tomba follement amoureuse de lui et, après avoir, en vain, essayé de lutter contre ce penchant, elle fit travailler cet esprit si vif. Elle le poursuivit de ses assiduités, ce qui le rendit nerveux. Il trouva une foule de bonnes raisons pour ne pas céder à ses avances. Il avait quinze ans de plus qu'elle, il n'avait pas de temps à consacrer aux femmes, etc. Elle-même avait quelques réticences. Qu'il soit comte ne l'enthousiasmait pas spécialement. Cela aurait pu la décourager, mais elle était têtue, et elle savait, au fond de son cœur, qu'il éprouvait des sentiments pour elle. Et, puisque le titre allait avec l'homme, et qu'elle voulait l'homme, elle décida qu'elle pourrait vivre avec. Après tout, pourquoi n'aurait-elle pas tenté de le séduire ?

Comme Alice regardait Camilla, l'air d'attendre son approbation, cette dernière acquiesça poliment.

— Naturellement.

— Il bredouilla, bégaya et ressembla, le temps de quelques délicieux instants, à un cheval paniqué bloqué dans une écurie en feu. Mais elle obtint ce qu'elle voulait. Et trois semaines plus tard, ils étaient mariés. Depuis, leur histoire tient toujours, ajouta-t-elle avec un petit sourire.

— C'était une jeune femme vraiment admirable.

— Oui. Et elle a donné naissance à un fils admirable — quoique buté. L'aimez-vous ?

— Lady Brigston…

— Oh ! je vous en prie, appelez-moi Alice. Quand je vous regarde, je vois une jeune femme brillante, fraîche, mais malheureuse. Je sais quelle est ma place, mais je regarde Camilla, et non Son Altesse royale.

— Lui voit le titre, et oublie la femme qui le porte.

— Si vous le voulez, ne le laissez pas faire et rappelez-lui qui vous êtes vraiment. Vous avez fait entrer des fleurs chez lui, dit-elle, plus doucement. Moi-même, je n'y suis jamais parvenue. Est-ce que vous savez qu'il les a gardées après votre départ ?

Les larmes lui montèrent aux yeux.

— Il ne les avait même pas remarquées.

— Bien sûr que si. D'un côté, il voudrait se détacher de vous et se consacrer tout entier à son travail. Je suppose que vous êtes tous les deux capables de vous en sortir si vos vies prennent à jamais des chemins différents. Vous êtes assez forts et intelligents pour cela. Mais je serais curieuse de voir ce que cela pourrait donner, si vous réussissiez à faire sauter cette barrière de fierté et de douleur qui se dresse entre vous. Pas vous ?

Si, songea Camilla. *A chaque instant.*

— Je lui ai dit que je l'aimais, murmura-t-elle, et il m'a tourné le dos.

En soupirant, Alice se cala dans son siège.

— Quel crétin. Dans ce cas, je vais vous donner un conseil, Camilla. Faites-le mariner un peu — cela lui fera du bien —, avant qu'il ne vous dise la même chose. Je suis certaine que vous saurez comment vous y prendre.

Del souffrait mille morts durant ce dîner protocolaire et interminable. Il était placé entre la comtesse italienne sourde et la sœur de Camilla, Adrienne. Le seul point positif était que le père de Camilla était assis à l'autre bout de l'immense salle à manger.

Dans ces conditions, ce serait assez compliqué pour lui de lui planter son couteau en plein cœur.

Au moment où le plat principal fut servi, il avait complètement révisé sa première impression sur Adrienne, qu'il avait d'abord jugée comme aussi insignifiante que décorative. Mais elle était simplement une jeune femme d'une gentillesse extrême qui rayonnait d'un bonheur calme et serein.

L'aide qu'elle lui apporta concernant la comtesse l'empêcha de sombrer dans la folie. Et, lorsque Adrienne lui jeta un petit regard pétillant, il y retrouva un peu de l'humour sarcastique de Camilla.

Il se retrouva en train de lui parler de son travail, répondant aux questions qu'elle avait posées exprès pour l'y encourager, sans se rendre compte tout de suite du talent qu'elle avait pour pousser les gens à se confier.

— Je comprends mieux à présent la fascination de Camilla, fit-elle en souriant.

Elle possédait, remarqua-t-il, la voix apaisante de sa mère, et le regard bleu perçant de son père.

— Elle a toujours adoré les puzzles, et c'est votre travail, n'est-ce pas ? Démêler un puzzle, très compliqué. Moi, je n'ai jamais été douée pour cela. Allez-vous bientôt retourner en Floride ?

— Oui, très bientôt.

Il n'aurait même pas dû se trouver là.

— Quand les enfants seront un peu plus grands, nous avons prévu de les emmener en Floride. Entre les villes, le bord de mer, et les parcs d'attractions, il y a de quoi voir et de quoi faire, dit-elle en adressant un regard à son mari.

Après coup, il repensa à ce regard. Un regard de pur contentement. Un regard totalement absent du visage de Camilla, depuis qu'il l'avait retrouvée.

Pourtant, il avait eu l'occasion de l'y voir. Il s'en souvenait bien. Quand elle s'était allongée dans l'herbe, au bord de l'étang. *Camilla heureuse.* C'était comme cela qu'il l'avait appelée. Juste avant qu'elle ne s'en aille.

Chapitre 11

Pour une princesse, elle travaillait comme une forcenée. Dans ces conditions, il était difficile de trouver cinq minutes pour lui parler en tête à tête et s'excuser.

Del ne savait pas très bien de quoi il devait s'excuser au juste, mais il commençait à penser que, de son côté, Camilla devait en avoir une idée.

Depuis qu'il avait vu cette larme couler sur sa joue, la culpabilité le taraudait — et c'était une sensation très désagréable. Comme, en plus, la plupart des membres de la famille de Camilla se montraient extrêmement agréables, et même franchement chaleureux envers lui, il commençait à se sentir vraiment mal.

Même la mère de Camilla l'avait coincé. Coincé : c'était le mot, même si, en apparence, elle n'avait fait que le prendre aimablement à part, dans une allée du jardin depuis laquelle on apercevait les eaux scintillantes de la Méditerranée, pour le remercier, avec beaucoup de douceur et de gentillesse, d'avoir bien voulu ouvrir sa porte à sa fille.

Mais cela, c'étaient les préliminaires, il n'en doutait pas, car, en réalité, la conversation n'en resta pas là.

— Je sais que Camilla est adulte, dit Gabriella, et qu'elle est tout à fait capable de se débrouiller seule. Mais je suis mère et, en tant que telle, j'ai une tendance naturelle à me faire du souci.

— Oui, madame.

Il acquiesça, même s'il n'avait jamais observé cette tendance chez sa propre mère.

— Je me suis fait moins de souci quand j'ai su qu'elle se trouvait en compagnie de quelqu'un de généreux et digne de confiance. En compagnie de quelqu'un que, de toute évidence, elle respectait.

Résolue à aller au bout de son développement, Gabriella continua de sourire, même lorsqu'il fit très ostensiblement la moue.

— En fait, cela faisait quelque temps déjà que je m'inquiétais pour elle.

— Ah oui ?

— Oui. Elle travaillait trop, et depuis trop longtemps. Depuis la mort de mon père, en fait, qui a correspondu à son passage à l'âge adulte. Son temps et son énergie ont été de plus en plus sollicités.

— Votre fille déborde pourtant d'énergie.

— Oui, en théorie. Mais je crains que, durant ces deux dernières années, elle n'ait été davantage exposée aux appétits des médias qu'il est possible de le supporter, pour quiconque.

Pouvait-il le comprendre ? se demanda-t-elle. Quelqu'un qui ne l'avait pas vécu personnellement en était-il capable ? Elle l'espérait.

— Elle est jolie, comme vous le savez, et lumineuse. Et elle est également la plus âgée des princesses de sa génération. Les médias l'ont traquée sans répit, et je crains que cela ne l'ait marquée, émotionnellement. Et même physiquement. Je sais ce que c'est. Moi-même, quand j'étais plus jeune, je ressentais de temps en temps le besoin de disparaître. Parfois, cette envie de fuir, de fuir même ceux qui nous sont chers, est irrépressible. Est-ce quelque chose que vous avez déjà éprouvée ?

— Oui, et pour cela j'ai le Vermont.

Elle hocha la tête, rassurée. Oui, il était capable de comprendre.

— Moi, j'avais ma petite ferme. Jusqu'à très récemment, Camilla n'avait pas trouvé l'endroit où se réfugier. L'endroit où trouver la tranquillité, même s'il ne s'agissait que de tranquillité d'esprit. Merci à vous.

Elle se hissa sur la pointe des pieds pour l'embrasser sur la joue.

— Oui, merci de l'avoir aidée à trouver cet endroit.

Sans rien ajouter, elle s'en alla, abandonnant Del qui se sentit à ce moment-là comme le plus misérable des vermisseaux.

Il devait absolument parler avec Camilla. Avec calme et raison. Il avait des questions à lui poser, et il voulait qu'elle y réponde. Cela lui paraissait la moindre des choses, avant qu'il ne rampe à ses pieds.

Mais, chaque fois qu'il essayait de se renseigner discrètement sur l'endroit où elle pouvait se trouver, on lui répondait qu'elle était en réunion, qu'elle avait un rendez-vous de prévu, ou qu'elle était occupée avec son assistante.

Il voulut croire que tout cela signifiait séances de manucure, de coiffure ou de shopping, jusqu'à ce qu'Adrienne ne le détrompe.

— Excusez-moi, est-ce que vous cherchez Camilla ?

— Non, répondit-il, tout en se sentant coupable de mentir à ce sourire si doux et joli. Pas exactement, madame. Je ne l'ai pas vue ce matin, et je m'inquiétais un peu.

Adrienne était en train de bercer sa petite fille dans ses bras.

— Aujourd'hui, elle a doublement à faire, je le crains. Mon aîné est malade, et je n'avais pas envie de le laisser seul dans cet état. Ma sœur me remplace donc à l'hôpital. J'étais censée passer la matinée au service de pédiatrie, mais le petit Armand était si mal en point que je n'ai pas voulu m'éloigner.

— Ah… J'espère qu'il va mieux, maintenant.

— Il fait la sieste en ce moment, et il a l'air en meilleure forme. Je pensais sortir faire prendre un peu le soleil à mon bébé avant qu'il se réveille. Mais Camilla devrait être de retour dans une heure. En fait, non, corrigea-t-elle. Ensuite, elle a un rendez-vous avec maman au Centre des beaux-arts. Je sais que d'habitude elle s'occupe de sa correspondance en milieu d'après-midi, même si je ne sais pas trop comment elle va trouver le temps de le faire aujourd'hui.

Adrienne conserva son sourire, tout en riant intérieurement. Pauvre garçon, il était si contrarié. Et si amoureux de sa sœur.

— Puis-je faire quelque chose pour vous ? ajouta-t-elle.

— Non, madame, je vous remercie.

— Je crois que Dorian est parti faire un tour vers les écuries, dit-elle avec gentillesse. Plusieurs de nos invités ont prévu de monter. Vous pouvez vous joindre à eux, si vous le souhaitez.

Il ne le souhaitait pas spécialement, mais regretta sa décision lorsqu'il fut convoqué par le prince Alexander, quelques minutes plus tard.

— Lord Brigston. J'espère que vous n'avez pas eu le sentiment d'être négligé depuis votre arrivée.

— En aucun cas, Votre Altesse.

Le bureau dans lequel le prince le recevait reflétait bien l'homme. Ils étaient pareillement élégants, masculins, et façonnés par la tradition. Le prince dégageait beaucoup de puissance et de dignité. Ses cheveux étaient noirs comme la nuit, et simplement parsemés de quelques fils argentés. Son visage aristocratique était fin et anguleux. Son regard sombre était acéré et très direct.

— Puisque votre travail a tellement intéressé la princesse Camilla, je me suis également penché dessus. Ce qui intéresse ma famille m'intéresse aussi, dit-il sur un ton d'une politesse aussi froide que la lame d'une dague. Parlez-moi plus en détail de votre projet.

Même s'il détestait se sentir comme un étudiant en train de passer un oral, Del obéit. Il avait parfaitement compris — et savait qu'il était censé l'avoir compris — qu'il allait être jugé.

Lorsque, au bout de vingt minutes, il fut gracieusement congédié, Del ne savait pas s'il avait convaincu son jury ou s'il venait de signer son arrêt de mort.

En tout cas, il ressentait de désagréables picotements dans la nuque, comme si la hache du bourreau était suspendue au-dessus de sa tête.

Mais, pensa-t-il, ce type de traitement devait être le lot de quiconque envisageant, même vaguement, un rapprochement avec un membre de la famille royale de Cordina.

Pour ne plus y penser, il décida de s'échapper pour une heure ou deux. Mais ce n'était pas si simple. Il ne pouvait pas se contenter d'appeler un taxi pour qu'il vienne le chercher au palais. Il y avait une procédure et un protocole à respecter. Finalement, l'aîné des frères de Camilla, Kristian, lui proposa une voiture, et un chauffeur s'il le désirait.

Del accepta la voiture, mais refusa le chauffeur.

Et, pour la première fois de sa vie, il faillit tomber amoureux d'un endroit qui n'était pas chez lui.

Ce petit pays baigné par les flots était merveilleux. Il lui faisait penser à un bijou, à un bijou précieux et ancien qui serait passé de génération en génération.

La terre était faite de douces collines qui descendaient jusqu'au rivage. Des maisons, blanches, roses et dorées, s'élevaient çà et là sur les pentes douces et sur les promontoires rocheux, comme si elles faisaient partie du paysage. Des fleurs — il y prêtait davantage attention depuis que Camilla était entrée dans sa vie — poussaient en abondance avec tant de liberté et de naturel qu'elles ajoutaient un charme immense à ce spectacle de rochers et de falaises. Les frondaisons de palmiers géants dansaient dans la brise odorante qui soufflait constamment.

Il fut frappé par un sentiment d'éternité. Génération après génération, siècle après siècle, cette petite pierre précieuse avait survécu sans cesser de briller, sans se fissurer sous la pression de la modernité. Aucune ville n'était venue s'installer dans cette vaste et magnifique campagne, aucune construction n'était venue défigurer ce merveilleux décor.

Il imaginait que, çà et là, quelques changements avaient dû tout de même survenir. Aucun endroit ne reste rigoureusement le même au fil des siècles. L'homme, d'une façon ou d'une autre, laisse toujours son empreinte sur le paysage. Lorsque se combinent la sagesse et l'inventivité, il réussit à le faire en préservant le cœur, l'âme et l'esprit du lieu.

Et les Bisset, qui régnaient sur ce petit paradis depuis quatre siècles, avaient de toute évidence été sages, tout en sachant se montrer inventifs.

Del s'arrêta sur le chemin du retour, au bord de la route serpentant et grimpante, pour observer la demeure des princes. Il était normal que le palais ait été construit au sommet du rocher. Il faisait face à la mer, et ses murs de pierre blanche s'élevaient dans le prolongement de la falaise. A l'intérieur de ses remparts, tours et parapets se dressaient fièrement, vestiges d'une autre époque.

Les guerres et la royauté, songea-t-il. Toujours indissociables au cours du temps.

Même à l'époque contemporaine, une sombre guerre avait éclaté à Cordina. Il s'en souvenait, même si cela remontait maintenant à son enfance. Un terroriste avait tenté d'assassiner plusieurs membres de la famille royale. La mère de Camilla avait été enlevée. On avait tiré sur sa tante, qui ne s'appelait encore qu'Eve Hamilton.

Il soupira. Sans doute n'avait-il pas assez pris cet événement en compte. Il n'avait même pas songé à quel point Camilla avait pu être marquée par ce traumatisme.

Loin de céder à la peur, la jeune femme était pourtant partie seule sur les routes des Etats-Unis, sans protection. Puis, rappelée à ses devoirs princiers, elle était revenue dans ce château perché sur la colline.

Le pays et la famille royale avaient retrouvé la paix, à présent. Mais la paix est quelque chose de fragile.

Pour ceux qui y vivaient, il devait être évident que le palais avait été construit à des fins défensives. Et Del, avec ses yeux d'archéologue, voyait avec quelle prudence et quelle intelligence le plan de cette place forte avait été conçu. Aucune attaque ne pouvait venir de la mer, aucune force ne pouvait être de taille à briser les murs de rochers des falaises. Et la hauteur des collines rendait le palais imprenable.

Mais il avait aussi été construit à des fins esthétiques. La quête de la beauté est un besoin très humain, Del avait tous les jours l'occasion de s'en rendre compte quand il fouillait.

Depuis l'endroit où il se trouvait, il ne voyait pas le palais comme un lieu de résidence, mais comme un symbole. Pourtant, il avait eu la chance d'y pénétrer, de franchir ces hautes grilles en fer. Malgré la puissance, malgré le symbole, malgré la beauté, l'endroit était bien un lieu de résidence.

Camilla passait peut-être une partie de son temps dans une ferme en Virginie, mais cet endroit, ce palais, ce pays, c'était chez elle.

Et tous les deux s'étaient très bien rendu compte que ce ne pourrait jamais être chez lui.

Lorsqu'il franchit les portes et dépassa les gardes en grand uniforme rouge, un nuage sombre semblait s'être installé au-dessus de sa tête.

— Il est de très mauvaise humeur, confia Alice à Gabriella, lorsqu'elles réussirent à trouver cinq minutes pour discuter dans le salon de musique.

Elles parlaient à voix basse et très près l'une de l'autre, en bonnes conspiratrices.

— Apparemment, poursuivit-elle, il est allé faire une promenade et est rentré en broyant du noir. C'est bon signe.

— Camilla a eu fort à faire cet après-midi, enchaîna Gabriella. Comme prévu. Oh ! et mes espions m'ont dit que Delaney s'était enquis d'elle plusieurs fois dans la matinée.

— C'est parfait qu'elle ait été si occupée et totalement injoignable. Comme ça, Del a eu tout le temps de réfléchir.

— Il ne réussira plus à réfléchir quand il la verra ce soir. Oh ! Alice, elle est si belle dans sa robe ! J'ai assisté à son dernier essayage, et elle est absolument fabuleuse.

— Ils nous feront des petits enfants magnifiques, répondit Alice en soupirant.

Del n'aimait pas porter le smoking. Toutes ces pièces de vêtements à enfiler, alors qu'un pantalon et une chemise auraient parfaitement fait l'affaire…

Heureusement, les simagrées allaient bientôt prendre fin : il avait décidé de partir dès le lendemain matin. Il avait déjà trouvé une excuse plausible : il avait reçu un e-mail et on le réclamait de toute urgence sur le site.

Personne ne se douterait du subterfuge.

Il remplirait ses obligations ce soir-là — pour ses parents —, il trouverait un moyen de s'excuser auprès de Camilla ou, au moins, de s'expliquer avec elle. Et il retournerait à la réalité aussi vite que possible. Il n'était pas fait pour les palais, sauf pour en fouiller d'éventuels vestiges.

Il ne lui restait plus qu'à survivre à cette nouvelle soirée, forcément guindée. Mais il réussirait sans doute à s'éclipser assez tôt. Au matin, il prendrait congé de ses hôtes, et à lui la liberté.

Avant cela, il lui restait une dernière corvée. Il devait remercier Camilla pour l'aide qu'elle avait apportée au projet en levant les fonds nécessaires à la reprise de la fouille. Il le ferait de vive voix, en tête à tête, et en abandonnant cette froideur compassée dont il avait usé dans ses lettres. Cela avait en effet été assez mesquin de sa part, et indigne de la générosité de Camilla.

Une fois prêt, il rejoignit ses parents dans leur petit salon, impatient d'en finir.

En voyant sa mère, pourtant, il ne put s'empêcher de pousser une exclamation surprise. C'était si rare de la voir aussi élégamment vêtue. En souriant, il lui fit signe de tourner sur elle-même, afin qu'il puisse mieux l'admirer. Sa robe noire, à la fois simple et chic, mettait en valeur sa silhouette mince et athlétique, et les perles de famille qu'elle portait avec fierté finissaient d'habiller sa tenue, lui conférant panache et solennité.

— On dirait une jeune fille, déclara-t-il.

Flattée et amusée, elle émit un petit rire.

— Je pense que je peux supporter ces chaussures pendant une heure et demie. Après ça, advienne que pourra…

Puis elle se dirigea vers son mari pour nouer sa cravate.

— Ne fais pas de zèle, Alice. Je me débarrasserai de cette satanée chose créée pour m'étrangler à la première occasion.

Toutefois, Niles sourit, et se pencha pour embrasser sa femme.

— Mais Del a raison, tu as l'air d'une jeune fille.

— Je ne serai pas la seule, sans doute. En parlant de jeune fille, Del, as-tu vu Camilla aujourd'hui ?

— Non.

— Ah bon ? Tu la verras ce soir, alors.

— Oui.

Alors qu'elle serait entourée par des centaines de personnes, songea-t-il, dépité. Comment diable réussirait-il à lui dire ce qu'il avait à lui dire — une fois qu'il aurait trouvé ce dont il s'agissait — avec tout ce monde autour d'eux ?

— Allons-y, qu'on en finisse, maugréa-t-il.

— Tu es vraiment comme ton père.

L'air résigné, Alice prit les deux hommes de sa vie par le bras.

Les invités étaient annoncés de façon formelle, puis escortés jusqu'à la file qui s'était formée devant la famille royale. Une file interminable, songea Del, qui ne cessa de pester intérieurement. Du moins, jusqu'à ce que ses yeux se posent sur Camilla, et qu'il oublie tout le reste.

Elle portait une robe de la même couleur fauve doré que ses yeux. Dans cette tenue, elle était iridescente. Lumineuse. Le bustier laissait ses épaules nues et marquait sa taille, qui paraissait plus fine encore qu'elle ne l'était déjà. Le jupon, si ample et long qu'on aurait dit que des kilomètres de tissu avaient été nécessaires pour le réaliser, scintillait comme une étendue d'eau baignée de soleil sous la lumière élégante des innombrables lustres.

Des diamants jaunes et blancs brillaient à ses oreilles, plongeaient en volutes complexes dans son décolleté, et lançaient des étincelles depuis la tiare qui avait été savamment posée sur ses cheveux lustrés.

Elle était, en ce moment précis, l'image même de la princesse de conte de fées. Elle irradiait de beauté, de grâce et d'élégance.

Et jamais il ne s'était à ce point senti crapaud.

Lorsque son tour fut venu d'approcher, il pensait avoir réussi à dominer son trouble. Ou, du moins, il l'espérait…

— Monsieur.

— Madame.

Il saisit la main qu'elle lui tendait, en effleurant ses doigts de son pouce. Cette femme avait-elle vraiment cassé des œufs pour lui ? Si ce qu'il vivait en ce moment était bien la réalité, le reste n'avait alors peut-être été qu'un rêve...

— J'espère que vous passerez une bonne soirée.

— Je n'y compte pas spécialement.

Elle ne se départit pas de son sourire poli pour répondre :

— Alors, j'espère simplement qu'elle ne sera pas trop pénible.

— J'aurais besoin de m'entretenir cinq minutes avec vous, en tête à tête, murmura-t-il.

— J'ai bien peur que ce ne soit pas le moment. Lâchez ma main, ajouta-t-elle, un ton plus bas, alors qu'il la serrait plus fort. On nous regarde.

— Cinq minutes, répéta-t-il.

Il la contempla longuement, puis, à contrecœur, s'éloigna.

Peu importait que son cœur batte la chamade. Camilla demeura immobile et continua d'accueillir les invités en souriant. Il lui fallut toute sa volonté et toute son éducation pour ne pas succomber à l'envie dévorante de tourner la tête et de chercher Del parmi la foule qui se dirigeait vers la salle de bal. La curiosité — à laquelle se mêlait une déchirante pointe d'espoir — était si forte qu'elle se sentait presque mal lorsque son oncle et sa tante ouvrirent le bal d'automne de Cordina.

Il l'avait regardée — si elle n'avait pas rêvé — comme il l'avait parfois fait au chalet. Comme si elle occupait le centre de ses pensées.

Mais, alors que le moment était venu pour elle de rejoindre la piste avec son cousin Luc pour leur première danse, il était hors de question qu'elle s'autorise la moindre pensée d'ordre privé.

Quand le palais ouvrait ses portes pour un bal, il les ouvrait grand. A cette somptueuse cérémonie avaient été conviés le glamour, la pompe et l'élégance. Des cascades de lustres déversaient leur lumière sur les plus merveilleuses des robes, les plus scintillants des bijoux, les plus somptueuses des fleurs, les plus purs des cristaux, dans lesquels le champagne coulait à flots.

Sur la terrasse, l'on apercevait le miroitement enchanteur des bougies et des torchères. Des centaines de miroirs anciens étaient accrochés aux murs et se renvoyaient sans fin les images des femmes et des hommes qui, dans leurs belles robes ou dans leurs habits élégants, foulaient le parquet vernis.

Les bijoux étincelaient, et la musique emplissait la salle de ses sonorités harmonieuses.

Camilla dansa, par devoir et par plaisir, et ensuite par amour, avec son père.

— Je vous ai regardés, toi et maman.

— Quand cela ?

— Quand vous dansiez, il y a un instant, répondit-elle en collant sa joue contre celle de son père. Et je me suis dit : « Mais regarde-les un peu. Ils sont si beaux. » C'était impossible, d'ailleurs, de ne pas vous regarder.

— Est-ce que je t'ai déjà raconté notre première rencontre ?

Camilla recula pour lui adresser un regard facétieux.

— A peu près un million de fois. Mais raconte encore.

— C'était son seizième anniversaire. On donnait un bal, assez semblable à celui-là. Elle portait une robe vert pâle, qui, à part la couleur, ressemblait un peu à celle que tu portes aujourd'hui. La même jupe ample et la même traîne qui transforment une femme en apparition céleste. Les mêmes diamants dans les cheveux. Je suis tombé amoureux d'elle sur-le-champ, même s'il m'a fallu dix ans avant de la revoir. Mes yeux n'avaient jamais contemplé de spectacle aussi exquis.

Il la regarda, l'air grave.

— Mais aujourd'hui, le miracle se reproduit. Tu es tout aussi merveilleuse que ta mère, Camilla.

— Papa, dit-elle en retirant la main de l'épaule de son

père pour la poser sur son visage. Je t'aime tellement. Je suis désolée de t'avoir mis en colère.

— Je n'étais pas en colère, ma chérie. Inquiet, mais pas en colère. Maintenant, étant donné que le crétin chez qui tu te trouvais…

— Papa.

Elle lui adressa un regard désapprobateur, qui ne lui fit pas baisser les yeux, bien au contraire.

— Je n'ai qu'une chose à dire à son sujet, reprit-il. Il a du potentiel.

— Tu ne sais pas vraiment…, commença-t-elle, avant de s'interrompre brusquement, et de plisser les yeux, incrédule. Est-ce que c'est un piège ?

— Avant, je craignais qu'une espèce de bellâtre baratineur surgi de nulle part ne te séduise avant que tu aies le temps de te rendre compte qu'il ne valait rien. Mais on ne peut pas vraiment dire que Caine soit un bellâtre ni un baratineur.

— Non, en effet.

— Et, puisque tu sais déjà que c'est un crétin, au moins, de ce côté-là, tu es parée, ajouta-t-il, en la faisant rire. Je veux que tu sois heureuse, Cam. Je le veux encore plus que garder ma petite fille pour moi tout seul.

— Tu vas me faire pleurer.

— Mais non, voyons, dit-il en la serrant contre lui. Tu es bien plus forte que ça.

— Je l'aime, papa.

— Je sais.

Reeve croisa le regard de Del au milieu de la foule des danseurs.

— Va le chercher, trésor. Et s'il ne vient pas assez vite, dis-le-moi. Mon envie de lui botter le derrière ne m'est pas encore passée.

— Décide-toi, Delaney.

— Que je me décide à quoi faire ?

Sa mère prit le verre de vin qu'elle lui avait demandé d'aller chercher.

— A inviter Camilla à danser, au lieu de lui faire la tête pendant toute la soirée.

— Mais elle ne s'est pas arrêtée de danser une seule minute.

— Cela fait partie de son travail. Tu ne crois tout de même pas que c'est par plaisir qu'elle danse avec cet abominable garçon aux dents de travers qui n'arrête pas de lui marcher sur les pieds ? Vas-y. Va danser avec elle.

— Si tu crois que je vais aller attendre mon tour avec la moitié des hommes que contient cette salle…

— Pourquoi attendrais-tu ton tour ? Passe devant tout le monde, impose-toi. Si elle danse une minute de plus avec ce garçon maladroit, elle risque de boiter toute sa vie.

— D'accord, d'accord.

Présenté comme cela, c'était en quelque sorte lui rendre service. Se porter à son secours, se dit-il quand il la vit réprimer une grimace, alors que son cavalier lui écrasait les pieds une nouvelle fois.

Se sentant un peu plus héroïque à chaque pas, Del se fraya un chemin parmi les danseurs. Il frappa doucement sur l'épaule du cavalier de Camilla, et s'intercala entre eux avec une habileté et une facilité qui le surprirent lui-même.

— Désolé de vous interrompre, se contenta-t-il de dire.

Puis il emmena Camilla valser au loin, avant que le pauvre garçon, resté bouche bée, ait le temps de balbutier quoi que ce soit.

— Ce n'était pas très poli.

— Certes, mais c'était efficace. Comment vont tes pieds ?

Elle esquissa un sourire.

— Quelques orteils cassés, j'en ai peur. Mais ça va aller, je te remercie. Vous faites un excellent danseur, lord Brigston, ajouta-t-elle sur un ton plus solennel.

— Je n'avais pas dansé depuis longtemps, mais grâce à vous, madame, les pas me sont revenus, répondit-il avec la même emphase, avant de retrouver son naturel. De toute façon, ça n'aurait pas pu être pire qu'avec ton partenaire précédent. J'ai pensé que tu avais besoin d'une petite pause.

— Alors comme ça, on sauve les demoiselles en détresse ? Et pour la seconde fois, en plus. Fais attention, ou bien cela risque de devenir une habitude. Tu as dit que tu voulais cinq minutes en tête à tête avec moi, mais c'était il y a presque deux heures. Tu as changé d'avis entre-temps ?

— Non.

Mais il ne savait plus très bien quoi faire de ces cinq minutes. Pas alors qu'il la tenait de nouveau entre ses bras.

— Je voulais… A propos du projet. Du financement…

— Ah, répondit-elle, gagnée par une soudaine et amère déception. Si c'est pour parler affaires, je vais demander à Marian de nous organiser un rendez-vous demain.

— Camilla. Je voulais te remercier.

Elle se radoucit, très légèrement.

— Je t'en prie. Ce projet est important pour moi aussi, tu sais.

— Je crois que je l'ai compris. Maintenant.

Il n'avait qu'à incliner la tête, la pencher un peu, et sa bouche serait unie à la sienne. Il voulait, plus que tout au monde, pouvoir de nouveau s'imprégner de sa saveur. Même si c'était pour la dernière fois.

— Camilla…

— La danse est terminée.

Mais elle ne pouvait détourner son regard du sien, et sa voix était faible.

— Tu dois me lâcher.

Il le savait. Il le savait parfaitement. Mais le moment n'était pas encore venu.

— J'ai besoin de te parler.

— Pas ici. Pour l'amour du ciel, si tu ne me lâches pas, tu vas voir ton nom étalé dans tous les journaux demain.

Pour donner le change, elle sourit, le plus gaiement possible.

— Je m'en moque éperdument, rétorqua-t-il.

— Tu n'as pas vécu ça toute ta vie, comme moi. S'il te plaît, recule. Si tu veux me parler, allons sur la terrasse.

Lorsqu'il la libéra, Camilla se détendit, puis dit, sur un ton amical, à l'intention des oreilles un peu trop curieuses :

— Il fait chaud. Je me demandais, lord Delaney, si vous accepteriez de m'accompagner sur la terrasse pour prendre un peu l'air ? Et je boirais volontiers un verre de champagne.

— Avec plaisir.

Elle passa son bras sous le sien, alors qu'ils traversaient la piste de danse.

— Mes frères m'ont dit que vous étiez un très bon cavalier. J'espère que vous pourrez continuer à profiter de nos écuries pendant le reste de votre séjour.

Elle poursuivit son bavardage, pendant qu'il attrapait une flûte sur un plateau d'argent et la lui tendait.

— Montez-vous à cheval, madame ?

— Mais certainement.

Elle but une gorgée, puis se dirigea vers les portes donnant sur la terrasse.

— Mon père élève des chevaux. Je monte depuis toujours.

Un grand nombre de convives s'étaient rassemblés sur la terrasse. Avant que Camilla ne soit arrivée à la balustrade, Del, fou d'impatience, la saisit par le bras, renversant quelques gouttes de champagne, et l'attira sans ménagement vers le large escalier de pierre.

— Moins vite, lança-t-elle en haut des marches. Je ne

peux pas dévaler l'escalier avec cette robe. Je risque de me rompre le cou.

Il lui prit son verre, et attendit qu'elle soulève gracieusement ses jupons bouillonnants. En bas des escaliers, il posa le champagne — qu'elle avait à peine touché — sur la première table venue, puis l'entraîna dans les allées du jardin.

— Arrête de me tirer comme ça derrière toi, souffla-t-elle. Les gens vont…

— Oh ! Détends-toi un peu.

Elle serra la mâchoire, tout en luttant pour conserver sa dignité.

— On verra si tu restes décontracté demain, quand les colporteurs de ragots auront fait circuler ton nom dans dix pays. Quoi qu'il en soit, je porte des talons de huit centimètres, et une jupe de huit kilomètres, donc ralentis.

— Je n'écoute pas les ragots, donc je n'entendrai pas mon nom. Et si je ralentis trop, quelqu'un va surgir d'un coin sombre pour te dire que tu as ceci ou cela à faire. Ou pour ramper à tes pieds. Ou juste pour prononcer un mot et pouvoir raconter partout qu'il t'a parlé. Moi, ce que je veux, c'est cinq minutes seul à seule avec toi.

La riposte qu'elle avait prévu de lui adresser se perdit dans la nuit.

Des lampes en argent étincelant éclairaient une allée qu'illuminait déjà le clair de lune. Elle sentait la romance dans l'odeur délicieuse des roses et du jasmin de nuit, elle l'entendait dans le ressac assourdi de la mer. Et dans les battements de son propre cœur.

L'homme qu'elle aimait voulait être seul avec elle.

Il ne s'arrêta que lorsque la musique ne fut plus qu'un lointain murmure.

— Camilla.

Elle retint son souffle.

— Delaney.

— Je voulais…

Elle portait le clair de lune comme des perles, songea-t-il, trop subjugué pour être étonné par ce brusque accès de poésie, qui ne lui ressemblait pourtant pas. Sa peau miroitait. Ses yeux brillaient. Les diamants piqués dans ses cheveux étincelaient, lui rappelant que sous l'élégance se cachait le feu.

Il essaya encore.

— Je voulais m'excuser de… Te dire que…

Elle ne sut pas qui bougea le premier.

Cela ne semblait pas important. Tout ce qui comptait, c'était qu'ils se trouvaient à présent dans les bras l'un de l'autre. Leurs bouches se rencontrèrent, une fois, puis deux. Frénétiquement. Puis il y eut une troisième fois, plus longue et plus appuyée.

— Tu m'as manqué, dit-il en l'attirant plus près de lui encore. Dieu ce que tu m'as manqué.

Blottie contre lui, Camilla se laissa gagner par la douceur de ces mots.

— Ne t'arrête surtout pas. Et ne me lâche jamais.

— Je ne pensais pas que je te reverrais un jour, dit-il, avant de couvrir son visage de baisers fiévreux. Je voulais ne jamais te revoir.

— C'est moi qui ne voulais pas te revoir, dit-elle en riant. Oh ! j'étais tellement en colère quand j'ai reçu cette lettre. Cette horrible lettre, froide et formelle. « Les membres du projet de recherche Bardville vous adressent leurs sincères remerciements. » Je t'aurais étranglé…

— Tu aurais dû voir la première version, dit-il en ricanant. Elle était un peu plus… lapidaire.

— J'aurais sans doute préféré, dit-elle en passant ses bras autour de son cou. Oh ! comme je suis heureuse. J'ai essayé d'imaginer comment vivre sans toi. Maintenant, ce n'est plus la peine. Après notre mariage, tu pourras m'apprendre à décrypter ces rapports scientifiques remplis de symboles. Je n'ai jamais pu…

Elle se tut et recula, car il s'était figé. Son cœur sembla se briser dans un vacarme assourdissant et douloureux.

— Tu ne m'aimes pas, balbutia-t-elle.

Curieusement, elle avait parlé d'une voix calme, scrupuleusement calme, alors qu'elle se dégageait de son étreinte, en proie à la plus grande détresse.

— Tu ne veux pas m'épouser.

— N'allons pas trop vite, d'accord ? Le mariage…

Del s'étrangla sur ce mot, le plus terrifiant de tous.

— Soyons un peu raisonnables, Camilla.

— Bien sûr. Soyons raisonnables.

Il ne put s'empêcher de frémir devant le ton atrocement plaisant qu'elle venait d'adopter.

— Commence, toi, ajouta-t-elle sèchement.

— Il y a… Il y a quelques problèmes, fit-il, en essayant de toutes ses forces de discipliner ses pensées erratiques pour réussir à réfléchir convenablement.

— Très bien, dit-elle en croisant les bras. Problème numéro un ?

Plus nerveux que jamais, il se mit à faire les cent pas dans l'allée.

— Arrête ça. Arrête ça tout de suite. Tu sais que j'ai un métier très exigeant et très prenant.

— Oui.

— Quand je suis sur le chantier de fouilles, je loge dans un camping-car, à côté duquel mon chalet fait figure d'hôtel cinq étoiles.

— Et ?

Il serra les dents, mais réussit à se contenir au dernier moment.

— Tu ne peux pas me dire, avec ce somptueux palais dans

ton dos et cette satanée couronne sur la tête, que tu ne vois pas où est le problème.

— Donc, le problème numéro un porte sur nos différences de modes de vie et nos responsabilités propres.

— Exact. Où mettrais-tu ta tiare et tes pantoufles de vair ?

— Mes pantoufles de vair ? C'est comme ça que tu vois ma vie ? Comme une succession de bals ? Comme une promenade interrompue en citrouille ? Dans mes pantoufles de vair, je joue un rôle aussi essentiel dans le monde que toi dans tes bottes de chantier.

— Je ne dis pas le contraire. Justement.

Sur ce, il dénoua sa cravate et l'ôta.

— Ce n'est pas dans mes habitudes de porter ce genre de choses. Je ne peux pas m'habiller en pingouin chaque fois que je suis avec toi, parce que tu as des obligations sociales. Mais tu devrais trouver quelqu'un qui en soit capable. Et je ne te demande pas de jeter tes diamants à la poubelle pour camper au milieu de nulle part. C'est ridicule. Ça ne fonctionnerait jamais.

— C'est là que tu fais erreur. Mon père était dans la police et souhaitait se retirer à la campagne. Il aspirait, plus que tout au monde, à la paix et à la tranquillité pour travailler la terre. Ma mère était — est — une princesse. Quand ils se sont rencontrés, elle jouait, suite au décès de sa mère, le rôle d'hôtesse, d'ambassadrice et de souveraine de Cordina. Mais tu vois, ils s'aimaient tant qu'ils ont trouvé le moyen de se donner l'un l'autre ce dont ils avaient besoin, d'accepter les responsabilités et les obligations de chacun, et de construire leur vie, ensemble.

Elle avait levé le menton, et ses yeux brillaient.

— Je suis extrêmement fière d'eux. Et je suis déterminée à ressembler en tout point à ma mère. Mais toi, avec tes excuses et tes problèmes pitoyables, tu n'arrives pas à la cheville de mon père. Lui avait le courage, la volonté, et le romantisme.

Il ne se laisse pas intimider par une couronne, parce qu'il respecte et comprend la femme qui la porte.

Elle souleva le bas de sa jupe, visiblement prête à s'en aller.

— J'aurais vécu dans ton camping-car sans cesser d'être une princesse. Mon devoir envers mon nom — et le tien — n'en aurait jamais pâti. C'est toi qui doutes de pouvoir vivre dans ce palais sans cesser d'être un homme.

Chapitre 12

Il y avait une chose qui déplaisait à Del plus encore que les autres : Camilla avait raison. Tous les problèmes, les pièges et les complications qui se profilaient lui avaient fait peur, même s'il lui en coûtait de le reconnaître. En fait, la peur n'était pas vraiment le sentiment qui l'habitait. Il était méfiant, plutôt, se dit-il en errant dans les jardins comme il avait coutume d'errer dans les bois du Vermont. Fréquenter une princesse — et, pire, l'épouser — n'était pas une décision qu'il pouvait prendre à la légère ni même en cinq minutes.

Il avait fait un peu attention durant les semaines où ils avaient été séparés. Il avait alors découvert le visage et le nom de Camilla partout dans les médias. Il avait lu les histoires concernant sa vie privée, les spéculations sur ses liaisons.

Il savait très bien que l'idylle tumultueuse qu'on lui prêtait avec cet acteur français n'était que pure invention. Forcément, puisque, pendant que son prétendu amant était censé être en train de la quitter, un certain archéologue anglo-américain lui donnait déjà assez de fil à retordre.

En plus, il suffisait de la connaître un peu pour savoir que cet acteur n'était pas son type. Trop lisse pour Camilla.

Et le problème venait en partie de là. Les histoires, les insinuations, les inventions pures et simples étaient, pour la plupart d'entre elles, écrites par des gens qui ne la connaissaient pas. Des gens qui ne voyaient pas l'abnégation avec laquelle elle travaillait, ni son dévouement pour le pays de sa mère. Des gens qui ne comprenaient pas l'amour qu'elle portait à sa famille, ni l'amour que cette dernière lui portait en retour.

Ils voyaient une image. La même image que celle par laquelle il s'était laissé aveugler.

Malgré tout cela, elle était tout de même passée de l'idée d'une éventuelle histoire entre eux à celle du mariage avec une rapidité déconcertante. Elle lui avait assené cela comme un coup de poing en pleine figure. Incontestablement, elle savait s'y prendre pour déstabiliser un homme.

C'était tout ou rien avec elle, songea-t-il amèrement, en fourrant ses mains dans ses poches, et en repensant à tous les événements qui s'étaient succédé au cours des semaines précédentes.

D'abord, il avait découvert qu'il était amoureux d'elle, puis il avait compris qu'elle lui avait menti. Avant qu'il n'ait eu le temps de se remettre de ce choc, elle avait disparu. Certes, c'était lui qui lui avait demandé de partir, mais le résultat était le même.

Et puis, au moment précis où il s'était persuadé que leur histoire était totalement impossible, il avait fallu qu'elle apparaisse, magnifique, comme sortie d'un rêve, pour que lui éclate en pleine figure tout ce qu'il avait perdu. Et, juste quand il s'était mis à penser que peut-être, avec du temps et des efforts, ils pourraient renouer avec ce bonheur qu'ils avaient connu ensemble, elle lui avait décoché un coup dans la mâchoire avec cette histoire de mariage.

Oui, qu'elle passe donc un mois dans un camping-car en Floride, au milieu des tempêtes tropicales, avec de la boue jusqu'aux genoux et des cafards de la taille d'une balle de base-ball, pour voir un peu.

Mais c'était tout vu, se dit-il en s'arrêtant net. Un mois dans un camping-car et elle serait fantastique. Du début à la fin. Elle était du genre à se trouver à l'aise partout et dans toute situation. Rien ne pouvait la rebuter ni la décourager. Quelles que soient les difficultés, elle trouvait toujours un moyen de les désamorcer et d'en triompher.

Telle était Camilla.

C'était cela qui lui avait plu chez elle. Bien avant que ne le charment sa beauté, sa classe, sa sensualité, il avait été séduit par sa détermination et sa capacité à trouver des réponses à tous les problèmes.

Et il allait laisser un détail aussi peu important que son ascendance royale se dresser sur leur chemin ?

S'il voulait la femme, il devait aussi accepter la princesse. Il n'arrivait pas à la cheville de son père ? Oh ! elle avait essayé de le rabaisser en lui disant cela. Il n'avait ni courage ni volonté ? Il n'avait aucun romantisme ?

Du romantisme, il allait lui en donner, jusqu'à la faire vaciller dans ses pantoufles de vair.

Il fit demi-tour, se précipita vers la salle de bal, avant de s'arrêter au bout de quelques dizaines de mètres. Ce qu'il s'était apprêté à faire, c'était exactement ce que, à partir de maintenant, il allait devoir éviter. Pour que leur histoire ait une chance de durer, il allait devoir réfléchir davantage. S'il faisait irruption dans la salle de bal, courait vers la princesse pour la prendre dans ses bras et l'emmener au loin, il les propulserait par la même occasion en première page de tous ces journaux qu'elle détestait.

Et il se retrouverait exilé dans un donjon sombre et humide pour tout le mal qu'il aurait causé.

Non, il lui fallait établir un plan clair et rationnel, et le mettre à exécution dans un endroit où il n'y aurait aucun témoin.

Il s'assit alors sur un banc et commença à y réfléchir.

Déterminé, Del alla chercher une corde aux écuries. Parfois, fut-il forcé de reconnaître, être vicomte avait ses avantages. Les palefreniers étaient trop polis pour s'opposer aux excentricités de lord Delaney.

Pour mettre son plan à exécution, il devrait attendre la fin de la dernière valse, puis que les invités soient dans leur lit ou bien de l'autre côté des grilles du palais. Cela ne lui laissait qu'un peu plus de temps pour peaufiner ses préparatifs — et pour se demander ce que ses parents feraient s'il se brisait le cou.

Il savait où se trouvait la chambre de Camilla. Il lui avait pour cela suffi de sonder discrètement Adrienne. Il pouvait s'estimer heureux que ses fenêtres donnent sur les jardins, dans les ombres desquels il pourrait se dissimuler en attendant de passer à l'action. En même temps, il doutait qu'un garde en train de patrouiller s'attende à trouver un homme suspendu par une corde à plusieurs mètres au-dessus du sol.

Deux heures plus tard, l'homme en question jurait amèrement, alors qu'il se balançait, la tête en bas, devant ces murs de pierre blanche. Descendre en rappel depuis le parapet du toit avait semblé plus facile en théorie que cela ne l'était en réalité. Il lui arrivait parfois de se livrer à ce genre d'acrobatie sur le chantier, et cela ne lui avait jamais posé problème. Mais le constat fut sans appel : il était autrement plus compliqué de descendre le long d'un bâtiment de nuit que dans un trou, en plein jour. D'ailleurs, à cet instant précis, Del se balançait dans le vent, les doigts éraflés et le moral en berne.

La hauteur ne l'impressionnait pas tant que cela, mais il ne fallait surtout pas qu'il se mette à penser que la vue qui s'offrait à lui était peut-être la dernière qu'il lui serait donné de contempler. Et tout cela pourquoi ? se demanda-t-il soudain en essayant de prendre appui sur la balustrade en pierre d'un balcon. Tout cela parce qu'une princesse avait titillé son ego.

Il ne pouvait pourtant vraiment pas attendre le lendemain

matin. Oh non, se dit-il alors que, après que son pied eut glissé, il se balançait de nouveau dans le vide. Cela aurait été trop facile, trop ordinaire. Trop raisonnable. Pourquoi avoir une conversation civilisée en plein jour et dire à une femme qu'on l'aime et qu'on veut l'épouser quand on peut faire quelque chose d'aussi stupide que se suicider en s'écrasant sous ses fenêtres ?

Pourquoi ?

Il réussit à reposer ses pieds sur la balustrade, et à reprendre son souffle. Juste à ce moment-là, le vent qui se levait apporta avec lui une fraîche ondée de septembre.

— Parfait, dit-il en levant les yeux au ciel. Il ne manquait vraiment plus que cela.

Gêné par les gouttes de pluie, de plus en plus nombreuses et de plus en plus grosses, qui s'écrasaient dans ses yeux, il glissa de nouveau, donna sans le faire exprès un léger coup de pied contre le mur, et profita de cet élan pour reprendre sa descente vers la terrasse privée de Camilla.

Un premier éclair déchira le ciel, illuminant soudainement et brièvement la mer, alors qu'il retrouvait, enfin, un sol ferme et solide sous ses pieds. Il dut se battre avec le nœud, resserré par la pluie, de la corde qu'il avait passée autour de sa taille, et il lui fallut deux bonnes minutes — très humides — pour s'en libérer. Abandonnant sa corde à terre, il chassa ses cheveux trempés de devant ses yeux et se dirigea vers les portes de la terrasse.

Pour les trouver fermées.

Il resta un moment immobile, à les regarder. Mais pourquoi donc Camilla avait-elle fermé les portes du balcon ? se demanda-t-il, de plus en plus irrité. Ses appartements étaient situés au deuxième étage d'un palais constamment surveillé par des gardes.

Cela arrivait-il souvent qu'un idiot descende la façade en rappel pour atterrir sur sa terrasse ?

Elle avait tiré les rideaux, également, de sorte qu'il ne pouvait rien apercevoir de l'intérieur. Il hésita à défoncer les portes à coups de pied. C'était tentant, et cela le défoulerait, songea-t-il, non sans ressentir un léger plaisir à cette évocation.

Cette entrée fracassante ne serait pas dénuée d'un certain style, ni d'un certain panache. Toutefois, tous ses effets seraient gâchés lorsque l'alarme se mettrait à hurler.

Il était donc condamné à rester là, trempé et stupide, sur sa terrasse.

La seule façon d'entrer, c'était de frapper.

Et c'était terriblement humiliant.

Donc, plutôt que de frapper, il cogna.

Dans sa chambre, Camilla se servait d'un livre comme excuse pour ne pas dormir. Tous les quarts d'heure à peu près, elle lisait une ligne. Entre-temps, une seule et même pensée l'obsédait.

Elle avait tout fait rater.

Ce n'était pas la peine d'essayer de le nier. Del avait réagi exactement comme elle aurait dû s'y attendre, ni plus ni moins. Emportée par l'élan de son cœur, elle avait fait comme si leur mariage allait de soi. Or, s'il avait fait preuve de la même assurance avec elle, sans doute se serait-elle sentie insultée.

L'amour rendait-il toujours aussi stupide et écervelé, ou bien était-ce juste chez elle ?

Elle soupira, tourna une page de son livre sans y prêter d'attention particulière. Elle avait tout fait rater, se répéta-t-elle. Depuis le début. Oh ! bien sûr, il l'y avait aidée. Il était tellement… Comment sa mère disait-elle, déjà ? Ah oui, buté. Mais c'était justement cela, entre autres choses, qu'elle aimait chez lui.

De toute façon, les torts étaient majoritairement de son côté à elle.

Elle ne s'était pas montrée honnête envers lui, et les raisons de son mensonge lui paraissaient à présent indéfendables et égoïstes. La colère qu'il avait affichée — ainsi que sa souffrance — l'avait tellement ébranlée qu'elle avait préféré tourner les talons et s'enfuir que de rester pour l'affronter.

Puis il était venu à elle. Etait-elle à ce point aveuglée par l'auto-apitoiement dans lequel elle avait sombré pour refuser de reconnaître que, malgré toutes les pressions qu'il avait pu subir, il n'aurait jamais fait le voyage jusqu'à Cordina s'il n'avait pas voulu la voir ?

Même ce soir, c'était lui qui avait fait un pas vers elle. Au lieu d'en faire un à son tour, elle avait bondi sans réfléchir. Elle avait tenu pour acquis le fait qu'il se plie à ses volontés. De toute évidence, elle était trop habituée à ce que les gens s'inclinent devant elle. Pourtant, elle était la première à reconnaître que cela lui pesait. C'était même l'une des raisons pour lesquelles elle avait souhaité, pendant quelque temps, ne plus être une princesse. N'avait-elle donc rien retenu de ces semaines où elle n'avait été que Camilla ?

Mais ce n'était pas seulement le mariage qui avait effrayé Del. C'était tout ce qui allait avec. Elle ferma les yeux. Contre cela, elle ne pouvait rien faire. Et, même si elle le pouvait, elle ne le ferait pas. Sa famille, son sang, son héritage faisaient partie intégrante d'elle-même. Jamais elle n'y renoncerait.

Et d'ailleurs, elle ne voudrait pas d'un homme qui nierait les complications inhérentes à sa vie si particulière. Elle ne pourrait pas aimer davantage un homme qui serait flatté d'être sans cesse la cible de la presse.

A quoi cela la menait-il, alors ? A une vie de solitude, songea-t-elle en regardant sa jolie chambre vide. Parce qu'elle avait fait fuir le seul homme qu'elle aimait, le seul homme qu'elle voulait, en lui demandant trop, et trop vite.

Non. Elle referma son livre d'un coup. Elle n'allait pas accepter cela. Elle avait déjà accepté la défaite une fois, et cela l'avait conduite à s'enfuir du chalet. Elle n'allait pas recommencer. Il devait bien y avoir une réponse, un compromis. Elle… Non. Ils le trouveraient. Ensemble.

Elle rejeta ses couvertures, résolue à aller le trouver dans sa chambre. Elle allait s'excuser pour toutes les choses désagréables qu'elle lui avait dites, et lui dire… ou plutôt lui demander s'il y avait un moyen pour eux de tout recommencer.

Avant qu'elle n'ait posé le pied par terre, un cognement sourd aux portes de la terrasse la fit sursauter et lui glaça le sang. Elle saisit, pour se défendre, le chandelier en argent posé sur sa table et s'apprêta à décrocher le téléphone pour prévenir la sécurité.

— Ouvre cette satanée porte ! fit une voix tonitruante, suivie d'un terrible coup de tonnerre.

Stupéfaite, et cramponnant toujours son arme de fortune, elle se dirigea vers les portes-fenêtres et tira les rideaux.

Alors, elle le vit dans la lueur d'un éclair. Elle vit son visage furieux, ses cheveux mouillés, sa chemise blanche détrempée. Pendant quelques secondes, elle ne put rien faire d'autre que le regarder, bouche bée.

— Ouvre cette satanée porte, répéta-t-il de sa grosse voix. Ou je la défonce à coups de pied.

Trop surprise pour ne pas lui obéir, elle déverrouilla les portes. Puis elle recula de trois pas afin de le laisser entrer.

— Qu'est-ce que tu fais là ? réussit-elle à articuler, alors qu'il la fixait et inondait le tapis précieux.

— Tu veux de la romance, miss ?

Del lui prit le chandelier des mains et le posa. Il n'était pas question qu'il risque le moindre accident ; il avait déjà assez d'égratignures, de bleus et de bosses pour cette nuit.

— Tu veux du caractère ? Tu veux de l'aventure ? Et même un petit grain de folie ?

Il la saisit par les épaules et la souleva, la forçant à se hisser sur la pointe des pieds.

— Que penses-tu de ça, alors ?

— Tu es tout mouillé, balbutia Camilla, qui n'en revenait toujours pas.

— Essaie de descendre la façade d'un palais en rappel sous l'orage et tu verras dans quel état tu te trouves.

— En rappel ?

Elle remarqua à peine qu'il la repoussait dans la chambre.

— Tu as descendu la façade en rappel ? Est-ce que tu aurais perdu la tête ?

— Tout à fait. Et tu sais quelle est la récompense, si on arrive à franchir les murs du palais ? La princesse. En personne.

— Tu ne peux pas…

Si, il pouvait, et elle le constata très vite. Avant qu'elle n'ait pu surmonter le choc de cette découverte, il avait posé sa bouche sur la sienne. Et elle fut perdue. Alors qu'un frisson de désir la parcourait, il la prit dans ses bras et la porta jusqu'au lit.

Il était mouillé et écorché. Il était d'humeur conquérante. Et il était tout à elle. Elle noua ses bras autour de son cou, enfouit ses doigts dans sa merveilleuse chevelure gorgée d'eau, et fut heureuse de capituler devant lui.

Elle remua ses lèvres sous les siennes, répondant à son baiser violent avec toute la joie et toute l'envie qui se déchaînaient en elle.

Le tonnerre retentit lorsqu'elle le lâcha un bref instant pour lui enlever sa chemise trempée, qui atterrit quelque part dans la pièce, en faisant un bruit d'éclaboussures.

Del était surpris que ses vêtements ne sèchent pas directement sur lui. Car il brûlait d'un feu intérieur attisé par son caractère volcanique et la chaleur, ardente, que Camilla communiquait à son sang. Elle était si douce, si délicieusement parfumée, si merveilleusement aimante. Son beau visage était mouillé à son tour par la pluie qu'il avait apportée et qu'il avait envie de laper.

Comme anéanti, il enfouit son visage dans son cou.

— Je te veux. C'est horrible comme je te veux.

— Alors prends-moi, souffla Camille, tandis que de ses mains fiévreuses il parcourait son corps. Prends-moi.

Comme il relevait la tête pour la contempler, elle plongea son regard dans le sien. Ses beaux yeux étaient sombres, à présent, comme ceux d'un félin guettant sa proie. Bouleversée, elle prit son visage entre ses mains, et sourit.

— Cela fait si longtemps que je t'attendais, murmura-t-elle. Et je ne le savais même pas.

Puis, s'abandonnant à la passion, elle attira sa bouche à la sienne.

Tout ce qu'il ressentait pour elle s'épanouit dans ce baiser. Elle le reçut en tremblant, et le gémissement qu'elle étouffa fit s'emballer son cœur.

Cette longue gorge blanche le fascinait. La courbe de ses épaules était un ravissement. A présent trempée, la fine chemise de nuit qu'elle portait collait de façon provocante à son corps. Ivre de désir, il passa sa bouche et ses mains d'abord sur la soie mouillée, puis sur la chair brûlante et humide qu'elle recouvrait.

Elle bougeait sous ses caresses. Un cambrement gracieux. Un frisson rapide. D'abord lentement, prenant le temps de la savourer, il explora son corps. Il excita ses sens. Lorsqu'elle se mit à haleter et qu'elle ferma rêveusement les yeux, il la fit s'agenouiller et entreprit de la torturer.

Du plaisir tranquille, il l'avait propulsée vers le désir le plus ardent, de sorte que Camilla perdit très vite pied. Et se noya en lui. Ces mains fermes qui s'étaient montrées jusque-là si furtivement douces étaient devenues acharnées et torrides. Alors, elle s'abandonna à cette bouche avide. Et murmura son nom, tandis qu'il foulait aux pieds tout ce qu'elle possédait encore de raison.

Elle devint folle et sauvage entre ses mains. Lorsque leur désir atteignit son paroxysme, elle lui arracha ses vêtements.

A genoux sur le lit, ils s'étreignirent, peau contre peau, leurs deux cœurs battant à l'unisson.

Dans l'éblouissement d'un nouvel éclair, leurs regards se rencontrèrent. Et restèrent rivés l'un à l'autre. Dans ses yeux, elle vit tout ce qu'elle avait besoin de voir. Aussi passa-t-elle ses jambes autour de ses hanches pour le prendre en elle, jusqu'à ce qu'ils tremblent tous les deux de plaisir.

— Je t'aime, dit-elle d'une voix claire, alors même que son corps frémissait. Je t'aime. Je ne peux pas m'en empêcher.

Avant qu'il n'ait le temps de répondre, elle couvrit sa bouche de la sienne. Alors, il perdit le peu de contrôle qu'il lui restait encore. Leur étreinte se fit frénétique, jusqu'à ce qu'elle se colle plus longuement à lui pour laisser échapper un cri d'extase. N'y tenant plus, il s'abandonna à son tour à la jouissance.

— Camilla.

Il ne parvint pas à penser au-delà de son nom. Terrassé, il glissa le long de son corps et vint loger sa tête sur sa poitrine. Il sentit ses doigts fins caresser ses cheveux et ne voulut plus que fermer les yeux et rester blotti contre elle pour le reste de sa vie.

Mais son regard glissa vers la terrasse, et vers la pluie qui s'engouffrait allègrement par les portes ouvertes, inondant parquet et tapis.

— Je n'ai pas fermé les portes. Nous commençons à prendre l'eau. Ne bouge pas.

Alors qu'il roulait vers le bord du lit, elle le regarda d'un air langoureux. Puis elle se redressa d'un bond comme il commençait à traverser la pièce.

— Non ! Attends !

Elle jaillit hors du lit, et attrapa le peignoir qu'elle avait posé sur le dossier d'un fauteuil.

— Quelqu'un pourrait te voir, murmura-t-elle.

Puis, avec son peignoir pudiquement noué, elle se hâta d'aller fermer les portes elle-même.

Le contrôle, songea-t-il, tout en la regardant tirer les rideaux. Même en ce moment. Une princesse ne pouvait pas se promener nue devant des fenêtres, même les siennes. Et elle ne pouvait certainement pas se permettre que ce soit un homme qui le fasse.

— Les gardes, expliqua-t-elle en se retournant vers lui. Les invités. Je vais aller chercher des serviettes.

Pendant qu'elle se dirigeait vers la salle de bains adjacente, Del essaya de défroisser son pantalon de smoking. Il était complètement fichu, et serait horriblement inconfortable. Mais s'ils devaient avoir une conversation tous les deux, il devait s'habiller un minimum.

Elle revint et se mit à quatre pattes pour éponger le sol. Cela le fit sourire, car il la revit au chalet.

— Je dois être réactive, Delaney. Et trouver des solutions.

Il fronça les sourcils en décelant une pointe d'agressivité dans sa voix.

— Je comprends bien.

— Vraiment ? demanda-t-elle, l'air éperdu.

— Oui, vraiment. J'admire la façon dont tu réussis à être toute à la fois réactive, pragmatique, auto-suffisante… et royale.

Elle releva lentement la tête. Puis elle s'assit sur ses talons, et le regard surpris qu'elle lui adressa suffit à lui faire enfouir ses mains dans ses poches mouillées.

— Je t'admire, répéta-t-il. Je ne suis pas toujours très doué avec les mots, avec ce genre de mots. Bon sang, tu me prends pour un idiot ? Tu penses que je n'ai aucune idée de la façon dont toi et ta famille devez jongler pour être qui vous êtes tout en réussissant à avoir une vie ?

— Non.

Détournant de nouveau le regard, elle replia la partie

mouillée du tapis, puis entreprit de sécher le sol qu'elle venait de dégager.

— Non, je crois que tu comprends, autant que tu le peux. Peut-être mieux qu'un autre. Je pense même que c'est la raison pour laquelle c'est souvent si tendu entre nous.

— Pourquoi ne me regardes-tu pas quand tu me parles ?

— C'est difficile pour moi, dit-elle en relevant enfin la tête. Excuse-moi quelques instants.

Elle se leva et, d'un pas décidé, rapporta les serviettes mouillées à la salle de bains.

Les femmes, songea Del. Il en fallait de la patience avec elles !

Elle revint, se dirigea vers un petit placard et sortit une carafe.

— Je crois qu'un peu de brandy m'aiderait. J'ai eu tort, commença-t-elle en remplissant deux petits verres. Ce soir, dans le jardin, j'ai eu tort de te dire toutes ces choses. Je m'excuse.

— Oh ! tais-toi un peu.

Agacé, il lui arracha un verre des mains.

— Est-ce que tu ne peux te forcer à être un peu aimable ? demanda-t-elle avec une pointe de colère dans la voix.

— Pas quand tu te montres à ce point stupide. Quand je voudrai des excuses, tu le sauras.

Croyait-elle pouvoir le devancer au petit jeu des excuses ? Décidément, c'était tout elle. Il s'éloigna de quelques pas et, sans en avoir spécialement envie, but quelques gouttes de brandy.

— Quand tu auras tort, je te le ferai savoir.

Il se retourna, en proie à une vive agitation.

— Tu m'as blessé.

Et cela le mettait hors de lui de le reconnaître.

— Je sais. Ce sont ces choses que je t'ai dites.

— Je ne parle pas de ça. Ça, ça m'a juste énervé.

Il se passa la main dans les cheveux.

— Tu m'as menti, Camilla. Ou tout comme. Je commençais à tenir à toi. Et je ne dis pas cela pour que tu te sentes coupable. Je commençais à réfléchir à toi, à nous deux. Et puis, tout m'a explosé à la figure.

— J'ai très mal géré tout ça. C'était égoïste… J'ai été égoïste. Je voulais un peu de temps — et toujours un peu plus — à moi, pour moi. Je n'arrêtais pas de fuir, de me dérober. L'été dernier, tout est soudain devenu trop lourd. Je ne pouvais pas…

— Etre toi-même ?

— Etre moi-même, répéta-t-elle, calmement. L'été dernier, il s'est produit un incident avec la presse. Pas plus grave que d'autres survenus au cours des années passées. Mais tout s'est ajouté et cumulé, jusqu'à ce que je n'en puisse plus. Je ne mangeais plus. Je dormais mal. Je ne réussissais pas à me concentrer sur ce que j'avais à faire. Je…

— Non, ne t'arrête pas. Raconte-moi.

— Cet incident, dit-elle prudemment, n'a pas été vraiment différent des autres. Mais, pendant qu'il se produisait, je me suis entendue crier. Intérieurement. J'ai compris que, sauf si je disparaissais pendant un petit moment, la fois suivante, mes cris ne seraient plus simplement intérieurs. J'ai eu peur de perdre pied pour de bon.

— Camilla, enfin…

— Je sais, j'aurais dû en parler avec ma famille. Ils auraient compris, ils m'auraient soutenue, ils m'auraient laissé du temps et un peu d'espace. Mais je n'ai pas pu me résoudre à un tel aveu de faiblesse. La pauvre Camilla, dotée de tous les privilèges, et entourée de l'amour inconditionnel de sa famille, devenue soudain trop délicate et trop fragile pour affronter les responsabilités et les difficultés liées à son rang et à son titre…

— Fadaises.

Le terme sembla amuser Camilla, qui se détendit un peu.

— Ce n'était pas mon impression sur le moment. Je me sentais désespérée. J'étais en train de me perdre. Je ne sais pas si tu peux le comprendre, parce que tu te connais tellement bien. Mais je me sentais poursuivie et traquée, et cela sans savoir qui j'étais vraiment, à l'intérieur. Je ne savais pas ce que je voulais faire de ma vie, au-delà de ce qu'on attendait de moi, au-delà de mon devoir. Je n'avais aucune passion, je me sentais horriblement vide.

Il voyait très bien tout ce qu'elle évoquait : la pression, les sollicitations, et les nerfs d'acier qu'il fallait posséder pour être celle qu'elle était. Le courage dont elle avait dû faire preuve pour se libérer de tout cela et trouver la femme qu'elle était vraiment.

— Donc, tu t'es enfuie, avec quelques valises, au volant d'une voiture de location, pour le découvrir.

— C'est à peu près cela. Et je l'ai trouvé, même si, comme je l'ai déjà dit, j'ai très mal géré la chose.

— Nous avons mal géré la chose, corrigea-t-il. Je ne savais pas à quoi m'en tenir à ton sujet, et ça, c'était quand je croyais que tu étais une petite fille riche et excentrique à problèmes. Quand j'ai appris la vérité, j'ai cru que tu t'étais servie de moi pour jouer un mauvais tour à quelqu'un.

Elle pâlit.

— Il n'en a jamais été…

— Je le sais maintenant. Je le sais. J'avais pour toi des sentiments que je n'avais jamais éprouvés pour personne. J'ai pris sur moi pour essayer de te le dire. Quand j'ai réussi à me décider, je suis entré dans la cuisine et je t'ai entendue parler au téléphone.

— Avec Marian.

Les yeux fermés, Camilla poussa un long soupir.

— Le timing, murmura-t-elle, n'aurait pas pu être pire. Je suis surprise que tu ne m'aies pas mise physiquement dehors.

— J'y ai pensé.

Il attendit qu'elle rouvre les yeux et le regarde de nouveau, avant de poursuivre.

— Je me suis senti mieux quand j'ai commencé à m'apitoyer sur mon sort. J'ai mis du temps avant de commencer à réfléchir à tout ce que tu dois endurer. Les gens, la presse, le protocole. Ce n'est pas vraiment facile.

— Cela pourrait être pire. C'est juste que, parfois, on ressent le besoin de…

— De respirer, termina-t-il.

— Oui, acquiesça-t-elle, les larmes aux yeux. Oui.

— Non, pas ça. Je ne pourrai pas avoir de conversation calme, posée et sensée avec toi si tu commences à pleurer. Je t'assure. Alors, s'il te plaît, sèche tes larmes. Je n'ai jamais dit à une femme que je l'aimais, et ce ne sera pas possible si tu pleurniches.

— Je ne pleurniche pas.

Mais un sanglot étrangla sa voix, alors qu'elle sentait la joie l'étreindre. Camilla sortit un mouchoir brodé d'un tiroir et essuya ses larmes. Elle avait de nouveau envie de bondir, mais cette fois elle sut se tenir tranquille.

— Vas-y, dis-le, murmura-t-elle.

— J'y viens. Tu n'es pas fragile, Camilla.

— En principe, non.

— Le Joyau de la Couronne de Cordina. J'ai lu ça dans des magazines. Un joyau doit avoir une certaine substance pour garder son éclat. Tu as de la substance.

— Ça, réussit-elle à dire, c'est la chose la plus flatteuse que tu m'aies jamais dite.

— C'est juste parce que tu as l'habitude des hommes qui se contentent de te dire que tu es belle. Et j'aime bien ta famille.

— Ma famille ?

— Oui. Ta mère est une femme formidable. J'aime bien tes frères, tes cousins. Je ne sais toujours pas qui est qui, mais je les aime bien. Et ta sœur est adorable.

— Oui, répondit-elle en esquissant un sourire. Elle est vraiment adorable.

— Tes tantes et tes oncles sont des gens fascinants. Admirables. J'imagine que je ne t'apprends rien. J'ai eu quelques petits problèmes avec ton père. Mais j'imagine que si j'avais une fille et qu'un type était… Bref, c'est normal qu'il ait envie de me botter le derrière pour avoir posé les mains sur son enfant.

— Il t'aime bien.

— Tu parles… Il aimerait me voir rôtir à petit feu, oui.

— Il pense que tu as du potentiel.

Del fit la grimace, marcha un peu dans la chambre, puis se retourna vers elle.

— Vraiment ?

— Oui. Evidemment, si tu me rends malheureuse, ce n'est pas à petit feu qu'il te fera rôtir. Mais je ne veux surtout pas te mettre la pression…

— Tu es une femme intelligente, princesse. Un esprit aiguisé, et très séduisant. Quand nous étions fâchés, j'avais presque réussi à oublier ton visage, mais ton esprit continuait à me hanter.

Il désigna le gros livre d'archéologie posé sur sa table de nuit.

— Alors comme ça, l'archéologie t'intéresse toujours ?

— Oui. J'ai envie d'apprendre. J'ai vraiment beaucoup aimé travailler avec toi.

— Je sais.

— Je trouve cette discipline fascinante. Ce n'est pas seulement à cause de toi, tu sais. J'ai une envie folle de découvrir, de comprendre. J'avais besoin de quelque chose qui me parle et me motive. Quelque chose qui n'a rien à voir avec mes fonctions princières. Je voulais trouver ma passion, et grâce à toi j'y suis parvenue. Je suis en train de prendre mes dispositions pour pouvoir aller rejoindre le Pr Lesuer sur un chantier de fouilles en France.

— Oui. Il travaille sur un site du paléolithique ancien. Je suis au courant.

Il haussa les épaules.

— C'est une pointure. Et un excellent professeur, également. Il a la patience, moi pas. Ce serait sans doute moins compliqué de travailler avec lui qu'avec moi. Pourtant, ce serait assez regrettable pour toi d'arrêter de suivre le projet Bardville.

Pleine d'espoir, Camilla prit une grande inspiration.

— Es-tu en train de me proposer d'intégrer le projet ?

— Mon vieux camping-car est une épave. Je songe depuis quelque temps à m'en séparer. Et j'ai besoin de stocker beaucoup de matériel. Plutôt que de prendre un nouveau camping-car, je pense qu'il serait plus pratique de louer une maison près de l'université. Ou carrément d'en acheter une.

La pression qu'elle ressentait dans sa poitrine était intolérable. C'était merveilleux.

— Lorsque l'un de nous embrasse une carrière professionnelle ou se met en couple, ma famille accepte de réajuster ses devoirs officiels. Alors, dis-m'en plus.

— Ecoute, il est probable que tu m'entendras me plaindre chaque fois que j'aurai à enfiler un beau costume. Et que tu en profiteras pour me rappeler que j'ai un titre, moi aussi, dit-il en avançant vers elle.

— C'est certain.

— Et je suis bien conscient qu'un accord, quel qu'il soit, ne peut pas se conclure sans sacrifices mutuels.

Emue, elle ferma les yeux un instant.

— Serais-tu en train de me demander ma m…

Il l'interrompit en poussant un léger grognement plaintif.

— Ce que tu peux être belle.

Il souleva son menton et saisit son visage.

— Magnifique, même. Tu sais, peu importe si ce si beau visage se retrouve en couverture des magazines. Et peu importent, également, les ragots et mensonges qui s'y trouvent. Tout cela ne compte pas pour moi. Nous savons qui nous sommes.

Les larmes serrèrent sa gorge et montèrent de nouveau à ses yeux. Il n'aurait pas pu lui dire de façon plus claire qu'il croyait en elle.

— Oh ! Delaney.

— Je n'ai pas de bague à t'offrir.

— Je m'en moque.

— Moi pas.

C'était étrange, songea Del en prenant sa main et en observant ces doigts élégants, qu'il trouve cela soudain si important. Parfois, il se surprenait lui-même.

— Je veux que tu portes ma bague, dit-il en la regardant dans les yeux.

— Si tu ne veux pas que je me remette à pleurer, dépêche-toi.

— D'accord, d'accord. Je croyais que tu voulais de la romance...

— Pour la romance, j'ai eu largement ma dose en apprenant que tu avais descendu la façade du palais en rappel. Mais merci quand même.

Il se mit à rire.

— Je t'adore. J'adore tout chez toi. Mais surtout ton sens de 1a repartie.

— C'est gentil. Mais tout bien considéré, si tu pouvais te montrer un peu plus romantique, j'apprécierais.

— Je t'aime.

Il prit son visage entre ses mains. Cette fois, lorsqu'une larme coula le long de sa joue, cela ne le dérangea pas.

— Camilla, j'aime qui tu es. J'aime qui nous sommes quand nous sommes ensemble. J'aime la femme qui m'a fait la cuisine de façon si exquise, et j'aime la femme avec qui j'ai valsé ce soir.

Une joie infinie la submergea.

— Ce sont deux facettes de la même femme. D'une femme qui aime toutes les facettes de ta personnalité. Tu me rends heureuse, Del.

— Epouse-moi. Partage ma vie. Ce ne sera pas tous les jours le grand confort, mais je te jure que tu ne t'ennuieras jamais.

Elle effleura sa joue de ses lèvres.

— Je veux t'épouser. Et travailler avec toi. Vivre avec toi. Et t'aimer. Pour toujours, murmura-t-elle lorsque leurs lèvres se joignirent.

— Repars avec moi, fit-il en l'attirant à lui. On s'occupera des détails et de tout le nécessaire. Je ne veux pas repartir sans toi.

— Oui. Je vais m'en occuper, dit-elle en se collant à lui. Nous allons nous en occuper.

— Je trouverai le temps qu'il faut pour tout régler.

— Ne t'inquiète pas, dit-elle, alors que son cœur débordait d'amour, de passion et de bonheur. Nous nous débrouillerons toujours. Dès qu'une question se posera, nous trouverons la réponse, ensemble.

Elle posa la tête sur son épaule, et sourit lorsqu'elle sentit ses lèvres effleurer ses cheveux. La question la plus importante avait été posée. Et la plus douce des réponses y avait été apportée.

Composé et édité par HarperCollins France.

Achevé d'imprimer en avril 2017

Barcelone

Dépôt légal : mai 2017.

Pour limiter l'empreinte environnementale de ses livres, HarperCollins France s'engage à n'utiliser que du papier fabriqué à partir de bois provenant de forêts gérées durablement et de manière responsable.

Imprimé en Espagne.